ro
ro
ro

Steffen Kopetzky, geboren 1971, ist Autor von Romanen, Erzählungen, Hörspielen und Theaterstücken. Sein letzter Roman «Risiko» (2015) stand monatelang auf der «Spiegel»-Bestsellerliste und war für den Deutschen Buchpreis nominiert. Von 2002 bis 2008 war Kopetzky künstlerischer Leiter der Theater-Biennale Bonn. Er lebt mit seiner Familie in seiner Heimatstadt Pfaffenhofen an der Ilm.

«Ungeheuer elegant ... Kopetzkys Roman gehört zum Eindringlichsten, was in Deutschland über das Wesen des Krieges geschrieben wurde.» *STERN*

«Der kritische, mündige Whistleblower. Was könnte aktueller sein?» *FRANKFURTER ALLGEMEINE SONNTAGSZEITUNG*

«Mit ‹Propaganda› ist Steffen Kopetzky ein großer Wurf gelungen.» *CICERO*

«Die raffinierte Verquickung von historischen Fakten, spielerischer Phantasie und filmischem Blick machen ‹Propaganda› zu Kopetzkys bislang bestem Roman.»
BERLINER ZEITUNG

Steffen Kopetzky

PROPAGANDA

Roman

Köln,
23.9.21

Für Johanna
von
Steffen Kopetzky

Rowohlt Taschenbuch Verlag

Veröffentlicht im Rowohlt Taschenbuch Verlag, Hamburg, April 2021

Covergestaltung Anzinger und Rasp, München
Coverabbildung schnuddel / iStock
Satz aus der Dante
bei Pinkuin Satz und Datentechnik, Berlin
Druck und Bindung CPI books GmbH, Leck, Germany
ISBN 978-3-499-27647-7

Dem liebenden Andenken meines Vaters
Walter Kopetzky,
eines großen Bewunderers
amerikanischen
Werkzeugs

I've looked at life from both sides now.

Joni Mitchell

Wenn ich daran denke, wie alles begann, sehe ich mich vor einem Lastwagen stehen, der mehr als zwei Tage ohne Unterbrechung gelaufen war. Wir schrieben Oktober 1944 in der Nordeifel, einem zerklüfteten Mittelgebirge, das in den Karten unserer Armeeführung *Huertgen Forest* genannt wurde, weil man nicht wusste, wie die Deutschen es nannten. Nicht einmal Experten wie mir war bekannt, dass dieses Waldgebiet bei den Einheimischen eigentlich bloß *Staatsforst* hieß. Hürtgen war ein Dorf mittendrin, dessen Name wir kannten. So wurde daraus der *Huertgen Forest*, genau wie wir einstmals ein neues Territorium einfach nach dem Indianerstamm benannten, mit dem wir es dort zuerst zu tun bekommen hatten.

«Ich bleibe hier», sagte ich zu Technical Sergeant Washington. «Vielen Dank, dass Sie mich mitgenommen haben.»

«War mir eine Freude, John.»

Wir schlugen ein. Was für unglaubliche Hände der Kerl hatte! Groß, aber nicht plump, sondern länglich und wohlgeformt, geschmeidig, seidig wie die einer Frau, spürbar geschickt und stark. Pianistenhände.

«John, überlegen Sie, ob Sie nicht einfach wieder mit mir mitkommen wollen. Sehen Sie sich doch um, wie es hier aussieht … Hab ich recht? Hier an der Siegfriedlinie, mein ich.»

Ich erinnere mich bis heute an das feingliedrige Netz roter Äderchen, die sein Augapfelweiß durchzogen.

«Ich fahre den Laster, wie Sie ja wissen, schon eine ganze Weile. Ich weiß, was die von oben hier reinpumpen. Und ich weiß auch, was hier rauskommt. Hab die Särge aus dem Hürtgenwald gesehen, in Cherryburg. Bald wird es einen eigenen Friedhof geben. John, Sie müssen doch nicht hierbleiben, keiner kann Sie zwingen. Kommen Sie wieder mit. Dieses Gebirge hier, dieser Wald. Verflucht. Das Sterben hat grad erst begonnen, wenn Sie mich fragen.»

«Das ist genau der Grund, warum ich hier sein muss. Aber danke!»

Noch einmal drückte er meine Hände, aber als er spürte, dass mein Entschluss stand, löste er sie.

Erste Schneeflocken sanken zur Erde.

«Leben Sie wohl, John, und Gott beschütze Sie!»

«Auf Wiedersehen, Moon.»

Ich sah ihm nach, bis der Lastwagen am Ende der Piste zum Stehen kam, um sich nach einer Weile in die Kolonne des *Red Ball Express* einzureihen, der ohne Unterbrechung, Tag und Nacht, quer durch Frankreich, Belgien und Luxemburg rollte, um den unfasslichen Bedarf unserer breit wie eine Ozeanwelle nach Osten flutenden Armee an jeder Art von Material zu decken. Unbeseeltem und lebendem.

Wir waren bei Germeter, im Bereich der 28. Division, die abgelöst hatte, was von der 9. Division noch übrig war. Merkwürdigerweise kam die 28. aus Pennsylvania. Ich habe dort Wurzeln, meine Mutter war Pennsilfaanier-Deitsche. Ich beeilte mich, zum Kompaniechef dieses Abschnitts zu kommen. Einem aus Philadelphia stammenden Italiener namens Captain Oleandro, dem ich meinen Marschbefehl der Sonderklasse zeigte und erklärte, dass ich mich bei ihm umschauen und auch ein paar Tage bleiben würde.

«Wollen Sie hier Urlaub machen?»

«Haben Sie Einwände?»

«Überhaupt nicht.» Er kaute so energisch auf seinem Bleistift herum, dass man es krachen hörte.

«Kein Problemo. Die Jerrys haben genügend Granaten für uns alle. Keiner kommt zu kurz. Da finden Sie gewiss tolle Geschichten für Ihre Zeitung.»

«Wir sehen uns später», sagte ich, ließ mein Gepäck im Zelt des Captains und mischte mich unter die frisch eingetroffenen Männer. Ich stieß auf einen Trupp waschechter Pennsilfaanier, die drauf und dran waren, in den Wald hineinzugehen.

«A Schtund», schrie der Sergeant auf Deitsch, «bleibts ma all schee zamme.»

Die Privates folgten ihm, die Karabiner im Anschlag, wie ein Pfadfinderfähnlein beim Geländespiel.

Diesen Weg war ich in Gedanken gleichsam Hunderttausende Mal gegangen. Deutschland! Jetzt setzte ich meine ersten Schritte auf das mythische Land meiner Vorfahren.

Die offizielle Alt-Reichsgrenze hatte ich im Lastwagen von Sergeant Washington überschritten. Wir waren an großen Warnschildern für die Truppen vorbeigekommen:

You are entering Germany!

Doch nun stand ich nicht nur mit meinen eigenen Füßen auf deutschem Boden, sondern ging sogar durch einen deutschen Wald, der ein schroffes, aber nicht allzu hohes Gebirge bedeckte, die Nordeifel südlich von Aachen. Hinter dem finsteren Forst lag der Rhein und an diesem die deutsche Stadt, die mir am meisten bedeutete: Köln.

Wir liefen etwa zwanzig Minuten, dann entdeckten wir den unter zerfetzten Bäumen und auf herausgebombten Schneisen liegenden Abschnitt des Schlachtfelds. Es war schon merklich dunkel.

Was hier vor wenigen Tagen geschehen war, überstieg damals noch unsere Vorstellungskraft. Was Granaten anrichteten, die hundert Jahre alte Fichten zu einem Splitterregen zerfetzten, der alles niedermähte, was sich unter ihm aufhielt. Die Panik, die Baumscharfschützen auslösen können oder sorgsam angelegte Tretminenfelder. Und schließlich der Kampf Mann gegen Mann, im dichten Unterholz, in einem grotesk unübersichtlichen Kleingebirge.

Wer sich hier auskannte, war immer im Vorteil. Dies war der Hürtgenwald. Ein grimmer deutscher Wald. Und es waren die letzten, aber auch die kampferfahrensten Truppen der Wehrmacht, die ihn gegen uns verteidigten.

Ich folgte zwei unbekümmerten Privates, die wie alte Freunde wirkten. Sie hatten die Karabiner hinten umgeschnallt und liefen umher wie Kinder, die Schnecken oder Pilze sammeln. Nachdem sie schon das eine oder andere vom Boden aufgelesen hatten, wurden sie plötzlich richtig fündig.

Der schlammige, halbgefrorene Waldboden leistete einigen Widerstand, und so zerrten sie mit vereinten Kräften an etwas, das sie als Arm eines Angehörigen der deutschen Wehrmacht ausgemacht hatten. Schwer zu sagen, wie der Landser getötet worden war. Die Ketten eines schweren Fahrzeugs, vielleicht eines Sherman-Panzers, hatten ihn in der von Granat- und Mörsereinschlägen aufgewühlten Schneise tief in den Boden gedrückt.

Ich kann mich gut an die Namen der beiden Pennsylvanier erinnern: Kirschfang und Showalter. Kirschfang stand über den Toten gebeugt und zerrte zusammen mit seinem Kameraden am nassgrauen Mantelstoff des linken Oberarms. Er bekam die eiskalte, schlammüberzogene Hand des Gefallenen zu fassen, berührte ihre schreckliche Teigigkeit, dann packte er sie und zog, so fest er konnte. Mit einem tiefen Seufzen gab die Erde den Brustkorb frei. Sie drehten den Leichnam auf den Rücken. Der Arm des Landsers fiel mit einem satten Schmatzen in den Schlamm. Kirschfang zog keuchend eine Taschenlampe hervor. Ihr Lichtschein huschte für einen kurzen Moment über das von einem Stahlhelm bedeckte Haupt des Deutschen, und wir sahen sein Gesicht. Oder was davon halt so übrig war.

Unterhalb der Nase war das meiste weg, kein Kiefer mehr da, ein paar Zähne standen im hautlosen Knochenfleisch heraus. Der Tote sah aus wie Red Skull persönlich. Ein Schaudern überlief uns.

Private Kirschfang sagte nichts, aber dafür Showalter. Sein Gesicht sehe ich genau vor mir. Diese lange Nase. Die rötlichen Augenbrauen. Ein Schmerz nachträglicher Empathie durchzuckte ihn. Er schluchzte mehr, als er murmelte: eine mitfühlende Obszönität. Dann wanderte der enge Lichtkreis der Taschenlampe über den Mantelkragen, aufgequollen und schwarz von Nässe. Der oberste Kragenknopf war offen, das Licht fuhr die Knopfleiste auf und ab, und Showalter kniete sich nieder und begann, dem Gefallenen den Mantel aufzuknöpfen.

«Jessas Maria, was für ei Muckadatsch hätt dem die Fress poliert», murmelte er, während er systematisch mit seinem

Messer einen Knopf nach dem anderen vom Mantel schnitt. Wehrmachts-Uniformknöpfe wurden gesammelt.

Hätte ich dem allen nicht selber beigewohnt, ich hätte es nicht für möglich gehalten. Ich war entsetzt und gebannt gleichermaßen. Dies war tatsächlich der Ort, nach dem Hemingway und ich gesucht hatten. Ich war angekommen.

Showalter öffnete den Mantel, die Lampe spielte über das darunterliegende Tuch der Uniformjacke. Metallisches Blitzen. Er griff sofort zu, entfernte geschickt die drei Auszeichnungen von der Uniform des Toten und hielt sie ins Licht.

«Was hem me?», fragte Kirschfang.

«Wiederholungsspang, desch Abzeiche füa de Teilnahm *Winterschlacht von Kursk* und ei Eisern Kreuz zweite Klass. Kei Hagkekreuz. Hagkekreuz is nua auf dera Spang.»

«Heb ich dirs ned gsacht?»

«Jo, bischd ei ganz gescheids Yingschi», bestätigte Showalter, ließ die beiden Auszeichnungen in sein Säckchen fallen, in dem schon eine Nahkampfspange und drei Infanterie-Sturmabzeichen, eines davon in Silber, verschwunden waren. Das der Beute nun hinzugefügte *Eiserne Kreuz* des Russlandveteranen war, wenn auch offensichtlich schon aus dem Ersten Weltkrieg, das bisher wertvollste Stück. Sie würden sich darüber unterhalten müssen, wer es bekommen würde, um es zu Hause der Familie zeigen zu können. Vielleicht würden sie eine Münze werfen.

Im Wald um uns herum hörten wir die anderen flüstern. Und das Knacken von Ästen. Alle suchten nach Trophäen. Am Morgen angekommen, war dies ihr erster Ausflug in einen Abschnitt, an dem erst kürzlich heftige Kampfhandlungen stattgefunden hatten.

Der Anblick ihrer Vorgänger von der 9. Division, also derjenigen, die noch lebten, hatte bei den Neuankömmlingen ungläubiges Staunen ausgelöst, wie bei mir auch. Völlig verdreckt hatten die aus der Schlacht kommenden Soldaten sich auf die Lastwagen geschleppt, auf denen ihre Ablösung gerade hergekommen war. Die Scheidenden alle wie abwesend, gleichgültig, scheinbar nicht einmal froh, abgezogen zu werden.

Wir Neuen betrachteten diesen Abtransport der ausgebrannten eigenen Leute ungläubig, manche begriffen gar nicht, dass sie tatsächlich auf amerikanische Soldaten blickten, die gerade eine verheerende Niederlage erlitten hatten. Denn keiner von den jungen Pennsylvaniern, die jetzt durch den deutschen Wald streiften, um nach Andenken zu suchen, hatte je davon gehört, dass Amerikaner jemals eine Schlacht verloren hätten.

Sie waren Geschöpfe des Neunzigtagewunders, jener erstaunlichen Fähigkeit ihrer Ausbilder, binnen der kurzen Zeit von drei Monaten aus Collegeboys, frisch approbierten Zahnärzten und ungelernten Bauarbeitern voll einsatzfähige Soldaten zu machen. Angehörige einer der größten militärischen Organisationen, die es je auf dem Planeten Erde gegeben hat: der Armee der Vereinigten Staaten von Amerika.

Auch ich war ein Angehöriger dieser Armee. Leutnant John Glueck, *Department for Psychological Warfare*, kurz *Sykewar.* Psychologische Kriegsführung.

Alle anderen nannten uns *Propaganda.*

Erster Teil

MÄRZ 1971

In einer Haut zu stecken, die man selber nicht mehr als seine eigene erkennt, die man abscheulich findet: Das ist, als wäre man lebend eingemauert und dennoch unter Leuten. Sie starren dich an, und du würdest ihnen am liebsten «Ich bin es nicht» zuschreien, «glaubt mir, ihr seht jemanden oder etwas vor euch, das ich nicht bin».

Die abscheuliche Haut hat nichts mit mir zu tun, denn ich habe sie ja erst seit kurzem, diese sich selbst abstoßende, schuppenartig sich schälende Haut, die Folge einer durch einen chemischen Schock ausgelösten Krankheit. Über fünfundvierzig Jahre lang aber war ich ein Mann, den man gerne ansah. Frauen haben es mir gesagt, und oft spürte ich es auch, dass sie mich attraktiv fanden. Zumindest gutaussehend.

Aber dann hatte ich einen Unfall mit Entlaubungsmitteln in hoher Konzentration und bekam diese chronische Hautkrankheit. Es ist ein paar Jahre her. Doch wer mich heute sieht und nicht von früher kennt, würde niemals mehr denken, dass ich einmal einen makellosen Teint hatte. Dass es vielen Frauen jeden Alters wie nebenbei in den Sinn kam, mir ihre Hand für einen Moment auf den Unterarm zu legen oder zum Abschied Wangenküsse zu tauschen. Männer begrüßten mich gerne jovial per Handschlag oder klopften mir auf die Schulter. Das macht heute niemand mehr einfach so.

Unter dem chemischen Schock hing meine Haut in Fetzen, heilte aber nicht mehr richtig ab, sondern entwickelte wunde Stellen, hornig und nässend zugleich. Zuweilen sehr stark juckend. Schließlich, nach vielleicht vier bis fünf Wochen der Reife, hatte ich nach einem fürchterlichen Juckreizanfall plötzlich eine Art von gigantischer Hautschuppe in der Hand. Mein Arzt hatte so etwas noch nie gesehen. Er prophezeite mir, dass sich die besten Dermatologen der Welt um meine Haut reißen würden.

Unter der abgefallenen Schuppe schien sich schon die nächste zu bilden, und dummerweise fing es gleich daneben auch bereits an. Die Krankheit breitete sich aus und hat mittlerweile, vom Gesicht abgesehen, fast meine ganze Haut erfasst. Rot. Schorfig. Schuppig. Eine abartige Form von schuppenproduzierender Psoriasis. Das Einzige, was mich bei meinem Äußeren selber noch an früher erinnert, sind Nägel und Haar. Ich feile und pflege deshalb meine Nägel, und ich lasse niemanden an mein Haar, das silbergrau und mittlerweile ziemlich lang ist, aber sonst eben noch immer ganz und gar so, wie es einst war. Es ist, als ob ich mich daran in eine bessere Zeit hinablassen könnte. So soll es auch bleiben. Könnte sein, dass mir das noch Ärger machen wird bei dem, was ansteht.

«Ihr Auto ist in einer bewachten Polizeigarage abgestellt. Offiziell beschlagnahmt. Alle Türen versiegelt. Wegen des Wagens müssen Sie sich also keine Sorgen machen.» Kaetlin Lambert ist meine vom Staat Missouri gestellte Pflichtverteidigerin. Kat.

Ich überlege, Kat ganz offen zu sagen, was sich im Kofferraum befindet, aber dann verzichte ich darauf, um sie nicht noch mehr zu verwirren. Ein Schritt nach dem anderen.

«Aber jetzt bitte zurück und von vorne», sagt sie und überfliegt noch einmal die zwei Seiten lange Aussage des Offiziers der Missouri Highway Patrol, der mich verhaftet hat. Täusche ich mich, oder vermeidet sie es, mich anzusehen?

«Sie waren viel, viel zu schnell. Seit Gouverneur Hearnes das Tempolimit durchgesetzt hat, ist das in Missouri keine Kleinigkeit mehr.»

«Ich weiß. Hearnes ist ein Umweltschützer. Progressiv.»

«Progressiv oder nicht: Er ist vor allem der Gouverneur und macht die Gesetze. Also. Sie haben dann trotz Blaulicht nicht gestoppt.»

«Ich habe ihn nach einer Weile rankommen lassen und bin dann langsamer geworden.»

«Gut. Als er Sie also gestoppt und aufgefordert hatte, ihm Ihre Papiere auszuhändigen, haben Sie behauptet, Sie hätten zwar keinen Führerschein, aber stattdessen eine geladene Waffe, auf die Sie dann auch gezeigt hätten.»

«Sie steckte im Brustgurt. Keine Gefahr.»

Jetzt hebt sie ihren Kopf, streicht sich mit der rechten Hand, in der sie auch den Kugelschreiber hält, ein paar Strähnen hinters Ohr, blickt auf und sieht mir ins Gesicht. Sie hat vielleicht zu wenig geschlafen, was feine Schatten unter ihre Augen malt. Sie stützt ihr Kinn auf die Kugelschreiberhand und betrachtet mich nachdenklich. Legt interessiert ihren Kopf in den Nacken. Wie lange wird sie es wohl aushalten, mich direkt anzusehen?

«Sie haben vorhin erwähnt, dass Sie vor nicht allzu langer Zeit noch in Vietnam waren.»

«Das ist richtig.»

«Als Sie im Auto die Waffe ins Spiel gebracht haben … hatte das mit Vietnam zu tun?»

«Im weitesten Sinne. Aber der Verweis auf die Waffe war natürlich taktischer Natur.»

Jetzt kneift sie die Augen zu und schüttelt skeptisch, leicht lächelnd den Kopf. Was soll das?, scheint sie sagen zu wollen.

«Was haben Sie in Vietnam getan, Major? Ein Kampfeinsatz?»

«Ich habe geforscht.»

«Geforscht? Geheimdienst?»

«Evaluierung und quantitative Marktforschung.»

«Wie darf ich mir das vorstellen?»

«Interviews. Gespräche. Fragebogen. Ich habe versucht, herauszufinden, was die Vietnamesen über uns denken.»

«Und was denken die Vietnamesen über uns?»

«Dass wir nicht wissen, mit wem wir uns eingelassen haben.»

Kat sinniert ein paar Sekunden über meine Antwort. Sie lächelt.

«Wieso haben Sie die Waffe gezogen?»

«Ich habe nur deutlich gemacht, dass ich eine habe.»

«Sie hätten leicht angeschossen werden können. Wofür das hohe Risiko?»

Ich glaube, Kat ist eine gute Anwältin. Sehr engagiert. Ich spüre förmlich, dass sie dem hautkranken Freak, der gestern in Offiziersuniform hinter dem Steuer eines himmelblauen Ford Zephyr festgenommen wurde, ohne Führerschein, aber mit durchgeladener Waffe, eine echte Chance geben will. Ich werde beschuldigt, ein Täter zu sein, aber in Kats Augen bin ich auch ein Opfer. Sie wird mich ernsthaft verteidigen, das ist klar zu spüren. Sie wird mehr als ihre Pflicht tun. Sie ist eine Verbündete. Und vielleicht möchte sie auch ein klein wenig verstehen, wer ich bin und was ich tatsächlich getan habe. Ich bin immerhin ein hochdekorierter Offizier der US-Armee.

Wenn ich ihr die Wahrheit erzählen würde, nämlich dass mir Agenten der Bundesregierung heimlich LSD in mein Abendessen gaben, um mich verrückt und fertigzumachen, dass dieser ungewollte Trip mich aber erst auf die Idee mit dem Zephyr brachte, würde sie fragen: Sind Sie sicher, dass es diesen Agenten nicht vielleicht gelungen ist? Also sage ich kein Wort darüber.

Dann betritt der Hilfssheriff den Raum und will mir die Handschellen anlegen.

«Bitte», sagt sie, «geben Sie uns noch eine Minute.»

«Gut. Aber keine Sekunde mehr. Ich lasse den Richter nicht gerne warten.» Er macht die Tür hinter sich zu.

Meine Anwältin beugt sich ein wenig vor, und der Indianerschmuck, den sie über ihrer Rüschenbluse trägt, klimpert. Sie scheint jetzt wirklich interessiert an der Sache.

«Ich kann Sie da rausholen. Aber irgendetwas sagt mir, dass Sie das überhaupt nicht wollen. Das mit der Pistole, das haben Sie gemacht, um die Sache eskalieren zu lassen. Stimmt's?»

«Ich brauche nur etwas Zeit.»

«Zeit? Im Knast? Der Richter wird eine Kaution festsetzen. Ich könnte Ihnen dabei helfen, das Geld aufzutreiben, wenn das das Problem ist. Ich kenne jemanden.»

«Ich werde keine Kaution stellen. Noch nicht.»

«Und Ihre ...» Sie sieht ein wenig an mir herab, mit einem leicht sorgenvollen Mund.

«Sie sind doch. Schwer ...»

«Hautkrank? Ja, das bin ich. Aber es gibt keine Therapie. Spielt keine Rolle, wo ich mich aufhalte.»

«Sie werden in ein staatliches Gefängnis kommen. Wahrscheinlich hier in Hannibal. Das wird kein Vergnügen, da hört man nichts Gutes.»

«Ich werde schon klarkommen. Aber wenn Sie mir helfen wollen, dann nehmen Sie bitte diesen Schließfachschlüssel an sich und sagen niemandem, dass Sie ihn haben.» Und mit diesen Worten überwinde ich meine Schüchternheit und drücke ihr den Schlüssel in die Hand. Es ist ein typischer Schlüssel, wie man sie von Bahnhöfen kennt. Nummer 261. Aber es findet sich kein Hinweis auf den Standort des Schließfachs.

Sie ist ein klein wenig erschrocken, wirft mir einen scharfen Blick zu, bevor sie den Schlüssel schließlich, ohne ein Wort darüber zu verlieren, in ihre Wildlederhandtasche steckt. Ich habe ihr gerade meinen wichtigsten Trumpf übergeben.

Dann kommt der Deputy herein und tritt an den Tisch. Er nickt der Anwältin zu, und ich halte ihm gleichmütig meine Handgelenke hin. Er verzieht ganz leicht den Mund und versucht, meine Haut nicht zu berühren, während er die Fesseln um sie schließt.

Als ich noch ein Junge von elf oder zwölf war, in den frühen dreißiger Jahren in New York, zur Zeit der großen Wirtschaftskrise, spielten wir tatsächlich sehr oft *Gangster*. Neben Auflauern, Schutzgeldeintreiben, Einen-Überfall-Durchführen und Verfolgtwerden liebte ich besonders *Ins-Gefängnis-Kommen*.

Manchmal wurden wir in Fol-Som Pri-Son inhaftiert: vier Silben Willkür und Unterdrückung. Wir pafften aufgesammelte Zigarrenkippen und taten so, als seien es Opiumpfeifen. Dann wieder brachen wir aus dem stahlsilbrigen Star der amerikanischen Gefängnisse aus, dem nagelneuen Alcatraz. Unser Favorit aber war Sing-Sing, eine lokalpatriotische Selbstverständlichkeit. Denn nicht selten führten uns die Gangsterspiele an Sommernachmittagen durch das ganze Viertel und an den Fluss und endeten in Gedanken an jenem allerdüstersten Gebäude oberhalb des Hudson, dieser Ordensburg des Verbrechens.

Besonders gruselig waren Sing-Sings Mauern für mich auch deshalb, weil sie von seinen Insassen selbst errichtet worden waren, welche sich also gleichsam mit den eigenen Händen eingemauert hatten, um danach zusammengenommen Tausende, ja Hunderttausende Jahre von Kerkerhaft darin zu verbringen.

Doing Time.

Während die ägyptischen Gemüsehändler auf der Bowery dem Welken ihres Lettuce zusahen, hockten die Gefangenen in den Zellen oder liefen in stupidem Entenmarsch durch den Hof, eine Akkumulation von Lebenszeit, nachmittags und abends, Tausende von Stunden, die während *einer* normalen Stunde New Yorker Ortszeit dort abgesessen wurden und vergingen.

Nicht, dass ich als Kind das Bedürfnis verspürt hätte, mein Leben dem Verbrechen zu widmen, gar Berufskrimineller zu werden und ein Gefängnis möglichst bald von innen kennenzulernen. Aber wie die Rimbaud'sche Pflaume fühlte ich mich reif und bereit, jedem Schlag, jeder Verletzung, jedem Unrecht zu trotzen, und ich konnte mir kein noch so düsteres Schicksal vorstellen, über das ich nicht schließlich triumphiert hätte.

Ich hatte die lebhafte Phantasie, als ein amerikanischer

Graf von Monte Christo ein paar Jahre nicht auf einer abgelegenen mediterranen Insel, sondern *Up the River* zu verbringen, natürlich zu Unrecht. Schließlich würde ich muskelgestählt, mit sämtlichen Kampftechniken der New Yorker Unterwelt vertraut und ein bedeutendes Romanmanuskript im Gepäck – denn dass ich dort neben den täglichen Kämpfen ums pure Überleben und meinem Training ausschließlich schreiben, die Geschichte meines abenteuerlichen Lebens erzählen würde, erschien mir selbstverständlich – die stählernen Tore Sing-Sings hinter mir lassen. Zuerst würde ich Rache an meinen Feinden nehmen, danach ein gefeierter Schriftsteller werden, der ein Apartment im *Dakota* beziehen würde, um dann irgendwann mit einem Luxusdampfer nach Hamburg zu reisen, in das geheimnisvolle Land meiner Vorfahren. Dort würde ich einen Schlafwagenzug nach Südeuropa besteigen, Madrid, Rom oder Istanbul sehen und eine Villa am Meer erwerben, um meiner Mutter eine Freude zu machen.

Sport, Nahkampftraining, Schreiben und dabei noch die Kinderzeit mit ihren hinderlichen Beschränkungen hinter mir zu lassen, das war die Formel, die mich stimulierte, mit meinen Kumpels aus der Nachbarschaft, sooft es ging, *Verfolgung und Inhaftierung* zu spielen. Hausecken, Gemüsekisten und Fischstände waren die Gefängnismauern, hinter die man uns gesperrt hatte. Es gab fiese Gerüche, die einiges erzählten. Ecken mit Geschichte. Hinterhöfe voller Innenleben. Wir kauerten zwischen fortgeworfenen Austernschalen, schmiedeten Ausbruchspläne und freuten uns, wenn tatsächlich mal ein oder zwei Cops mit schwingenden Knüppeln vorübergingen, die dann die Wärter darstellten, die wir gleich übertölpeln würden.

Oft steckte ich noch spätnachts in meiner Rolle, wenn ich

längst mit sorgsam geschrubbten Knien im Bett lag, gegen den heranrückenden Schlummer ankämpfte und mir vorstellte, die Gespräche an der Haustür, die meine Mutter abends manchmal zu führen hatte, wären ihre Bemühungen, mich aus der Haft zu bekommen. Sie verhandelte mit dem Staatsanwalt, wenn sie in Wahrheit mit einem Handwerker herumstritt, der auf Vorkasse bestand und sonst am nächsten Tag nicht wiederkommen wollte, um die neue Wasserleitung fertig zu montieren. Da sie sich selbst trotz unserer finanziellen Schwierigkeiten keine Unkorrektheit erlaubte, war sie unerbittlich. Der liebe Gott habe ihr wenige Dollar, aber einen langen Atem gegeben, sagte sie immer.

«Nur weil man eine alleinerziehende Frau ist, eine Witwe noch dazu, glauben viele, sie könnten einen übers Ohr hauen. Aber nicht mit mir. Ich weiß, was ein Klempner verdient. Ehrlich währt am längsten, John, mein lieber Junge, merk dir das!», pflegte sie dann noch zu sagen. Damit beschloss sie grundsätzlich jede Ermahnung. Ehrlich währt am längsten.

Dem habe ich immer zu folgen gesucht, und wenn ich einmal lügen musste, dann nur aus ehrbaren oder lebenswichtigen Motiven heraus. Dass mich nun aber gerade der Versuch radikaler Ehrlichkeit ins Gefängnis bringt, ist eine Ironie unserer Zeit und eine Pointe meiner eigenen Lebensgeschichte. Und auch, dass das erste reguläre Gefängnis, dessen Insasse ich werde, am Mississippi liegt und nicht am Hudson.

Zumindest fürs Erste, denn wer weiß, wann die Spezialisten aus dem Weißen Haus meine Verlegung in ein Bundesgefängnis verlangen werden? Bis dahin aber trage ich, John Glueck, geboren am 13. Juni 1921 in New York und mithin also neunundvierzig Jahre alt, geschieden, Angestellter einer Non-Profit-Organisation namens RAND Corporation, wohnhaft in Santa Monica, Kalifornien, die fröhliche grün-orangefarbene Kleidung der Missouri Correction Authority.

Der Raum ist sauber und freundlich. An der strahlend weißen Wand hängt das neu herausgebrachte offizielle Plakat der NASA zu Apollo 14, das dem Para-Gedankenexperiment des Astronauten Mitchell gewidmet ist, der am 8. und 9. Februar *Psi-Signale* zur Erde geschickt hatte, die tatsächlich von vier Sensitiven auf vier Kontinenten empfangen worden waren.

Der Gefängnisdirektor persönlich händigt sie mir aus. Hunerwadel, der sämtlichen Formalitäten meiner Einlieferung beiwohnt, da ein echter Major der US-Army etwas Besonderes ist unter den Ladendieben, Vergewaltigern, Drogentypen und jenen zuletzt so stark vermehrten, von den normalen Insassen *Drafties* genannten Kriegsdienstverweigerern, die weder die Chuzpe besitzen, nach Kanada oder Mexiko zu fliehen, noch ein Elternhaus mit genügend Einfluss und die deshalb ins Gefängnis müssen.

So viele Möglichkeiten, inhaftiert zu werden, wie heute gab es noch nie.

Direktor Hunerwadel, eindeutig zu jung, um selber ein Veteran des Zweiten Weltkriegs zu sein, betrachtet meine Personalien längere Zeit, dann fragt er mich, wo ich überall gewesen bin.

«England. Frankreich. Dann an der Siegfriedlinie: Hürtgenwald.»

«Der Hürtgenwald, wirklich ...», stellt er fest, innerlich beinahe strammstehend. «Da haben Sie wohl einiges gesehen?»

Es wäre jetzt korrekt, Direktor Hunerwadel ernst in seine schon ein wenig aufgeschwemmte, aber treu dreinblickende Augenlandschaft zu schauen (auf der linken Wange eine große, vorragende Warze, bei deren Anblick ich mir unwillkürlich vorstellen muss, wie schrecklich es wäre, sie beim Rasieren einzuschäumen und versehentlich abzusäbeln) und ihm wahrheitsgemäß mitzuteilen, dass ich ohne den Hürtgenwald vermutlich nicht hier vor ihm stünde, dass es tatsächlich der Hürtgenwald war, der mich zu dem Menschen gemacht hat, der ich heute bin. Dort wurde ich zurechtgeschmiedet.

«Kann man so sagen.» Ich nicke und versuche zu lächeln, was meine rissigen Mundwinkel nur so hergeben.

Ich gebe mein Portemonnaie ab. Hunerwadel bittet den Wärter vorschriftsgemäß, den gesamten Inhalt herauszunehmen: vierhundert Dollar in Scheinen, der Rest jener tausendfünfhundert, mit denen ich meine Flucht vor einer guten Woche angetreten habe. Vorne finden sich ein gefaltetes Papier und ein paar Münzen, die der Wärter zusammen mit den Scheinen in einen Umschlag steckt, auf dem er die Summe notiert, die er auch in das Aufnahmeformular einträgt. Dann faltet er den Zettel auf, liest ihn und reicht ihn kommentarlos an Hunerwadel weiter.

Der Text darauf ist so sorgsam und sauber geschrieben, wie ein gewisser John Fitzgerald Kennedy es überhaupt nur konnte, ein Mensch, dessen vielfältige Leiden sich auf seinen Charakter wie auf die zerrissene Linienführung seiner Handschrift niedergeschlagen hatten, weshalb er sich auch bei dieser stets die größte Mühe gegeben hatte, um seine Schwächen zu kaschieren. Heraus kam eine gut lesbare Linie, und so braucht Hunerwadel nur ein paar Sekunden, bis er die Zeilen entziffert hat:

Bullfight critics ranked in rows
fill the enormous plaza full;
but there's only one there who knows
and he's the one who fights the bull.

Stierkampfrichter, überall,
Füllen ganz den weiten Platz.
Doch nur einer weiß Bescheid:
Der haut dem Bullen vor den Latz.

Dann studiert er die Widmung auf der Rückseite, die ihn stutzen lässt:

Für Major John Glueck!
John F. Kennedy

«Kann doch nicht sein, oder? Sie kannten Präsident Kennedy?»

«Kannten? Nein. Bin ihm mal begegnet und habe etwas für ihn getan. Dies Gedicht war sein Motto, und er hatte immer eine handgeschriebene Version davon im Geldbeutel, um es bei Gelegenheit verschenken zu können. Für den Gefallen bekam ich das Autogramm mit dem Gedicht. JFK war der Meinung, dass ihn das häufige Niederschreiben des memorierten Textes geistig fit halte. Es muss Hunderte von diesen Zetteln geben. Wenn Sie wollen, können Sie ihn behalten.»

«Aber er ist doch Ihnen gewidmet», entgegnet der Direktor.

«Ich hab's aufgehoben, weil ich immer dachte, dass es sich gut am Anfang eines Romans machen würde, aber mittlerweile kann ich's auswendig. Behalten Sie den Zettel, wenn es Ihnen Freude macht.»

«Hat … der Präsident es selbst gedichtet?»

«Nein, es ist von Domingo Ortega, einem spanischen Matador. Früher ziemlich bekannt, der Mann, noch bis in die Fünfziger.»

Hunerwadel geht es genauso, wie es mir ergangen ist, nachdem Kennedy mir völlig überraschend das von ihm selbst abgeschriebene Gedicht überreichte und mir die Hand drückte, als wären wir demnächst zum Segeln verabredet: Er ist ein klein wenig überwältigt. Nimmt das JFK-Autograph an. Und bedankt sich.

Es ist klar, dass es jetzt ans Eingemachte geht. Hunerwadel und seine Männer fürchten sich. Keiner will der sein, der mich anfassen muss, um mir die obligatorische Rasur zu verpassen. Das kommt mir gerade recht.

«Ich werde Ihnen sonst keinen Ärger machen, Herr Direktor», sage ich fast flüsternd zu Hunerwadel. «Aber denjenigen von Ihnen, der mein Haar anfasst, bringe ich unter die Erde. Egal wen. Versprochen. Und wenn Sie mir eine Betäubungsspritze geben. Ich werde herausfinden, wer es getan hat. Also lassen Sie mir mein Haar. Hat mit meiner Krankheit zu tun.»

Ich bin ein wandelnder, leibhaftiger Albtraum, ein Mischwesen aus einem Bestiarium. Ich verspreche Frieden, indem ich mit Mord drohe. Eine amerikanische Amphibie.

«Haben die Deutschen Ihnen das angetan?», fragt Hunerwadel schluckend, fast schon wieder hoffnungsvoll. Das wäre ihm zweifellos am liebsten. Ein Ungeheuer aus dem Hürtgenwald.

«Nein, das waren wir. Ein Unfall.»

Er überlegt noch einen Moment, dann lässt er seine Untergebenen wissen, dass sie bei «Major Glueck» eine Ausnahme machen sollen. Ich darf meine Haare behalten und bin damit der einzige Langhaarträger unter sechshundert kahlgeschorenen Gefangenen. Dafür bin ich Hunerwadel dankbar. Und auch, weil er mir eine Einzelzelle zuteilt, liniertes Papier und ein Arsenal von Schreibgeräten.

Es gibt – wie man gleich sehen wird – kein besseres Bild, um meine Herkunft zu beschreiben, als das eines alten, knorrigen Apfelbaums, dem ein frischer Trieb derselben Gattung aufgepfropft wurde, sodass meine Familiengeschichte auf der einen, stämmigen Seite genügend tief reicht, um ein ganzes Team munterer Genealogen zu beschäftigen, die jedem Wurzeltrieb und allen Verzweigungen nachforschen würden, bis sie irgendwann auf die unvermeidlichen Eintragungen in mythischen Logbüchern stießen, Lobpreisungen Gottes, dass ER – trotz fürchterlichster Stürme, mit denen er die atlantische Pfütze aufzuwühlen beliebte, der Sichtung von Walfischen und anderen Ungetümen des Meeres, trotz Krankheit und Pestilenz an Bord und sämtlichen Gebresten und Leiden, denen die Seefahrer und vor allem die einfachen Passagiere des achtzehnten Jahrhunderts nun einmal ausgesetzt waren – so außerordentlich gnädig gewesen war, ein junges Ehepaar Torstrick am Leben zu lassen. Wie ihre Schiffsgenossen waren die Torstricks religiöse Freidenker, die sich *Freunde der Wahrheit* nannten. Als sie schließlich die Südküste Pennsylvaniens erreichten, waren sie umso dankbarer, als ihrer beider kostbare Begleiter die Reise gleichwohl bestens überstanden hatten. Als da waren Gelbe Borsdorfer, Edelborsdorfer, Martens Sämlinge, Seestermüher Zitronen, Englische Spitalrenetten und etliche andere verlässliche Sorten, aus guter Schule stammende Apfelbäumchen. Diese Torstricks, Gotthilf und Elisa, erwarben von einem preußischen Quäker drei Hektar Land im heutigen Adams County, und zwar im Dorf Berlin, auf dessen zunächst unbefestigten, aber liberalen Straßen man zum *Bader* ging und *Schrippen* und *Hippen* beim *Beckmeister* kaufte.

Die Torstricks – Anhänger der GOP, als diese noch ganz jung war – verabscheuten immer schon die Sklaverei, aber nach Gettysburg, so erzählt die Familienlegende, wurden dennoch verletzte Konföderierte im Haus gepflegt, was mir mehr denn je zu denken gibt, denn das hatte ich bis gerade eben fast vergessen, und erst durchs ringende Schreiben wurde es aus meiner Erinnerung nach oben befördert.

Später dann – nicht nur das Dorf, sondern auch die Torstrickfarm war erheblich gewachsen – erforderte es die pennsylvanisch-postbürokratische Genauigkeit, unser Berlin von demjenigen im westlich gelegenen Somerset County unterscheidbar zu machen. Ich weiß nicht, wieso es unser Städtchen traf und nicht das andere, vielleicht wurde gelost, vielleicht fanden die Stadtväter die Betonung der Küstennähe verheißungsvoll: Aus Berlin wurde jedenfalls East Berlin. Vermutlich dürften selbst die dortigen Hinterwäldler mitbekommen haben, dass der irrlichternde Geist der Geschichte sich vor zwanzig Jahren einen Spaß daraus gemacht hat, ihnen in der Sowjetzone Deutschlands ein düsteres Riesengeschwisterchen desselben Namens an die Seite zu stellen. Ich war lange nicht mehr da. In East Berlin, Pennsylvania, meine ich, nicht in Berlin (Ost), Hauptstadt der DDR, da war ich noch nie. Nach West-Berlin aber will ich dann als Nächstes, wenn Hannibal hinter mir liegen wird.

Ein Rätsel ist es mir auch geblieben, wie es meiner Mutter, der jüngsten eines halben Dutzends von Schwestern, überhaupt gelingen konnte, der Gravitationskraft ihrer

Mutter zu entgehen und das Pennsilfaanische Stammland zu verlassen, ohne sich zu zerstreiten, denn «mer sott em sei Eegne net verlosse, denn Gott verlosst die Seine ach ned». Meine Großmutter, Bäckchen wie zwei Apfelhälften und von imponierender Leibesfülle, war die stärkste Frau, die ich jemals kennengelernt hatte. Mir war es, als ich noch klein war, immer vorgekommen, als hätte ich die gesamte Zeit unserer Aufenthalte in East Berlin auf ihrem linken Arm verbracht, während sie, scheinbar ohne die geringste Einschränkung, ihre Arbeiten erledigte, die Schafe zusammentrieb, die die Sommer in den Obstgärten weideten, Wasser und Brennholzscheite schleppte und den großen Herd einschürte, auf dem sie dann grüne Apfelschnitze mit Speck briet. Dazu verschlang man warmes Brot, auf dem fingerdicke Butterstreifen schmolzen. Das Brot war *deitsches Brot*, dunkel wie Muttererde, da es aus vollem Roggen vierzehn Stunden gebacken wurde. Eine meiner frühesten Erinnerungen überhaupt besteht darin, wie die Großmutter mit einem riesigen Brotmesser die für mich bestimmten Scheiben von der steinharten Kruste befreite. Nach der Mahlzeit durfte ich die Kaninchen hinter dem Haus damit füttern. Die weiß-schwarzen *Rieseschegge*, die es gut auf fünf Kilo bringen mochten, sprangen wie verrückt in den strohduftenden Ställen hin und her, klopften mit den samtigen Hämmern ihrer Hinterläufe, drückten sich furchtsam in die hölzernen Ecken der Ställe, um sich dann zögerlich, die Köpfe weit vorstreckend, an die hingehaltenen Krusten heranzutasten. Wenn ihre Schnurrhaare meine Finger streiften und sie dann zu knurpsen begannen, wurde ich fast verrückt vor Aufregung und Glück. Egal wohin meine Großmutter ging, ob Tier, Pflanze oder auch das unbelebte Zeug – alles und jedes sprach sie Pennsilfaanisch Deitsch schwetzend an, nannte es beim Namen und verhieß ihm seinen rechten Ort. Auf ihrem Arm sitzend, lernte ich, dass es gebt viele schwatze Schof, awwer sie gewwe all weissi Millich, dass es Schnee gebbe wead, wenn sich da Hund auf sein Buckel lecht, und dass man immerzu fleissig sein müsse, denn alle Daag umhersitze macht em faul.

Nach East Berlins Schafen, den Kaninchen und den braven Kutschpferden, mit denen wir dann wieder zum Bahnhof von Harrisburg transportiert wurden (Gott segen eich!), erfolgten die von der Melancholie meiner Mutter gefärbten Zugfahrten zurück nach New York. Unser Abteil, erfüllt vom Duft der Apfelkisten, die auf den Ablagen bis unter die Decke gestapelt waren, bewegte sich durch die Wälder, die Mama, ihren schönen Kopf auf ihr Handgelenk gestützt, so intensiv betrachtete, als erwarte sie, dass dort ein Bekannter aus dem fernen Dickicht ihrer Jugend herausträte, der ihr zuwinken würde.

Am Ende sahen wir beide jedes Mal mit Spannung der schauerlichen Durchquerung des Tunnels unter dem Hudson entgegen, in dem selbst an Sommernachmittagen tiefste Mitternacht herrschte. Die paar Minuten, in denen die Abteilfenster nichts als Schwärze zeigten und ich die ganze Zeit daran denken musste, dass über uns die eiskalten Wasser des Stromes dahinflossen, auf dem die gewaltigsten Schiffe unterwegs waren, und wie das nur zusammengehen konnte: die Schiffe oben im Wasser, wir in der Eisenbahn drunter.

Das größte Wunder aber lag am Ende des Tunnels, denn aus der Dunkelheit erreichten wir schließlich eine Kathedrale des Eisenbahnzeitalters: Pennstation. Die Baumeister aller Epochen schienen beseligenden Geistern gleich bei seiner Errichtung mitgeholfen zu haben. Die Dome des christlichen Abendlands, des römischen Kaiserreichs Eleganz und Ägyptens Durst nach Unsterblichkeit, all dies schien hier nachgebaut, wiederholt, größer und gewaltiger in Szene gesetzt als in den Originalen, ein himmelwärts strudelnder Omphalos auf gutem amerikanischen Boden. Der Granit, mit dem seine Eingangshalle vollständig verkleidet war, faszinierte mich, und oft kroch ich mit meinen kurzen Hosen und nackten Knien auf ihm herum, um mich am Flirren der glänzenden Platten zu berauschen, das aus der Entfernung betrachtet jenes gräuliche Rosa ergab, das ich nirgendwo wieder gesehen habe. Und wohl auch niemals mehr sehen werde, denn vor ein paar Jahren ist es den vereinigten Kräften der New Yorker Immobilienspekulation unter Führung des skrupellosen Fred Trump, der sein Geld nach dem Krieg bekanntlich mit dem Bau schäbiger Sozialwohnungen auf Coney Island gemacht hat, endlich gelungen, Pennstation abzureißen und das Gelände gewinnbringend auszuschlachten.

So tief die verbürgten Erzählungen von den apfelbaumpflanzenden Torstricks reichten, freiheitsliebenden Pennsylvaniern und manchmal, wenn ich an meine Großmutter denke und daran, wie sie mit allen Dingen und Tieren zu plaudern pflegte, eigentlich so etwas wie Blumenkinder *avant la lettre* – so kurz reicht mein Wissen auf der Vaterseite.

Mein Großvater, Josef Maria Glück, hatte seinen prächtigen Namen (zumindest prächtig für die, die Deutsch verstehen) nicht von seinen Eltern bekommen, denn die waren unbekannt, sondern von den Schwestern vom armen Kinde Jesus. In deren Kölner Waisenhaus war mein Großvater nach seiner Geburt abgegeben worden. Es war üblich, den

Findelkindern gott- oder herrschaftsgefällige Vornamen zu geben, sich aber bei den ja auch nötigen Familiennamen an den Umständen der Findung zu orientieren. Daher kommen all die Ostertags, Sonntags, Julys oder Espositos. Bei meinem Großvater Joe dachten die Nonnen vielleicht, er habe Glück gehabt, bei ihnen gelandet zu sein, oder er werde solches in seinem späteren Leben finden. Immerhin lernte er neben dem Beten, dem Beichten, dem Fasten und dem Ertragen von Prügeln auch das Lesen und Schreiben und, wenn auch wohl im Verborgenen und entgegen alle Billigung seiner geistlichen Erzieherinnen, das Kartenspielen. Es war eines der Tabuthemen bei uns zu Hause, aber ich glaube zu wissen, dass mein Großvater Joe, zumindest in Amerika, kein *kleiner Vertreter*, so die offizielle Legende, sondern ein Berufsspieler gewesen war.

Vielleicht hatte mein Großvater auch schon das Geld für die Schiffspassage für sich und seine Frau Elisabeth mit Kartenspielen verdient. Aber nachdem er gegen 1880, knapp zwanzigjährig, in Ellis Island angekommen war, hatte er sofort damit angefangen, sich seinen Anteil an den ungeheuren Geldmengen, die der Goldrausch sprudeln ließ, an den Spieltischen der boomenden Großstädte zu ergattern, wo die Betreiber mit viel Alkohol, leichten Mädchen und Glücksspiel Atmosphäre zu erzeugen versuchten. Jeder bessere Saloon hatte Berufsspieler und hübsche Frauen unter Vertrag. Während Joe wochenlang auf Tour in San Francisco, Cincinnati oder Atlantic City war, blieb seine Frau mit ihren kleinen Söhnen in der Einzimmerbehausung in der Lower East Side alleine, wo sie immer Angst haben mussten, in der Nacht von den Ratten angenagt zu werden, weshalb sie alle zusammen in einem Bett schliefen, das angeblich von einem ausrangierten, kleinmaschigen Fischernetz überspannt war. Ich habe auch anderswo gehört, dass es solche Netze als Rattenschutz in den deutschen Slums von New York tatsächlich gegeben hat.

Mein Großvater hatte mir schon als Zweijährigem beigebracht, wie man die Karten hält. Wir spielten deutsche Kinderkartenspiele wie Mau Mau oder amerikanische wie Take-The-Train, das mir besonders viel Spaß machte, und auch Dutch Blitz und Eucre, die die Pennsylvanier liebten. Aus dem Eucre-Spiel stamme auch der Joker, der, wie mein Großvater immer zu sagen pflegte, Kaiser-Bauer, der höchste Trumpf im ganzen Spiel. Dieser Imperial-Bower, wie man den Joker auf Englisch mit deutscher Phonetik nannte, war eine amerikanische Erfindung, erklärte er mir. Der Joker stand ganz und gar für das, was Amerika für Generationen von Einwanderern vor und nach ihm war: ein Versprechen, eine Hoffnung, eine Möglichkeit, alles zu sein, alles erreichen zu können, was man sich nur vorstellen mochte.

Auf dem Joker der von meinem Großvater bevorzugten Kartenmarke *Bicycle 808* fuhr ein König in märchenhaftem Gewand auf einem altmodischen Fahrrad durch die Gegend. Die andere, sonderbare amerikanische Karte hingegen war das Pik-Ass: Da stand nämlich eine Frau mit Krone und Schwert in der rechten Hand, und hinter ihr fielen die Sterne der amerikanischen Flagge wie Schneeflocken aus einem schwarzen Himmel. Es war eine Abbildung der Statue of Freedom – nicht der unsrigen, die heißt ja auch Statue of Liberty, sondern jener, die seit 1865 auf dem Kapitol in Washington stand. Für mich war sie eine mythische Figur, die ich mir stundenlang anschauen konnte.

Es gehört zu den bizarren Zufällen meines Lebens, dass ich ausgerechnet das geheimnisvolle Pik-Ass aus dem *Bicy-*

cle 808-Spiel bei meinen Recherchen im Mekong-Delta wiedersehen sollte, ein Rätsel meines Lebens und eine unheimliche Begegnung, die sich kein romantischer Schauerdichter hätte ausdenken können.

Meine Mutter hatte Großvater eigentlich strikt verboten, mir das Kartenspielen beizubringen, aber der dachte überhaupt nicht daran, auf unser Vergnügen zu verzichten. Denn das Kartenspielen war nicht nur sein Talent, sondern auch seine Berufung und sein Schicksal. Gerne erzählte er, wie er in Pittsburgh in üblen Schwierigkeiten gewesen war. Weil er zu oft gewonnen hatte. Er habe nicht aufhören können, bis es seinem Gegenspieler einfach zu viel geworden sei.

«Oh Jung», hatte er in seinem phantastischen Kölsch erzählt, einem deutschen Dialekt, der dem Englischen ein wenig ähnlich ist, «et war so ne Moment, direkt spukisch war dat. Der Kerl beucht sich rüber, kommt mir immer näher, und dann sieht er mir tief in de Augen. ‹Glueck, isch weiß jetz, wat der Name heiß, du deutscher Dreckskerl. Du kannst maache, watte wills, aber an meinem Tisch spielst du nit mieh›, dat waren seine Worte», hatte mein Großvater erzählt, «und isch han jesinn, wie er unterm Tisch dat Messer ziehen tät.»

Ich war sein letzter Spielpartner. Und so lernte ich von ihm nicht nur die Tricks, mit denen man beim Black Jack memorierte, wie die Karten gefallen waren und wie man beim Pokern Wahrscheinlichkeiten errechnete, sondern auch, wie man in aller Seelenruhe *dat Blaue vom Himmel log*, ohne sich auch nur das Geringste dabei zu denken. Er war es auch, der mir erklärte, wie man den Gegner beim Pokern durch die Schaffung einer fiktiven Person, einer Rolle, täuschen konnte: klug sein, dumm erscheinen.

Wenn wir nicht Karten spielten, las er mir die Gebrüder Grimm vor. Besonders mochte ich *Hans im Glück* – wer hätte es mir verdenken können? – und *Sieben gegen die Welt*. Ich liebte die Illustrationen, die entzückenden Gänsemädchen, Riesen, klugen Däumlinge, die Stadtszenen mit den mittelalterlichen Gassen und die verwunschenen Häuschen in den geheimnisvollen, dunklen Wäldern.

Bei unseren Spaziergängen in der Bronx, wo wir wohnten, liefen wir jedes Mal zuerst an den Loreley-Brunnen, jene die Märchenwelt der Grimmbrüder fortsetzende Skulpturengruppe aus weißem Marmor, die dem Andenken Heinrich Heines gewidmet war.

Kein einziges Mal versäumte mein Großvater, mir zu erzählen, dass meine Großmutter, seine Lisbeth, aus Düsseldorf gebürtig gewesen sei, der Geburtsstadt des Dichters. Oftmals schneuzte er sich danach kräftig in sein Taschentuch, und dann gingen wir in den nahen Zoo, wo es einen ungeheuer beleibten Löwen gab, der genau so aussah wie der in der Illustration zu dem Märchen *Der Löwe und der Frosch*.

East Berlin, das archaische Pennsilfaanisch meiner Großmutter, wie auch mein Erlanger-Karten spielender Großvater mit seinem Kölsch, das ich bis zum heutigen Tage im Ohr klingen höre, mit dem Auf und Ab des mächtigen Rheinstromes darin, den Heinrich Heine besungen hatte. Das dunkle Brot. Das bayerische, in Brooklyn gebraute Bier, das mein Großvater genussvoll trank, obwohl es verboten war. Die Grimm'schen Märchen und ihre Bewohner. Das alles, so unterschiedlich und bestürmend und himmelweit auseinander wie die luftigsten Kapitelle auf den römischen Säulen der Pennstation, kam für mich in einer Schnittmenge zusammen, besaß einen gemeinsamen Ursprung:

das mythische Land, welches Deutschland hieß. Das Land meiner Vorfahren.

Hier tut es jetzt ein bisschen weh.

Denn als ich neun Jahre alt war, kam mein Vater bei einem Autounfall ums Leben. Aus ungeklärter Ursache durchbrach sein Wagen die hölzernen Leitplanken auf einer Brücke über den Delaware. Er muss nach dem Aufprall sofort tot gewesen sein, denn in seinen Lungen war kaum Wasser.

Zuletzt arbeitete er als selbständiger Handelsreisender und war so viel unterwegs gewesen, dass ich wenig von ihm mitbekommen hatte. Weekend kannte er keines. Nur ein paar familiäre Szenen mit ihm sind mir noch deutlich in Erinnerung, merkwürdig belanglose Ereignisse. Wie die Sache mit einem streunenden Dalmatiner auf Long Island, der ihm eine Hähnchenkeule gestohlen hatte und daraufhin – zu meiner großen Freude – von Vater verfolgt wurde, bis beide fast am Horizont verschwunden waren. Als mein Vater zurückkam, hielt er triumphierend die lädierte Keule in die Höhe, und dann biss er vor unseren vergnügt-entsetzt geweiteten Augen triumphierend hinein.

Alles andere weiß ich nur aus den Erzählungen meiner Mutter und meines Großvaters. Mein Vater, Joseph (ohne Maria) Glueck (ohne Umlaut), galt zwar als gebürtiger Amerikaner, war aber noch auf dem HAPAG-Schiff auf die Welt gekommen, das seine Eltern nach Ellis Island gebracht hatte. Seine Mutter Elisabeth starb, als er fünfzehn Jahre alt war. An der Lower East Side war es nicht unüblich, vor seinem fünfzigsten Geburtstag zu sterben. Infektionskrankheiten gab es reichlich, schlechte Ernährung und eisige Winter auch. Während sein Vater mit durchaus wechselndem Erfolg weiterhin durch die Saloons und Hinterzimmer der Vereinigten Staaten tourte, kümmerte sich Joseph um seinen acht Jahre jüngeren Bruder Wilhelm, Will, der ihm seine – worin genau auch immer bestehenden – Erziehungsmethoden dadurch dankte, dass er sich später auf und davon machte, Richtung Westen, und kein Wort mehr mit ihm sprechen wollte. Er müsste jetzt um die siebzig sein, wenn er noch lebt.

Mein Vater hatte ab seinem vierzehnten Lebensjahr bei Keuffel & Esser drüben in Hoboken gearbeitet, einer Firma, die alteingesessenen Deutschamerikanern gehörte. Zu Beginn war er wohl so etwas wie ein Laufbursche am Hafen gewesen. Keuffel & Esser importierten große Mengen Präzisionsgläser aus dem Deutschen Reich, die sie in geodätischen Apparaten, Kalkulatoren und Ferngläsern verbauten. Deshalb verband ich mit Deutschland immer auch noch etwas sehr Technisches, repräsentiert durch die nimmermüde Ernsthaftigkeit meines Vaters, wenn er einen strengen Blick auf seine Armbanduhr warf, meiner Mutter zunickte und aufbrach, um seine Apparate mit deutschen *Präzisionsgläsern* an den Mann zu bringen. Deutschland – das Land der Präzision. Auch wenn wir in Amerika lebten, so war mein Vater doch irgendwie ein Teil davon gewesen, auch natürlich, weil wir zu Hause ausschließlich Deutsch sprachen.

Die Kunden waren Vermessungsämter, Geologenbüros und Architekten in allen Staaten, aber auch unsere Kriegsmarine. Diese war der wichtigste und potenteste Kunde.

Irgendwann begann die Firma, sich von den Importen aus Deutschland unabhängiger zu machen, und als in Europa der Große Krieg ausbrach, standen Keuffel & Esser zusammen mit anderen Industrieunternehmen aus den nordwestlichen Staaten in vorderster Linie dessen, was man die

Prepared-Bewegung nannte. 1916, fünf Jahre vor meiner Geburt, gab es als vorläufigen Höhepunkt sogar den Preparedness-Day mit einer Parade in Manhattan. Keuffel & Esser war dabei, und auch mein Vater, inzwischen schon im Vertrieb, marschierte in Reih und Glied und schwenkte mit düsterer Miene die BE-PREPARED-Fähnchen. Bereit wozu? Zum Kampf gegen das Deutsche Kaiserreich. Zum Eintritt in den Großen Krieg.

Ich weiß nicht, wieso genau, aber meine liebste von den paar wenigen Fotografien, auf denen mein Vater abgebildet war, zeigte ihn bei jenem «Seid bereit, den kaiserlich deutschen Hunnen aufs Haupt zu schlagen, bevor sie ihre U-Boote und Truppentransporter bis vor die Küsten New Englands und Massachusetts schicken und pickelhaubentragende Monstren mit Bajonett und Flammenwerfer durch die Straßen New Yorks und Bostons ziehen, um, so wie sie es in Belgien und Frankreich getan haben, die Frauen zu schänden und Neugeborene aufzuspießen»-Marsch.

Mein Vater und seine Kollegen in ihren einfachen, streng geschnittenen Anzügen wirken ernst, aber ob sie wirklich an die über den Atlantik herannahenden Deutschen glaubten, wage ich zu bezweifeln. Es war einfach nur Firmenpolitik. Wegen der Navy.

Der russischstämmige Politiker Morris Hillquit in *DER FORWERTS*, einer jiddischen Sozialistenzeitung, in der auch Leo Trotzki schrieb, wurde nicht müde, die Fortschrittlichkeit Deutschlands zu betonen. Henry Ford charterte kurzerhand einen Ozeandampfer, um persönlich und zusammen mit anderen amerikanischen Industriellen bei den neutralen Regierungen Europas und der Welt vorzusprechen und für eine rasche Friedenslösung zu werben. Würden die USA in den vermaledeiten Krieg eintreten, so warnte er, würden sie eine Riesenmilitärmacht aufbauen und schließlich zur Gefahr für alle anderen werden.

Die kleinen Geschäftsleute und Krämer deutscher Abstammung aber, die traten auf die Straßen, weil sie die permanenten Anfeindungen ihrer italienischen oder englischen Nachbarn nicht mehr ertrugen, verbrannten öffentlich die deutsche Fahne und urinierten auf Bilder des Kaisers. Sie ließen ihre Kinder das Sternenbanner schwenken und küssen (und machten Fotos davon, die sie in ihre schäbigen Schaufenster hängten) und beteuerten bei jeder Gelegenheit, dass sie hinfort keine Deutschen mehr seien, sondern echte Amerikaner. Dabei knödelten sie mit einem herzhaften deutschen Akzent, als wären sie vorgestern auf Ellis Island angekommen. Das, was einmal *Little Germany* war, ein riesiges Stadtviertel, in dem man straßenweise kein Wort Englisch hörte, dafür aber so gut wie jeden deutschen Dialekt, begann sich aufzulösen.

Mein Großvater hatte Wilson gewählt, weil der hoch und heilig versprochen hatte, Amerika aus dem Krieg gegen Deutschland herauszuhalten. Jetzt, keine zwei Jahre später, verfolgte er grimmig, wie das ganze Land von staatlich bezahlten Propagandakräften überschwemmt wurde. Man kann es sich heute gar nicht vorstellen, aber bis dahin war psychologisch durchdachte Werbung für politische Inhalte völlig unüblich.

Der Erste Weltkrieg war der Kreißsaal der Propaganda.

In Amerika brütete sie das fliegende Riesenheer der *Vier-Minuten-Männer* aus, Freiwillige, die durch das ganze Land zogen und genau in jener knapp bemessenen Zeit, die es brauchte, um in den Kinos die Filmrollen zu wechseln, auswendig gelernte, exakt kalkulierte Reden schwangen, die den Kinobesuchern erklärten, warum Präsident Wilson sein Versprechen nun doch nicht würde halten können und es eigentlich sowieso ganz anders gemeint gewesen war.

Der Präsident war also ein Lügner.

Das war die erste Information über Politik, an die ich in meinem Leben geriet, mein Großvater sagte das immer und immer wieder – soll ich dies als eine spezifische oder als eine allgemeine Erfahrung beschreiben? Gibt es irgendein Land auf der Welt, in dem die Menschen etwas anderes sagen würden oder jemals gesagt hätten? Sind nicht Politik und Lüge ein geradezu obligatorisches Zwillingspaar, wenn es darum geht, den Wohlstand der Nation zu mehren, die Sicherheit zu bedenken, Krieg und Frieden zu erwägen? Muss Politik nicht grundsätzlich schmutzig, ihre Vertreter verlogen, ihre Ergebnisse einseitig und ungerecht sein?

Nein, sage ich.

Ich weiß, das klingt dieser Tage hohl. Aber ich kann mich an eine Zeit erinnern, als wir hinter dem Präsidenten standen, der ein rechtschaffener Mann war. Sein Name war Franklin Delano Roosevelt. Mitten in der größten Krise der Geschichte machte er kein Hehl daraus, was er sah, wenn er auf Amerika blickte. Er sah, dass ein Drittel der Nation schlecht ernährt war, unter schlechten Bedingungen lebte und in Löchern hauste, ohne Aussicht, jemals zu Eigentum zu kommen. Und er erkannte ein Übel, das die eine Generation an die andere weitergab: Millionen von amerikanischen Kindern hatten keinen Zugang zu guter Bildung.

Knallhart, ja, das war er als Analytiker. Er wusste, mit wem er sich anlegte – mit jenen Leuten, die er den *Geldadel* nannte, egal ob es Industrielle, Eisenbahnbesitzer, Ölbarone oder Banker waren. Zu unserem und der Welt Glück zog er sein Programm auch durch. Er hielt das Land zusammen, er zähmte das Geld und half den Menschen, die in ihrer Verzweiflung bereit waren, sich auf alles einzulassen, das Besserung versprach, aber er missbrauchte das Vertrauen nicht, das die Menschen in ihn setzten. Wir, meine Freunde und ich, deren Eltern, kleine Leute, die sahen, wie schlecht es dem Land ging: Wir liebten ihn.

In seinen Radioansprachen erklärte er seine Politik. Seine unprätentiöse, gelassene, manchmal auch ein wenig müde klingende Stimme führte uns durch die Untiefen dieser schwierigen Zeit – der vom Finanzsystem ausgelösten Wirtschaftskrise, die man auch die *Große Depression* nennt. Es war eine Zeit, die Gut und Böse voneinander schied wie Wasser und Öl. Aber an ihrem Ende stand der Eintritt in den Zweiten Weltkrieg, wo wieder alles zusammengequirlt wurde.

Für mich waren die dreißiger Jahre die Epoche, an deren Anfang der Tod meines Vaters stand und meine Kindheit mit einem Schlag vorüber war. Ich fand irgendwie einen Weg für mich, seinen Tod als rationale Größe zu akzeptieren und in meinem Sozial-, Schul- und Familienleben so damit umzugehen, dass mich keiner für bekloppt hielt, aber insgeheim, fühlte ich, war er gar nicht tot. Er sprach aus den Seiten guter und spannender Literatur, schien mir bei der Betrachtung von Weltkarten plötzlich auf geheimer Mission diesseits des Atlantiks unterwegs oder sah mir über die Schulter, wenn ich irgendwo mit dem Springseil trainierte. Es war ein Gefühl, über das ich mit niemandem sprechen musste und auch nicht wollte. Aber ich entdeckte in den Dreißigern nicht nur meine Liebe zur Literatur und zum Seilspringen, sondern lernte auch die Liebe zwischen zwei Menschen kennen, verlor mein Herz und sah zu, wie es – von den bösen Umständen der Zeit – gebrochen wurde.

Ihr Name war Gretchen Amann.

Da kam einiges zusammen, was mein Creative-Writing-Professor Whit Burnett bei der ersten Sprechstunde 1941 folgendermaßen zusammenfasste:

«Durchaus großzügig angenommen, lieber Mr. Glueck», sagte er, «dass die erste sexuelle Erfahrung eines sensiblen jungen Mannes sehr wohl der Stoff für eine ausgezeichnete Geschichte sein kann, ist es unglücklicherweise so, dass sie es nur ganz selten tatsächlich ist.»

Er machte eine genussvolle Pause und strich sich mit dem Zeigefinger über die Unterlippe, um dann fortzufahren: «Und wenn sie es ist, so kommt es darauf an, dass der Autor auch etwas aus dem Stoff macht. Das ursprüngliche Erlebnis, und wäre es auch etwas so Sensationelles wie sein erster von der Hilfsbereitschaft eines Mädchens ausgelöster Samenerguss, genügt nicht. Also denken Sie noch mal drüber nach, ob Sie nicht ein anderes Thema für Ihre Short Story finden.»

Wenn ich heute, dreißig Jahre später, darüber nachdenke, fällt mir ein Gegenbeispiel ein. Es gibt da diesen österreichischen Modeautor, den sie in den Villen und Privatstränden auf Marthas Vineyard und Long Island verschlingen, Peter Handke, der schreibt vielleicht so, über etwas, aber ohne Handlung. Mit Geschehen, aber ohne Inhalt. So pur.

Aber normale Autoren dürfen nicht an der Sache selbst kleben, die sie erlebt haben (klebrig, wie sie war), sondern müssen sich davon lösen können. Das Erlebnis ist nur das Material. Es dient dazu, das anzuordnen und zu gestalten, was Elmer Rice als Modell für das Schreiben einer Short Story vorgeschlagen hat:

Get Man Up Tree
Throw Stones At Him
Get Him Down

Bei der Armee, der christlichen Seefahrt und auch im Gefängnis mögen Ort und Umstände selten erfreulich sein – das, was sie im Zweifelsfall zur Hölle werden lassen, sind immer die anderen. Ein kleines Bergtal kann ein Wanderparadies oder eine Mördergrube sein. Eine Kompanie dein Zuhause oder dein Verhängnis.

Das traditionelle amerikanische Gefängnis verfolgt den Ansatz, einen Gutteil der Überwachungsarbeit nicht von den Wärtern erledigen zu lassen, sondern an die Gefangenen selbst zu delegieren. Im Grunde sind die Wärter eigentlich nur für die Türen da. Sie kontrollieren, was und wer rein- und nicht rauskommt. Im Inneren überlässt man dann vieles den freien Kräften der Insassen. Das birgt natürlich die Gefahr, dass sich diese ausnahmsweise einmal nicht gegenseitig terrorisieren, sondern sich verbünden, um einen Ausbruch zu wagen. Deshalb braucht die Gefängnisverwaltung verlässliche Informanten, denen sie beim Überleben hilft. Ein eher brutaler Ansatz.

Seit aber die Kinder der Geschlagenen, der Beatniks, in zunehmender Zahl einerseits wegen Drogengeschichten und andererseits als politische Gefangene, Wehrdienstverweigerer und Landfriedensbrecher in die Gefängnisse kommen, hat sich auch im Strafvollzug einiges getan. Progressive, studierte Leute, wie Hunerwadel, sind die gefragtesten Männer bei der Neubesetzung von Direktorenposten. Ich bin sicher, er wird es noch zum Leiter eines Bundesgefängnisses bringen.

Heute treffen wir zusammen, um ein paar Formalitäten zu klären. Der Sheriff ist auch da.

Das maschinengeschriebene Protokoll meiner Vernehmung wird mir vorgelegt. Ich lese es sorgsam durch. Lustige Formulierungen zum Teil, *behauptete, den Nichtbesitz seines Führerscheins durch dessen vorsätzliche physische Vernichtung selbst herbeigeführt zu haben.*

«Alles korrekt?»

«Ja.»

«Werden Sie das Protokoll heute unterschreiben?»

Hunerwadel zwinkert mir zu und schiebt seinen persönlichen Dienstkugelschreiber über den Tisch. Der Sheriff, der mit verschränkten Armen an der Wand steht, schaut mich skeptisch, aber nicht verächtlich an.

«Geben Sie mir noch ein paar Tage, Direktor.»

«Wozu?»

«Ein paar Tage. Bin mir noch unsicher.»

Hunerwadel dreht sich kurz zum Sheriff, der zuckt nur mit den Achseln.

«Also gut. Sobald Sie das Protokoll unterschrieben haben, dürfen Sie in die Bibliothek. Ist das ein Deal?»

«Noch kann ich aus dem Gedächtnis schreiben», sage ich und erhebe mich aus dem blau-orange gepunkteten Sessel, um in meine Zelle zurückgeführt zu werden. Beim Aufstehen fallen ein paar meiner langen, im Licht des Hunerwadel'schen Büros graublond schillernden Haare zu Boden.

Der größte Unterschied zwischen dem Schreiben von Literatur und dem Schreiben für die Regierung besteht im

Umgang mit den Auslassungen. Ohne Auslassungen keine Dichtung. Auf der anderen Seite sind Auslassungen genau das, was man sich beim Verfassen eines Berichtes oder eines Protokolls unter keinen Umständen erlauben darf.

Was geschah, nachdem Sie von Ihrem Großvater gelernt hatten, dass Präsident Wilson ein Lügner war?

Wie oft haben Sie mit ihm darüber gesprochen?

Hat Ihr Großvater auch über andere Politiker dieser Zeit mit Ihnen gesprochen?

Hatten Sie überhaupt andere Gesprächsthemen politischer Natur?

Waren Sie jemals Mitglied einer Partei und wenn ja: welcher?

Protokolle solcher Vernehmungen müssen möglichst genau und vollständig sein. Wort für Wort. Die Quelle hat kein Recht, Informationen vorzuenthalten. Der die Quelle führende Offizier auch nicht. Die Entscheidung darüber, was von Relevanz ist und was nicht, liegt nicht bei ihm, sondern bei den höheren Rängen, die in der Lage sind, eine Beurteilung zu treffen.

Bei der Literatur hingegen ist es in der Tat der normale, unbedachte Leser, der am besten beurteilen kann, ob etwas wichtig oder unwichtig, gut und gelungen oder fade und langweilig ist. Legt er die Zeitschrift weg und blättert weiter, ist die Short Story nicht gelungen. Klappt er ihn zu, taugt ein Roman nichts.

Wir sind jetzt also wieder im Jahre 1941. Ich bin seit kurzem zwanzig Jahre alt und studiere im Hauptfach Germanistik an der Columbia. Ich bin Mitglied der Boxmannschaft, ein wendiges Mittelgewicht, vielleicht ein bisschen zu empfindlich, um ein wirklich guter Boxer zu sein, aber ich trainiere fleißig, denn das Boxen hat mir ja mein Stipendium eingebracht und ist also essenziell für mein Studium, das wir uns sonst nicht so einfach hätten leisten können.

Ich habe eine anspruchsvolle Seminararbeit über Erich Kästners Kinderbücher und ihre Verbindung zum Grimm'schen Märchen geschrieben, die meinen Germanistikprofessor entzückt hat. Er will, dass ich unbedingt bei ihm meinen Abschluss mache.

Meine Mutter ist wie immer nach East Berlin aufs Land gereist, aber diesmal alleine, da sie mir endlich meinen Herzenswunsch erfüllen konnte. Sie hat mir nämlich den *Creative-Writing-Sommer-Kurs* bei Whit Burnett zum Geburtstag geschenkt, den ich mir so sehr erhofft hatte.

Ein unglaublich heißer Sommer hat seinen Höhepunkt erreicht. Es ist kaum zu glauben, aber es wird tatsächlich jeden Tag immer noch heißer. Alles, was man sich unter *New York in einem wirklich heißen August* an fahrenheitlichen Sensationen nur vorstellen mag, ist geboten: schmelzender Asphalt und weit geöffnete Hydranten in den Seitenstraßen der Bronx, verdorbene Lebensmittel, an denen jeden Tag mehrere Dutzend Leute sterben, dazu Hitzschläge und Kreislaufzusammenbrüche.

Zehntausende Emigranten und Flüchtlinge aus Deutschland, Österreich, der ČSR und den anderen Ländern unter deutscher Besatzung sind in New York. Thomas Mann und die übrigen Berühmtheiten hat es nach Kalifornien gezogen, aber es gibt wieder so viele deutschsprachige Zeitungen und Buchverlage, Komitees und Theatergruppen hier wie kaum je in der guten alten Zeit, die mein Großvater noch erlebt hatte. Von einer guten Zeit würden die neuen

Deutschen in den USA allerdings kaum sprechen. Viele sind bitterarm, manche teilen sich zu sechst oder zu siebt ein billiges Zimmer. Ich weiß das, weil meine Mutter sich bei einem Hilfskomitee für deutsche Flüchtlinge engagiert und ich einige kennengelernt habe. Ich lese die Schriftstellerin Anna Seghers, die in Mexiko Zuflucht gefunden hat, aber in New York unter den Emigranten sehr populär ist. Ihr *Siebtes Kreuz* ist faszinierend geschrieben und ein Fanal für den Widerstand gegen die Nazis. Seghers zeigt, dass diese keineswegs allmächtig sind, auch wenn Hitler mit seinen Blitzkriegen fast ganz Europa besiegt hat.

Das Deutsche Reich, so groß wie nie, wird jeden Tag noch größer, da die Wehrmacht und ihre Hilfstruppen aus Norwegen, Dänemark, Frankreich, Ungarn und Rumänien seit Ende Juni, also seit gut sechs Wochen, einen Feldzug gegen die Sowjetunion führen, von dem man später sagen wird, dass es niemals zuvor in der Geschichte des Krieges eine größere Streitmacht gegeben hatte. Man spricht viel davon, nicht nur bei den Flüchtlingen, auch bei den Amerikanern, egal ob deutschstämmig, russischstämmig oder von woanders, in den Wohnzimmern Amerikas hängen große Landkarten, auf denen die Familienväter mit Stecknadelfähnchen den Verlauf der Ostfront abstecken. Bei uns zu Hause bin ich derjenige, der die Fähnchen bewegt. Wenn Hitlers Wehrmacht weiter so vorankommt, wird sie bis Weihnachten Moskau eingenommen haben.

Die Bundesregierung arbeitet Tag und Nacht dafür, die Sowjets vom Schmutz der jahrzehntelangen antikommunistischen Schmähungen reinzuwaschen. Roosevelt selbst spricht in seinen Kaminfeuergesprächen von Stalin, als wäre der Onkel Joe, ein netter Kerl aus dem Drugstore unten an der Straße, mit dem er gerne mal einen trinken gehen würde. Der Begriff des *Edelkommunisten* taucht auf, aber noch ist die Deklaration der Vereinten Nationen ein halbes Jahr entfernt.

Whit Burnett gibt wie jedes Jahr seinen literarischen Sommerkurs an der Columbia-Universität. Das Thema ist:

Short Story.
Theorie und Praxis

«Ah geh hearst, sei doch ned so deitsch», rief der gleichaltrige Kursteilnehmer, der mich um mindestens zwei Köpfe überragte und der bis zu diesem Augenblick mit größter Beharrlichkeit aus dem Fenster geschaut hatte.

Das Interessante war, dass er das *Sei doch nicht so deutsch* auf Deutsch sagte. Man konnte klar hören, dass er kein Muttersprachler war, das ja, aber er sprach flüssig, mit einem seltsamen Akzent allerdings, den ich nicht identifizieren konnte. Ich musste lachen. Keine Ahnung, woher er gewusst hatte, dass ich deutschstämmig war oder dass ich überhaupt Deutsch verstand. Deutsch gesprochen oder erwähnt, dass ich Germanistik studierte, hatte ich nicht.

«Schon gut, ich nehme alles zurück», rief ich auf Englisch, damit mich auch die anderen verstehen konnten, «ich werde mich nie wieder darüber beschweren, dass unser Kursleiter unpünktlich ist.»

Dann, zu ihm gewandt und diesmal auf Deutsch: «Wo hast du so derart gut – und so eigenartig zugleich – Deutsch sprechen gelernt?»

«Mein Vater hat mich zu Verwandten nach Wien geschickt, damit man mir beibringt, wie man Lämmchen schlachtet und Hühnchen ausnimmt, koscher. Da habe ich meinen Akzent her – es ist der von jüdischen Metzgern aus der Leopoldstadt. Sperlgassen, um es genau zu sagen.»

Ich hätte gerne noch einmal nachgefragt, aber dem stand das Eintreffen des Kursleiters entgegen. Ohne auch nur eine Silbe darüber zu verlieren, dass er fünfunddreißig Minuten zu spät gekommen war, setzte sich Whit Burnett vorne auf den Tisch des Seminarraums und nickte als Erstes knapp dem Leopoldstädter zu.

Was er jetzt verkündete, ließ uns dann aber alle aufhorchen. Während der sechs Wochen des Kurses sei jeder Teilnehmer gehalten, eine Geschichte zu schreiben. Es sei möglich, sie während der Nachmittagsstunden im Plenum vorzulesen und mit allen darüber zu diskutieren. Am Ende aber müsse eine Endfassung fertig und abgegeben sein. Und für die beste Geschichte werde es einen Preis geben.

«Die Klempnervereinigung in Minnesota verleiht auf ihrer Weihnachtsfeier die *Spirale des Jahres*», sagte Burnett. «Auch wir, Verehrer der Short Story, literarische Sommerzünftler, die wir uns nach der Hängematte sehnen, weil wir wissen, dass das wahre Schreiben oft das Träumen davon ist, dass aber das Träumen von der Hängematte und die Kraft, die man aufbringt, um am Schreibtisch sitzen zu bleiben, das wahre Schreiben erst möglich machen, auch wir werden einen Preis vergeben. Es wird nicht der Pulitzer sein, den haben die Kollegen aus dem Journalismus-Department drüben im Ostflügel. Aber doch ein Preis!»

Der Preis bestand darin, dass die beste Kurzgeschichte in Burnetts Zeitschrift *Story* gedruckt werden würde. Damals war *Story* eines der wichtigen literarischen Magazine, nicht nur in New York, sondern in ganz Amerika. Die Liste der Autoren, wie etwa William Saroyan oder Carson McCullers, die Whit Burnett als Erster gedruckt hatte, war lang. Die

Liste der etablierten und berühmten Autoren, die regelmäßig für ihn schrieben, war furchteinflößend und reichte von Sherwood Anderson über Faulkner, Dreiser bis hin zu Erich Maria Remarque und Hermann Hesse. Für einen jungen, fürchterlich ehrgeizigen Literaten wie mich war Burnett eine Mischung aus Albert Einstein und dem Papst, dabei aber so undurchschaubar wie *The Shadow.*

Wir waren dreizehn Leute inklusive des Seminarleiters, der eine jupiterähnliche Richterposition einnahm und mit einigem Vergnügen, aber völlig neutral, auf das Dutzend Sterbliche blickte, die, so sie einander nicht direkt hasserfüllt verbunden waren, sich doch kaum über den Weg trauten. Einander arrogant, nervig, auf den ersten Blick unbegabt fanden. Manche konnten sich natürlich auch auf Anhieb leiden oder fanden sich sogar sehr anziehend. Wir alle aber waren einer gemeinsamen Leidenschaft wegen gekommen und hatten die happigen Seminargebühren bezahlt: um eine gute Geschichte abzuliefern. Und dann noch den Preis zu gewinnen.

Neben dem großgewachsenen Sperlgassen-Wiener, Jerry, war da etwa jene mindestens vierzigjährige, jedoch viel jünger wirkende Frau aus dem Mittelwesten, die allen Ernstes behauptete, die Mutter einer Zwölfjährigen zu sein, die eine außerordentliche Autorin zu werden verspreche. Als Mutter fühle sie folglich die Verpflichtung, auf dem Gebiet des literarischen Schreibens eigene Erfahrungen zu machen, um ihre Tochter, die wohl bald schon in der Welt der Publikumsverlage würde zu agieren haben, nicht nur beschützen, sondern auch fachlich beraten zu können. Sie schrieb drei Geschichten in vier Wochen.

Wir jüngeren Seminarteilnehmer nannten sie bald, natürlich heimlich, *die Spartanerin.*

Es gab eine sehr hübsche Frau schon nicht mehr ganz Mitte zwanzig, von der man wusste, dass sie Angehörige der Society war. Ein Park-Avenue-Mädchen. Trotz ihrer glamourösen Ausstrahlung wirkte sie ein wenig heruntergekommen. Ihr Name war Stephanie. Sie war schlank, blass, hatte ihr schwarzes Haar zu einem Knoten hochgesteckt, trug fast immer eine Sonnenbrille und rauchte eine Zigarette nach der anderen. Professor Burnett hatte es erlaubt, nachdem sie uns offenherzig und mit betrübtem Gesicht anvertraut hatte: «Ich rauche, seit ich elf bin, ich kann nicht anders.»

Sie war nichts für mich, das wusste ich sofort, aber ich fand sie trotzdem von der ersten Stunde an einfach nur apart und musste mich gelegentlich am Riemen reißen, um sie nicht unentwegt anzustarren.

Es gab eine Schwimmlehrerin aus Kansas, die Storys aus dem Leben einer Schwimmlehrerin verfassen wollte.

Ein etwa fünfzig Jahre alter Mann gab offen zu, ein paar Jahre in Sing-Sing zugebracht zu haben, ein Umstand, der mich, wie man nach meinen vorherigen Einlassungen ahnen wird, stark beeindruckte. Er war es, der mir einmal erklärte, dass mit das Gefährlichste, mit dem man es im Gefängnis zu tun bekommen konnte, dreckige Klingen waren.

«Dreckige Klingen?», fragte ich.

«Ja», sagte er, «das ist, wenn sie die Schneide des Messers mit ihrer Scheiße präparieren, damit sich auch noch der kleinste Schnitt entzündet.»

Und dann war da noch Henry.

Ohne Henry keine Party. Kein Victory. Für keinen.

Henry hatte die Angewohnheit, draußen vor dem Seminarraum auf Burnett zu warten, um alleine mit ihm reden zu können.

«Ach, sieh da: Mr. Bukowski», begrüßte ihn Burnett jeden Morgen und tat überrascht. Dieses Ritual hatte damit zu tun, dass Henry nur einen Teil der Kursgebühren bar angezahlt hatte und Burnett immer wieder davon überzeugen musste, dass es noch einen Tag dauern würde. Er warte auf eine Geldüberweisung seiner Mutter.

Henry war der erste Kalifornier, den ich in meinen bisher zwanzig Lebensjahren kennengelernt hatte. In dem Sinne, dass ich nicht nur wusste, gut, dieser Kerl ist aus Kalifornien, ein Akzidens ohne weitere Bedeutung – sondern als leibhaftige Verkörperung. Als ein Botschafter dieser für viele New Yorker nebulösen Gegend am anderen Ende Amerikas, wo angeblich immer schönes Wetter war. Er wirkte hart. Ein richtig harter Kerl. Ein Kerl aus dem Westen eben. Aber dennoch war er auch irgendwie nett. Besaß jedenfalls Charme. Und er machte kein Hehl daraus, dass er schon vor dem Kurs trank. Auch während, er hatte immer einen Flachmann dabei.

Die meiste Zeit stützte er die Ellbogen auf den Tisch, seine Fäuste an die zerfurchte Stirn gepresst, und hörte zu. Er murmelte manchmal etwas, das stets überlegt klang. Er roch streng. Er hatte einen Reisekoffer mittlerer Größe dabei, in dem er offenbar nicht nur Manuskripte und Bücher, sondern auch seinen sonstigen Besitz mit sich führte.

Schon am zweiten Tag verstand es Whit Burnett, eine Arbeitsatmosphäre entstehen zu lassen, die nicht nur die gefühlten Differenzen zwischen uns verdunsten ließ. Wir waren sehr verschieden, ja. Aber wir hatten eine Gemeinsamkeit: Wir wollten schreiben, und zwar eine perfekte Short Story. Burnett wollte, dass wir unsere Unterschiede nicht aufgaben, aber trotzdem das Gemeinsame in den Vordergrund stellten. Unser Interesse sollte uns verbinden, nicht trennen. Wettkampf um die beste Geschichte, aber mit (von ihm aufgestellten) Regeln, und demütig gegenüber der demokratischsten aller Künste, der Literatur, die für jeden, egal welcher Herkunft, welchen Alters, welchen Geschlechts, zugänglich war.

Vor der Literatur waren wir alle gleich.

Burnett gelang diese Art von Purifikation, indem er uns Qualität zeigte. Er trug uns *That Evening Sun* von William Faulkner vor. Er las ziemlich schnell, ohne Betonung, charakterisierte die wörtliche Rede der Figuren nicht, sondern las alles einfach nur hastig ab, ohne sich Mühe zu geben, es irgendwie lebhaft zu gestalten. Es dauerte nicht lange, und jeder von uns begann, Professor Burnetts Stimme wahrzunehmen, als wäre sie ein Blatt Papier. Die Geschichte war so stark, dass sie einen einfach zwang, sich über die Motive und Gefühlslagen der Figuren klar zu werden und die wörtlichen Reden von der Erzählstimme zu unterscheiden. Die Worte selbst schufen die Rede und die Figuren, und ihre ganze Misere erschien durch die Magie der Worte in ihrer physischen und psychologischen Existenz. Burnett war ein genialer Un-Vorleser.

Faulkner war damals der am wenigsten gelesene große Autor, kaum eines seiner Bücher war überhaupt noch im Handel. Weshalb Lehrer und Kritiker gerne mit ihm angaben und sich auf ihn bezogen. Denn da ihn keiner richtig kannte, erstarrte jeder in Ehrfurcht. Er galt als der amerikanische James Joyce.

Vor Faulkner waren wir alle gleich schlecht.

So setzte sich unser Kurs in Gang. Was wir lernen wollten, waren die Gesetze der ersten originär amerikanischen Literaturform: der Short Story. Literatur für die Zeitung, gewissermaßen. Neuntausend Zeichen. Massentaugliche Kurzprosa, die trotzdem hohe Kunst war.

Ihre mythischen Erschaffer, Edgar Allan Poe und Washington Irving, waren immer noch halbe Europäer gewesen, Whit Burnett aber war ein amerikanischer Literaturmacher durch und durch. Er war Verleger, Kritiker, Agent und schrieb jedes Jahr mindestens ein Buch. Die gesamte Dichtung der Welt umschwärmte ihn, lebendig gewordene Bücher und Texte aller Zeiten, wie ein Zug von Monarchfaltern auf ihrer Wanderung über die Kontinente der Literaturgeschichte. Strenge philologische Ordnung war da keine mehr, sondern nur noch Thema, Technik, Geschmack, Neigung. Alles präsent. Alles gleichwertig. Und, wie ich mir heute manchmal fast denke, wie gemacht für eine junge amerikanische Generation, die fühlte, dass wir es mit der ganzen Welt zu tun bekommen würden – und die Welt es mit uns.

Heute versuche ich zu erzählen, wie aus dem hoffnungsfrohen und leidenschaftlichen Amerikaner von gerade mal zwanzig Jahren ein Träger der farbenfrohen Gefängniskleidung von Missouri werden konnte oder vielleicht auch unausweichlich werden musste.

Damals, in jenem heißen Sommer des Jahres 1941, versuchte ich darüber zu schreiben, wie mir Hitler, das Dritte Reich oder auch einfach nur die verdammten US-amerikanischen Nazis die erste Liebe und die politische Unschuld geraubt hatten. Wie der Junge, der auszog, das Fürchten zu lernen, und nach Untergang der Sonne auf einmal mit Monstern am Wirtshaustisch sitzt, hatte ich hautnah erlebt, wie es war, Teil einer faschistischen Bewegung zu sein. Ein naiver junger US-amerikanischer Nazi. Was man da für Leute traf. Was sich dort auftat …

Ganz kurz gefasst: Kaum war ich auf der Welt, da meldete mich mein Großvater bei einer prodeutschen Organisation an, der er selbst angehörte und die ein gutes Jahrzehnt später zum *Deutsch-Amerikanischen Bund* wurde. Meine Mutter, die selbst kein Mitglied war, akzeptierte dankbar das Angebot des Vorstands, der mich 1933, als ich zwölf geworden war, eingeladen hatte, am Jugend-Sommercamp der *Ortsgruppe New York* in Yaphank, Long Island, teilzunehmen, denn die Gebühr war exorbitant, und wir hätten sie uns nicht leisten können. Es waren die Kinder von deutschstämmigen Unternehmern, Handelsvertretern und alteingesessenen deutsch-amerikanischen Familien dabei. Abgesehen von seiner Exklusivität hätte es aber auch ein normales Pfadfindercamp sein können. Die Uniformen unterschieden sich kaum von denen der richtigen Pfadfinder, und wie dort verbrachte man seine Zeit mit Geländespielen, Schnitzeljagden, lernte, ein Messer zu benutzen, Bogen zu schießen und selbstgeangelte Fische auszunehmen. Auch wir saßen abends um ein großes Lagerfeuer herum und sangen Lieder. Der einzige Unterschied war: Die Texte der Lieder in Camp Siegfried waren auf Deutsch.

Das Horst-Wessel-Lied sangen wir das erste Mal 1935. Richtige Nazis aus dem Reich hatten *Den Bund* übernommen. Den *Gau East*, zu dem New York gehörte, leitete *The National Fuehrer* selbst, ein in München geborener Mann namens Fritz Kuhn, der allerdings schon einige Jahre amerikanischer Staatsbürger war. Er war sackartig fett, sprach mit einem breiten bayerischen Akzent und versuchte, seine Reden mit denselben Stilmitteln zu dramatisieren, wie Hitler das tat. Er säuselte, flüsterte, wimmerte und brüllte. Er hasste das *verjüdelte amerikanische Prinzip Melting Pot.* Die Deutschen seien die größte Minderheit in den USA und müssten sich gegen diese perverse, kulturvernichtende Nivellierung erheben, um die weiße Vorherrschaft in den USA zu sichern. Die Deutschamerikaner seien die letzten Kreuzritter gegen Verfall und Rassenschande des edlen weißen Amerikas.

Der Krieg gegen die Neger, die Latinos und die Juden einerseits und gegen die Bolschewiken andererseits sei unausweichlich, wenn Amerika überleben wolle.

Wie Hitler war Kuhn der Meinung, der Jugend gehöre die Zukunft.

Während des Camps im Sommer 1937 kam es zu einem Unglück. Ein liebenswürdiges Mädchen namens Tilly Koch, zwölf Jahre alt, starb an Lungenentzündung. Ihr Gruppenführer hatte ihr befohlen, am Schwimmunterricht teilzunehmen, obwohl sie erkältet war, und als sie daraufhin krank wurde und nicht mehr aufstehen konnte, verbot er, einen Arzt zu holen, weil Tilly *eine Heulsuse* sei, der man ihre Schwächlichkeit nicht durchgehen lassen dürfe.

Heulsuse – dieses deutsche Wort hatte ich noch nie zuvor gehört, so nannte der Gruppenführer die kleine Tilly mit ihrem blassen Teint. Drei Tage später war Tilly tot, es kam die Polizei des Staates New York, das Camp wurde abgebrochen, und meine Liebesaffäre mit Gretchen Amann war zu Ende.

Margarete war vierzehn, ihr Bruder Erik war zwei Jahre älter als ich, achtzehn. Sie hatten beide fast weißblondes Haar und wolfsblaue Augen, aus denen das pure Glück sprach, lebendig zu sein. Sie waren die Kinder eines Managers der Deutschen Lufthansa, der an der Einrichtung von

Transatlantik-Linienflügen zwischen Berlin und New York beteiligt war. Ihre Mutter war Deutsche, ihr Vater Deutschamerikaner und beide überzeugte Nazis. Die Amannkinder wechselten beliebig zwischen Deutsch und Englisch hin und her und sprachen beide Sprachen perfekt. Sie brachten mir eine Menge deutscher Ausdrücke bei. Und ja, es war Liebe auf den ersten Blick. Nicht nur zwischen Margarete und mir, sondern zwischen uns dreien. Erik fand es gut, dass Margarete und ich uns zueinander hingezogen fühlten, was meine Dankbarkeit zu ihm in unfassliche Höhen trieb, vor allem immer wieder dann, wenn er sich mit vielsagendem Lächeln zurückzog und uns beide alleine ließ. Yaphank war eine Art Naturpark, ganz nah am Strand. Alter Waldbestand, ein paar schmucke Holzhäuser entlang der Adolf-Hitler-Street und der Joseph-Goebbels-Avenue, den beiden ungeteerten Hauptstraßen.

Tagsüber ging es streng zu, Lauftraining, Bogenschießen, Gewehrschießen, Exerzieren und taktische Geländespiele. Aber sobald die Lagerfeuer brannten und die Fähnlein- und Gruppenführer mit echtem Münchner Bier anstießen, konnte man leicht zum freien Wolfsrudel werden und auf eigene Faust durch den Wald ziehen. Allein, als kleine Gruppe. Zu zweit.

Ich war rasend in Gretchen verliebt, und sie wusste genau, wie Jungs ticken. Sie war sorglos und freigebig; wenn wir uns küssten und anfassten, amüsierte sie sich darüber, wie gut sie es mir mit der Hand besorgen konnte. Dann lagen wir glücklich nebeneinander auf dem nadeligen Waldboden, sie bettete ihren Kopf auf meinen Arm und schwärmte mir von den Höfen Osteuropas vor, den Schwarzerdehorizonten der Ukraine, die auf die deutschen Siedler warteten. Ich verstand erst nicht, was sie damit meinte, denn sie sprach von der Ukraine, als wäre es ein unbewohntes fernes Land, das erst kultiviert werde müsse, aber dann erklärte sie mir, dass sie das in einem aktuellen Buch aus dem Reich gelesen habe.

«Der Führer wird uns neues Land schenken. Eine neue Welt!», schwärmte sie romantisch und erklärte mir, dass jede deutsche Siedlerfamilie, die in den Osten ginge, wie ein kleiner Urstamm sei, aus welchem sich der Weltadel der Zukunft ableiten werde.

Grete war völlig von dieser Vorstellung besessen. Ich fand diese Phantasien für sich genommen ganz und gar befremdlich, aber als sie mich fragte, log ich und ließ keinen Zweifel daran, dass ich bereit sei, mit ihr dorthin zu gehen, wo der Führer bald schon jedes deutsche Mädel und jeden deutschen Jungen bräuchte. Ich liebte unsere Küsse, ihre wissenden Hände, ihre Stimme und ihren Geruch. Ich liebte jedes einzelne feingoldene Flaumhärchen auf ihrem braun gebrannten, athletischen Körper. Dafür lohnte es sich, ein wenig zu lügen, sie war einfach hinreißend.

«Ja», sagte ich, «ich gehe überall mit dir hin. Wohin du auch willst.»

Die Story, die ich am Ende der ersten Woche vorstellte, war meine verdichtete und um einige Bedeutungsebenen ergänzte Version dieser Ereignisse. Ich hatte alles ein wenig verändert und neu zusammengesetzt, Tilly Koch und Gretchen miteinander verwoben und noch ein paar Schlaglichter gesetzt, auch wenn die Geschichte die von Professor Burnett als ideal ausgegebene Zeichenzahl von neuntausend deutlich überschritt. Der Text war sexuell. Es kam viel Nazi-Ortsgruppen-Sprache vor. Aber eigentlich war die Geschichte ein einziger Tumult aus politischem Idealismus, Lebensfreude und Liebeshunger:

Schon als ich diesen, wie ich bislang gefunden hatte, sehr gelungenen Titel vorlas, vernahm ich bei einigen Zuhörern ein von Widerwillen genährtes, leises Stöhnen. Diese meine erste öffentliche Lesung würde nicht besonders gut ankommen, das spürte ich gleich. Aber das Murren und Stöhnen war nichts gegen das, was passierte, als ich fertig war.

«Sieg Heil», ließ Henry als Erster von allen hören. Seine singende kalifornische Melodie schien kein Quäntchen Ironie zu enthalten, aber sein Gesicht strahlte, als ob ihm der Text gefallen hätte und ihm dabei eine Erleuchtung gekommen wäre. Er nahm einen Schluck aus seinem Flachmann, stieß auf, grinste und schien sich auf die anstehende Diskussion zu freuen. Und schon kam der erste Wortbeitrag:

«Ich finde es ganz und gar unmöglich, wie der Schwimmsport hier dargestellt wird. Im Jahre 1935 starben geschätzte zwanzigtausend Amerikaner, weil sie nicht schwimmen konnten. Zwanzigtausend! Söhne, Töchter, Väter und Mütter. Schwimmunterricht rettet Leben. Und dann so etwas. Ein Nazi-Schwimmlehrer, der kleine Mädchen umbringt. Ich bin für die Freiheit der Kunst, selbstverständlich, aber das hier geht zu weit.»

«Allein schon die vielen deutschen Wörter. Prost und Wurst. Man kann doch über Deutsche schreiben, ohne diese schreckliche Sprache zu benutzen. Denken wir an Thomas Wolfe. Das war ein *amerikanischer* Schriftsteller, und obwohl er über Deutsche geschrieben hat, benutzte er dazu ganz normales, gutes Englisch.»

Über diesen Einwand eines der ältesten Seminarteilnehmer konnte ich nur den Kopf schütteln. Thomas Wolfe war mein Lieblingsschriftsteller, ausgerechnet ihn gegen mich ins Feld zu führen machte mich sauer. Außerdem: Pound, Joyce, di Donato und andere große Autoren, sie alle hatten fremdsprachige Elemente in ihren Texten. Hallo? Wir schrieben das Jahr 1941!

Aber es ging noch weiter. Ich war der erste, der vorgelesen hatte, und da schien meine Story leichte Beute zu sein, jeder noch so dämliche Seminarteilnehmer wollte seinen Bissen abkriegen.

«Ich verstehe überhaupt nicht, was die Explosion der Hindenburg darin zu suchen hat. Ich finde es kitschig, dass der Vater des Mädchens, das dann stirbt, der Pilot der Hindenburg gewesen sein soll. So viele Todesfälle. Gott. Was für ein Massaker.»

«Ja, und die Hindenburg ist doch gar nicht im August abgestürzt, sondern im Mai, das weiß ich ganz genau», sagte eine bis dahin recht unscheinbare Studentin, die oft als Letzte ins Seminar kam, weil sie irgendwo fest angestellt war und keinen Urlaub bekommen hatte.

Doch darauf erhob sich nun endlich Gegenwehr und Hilfe für mich, auch wenn ich erst nicht fassen konnte, wer da aufgestanden war, um mich zu verteidigen. Helen, die Spartanerin. Sie trat ihrer Vorrednerin mit überzeugter Stimme entgegen und sah ihr freundlich und sehr aufmerksam in die Augen, als würde sie mit einem sich in einem groben Irrtum befindlichen Kind sprechen.

Sie führte aus, dass ihrer Meinung nach und soweit sie sich in den Werken der Weltliteratur und der Klassiker umgesehen habe, Liebe und Tod eigentlich immer die wichtigsten Themen seien, und am erfolgreichsten seien Texte ihrer Meinung nach dann, wenn sie dem Leser beides zusammen lieferten. Man denke an Romeo und Julia.

Während Helen sprach, betrachtete ich sie, und es ging

mir mit einem Mal durch und durch und kribbelte mich im Unterbauch, da mich die natürliche Autorität dieser schlanken und gar nicht mal so übel aussehenden Frau, die dennoch doppelt so alt wie ich sein mochte, ziemlich durcheinanderbrachte. Sie war Mutter. Sie wusste, was richtiger Sex war, und als solcherart erfahrene Frau sprach sie über meinen Text, als wäre ihr das alles ganz vertraut und normal.

«Ich finde, Sie haben recht, Helen. Unser Freund John hat sich hier sehr viel vorgenommen», schaltete sich nun endlich Whit Burnett ein. «Das macht seine Geschichte aus. Von der Anlage her ist sie natürlich eher episch.»

«Ja, episch. Genau daran krankt der Text aber doch», widersprach einer der männlichen Teilnehmer, ein Collegeboy mit einem wie flachgedrückt wirkenden Gesicht. Er war in Jerrys, Henrys und meinem Alter. Er sollte in WK II sein linkes Bein verlieren und wurde danach ein bis heute recht bekannter Literaturkritiker.

«Die Story kann sich», fing er großspurig an, «einfach nicht entscheiden, was sie sein will: Liebesgeschichte oder Pornographie? Zwischen Minderjährigen übrigens. Oder ein Stück über die Organisationsstruktur der Nazis in Amerika? Irgendwie kommt mir das vor wie ein schwacher Abguss von Sinclair Lewis, ihr wisst schon, *Bei uns nicht* oder wie das Machwerk hieß. Finde ich. Aber Sinclair war ja mehr Science-Fiction. Wir wissen, dass diese Radikalen in Amerika keine Chance haben. Wie diese amerikanischen Nazis hier geschildert sind, ganz ehrlich: Welche Art von Propaganda soll das sein? Es wird bei uns niemals zum Faschismus kommen.»

Jetzt kippte der Laden. Aus der munteren Hinrichtung eines ambitionierten Mitstudenten, der die Literatur liebte und aus dem Material seiner eigenen Erfahrungen solche hervorbringen wollte, wurde eine höherklassige Veranstaltung. Der Satz *Es wird bei uns niemals zum Faschismus kommen* weckte, fast wie ein versehentlicher Zauber in einem Märchen von Chamisso, nun andere Kaliber von Geistern.

«Es wird in den Vereinigten Staaten von Amerika niemals zum Faschismus kommen?», ließ sich Henry nun, nachdem er einen letzten Schluck aus seinem Flachmann genommen hatte, mit lauter, singender Stimme vernehmen. Er schmatzte die Worte genießerisch.

«Was für ein Schwachsinn. Wir sind sogar die besten Faschisten, die die Welt je gesehen hat. Du brauchst eine Straße, die zwei beschissene Käffer verbindet: Ruf Roosevelts *Reichsarbeitsdienst* und lass es erledigen. Sie bauen dir auch einen Staudamm, damit du die gottverdammte Straße beleuchten kannst. Gott, was für schicke Uniformen das CCC hat. Eleganter als die Schwarzhemden in Bella Italia. Und unser Hakenkreuz ist auch viel schöner – der wunderbare NRA-Adler. So amerikanisch. We do our part, hä? Wie hat uns der New Deal nicht alle strammstehen lassen. Gratuliere!»

«Vielleicht solltest du noch einen Schluck trinken», sagte nun Jerry, der großgewachsene Typ, diesmal nicht auf Wienerisch, sondern auf Englisch.

«Ich weiß genau, was du meinst, aber ich weiß auch, was die Nazis so machen. Das kannst du nicht vergleichen. In genau diesem Jahr, 1937, in dem Johns Geschichte spielt, war ich in Wien. Damals gehörte Hitler Österreich noch nicht. Aber es gab genügend österreichische Nazis. Weißt du, wie es ist, wenn du zuschauen musst, wie drei junge Schläger in Nazi-Uniform einen alten Mann, der dein Großvater sein könnte, auf dem Straßenpflaster herumkriechen lassen, damit er ihnen mit seinen Ärmeln die Schuhe putzt?»

«Aha. Und möchtest du wissen, wie es sich anfühlt, wenn du wegen Landstreicherei in einer CCC-Kaserne hockst und den Cheffaschisten darüber nachdenken hörst, ob er dich nicht lieber gleich ins Lager steckt? Kommt auf die Perspektive an, Mann. Kapiert ihr nicht, dass Roosevelt es geschafft hat, uns seinen amerikanischen Faschismus als Antifaschismus zu verkaufen? Das war alles, was er tun musste, damit ihm jeder hinterherläuft. Mann, Frank Delano ist gerissener als Adolf. Hitler ist ein Waisenknabe im Vergleich zu Roosevelt. Mussolini ist gar nichts im Vergleich zu Roosevelt. Stalin ist ein Anfänger im Vergleich zu Roosevelt.»

Er sprach weiter mit seiner weichen Stimme, und je drastischer und unmöglicher seine Sprüche wurden, reine Provokationen, an denen er sich selbst immer weiter hinaufhangelte, desto mehr erinnerte er mich an ein Kätzchen, ja wirklich, ein Katzenkind, das nicht aufhören konnte, irgendwo hinaufzuklettern, von wo es nicht mehr herunterfinden würde.

Alle schwiegen und staunten Henry an, der sich wie ein Naturphänomen benahm. Nach seinen Ausführungen über den Faschismus amerikanischer Prägung wechselte er das Thema und kam wieder auf Literatur zu sprechen. Noch schrecklicher als der Faschismus sei Langeweile. Langweilige, den Leser langweilende, ja sogar den Schreiber langweilende Literatur. Er wollte uns ein Beispiel geben.

Henry holte jetzt eine Ausgabe von *Story* aus seinem Koffer, blätterte sie durch und begann vorzulesen, wobei er ganz anders las als Burnett. Er betonte die Wörter. Er wollte den Text so lächerlich wie möglich erscheinen lassen:

Ich habe gesagt, worüber geht denn dein Aufsatz?, wiederholte Edna.

Ach, keine Ahnung, sagte Jameson. Eine Beschreibung von irgendeiner Kathedrale. Eine Kathedrale in Europa. Keine Ahnung.

Na ja, ich meine, was musst du denn da machen?

Keine Ahnung, ich soll sie kritisieren, irgendwie so. Ich hab's irgendwo schriftlich.

Sie kritisieren, oh, dann hast du sie also gesehen?

Was gesehen?

Die Kathedrale.

Ich. Ach was, nein.

Er las noch eine ganze Weile weiter, der Text war eigentlich nur ein einziger Dialog mit gelegentlichen szenischen Einschüben. Aber sosehr Henry sich auch bemühte, ihn durchs Vorlesen schlechtzumachen, erschien mir die Geschichte immer besser. Eine glänzendere Beschreibung dämlicher Collegepartys hatte ich kaum je gelesen. Das fanden wohl auch die anderen. Selbst Henry merkte irgendwann, dass der Schuss nach hinten losgegangen war.

Er klappte die Zeitschrift zu und blickte auf den Titel: «*Die jungen Leute. Von J. D. Salinger.* Gratuliere.»

Er nickte dem Wiener-Jerry zu, der rot wurde, aber nicht aus Scham, sondern aus Wut. Henry machte weiter:

«*Story*-Magazin. *März 1940 – Ein Liebesgeschichtenheft!* Herausgegeben von Whit und Hallie Burnett. Würde wohl jeder gern mal drin veröffentlichen, hä?»

Nun aber ging ein Ruck durch die gesamte Zuhörerschaft. Ein fundamentaler Stimmungswandel zugunsten Henrys hatte die molekulare Zusammensetzung der Raumluft blitzartig verändert, denn er hatte unerwartet eine frappierende Sache aufgedeckt: dass einer unter uns, der großgewachsene, gutaussehende Jerry in seinen perfekten Anzügen, also schon lange ein Autor von *Story* und damit natürlich irgendwie erheblich im Vorteil war, wenn es um die Erringung des ausgesetzten Preises ging.

Nach diesem Eklat leerte sich das Seminar rasch, Whit Burnett, sichtlich amüsiert darüber, welch ernsthafte, echt amerikanische Konkurrenz zwischen uns herrschte, stand als Erster auf und wünschte uns ein schönes Wochenende. Gleich hinter ihm Henry Bukowski, dann die übrigen. Jerry und ich waren die Letzten und gingen zusammen die Treppe hinunter.

«Auch wenn ich niemals so schreiben würde wie du», fing er an, «so kann ich dir versichern, dass deine Geschichte nicht schlecht war. Nur eben ein wenig sehr direkt.»

«Nazis in Amerika und Defloration sind Themen, die man direkt angehen muss.»

«Ja, sicher. Aber …» Er fummelte sein Päckchen Zigaretten aus der Tasche seines Sakkos und bot mir eine an.

«Normalerweise rauche ich nicht, aber heute kann ich eine gebrauchen. Danke.»

«Ist fies, so runtergemacht zu werden, oder?»

«Tja. Hab schon mehr gelacht. Aber schau mal da drüben.» Da kauerte Henry unter einem Torbogen der ehrwürdigen Alma Mater und sah aus, als wäre das Wort «herumlungern» nur für ihn und für diesen Moment erfunden worden.

«Hey», brüllte er zu uns herüber, «tut mir leid. Tut mir echt leid.»

«Schon gut», sagte Jerry.

«Es war echt nicht fair. John, auch dir gegenüber nicht. Kein Mensch hat mehr über deine Story gesprochen.»

«Die haben ja sowieso kein gutes Haar dran gelassen.»

«Hört mal, meine Mutter hat mir ein wenig Geld geschickt. Ich lade euch auf ein Bier ein.»

«Noch ein wenig früh für ein Bier, oder?», meinte Jerry.

«Mann, Jerry, wir haben Samstag – und außerdem …», er seufzte, starrte düster zu Boden, murmelte etwas und gestand dann: «Außerdem ist heute mein Geburtstag. Einundzwanzig bin ich heute. Wenn ich jetzt in meine Bude gehe, ganz allein, da werd ich trübsinnig. Ich kenne sonst keinen Arsch in New York.»

«Danke, sehr schmeichelhaft.»

Also gingen wir in eine Bar, nicht weit von der Uni, in der kaum was los war. Sie hieß *Old Appletree.* Henry bestellte drei Bier.

«Na, dann», sagte Jerry, «auf deine blutige Geburt vor einundzwanzig Jahren.»

Wir stießen an.

«Wo stand denn deine Wiege?», fragte ich.

«Andernach am Rhein.» Er sprach es aus, als wäre es eine Unterart von Redneck. «Heinrik Karl sind meine Faulname», sagte er in gebrochenem Deutsch.

«Dann sind wir ja beide Rheinländer. Mein Grandpa war aus Köln.»

«Mein Alter ist ein Polacke und kam als Regierungseigentum nach Deutschland. Hat mich in der Begeisterung gezeugt, den Kaiser besiegt zu haben. Das war sein letzter Sieg. Nach ein paar Jahren hatte er die Schnauze von seinen deutschen Schwiegereltern gestrichen voll, und wir sind aufs Schiff.»

«Na dann prost, ihr *Piefkes*», sagte Jerry.

«Hey, wollt ihr mal meine erste Veröffentlichung sehen?»

Henrys Brieftasche hätte aus einem Chaplin stammen können, sie bestand eigentlich nur noch aus Fetzen. Aber doch befand sich darin, wohl verwahrt, eine zusammengefaltete Zeitungsseite, die er behutsam öffnete.

The Collegian war die Zeitung der Universität von Los Angeles, an der Henry Journalismus studierte. Henry hatte dem Herausgeber einen Leserbrief geschrieben und bezog sich darin auf einen Artikel, der offenbar kein gutes Haar an der Straßenbahn von L. A. gelassen hatte. Er las ziemlich gut. Trug es vor wie ein Gedicht. Im ersten Satz beschrieb er sein Vorhaben, als ein Liebhaber und Verteidiger dieses Verkehrsmittels hervortreten zu wollen. Denn schon das massive Gerumpel und die Enge gefielen ihm und dass er nie für jemanden aufstehen müsse, weil er noch nie einen Sitzplatz bekommen habe. Auch dass man nirgendwo sonst, für nur sieben Cent, allen Leuten ungestraft auf die Füße steigen könne. Gezeichnet: Henry Bukowski

Wir mussten lachen. Henry war etwas gestört, aber da er einfach nicht damit aufhörte, seinen Wahnsinn zu artikulieren, wurde es eine Art Kunst. Er orderte nun Whisky für uns alle.

«Ich muss morgen früh ins Training», versuchte ich einzuwenden.

«Der Mann wird heute großjährig», sagte Jerry und drückte mir das Glas in die Hand. Wir tranken, und dann begannen wir voller Vergnügen das Quartett-Spiel der Literatur. Die ultimative Anthologie des Wer-Schlägt-Wen.

So wie es kaum härtere Pokerspieler gibt als Kölner Waisenknaben oder Schuhputzerboys aus der Bronx, ist niemand gnadenloser beim Abfackeln altehrwürdiger Meisterschriftsteller als ehrgeizige Debütanten. Es wurde etwas lauter, als unsere Begeisterung mit uns durchging, sodass ein paar missmutige junge Arbeiter, die halb auf den Tischen geschlafen hatten, aufmurrten, weil wir so plärrten und mit missverständlichem Zeug um uns schmissen.

Wir hauten uns die Großautoren um die Fresse, dass es eine Freude war. Wenn sie nicht taugten, dann kamen sie in den Orkus. Wir tranken immer mehr Bier und Whisky dazu. Henry hatte wohl Geld für die nächsten drei Monate inklusive der Kursgebühren bekommen und beeilte sich, gleich am ersten Abend so viel davon auszugeben, wie er nur konnte.

Es zeigte sich, dass Jerry Scott Fitzgerald am meisten schätzte, gefolgt von Faulkner. Pound und Hemingway hielten sich die Waage. An Hemingway bewunderte Jerry offensichtlich seinen Erfolg.

«Kennt ihr *Ask the Dust* von John Fante? Der hat's drauf. Das ist Prosa!», schrie Henry völlig begeistert. «Fante ist ein Gott. Aber Nummer eins: Hemingway! Da hat Jerry recht.»

«Und du, John? Was sind deine Favoriten?»

Zunächst nannte ich natürlich Thomas Wolfe, weit vorne, danach Thomas Mann, den niemand von den anderen beiden gelesen hatte.

«Hey, nur Amerikaner, bitte!»

«Na gut: Jack London.»

«Den guten alten König des Alkohols? Nicht wirklich, oder?

«Ja. London ist meine Nummer zwei.»

«Ich hasse diese Typen, die denken, dass es okay wäre, sich über Jack London lustig zu machen, nur weil er gelesen wird.»

«Und Nummer drei?»

«Hemingway, würde ich schon auch sagen.»

Und auf den einigten wir uns schließlich. Die perfekte

Mitte, der, den wir alle gut fanden oder zumindest nicht zu sehr verabscheuten. Der Gary Cooper der amerikanischen Gegenwartsliteratur. Ernest Hemingway.

«Hätte echt nichts dagegen, mal rüber nach Havanna zu fahren und Hemingway guten Tag zu sagen. Wenn er einen sitzen hat, zeigt er einem seine Titten. Das wäre doch was für uns drei, oder? Studienfahrt.»

Draußen neigte sich der hitzeglühende Nachmittag dem Ende zu. Für einen Moment schwang ein wundersamer Gleichklang zwischen uns, hatten wir uns doch gemeinsam auf die höchsten Höhen hinaufgeredet, die es für junge Autoren zu erklimmen gab. Nun saßen wir zusammen hier oben, drei neue Giganten, die bald unter Beweis stellen würden, wozu die amerikanische Literatur fähig war. Bald, sehr bald schon, das spürten wir, würden nicht mehr wir die Europäer lesen, um bei denen in die Schule zu gehen, sondern genau umgekehrt läsen die Europäer uns, und nicht nur die – die ganze Welt.

Henry, das Geburtstagskind, betonte besonders, dass die Literatur alles für ihn war. Deswegen sei er auch von zu Hause rausgeflogen.

«Mein Alter hat seinen Job verloren, hat uns erst was vorgespielt, aber dann wurde er ein bekennender Arbeitsloser und hing nur noch zu Hause ab. Irgendwann kam er auf die Idee, in meinem Zimmer rumzuschnüffeln. Hat meine Geschichten gefunden. Eines Tages komme ich also aus der Uni nach Hause, und da hat er alles, was in meinem Zimmer war, einfach alles, was mir gehörte, auf das Stück Gras geschmissen, das im Sprachgebrauch meiner Eltern *Vorgarten* heißt. Wegen der Texte. Als Literaturkritiker wäre mein Alter eine Wucht. Echtes Schwergewicht. Schonungslos ehrlich. Die getippten Seiten waren überall, auf dem

Rasen, auf der Straße. Flatterten im Wind. War 'ne stolze Menge Seiten, die ich zustande gebracht hatte.»

«Und dann?»

«Meine Mutter hat mir ein bisschen Geld zugesteckt, und ich bin in ein Zimmer gezogen. Aber da hatte ich die ganze Zeit Ärger mit der Vermieterin. Warf mir vor, ich würde die Laken blutig machen.»

Er nahm einen tiefen Schluck von seinem Bier.

«Sie hielt mich für eine Pussy, die alte Schlange. Wollte mich in ihr Bett kriegen, aber ohne mich. Okay, getrunken haben wir zusammen und manchmal rumgefummelt. Als ich genug von ihr hatte, bin ich nach Florida getrampt. Miami. Hab da Arbeit in einem piekfeinen Klamottenladen gefunden. Weiß auch nicht, wieso der Chef mit mir klarkam.»

«War noch nie in der Karibik», sagte Jerry.

«Der Hurrikan vor ein paar Jahren hat Miami gutgetan. Die Sturmflut davor war eine hervorragende Grundlage für maximalen Erfolg. Aber man kann sich auf die Naturkräfte alleine nicht verlassen. Man sollte jede amerikanische Stadt regelmäßig abreißen und neu bauen. So wie in der Sowjetunion.»

Seine Augen begannen, kampfeslustig zu funkeln. Bevor Heinrich Bukowski aus Andernach am Rhein gleich wieder anfangen würde zu randalieren, schnappte ich mir die Ausgabe der *New York Times*, die jemand etwas zerlesen, aber noch recht vollständig auf dem Tresen liegengelassen hatte, und verzog mich auf die Toilette.

Ich las über die japanische Generalmobilmachung und die Verlängerung des Wehrdienstes bei uns um die nette Kleinigkeit von achtzehn Monaten auf nun viereinhalb

Jahre. Dann der obligatorische Lagebericht von der Ostfront. Ausnahmezustand im besetzten Norwegen, wegen seltsamer terroristischer Anschläge. Ein Bericht von der erfolgreichen Landung amerikanischer Truppen auf Island. Irgendwo dort auf einem Kriegsschiff hatten sich Roosevelt und Churchill getroffen und danach ein Acht-Punkte-Programm herausgebracht, das sie die *Atlantik-Charta* nannten. An einer Stelle sprechen sie von der *endgültigen Vernichtung der Nazi-Tyrannei* und von dem Frieden, der erst *danach* möglich sein würde.

Zum ersten Mal verstand ich jetzt, dass wir tatsächlich auf dem Weg in den Krieg waren. Nicht als Inszenierung, Übung, nicht als Parole oder Forderung, sondern ganz real. Krieg gegen Deutschland und seine Verbündeten, wozu ja offiziell sogar Frankreich gehörte, Regierungssitz Vichy, aber immerhin.

Und im gleichen Maße begriff ich auch, dass ich an ihm teilnehmen, ihn aber auch beeinflussen wollte, einfach deshalb, weil ich so eine tiefe Beziehung zu Deutschland hatte. Ich wollte ihn – gestalten. Kreativ sein. Im Krieg gegen das Land, das ich, ohne es je gesehen zu haben, inniglich liebte. Und dessen Kultur ich so perfekt kannte.

Das mag heute absurd erscheinen, völlig abwegig, aber so fühlte ich, und aus jungen Männern mit genau solchen Gefühlen macht man Offiziere, unterstellt ihnen andere junge Männer und setzt alle zusammen in Marsch. Dann hat man eine Armee.

«John, da bist du ja endlich. Meine beiden einzigen Freunde auf der ganzen Welt sind wieder bei mir! Darauf trinken wir. Auf meine Freunde! Auf Fante und Hemingway! Auf den Abbruchbagger, das zukünftige Schreibgerät Amerikas! Sieg Heil!»

Er streckte die rechte Hand empor, und seine rot-weiße Krawatte machte einen lustigen Hüpfer. Der Hitlergruß. Mitten in der Bronx, im August 1941. Von einem stark angetrunkenen kalifornischen Dandy-Proleten. Jerry schüttelte grinsend den Kopf, aber ich sah sofort seine große und leuchtende Bereitschaft, Henry in dessen anarchischem Furor zu folgen.

Ich fragte mich, wie es Henry nur hatte schaffen können, ohne größere Schrammen einundzwanzig zu werden. Er hatte schreckliche Aknenarben, er wusste, was Schläge waren, und hatte genügend von ihnen eingesteckt, das war klar. Aber seine Nase war fast makellos. Die Lippen sinnlich und voll, fast weiblich. Zähne vollständig. Wie war das möglich bei der Art, wie der Kerl sich aufführte?

Jerry mochte ihn toll finden, er war mittlerweile auch sehr betrunken, aber mir begann Henry richtig auf die Nerven zu gehen. Trotzdem beschloss ich, alles dafür zu tun, dass wir drei es unbeschadet aus dem *Old Appletree* schaffen würden. Und zwar sofort, denn wenn es so weiterlief, konnte ich für Henrys intakte Nase nicht länger garantieren. Es war nicht nur so ein Gefühl, dass einige von den Arbeitern den einen oder anderen Schritt auf uns zugegangen waren. Vor allem dieser ziemlich Große, mit einem Hals wie ein Droschkengaul. Jetzt stand er vor Henry, der versuchte, das Bier zu exen und dabei gleichzeitig den Arm zum Hitlergruß aufrechtzuerhalten. Er machte nicht den Eindruck, als ob er mit etwas anderem als einer Prügelei rechnete. Es war beinahe so, als würde er es darauf anlegen.

«Sag mal, Kumpel, hab ich das richtig verstanden? Was

meinst'n damit? Welche amerikanischen Städte sollte man abreißen?»

Henry glotzte ihn amüsiert an. In seinem Gehirn verspulten sich gerade ein paar Windungen, so sah es jedenfalls aus.

«Ach nee, es ging nur um die Rattenplage. Und dass man Katzen nicht dressieren kann. Katzen sind unabhängig und eigensinnig, so wie du, oder?»

«Soll 'as heißen, dass ich 'ne verdammte Katze bin, oder was?»

«Wärst du denn gern eine?»

«Was?»

«Ein Kätzchen. Wärst du gern eins?»

«Habt ihr das gehört?» Der Riese drehte sich zu seinen Freunden um. Er wackelte irgendwie lustig mit dem Kopf, weil er annehmen musste, gerade einen Hauptgewinn gemacht zu haben. Egal was für Typen die (also wir) waren, Kommunisten oder Nazis, keine Ahnung: Die gerade erfolgte Beleidigung war so groß, dass es auf jeden Fall zu einer Prügelei kommen würde. Der Nachmittag schien gerettet.

Doch bevor er Henry an die Gurgel gehen konnte, schaltete ich mich dazwischen, nahm den Riesen vertraulich am Arm und flüsterte ihm – meinen New Yorker Akzent herauskehrend – einige Dinge zu, die ich mir in dem Augenblick ausdachte, in dem sie aus meinem Mund kamen.

Der große Vorteil der Lüge gegenüber der Wahrheit ist der, dass die Wahrheit oft absurd und unglaubwürdig klingt, die Lüge hingegen, auf einen Zweck zugeschnitten, immer klar und logisch erscheint, zumindest, wenn man es versteht zu lügen.

Henry und Jerry sahen mit einiger Verblüffung, wie ich mit dem Riesen ein paar Schritte zur Seite trat und mich leise mit ihm besprach. Schließlich gaben wir uns die Hände, und ich steckte ihm meine letzten zwei Dollar zu.

Als wir draußen auf der Straße waren, fragte mich Henry, was ich ihm gesagt hatte.

«Wir müssen da rüber», rief ich, überquerte die Straße und tat so, als ob ich nichts gehört hätte.

«John. Bleib doch mal kurz stehen. Was hast du ihm gesagt?»

«Was ich gesagt hab?»

«Ja.»

Wir standen vor den Auslagen eines Schuhgeschäfts, dessen Eigentümer offenbar eine Antwort auf das heiße Wetter hatte geben wollen – denn es war voller Sandalen. Beide schauten mich an.

«Ich hab ihm gesagt, dass ich dein Betreuer bin und es mir leidtut, dass ich auf dem Klo war und dich unbeaufsichtigt gelassen hab. Und dass ich meine Arbeit verlier, wenn du Scheiße baust.»

«Was meinst du damit?»

«Was er damit meint? Henry, ich bitte dich. John hat ihm erzählt, dass du aus dem Irrenhaus kommst, dass du gaga bist!» Jerry lachte schallend.

«Was?»

«Ja, Jerry hat völlig recht. Heute ist sein Geburtstag, hab ich gesagt, da waren die Ärzte der Meinung, das arme Schwein sollte mal was anderes als immer nur den Park der Nervenheilanstalt sehen. Einmal in die Stadt. Seit seiner Kindheit schon eingesperrt.»

Henry schlug seinen rechten Arm recht brutal um meinen Hals und nahm mich in den Schwitzkasten. Einen Moment lang überlegte ich, ob er mir gleich die Nase brechen würde, vor lauter Wut, und auch weil das in meiner jetzigen Lage für einen erfahrenen Kämpfer sehr leicht möglich gewesen wäre.

Er gab alles, was er hatte, drückte richtig zu, so fest er nur konnte. Er wusste, wie man Schmerzen bereitet. Dazu kam, dass er mich in seine Klamotten drückte. Frischer Schweiß mag manchmal gut riechen. Alter Schweiß nie.

Wie man so gut aussehend und teuer gekleidet und gleichzeitig so ungepflegt sein konnte, war mir ein Rätsel, und ich habe seitdem überhaupt nie wieder jemanden getroffen, der beides so vereint hätte. Nach einer kurzen Demonstration seiner Kraft ging ihm die Luft aus.

«Danke für die Massage», sagte ich, zwängte mich aus seiner Umarmung, schubste ihn weg und täuschte einen Magenschwinger an, der ihn gespielt zusammenzucken ließ.

Ich schlug ihm an die Schulter. Schlug noch mal.

Ging auf ihn zu.

«Was soll dieses bescheuerte Geplärre?», schrie ich nun meinerseits, «dein Sieg-Heil-Geschrei, dein ganzes Benehmen, was ist eigentlich mit dir los? Du findest, das ist alles nur ein Witz? Nur ein lustiger Film von Charlie Chaplin, in dem lauter süße kleine Mädchen mitspielen? Hast du schon mal mit einem der Flüchtlinge aus Deutschland gesprochen? Hast du Anna Seghers gelesen? Was erlaubst du dir eigentlich? Was für eine Scheiße ist das alles – denkst du, es dreht sich nur darum, dass dir endlich jemand deine blöden Geschichten druckt?»

«Tut mir leid», sagte Henry.

«Weißt du, was gerade geschieht, in Deutschland, Frankreich? Beim Krieg gegen die Sowjetunion? Und du brüllst: Heil Hitler?»

Es wäre lächerlich, so zu tun, als ob ich selber damals, am Samstag, den 16. August 1941, tatsächlich gewusst hätte, was der deutsche Feldzug gegen die Sowjetunion war, was er bedeutete oder wie Hitler ihn sich gedacht hatte. Ich war gerade mal zwanzig Jahre alt, zum ersten Mal alleine zu Hause in New York, und obwohl politisch leidenschaftlich interessiert, hatte ich eine naive Vorstellung vom Krieg, und gerade von dem der Deutschen. Ich hatte nur ein Bauchgefühl, aber das trug mich.

Ich sprach, als hätten mir die Nazis persönlich das märchenhafte Land meiner Vorfahren geraubt, Deutschland, mit seinen Burgen, dem Rhein und seinen romantischen Städten, seinen Theatern, den Präzisionsglasfabriken und dunklen Wäldern, seiner Geistesgröße und seinen Dichtern und Denkern, die nun vertrieben und verjagt bei uns und anderswo auf der Welt Zuflucht gefunden hatten. Ich sprach von der Pflicht der USA, dem Österreicher und seiner Bande das geraubte Reich wieder abzunehmen und Europa von der Nazi-Pest zu befreien. Ich predigte für den Krieg. Vier Monate vor Pearl Harbor. Was mich aber insgeheim eigentlich anfeuerte, war die Vorstellung, wie ich in einer exquisiten amerikanischen Offiziersuniform eines gar nicht mehr so fernen Tages vor Margarete treten würde, um sie zu retten. Ich sah sie vor mir in ein enges schwarzes, mit Hakenkreuzen bedrucktes Leder gekleidet, als Sklavin eines perversen alten Mannes, dessen Erscheinung ich mir von einer Fotografie des Reichspropagandaministers Goebbels entliehen hatte, Klumpfuß Joe, auch Wotans Mickymaus genannt. Er zwang sie, das zu tun, was sie mir freiwillig gegeben hatte. Ich würde sie befreien, und wir würden da weitermachen, wo wir in Yaphank aufgehört hatten.

Dass sie genauso gut eine überzeugte Nationalsozialistin sein könnte und dies unserem romantischen Liebesglück vielleicht im Wege stehen würde, kam mir gar nicht in den Sinn, ich erkannte da auch kein Problem. Gretchen Amann erwartete mich, ersehnte mich oder würde sich zumindest dafür interessieren, dass ich in der Gegend war. Letzteres auf jeden Fall. Und ich würde die US-Armee mobilisieren, um zu ihr zu kommen, die moderne Wiederkehr unserer Kavallerie, die auf dem Schlachtfeld erscheint, bevor die Katastrophe sich vollenden kann.

«Scheiße», sagte Henry, als ich fertig war, «das ist das beste Stück Propaganda, das ich in meinem Leben gehört hab.»

Wir mussten alle durchatmen.

Ich war außer mir gewesen und hatte alles in meine Worte gelegt. Jerry war ganz verstört, und Henry musste sich wie mein Sandsack fühlen. Er hatte einen richtigen Schrecken bekommen, aber gut – er war noch nicht am Boden. Im Gegenteil, er fing schon wieder an.

«Roosevelt sollte dich sofort anstellen. Der Wahnsinn! Mit John Glueck zu den schärfsten Kriegsschauplätzen in Europa. Buchen Sie jetzt!»

Zweiter Teil

APRIL 1971

Als Soldat lernt man zwangsläufig, mit Monotonie & Langeweile umzugehen, denn die meiste Zeit seines Berufslebens verbringt man mit Warten. Auch im Gefängnis sind M&L hartnäckige Gegner. Das grauenvolle Essen. Aber das Schrecklichste sind natürlich die anderen Gefangenen, und das markiert den Unterschied zum Krieg – der Gegner dort ist eine tödliche Bedrohung, aber wenigstens steht er nicht ständig hinter dir, wenn du an der Essensausgabe wartest, und er trägt auch nicht dieselbe Uniform wie du.

Es war nur eine Frage der Zeit, bis Hannibal meine Konfliktfähigkeit einer Prüfung unterziehen würde. Der, der mir auf den Zahn fühlen sollte, ist ein Hüne, der am Hals den netten Satz *My Momma Tried* eintätowiert hat. Ein übler Schläger. Es passierte in der Kantine. Ich hatte das Essen, oder was sie halt als solches ausgeben, auf meinem Tablett, und als ich an seinem Tisch vorbeikam, wusste ich instinktiv, dass er mir Ärger machen würde.

«Hey, Snakeman», rief er, «pass bloß auf, dass deine ekelhaften Schuppen nicht andern Leuten ins Essen fallen. Ist ja widerlich.»

Drei Minuten später wusste er, wie meine Suppe schmeckt, und die anderen wissen, dass man sich nicht mit Snakeman anlegen sollte. Das war vor ein paar Tagen. Aber noch sind die Spuren unserer Auseinandersetzung recht deutlich.

Meine Anwältin ist bestürzt, als sie die klaffende Gesichtswunde sieht, die im Krankentrakt des Gefängnisses verarztet wurde. Ich hingegen habe beste Laune, die ich nur schlecht verbergen kann, da ich mich einfach sehr freue, sie zu sehen. Eine halbe Stunde können wir uns im Gesprächsraum an einem Tisch gegenübersitzen, so wie ein gutes Dutzend anderer Gefangener und Besucher auch.

Die neue Verletzung liegt zwei Zentimeter unter meiner alten Stirnnarbe aus dem Hürtgenwald. Ich bin so etwas wie ein Stück Holz, in das jemand immer wieder Kerben einritzt.

«Wie ist das geschehen?», fragt sie mich.

«Jemand hat mir ein Bein gestellt, und danach kam es zu Handgreiflichkeiten.» Ich kann nicht verhehlen, dass Kats Bestürzung, ihren Pflichtmandanten verletzt zu sehen, das bisschen Ärger, Schmerz und Blut mehr als aufwiegen.

«Ist nur ein Kratzer.»

«Werden Sie bedroht, John?»

«Aber nein. Ganz normale Rangeleien.»

Sie lächelt ihr nachsichtiges und zugleich amüsiertes Lächeln, und ich muss mir vorstellen, dass sie sich vielleicht heute Abend mit einer Freundin zum Aerobic trifft, danach noch etwas trinken geht und von mir erzählt. Der mittelalte Army-Typ mit seiner Hautkrankheit, der alles in seiner Macht Stehende tut, um sie zum Lachen zu bringen. Mit der Aufrichtigkeit und der Verzweiflung eines einsamen Trinkers, der alleine in einer leeren Bar sitzt und versucht, mit der Bedienung anzubandeln.

«Also gut, wenn Sie meinen. Kommen wir zum Geschäft», sagt Kat, «gestern habe ich einen interessanten Anruf von der Polizei bekommen, der, wie ich zugebe, auch ein wenig unheimlich war. Etwas sehr Seltsames ist passiert, John. Vor zwei Tagen ist jemand nachts in das Parkhaus der Polizei eingedrungen und hat Ihren beschlagnahmten Wagen gestohlen.»

«Tatsächlich? Und was sagt die Polizei?»

«Die Highway Patrol ist richtig aufgebracht und sucht landesweit nach Ihrem blauen Ford Zephyr», sie streicht sich ihr Haar hinters Ohr.

«Was mich zu der Frage bringt, ob ich nicht vielleicht etwas mehr wissen sollte, John? Egal ob Pflicht oder nicht. Ich bin Ihre Anwältin. Da wäre es hilfreich, wenn Sie mich langsam mal aufklären würden.»

«Im Kofferraum befinden sich vierzig Aktenordner.»

«Und was soll da drin sein?»

«Na ja, ich habe Ihnen ja schon mal erzählt, dass ich zuletzt in der quantitativen Marktforschung war.»

Jetzt muss sie doch lachen. «Sie meinen wohl, alles ist ein Spiel?»

«Bitte, Kat, geben Sie mir eine Chance. Wenn es so weit ist, dann werde ich Ihnen alles genau erklären, aber bis dahin reicht es, wenn Sie wissen, dass die Leute, die das Auto gestohlen haben, nach Unterlagen aus dem Pentagon suchen.»

«Ich hab mir so was gedacht. Was mich jetzt interessiert, ist, wieso Sie bei alldem so cool bleiben? Ich muss sagen, dass ich langsam ziemlich neugierig werde.»

«Das Wichtigste ist», ich beuge mich vor und spreche leise, «dass weiterhin niemand von dem Schlüssel erfährt, den ich Ihnen gegeben habe.»

«Der liegt in einem Schließfach. Und ist sicher. Ich weiß, das habe ich letztes Mal von Ihrem Auto auch gesagt.»

«Danke, Kat.»

«Ich habe nächste Woche einen Termin bei der Staatsanwaltschaft. Eigentlich müsste die Anklage wegen der Geschwindigkeitsüberschreitung und dem bewaffneten Widerstand gegen die Staatsgewalt längst fertig sein. Ich verstehe nicht, warum das so lange dauert. Aber Sie haben es ja nicht eilig, John.»

«Freue mich immer, wenn wir uns sehen, Kat.»

«Passen Sie auf sich auf, Major.»

Es ist schön, dass sie nichts dabei findet, mir zum Abschied die Hand zu geben. Sie verlässt den Raum, ohne sich noch einmal umzudrehen, und ich sehe ihr nach wie ein Astronaut auf einer Umlaufbahn, die ihn für die nächsten langen Tage auf die dunkle Seite bringt, und plötzlich schlägt meine Freude in Schwermut um.

Ich mache mich auf den Weg in den Hof, wo ich Toni DiMarillo treffe, mit dem ich mich zuletzt ein wenig angefreundet habe. Toni, untersetzt, dicke Brille und Halbglatze, gehört der Führungsebene der Mafia von Kansas City an und verbüßt seit 1969 eine Haftstrafe wegen finanzieller Unregelmäßigkeiten der dortigen Transportarbeitergewerkschaft. Er trägt eine große, leicht getönte Brille über einem missgestalteten Mund, der aussieht wie eine halbverheilte Messerwunde. Toni hat eine Leibgarde aus drei anderen Gefangenen, die immer um ihn herum sind.

Nicht lange nach meiner Inhaftierung setzte er sich beim Mittagessen ungefragt an meinen Tisch. Er roch stark nach kaltem Zigarrenrauch. Dann bewies er aber akzeptable Manieren.

«Was machen Sie da, wenn ich fragen darf?»

«Ich redigiere die Seiten, die ich heute Vormittag geschrieben habe.»

«Sie sind … ein Schriftsteller?»

«Nun ja. Ich schreibe so was Ähnliches wie meine Memoiren.»

«Ach, das ist gut. Wirklich gut, ich müsste Ihnen mal erzählen, was in meinem Leben alles so passiert ist, das würden Sie nicht für möglich halten. Das gäbe ein tolles Buch.»

«Das glaube ich Ihnen aufs Wort. Würde ich gerne mal hören.»

«Was ist das mit Ihrer Haut? Sieht furchtbar aus. Geburtsfehler?»

«Nein. Vor ein paar Jahren bin ich etwas zu lange in einem mit Entlaubungsmittel gefüllten Sumpfgraben gelegen und konnte dabei zusehen, wie sich meine Haut abschälte.»

«Autsch», sagte er mit ehrlichem Mitgefühl. «Vietnam?»

«Vietnam.»

«Sie waren da unten richtig im Krieg?»

«Ich war mein ganzes Leben im Krieg. Aber jetzt bin ich dabei, meinen Frieden zu machen.»

Er sah mich nachdenklich an. Eine hornige Schuppe fiel mir von der Stirn und landete auf meinem Manuskript.

Er reichte mir die Hand.

«Ich bin Toni», sagte er. «Wenn Sie was brauchen … Sie wissen ja, wo Sie mich finden.»

Doch die meiste Zeit verbringe ich mit einer Gruppe junger Kerle, allesamt politische Häftlinge, Drafties, wie gesagt. Wir machen gemeinsam Sport. Das Seilspringen hat uns zusammengebracht. Ich bin ihr Trainer.

Nach dem Unglück mit meinem Vater wollte meine Mutter unbedingt, dass ich mit dem Boxen anfing. Es hatte vielleicht damit zu tun, dass sie mich ein wenig von den kartenspielseligen deutschen Märchenstunden meines Großvaters ab- und dafür unter Männer bringen wollte. Seit meinem dreizehnten Lebensjahr ging ich in einen kommerziellen Boxklub in der Nähe der alten Ebling-Brauerei. Dort brachte mir Mr. Albagri, ein strenger glatzköpfiger Ägypter, Nichtraucher und Nichttrinker, das Seilspringen bei.

Seilspringen war die Basis unseres Trainings, und es half mir, die unvermeidlichen Sparringskämpfe zu überstehen. Boxen ist der anstrengendste Sport, den man sich vorstellen kann. Hier kommt das Seil ins Spiel. Auch wenn man keinen harten Schlag hat und eigentlich auch überhaupt nicht gerne austeilt und noch viel weniger gern einsteckt, so kann man sich über die pure Ausdauer, die man sich beim Seilspringen aneignet, über die Runden retten und einen Boxkampf manchmal sogar nach Punkten für sich entscheiden.

Also trainierte ich. Mit einem schnellen Seil aus Stahl. Einem langsamen Seil aus Hanf. Mit kleinen Sandsäcken an den Handgelenken, Gewichten an den Beinen. Auf unserem Hinterhof und bei jedem Wetter. Jeden Tag. Als ich an die Columbia wollte, bin ich zum Trainer der Boxmannschaft gegangen und habe ihm gezeigt, wie ich seilsprang. Er wollte mich in seiner Mannschaft, und ich bekam ein Stipendium. Er war der Meinung, mein Trainingsfleiß sei gut für die Moral des Teams. Das Boxen habe ich schon lange aufgegeben, aber das Seilspringen nie. Selbst während der sehr harten ersten Monate mit der Hautkrankheit nicht. Ich habe mich mit dem Seil aus dem übelsten Sumpf gezogen, in dem man stecken kann. Es war hart, aber es hat mir geholfen.

Es gibt da eine Verbindung zwischen dem Boxer und dem Schriftsteller, das sehe ich heute, da ich erstmals in meinem Leben tatsächlich versuche, meinen Kindheitstraum wahrzumachen, es durchzuziehen und ein Buch zu schreiben – und diese Verbindung ist die freiwillige Unterwerfung der eigenen Person unter ein selbstgewähltes, schwer zu meisterndes schicksalhaftes Unterfangen. Die großen Mühen nehmen beide freiwillig auf sich. Die Arbeit am Sandsack, das Seilspringen – sie finden in der geistigen Entschlossenheit des Schriftstellers und dem zähen inneren Ringen ihre Entsprechung. Wo so lange Wabern war, Sprüche allenfalls, aber kein Zusammenhang und keine Geschichte, mit anderen Worten, wo es vorher fast nichts gab, etwas herzustellen, das einen Sinn hat, das ein anderer lesen und verstehen kann.

Zehn Tage nachdem ich das Hotel Hunerwadel bezogen hatte, begann ich, während der Nachmittagsstunden im Hof mit dem Seil zu arbeiten. Ich muss es mir von dem Wärter leihen, der die Trainingsgeräte verwaltet, und es jedes Mal zurückgeben, verständlicherweise, wegen Selbstmordgefahr. Ich fing also mit dem Seilspringen an, ganz locker, im Halbschatten des täglich sonniger werdenden Gefängnishofs, auch dieser mit einem unebenen Betonboden und von hohen Mauern aus Beton umgeben, mit Wachtürmen aus Beton, auf denen Wärter mit Schnellfeuergewehren ihre Schichten schieben. Ein wenig war es so, als würde man den Mississippi in der Ferne ahnen und schmecken können, aber das mag an meiner übersteigerten Geruchsempfindlichkeit liegen. Seit die Krankheit ausgebrochen ist, rieche ich ganz anders, viel besser. Ist mir selber ein Rätsel, wie das zusammenhängt.

Wie Jungs, denen langweilig ist und die einen anderen beneiden, der ein spannendes Spielzeug sein eigen nennt, sammelten sich nach und nach ein paar von den Drafties um mich und sahen mir zu.

«Wie machen Sie das, Mister», fragte einer mit ehrlicher

Verblüffung, «man hat das Gefühl, dass Sie gar nicht wirklich springen?»

«Eine Frage der Übung», sagte ich schlau. «Wollen Sie's mal probieren?»

Er wollte. Die anderen wollten. So fing es an. Seilspringgruppe Glueck.

Es gehört zu den interessantesten Aspekten unserer Zeit, dass dieser Krieg die Nation quer durch sämtliche Schichten, Klassen und Gruppen hindurch spaltet und nun sogar militärisch hochdekorierte Regierungsmitarbeiter mit Hippies zusammensitzen, die versuchten, sich der Einberufung zu widersetzen, indem sie über die grüne Grenze nach Mexiko verschwinden wollten. Love, Peace und Peyote waren das Ziel, der texanische Grenzschutz und die Feldjäger die bittere Realität.

Aber es gibt auch eher komische Geschichten, wie die von Michael, neunzehn Jahre alt, der auf einer Anti-Vietnam-Demonstration in Springfield festgenommen und in einem Eilverfahren zu fünf Monaten wegen Landfriedensbruch verurteilt wurde. Er erhielt dieser Tage seinen Musterungsbefehl, der ihm von der US-Post ins Gefängnis zugestellt wurde, aber da er aufgrund seiner Inhaftierung nicht teilnehmen kann, verlischt er ohne Strafe. Man kann schließlich niemanden dafür einsperren, dass er eingesperrt ist.

Ich habe gegenüber meinen Jungs gleich am Anfang freimütig zugegeben, dass ich die Zeit meiner Inhaftierung nutzen will, um an meinen Lebenserinnerungen zu schreiben. Eine uramerikanische Angelegenheit, schließlich sind wir alle einmalige Individuen und haben deshalb das demokratische Recht darauf, unsere eigene Biographie zu verfassen.

Ich lese jeden Tag die *New York Times*, die mir Hunerwadel freundlicherweise nach dem Mittagessen überlässt. Ich kann niemandem sagen – noch nicht einmal Kat –, worauf ich so dringlich warte. Und ich darf es natürlich auch nicht schreiben, da es immer sein kann, dass meine Aufzeichnungen beschlagnahmt werden. Damit muss ich jederzeit rechnen. Also bleibt nichts anderes, als zu warten und die Zeitung zu lesen. Gefallene Amerikaner am gestrigen Tage: Siebenundachtzig.

Dieser relativ moderaten Zahl dürfte das Hundertfache an Vietnamesen gegenüberstehen. Das nennt Nixon sein Konzept einer «Vietnamesierung des Krieges». Solange nur Vietnamesen sterben, stört es niemanden. In London bereiten sie die Uraufführung eines Bühnenstücks von Pablo Picasso vor: *Vier kleine Mädchen.* Ich habe Picasso einmal getroffen, in Paris, da ging es ihm eher um Frauen mit großen Brüsten. Im Vermischten: Die Stalin-Tochter Swetlana Allelujewa hat im kalifornischen San Rafael eine Tochter zur Welt gebracht.

Missmutig gebe ich die Zeitung nach der Lektüre an die Jungs weiter. Alles Lesbare ist im Gefängnis äußerst wertvoll. Am beliebtesten sind natürlich Bücher. Vor allem Romane.

Heute habe ich von einem Kerl, der nur so halb zu unserer Gruppe gehört, etwas Neues bekommen. Tom, der die Politik, wie er sagt, schon lange hinter sich gelassen hat und deshalb eingesperrt ist, weil er fünfzehnjährigen Schülern Drogen verkauft hat, ist ein zuverlässiger Buchverleiher, natürlich gegen Bezahlung. Er hat eine spiegelnde Glatze und die ganzen Arme voller mystischer Tätowierungen asiatischen Ursprungs. Die Beine verschlingt er gerne zu einer

Art halbem Lotussitz. Er lächelt die meiste Zeit. Dürfte so um die dreißig sein. Liest am liebsten Science-Fiction.

«Wird Ihnen gefallen, Major.»

Er reicht mir das völlig zerlesene Buch eines mir unbekannten Autors namens Dick. Ich traue meinen Augen nicht: Auf dem Titel prangt ein großes Hakenkreuz auf weiß-rotem Grund, daneben, unschwer erkennbar, in Rot-Weiß die Strahlenkranzsonne des kaiserlichen Japan. *The Man In The High Castle*, lese ich den Titel, schlage das Buch auf und finde eine Zueignung des Autors, die mich tatsächlich verblüfft:

An Ernst Jünger
Für
Auf den Marmorklippen

Nicht, dass Ernst Jünger ein persönlicher Freund von mir wäre, aber ich habe ihn einmal, an einem Sonntag, im Herbstnebel des Bodensees kennengelernt. Während die übrige Gesellschaft schon bei Kaffee und Kuchen zusammensaß, schwamm Jünger noch eine Viertelstunde im eiskalten Wasser des Sees, bevor er sich danach in einem schlichten hellgrauen Anzug zu uns an den Kaffeehaustisch setzte. Auf die Frage einer Studentin, ob das Wasser nicht zu kalt gewesen sei, antwortete er etwas herablassend, das wisse er nicht, er habe kein Thermometer dabeigehabt. Statt Kaffee trank er Weißwein. Eine Erscheinung wie eine lebendig gewordene römische Kaiserbüste. Soldatenkaiserzeit. Seine *Marmorklippen* waren Teil meines Londoner Handapparates gewesen, und auch später verfolgte ich, was er veröffentlichte.

Ein bedeutender deutscher Autor, vielen Linken verhasst, der immer noch fast jedes Jahr ein Buch publiziert, obwohl er älter als das Jahrhundert ist. Und er ist offenbar so bedeutend, dass ihm Science-Fiction-Romane gewidmet werden, die in US-amerikanischen Staatsgefängnissen gebührenpflichtig zirkulieren, und das preislich gesehen in der oberen Mittelklasse.

«In dem Buch isses so, dass die Deutschen und die Japsen den Krieg gewonnen ham», erläutert mir Tom. «Die Ostküste, New York und so weiter, is bei den Nazis, und die Japs ham Kalifornien un so. Nur der Mittelwesten is noch frei. Haben 'ne Guerilla und 'nen geheimnisvollen, weisen Schamanen, der Filme beschwören kann. Die freien Amerikaner sind 'ne Mischung aus Indianern und Vietnamesen, Guerilla quasi. Ziemlich cooles Zeug.»

«Möchte ich ausleihen.»

«Viertel Koffer. Sonderpreis.»

«Kein Problem.»

Da man auch im Correction Centre von Hannibal, Missouri, gerne pokert und ich selber nicht rauche, bin ich flüssig. Zigaretten sind die gängige Währung. Ein *Koffer* ist eine Schachtel Zigaretten. Daneben gibt es noch *Bomben*, das sind Gläser mit Instantkaffee.

Ich zähle ihm die fünf Tschicks ab und stecke noch eine sechste als *tip* dazu. Tom ist ein verlässlicher Dealer, und Verlässlichkeit muss belohnt werden. Kurz danach ist der Hofgang beendet, ich trage *The Man In The High Castle* in meine Zelle und sehe den verbleibenden Stunden, in denen noch Licht brennt, mit froher Erwartung entgegen. Morgen Vormittag werde ich endlich weiterschreiben, heute Abend möchte ich nur lesen und so wenig wie möglich an meiner schrecklichen Haut herumfingern (und keinesfalls kratzen) und ein klein wenig an Kat denken.

Das Schreibseminar an der Columbia war kurz vor dem Ende angelangt. Am Montag nach dem zwiespältigen Geburtstagsbesäufnis im *Old Appletree* kamen weder Jerry noch Henry ins Seminar. Keiner erwähnte den Eklat wegen meiner Story, auch Burnett nicht. Es war eher so, als ob es ein reinigendes Gewitter gegeben habe und man nun, in frischer Luft, endlich weiterarbeiten könne. Bald würden wir unsere Geschichte abzugeben haben, und dann würde sich entscheiden, wer im *Story*-Magazin gedruckt wird.

Am Tag vor der Verkündung bat mich Professor Burnett um ein kurzes Gespräch in sein Büro.

«Worum geht es, Sir?»

«Ihre Story, John. *Der Sommer, in dem ich ein Hitlerjunge war.* Hallie und ich haben uns sehr darüber gestritten. Aber, bei aller Qualität, für unser Magazin ist sie nichts, zu viel Sex, fürchte ich, zu politisch, wenn Sie verstehen.»

Ich hatte mir nur noch geringe Chancen gegeben, war aber trotzdem enttäuscht. Nach der Diskussion hatte ich bis zuletzt an der Geschichte gefeilt und insgeheim gehofft, es vielleicht doch irgendwie zu schaffen, ohne meine harte politische Linie zu verlassen.

«Aber ich habe vor einer kurzen Weile jemanden kennengelernt», fuhr Burnett fort, «der ein neues Magazin macht, eine kulturell-politische Zeitschrift, wo ich Ihren Text sehr gut sehe. Dort veröffentlichen auch einige wichtige deutsche Emigranten. Die zahlen auch recht gut. Melden Sie sich bei ihm.»

Er reichte mir eine Visitenkarte. *Neue Aussicht* stand da auf Deutsch. Ich hatte noch nie von diesem Magazin gehört. Darunter stand:

Ludwig von Ganzersstamy, Herausgeber

und eine Adresse auf der Madison Avenue, was erst mal nicht unbedingt abschreckend wirkte.

«Aha», sagte ich, halb traurig, halb erfreut. «Danke.»

«Gerne. Es mag allerorten knirschen und krachen, aber für die Literaturbranche in Amerika brechen goldene Zeiten an, glauben Sie mir. Also auf, auf! Holen wir uns unsere Claims und schürfen wir!»

Ein paar Tage später schickte ich *Der Sommer, in dem ich ein Hitlerjunge war* an die *Neue Aussicht* und erhielt binnen Wochenfrist eine positive, ja überschwängliche Antwort des Herausgebers. So kam ich zu Ludwig von Ganzersstamy. Ganzersstamy hatte österreichische Wurzeln, war aber schon in den frühen zwanziger Jahren nach Amerika ausgewandert und hatte sehr erfolgreich in der Werbebranche gearbeitet. Seine Zeitschrift wurde über ein paar Ecken von staatstragenden Kreisen finanziert, um es mal so zu sagen. Reiche Familiendynastien der Ostküste, deren Sprösslinge selbst bevorzugt zum OSS gingen, unserem militärischen Geheimdienst.

Die *Neue Aussicht* war ein Sammlungsorgan für junge deutsche Intellektuelle mit amerikanischem Pass oder politisch engagierte Deutschamerikaner. In ihr schrieben Klaus Mann oder der aus Chemnitz stammende Stefan Heym, der mit seinem in Prag spielenden Nazi-Thriller *Hostages* einen veritablen Bestseller gelandet hatte. Meine Geschichte kam sofort in den Stehsatz, ich erhielt auch einen Probedruck zur Korrektur, erschienen ist sie dann aber leider nicht.

Im Frühjahr 1942 kamen viele der Leser und einige der Beiträger der *Neuen Aussicht* zusammen mit vielen hundert anderen jungen deutschen Muttersprachlern aus ganz Amerika nach Camp Ritchie, Maryland. Klaus Mann und

Stefan Heym waren auch hier die ungekrönten Fürsten und benahmen sich auch so. Ich fand sehr schnell sehr gute Freunde. Einer davon war Konrad, der aus der bedeutenden jüdischen Familie Katzenellenbogen stammte, Frankfurter Bankiers, und seinen berühmten, aber auch merkwürdigen Namen in Kellen amerikanisiert hatte. Er war eine Zeitlang der Sekretär von Thomas Mann in Kalifornien gewesen, das er auch als seine zweite Heimat empfand. Vor ein paar Jahren habe ich ihn bei der RAND-Corporation wiedergetroffen.

Wir alle bekamen in Ritchie unsere militärische Grund- und gleichzeitig die nachrichtendienstliche Spezialausbildung. Wir wurden Soldaten, die perfekt Deutsch sprachen und lasen, die Wehrmachtsnachrichten würden abhören und deutsche Gefangene würden verhören können – oder die befähigt waren, in der Psychologischen Kriegsführung, Department for Psychological Warfare, zu arbeiten. Und dahin verschlug es mich. Oder seien wir ehrlich: Dafür war ich vorgesehen, denn während ich meine Grundausbildung in Ritchie absolvierte, wechselte der Herausgeber von *Neue Aussicht* gleichfalls offiziell in den Militärapparat und wurde leitender Redakteur unserer wichtigsten deutschsprachigen Propagandazeitung. Plötzlich war er Major Ganzersstamy. Major Ganz, wie ihn alle nannten.

In dem gewaltigen Apparat von *Sykewar* gab es alles an Medienprodukten, was man sich nur vorstellen konnte. Ende 1943 war der ganze Apparat nach London gezogen. Ich war Leutnant und arbeitete unter den Fittichen von Major Ganz in der Londoner Redaktion von *Sternenbanner.* Mit einer Druckauflage von vier Millionen Exemplaren war *Sternenbanner* die größte deutschsprachige Tageszeitung der Welt, wie wir selbstbewusst vorne auf dem Titel bekanntgaben. Sie hatte vier Seiten, wurde von Flugzeugen über dem deutschsprachigen Teil des Großdeutschen Reiches abgeworfen, also über dem Altreich und Österreich, und wollte eine seriöse Zeitung sein, die über alles Wichtige berichtete.

Ich war einer der Literaturspezialisten.

Im Sommer 1944 recherchierte ich für meinen ersten Einsatz außerhalb der Redaktion. Ich sollte für das deutsche Publikum von *Sternenbanner* eine Reportage über keinen Geringeren als Ernest Hemingway schreiben. *Hemingway an der Front.*

Es sind bald zehn Jahre, dass er sich in Idaho die Kugel gegeben hat, und was sich seither an Häme und Schmähung seiner Person und seines Werks über die Welt ergießt, ist schwer erträglich – noch dazu von Leuten, die ihm zu Lebzeiten nicht das Wasser hätten reichen dürfen, abgesehen davon, dass er niemals Wasser getrunken hätte.

Ich habe später, während meiner Zeit in München, laufend Schriftsteller kennengelernt. Manchmal war ich enttäuscht, als was für ein Langweiler ein Autor von Abenteuergeschichten sich herausstellte, oder überrascht, wie viel Spaß man mit einer Verfasserin dröger freudianischer Psychoprosa haben konnte. Aber kein Schriftsteller, den ich je getroffen habe, war wie Hemingway. Man konnte mit ihm sprechen wie mit einem ganz normalen Kerl, über ganz normale Dinge, aber über alles, was er sagte, legte sich ein Glanz. Etwas brannte in ihm, das Fluoreszenz verbreitete, ein Licht wie aus einer weit entfernten, einsamen Hütte. Ich bin mir sicher, dass es ihm damals schon hundsmiserabel ging, aber nach außen hin wirkte er munter und war völlig unprätentiös im Umgang.

Wenn es etwas gab, über das er nicht sprach, dann waren es seine Romane oder was er sonst geschrieben und veröffentlicht hatte. Immer wieder versuchte irgendjemand, ihn damit zu ködern, aber das langweilte ihn. Es schien, als könnte er sich nicht mal an die Titel seiner Bücher erinnern. Über andere Autoren, Kollegen, sprach er durchaus. Diejenigen, die er mochte, lobte er über die Maßen. Die meisten fand er schrecklich, und zu meinem Kummer gehörte Thomas Wolfe auch dazu.

«*Schau heimwärts, Engel*, das lass ich mir noch eingehen. Max hat ihm den ganzen Mist rausgestrichen, da ist was halbwegs Anständiges übrig geblieben. Aber sonst? Ohne Max wäre Wolfe niemals aus der Gosse gekommen. Lächerlicher Wortschwurbler, der Kerl. Konnte nur seine Heimatstadt beschreiben, da war er gut. Der Rest Journalesisch.»

Aber ich greife vor. Zunächst, noch in London sitzend, hatte ich mir nichts anderes vorstellen können, als dass die Vorbereitung für die Begegnung mit dem größten Helden der amerikanischen Gegenwartsliteratur mit seinen Büchern beginnen müsste. Das meiste kannte ich ja schon, mein Lieblingsbuch war ein Frühwerk, *Die Sturmfluten des Frühlings*, und es war schon ein paar Jahre her, seit er *Wem die Stunde schlägt*, seinen Roman über den spanischen Bürgerkrieg, veröffentlicht hatte. Seine letzte, mir bislang unbekannte Publikation war eine Anthologie.

Männer im Krieg.
Die besten Kriegsgeschichten aller Zeiten

Die Schlacht bei den Thermopylen, Alden Brooks' *The Parisian* aus dem Großen Krieg. Tolstoi natürlich. Stendhal und seine Waterloo-Analyse. Eine deftige Folterszene von T. E. Lawrence. Es freute mich, dass auch ein aktueller deutscher Autor darunter war, Frank Thiess, dessen Roman *Tsushima* die meisterliche Schilderung der Vernichtung der russischen durch die japanische Flotte entnommen war. Der erste große Sieg einer farbigen Nation über eine weiße. Ein brisanter Stoff. Einen einzigen anderen deutschen Autor hatte Hemingway noch mit aufgenommen: Carl von Clausewitz.

Sentenzen aus *Vom Kriege* waren zwischen die einzelnen Kapitel eingestreut, und in seinem Vorwort bezog sich Hemingway auf den alten Preußen und seine Lehre, wonach die Kriegskunst eine Philosophie der Unvorhersehbarkeit und des Zufalls war, des negativen Zufalls zumeist, welchen Clausewitz *Friktion* nannte. Die Friktionstheorie sagte, dass unter irgendwelchen unvorhersehbaren Umständen die Handlung eines Einzelnen durch Verkettung und Folge eine Schlacht entscheiden konnte. Und genau darum schien es auch Hemingway zu gehen: der Einzelne auf seinem Kriegspfad. Völker, Ideologien, Religionen – sekundär. War eh alles total verlogen.

Dieses Buch wird Ihnen nicht sagen, wie man stirbt,
hatte er im Vorwort geschrieben.

Die Cheerleader des Krieges werden bestimmt bald wieder irgendein Pamphlet rausbringen, in dem sie den besten Weg schildern, wie man diese kleine, aber unumgängliche Angelegenheit am Ende hinbekommt. P. M. hat es vielleicht schon in einer Sonntagsausgabe veröffentlicht, mit anschaulichen Bildern. Aber nicht dieses Buch. Dieses Buch wird Ihnen zeigen, wie Männer von den frühesten Zeiten an kämpften und starben. Wenn Sie es gelesen haben, werden Sie wissen, dass nichts Schrecklicheres auf Sie wartet als das, was Menschen vor Ihnen schon immer durchgemacht haben.

Auch wenn ich wohl genau zu jenen verabscheuungswürdigen Cheerleadern des Krieges gehörte – denn was sonst, wenn nicht Propaganda, sollte damit gemeint sein? –, faszinierte mich Hemingways unaufweichliche Kriegstranszendenz. Der Mann und sein Schicksal. Der Rest nur Kulisse.

Das alles erzählte ich so in etwa meinem Chef beim letzten Briefing.

«War meine Rede von Anfang an», sagte Major Ganz und schob am Ende des Satzes seine Unterlippe nach vorn, was ihm einen pferdeähnlichen Ausdruck verlieh.

«Wenn es jemanden gibt, der unverdächtig ist, Propaganda zu machen, dann Hemingway. Er ist der ganz große Fisch für uns.»

«Könnte nur sein, Sir, dass das das Problem ist.»

«Dass er keine Propaganda mag?»

«Genau.»

«Aber deshalb schicken wir ja auch nicht irgendwen, sondern Sie, John. Haben Sie nicht Literatur an der Columbia studiert, waren Mitglied der Boxmannschaft und schreiben sehr engagierte Kurzgeschichten, arbeiten sogar an einem Roman, wie ich gehört habe? Sie sind kritisch und genau der richtige Mann für diesen Job. Sogar *ich* kann Sie ausstehen, John, das will was heißen.»

Er lachte wiehernd, langte in seine Schreibtischschublade und holte eine verschnürte Akte heraus, auf der groß geschrieben stand, wie geheim sie war.

«Wir haben unseren Clausewitz auch gelesen und werden es nicht nur dem Zufall überlassen, ob Hemingway mit unserem Mann klarkommt, oder was meinen Sie?»

Major Ganz schob mir die Akte über den Tisch. Er streifte dabei seine Teetasse, die randvoll mit Lebenswasser war. Ein wenig davon schwappte über und bildete einen bernsteinfarbenen Flüssigkeitsring auf der Untertasse. Er kniff die Backen zusammen und bleckte dann seine Zähne, die spektakulär schief und krumm waren und mit der Zeit die Farbe seines Lieblingsgetränks angenommen hatten.

Major Ganz war einer der wenigen Vorgesetzten, die nichts dagegen hatten, wenn man sie längere Zeit ansah. Außerdem hatte er kein Problem damit, wenn er selber der Einzige war, der über seine Witze lachte. Obwohl er den ganzen Tag lang mit Leuten zu tun hatte, schien er auf eine seltsame Weise für sich allein zu existieren, das war schon damals in der Madison Avenue so gewesen. Nun griff er geschickt mit beiden Händen zu und schlürfte den übergeschwappten Whisky aus der Untertasse. Wenn er Deutsch sprach, war es ein breites Österreichisch.

Ich entschnürte die Akte. Von der ersten Seite an hochwertiges FBI-Material. Ich flog drüber und klappte sie wieder zu. Hammer.

Major Ganz' Beziehungen waren nicht zu Unrecht legendär.

«Sie können sich Notizen machen. Nachher bringen S'as mia gleich wieder. 's darf nicht außer Haus. Es gibt den Akt nämlich gar nicht, verstehen S'?»

«Alles klar.»

Er lächelte wieder.

«Freundin hier in London?»

«Sicher.»

«Wenn S' wollen – zwei Karten für *Wem die Stunde schlägt*.

Heute Abend im Electric. Geschenkt bekommen, kann aber nicht hin. Interessiert?»

Ich dankte ihm, steckte die Karten ein, nahm die Akte und ging an meinen Schreibtisch. Gleich begann die tägliche Konferenz, es herrschte das übliche Geplärre. Zwei Dutzend Schreibmaschinen versuchten sich in der Tippgeschwindigkeit zu übertreffen und gegenseitig niederzuhacken. Ich holte mir Bleistifte und Papier, um aus der Akte zu exzerpieren, und rief Esther an, die ein paar Straßen weiter bei der BBC arbeitete, sich sehr freute, als sie von den Kinokarten hörte, und vorschlug, dass wir uns später in der BBC-Kantine treffen sollten. Ich legte vergnügt auf.

«Hey», schrie Max Feigenmann vom Schreibtisch gegenüber, «hör dir den an.» Max hatte seine riesigen Augen weit aufgerissen und sah aus wie eine fleischgewordene Version von Barney Google: «Schlomo hat es geschafft. Er ist aus Deutschland entkommen und spaziert durch die Straßen von New York. Hocherfreut darüber, was er sieht: keine Amtstüren und keine Sitzbänke, auf denen *Nur für Arier* oder *Für Juden* draufsteht. Glücklich betritt er ein Obstgeschäft, um ein Kilo Orangen zu kaufen.»

Max legte eine Kunstpause ein und zwinkerte mir begeistert zu. Das Finden, Sammeln und Archivieren jüdischer Witze, in denen Obst vorkam, war seine große Leidenschaft.

«Okay. Schlomo ist also im Laden und will seine Orangen kaufen. Das Mädchen hinter dem Tresen nickt und fragt:

‹For juice?›

Darauf Schlomo, entsetzt: ‹Was, hier auch?›»

Für einen Moment überlegte ich, Max darauf hinzuweisen, dass wir in den Staaten tatsächlich solche Türen hatten, nur dass auf ihnen eben nicht *Für Juden*, sondern etwa *Keine Neger* stand, aber ich ließ es sein.

«Du solltest das Ressort wechseln», sagte ich lachend. «Bis später, ich gehe hoch zum Lesen.»

«Und ich freue mich auf die Konferenz. Den Artikel über George Szell müssen die mir einfach nehmen. Bin zum Gefecht bereit.»

Früher war er Musikkritiker in Frankfurt am Main gewesen. Dann eine Weile Herrenmodenaushilfsverkäufer in Pittsburgh. Jetzt schrieb er für *Sternenbanner* mikroskopisch kleine Artikel über berühmte Musiker, die in die USA geflohen waren. Szell hatte ein glänzendes Konzert in der Carnegie Hall gegeben. Fünfte Symphonie von Beethoven und davor Wagner, Siegfried-Idyll. Und Thomas Mann saß mit seiner Frau im Publikum, da er zufällig eh in New York war. Max hatte das Konzert natürlich nicht gehört. Er verließ sich auf die Kritiken aus New York. Die Kontinuität wahren deutschen Geisteslebens außerhalb des Nazireichs. Darum ging es.

Bislang hatten es solche Sachen schwer gehabt, tatsächlich gedruckt zu werden. Doch seit dem D-Day und dem unbegreiflich schnellen Vormarsch durch Frankreich, der erwarten ließ, dass wir etwa drei bis vier Monate früher in Deutschland stehen würden als geplant, begann sich *Sternenbanner* zu ändern.

Unsere materielle Überlegenheit, die Lufthoheit, die Niederlagen der Wehrmacht an allen Fronten, speziell natürlich im Osten, die Schändlichkeit der Nazi-Partei standen weiterhin zwar im Mittelpunkt. Aber da es bald so weit sein würde, dass wir Deutschland besetzen und über seine Bevölkerung bestimmen würden, hatten die großen Bosse entschieden, dass den Berichten über die militärisch aussichtslose Lage der Achsenmächte auch erfreuliche Nachrichten beigemischt werden sollten. Es reichte nicht, zu verkünden, dass wir den Krieg gewinnen würden. Es ging nun darum, zu zeigen, dass wir gewannen, weil wir in jeder Hinsicht ein gutes Land waren. Das beste.

In kaum einer Ausgabe fehlten seitdem Berichte über deutsche Kriegsgefangene *(«Feldwebel Franz Mayer beim Federballspiel mit Kameraden»)*, oft auch schon Insassen unserer Lager in Ohio oder Massachusetts, die sich über die freundliche Behandlung und vor allem über das gute Essen ausließen, das sie bei uns bekamen. Viel Fleisch. Frisches Gemüse. Pfirsiche. Dazu sollten nun zunehmend Artikel ins Blatt, die sich mit kulturellen Themen beschäftigten, gemäß Major Ganz' Ausführungen, dass es auch in der Wehrmacht genügend Studienräte gebe. Und mittlerweile auch deren Schüler. *Sternenbanner* wurde gelesen. Heimlich natürlich. Aber alle, die ein Exemplar in die Hände bekamen, stürzten sich drauf. Es war für das Bürgertum von Bedeutung, wenn die lange verfemten Namen der vertriebenen Künstler plötzlich wieder *«in der amerikanischen Zeitung»* standen. Es gab sie also noch!

Die Chefs stützten sich dabei auf intensive Befragungen von Kriegsgefangenen, deren ehrliche Meinung zu allen Aspekten unserer Zeitung von versierten Verkaufspsychologen erforscht wurde, Freudianern, die es mittlerweile in allen Werbeagenturen und Marketingabteilungen gab.

Viele von diesen Sykewarriors kannten sich schon aus der Zeit vor dem Krieg, waren Kollegen gewesen. Die psychologische Kriegsführung der Vereinigten Staaten lag in den Händen der PR-Spezialisten von der Madison Avenue. Major Ganzersstamy zum Beispiel hatte noch vor ein paar Jahren in Edward Bernays' Büro gearbeitet, und angeblich war es damals seine Idee gewesen, Damenmodedesigner davon zu überzeugen, die Farbe Grün stärker als bisher in ihre Kollektionen einzubeziehen.

Grün. Die Farbe der Hoffnung, der Freiheit, der Natur und der Packungen von *Lucky Strike*, jenen Zigaretten, die plötzlich auch von Frauen gekauft wurden, nachdem Bernays sie zu *Freiheitsfackeln* erklärt hatte, kleinen grünen Leuchtfeuern der Frauenemanzipation. Nun passte ihre Verpackung auch farblich zur neuesten Damenmode. Und sie verkauften sich noch besser.

Ich will nicht so tun, als wären mir diese Dinge damals so klar gewesen, wie sie es heute sind. Ich hatte mit PR nicht mehr am Hut gehabt als jeder andere Amerikaner meiner Generation – ich kannte Anzeigen in Magazinen und hörte gelegentlich Radioshows, die von großen Firmen präsentiert wurden. Und natürlich Roosevelts *Kamingespräche.*

Ich kam zu Sykewar, weil ich nicht nur Deutsch sprechen, lesen und schreiben konnte, sondern weil ich Deutschland liebte und mithelfen wollte, es zu befreien. Das hieß für uns und für mich, Deutschlands Geist von der Pest des Nationalsozialismus zu heilen und Amerika in dem guten Licht zu zeigen, das ihm auch wirklich gerecht wurde.

Dazu brauchten wir Repräsentanten. Aushängeschilder. Ikonen.

Eine Umfrage unter deutschen Gefangenen hatte ergeben, dass Ernest Hemingway der in Deutschland bekannteste lebende amerikanische Schriftsteller war, und das, obwohl nur seine frühen Bücher auf Deutsch erschienen waren. Die Nazis hatten ihn geadelt, indem sie seine Werke auf den Index gesetzt und öffentlich verbrannt hatten. Er schien mehr ein Mythos zu sein, aber gerade das machte ihn für Sykewar so wertvoll. Wir hatten jetzt die Gelegenheit, das Image dieses amerikanischen Genies für das neue Deutschland (das aus dem hervorging, welches wir besiegt haben würden) zu formen.

Hemingway hatte zuletzt – wie wir alle – hier in London auf den Tag der Invasion gewartet. Seitdem war er als Kriegsberichterstatter dabei. Wie man hörte, war er angeblich seit kurzem mit einem Trupp französischer Freischärler unterwegs. Richtung Paris.

«Himmelherrgottmariaundjosef!», so Major Ganzersstamy, «es gibt genügend Idioten, die ihn für einen Kommunisten halten. Aber ich will ihn auf der Titelseite! Hemingway an vorderster Front, bei unserem Kampf gegen die Nazis. Die ganzen Hitlerjungs sollen später mal sagen: Hey, gegen diesen großartigen Kerl habe ich gekämpft! Und Sie werden mir das bringen, John! Weil Sie wissen, wie diese deutschen Hitlerjungs da drüben ticken. Goethe? Thomas Mann? Wir geben ihnen Hemingway!»

Hemingway. Das Schicksal hatte ihm die Zumutung aufgebrummt, uns, der Generation seiner Kinder, die ästhetischen Qualitäten des Krieges und der Gewalt näherzubringen, und er brachte sie uns näher, indem er die Schrecken so außerordentlich reizvoll schilderte, dass man beim Lesen absurderweise Lust bekam, es ihm nachzutun und auch in den Krieg zu ziehen. Die Vorstellung, wie *In einem anderen Land* verwundet in einem italienischen Schloss zu liegen, in dem das Lazarett eingerichtet war, und eine nette Krankenschwester kennenzulernen, die sich liebevoll um deine Morgenlatte kümmerte und danach Italienisch-Unterricht gab, gefiel uns ganz einfach.

Krieg entstammte derselben Welt wie die Stier- und Boxkämpfe, die Entenjagden, Fischzüge und all die anderen Freizeitaktivitäten, mit denen Hemingways Helden sich hauptsächlich beschäftigten. Gertrude Stein hatte ihm beigebracht, wahnsinnig gut zu schreiben. Zu gut. Hemingway hätte selbst die Hölle noch irgendwie gut aussehen lassen können.

Papa Hem schilderte uns die moralische Verworfenheit der Welt und den einsamen, aber entschlossenen Kampf des amerikanischen Idealisten gegen das Böse – dass seine Helden allesamt zum Untergang verurteilte Pechvögel waren, störte uns nicht weiter. Dafür waren die Orte, an denen ihr Untergang stattfand, so schön *abroad*.

Leben für die Gegenwart. Sterben für die Vergangenheit. Das war die Formel jener grandiosen Enttäuschung, mit der dir klar wird, was es heißt, ein Amerikaner zu sein.

Das war Hemingway.

Er war der wichtigste amerikanische Autor.

Gerade wegen seiner Schwächen.

Ich brauchte drei Stunden, um mich durch die Geheimakte zu arbeiten. Sie vergingen schnell. Ab und zu blickte ich hinaus in den Berkeley-Square-Park, den man von meinem Platz in der Bibliothek gut überblicken konnte. Genau gegenüber hatte vor zwei Wochen ein Marschflugkörper jenes Typs eingeschlagen, den die deutschen Militärs *Aggregat 4* oder einfach nur *das Gerät* nannten, und Platz und Park mit einem enormen Krater versehen. Ein paar Kinder spielten Fußball, und ich musste immer wieder hinschauen, weil ich fürchtete oder es fast erwartete, dass sie den Ball in den Krater kickten. Dann würde ich, so stellte ich mir vor, sofort alles liegen und stehen lassen und die drei Treppen der Bibliothek hinuntersprinten, um dem tapfersten der unterernährten kleinen Buben mit ihren kurzen Hosen beizuspringen und für ihn in den Krater hinabzusteigen, den eine von Hitlers Wunderwaffen geschlagen hatte.

Die Kinder bekamen in der Schule gesagt, dass Nazi-Agenten in London jeden Einschlag einer V-Waffe nach Ort und Zeit zu ermitteln versuchten, um diese Daten umgehend nach Deutschland zu senden. Mit diesen Daten verbesserte man die Leistungsfähigkeit des Geräts zweiwöchentlich. In den USA arbeitete zu dieser Zeit der geniale Norbert Wiener aus Missouri daran, die logisch-mathematischen Grundlagen für ein kontinentalweites, automatisiertes Raketenfrühwarnsystem zu erarbeiten, aus denen später übrigens die Kybernetik entstand und aus dieser dann die Computer. Denn man wusste, dass die noch immer ziemlich ineffektiven Brummkäfer, wie die Londoner die V1-Raketen nannten, nur der Anfang waren. Wernher von Braun würde nicht nur bald schon die wesentlich verbesserte, sich selbst steuernde V2-Rakete startklar haben, die von Deutschland nur dreihundertzwanzig Sekunden bis nach London brauchte, sondern plante schon lange die Interkontinental-Raketen V9 und V10, mit denen die Nazis New York und Washington würden treffen können. Aber womit eigentlich treffen?

Es zirkulierte, dass die V-Waffen auch gar nicht die eigentlichen Wunderwaffen waren, von denen die deutsche Propaganda so gerne erzählte. Ein Team aus den dreihundert besten Physikern, die Deutschland noch hatte, arbeitete unter der Leitung von Heisenberg, der auch Werner hieß, an der eigentlichen Waffe, die eines baldigen Tages von der V-Rakete getragen werden sollte. Das Gerät war eigentlich nur ein Transportsystem. Albert Einstein hatte Präsident Roosevelt von der aus seiner Sicht sehr großen

Wahrscheinlichkeit berichtet, dass Heisenbergs Gruppe diese nukleare Waffe einsatzbereit bekommen würde. Die ultimative Bombe.

Vielleicht hatte Roosevelt Hemingways Anthologie gelesen und dachte an die Geschichte von den dreihundert Spartanern, als Einstein ihm von Heisenberg und seinen dreihundert Physikern erzählte. Jedenfalls beschloss der Präsident, auf den Albert aus Ulm zu hören, und binnen eines Vierteljahres arbeiteten auch US-Physiker am Bau der Nuklearwaffe. Sie waren vielleicht nicht alle so brillante Wissenschaftler wie die dreihundert Deutschen. Aber dafür waren es über einhundertfünfzigtausend.

Das war typisch für die Art, wie wir unsere Massenarmee aus dem Boden gestampft hatten. Als wir 1941 in den Krieg eintraten, rangierten unsere Streitkräfte in einem weltweiten Ranking an vierzigster Stelle, hinter Bulgarien. Manche Waffen stammten noch aus dem Großen Krieg. Pro Jahr stellten wir acht neue Panzer in Dienst. Aber innerhalb von drei Jahren umfasste die US-Army und ihre verschiedenen Hilfstruppen und Dienstleister weit über zehn Millionen Männer und Frauen.

Gemessen an der Anzahl seiner Mitarbeiter, war Sykewar eine zwar kleine, aber ziemlich feine Einheit. Sehr modern. Sehr gut ausgestattet. Brigadegeneral McClure war unser Chef, und im August 1944 mochten es an die fünfzehnhundert Leute sein, die er befehligte, Militärs und Zivilisten, aus den unterschiedlichsten Abteilungen zusammengezogen oder frisch angeheuert. Seit der Landung in Nordafrika und Italien produzierten sie Flugblätter und Flugblattzeitungen wie *Sternenbanner*, funkten Nachrichten und betrieben ein Dutzend Radiostationen. Sechs davon waren

Hochleistungssender mit enormer Reichweite. Französisch, Italienisch, Deutsch und natürlich Englisch waren die gängigen Sprachen, denn wir kümmerten uns auch um unsere eigenen Soldaten und versuchten, ihnen das korrekte Bild von der Situation in Deutschland zu vermitteln und sie auf ihre Aufgaben vorzubereiten.

Bevor ich anfing, für *Sternenbanner* zu schreiben, hatte ich mit fünfzehn anderen Autoren, Psychologen, Historikern und Germanisten an unserem *Handbuch für amerikanische Soldaten in Deutschland* gearbeitet. Das *Handbuch* war keine Propaganda, sondern eben tatsächlich eine Mischung aus Landeskunde, deutscher Geschichte, Erklärungen zu Gebräuchen und Eigenheiten der Bevölkerung und Reiseführer.

Am Ende des Buches fand man einige wichtige deutsche Sätze in amerikanischer Phonetik-Schreibweise, in denen der Einsatz von Majuskeln die Betonungen der Sprachmelodie zeigen sollte. Diese Sätze waren größtenteils von mir, zum Beispiel:

TSAISH-nen zee meer ai-nuh LANT-KAR-tuh

oder

BRIN-gen zee mish tsoo AI-nem ARTST

Später habe ich immer wieder darüber nachgedacht, wie oft meine Sätze wohl ausgesprochen worden waren und ob sie den Privates, die sie benutzten, tatsächlich geholfen hatten.

Es war offensichtlich, dass die Hemingway-Akte aus verschiedenen Quellen zusammengestellt war, aber das meiste stammte vom FBI, denn wer anders als Hoovers Schlapphüte hätte sich die Mühe gemacht, kubanische Friseure und Hafenangestellte zu befragen und Hemingway zu beschatten, als plane er einen kommunistischen Staatsstreich?

Hemingway hatte am Anfang des Krieges in einer Art halboffizieller Mission für den US-Marine-Geheimdienst Monate damit zugebracht, mit fünf oder sechs Freunden auf seiner Yacht vor der kubanischen Küste zu kreuzen, um deutsche U-Boote ausfindig zu machen, die es dort tatsächlich gab und die auch immer wieder Frachtschiffe angriffen. Hemingway und seine Crew hatten in vier Monaten allerdings nur eine einzige Meldung einer Nazi-U-Boot-Sichtung abgeliefert, aber die immerhin. Diese Aufklärungstätigkeit schien dem FBI überhaupt nicht zu passen, weshalb sie akribisch alles sammelten, was gegen Hemingway sprach.

Hoover verbarg nicht, dass er Kuba als sein Territorium betrachtete, die Bundespolizei wäre auch gerne mit der Erweiterung der amerikanischen Einflusszone in Europa mitgewachsen. Nach dem Krieg wollte Hoover eine europäische FBI-Zentrale in Hamburg oder Frankfurt am Main gründen: Er wollte ins internationale Geschäft. Deswegen versorgte er uns mit Nachrichten, jeder braucht schließlich Freunde.

Bei Hemingway hatten sich die Schlapphüte wirklich Mühe gegeben. Da war die genaue Rechnung eines Getränkehändlers transkribiert, der die Yacht während ihrer wöchentlichen Anlegezeiten beliefert hatte. Jeder Posten. Ich las den Eintrag zweimal, weil ich nicht glauben mochte, wie viel Geld man für Alkohol ausgeben konnte.

Es war in der Akte öfters vermerkt, dass er trank, schon

morgens; dass er wohl Eheprobleme hatte, jedenfalls sah er seine Frau Martha Gellhorn, die auch Kriegsreporterin war, nicht besonders oft. Wenn er nicht auf dem Boot war, besuchte er gerne Pelota-Matches in Havanna. Und betrank sich dabei.

Wie immer sie es auch erfahren hatten, sie kannten sein aktuelles Gewicht. Er war fett. Weit über einem vernünftigen Kampfgewicht.

Gerade diese Information half mir, verschiedene Vorstellungen, die ich mir von ihm gemacht hatte, aus einem anderen, realistischeren Blickwinkel zu sehen und miteinander zu verknüpfen. Hier wurde er für mich plötzlich lebendig und als zukünftiges Gegenüber vorstellbar.

Aus der Tatsache, dass er seit Jahren nichts mehr veröffentlicht hatte, folgerten sie eine Schaffenskrise. Das war typisch FBI. Kein Verständnis für Kreativität. Ich meinerseits hatte gehört, dass er während seiner Zeit hier in London – drüben im Luxushotel Dorch, wo auch Eisenhower wohnte – jedem, der es wissen wollte, erzählte, er arbeite an einer großen Romantrilogie über den Zweiten Weltkrieg. Das amerikanische *Krieg und Frieden.* Der ganz große Wurf.

Ich kannte ihn ja noch nicht, aber ich glaubte fest an Hemingway. Der Mann war zäh. Im Mai hatte er einen Autounfall überlebt, spätnachts von einer Party kommend, auf dem Weg ins Hotel. Ein paar Wochen später ging er mit der siebten Welle rüber nach Frankreich, ein Handtuch um den lädierten Schädel gewickelt wie ein Hindu.

Am meisten berührte mich aber die Information, dass sein ältester Sohn Jack, aus erster Ehe stammend, in Toronto geboren, der seit Januar bei einer Nachrichteneinheit in Algerien stationiert gewesen war, mittlerweile in Frankreich als Fallschirmjäger jenseits unserer Linien operierte.

Vieles an Hemingway war bemerkenswert, aber die Tatsache, dass er und sein ältester Sohn beide gleichzeitig im Krieg waren, schlug alles. Der Vater als Korrespondent für das Top-Dreck-Magazin *Collier's*, der Sohn (familieninterner Kosename *Bumby*) für das Office of Strategic Services, das OSS. Heute heißt diese Organisation CIA. Aber das ist ja bekannt.

Ich schnürte die Akte zu. Notizen hatte ich mir kaum gemacht, nur ein paar Namen aufgeschrieben, fühlte mich aber bestens vorbereitet. Auch darauf, unser Londoner Hauptquartier zum ersten Mal zu verlassen – und damit die Bibliothek.

An meinem Platz am Fenster hatte ich mir eine fabelhafte Büchersammlung angelegt, einen Handapparat mit den wichtigsten und populärsten Werken, vor allem Romanen, die in den letzten Jahren erschienen waren. Der OSS hatte einen Buchhändler in Leipzig an Land gezogen, der uns sehr geschickt über Paris belieferte. U-Boote nahmen die Bücherkisten, neben anderen Artefakten aus dem Reich, regelmäßig auf und brachten sie nach London. Diesen von der Royal Navy unterstützten Lektüreservice würde ich zweifellos vermissen.

Über allem thronend befanden sich die Bücher von Erich Kästner, über den ich ja schon an der Columbia gearbeitet hatte. Vor allem sein Roman *Fabian* war mir wichtig, jene traurige Geschichte aus der Zeit vor den Nazis, die von einem zum Untergang verurteilten Moralisten erzählt. Nicht nur, dass Kästner seinen Helden selbst einen *Propagandisten* genannt hatte, worin ich also einen ironisch-verwandten Geist erkannte. Ich war auch der Meinung, dass Kästner das beste Gegenwartsdeutsch schrieb, dass man aus seiner Prosa lernen konnte, wie man wirklich sprach. Er war mir der wichtigste in Deutschland (in einer Art innerem Exil) verbliebene humane Geist. Soweit ich wusste, arbeitete er als namenloser Drehbuchschreiber für Babelsberg, das deutsche Hollywood.

Bei dem Rest meiner in London verbleibenden Bücher handelte es sich hauptsächlich um Machwerke und Nazischund, schrecklich zu lesen, aber überaus bedeutend für meine Arbeit – Stil und Wortwahl unserer Texte für *Sternenbanner* durften die Leser auf keinen Fall abschrecken, sondern mussten vertraut wirken. Natürlich gab es auch ein paar andere gute Bücher. Carossa mochte ich. Oder Fritz Steuben, ein Jugendbuchautor, der vor allem Indianerromane schrieb.

Am meisten aber faszinierte mich der schon erwähnte Ernst Jünger, schon wegen seiner manchmal archaischen Sprache, die mich zuweilen an das Pennsilfaanisch meiner Großmutter erinnerte, wenn er mit Begriffen wie *Altmutter* und *Schaffnerin* spielte. Jünger war gewissermaßen ein Anti-Kästner von rätselhaftem Charakter, aktiver Hauptmann, Held des Großen Krieges. Als Autor einzelgängerisch und doch wieder typisch für die Offiziere der Wehrmacht. Es gab Stimmen bei uns, die ihn in Verbindung zu jenen Offizierskreisen um Rommel und Stauffenberg brachten, die vor gut drei Wochen, am 20. Juli, einen – gescheiterten – Bombenanschlag auf Hitler unternommen hatten. In der Ausgabe vom 26. Juli hatte *Sternenbanner* auf der ganzen ersten Seite über das Attentat berichtet, mit der Titelzeile *Die Wahrheit über den Friedensputsch – Nur Deutsche können Deutschland retten.*

Ob Ernst Jünger zu diesen Rettern gehören könnte, war allerdings fraglich, ob er einer war, auf den wir bauen sollten, sowieso. Auf den geheimen Listen mit zukünftigen möglichen deutschen Staatssekretären oder Ministern tauchte er nicht auf. Denn abgesehen davon, dass Hitler sich als erklärter Bewunderer Jüngers gab, war der eben auch ein absoluter, geradezu unbelehrbarer Ästhet – dem die zwei Dutzend Narben aus dem Großen Krieg äußerst gut standen. Ein Käfersammler und Surrealist. Einer, der den Krieg als unvermeidlich und daher als Abenteuer zu begreifen sah, das es zu bestehen gelte, aber auch als geistige Erscheinung und als *inneres Erlebnis.* Vielleicht war Jünger darin aber auch derjenige deutsche Autor, der Hemingway in seiner Haltung am nächsten kam. Ich nahm seine *Marmorklippen* zur Hand.

> *Ihr alle kennt die Schwermut, die uns bei der Erinnerung an Zeiten des Glückes ergreift. Wie unwiderruflich sind sie doch dahin, und unbarmherziger sind wir von ihnen getrennt als durch alle Entfernungen. So denke ich auch an die Zeiten, in denen wir an der Großen Marina lebten, zurück – erst die Erinnerung treibt ihren Zauber hervor. Damals freilich schien manche Sorge uns die Tage zu verdunkeln, und vor allem waren wir vor dem Oberförster auf der Hut.*

Ein erhabenes, schauerliches Gefühl überlief mich, als ich daran dachte, dass ich mich an Ernest Hemingways Seite bald ins Reich des Oberförsters begeben würde. Jenes schaurige und faszinierende Land, über das ich so viel wusste oder zu wissen glaubte. *Das Reich.* Das Land meiner fernen und fernsten Vorfahren, das die modernsten Waffen der Welt auf Londoner Kinder abfeuerte.

Doch zuvor traf ich mich mit Esther an einem Ort, der es ohne jeden Zweifel verdient gehabt hätte, ausgelöscht zu werden: die Kantine der BBC. Vollgestopft mit den am schlechtesten angezogenen Leuten von ganz London. Alle Londoner sahen heruntergekommen aus, aber der durchschnittliche BBC-Redakteur schaffte es zuverlässig, noch mal dagegen abzuschmieren. Ein stolzes Lumpenvolk mit groben Umgangsformen. Bei jedem zweiten Bissen haute dir einer von hinten seine Ellbogen in den Rücken. Verbogene Gabeln, am Rand abgestoßenes Geschirr, grobe weiße Becher, auf allen Flächen fettglänzend, Schmutz in jedem Sprung. Und ein säuerlicher Geruch über allem, zusammengesetzt aus billigstem Gin, minderwertigem Kaffee, Eintopf und zu lange getragener Wäsche.

Man musste ja nicht einmal *Die Stunde der Angelsachsen* gelesen haben, Homer Leas prophetische Schrift über die Ablösung der Briten als Weltmacht durch Amerika, es reichte schon die BBC-Kantinenatmosphäre allgemeiner Paranoia und innerer Zerrissenheit, von Eifersucht, Misstrauen und Rachegelüsten, um das Ende des Empire mit Händen greifen zu können. Was für ein Niedergang! Es war höchste Zeit, dass wir mit dem verkommenen Kolonialsystem der Europäer endlich Schluss machten und den unterdrückten Völkern die Freiheit brachten. Ich war hier absolut auf der Linie der Roosevelts.

Die Briten wussten sehr genau, dass unsere Ideale unwiderstehlich waren, und so wurden wir hier zudem mit jener unverhohlenen britischen Katastrophenstimmung empfangen, die jedem Engländer das Recht gibt, die Regeln der Höflichkeit zu vergessen und, wo es nur geht, schlechte Manieren, Derbheit und Verachtung an den Tag zu legen.

Es gab da diesen Spruch: Drei große Fehler hätten wir Amerikaner. Wir seien *oversexed*, *overpaid* und (der größte Fehler von allen) *over here*. Das bittere Gefühl, dass es ohne uns nicht mehr ging, dass die Engländer ihre physische Existenz nur noch den Vereinigten Staaten verdankten, stempelte jeden Amerikaner zu einem Hassobjekt, freilich einem, auf das man auch irgendwie scharf war. Dem man seine Geheimnisse entlocken wollte. Das galt speziell auch für uns Autoren von *Sternenbanner.* Unsere Zeitung war bei den Deutschen wesentlich beliebter als etwa die britische *Luftpost*, das hatten unsere Umfragen ergeben. Die Engländer drohten den Deutschen, sprachen von Rache. Wir versprachen Pfirsiche.

Es galt aber ein strikter Befehl, diesen für die britischen Kollegen bis hinauf zum *Ministerium für Information* peinlichen Umstand niemals anzusprechen. Wir kritisierten unsere armen Verwandten nicht, im Gegenteil, wir ließen sie mitkommen. Und ertrugen, wenn es einen triftigen Grund gab (Esther!), nicht nur die nervigen Gespräche, die sie einem aufnötigten, sondern sogar ihr Kantinenessen, jenen immerwährenden BBC-Stew mit dubiosem Geschmack, beunruhigend, weil undefinierbar, der auch meine letzte englische Mahlzeit war. Außer dass er in einem billigen Blechtopf gekocht worden war, dessen Metallgeschmack ihn durchzog, konnte man nichts mit Bestimmtheit über seine Zutaten sagen.

Aber genau dieser undefinierbare Geschmack ist mir in Erinnerung geblieben, er ist mein Schlüssel zur Marina jenes Abends, an dem alles irgendwie noch einmal zusammenkam, was London für mich gewesen war: Major Ganz, die Redaktion, die Bibliothek, die Kantine des imperialen Niedergangs, Esthers so hübsches, erwachsenes Gesicht, wenn wir uns dort trafen, und die unzähligen, gintrunkenen, rotgeäderten Augenpaare, die uns stets missgünstig beobachteten.

Portobello Road mit ihren fliegenden Händlern, in der man an einem sommerlichen Freitagabend wie diesem am ehesten ahnen konnte, wie schön und heiter London vor dem Krieg gewesen sein musste. Das *Electric*, verlässliche Dunkelheit, weiche Sitze, erfreulich nah beieinander. Als wir im Saal saßen und unsere Hände sich während der zehnminütigen Orchestereinleitung spielerisch fanden, fiel mir ein, wie absurd es war, dass ich Esther ja noch sagen musste, dass ich ging, dass ich ihr aber nicht sagen durfte, dass ich deshalb ging, um genau den Mann zu treffen, dessen Namenszug noch größer geschrieben und länger auf der Leinwand stand als der des Regisseurs Sam Wood.

Blitzartig erinnerte ich mich, dass im Roman ein einziger Hollywoodfilm erwähnt wird, den sich der Held in Madrid anschauen will, *Die Marx Brothers in der Oper* – und der war ja auch inszeniert von Sam Wood. Hemingway zitierte also den Regisseur der zukünftigen Verfilmung schon im Buch. Das nennt man Teamwork!

Dann begann der Film. Gary Cooper (natürlich, wer sonst?) als Robert Jordan, schweigsamer Amerikaner, englischsprechender Spanischlehrer und Spezialist für Bombenanschläge, die Bergman mit kurzen Haaren (die Faschisten hatten ihre Eltern umgebracht, sie vergewaltigt und kahl rasiert), sehr zerbrechlich und apart. Man identifiziert sich in einem guten Film ja immer mit den Haupthelden, und so war mir zunächst die ganze Zeit, als wäre ich Jordan, und bald schien mir, da ich den Schöpfer autobiographisch in seiner Figur aufblitzen sah, als wäre Gary Cooper Hemingway. Erst überdeckte der Film das Buch. Und dann überdeckte das Bild eines Schauspielers den wirklichen Mann, der hinter dem Buch stand. Das war die unausweichliche

Logik. Und bald sollte ein Artikel in *Sternenbanner* beide überdecken und ein noch kompakteres Bild von Hemingway schaffen. So entstand die höchste Ausprägung eines Images: eine Ikone.

Neben dem Film gab es für mich Esthers fürsorgliche Belagerung während der schönen langen Pause zwischen erstem und zweitem Akt, und ihre Bestürzung, als ich ihr sagte, dass ich morgen nach Frankreich gehen würde, dann meine eigene Bestürzung darüber, dass mir jener von fummelnden und küssenden Paaren wie uns bevölkerte Kinosaal plötzlich so heimelig und real vorkam und ich mich jetzt doch tatsächlich fürchtete, London zu verlassen, befeuert und verstört von den Hemingway-Sätzen im Film, wie «ein Mann kämpft für das, woran er glaubt», oder «Denken Sie daran – er ist kein Mensch, sondern ein Ziel», und schließlich eine jener lächerlichen Erkenntnisse, wie sie mich zwischendurch überfallen, dass nämlich das graue Eichhörnchen, das dem Helden kurz vor der Sprengung der Brücke so zutraulich nahe kommt und ihm sogar über den Gewehrkolben krabbelt, ein amerikanisches Grauhörnchen war, wie es in den spanischen Bergen, in denen der Film spielt, gar nicht vorkommt.

Das tragische Ende: Das Mädchen überlebt. Der schweigsame Amerikaner geht drauf. Esther weinte ein wenig, vielleicht nicht nur wegen der Filmhandlung.

Esther und ich hatten eine in jenen Tagen nicht unübliche Beziehung. Sie war verlobt, ihr zukünftiger Mann, ein Leutnant aus Manchester, diente bei einer Luftlandedivision und wurde seit einigen Wochen vermisst. Wir hatten uns bei einem Geburtstag kennengelernt und angefangen, miteinander auszugehen. Sie war hochgewachsen, hatte schöne schwarze Haare, die sie offen trug, und verfügte über eine kluge und traurige Ironie, die mir sehr reif vorkam. Ich mochte ihre Art, sich manchmal – wenn uns niemand sehen konnte – ein wenig anzuschmiegen, mich zögerlich auf den Mund zu küssen und dabei wohl die Unmöglichkeit zu empfinden, die das Schicksal uns auferlegt hatte. Wir hatten viel Spaß miteinander. Nur wenn sie manchmal traurig wurde, musste sie alleine sein.

Als wir an jenem Abend aus dem *Electric* traten und über die Portobello schlenderten, vorbei an den Trödlern, die immer noch die bestgelaunten Leute in London waren, ergriff sie meine Hand, als habe sie Angst, ich könne verloren gehen, führte mich aber nicht zu einem der Lokale, in denen wir für gewöhnlich noch etwas tranken, sondern zur Underground.

Ihre Wohnung war nur ein kleines Zimmer mit Küchennische und Gaskocher. Spülbecken und Gemeinschaftstoilette befanden sich im Etagenflur. Die Wohnung lag hoch über einem heruntergekommenen East-End-Hinterhof. Im weit geöffneten Fenster sah man die Umrisse eines der Fesselballone, die die Luftabwehr über London hatte aufsteigen lassen, um die in den Luftraum über der Stadt eintretenden Raketen zu vorzeitiger Explosion zu bringen. Immer wieder streifte ein Flakscheinwerfer die riesige schwebende Kugel.

Esther drehte das Foto ihres Verlobten auf dem Nachtkästchen um. Ich sah, dass sie einen Lottoschein daruntergeklemmt hatte.

Als wir nebeneinanderlagen und uns eine Zigarette teilten, eine britische, deren Tabak in die Bettdecke rieselte, heulten von weit her Feuerwehrsirenen. Irgendwo hatte wahrscheinlich ein *Gerät* eingeschlagen. Ich war sehr müde.

«Denkst du jetzt schlecht von mir?», fragte sie.

«Nein. Über…haupt nicht. Es war doch schön.»

«Ich wollte nicht, dass du genauso gehst wie er. Mit nichts.»

Vom Flur her hörten wir, wie jemand geräuschvoll die Tür zur Gemeinschaftstoilette öffnete, sich mit einem Wohllaut niederließ und das Örtchen verriegelte.

«Der junge Parson. Wenn sein Vater die Abendzeitung durch hat, dann verzieht er sich damit in sein zweites Wohnzimmer, um in Ruhe zu lesen. Das kann dauern.»

Sie seufzte unbehaglich, drückte aus, was von der Zigarette noch übrig war, stand auf und ging – nackt, wie sie war – zu ihrer Kochnische hinüber. Sie entflammte das Gas und setzte Wasser auf. Dann zögerte sie einen Moment, warf mir einen Blick zu, schaltete das Radio an, drehte ein wenig durch das Rauschen und fand einen Sender, auf dem eine Big Band *Slumming in Park Avenue* spielte. Sie stellte die Musik lauter und verzog sich mit einer großen Blechschüssel in eine Ecke, wo ich sie nicht würde sehen können, während sie sich sorgfältig und langsam erleichterte, ohne das geringste Geräusch zu verursachen.

«Und ich dachte, du hättest einen Schreibtischjob», sagte sie, etwas betrübt, als wir uns am nächsten Morgen verabschiedeten. Beklemmung hatte uns erfasst, trotz des herrlichen Wetters. Mir fiel nichts ein, was ich darauf hätte erwidern können.

«Wann geht dein Flieger?»

«Heute Abend.»

«Du darfst mir nicht sagen, worum es geht, sonst hättest du es wohl schon getan, oder?»

«Es ist nichts Gefährliches. Ich verlege nur eben meinen Schreibtisch rüber nach Frankreich.»

«Paris, was? Ich wette, du wirst bestimmt bald eine andere kennenlernen.»

Sie blickte zu Boden. Ich schüttelte lächelnd den Kopf, ergriff ihre Hand, gab ihr einen Kuss auf die Wange und ging.

Ich hoffte insgeheim, dass sie recht behalten würde.

Major Ganz war ein fähiger Psychologe und guter Organisator, und er pflegte ein ausgeprägtes Konkurrenzdenken, in jeder Hinsicht. Er wollte nicht nur im besten aller Länder leben und das Beste darüber berichten, sondern auch vor all den anderen, die darüber berichteten, der Beste sein. Die interne Konkurrenz war enorm. Dazu gehörte, dass sich jede Propaganda-Einheit ihren eigenen Weg durch Frankreich an die Grenze des Altreichs selbst suchte. Jede von ihnen hatte spezifische Aufträge. Die einen kümmerten sich um die deutschen Soldaten, wie zum Beispiel die Lastwagen-Einheiten, auf denen große Lautsprecheranlagen montiert waren. Man fuhr so nahe an die Front heran wie möglich und beschallte sie mit Musik und Nachrichten.

Es gab auch Einheiten mit mobilen Druckereien, die auf Lastwagen untergebracht waren und mit denen man über Nacht spezifische Flugblätter herstellen konnte. Gerade da arbeiteten einige Leute, die ich aus Ritchie kannte, die meisten junge, deutsch-jüdische Emigranten. Von tiefstem Hass auf die Nazis erfüllt, gingen sie doch sehr überlegt vor. Sie verhörten psychologisch geschickt deutsche Kriegsgefangene unmittelbar nach ihrer Gefangennahme und konnten umgehend auf Informationen reagieren, die sie dabei bekamen.

Zum Beispiel erfuhren sie, dass der – bei den Soldaten beliebte – Kommandeur eines Regiments gefallen war. Unsere Jungs von der Frontpropaganda stellten dann über Nacht ein Flugblatt her, auf dem die bittere Frage gestellt wurde, ob so ein Mann wie der gefallene Oberst Soundso überhaupt zu ersetzen und ob es überhaupt nicht sowieso besser sei, gleich zu kapitulieren. Solche Blitzaktionen entfalteten große psychologische Wirkung. Wir hatten vermutlich die schnellsten mobilen Frontpropaganda-Einheiten des Krieges, waren noch besser als die Russen.

Wir von *Sternenbanner* machten eine Flugblattzeitung für das Gros der deutschen Bevölkerung. Wir waren ein populäres Massenmedium. Harte Linie, aber bereit, die Hand auszustrecken.

Die elitärste Einheit unter uns Sykewarriors stellte zweifellos SPECOU dar, die *Special Motion Coverage Unit*. Sie selbst nannten sich *Hollywood-Irregulars*, gehörten offiziell zum US-Signal-Corps und bestanden aus Kameraleuten, Drehbuchautoren und Regisseuren, die auf direkten Wunsch Eisenhowers zusammengestellt worden waren. Sie hatten die Landung in Italien und den Doomsday gefilmt. Wie die Raubtiere vor der nächsten Fütterung warteten sie nun darauf, die bevorstehende Befreiung von Paris mitzuschneiden, um einen weiteren Triumphalfilm unter Eisenhowers Kommando zu produzieren. Eine Filmcrew mit Ansprüchen – aber auch sie waren Soldaten.

Wir alle, die wir genau wussten, was eine Befehlskette war, konkurrierten aber auch noch mit einer großen Anzahl von Zivilisten. Da war noch die *Public Relations Division*, unmittelbar dafür verantwortlich, den riesigen Tross von zivilen Kriegsberichterstattern aus der gesamten Welt (aber natürlich vor allem die aus Amerika) knapp hinter der Front vor sich herzuschieben, günstig zu verteilen und dafür zu sorgen, dass die *Edelfedern* zum Zug kamen und das Richtige in den wichtigen Medien schrieben.

Major Ganz hatte zur PR-Division sehr gute Kontakte – ohne die es unmöglich gewesen wäre, an Hemingway heranzukommen, denn nur die PRD wusste, wo er gerade war. Andererseits wachte der OSS über ihn – auch das ging übrigens auf einen direkten Befehl des S. H. A. E. F. zurück: Hemingway darf nichts passieren! Sein Image war ein nationales Eigentum, wie die Freiheitsstatue oder Onkel Sam.

Das Gros der schreibenden und filmenden Truppen hatte natürlich schon längst übergesetzt, aber jetzt, da die Befreiung von Paris zum Greifen nahe war, schien es um den Grosvenor Square herum von Tag zu Tag noch leerer zu werden. London war endgültig langweilig. Die nächste Party fand auf den Champs-Élysées statt. Es wurde Zeit, sich in Stellung zu bringen, um noch einen guten Platz zu erwischen. Hier kommt nun wieder Major Ganz ins Spiel.

Sternenbanner war mit Sicherheit eine sehr chaotische Organisation, die sich den Luxus leistete, das meiste von dem, was ihre Mitarbeiter unter größtem Druck und niemals nachlassender Hektik produzierten, einfach ungedruckt wegzuschmeißen. Und wir waren weit weg von der Front. Aber wir hatten auch einen gewissen, aus letzterem Umstand resultierenden Vorteil. Unsere eigene Luftflotte!

Zwei Dutzend Boeing-B-24-Bomber, auch *Liberator* genannt. Riesige Maschinen, besonders wenn man unter einer stand und zusah, wie sie von flinken Technikern mit den letzten Monroe-Bomben beladen wurde. Das waren große Zylinder aus Pappe mit einem raffinierten barometrischen Zünder. Erreichte die Bombe nach ihrem Abwurf eine bestimmte Höhe, reagierte der Zünder auf den zuvor eingestellten spezifischen Luftdruck und löste den Sprengsatz aus. Dieser zerfetzte die Papphülle, und ihr Inhalt, so etwa hundertzwanzigtausend Exemplare von *Sternenbanner*, wurde freigegeben und fiel, rasch von den Winden zerstreut, auf die Erde, auf Berlin oder München, wo sich dann insbesondere die Hitlerjugend darin hervortun sollte, diejenigen Flugblätter, die es tatsächlich auf die Straßen oder das, was von ihnen übrig war, geschafft hatten, einzusammeln und ordnungsgemäß abzugeben – denn der Besitz amerikanischen, britischen oder auch sowjetischen Propagandamaterials war strengstens verboten.

Später stellten wir fest, dass viele dieser Kinder speziell die amerikanischen Flugblätter, die vor Fälschungen durch die Nazis schützende Seriennummern trugen, heimlich sammelten und versuchten, vollständige Sätze zusammenzubekommen, weshalb es auf den zerbombten Hinterhöfen und an Straßenecken rege Tauschbörsen gab. Manchen Eltern wären *die Haare zu Berge gestanden* (ich liebe diesen deutschen Ausdruck!), wenn sie gesehen hätten, was ihre Sprösslinge so unter ihren Betten versteckten.

Die Monroe-Bomben wurden seit ein paar Wochen verwendet und gerne direkt nach Phosphor und Dynamit abgeworfen, damit ihre Botschaften den Leuten wieder Hoffnung machen konnten. Diese zu Millionen auf die deutschen Städte regnenden Flugblätter stellten die ultimative Antwort auf die Vertriebsschwierigkeiten dar, unter denen unsere Massenpropaganda in ihren Anfängen gelitten hatte. Ein einzelner B-24-Bomber mit Monroe-Ausstattung konnte neunhundertsechzigtausend Blatt transportieren.

Ganz zu Beginn, bevor die Lufthoheit errungen war,

schmuggelten wir unsere Schriften auf der Innenseite von Samentütchen gedruckt über die Schweiz ins Reich. Außen ein Tütchen mit der vielversprechenden Darstellung eines leuchtend roten Paradiesapfels. Innen eng gedrucktes Propagandamaterial, damals meist die *Frankfurter Zeitung*.

Aber inzwischen hatte *Sternenbanner* eben eine eigene Bomberstaffel, und einer dieser Bomber trug nun auch mich nebst einer ausgesuchten Einheit von fünf Mann, einem Captain, einem Sergeant und drei Privates. Alle fünf sahen sie wie aus dem Bilderbuch aus, groß, breitschultrig und völlig humorlos. Wegen des schlechten Wetters über Frankreich war es erst unsicher, ob wir würden starten können, aber dann kam die Erlaubnis. Zum ersten Mal saß ich in einem Flugzeug.

Während wir über den Ärmelkanal flogen, nippte ich ein paarmal an dem Flachmann, den der Sergeant kreisen ließ, und assoziierte selig lächelnd freie Dichtung, im Thomas-Wolfe-Stil bejahender Lebensfreude:

Das Samenpäckchen aus der Schweiz.

So schöne Paradeiser.

Die Monroe-Bombe, eine Samenkapsel.

Der Bomber – ein Befruchter.

Passenger John.

Passenger John, der endlich mit Esther geschlafen und sich sogleich danach von ihr getrennt hatte.

Ich war berauscht wie nie. Nur einem Umstand hatte ich bislang keine Beachtung geschenkt: Bomber landen nicht.

Die Maschinen, die einen Flugblattangriff flogen, steuerten ihre Ziele an, klickten ihre Ladung nach und nach aus, aber dann wendeten sie und flogen nach Großbritannien zurück. Zwischenlandungen in Frankreich waren nicht vorgesehen.

Da war ja auch dieses beeindruckende OSS-Team, das mich nach Rambouillet bringen sollte, harte Kerle, die schon die Landung in Nordafrika mitgemacht hatten. Sie hatten guten Whisky. Und sie trugen alle Fallschirme.

Nach etwa siebzig Minuten stand Captain Blue, so hieß ihr Boss, vor mir und hielt mir einen säuberlich zusammengelegten T-5 hin.

«Von mir persönlich gepackt. Können sich drauf verlassen, Leutnant.»

«Sehr freundlich, aber das wird nicht nötig sein. Fliegt doch wie ein Bienchen, die Maschine. Was soll da passieren?»

Captain Blue überlegte für einen Moment, wie ich das gemeint haben könnte. Dann sagte er:

«Wie wollen Sie ohne Fallschirm springen?»

Jetzt überlegte ich. Aber nicht lang. Es kombinierte sich recht schnell zusammen und ließ mich frösteln.

«Ich kann doch nicht einfach so springen.»

«In den Papieren steht, dass Sie die Ausbildung haben. Sie dürfen.»

Er zog ein paar perfekt zusammengefaltete Blätter aus seiner Brusttasche und hielt sie mir höflich hin.

«Aber ich will nicht.»

Der Sergeant, der jedes Wort mitgehört hatte, pfiff durch die Zähne. Einer der Privates grinste sich einen ab.

«Ihr erster Sprung?»

Ich nickte.

«Wenn's das erste Mal ist, können Sie ablehnen. Kein Problem. Dann fliegen Sie eben wieder zurück. Wir springen auf jeden Fall, wir haben noch andere Sachen zu erledigen.»

«Aber ich muss nach Rambouillet.»

Captain Blue lächelte mich an, wie man vielleicht einen kleinen Bruder anlächelt, den man vor einer Dummheit bewahren will.

«Vor dem ersten Sprung», sagte er, mit einem Mal vertraulicher, «wollen sie alle nicht. Nachher können sie es dann gar nicht oft genug kriegen.»

«Ich bin nicht darauf vorbereitet.»

«Doch, sind Sie. Werden Sie damit fertig und entscheiden Sie sich.»

Und dann, brüllend, zu den übrigen: «Zehn Minuten!»

Diese zehn Minuten verbrachte ich mit Blick auf den Sekundenzeiger, der mit absurder Starrköpfigkeit immer nur in die eine Richtung lief und dabei den festen Blechboden unter meinen Füßen, die vertrauenswürdige Stahlhaut des Flugzeugs und das makellose Lärmen der Motoren vertilgte.

Meine Ausbildung zum Fallschirmspringer hatte ich ebenfalls in Camp Ritchie absolviert. Ich hatte den Kurs belegt, um meine Abschlusspunktzahl in die Höhe zu treiben, denn ich wollte das Lager unbedingt als Leutnant verlassen. Zusammen mit einigen anderen Kerlen verbrachte ich genau einen Tag mit dem Ausbilder. Es waren alles keine Leuchten, eher Männer, die auf den anderen Gebieten unserer Ausbildung ziemlich schlecht waren und ihre Bilanz durch den Fallschirmjägerkurs irgendwie retten wollten. Auf jeden Fall ging es uns allen ausschließlich um die Punkte. Nicht darum, tatsächlich eines Tages zu springen.

Der Ausbilder hatte uns die drei möglichen Arten der Landung erklärt: mit einem Bein, mit geschlossenen Beinen oder mit leicht gespreizten. Jeder solle sich für eine entscheiden und ihm sagen, welche es war, damit er beurteilen konnte, was wir falsch machten. Dann ließ er uns auf eine Art Rampe steigen, die aus etwa knapp drei Meter hochgestapelten Kisten gebaut war, und wir sprangen jeder ein paarmal hinunter. Ich hatte mich für die ausgestellten Beine entschieden.

Der Ausbilder machte Anmerkungen zu unseren Sprüngen. Dann erklärte er uns, dass man direkt nach dem Sprung die Sekunden zählen solle – eintausend, zweitausend, dreitausend –, und wenn der Fallschirm bis dahin noch nicht automatisch aufgegangen sei, müsse man selbst den Notfallschirm öffnen. Aber das komme so gut wie nie vor. Das war auch schon alles. Ich bekam bescheinigt, dass ich die Ausbildung zum Fallschirmjäger erfolgreich bestanden hatte. Und ich verließ als einer der ganz wenigen Leutnants Camp Ritchie, wo ich genauso theoretisch gelernt hatte, Karten zu lesen, Feinde aus dem Hinterhalt zu überfallen oder mittels eines Bleistifts zu töten, den man mit dem Handballen ins Auge des Gegners trieb. Wichtig war dabei, meinte unser japanischer Lehrer und demonstrierte es sogleich an einer Wassermelone, dass man schon beim ersten Ansatz entschlossen ist, den Bleistift tief einzutreiben, mit dem Handballen und dem Druck des ganzen Körpers dahinter. Ganz vorbereitet, überlegt und ruhig – aber auch schnell.

Ich verfügte also über die normale Ausbildung, aber anders als meine Kameraden, die als Verhörspezialisten bei irgendwelchen Divisionen oder in der Frontpropaganda waren, hatte ich bislang ausschließlich an einer Schreibmaschine gekämpft. Artikel wurden bestellt und sehr oft nicht gedruckt, nicht anders als in den Redaktionen normaler Zeitungen. Man hatte sich mit den Entscheidungen des Vorgesetzten abzufinden, aber diese bezogen sich nicht auf einen Angriff, sondern auf Artikel oder eine Fotoauswahl.

Nun aber hatte mir ein Ranghöherer auf Weisung eines noch Ranghöheren einen von ihm selbst vertrauensvoll gepackten Rucksack umgeschnallt. Mir etwas um meinen Körper gebunden, das diesen nicht nur berührte, sondern ihn im weiteren Verlauf sogar in seiner Gesamtheit … nun ja, ganz und gar tragen sollte. Mein Leben.

Natürlich dachte ich daran, den Befehl zu verweigern. Das Recht dazu hatte ich. Es war der erste Sprung. Und doch war, was von mir verlangt wurde, eine lächerliche Kleinigkeit verglichen mit dem, was unsere Leute gerade überall taten.

Immer wieder sah ich Major Ganz vor meinem geistigen Auge, wie er einen Schluck Whisky schlürfte und ihn mit gebleckten Zahnreihen zerkaute. Die Vorstellung, ihm morgen Nachmittag in London gegenüberzusitzen und ihm zu erklären, warum mir die Sekretärin lieber eine Schiffspassage buchen solle, machte mich fertig. Also sprang ich.

Es lief genauso, wie es uns der Ausbilder damals erklärt hatte. Man trat eher aus dem Flugzeug, als dass man wirklich das Gefühl hatte zu springen. Nach drei Sekunden machte es einen heftigen Ruck, der Fallschirm hatte sich geöffnet, und so seltsam es klingt, ich hatte keineswegs das Gefühl zu fallen, vielmehr war es, als käme stattdessen die Erde auf mich zu. Keine fünf Minuten später näherte ich mich einer in dieser Erde seit einigen Jahrhunderten wachsenden Eiche, und entgegen meiner damals bei der Ausbildung mit dem Podest bevorzugten Landeweise hielt ich meine Beine fest zusammen. Ich krachte keuchend in die Krone, Äste brachen, regennasse Zweige schlugen mir ins Gesicht, ich konnte mich irgendwo festhalten, atmete durch und umklammerte den nach Moos duftenden, glitschigen Ast wie einen alten Freund. Mit einigem Gezerre wurde ich den Fallschirm los, rutschte in der Manier eines Knaben am Stamm hinab und stand, kaum zu glauben, zum ersten Mal auf europäischem Festland.

Eine derartige Welle anhaltender Euphorie durchspülte mich, dass ich Captain Blue am liebsten umarmt hätte, als wir uns gute zwanzig Minuten später wiedersahen. Ja, ich liebte ihn, wie Soldaten einen Anführer lieben, der sie heil durch eine Schlacht gebracht hat. Und er hatte vollkommen recht gehabt – ich bin seitdem mit größter Selbstverständlichkeit und sehr gerne immer wieder mit dem Fallschirm abgesprungen, wenn es die Umstände forderten.

Der Captain gab mir einen Schlag auf die Schulter, steckte sich eine Zigarette an und schoss die Signalpistole ab. Das Team fand binnen zehn Minuten zusammen, und dann gingen wir einen Feldweg entlang, der bald in einen breiteren Pfad mündete, den wir in östlicher Richtung weitermarschierten. Es konnte nicht lange her sein, dass es hier heftig geregnet hatte, die Nachtluft atmete kühle Feuchtigkeit. Es war seltsam unwirklich, sich vorzustellen, dass wir jederzeit auf Wehrmachtstruppen stoßen konnten.

Einmal kamen wir über eine Kreuzung, an der Überreste eines großen Leiterwagens vor sich hinkokelten. Ein toter Gaul lag noch im Geschirr des Wagens eingespannt, mit grauenvoll verdrehtem Hals, schreckensstarr offenen glasigen Augen und einem von einer Granate aufgerissenen Unterleib mit hervorquellenden Eingeweiden.

Später sah ich so viele, auf jede erdenkliche Art getötete Pferde, dass ich aufhörte, darüber nachzudenken, aber dieses erste tote Pferd ist mir in Erinnerung geblieben. Man kann sich das heute nicht mehr vorstellen: Aber ganz anders als bei uns, die wir Lastwagen hatten, beruhte die Logistik der Wehrmacht zu einem gewaltigen Anteil auf der Arbeitskraft der Pferde. Die Deutschen hatten die besten Panzer der Welt, aber die verschwanden hinter der Zahl von schätzungsweise drei Millionen Pferden, die sie eingeschirrt hatten. Die meisten davon gingen drauf. So wie das arme Vieh hier.

Der Aasgeruch lag deutlich in der Luft und verlor sich nur langsam, während wir zwischen Feldern und Weiden weiterliefen, von denen es überall nach erfreulich lebendig duftendem Schafsmist roch.

Wir kamen in ein Dorf, sahen Licht in einem der Häuser, klopften, es wurde uns sehr schnell aufgetan, und der Captain sprach einen Satz in korrektem, allerdings etwas hölzernem Französisch, der vermutlich dem *Handbuch für amerikanische Soldaten in Frankreich* entstammte. Der Hausherr antwortete sehr freundlich, und Blue war erleichtert, als ich um Erlaubnis fragte, die Konversation übernehmen zu dürfen.

Das Dorf lag eine gute Stunde Fußmarsch nordwestlich von Rambouillet. Der Franzose zeigte uns den Weg auf der Karte, wir benutzten dazu den *Guide Michelin* des Jahres 1938, einen recht populären Reiseführer. Schade, dass dieses beeindruckende Standardwerk später nicht auch für die Eifel vorhanden war.

Rambouillet erreichten wir gegen zwei Uhr morgens. Eine Kleinstadt mit einem einstmals von Napoleon Bonaparte und danach von den Präsidenten der französischen Republik als Sommerresidenz genutzten Schloss am Rande eines ungeheuren, von Wildschweinen wimmelnden Eichenwaldes, hinter dem dann Paris lag. Gelegentlich hörte man einen Jeep durch eine der ungepflasterten, menschenleeren Straßen fahren, Regenpfützen spritzten, aber ansonsten herrschte eine unheimliche, bedrückte Stimmung, als ob die Deutschen jeden Moment aus den Wäldern stürmen würden, um uns alle, die wir vor dem Eintreffen unserer Hauptstreitmacht schon hier waren, zu massakrieren.

Gleich am Rande des Schlossparks lag das *Hotel du Grand Veneur, Zum Großen Jäger*, eine lustige Zufälligkeit, wenn man daran denkt, dass es mir an diesem Ort bestimmt war, Ernest Hemingway zu treffen.

Der Nachtportier des Grand Veneur wirkte wie ein Tagportier, den widrige Umstände daran gehindert hatten, zu Bett zu gehen. Als er mich, meine amerikanische Uniform und meinen Rucksack sah, weiteten sich seine Augen, und es war schwer zu sagen, ob aus Staunen oder aus Entsetzen.

Ich versuchte, so höflich wie möglich zu sein, und sagte: «Bonsoir», worauf er laut schnaufend die Luft einsog und sich nach dem Schlüsselbord umdrehte, an dem nur noch wenige Schlüssel hingen.

«Haben Sie denn noch ein Zimmer?»

Er starrte mich feindselig an, während er einen der letzten Schlüssel auf den Tresen legte, mir das Gästebuch zuschob und mich mit schwacher Stimme bat, mich einzutragen. Er wirkte, als ob er damit rechnete, dass ich jeden Augenblick einen Revolver zöge.

Im funzeligen Licht überflog ich das Gästebuch, und da stand Hemingways Name, ganz oben auf der letzten Seite, seine Unterschrift, genauso, wie ich sie schon einmal in einem Magazin unter einer dort abgedruckten Geschichte von ihm gesehen hatte. In die Zeilen darunter hatte er Wiederholungszeichen gesetzt, das Ganze mit einer geschweiften Klammer zusammengefasst und die Zahl ZWANZIG daneben geschrieben.

«Zwanzig Zimmer? Den ganzen ersten Stock? Wer ist das?», fragte ich den Portier listig. Er musste ja nicht wissen, weswegen ich eigentlich hier war.

«Das ist der amerikanische Colonel mit seinen Maquis», sagte er nach einer kleinen Weile flüsternd und blickte unsicher um sich, als stünden diese irgendwo hinter ihm.

«Sie haben die Stadt …», er war sich unsicher, was er sagen sollte. «Die Deutschen», fuhr er fort, noch leiser, «Monsieur le Colonel hat die Deutschen rausgeworfen.»

Die Matratze in meinem Zimmer verströmte einen süßlichen Geruch, der mir kurz den Gedanken eingab, nachzusehen, was unter ihr zu liegen gekommen war. Aber ich ließ es sein, weil ich es vielleicht gar nicht wissen wollte. Zwischendurch schlief ich ein, aber bald wurde ich von Motorengeräuschen aufgestört. Gewaltige Bomberstaffeln überflogen das Gebiet, um deutsche Städte zu bombardieren. Es war in der folgenden Zeit ganz selbstverständlich: Wenn man in Frankreich unterwegs war, sah man ständig irgendwo am Himmel Flugzeuge. Meistens Bomber, aber auch Jäger, weit in der Ferne oder über einem, oder man hörte sie zumindest ganz leise. Die beständige Präsenz der alliierten Luftwaffen war so normal wie Fliegen in einem Kuhstall, man dachte gar nicht mehr darüber nach. Ganz selten sah man manchmal auch die eigenartig futuristische Kondensstreifenlinie eines deutschen *Geräts*, das seinen einsamen Weg über den Himmel nahm, um ein fernes Ziel auszulöschen. Ansonsten aber gehörte der Himmel über Europa mit der allergrößten Selbstverständlichkeit uns.

Als ich am nächsten Morgen, es war Montag, der 21. August 1944, gegen sieben zum Frühstück ging, war die Eingangshalle voll mit der exzentrischen Brut amerikanischer Kriegsberichterstatter. Alle plärrten durcheinander, arbeiteten sich mit den Ellbogen durch und versuchten, sich vorzudrängen. Es müsse einfach eine Reservierung geben, hörte ich dauernd, schließlich sei man vom *Ohio Standard* oder der *Los Angeles Times*. Es war ein phantastisches, schamloses Getümmel, verursacht von Leuten, die wie Karpfen in einem Teich waren, der gerade ausgelassen wurde, nur dass sie glaubten, die Fischer zu sein.

Ich fand den kleinen, für mich reservierten Tisch im Speisesaal, in dem ein paar einzelne PR-Offiziere saßen, aber die meisten waren, wie schon in der Lobby, Korrespondenten, Fotografen und ihre Begleiter. Es war noch nicht mal halb neun, aber fast überall standen Weinflaschen auf dem Tisch.

Ein Serviermädchen trat mit strenger Miene an mich heran, fragte nach meiner Zimmernummer und erklärte mir dann, dass die Küche über keinerlei Essensvorräte mehr verfüge, allerdings gerne bereit sei, von mir zur Verfügung gestellte Nahrungsmittel zuzubereiten bzw. zu wärmen.

Wie meinte sie das? Ich blickte mich etwas irritiert um, und im selben Moment begriff ich, woher der leicht abartige Geruch kam, der den Speisesaal erfüllte. Alle saßen hier über ihren aufgewärmten C-Rationen und mampften Corned Beef und Rührei mit Bohnen. Ich ging hoch auf mein Zimmer, griff zwei Dosen Rührei aus meinem Rucksack und übergab sie unten der Serviererin, die sie routiniert entgegennahm.

«Gibt es Kaffee?»

«Schon seit letzter Woche nicht mehr.»

Sie reichte mir die Getränkekarte, der zufolge ich die Wahl zwischen hausgetrocknetem Kräutertee, Wasser aus der eigenen Quelle und den letzten Beständen des Weinkellers hatte. Zahllose Jahrgänge waren schon gestrichen. Nicht mehr lange, und sie würden gar nichts mehr anzubieten haben. Also bestellte ich eine Flasche Elsässer Muscat, mit dem ich das Rührei hinunterspülte. Ein recht erfreulicher Schwips stellte sich ein, schon am Morgen zu trinken, war ich noch nicht gewohnt. Ich blieb eine ganze Weile sitzen. Von Colonel Hemingway keine Spur. Am Abend würde ich erfahren, dass er, ein leidenschaftlicher Frühaufsteher, schon lange mit seinen Maquis unterwegs war, um Deutsche zu jagen.

Atlantische Regentropfen schlugen prasselnd an das Fenster meines Zimmers im *Großen Jäger*, während ich die ersten Seiten meines nagelneuen Kriegstagebuchs füllte. Jeder Offizier im Einsatz hatte ein solches zu führen, um sich später seinen Vorgesetzten gegenüber legitimieren zu können. Es ging letztlich darum, lückenlos seine offiziersmäßige Aufmerksamkeit, geistige Gesundheit und die daraus resultierenden Handlungen zu dokumentieren.

Was haben Sie am soundsovielten September getan?

Wo waren Sie bei der Landung auf Phot Den Mie?

Hatten Sie Sergeant X im Blick, bevor ihn die Granate auslöschte?

Darum ging es. Etwas Militärrechtliches. Für den Fall der Fälle. Niemals hätte ein Vorgesetzter das Kriegstagebuch eines seiner Offiziere einfach so in die Hand genommen, es war trotz aller Dienstlichkeit persönlich. Und deshalb gab es da die größten Unterschiede: Manche kritzelten nur das Allernötigste hinein, andere nahmen wenigstens noch das Wetter dazu. Aber ich gab mir Mühe, schrieb vom Betreten des Bombers bis zum Einchecken in Rambouillet alles haargenau auf. Ich nahm auch Details aus dem neuesten Lagebericht dazu.

In den großen Bibliotheken kann man sich heute den amerikanischen Bericht von S. H. A. E. F. für diesen Tag besorgen. Vom Pazifikkrieg war darin die Rede, von der Ostfront und den Fortschritten der Russen.

Was mir damals am meisten Eindruck machte – weshalb ich in meinem Kriegstagebuch auch darüber schrieb, weshalb es mir in Erinnerung geblieben ist –, war der schmale Absatz über Ereignisse an der bretonischen Küste.

Die Île de Cézembre war ein Felseneiland, wenige Kilometer vor Saint-Malo, einer der wichtigsten Hafenstädte der Bretagne. Saint-Malo besaß eine alte Zitadelle, die die Standards des Festungsbaus der dreißiger und vierziger Jahre mehr als erfüllte. Cézembre, gelegen im Ärmelkanal, war von den Deutschen auf ihre systematische Art zu einer mächtigen Artilleriestellung ausgebaut worden, deren Geschütze weit auf die See, aber auch in die mittelalterliche Stadt hineinreichten.

Typen, die am Pazifikkrieg teilgenommen hatten, kannten den Spruch von Admiral Nimitz: Der Unterschied zwischen deinen Kanonen an Bord und denen von den anderen an Land – du kannst sie nicht versenken, aber sie können dich versenken. Die Île de Cézembre dagegen war eine Art von unsinkbarem Schlachtschiff.

Die Eroberung von Saint-Malo oder besser die Zerstörung von Saint-Malo einige Wochen zuvor war insofern bemerkenswert, als der deutsche Kommandant der Stadt, Oberst von Aulock, einer der letzten Offiziere, die die Luftwaffe zwei Jahre früher aus Stalingrad ausgeflogen hatte, vorher einen von solcher Tapferkeit und Liebe zum Führer erfüllten Durchhaltebefehl geschrieben und an seine knapp vierhundert Soldaten ausgegeben hatte, dass der tiefgerührte Hitler ihm dafür das «Eichenlaub zum Ritterkreuz» verlieh. Doch bis diese begehrte Ordenserweiterung amtlich werden konnte, hatte der Oberst bereits kapituliert. Anders Marine-Oberleutnant Richard Seuss, der Kommandant auf dem winzigen Cézembre. Man teilte ihm mit, Saint-Malo habe kapituliert. Ob er diesem Beispiel nicht folgen wolle. Seuss ließ seinerseits mitteilen, dass er dafür keinen Anlass sehe, denn noch verfüge er über Munition. Daraufhin überstand er mit seinen Männern unzählige Bombardierungen aus der Luft, durch landgestützte Artillerie sowie von Schlachtschiffen aus und hisste erst knapp drei Wochen später, also Anfang September, die weiße Flagge, nachdem wir begonnen hatten, sein Inselchen zum ersten Mal intensiv mit einem auch für uns ganz neuartigen Brandkampfstoff zu bedecken, der aus geliertem Benzin bestand und später unter dem Namen Napalm bekannt wurde. Auf Fotografien kann man sehen, dass da nichts mehr stand, kein Gebäude, kein Mäuerchen, kein Baum, kein Garnichts. Auch Seuss erhielt das Eichenlaub zum Ritterkreuz und wurde zweimal im Wehrmachtsbericht erwähnt. Er starb in den Sechzigern in Stuttgart, wo er bei Mercedes-Benz angestellt gewesen war. Das habe ich natürlich damals nicht in mein Tagebuch geschrieben, das habe ich später mal aus Zufall erfahren.

Cézembre im August 44 ist ein Beispiel dafür, dass ein Krieg sich nicht beherrschen und nicht begrenzen lässt, dass die Vorstellung eines begrenzten, beherrschbaren, geordneten

Krieges, der unsere falsche Politik im Vietnamkrieg noch immer anhängt, absurd ist – denn Krieg ist ein Vorgang, bei dem es kein Zurück gibt, solange nicht eine Seite ihre Niederlage eingestanden hat. Eine Front, eine Schlacht, Regimenter und Divisionen, Bunkerbauten, Luftschläge und Panzervorstöße, gewaltige, maßstabsgetreue Kartentische – plötzlich schnurrt das alles zusammen auf die Größe einer winzigen, felsigen Insel, deren Karte mit dem auf ihr Dargestellten fast identisch ist und auf der nichts mehr lebt als eine Handvoll Soldaten und ein Oberleutnant, der nicht aufgibt. Nur ein Mann – aber der ganze Krieg ist nun in seiner Hand. Er ist die Verkörperung des Kriegsgottes selbst. Stehst du ihm Auge in Auge als Feind gegenüber, ist dein Schicksal besiegelt. Später arbeitet er als leitender Ingenieur bei einem westdeutschen Autobauer, und vielleicht ist das gar keine Pointe, sondern fast dasselbe.

Leutnant John Glueck, Sykewarrior mit Spezialmission auf den Spuren des US-amerikanischen Literaturgiganten, hätte das damals ganz anders gesehen. Der Krieg war ihm keine Konstante, sondern eine schreckliche Ausnahme. Eine Perversität. Wir führten Krieg, um Frankreich, Deutschland, letztlich ganz Europa von der Pest des Nazifaschismus zu befreien. Kämpften für die Demokratie und die Freiheit. Niemals wäre ich damals im Sommer 1944 auf den Gedanken gekommen, die Vereinigten Staaten könnten sich zehn, zwanzig, ja dreißig Jahre später immer noch im Krieg befinden. Niemals, wir führten doch Krieg gegen den Krieg!

Was Frankreich anging, funktionierte das, von solchen letzten Wehrmachtsnestern wie Cézembre abgesehen, bislang auch ganz gut. Wir erlitten schmerzliche Verluste, Zehntausende alliierte Soldaten waren seit dem 6. Juni gefallen. Aber wir waren weit vorangekommen. Seit der Eröffnung einer weiteren Front in Südfrankreich waren die Deutschen auf dem Rückzug, allen voran die Gestapo, die vorher aber noch schnell hier ein paar hundert Gefangene umbrachte, da einen Zug beschlagnahmte, um zweitausend französische Juden nach Auschwitz zu schicken. Nicht dass irgendetwas von Auschwitz in den Lageberichten gestanden hätte, mit denen man uns damals auf dem Laufenden hielt. Obwohl unsere Führung seit langem von den KL wusste, waren weder die Lager noch die Eisenbahnstrecken Ziele unserer Luftwaffe. Es war fast, als wollte man, dass die Deutschen ihre Schuld immer noch vergrößerten. Aber das ist ein anderes Thema.

Am 19. August jedenfalls, zwei Tage zuvor, war die Gendarmerie von Paris, durch ebenjene zweite Front in Südfrankreich ermutigt, zur Résistance übergelaufen, hatte die Präfektur besetzt, die Trikolore gehisst und den Polizeichor vor das Gebäude geschickt, um die Marseillaise abzusingen.

Es kam zu einer Schießerei mit einem gepanzerten deutschen Fahrzeug. Der Seitenwechsel der bislang deutschhörigen Gendarmerie löste an diesem Tage den allgemeinen Pariser Aufstand aus. Dazu setzte der Regen ein und hatte seitdem nicht aufgehört.

Es ist mir, als könnte ich diese ersten Seiten meines ersten Kriegstagebuchs förmlich vor mir sehen. Eng beschrieben, mit den herrlichen dicken Trennungsstrichen zwischen zwei intergalaktisch interferierenden Gedankengängen, wild und ungestüm, voller Einfälle. Erschöpfend. Nach ein paar Stunden war ich leergeschrieben und plötzlich total müde. Gähnend trat ich ans Fenster.

Es hatte den ganzen Tag geregnet. Und nicht nur das. Als

ich jetzt hinausblickte, hatte sich das ganze Weichbild verändert. Der *Große Jäger* war nicht länger ein Hotel, sondern so etwas wie das inoffizielle Hauptquartier der freien amerikanischen Presse, Hollywood inklusive. Jeeps ohne Ende standen zwischen Hotel und Park, und minütlich kamen neue dazu. Mit einem Mal wurde mir klar, was hier eigentlich gespielt wurde. Von Rambouillet aus würde der Angriff auf Paris stattfinden. Und es würden die Franzosen selbst sein, die ihn wagten.

Ja, Eisenhower hatte seinen Generälen befohlen, ihre gesamte logistische Kompetenz darauf zu verwenden, um de Gaulle, seinem General Leclerc und dessen fragwürdiger zweiter Panzerdivision den Gefallen zu tun, ihnen den Vortritt bei der Befreiung von Paris zu überlassen.

Wie ein paar Jahre später, als wir den Franzosen – wieder war der kommandierende General Leclerc des Hauteclocque – bei ihrem Desaster in Indochina helfen mussten, respektierte unsere Führung das ausgeprägte Bedürfnis der stolzen Nation, ihr Prestige zu wahren. Die Franzosen und ihr imperiales Pathos waren noch erbärmlicher als die Briten.

Das war der Grund, warum beinahe jeder Kriegskorrespondent in Frankreich nach Rambouillet wollte – sie alle folgten den Spuren des mittlerweile legendären Aristokraten Leclerc, der an der Seite de Gaulles von Afrika aus gekommen war, um von hier die letzten fünfzig Kilometer durch die Wälder zurückzulegen und Paris zu befreien.

Ich musste nach unten, um endlich meine Zielperson ausfindig zu machen. Als ich mein Zimmer verließ, schlug mir der Lärm einer Bahnhofshalle entgegen. Die Angestellten des Hotels hatten mittlerweile kapituliert und ließen zu, dass in beinahe jeder freien Ecke Korrespondenten ihr Lager aufgeschlagen hatten. Ich bewunderte Major Ganz für seine planerische Weitsicht, die mir vielleicht das letzte freie Zimmer besorgt hatte. All die Kerle trugen die obligatorische Kriegsberichterstatter-Uniform, belegten sämtliche Sessel, hockten auf dem Boden, löffelten kalte C-Rationen und nuckelten an den letzten Weinflaschen, die ihnen der Keller des Hotels noch lieferte. Aber auch damit schien jetzt Schluss zu sein.

«Ist die Flasche von hier? Mir haben sie gesagt, es gäbe nichts mehr ...», erklärte ein verzweifelt wirkender Korrespondent mit zitternder Unterlippe einem anderen, der, auf dem Boden sitzend, eine Rotweinbouteille zwischen den Knien hielt, welche er gerade geöffnet hatte.

«Die Flasche habe ich gestern Abend einem Messeoffizier in der Nähe von Argenteuil abgekauft.»

«Ben Morraski», sagte der andere und streckte dem Flaschenbesitzer, unverhohlen freundliche Blicke auf den Wein werfend, die Hand hin, «vom *Pittsburgh Standard.*»

«Und ich bin vom *Das-ist-meine-Flasche-Daily*», entgegnete sein Kollege und drehte sich weg, fürchtend, der andere könnte dies für einen Scherz gehalten haben.

Übervölkert war auch der Speisesaal. In dichten Gruppen saßen und standen die Leute, rauchten, unterhielten sich, kritzelten in ihre Notizbücher oder tippten auf ihren Reiseschreibmaschinen. Eine Ecke des Saales hatten die Hollywood Irregulars eingenommen, die von Major George Stevens befehligte Filmcrew. Er hatte eine Karte von Paris vor sich liegen und stellte offensichtlich – mit seiner Pfeife über die Karte hin und her fahrend – Vermutungen über die Route der französischen Truppen an. Skriptautoren notierten jede seiner Bemerkungen; die Kameraleute flüsterten ihren Assistenten nebenbei Details zu. Sie tranken Kräutertee. Alles andere war hier inzwischen tatsächlich aus.

«Wir müssen sie hier, hier und hier erwischen. Ich will auf jeden Fall Bilder davon, wie sie sich sammeln, bevor es losgeht. Hinter den Kulissen, du verstehst. Mike, läuft die dritte Kamera wieder? Gut. Du hältst dich hier auf und filmst die Leute an den *Champs.* Marty, du musst dich unbedingt darum kümmern, dass wir uns hier zentral aufbauen können.»

«Sollen die auf uns zumarschieren?», fragte der spindeldürre Assistent den Major-Regisseur, der zehn Jahre später für *Giganten* seinen zweiten Oscar bekommen würde.

«Was denn sonst? Aber, hey, gute Idee: Wir brauchen ein Flugzeug. Wer kann sich darum kümmern, dass wir ein Flugzeug kriegen? Oder besser zwei!»

Ich ging zurück in die Lobby und wartete. Gegen achtzehn Uhr kam Hemingway, hinter ihm ein paar Maquis, die gleich nach oben liefen, während ihr Anführer mit Stahlhelm, geschultertem Gewehr und triefend vor Nässe wie ein pummeliger Bär, der etwas zu ausgiebig nach Lachsen gefischt hatte, schnurstracks in Richtung Speisesaal schritt. Er sah genauso aus wie zuletzt auf den Fotos, und das versetzte mir einen Schock. Wochenlang hatte ich mich mit ihm beschäftigt, war ihm nachgereist, ihm immer näher gekommen. Und da stand er nun.

«Mr. Hemingway», rief ich und war froh, dass der allgemeine Trubel und Lärm meine von Nervosität zitternde Stimme ein wenig überdeckte.

«Herr Leutnant?» Er lächelte mich milde an.

«Ich habe vorhin erfahren, dass Sie hier sind, und – wissen Sie, ich bin auch Schriftsteller, ich meine, ich schreibe, und ich würde Ihnen zu gerne eine meiner Geschichten vorlesen.»

Hemingway lächelte, legte den Kopf schief, und bevor er noch etwas sagen konnte, packte ich die Lüge aus, die ich mir zurechtgelegt und die ganze Zeit in mir gewälzt und etliche Male wieder verworfen hatte. Aber jetzt, fürchtend, dass er mir irgendwie entgleiten und in dem Haufen seiner Bewunderer verschwinden könnte, rutschte sie mir raus:

«Ich kenne Jack. Ihren Sohn. Wir waren bei der Ausbildung eine kurze Zeit zusammen.»

«Jack? Aber das ist ja fabelhaft.» Er packte mich am Arm, und zog mich mit sich in Richtung Speisesaal.

«Kommen Sie, Leutnant, das müssen Sie mir erzählen. Ich lade Sie ein.»

«Sehr gerne, Mr. Hemingway, aber ich fürchte, da drin gibt es nichts mehr zu trinken.»

«Das werden wir gleich sehen, kommen Sie. Und bitte sagen Sie Papa zu mir!»

Er ging mir voran in den Speisesaal, wo es augenblicklich leiser wurde. Viele drehten sich zu ihm um, aber er schritt, ohne jemanden zu grüßen, an die Bar, und bevor er noch sein Gewehr abgestellt und seinen Helm abgenommen hatte, stand ein doppelter Whisky vor ihm. Er wies nur mit dem Daumen auf mich, und der Barkeeper stellte auch mir ein Glas hin.

Hem wusste, dass ihn jeder im Raum verblüfft anstarrte, aber jetzt, da er das Glas genüsslich lächelnd an den Mund setzte, hörte man hier und da ein Pfeifen durch die Zähne.

«Schaut ihn euch an», raunzte vor mir ein Mann Ende dreißig mit energischer Lautstärke, der eine auffallend lange und gerade Nase über einem leichten Doppelkinn hatte und Hemingway finstere Blicke zuwarf. «Die Wiederkehr Christi ist nichts dagegen!»

Kein Mucks war jetzt mehr zu vernehmen.

Hemingway drehte sich behäbig von der Bar weg, um zu sehen, von wem das gekommen war. Er nickte spöttisch und grinste, so als habe er geradezu auf den Kerl mit der langen Nase gewartet.

«Der junge Mister Hearst», sagte er melodisch und recht laut, ließ seinen Mund ein wenig klaffen, um dann ganz langsam und konzentriert und so, als wäre er selbst davon überrascht, hinzuzufügen:

«Ich habe von Ihrem Vater noch Geld zu bekommen.»

Randolph Hearst junior saß da, wurde krebsrot im Gesicht und ballte beide Fäuste zusammen, bis die Knöchel weiß waren. Aber er schwieg.

Dafür begann jetzt ein anderer, viel älterer Mann, sich zu beschweren. Er stand am Rande, ein dürrer Kerl mit fast vollendeter Glatze, genauso groß wie Hemingway selbst. Man konnte geradezu spüren, durch wie viele Wortgefechte mit uneinsichtigen Chefredakteuren und Herausgebern er schon gegangen war.

«Hey», schrie der Alte, «kann mir jemand einen Brandy geben? Was, alles aus? Aber klar, die letzten Reserven sind nicht für uns kleine Arschlöcher, sondern für General Hemingway. Aber wieso wollt ihr überhaupt was zum Saufen haben, ihr Idioten? Ihr glaubt ja wohl nicht, darauf einen Anspruch zu haben, nur weil ihr seit dreißig Stunden nicht geschlafen habt? Also, bitte. Es gibt ja nicht einmal ein Scheißzimmer in diesem Scheißhotel, nicht einmal eine Scheißpritsche. Es gibt keine Abstellkammer für euch Pisser, denn es ist alles belegt – für General Hemingway und seine Rekruten, die irgendwann aus dem Busch gekrochen sind, gut versteckt vor den Deutschen, während sie an ihren verlausten Dreckspimmeln herumgespielt haben.»

Zustimmendes Gemurre ertönte. Endlich sprach mal einer aus, was alle bewegte. Hemingway war schuld, dass sie nichts zu trinken hatten. Der hörte sich alles, still in sein Glas lächelnd, an, kippte dann seinen Brandy hinunter, drehte sich von der Bar weg, ein Schrank von einem Mann, der sich nun plötzlich mit der Schwungkraft einer Abrissbirne auf den Kerl zubewegte. Ich begriff, worauf das Ganze zusteuerte. Ohne groß nachzudenken, hastete ich an der Wand des Speisesaals entlang, hinter den Rücken der Korrespondenten vorbei, die alle begeistert aufgestanden waren, um besser zu sehen, wer wem in den Arsch treten würde. Die Stimmung war eindeutig – alle wünschten sich, die Ikone möge stürzen.

Ich stand halbseitlich hinter dem Älteren, als Hemingway in seinen Radius kam, schon schwer atmend, obwohl ja noch gar nichts passiert war, während der andere breitbeinig auf seinen Füßen zu federn begann und seine Fäuste langsam kreisen ließ, entschlossen, den Kampf anzunehmen. Mir wurde schnell klar, dass der Alte längere Arme, also eine größere Reichweite hatte und sich überhaupt viel agiler zeigte als Hemingway, dem der Schweiß jetzt schon in Strömen über das Gesicht lief.

Es hatte sich eine Art Ring gebildet, an dessen Rand sich die Leute drängten, ich quetschte mich durch, rammte jemanden an der Schulter, sodass dieser stolperte, und dann ging es schnell. Ich sah, wie der andere Hemingway die knochige Linke in die Seite schlug, Hemingway lachte schmerzhaft auf und wich ungelenk zurück. Er pfiff durch die Zähne, blickte sich um und fand sich umringt von Leuten in Uniform, die alle das Kriegsberichterstatter-

Emblem trugen und gespannt darauf warteten, wie einer von ihnen ihn verdreschen würde, den Großmeister und beschissenen Millionär, der von den Lesern des auflagenstärksten Magazins gerade eben zum besten lebenden amerikanischen Schriftsteller gewählt worden war und der zwanzig Zimmer in einem Hotel mit insgesamt zweiunddreißig Zimmern auf seinen Namen belegt hatte, in dem so an die zweihundertfünfzig Leute eigentlich auch gern übernachtet hätten.

Ich glaubte zu sehen, wie es ihn schauderte, von so vielen Menschen umstellt zu sein, die ihn beneideten und hassten, wie der Schauder in seinen Augen zitterte, in ihnen der Ausdruck eines Schweins, das schwitzend in die Ecke gedrängt stand. Aber da war auch noch etwas anderes, selbstmörderische Freude, Entschlossenheit, Furchtlosigkeit, Neugier.

Der Kampf nahm Fahrt auf, sie schlugen beide ein paarmal zu, wobei der Angreifer zunächst leichte Vorteile hatte. Anstrengend war es für beide, aber der Alte, der mehr tat, wurde jetzt doch schwächer. Dann sah mich Hemingway in der Menge stehen, ich nickte ihm zu, er blinzelte überrascht, nahm für einen Moment die Fäuste runter, was seinen Gegner ermunterte, dem Treffer noch einen weiteren hinzuzufügen und sich Hemingway zu nähern, der damit nicht gerechnet hatte und aus dem Gleichgewicht kam. Der Ältere machte einen Satz nach vorne, und in diesem Augenblick schrie ich ärgerlich auf, als ob man mich geschubst hätte, stürzte mit Schwung voraus, schlug mit meinem linken Fuß an sein Bein, was ihn ins Stolpern brachte, dann gab ich ihm mit dem Ellbogen einen Schlag in seinen knochigen Rücken, bevor ich mich hinfallen ließ und abrollte. Es sah aus wie ein Versehen, aber Hemingway hatte mein Manöver genau beobachtet und die Schwäche seines Gegners in diesem Augenblick erkannt. Er sammelte seine verbliebene Kraft zu einer Aktion, die aussah wie die eines echten Schwergewichtsboxers, der einen halb so leichten Gegner vor sich hatte: Er wuchtete dem anderen einen voll durchgezogenen rechten Aufwärtshaken in die Magengrube. Der Korrespondent wurde bleich, ließ die Luft ab, klappte ein, und da verpasste Hemingway ihm mit anatomischer Präzision einen Leberschwinger, der ihm den Rest gab.

Ich habe oft gesehen, dass wirkliche Prügeleien meistens von genau solcher Kürze sind wie der Kampf, der gerade entschieden worden war, wenn auch mit meiner Hilfe. Diese ausufernden Filmschlägereien kommen in der Wirklichkeit nicht vor.

In echt ist es so: Zwei stehen sich gegenüber. Der Erste, der einen Fehler macht, bekommt die Flasche ins Gesicht. Einen Schlag an den Hals. Einen Volltreffer auf die Leber.

So wie der arme Alte.

Er lag halb gelähmt auf dem Boden und zuckte ein wenig, und sofort waren Leute bei ihm, die sich um ihn kümmerten. Es gab ein prächtiges Durcheinander, in dem ich rasch auf Hemingway zuging, der keuchend und in Schweiß gebadet dastand und dem man ansah, dass er sich zurückhalten musste, den am Boden liegenden alten Mann nicht mit seinen Stiefeln in die Weichteile zu treten. Ich packte ihn fest am Arm und zog ihn nach draußen ins Foyer, in die Nähe der offenen Eingangstür, durch die frische, regengeschwängerte Luft hereinkam.

Er legte seinen Arm um mich, und ich fühlte die Nässe seines Hemds, und da er mich etwas länger so hielt, meinte ich auch zu spüren, wie die Feuchtigkeit begann, in meine Uniformjacke einzudringen.

Dann ließ er mich mit einem Mal los und richtete sich

auf. Seine Augen zeigten wieder diese merkwürdige Mischung verschiedenster Ausdrücke.

«Hab's gesehen. Deine Bewegungen. Verdammt gute Bewegungen.»

Er tippte mir sehr nett an die Schulter, wie ein Vater, der sagen will: Komm doch mit, wir gehen fischen. Latein lernen kannst du später immer noch.

«Meinst du, ich sollte ihm gleich noch mal eine aufs Maul geben?»

Ohne auf meine Antwort zu warten, ging er zur Tür des Speisesaals, riss sie auf und brüllte aus Leibeskräften:

«Kommst du jetzt endlich raus?»

Jedes Geräusch aus dem Inneren verstummte.

Er schrie noch einmal.

Ich überlegte fieberhaft, wie ich eine Fortsetzung der schwachsinnigen Prügelei verhindern konnte, ohne dass mir irgendetwas einfiel, aber zum Glück kamen jetzt auch ein paar der Kämpfer aus Hemingways Truppe ins Foyer, einen Gefangenen in deutscher Uniform mit sich führend, dem sie einen Sack über den Kopf gezogen hatten. Sie bugsierten ihn zügig in Richtung Treppe. Hinter ihnen trat ein amerikanischer Colonel zur Tür herein, der schnurstracks auf Hemingway zuschritt, bevor dieser ein weiteres Mal hätte brüllen können.

«Hem», sagte er, «wir haben den Jerry jetzt da. Er sitzt oben. Lass uns noch was trinken, bevor wir ihn uns vornehmen.»

Das war alles. Hemingway folgte ihm augenblicklich – einem Drink unter Freunden konnte er nicht widerstehen. Der Colonel blieb an seiner Seite und warf mir einen scharfen Blick zu, als ich mich ohne Zögern anschloss. Da fiel mir etwas ein.

«Ich hole noch schnell Mr. Hemingways Waffe und bringe sie hoch, Sir.»

Der Colonel nickte stirnrunzelnd, ich trat an die Theke und schnappte mir Hemingways Maschinenpistole, die tatsächlich immer noch da, wo er sie abgestellt hatte, an der Wand lehnte. Ich wusste, dass mir mehr als ein Augenpaar folgte, als ich den Speisesaal so ruhig und selbstverständlich wie möglich mit der tiefgehaltenen Waffe verließ.

Im ersten Stock, gleich an der Treppe, standen zwei Partisanen, finster dreinblickende junge Kerle, die mich anhielten und misstrauisch die Waffe beäugten. Ich erinnere mich, dass einer von den beiden Hammer & Sichel auf den rechten Unterarm tätowiert hatte. Wir diskutierten kurz, aber dann trat Hemingway in den Flur, ein Handtuch um die Schultern, nur im Hemd und mit einem Glas Brandy in der Hand.

«Lasst ihn durch, Jungs. Das ist unser Freund John», sagte er in recht passablem Französisch.

Drinnen saßen er und der Colonel an einem Tisch, auf dem ein herrliches Abendessen stand, bestehend aus gebratenen Hühnern, Reis und dazu Gemüse. Einige der Partisanen hockten am Boden, zwei auf Hemingways Bett, und aßen bereits. Ich sah, dass unter dem Bett eine größere Anzahl Brandyflaschen gelagert war. Der Gefangene in der deutschen Hauptmannsuniform, den ich auf der Treppe gesehen hatte, war nicht da.

«Nimm dir ein Glas Brandy, und setz dich», sagte Hemingway. «Das hier ist Colonel Bruce, ein Freund von mir.»

David Bruce! Der Mann, der den OSS in Frankreich leitete. Niemand Geringeres als unser Geheimdienstchef in diesem Land.

«Wer ist der junge Mann?», fragte der Colonel und sah mich durchdringend an.

«John ist ein Freund von Bumby.»

«Jack und ich haben uns in der Grundausbildung kennengelernt», sagte ich, die Lüge, die ja nun zu meiner Legende gehörte, wahrheitsgemäß wiederholend. Das war etwas unangenehm, weil ich spürte, dass mich der Colonel schnell durchschauen würde, aber was sollte ich machen?

«Zeigen Sie mir Ihren Marschbefehl.»

Ich gab ihm das Dokument.

«Sie sind einer von Major Ganzersstamys Leuten?»

«Ja. Soll mich hier umsehen.»

Er fixierte mich mit einem schwer zu deutenden Lächeln.

«Hier steht, Sie sprechen muttersprachlich Deutsch. Sie sind … in Deutschland geboren?»

«Bin aus der Bronx. Aber wir sprachen zu Hause Deutsch. War nach der Grundausbildung, äh, in Camp Ritchie. Seit Januar in London, Grosvenor Square.»

Bei der Erwähnung von Ritchie sah ich, wie ein interessiertes Zucken über das schmale, aufmerksame Gesicht des Colonels lief.

«Wie heißt der Kommandant der 11. Panzerdivision der Wehrmacht?»

Hemingway, der unserem Gespräch aufmerksam, wenn auch mit zunehmend fragendem Blick zugehört hatte, sah den Colonel verständnislos an.

«Was soll das, David? Wieso fragst du ihn so aus? Wir sollten uns lieber um den Jerry kümmern, statt uns gegenseitig an die Eier zu gehen.»

Es war irgendwie liebenswürdig, wie sich Papa vor mich stellte, auch wenn er nicht begriff, worum es ging.

«Generalleutnant Wend von Wietersheim», sagte ich.

«Divisionssymbol?»

«Ein, äh, weiblicher Geist mit einem Schwert in der erhobenen linken Hand. Die Division trägt deshalb auch den Beinamen *Geisterdivision.*»

«Schlachtordnung?»

«Panzer Regiment 15, Panzergrenadier Regiment 4, Panzergrenadier Regiment 110, Artillerie …»

Colonel Bruce winkte großzügig ab, schenkte mir ein ausgesprochen wohlwollendes Lächeln und sagte dann, sich zu Hemingway hinüberbeugend:

«Vielleicht könnte der Junge mal sein Glück bei dem Jerry-Hauptmann versuchen.»

«Woher weißt du das alles, Sohn?»

«German Order of Battle», stellte ich fest, «Hauptfach.»

So wie bei Altgriechisch früher in der Schule, wo man die unregelmäßigen Verben auswendig lernen musste, hatten wir die Schlachtordnung der Wehrmacht samt Kommandeuren gepaukt.

Jeder von uns sollte in der Lage sein, im Notfall einen deutschen Soldaten spielen zu können, und dazu musste man natürlich zumindest die Einheiten und deren Kommandeure kennen. Auf der anderen Seite konnte dieses schematische, dennoch intime Wissen über die Wehrmacht auch bei Vernehmungen deutscher Kriegsgefangener wichtig sein. Und das genau war es, was Colonel Bruce im Sinn hatte.

Der Hauptmann, den die Partisanen zusammen mit acht einfachen Landsern und einem Unteroffizier im Wald von Rambouillet gefangen genommen hatten, tat so, als verstünde er weder Französisch noch Englisch, und hatte bislang kein Wort gesprochen. Natürlich könnte er hier, in dem seltsamen, von einer Handvoll Free French Irregulars und einem Schriftsteller mit Wohnsitz auf Kuba gehaltenen Rambouillet, gewiss wertvolle Informationen liefern.

«Trauen Sie sich zu, ihn zu vernehmen, Leutnant?»

Verhörtechnik, praktisch: 19; Verhörpsychologie: 20 von 20 Punkten. Aber das erwähnte ich nicht.

«Sehr gerne», sagte ich.

Mit einem Teller, auf dem ein großes Stück gebratener Hühnerbrust nebst Besteck lag, und einem ordentlich eingeschenkten Glas Rotwein ging ich schließlich ins Nebenzimmer. Der deutsche Hauptmann saß zusammengesunken auf einem Stuhl, drei Partisanen waren da, rauchten, bewachten ihn. Es war ein älterer Mann, deutlich jenseits der fünfzig. Graue Haare, sehr kurz geschnitten, eine kleine, runde Nickelbrille. Seine Uniform wirkte so, als habe er zuletzt ein wenig abgenommen. Irgendjemand schien ihm Auszeichnungen und Orden heruntergerissen zu haben, denn an einer signifikanten Stelle stand ein kleiner, fransiger Stofffetzen ab. Ich hätte den feldgrauen Stoff seiner Uniform am liebsten auch sofort angefasst – die Wehrmacht war berüchtigt für die absolute Garstigkeit ihrer Uniformen. Sie wirkten hart, billig, ja fast mönchisch. Ich kannte sie aus Ritchie, wo es – ungelogen – eine ganze Kompanie von deutschen Wehrmachtsdarstellern gegeben hatte.

Aber in der hier steckte eben noch ein echter Wehrmachtsoffizier drin. Hunderte von Stunden hatten wir uns mit dieser Art von Mensch beschäftigt, und nun saß einer vor mir.

Auf Französisch bat ich einen der Männer, dem Hauptmann die Fesseln abzunehmen. Der seufzte auf, rieb sich die Handgelenke und blickte zu Boden. Ich sah, dass er einen goldenen Ehering trug, der gleichfalls locker saß. Er schien sehr deprimiert.

«Bitte entschuldigen Sie, Herr Hauptmann. Die Männer wussten nicht, dass man einen Offizier nicht fesseln darf», sagte ich mit nur ganz leicht zitternder Stimme.

Er blickte mich verblüfft und auch ein wenig furchtsam an. Ich stellte den Teller mit dem duftenden Fleisch auf den Tisch, daneben das Glas Rotwein.

«Ich bin Leutnant John Glueck. Lassen Sie uns ein bisschen reden. Vielleicht möchten Sie etwas essen. Es ist ein gar köstlicher Schmaus.»

Irgendwie hatte ich bei dieser Formulierung das Gefühl, nicht ganz den Ton getroffen zu haben. Der Hauptmann sah mich verächtlich an. War nur die Frage, was genau er verächtlich fand. Ich sah, wie es in ihm arbeitete. Endlich sprach er.

«Sind Sie tatsächlich … Deutscher?»

«Amerikaner.»

«Geflohen?»

«Nein, nein. Meine Familie lebt mütterlicherseits seit Generationen in Amerika. Ich habe deutsche Literatur studiert. Leider ist es mir verwehrt geblieben, selbst in Deutschland zu studieren. Der Krieg kam dazwischen.»

«Und nun studieren Sie wohl geschlagene deutsche Krieger, was?»

«Wenn ich meinen Kameraden von der Grundausbildung erzähle, dass ich einen Offizier der Geisterdivision in meiner Sammlung habe, werden die vor Neid erblassen.»

Ich fand, dass der Hauptmann ein wenig Zuspruch gebrauchen konnte. Tatsächlich schüttelte er bei der Bemerkung über den Beinamen seiner Einheit leicht den Kopf. Er wirkte nicht wie ein glühender Nazi, sondern wie ein erschöpfter Familienvater, ein Reserveoffizier, der vielleicht Buchhalter war, Bankbeamter oder so etwas. Er war alt genug, um manchmal an die Rente zu denken.

«Was ist mit meinen Männern?»

Colonel Bruce hatte mir mitgeteilt, dass sich die anderen Gefangenen des heutigen Tages in einem rückwärtigen Wirtschaftsgebäude des Hotels befänden.

«Ihre Männer sind sicher. Einstweilen.»

«Sind wir nun Gefangene der Résistance oder der amerikanischen Armee?»

Auf diese Frage ging ich nicht ein. Wir hatten einen guten Start hinbekommen, aber es war mir wichtig, eine gewisse Unsicherheit aufrechtzuerhalten. Schließlich sollte er das Gefühl bekommen, uns tatsächlich helfen zu können. Ich fragte ihn nach den letzten Stunden vor der Gefangennahme, wie die Maquis sich im Feld verhalten hatten, nach Verlusten unter seinen Männern und vermied jede Anspielung auf das, was wir von ihm brauchten: nämlich Informationen über Truppenkonzentrationen und deren Stärke zwischen Rambouillet und Paris, Marschbefehle oder Personalanordnungen. Er war erstaunt, als ich ihn nach dem Krieg gegen Russland befragte und ihm ungefähr sagen konnte, wo seine Division im Winter 42/43 gestanden hatte. Das wusste er nämlich selber nicht so genau, weil er erst Anfang des Jahres aus der Reserve geholt worden war. Doch hätten Kameraden und Vorgesetzte, die in Russland gewesen seien, immer wieder davon erzählt; das sei noch eine ganz andere Geschichte gewesen als Frankreich. Hier wurde er nachdenklich.

«Wissen Sie, dass die Rote Armee vor ein paar Tagen die deutsche Grenze überschritten hat, Herr Hauptmann?»

«Habe den letzten Wehrmachtsbericht gelesen.»

Ich fragte, wo er mit seiner Familie wohne, und nach seiner Heimatstadt. Er zögerte, blickte auf die Tischplatte und biss sich auf die Lippen. Mit einem Mal kam er mir sehr alt vor. Ich hatte wohl einen Gedankengang in Bewegung gebracht, den es schon zuvor in ihm gegeben haben musste.

Ich wartete einen Moment und sah ihn mir an. Es war mir, als könnte ich ganz genau nachfühlen, wie ihm zumute sein musste. Er hatte aufgegeben. Schon länger. Er glaubte nicht mehr an den Sieg.

«Essen Sie doch einen Bissen, Herr Hauptmann», sagte ich und schob ihm den Teller mit dem mittlerweile kalten, aber immer noch duftenden Hühnchen hin.

Es mochte vielleicht eine Stunde vergangen sein, als ich zu Hemingway und Colonel Bruce zurückkam. Viel war es nicht, was ich schließlich in Erfahrung gebracht hatte, aber immerhin. Genau wie am Tag zuvor Captain Blue benutzte Bruce die Landkarte in einem Guide Michelin. Der Gastronomieführer gehörte zur Grundausstattung des OSS in Frankreich. Mir fiel auf, wie gut Hemingway im Umgang mit der Karte war, er schien sich eine deutliche Vorstellung vom Gelände machen zu können. Was mir der Gefangene erzählt hatte, deutete darauf hin, dass das Oberkommando seine in Frankreich verbliebenen Truppen sammelte und sie Richtung Osten bewegte. Zur Grenze des Altreichs – an die Siegfriedlinie.

Hemingway erhob sich jetzt, er stöhnte wie ein alter Kutscher, der vom Bock steigen muss, um seine prostatabedrängte Blase zu entleeren. Dann schüttelte er den Kopf wie das Kutschpferd und jaulte dazu wie der kleine Köter, der neben der Kutsche hergelaufen war. Später bekam ich mit, dass er schon die ganze Zeit unter heftigen Kopfschmerzen litt, aber an diesem Abend hatte er eine Schlägerei hinter sich und etwas abbekommen. Er trank sein Glas Brandy aus, und während er ins Badezimmer ging, rief er den Partisanen zu, sie sollten noch ein paar Flaschen aus dem Vorrat unter dem Bett hervorholen und den anderen Jungs sagen, dass sie reinkommen konnten.

Colonel Bruce nutzte Hemingways Abwesenheit, die sich ziemlich hinzog, um mir nochmals auf den Zahn zu fühlen. Er beugte sich vor und sagte flüsternd:

«Sie haben das gerade gut erledigt, Respekt. Aber Sie kommen von Major Ganz. Sie sind Propaganda-Offizier. Was wollen Sie hier eigentlich?»

Ich sagte ihm, dass ich hier sei, um eine Reportage über Hemingway an der Front zu schreiben.

«Haben Sie ihm dieses Anliegen schon geschildert?»

«Nein. Ich habe ja gerade erst Kontakt zu ihm aufgenommen.»

«Sie waren gar nicht mit seinem Sohn in der Ausbildung, habe ich recht?»

«Nein.»

«Dachte ich mir's doch. Typisch Propaganda. Irgendwas anzetteln, von dem man nicht weiß, wie man nachher wieder rauskommt. Aber gut. Ich helfe Ihnen natürlich, wo ich kann. Ich rede mit ihm. Je früher er weiß, was läuft, desto besser. Er ist ein großartiger Kerl. *Ich liebe ihn.*»

Die letzten drei Wörter klangen wie eine mächtige Drohung.

Hemingway kam zurück. Das Handtuch um die Schultern, saß er da wie ein Boxer nach dem hoffentlich letzten oder wenigstens vorletzten Kampf. Er sah völlig erledigt aus, aber diese körperliche Erschöpfung wurde durch die heitere Munterkeit konterkariert, mit der er fortwährend, leicht stotternd, dahinparlierte. Die Prügelei hatte ihn glücklich gemacht.

Schließlich kamen sein Fahrer und ein schmaler Mann mit schiefem Gesicht und straff zurückgekämmtem, dunklem Haar in Kriegsberichterstatter-Uniform herein. An der schweren Tasche, die wie angeschweißt über seiner Schulter hing, war er unschwer als Fotograf zu erkennen. Fotografen trennen sich niemals von ihren Taschen.

«Leute, der junge Mann hier ist Lucky», er zwinkerte mir zu. «Lucky ist ein Freund von Bumby! Damit ist er auch unser Freund. Lucky, dieser Kerl hier heißt Red Pelkey und wird uns, wann immer auch, nach Paris fahren …»

«Und wenn's das Letzte wär, was ich mach», warf Pelkey grinsend hinterher. Er sprach wie ein Kleinkrimineller aus New Jersey.

Danach schlug Hem dem Mann mit der Tasche, der sich neben ihn gesetzt hatte, freundschaftlich auf die Schulter.

«Und das hier ist Bob.»

«Freut mich, Sir. Sie sind Fotograf, hab ich recht?»

«Ja, stimmt.»

«Darf ich fragen, für welches Medium Sie hier akkreditiert sind?»

«*Time*-Magazi'in.» Er hatte einen netten, osteuropäischen Akzent.

«Oh, Wahnsinn», sagte ich.

«Sie arbeiten für die PR-Division?»

«Nein, nicht direkt», sagte ich ausweichend.

«Egal», raunzte Hem. «Auf unser neues Stammesmitglied! Lucky! Du musst dir über eine der ersten Regeln im Krieg klarwerden: Trink, solange was da ist!»

Wir tranken. Red Pelkey schenkte nach.

«In Cherbourg gab es ein ganzes Lagerhaus mit Kompassflüssigkeit, die die deutsche Marine eingebunkert hatte. Kompasse dürfen nicht einfrieren, deshalb reiner Alkohol. Haben ihn bisschen verdünnt und getrunken. Jeder Mann in diesem Hafen war blau», erzählte Hemingway voller Begeisterung.

«Wir machten die Bekanntschaft mit Tiefseetauchern, Iren, die das Hafenbecken von Minen ausputzten. Mein Gott, was konnten die saufen! Schliefen ein paar Stunden auf dem Boden und stiegen am nächsten Morgen wieder in das Hafenbecken, tauchten runter und fischten Minen. Nie was Gefährlicheres gesehen und niemals solche Männer.»

«Cherbourg, gab es da nicht diese entsetzlichen Gewaltexzesse und Vergewaltigungen?», fragte Bob, der Fotograf.

«Verübt von Schwarzen», warf Colonel Bruce ein.

«Waren genügend Weiße dabei, David», sagte Hemingway. «Aber schieben wir trotzdem den Negern in die Schuhe! Ist nicht gegen dich, David, aber es gibt doch nichts in der US-Army, was so schändlich ist wie der Umgang mit den Negern. Bumby hat mir geschrieben, als er Sergeant in Algerien war, Fernmeldeeinheit, da hatten sie kein Bordell für die Schwarzen. Stell dir das bitte mal vor! Die mussten sich mit irgendwelchen örtlichen Nutten, randvoll mit Syphilis, am Straßenrand erleichtern. Jack hat es durchgesetzt, dass ordentliche Nutten für die Neger kamen, professionelle, und dass sie im Puff für die Weißen arbeiten konnten.»

«Willst du uns weismachen, dass Offiziere sich mit Negern die Nutten geteilt hätten?», zweifelte Bob.

«Nicht die Frauen. Die Räumlichkeiten. Sensationell. Das waren seine letzten Tage bei den Fernmeldern. Hab ich dir eigentlich erzählt, David, dass er in Algerien auch auf die Idee kam, zum OSS zu gehen?»

«Nein, wie kam das?»

Der Colonel schien froh, dass das Rassentrennungsthema bzw. die angebliche, temporäre Aufhebung der Rassentrennung irgendwo bei einer Fernmeldeeinheit in Algerien vom Tisch war. Der Brandy war wie das Meer. Spülte in einem fort neue Dinge an den Strand.

«Meine zukünftige Ex-Frau hat mir das geschrieben. Sie war auch da. Also, eine Party beim britischen Botschafter in Algier. Jack hatte Urlaub und hing mit einem Rothschild-Sprössling und Churchill junior rum, die ihm erzählten, was sie alles für Heldentaten vollbrächten. Churchill in Jugoslawien. Fallschirmspringen! Bumby war so hin und weg, dass er sich freiwillig gemeldet hat. Wollte auch hinter die Linien. Und so ist er bei euch gelandet, David. Trinken wir auf Bumby!»

Red Pelkey, der Fahrer, schenkte nach, sich selbst am meisten. Damals wäre niemand auf die Idee gekommen, dass Fahrtüchtigkeit und Alkoholkonsum irgendwie in Widerspruch stehen könnten. Besoffen wie ein Kutscher, das galt damals auch noch für Benzinkutscher.

Ich hatte zu kämpfen, um bei der Trinkerei mitzuhalten.

«Der junge Churchill ist also auf dem Balkan. Wundert mich gar nicht. Sein Dad ist Titos bester Freund», sagte der Colonel. «Er liebt den Balkan.»

«Liebt den Balkan und sieht weg, wenn es um Polen geht!», erwiderte Bob mit Erregung in der Stimme. Sein osteuropäischer Akzent drang jetzt etwas stärker durch.

«Warschau geht vor die Hunde!»

«Seit der Landung in Südfrankreich sind einfach nicht mehr die Kapazitäten da, um Warschau aus der Luft zu versorgen, Sir», versuchte es der Colonel.

«Die Nazis werden sie bringen um – alle.»

«Es wäre jetzt eigentlich Sache der Russen, Warschau zu helfen. Aber Churchill schafft es nicht, Stalin davon zu überzeugen. Das ist die Lage.»

«Dreckspisser», sagte Hemingway, angesichts seiner Wortwahl überraschend gedämpft, «man sollte einen neuen Begriff in die Kriegstheorie einführen: Coitus britannicus!»

«Was meinst du damit?», fragte Bob, der Fotograf.

«Ficken dich von hinten und blasen währenddessen zum Rückzug. Was für ein verkommenes Volk, die Briten. Im spanischen Bürgerkrieg war England der größte Verräter. Wir hätten Mussolini und Hitler jahrelang dort beschäftigen können. Schon Napoleons Niedergang begann in Spanien. Aber statt uns Waffen und Flugzeuge zu liefern, schickte London uns: nichts. Nichts kam. Nichts. Auch unter den internationalen Brigaden waren die Engländer der letzte Dreck. Nach der Schlacht von Jarama sind sie regimentweise desertiert. Alles Feiglinge, Simulanten, Lügner und Tunten. Sie schissen sich aus Angst vor den Panzern ein, und ihre Offiziere, wenn sie ausnahmsweise mal tapfer waren, strotzten vor Dummheit. Eine mörderische Dummheit. Die Briten. General Patton ist genau der Richtige, um ihnen bei nächster Gelegenheit so richtig in den Arsch zu treten.»

«Haben Sie recht, Chef», murmelte Pelkey und gab ein merkwürdiges Schmatzen von sich. Erstaunlich, was für ein zwielichtiger Typ das war.

«Hem, ich bitte dich. Die Engländer sind unsere wichtigsten Verbündeten», erwiderte Colonel Bruce amüsiert.

«Verbündete. Sicher. Wie de Gaulle. Wo bleiben dieser Dreckskerl und sein Lumpensammler Leclerc? Schenk noch mal nach, Red, sei so gut.»

Ich fragte Hemingway, ob ich sein Badezimmer benutzen durfte.

«Ja sicher.»

Ich war unglaublich froh, als ich die Tür hinter mir zumachen konnte. Mir schwirrte der Kopf. Seit ich in der Army war, hatte ich immer gerne mal einen Drink genommen, aber diese Tafelrunde eines unersättlichen Säuferkönigs überforderte mich.

Das war aber noch harmlos gegen das, was ich jetzt im Badezimmer fand: Die Badewanne war randvoll mit Handgranaten, vor allem deutschen, die man an ihrem Holzstiel erkannte, aber die ein oder andere von unseren netten amerikanischen Eiergranaten war auch darunter.

Der Anblick war furchterregend. Was für ein absurder Leichtsinn! Wenn eine einzige Granate aus technischem Defekt oder sonst einem Grund hochging, würden alle explodieren. Das Hotel wäre vom Erdboden verschwunden und mit ihm zweihundert der besten amerikanischen Reporter, Fotografen und Filmleute, inklusive unseres berühmtesten Schriftstellers. Schauerlich weltberühmt wäre das Hotel *Zum Großen Jäger* geworden! Ich musste schlucken.

Der strenge Geruch einer ungepflegten Waffenkammer stand im Raum. Der Badewanne gegenüber lehnten drei deutsche Schützengewehre, zwei Pistolen lagen auf dem Waschtisch, daneben zwei fast leere Flaschen Brandy, aus denen Hemingway wahrscheinlich trank, wenn er auf dem Klo saß. Bevor ich dazu kam, mich zu erleichtern, erschrak ich beim Anblick der vergilbt schimmernden Schüssel. Das Porzellan war voller schlieriger Blutspritzer, ein wenig hatte er sie wohl mit der Klobürste entfernt, an der gleichfalls Blut klebte, aber viel war noch in der Schüssel. Er hatte

Blut im Urin. Vielleicht hatte ihn der Alte bei der Schlägerei vorhin auf die Nieren getroffen. Der Anblick war jedenfalls so erschreckend wie ekelhaft, und für ein paar Sekunden dachte ich, ich müsste mich übergeben.

Sekunden können in so einer Verfassung recht lang sein.

Ich machte das Fenster auf, atmete tief durch. Draußen regnete es. Flugzeuge über uns.

Dann pisste ich auf Hemingways Blut.

Ich wusch mir lange die Hände und das Gesicht. Während ich mich abtrocknete, machte ich mir klar, dass ich einen Weg finden musste, um beim Trinken mitzuhalten, ohne umzukippen, und dass ich auf keinen Fall vor ihm ins Bett gehen durfte.

Alles an diesem Mann war monströs. Sein Ruhm, sein Umfeld, seine Beziehungen bis in die höchsten Kreise, seine Entourage, sein Durst. Seine Waffensammlung im Badezimmer.

Doch am monströsesten war der lähmende Odem absoluter Unberechenbarkeit. Für die um ihn herum, uns, war es, als würde man über Japanpapier laufen, das über einen Abgrund gespannt war. Da war nicht nur etwas Einsames und Melancholisches an ihm, das ich hinter seiner Munterkeit spürte, sondern noch etwas anderes, viel Dunkleres, etwas, das er ganz alleine trug, eisern und gnadenlos, da es ihm ganz alleine auferlegt war.

Dritter Teil

JUNI 1971

Wir schreiben heute Sonntag, den 13. Juni 1971, und unterbrechen die authentische Berichterstattung von den regentrunkenen Schlachtfeldern des guten alten Frankreichs für eine wichtige Eilmeldung, die alle romantisch gesinnten Amerikaner erfreuen wird: Gestern gab Trixia Nixon ihrem Verlobten Ed Cox das Jawort und wurde Frau Cox. Im Garten des Weißen Hauses führte Präsident Nixon sie höchstpersönlich an den dort aufgebauten Altar, wie es sich für einen anständigen Brautvater gehört. Es war ein strahlender Sommertag in Washington, D. C.

Wir wissen, dass Tricky Dick in Momenten des Zweifels und der Furcht vor *denen da draußen* nichts lieber tut, als sich Fotos anzuschauen, die ihn mit seiner Familie zeigen. Heute ziert ein Abbild von Vater und Brauttochter sogar die Titelseite der *New York Times.* Es prangt links oben, direkt neben der großen Titelstory des heutigen Tages. Man kann Mendelssohns Hochzeitsmarsch fast noch erklingen hören.

Ich kenne Colonel Cox persönlich, den Vater von Ed, noch aus Frankreich, wo er bei der Luftwaffe war. Papa Cox, ein erzliberaler New Yorker Anwalt, war vor ein paar Jahren noch einer der größten bekennenden Nixon-Hasser. Nun meldet es Cox' Heimatzeitung, dass sein Stammhalter die Tochter seines größten politischen Feindes geheiratet hat. Gegensätze scheinen sich anzuziehen. Eine phantastische und doch so zeitgemäße Geschichte für jedes Blatt, natürlich auch für die *New York Times.*

Seit der erste Ochs die Mutter aller Zeitungen ins Geschirr genommen hat, dürfte dies so etwa ihre fünfundzwanzigtausendste Ausgabe sein, und ich weiß nicht, wie viele davon ich selbst schon in Händen gehalten habe. *Sternenbanner* hatte eine höhere Auflage. Die *Neue Zeitung* in München den noch besseren Kulturteil. Aber nichts geht über das feine Knistern und den herrlichen Geruch der frischgedruckten *NYT.*

Wo immer ich war, habe ich sie gelesen. Auf allen Kontinenten, in jedem Klima, bei Tag und Nacht. Ich habe die abgeranztesten Offizierskasinos nach Überbleibseln von ihr abgesucht, habe sie mit dem größten Vergnügen in den gehobenen Klassen der internationalen Fluggesellschaften aus manikürten Stewardesshänden entgegengenommen. Wenn ich tatsächlich mal wieder zu Hause in New York war, dann war es mir stets ein Vergnügen gewesen, die paar Cent, die sie im Straßenverkauf kostet, einem ihrer echten Paperboys in die Hand zu drücken, einem, der sich seine Exemplare selber frisch aus der Druckerei in Queens geholt hatte.

Aber noch nie habe ich sie mit solcher Freude und Aufregung aufgeschlagen wie heute. Vor Glück tobt meine Haut, von der es so unfasslich große Schuppen regnet, dass es sich anfühlt, als wäre ich wieder dreizehn. Ein teuflisches dreizehntes Jahr allerdings, denn dies pure Glück, am Leben zu sein, und die Freude darüber, wenn ich auf das Titelblatt meiner Lieblingszeitung blicke, wird von einer Art glühender, nervenenergetischer Gesamtspannung begleitet, die mich qualvoll und eisern erfasst hat. Wie unbeschreiblich lustvoll wäre es, mir zumindest diese eine Stelle am Rücken zu kratzen oder unter der rechten Achsel. Hinten im Nacken. Am linken Knie.

Aber nein – dann würde recht bald Blut fließen, und wir wollen doch die wunderbare Zeitung vom heutigen Sonntag nicht ruinieren, die Direktor Hunerwadel mir mit anständiger Gefälligkeit nach dem Mittagessen überlassen hat, damit ich sie während der Stunden im Hof in Ruhe lesen kann. Zum ersten Mal, so scheint es, habe ich es mit einer meiner Geschichten auf eine Titelseite geschafft. Sogar dreispaltig.

Vietnam Archive: Pentagon Study Traces
3 Decades of Growing U. S. Involvement

Ich lese die Überschrift und die Ankündigung der Herausgeber, eine ganze Artikelserie aus der – der Redaktion von anonymen Informanten zugespielten – Pentagon-Studie machen zu wollen, die ab sofort täglich erscheinen werde.

Vietnam-Archiv: Pentagon-Studie
zeigt drei Jahrzehnte wachsender US-Beteiligung

Nicht nur eine Titelseite, sondern sogar eine Artikelserie. In der unfasslichen *New York Times.* Es ist so absurd, aber ausgerechnet dieser heutige Sonntag, der 13. Juni 1971, ist mein fünfzigster Geburtstag.

Da ich nicht beabsichtige, eine gute Tradition aus meinem Geburtstag hinter Gittern zu machen – denn nächstes Jahr bin ich hoffentlich kein Insasse des Correction Centre von Hannibal, Missouri, mehr –, habe ich gegenüber meinen Mitgefangenen geschwiegen. Die meisten, mit denen ich meine Zeit am Nachmittag auf dem Hof teile, sind um die zwanzig und könnten mit dem Erreichen eines halben Jahrhunderts sowieso nichts anfangen.

Ich habe die Zeitung an Michael und die anderen Drafties aus meiner Seilspringtruppe weiterverliehen, die sich brennend für die Titelstory interessieren. *Dreißig Jahre!*, staunen sie. Das haben meine jungen Hippie-Freunde noch nie gehört. Für sie begann der Vietnamkrieg vor ein paar Jahren, aber jetzt erahnen sie etwas von der historischen Tiefe des Schlamassels, in dem wir stecken, und damit sind wir immerhin einen Schritt weiter. Ich feiere still und für mich: Wir haben es auf die Titelseite geschafft!

So wie ich darauf verzichte, mich zu kratzen, werde ich mich auch in dieser Angelegenheit zurückhalten und niemandem erzählen, dass das Ganze meine Idee war und ich das Entscheidende dazu beigetragen habe, dass das Material aus dem Pentagon die *New York Times* überhaupt erreichen konnte. Drei Monate bangen Wartens – und nun endlich die Gewissheit, dass es funktioniert hat. Ich empfinde die Freude eines Artillerieoffiziers, dessen gewagte Berechnungen sich als korrekt erwiesen haben und der mit dem Rohr beobachtet, wie sein Projektil einschlägt.

Die Sonne scheint, aber ich habe den Vorteil, im kostbaren Halbschatten sitzen zu können, den einer der Wachtürme spendet. Über den seidig-milchig blauen Junihimmel ziehen ein paar Stratuli, die einem vorgaukeln, es gäbe noch einen anderen, im Himmelsgrund fließenden, zweiten Mississippi. Wahnsinnshimmel in Missouri.

Zwischendurch bekomme ich die Erlaubnis zu telefonieren. Ich werfe Kleingeld, Quartermünzen, in den Schlitz und halte eine weitere bereit – die ungezählten Münzen haben den Schlitz des Fernsprechers im Laufe der Jahre so abgewetzt und geschmirgelt, dass er blitzt, das ist vermutlich einer der saubersten Gegenstände in ganz Hannibal.

Ich wähle Kats Nummer, aber natürlich: Es ist Sonntag. Warum sollte sie in ihrer Kanzlei sein? Aber da ich sie in meiner Euphorie wirklich gerne sprechen möchte, lasse ich es einfach durchklingeln und versuche, mir ihr verlassenes Büro irgendwo in der City von Hannibal vorzustellen, durch das das Schrillen des Telefons dringt. Wenn sie morgen früh den Raum betritt, wird sie natürlich nichts davon entdecken, Schall hinterlässt keine Spuren, aber auf eine gewisse Weise werde ich dort gewesen sein. Tief in mir empfinde ich den seltsamen Reiz, der von heimlich angebrachten Mikrophonen ausgeht. Ich wundere mich selbst darüber, welche Faszination die Vorstellung ausübt, ihr nahe sein zu können, und wäre es nur über eine heimliche, minimale, verbotene Verbindung. Ich gebe mich dieser Idee hin und lasse es dabei weiterklingeln. Das Freizeichen unterhält mich. Meine Phantasie kann auf ihm surfen.

Ich nutze das Telefonnetz der Vereinigten Staaten von Amerika, die eine Menge Energie in Form von Strom in die Grundspannung dieses Netzes stecken, und kann es dadurch in Kats Büro läuten lassen. Aber es kostet mich nichts. Ich bekomme die fünfundzwanzig Cent zurück, die ich in den Schlitz geworfen habe. Oder vielleicht nicht ganz, würde der alte Römer sagen. Immer wenn der Kaiser seine Hand auf eine Münze legt, wird sie ein wenig leichter, denn der Kaiser hat die feinsten Feilen, und mit denen feilt er ein wenig drum herum, sammelt den Goldstaub und gibt neue Münzen aus. Mir ist, als könnte ich durch alle Mauern hindurchblicken.

Erstaunlicherweise wird plötzlich abgenommen.

«Ja, bitte?», fragt eine tiefe Männerstimme. Im ersten Moment bin ich dermaßen überrascht, dass ich Gefahr laufe, mich zu verhalten wie ein Privatdetektiv in einem schlechten Film, und einfach aufzulegen.

«Bin ich da richtig in der Kanzlei von Kaetlin Lambert?»

«Ja, genau.»

«Hier ist John Glueck», sage ich. «Ich bin ein Mandant von Miss Lambert. Ist sie zu sprechen?»

«Moment.» Er legt den Hörer ab. Ich versuche, mir das Möbelstück vorzustellen. Ich höre die Stimme des jungen Mannes weiter hinten im Raum. Leise Musik. Andere Stimmen.

«Major Glueck?»

«Entschuldigen Sie bitte, Kat. Ich hätte gar nicht anrufen sollen. Ich will Sie nicht stören.»

«Sie stören nicht, hier ist sowieso die Hölle los. Wir helfen einem Freund von uns, der für den Stadtrat kandidiert, und sind gerade hochgekommen, um einen Kaffee zu trinken. Wir sind schon seit sieben Uhr in der Früh unterwegs. Plakate kleben. Was gibt es, John? Wie kann ich Ihnen helfen? Wurden Sie etwa wieder attackiert? Sind sie okay?»

«Ja, danke der Nachfrage. Keine Sorge, ich habe gute Nachrichten. Sie müssen sich die *New York Times* von heute besorgen. Wir sind auf der Titelseite.»

«Wer wir?»

«Wir. Schauen Sie es sich einfach an.»

«Okay. Aufregend. Noch mehr, was ich wissen muss?»

Ich will sprechen, aber dann taucht plötzlich die absurde Idee in meinem Schädel auf, dass jemand mithören könnte. Abhörwanzen sind das neue Lieblingsspielzeug aller Regierungsgeheimdienste. Was für ein Idiot ich doch bin! Also sage ich nichts und versuche mich stattdessen zu erinnern, wie der Schlüssel mit der Nummer 261 ausgesehen hat. Ich visualisiere ihn. Schließe die Augen. Versuche, ihr ihn rüberzufunken.

«Ich …», fange ich an. Stotternd. Bitte, denke ich. Sag mir, dass du den Schlüssel immer noch hast.

«Ach das, meinen Sie …?», lacht sie. «Das haben wir sehr gut geregelt. Machen Sie sich deshalb bitte keine Sorgen.»

Für einen Moment bin ich sprachlos. Es hat geklappt. Gedankenübertragung.

«Danke, Kat. Dann wünsche ich noch viel Kampfkraft.»

«Ach, hören Sie auf! Das Schlimmste steht uns noch bevor: das Ausfahren der Plakate. Das ist wirklich ätzend. Aber gut, John. Ich komme am Freitag zur langen Besuchszeit. Dann reden wir in Ruhe. Alles Gute.»

«Bis dann, Kat.»

Als ich auflege, bedauere ich, dass ich es nicht über mich bringen konnte, ihr zu sagen, dass heute mein Geburtstag ist.

Ich schreibe diese Zeilen wie üblich mit Bleistift. Doch anders als auf dem glatteren Plastiktisch meiner Zelle, in dessen Schublade sich die fein säuberlich geschriebenen Manuskriptseiten meines Kriegsromans stapeln und nun schon ein beachtliches Konvolut bilden, zeichnet sich die raue Oberfläche des Zementtisches auf dem Papier deutlich ab, wie die Karte einer Phantasielandschaft, wenn ich, den Bleistift quer gelegt, ein wenig darüber hinwegschraffiere. Es reizt mich, an manchen Kreisen, Ringen und Erhebungen weiter zu zeichnen. So entsteht um meine Worte herum ein feines, imaginäres Gebirge, Millimeter voneinander getrennte Kreise werden zu Höhenlinien. Da ist ein Kreuz im Kästchen, das steht für einen Bunker. Bachläufe und Straßen.

Und hier ist der Gefechtsstand.

Als der Schatten des Wachturms weitergerückt, länger und schmaler geworden ist, setzt sich mein Pate zu mir. Einer seiner Adjutanten deckt eine weiße Tischdecke auf. Öffnet eine Flasche Chianti. Stellt strahlend saubere Weingläser vor uns hin.

«Woher wissen Sie, Toni?»

Ich hatte ein wenig vor mich hingeträumt. Nun habe ich mit einem Mal Festtagsbesuch.

«Ich sehe die Akte von jedem, der hier reinkommt. Das gehört zu meinen Managementpflichten. Hier, bitte: Happy birthday, Major!»

Er reicht mir ein Päckchen.

«Ist der größte Bestseller der Welt im Augenblick. Nagelneue Ausgabe.»

Ich öffne das in buntes Papier eingeschlagene Geschenk. Ein schmales Taschenbuch.

Love Story

Erich Segal. Ich muss lachen. Es ist also nicht einmal mehr in einem hinterwäldlerischen Gefängnis in Missouri möglich, diesem Machwerk zu entkommen. Es dringt in die letzte Ritze.

«Vielen Dank», sage ich und lächle den Gangster aus Kansas City an. «Das wird eine herrliche Nachtlektüre.»

«Aber vorher zeigen Sie uns wieder ein bisschen, wie man Karten spielt, okay?»

«Selbstverständlich, Toni. Gerne», sage ich.

Wir stoßen an, ich trinke einen Schluck. Der Wein ist perfekt temperiert, wirklich gut. Ich hole das Päckchen *Bicycle 808* aus der Tasche meines grün-orange gestreiften Strampelanzugs und beginne, die Karten zu mischen. Bislang laufen sie mir noch flüssig durch die Hände, die paar Hautschuppen, die dabei abfallen, spielen keine Rolle.

«Letztes Mal haben wir über diejenige Strategie gesprochen, die ich *Die Erschaffung einer fiktiven Person* genannt habe.»

«Ja. Man soll nicht als derjenige spielen, der man ist, sondern den anderen, den Gegnern eine … äh …»

«Fiktive …»

«… danke, hab's nicht so mit Fremdwörtern. Die *fiktive* Person ist eine Erfindung: eine Maske», konstatiert Toni brav wie ein fleißiger Schüler.

«Genau. Beim Pokern spielt Kartenglück nur eine geringe Rolle, denn wir wissen, dass jeder mal einen Flush bekommt oder ein Full House. Man muss vielmehr dafür sorgen, dass dann, wenn man mal eine unschlagbare Hand hat, auch jemand am Tisch sitzt, der mitgeht. Das Wichtigste ist also Psychologie. Ob es gelingt, den anderen lesen zu können. Und ihn danach – zu führen, ohne dass er es merkt.»

«Das ist doch, wie dieser eine Politiker gesagt hat: Ein wirklich mächtiger Politiker tut alles, um den Eindruck zu vermeiden, er sei einflussreich.»

«Beim Pokern geht es genau darum. Die Schwierigkeit ist die eigene Eitelkeit – man will gut dastehen oder besonders schlau wirken. Aber das ist ein Fehler.»

Toni seufzt, an dem Punkt waren wir bei unserem letzten Gespräch auch schon angekommen. Sein Problem ist, wie ich es gut nachvollziehen kann, dass in seinen Kreisen das Gegenteil üblich ist: Wer schwach erscheint, muss damit rechnen, aus dem Weg geräumt zu werden.

«Schon Sun-Tsu hat gesagt», erwidere ich ihm, «dass kein Schaden daraus entstehen kann, wenn der gegnerische General dich für schwach hält. Beim Pokern gilt das umso mehr. Deshalb schaffen wir eine *fiktive Person* und statten sie mit Merkmalen aus, die wir gut kontrollieren können. Schwäche zeigen wir durch das Zittern der Hände. Manisch wiederkehrende Bewegungen. Leise Selbstgespräche und dergleichen. Sehr gut ist es, Fehler zu machen. Mit einem Blatt mitzugehen, das keine Chance hat – eben alles zu tun, damit der Gegner einen falsch einschätzt und an die Existenz der *fiktiven Person* glaubt. Dann hat man gewonnen.»

Ich habe währenddessen gegeben. Tonis Leibgardisten spielen auch mit und noch ein fünfter, Larry aus St. Louis, der zu der seltenen und in der Gefängnishierarchie ziemlich weit unten stehenden Kategorie der Heiratsschwindler gehört: Hat ein paar reiche Witwen erleichtert, fährt aber offensichtlich gar nicht auf Frauen ab. Kurz nach dem Eintreffen in Hannibal wurde er vergewaltigt, mit einem Baseballschläger, hat sich danach aber nicht völlig gehenlassen, sondern sich auf Tonis Seite durchgeschlagen, der ihn beschützt. Angeblich kommt es vor, dass der Trickster Frauenunterwäsche anzieht und in seiner Zelle empfängt. Bis die Sonne untergeht, dürfen wir heute draußen sitzen und spielen. Wenn es nicht unmöglich wäre, würde ich sagen, dass ich glücklich bin.

Meine Euphorie endet jäh zwei Tage später. Mit der Dienstagsausgabe stellt die *New York Times* die Artikelserie ein. Der Herausgeber lässt wissen, dass die Bundesregierung eine weitere Veröffentlichung der geheimen Unterlagen aus dem Pentagon, der mittlerweile so genannten *Pentagon Papers*, durch Eilbeschluss an einem New Yorker Amtsgericht zu verhindern gewusst habe und der Fall zwar schon bei der nächsthöheren Instanz, das Urteil aber noch nicht aufgehoben sei. Zum ersten Mal in der Geschichte der USA wollen der Präsident und die Regierung in Washington die Freiheit der Presse einschränken.

Der genannte Grund: die nationale Sicherheit.

Wieder einmal also werde ich Zeuge, wie es der Mechanik der imperialistischen Bürokratie, der eigentlichen Herrscherin Amerikas, gelungen ist, etwas ihr Unliebsames unter den Teppich zu kehren. Warum auch sollte es mir diesmal anders gehen? Deprimierend genug. Die Tatsache, dass du paranoid bist, heißt nicht, dass du nicht verfolgt wirst.

Als ich am Mittwochabend in meine Zelle komme, finde ich die Schublade meines Tischchens offen stehend und leer. Die etwa siebzig eng beschriebenen Seiten sind weg.

Mein Manuskript.

Ich lege mich aufs Bett, die Hände über dem Bauch verschränkt, und versuche, ganz ruhig zu atmen. Ich muss zugeben, dass ich ein wenig zittere.

Ich beginne, darüber nachzudenken, was ich geschrieben habe, die grobe Gliederung. Absätze. Manche Bilder, Familienerinnerungen, die mir beim Schreiben vor Augen gestanden hatten. Kostbare Momente der Reflexion.

Aber was ich tatsächlich geschrieben hatte?

Alles weg.

Auch das zuletzt Verfasste. Vor allem das.

Mein Gott!

Aus meiner Verzweiflung werde ich dann durch einen Trupp von drei bislang nicht gerade als helle aufgefallenen Wärtern gerissen, die mich ins Büro des Direktors bringen und dabei ein Gesicht machen, als würden sie mich zum elektrischen Stuhl führen.

Hunerwadel steht unter Schock und ist gleichzeitig euphorisiert.

Eine Frau, klein, füllig und ein wenig jünger als ich, vielleicht Mitte vierzig, sitzt an seinem Schreibtisch und verzehrt typisch amerikanische Grillburger. Sie schneidet die dunkel gegrillten Hackfleischscheiben in große Stücke, die sie auf die Gabel spießt und sich vor das stark geschminkte Gesicht hält, um erst ein wenig an ihnen herumzuknabbern und sie dann in einem großen Bissen aufzuessen. Ohne Brot, aber mit sehr viel Ketchup. Eine kalt perlende Flasche Coca-Cola steht auf dem Tisch. Ohne ihre Mahlzeit zu unterbrechen, betrachtet sie mich wohlwollend, so, als dächte sie darüber nach, wie sie mich später samt Hornhaut, Schuppe und Haar erst kochen und dann vernaschen würde, und welches Dressing wohl gut zu Snakeman-Artischocke schmecken könnte.

Diane Caffery. Die oberste Anklägerin des Staates Missouri.

Mein Manuskript liegt direkt neben ihrem Teller.

Die Tür des Büros schließt sich, und in dem Augenblick beginnt ihr Assistent, ein hellblonder Musterknabe mit Krawatte und starkem Midwestakzent, die Anklage vorzulesen, die sie vorbereiten wollen. Weshalb der Staat alles in diesem Fall relevante Beweismaterial beschlagnahme, zu dem sowohl der von mir zu Beginn meines Aufenthaltes abgegebene Inhalt meiner Taschen, mein Auto und auch dieses von mir in der staatlichen Haftanstalt handschriftlich verfasste Konvolut von Seiten gehöre.

Als ihr Assistent endlich fertig wird, hat sie die Burger bis zum letzten Krümelchen vertilgt. Sie wischt sich den Mund ab und nippt an der Coke.

«Das ist es also», sagt sie mit tiefer, melodischer Stimme,

schnappt sich mein Manuskript und erhebt sich schwerfällig. Erst als sie steht, erkenne ich, wie dick sie wirklich ist. Sie bewegt sich wie ein Mensch, der nur selten auf seinen eigenen zwei Beinen unterwegs ist. Aber ihre Augen und ihre Mimik sind umso lebendiger. Sie ist ein echtes Schwergewicht.

Sie steht vor mir und sieht mich freundlich an, obwohl sie schnauft, als ob sie gerade eine halbe Meile gerannt wäre. Sie riecht nach Kosmetika, süßem Puder, einem ziemlich selbstbewussten Parfüm und Bratfett.

«Washington hat Ihre Überstellung in ein Bundesgefängnis verlangt, Major Glueck! Eine große Ehre, muss ich schon sagen. Aber so ein prächtiges Tierchen wie Sie lassen wir uns doch nicht einfach vor der Nase wegschnappen, nicht wahr, Hunerwadel?»

«Yes, Ma'm», bestätigt der Direktor. Er lächelt Caffery bewundernd an.

«Also dann! Was ich gerade so auf den ersten Blick gesehen habe: Sie scheinen ja einen tollen Stil zu schreiben, Major. Freue mich schon auf die Lektüre!»

Neben meinen Jungs, mit denen ich Seilspringen trainiere, gibt es nun also noch eine Leserin und obendrein eine, die jedes Wort auf die Goldwaage legen wird. Ob sie sich wirklich für meinen Stil interessiert, wage ich zu bezweifeln – ob sie allerdings in den bisherigen und von ihr beschlagnahmten Seiten fündig wird, ebenso. Also nur eine Frage der Zeit, bis sie wieder hier auftaucht.

Es wäre zu deprimierend, wenn mein erstes Romanmanuskript für immer in den geschlossenen Archiven der Justiz von Missouri verschollen bliebe – aber meine Geschichte jetzt noch einmal bei Adam und Eva anzufangen, das kann ich nicht. Dazu habe ich einfach keine Zeit. Aber auch wenn ich nicht mehr sagen kann, was genau ich geschrieben habe, so weiß ich doch, wo ich stehengeblieben war. Bei Hemingway in Rambouillet, kurz vor der Befreiung von Paris.

S. H. A. E. F. hatte ursprünglich die Absicht gehabt, Paris weiträumig zu umgehen. Keinen einzigen amerikanischen Soldaten wollte man an die Seine schicken, und von besetzen konnte schon gar keine Rede sein: Eisenhower hatte sich nämlich ausrechnen lassen, dass die Stadt der Liebe und ihre Bewohner so viel an Grundgütern und Lebensmitteln verschlingen würden wie acht zusätzliche Divisionen. Wem das kaltherzig erscheinen mag, sollte bedenken, dass unsere gesamte Versorgung mit Schiffen aus Amerika kam und von der Küste mit Lastwagen herangeschafft werden musste.

Auf der anderen Seite, bei der Wehrmacht, war man der festen – und zutreffenden – Überzeugung, dass die Alliierten Paris niemals bombardieren würden, weshalb man es als Deckung für den Rückzug benutzt hatte, als eine Art von geschütztem Brückenkopf über die Seine – ein gigantischer Rangierbahnhof, auf dem man alles zusammenzog, was den D-Day überstanden hatte. Sacré-Cœur, der Louvre und Notre-Dame waren die perfekte Deckung. Wenn es etwas gab, das die Wehrmacht im Sommer 44 beherrschte, dann war es der koordinierte Rückzug. Zuerst Tunesien. Weißrussland. Und dann die Normandie. Der Generalstab der Wehrmacht schrieb Rückzugstheoriegeschichte, die bis zum heutigen Tag an sämtlichen Militärakademien der Welt gelehrt wird. Wenn man wissen will, wie man sich richtig verpisst, dann studiere man zum Beispiel die Geschichte der

116. Panzerdivision, die passenderweise den Windhund als Divisionssymbol hatte. Mit der bekamen wir es später im Hürtgenwald zu tun, von wo sie sich allerdings nicht mehr zurückzog. Denn dort wurde sie vernichtet.

Kommen wir zur dritten Kriegspartei, die bei der Befreiung von Paris eine Rolle spielte: den Franzosen. Man könnte denken, dass ich scherze, wenn ich das überhaupt erwähne, aber dass französische Truppen dabei sein konnten, war keine Selbstverständlichkeit. Es gab die Franzosen im Süden, die von Pétain regiert wurden und die man guten Gewissens als Faschisten bezeichnen durfte. Es gab den Teil von Frankreich, den die Deutschen besetzt hielten. Dort hatten sich Franzosen nicht nur der Okkupation unterworfen, sondern sogar Gefallen daran gefunden, dass die Nazis die auf Raub an den Juden und der Versklavung Osteuropas beruhende sogenannte *Neue Europäische Wirtschaftsordnung* geschaffen hatten, und die deshalb nur zu gerne mit ihnen kollaborierten. Es gab die Résistance, in der viele Kommunisten waren, wie die Maquis, mit denen Hemingway Rambouillet befreit hatte. Und da war da noch der *Scheißkerl*, wie Hem ihn zu nennen pflegte, obwohl er noch viele andere, ebenso liebevolle und maßgeschneiderte Kosenamen hatte, *des Friedens in Europa größter Feind* (Churchill) oder, Roosevelt, *die gelungene Verbindung zwischen verklärter Vergangenheit und maßloser Zukunftserwartung*: de Gaulle. Der aus seinem Exil zurückgekehrte Chef des Freien Frankreich.

Hätte es die zwanzigtausend Mann starke libanesische Freiwilligenarmee nicht gegeben, die sich Anfang der vierziger Jahre fast als einzige auf de Gaulles Seite gestellt hatte und sich später an vielen Operationen der Alliierten beteiligte, dann wäre der ehrgeizige Ausnahmefranzose mit seinen Ambitionen künftiger nationaler Größe unter seinem Kommando längst erledigt gewesen. Später dann schaffte er es, tapfere Soldaten aus Afrika mit allen möglichen Versprechungen von Freiheit und lebenslangen Staatsrenten für sich zu gewinnen. Ob er überhaupt jemals daran gedacht hatte, seine Versprechen gegenüber den treuen Senegalesen, Kongolesen, Kamerunern und Marokkanern zu halten, weiß ich nicht. Aber er muss sehr überzeugend gewirkt haben, da er die Werte der französischen Republik beschwor, die es wiederherzustellen galt: Freiheit, Gleichheit, Brüderlichkeit.

Keiner bei uns konnte die de Gaulle'sche Mischung aus Wehleidigkeit, Größenwahn und Arroganz ausstehen, aber losgeworden war man ihn trotzdem nicht. Der schlaksige Mann, der roch wie ein wandelnder Aschenbecher, hing gleich einer Zecke an einem dickfelligen Tier, die vorgab, der Reiter zu sein.

Wir hatten ihn nicht mit seinen eigenen Truppen an der Invasion beteiligt, aber sein bester General, Leclerc, war schließlich doch mit seiner zusammengestöpselten 2. Panzerdivision über den Kanal verschifft worden und hatte sich bis nach Rambouillet durchgeschlagen. Da Leclerc trotz allem zu schwach war, hatte Eisenhower mürrisch eingewilligt, dass unsere 4. Division ihn unterstützen, ihm dabei aber auf jeden Fall den Vortritt lassen sollte.

Für de Gaulle und Leclerc musste es jetzt ganz schnell gehen, denn unter den verschiedenen Untergrundkämpfern, die vor ein paar Tagen den Stadtguerillakrieg gegen die letzten verbliebenen Deutschen aufgenommen hatten, waren nach dem Geschmack der beiden Aristokraten erheblich zu viele Kommunisten. De Gaulle plagten Albträume von einer zweiten Pariser Kommune. Überall in der Stadt, aber vor allem im Zentrum, hatten sie schon Barrikaden errichtet, bereit zum Häuser- und Straßenkampf, zunächst gegen die Wehrmacht und dann für die kommunistische Revolution.

Deshalb hatte er sein gesamtes diplomatisches Erpressermaterial in London ausgespielt, um die Versorgung von Paris mit Waffenlieferungen aus der Luft zu stoppen. Er war der Meinung, dass diese nur die Kampfkraft der Kommunisten stärken würden. Pikanterweise hatte niemand anders als der operative Chef des OSS in Europa aber genau diese Waffenlieferungen verlangt, nicht zuletzt, weil er es vielen Résistanceleuten persönlich versprochen hatte: Colonel David Bruce.

Damals war der OSS strikt antikolonial eingestellt. Viele seiner besten Agenten waren der Überzeugung, dass die unterdrückten Völker der Welt aus den Fesseln der ekelhaften Imperialisten befreit werden mussten. 1941 hatte sich zum Beispiel der Viet-Minh gegründet, die vietnamesische Unabhängigkeitsbewegung, und es war unser OSS, der 1943 massiven Druck auf Chiang Kai-schek ausübte, damit dieser den Anführer Ho Chi Minh aus dem Gefängnis entließ. Ho Chi Minh wurde von uns durch keineswegs ungefährliche Transportflüge mit Waffen versorgt, damit er für die Freiheit Vietnams und gegen die Japaner sowie die mit diesen verbündeten Vichy-Franzosen kämpfen konnte. Sicherlich – Ho Chi Minh erfüllte die in ihn gesetzten Erwartungen nicht, sondern trachtete ausschließlich danach, sich für die Zeit nach dem Krieg eine stabile Ausgangsbasis für die ersehnte Unabhängigkeit seines Landes zu schaffen – aber machte ihn das etwa zu unserem Feind?

Man kann sich vorstellen, welch freundliche Grundstimmung angesichts dieser eklatanten Meinungsunterschiede zwischen Leclerc, Bruce und Hemingway herrschte, als sie sich trafen. Leclerc weigerte sich, das Hotel du Grand Veneur auch nur zu betreten, weil es ihm fest in amerikanischer Hand und damit unwürdig für den ersten General des Freien Frankreich erschien; er wollte die beiden aber auch nicht in der Erbärmlichkeit seines aus britischer Produktion stammenden Zelts empfangen – und so besprachen sie sich am Ende im strömenden Regen irgendwo dazwischen, an einer größeren Kreuzung Richtung Versailles.

Ich erinnere mich genau. Überall fuhren Panzer und gepanzerte Fahrzeuge und zerwühlten die Straßen Rambouillets vollends. Es stank nach Abgas, und das Gebrüll der Motoren und das Prasseln des atlantischen Sturzregens rauschten wie die Orchesterbegleitung eines Stummfilms. Der Regen tremolierte auf den Dächern, spritzte in die unzähligen Pfützen, dengelte auf den Stahlhelmen der beiden Amerikaner und federte ehrerbietig auf dem Barett des französischen Generals.

Es war sein Himmel und sein Regen. Sein Land. Und seine Pfützen.

Jacques-Philippe Leclerc de Hauteclocque, so sein vollständiger Name, schmales Bärtchen, schlank, fast zierlich, aber mit dem verzweifelten Gesichtsausdruck eines Feinschmeckers, dem man zu lange lauwarme amerikanische C-Rationen vorgesetzt hatte, stand da wie ein emblematisches Bild von Widerwille und Missmut. Bruce und Hemingway redeten auf ihn ein, seine etwas spitze Nase drehte sich indigniert vom einen zum anderen, wobei es immer so war, dass Hemingway stets für eine Weile redete, bis ihn Leclerc irgendwann mit einer herrischen Geste unterbrach, worauf

Bruce dann wieder Partei für den Schriftsteller und seine Ansichten ergriff, Leclerc mürrisch nickte und Hemingway weitersprach. Irgendwann schien ihm Hemingway etwas so Wichtiges mitgeteilt zu haben, dass Leclerc sich tatsächlich seine Karte geben ließ, keinen Guide Michelin, sondern ein hochmaßstäbliches Werk. Der Papa der Partisanen skizzierte etwas, Leclerc blickte ernst und nickte ab und zu. Dann war das Treffen beendet, es gab eine frostige Verabschiedung, zögerlich reichte der General erst Bruce, dann Hemingway die Hand, und ich sah, wie ein bitterer Zug unterdrückten Schmerzes Leclercs Mundwinkel verzerrte, da Papa hinterlistig all seine Kraft zusammengenommen hatte, um des Franzosen schmale, aristokratische Hand in seiner prankigen Pfote zu zerquetschen wie einen unglückseligen Frosch. Leclerc litt, seine Unterlippe bebte, aber er sagte kein Wort.

Ich habe später oft an diese Szene denken müssen, denn es war genau dieser Mann, der nur zwei Jahre danach die mit zahllosen Angehörigen der Waffen-SS aufgepäppelten Truppen der vierten Republik in Indochina kommandieren würde. Kurz vor seiner Ablösung prägte er den bemerkenswerten Satz, dass nicht einmal fünfhunderttausend Mann ausreichend wären, um die Vietnamesen zu besiegen. Wie recht er gehabt hat.

Die kleine Reportage, die Hemingway später über die Begegnung mit Leclerc und unseren Weg nach Paris veröffentlichte, scheint mir das Beste von dem wenigen zu sein, das ihm während der ganzen langen Zeit als Korrespondent auf dem westeuropäischen Kriegstheater gelungen ist. Der Text lebt von seiner unfasslichen Wut auf den zarten General, von dem er wie ein Bittsteller behandelt wurde, der um Almosen fleht, obwohl er ihm doch offen und uneigennützig wichtige Informationen über die Positionen der Deutschen mitteilte.

Jedenfalls hatte Hemingway sich fest vorgenommen, dass er noch vor dem *Wichser Leclerc* in Paris das Fähnchen seines irregulären Hauptquartiers aufstellen würde. Am nächsten Tag ließ er frühmorgens die Zimmer im Grand Veneur räumen. Seine Maquis schleppten sämtliche Waffen in die Fahrzeuge, darunter auch drei M3-Halbkettenfahrzeuge, die aussahen wie eine Mischung aus Lastwagen und Panzer und auf deren an der Seite offenen, stahlgeschützten Ladeflächen jeweils zehn Mann Platz hatten. Daneben gab es noch zwei Jeeps und unseren Mercedes, in dem Papa und ich sitzen würden, mit der Schnapsnase Red Pelkey am Steuer. Colonel Bruce hatte sich verpflichtet gefühlt, bei Leclerc zu bleiben, und war schon vor Stunden abgefahren. Zuvor hatte er sich darum gekümmert, dass unsere deutschen Gefangenen ordnungsgemäß übergeben wurden. Ich hatte ihn um die Erlaubnis gebeten, mich von dem Hauptmann verabschieden zu dürfen, den ich vernommen hatte.

Ich habe auch später immer wieder festgestellt, dass eine erfolgreiche oder zumindest für Minuten authentische Vernehmung bei mir väterliche Gefühle auslöst; es ist, als ob ich für den wirklichen Einblick, die echten Erkenntnisse, mit einem unabweisbaren Gefühl der Verantwortung bezahlte.

Dies ist keine Alters-, sondern eine Charakterfrage.

Der Hauptmann freute sich, mich noch einmal zu sehen. Er war ziemlich blass und sah erschöpft aus, aber in seinen Augen flackerte wieder etwas Lebensgeist.

«Wird wohl nichts mit amerikanischer Gefangenschaft, was? Kein Federballspiel in Chicago …»

«Wir übergeben Sie regulären Truppen des Freien Frankreich. Sie haben nichts zu befürchten, Herr Hauptmann.»

«Werden wir sehen, sagt der Blinde.» Jetzt lachte er doch.

Ich schenkte ihm eine ungeöffnete Packung *Camel*.

«Vornehm geht die Welt zugrunde, was? Danke sehr.»

Wir gaben uns die Hand. Dann wurden er und seine Männer auf einen Lastwagen verladen. Kaum war die hintere Klappe geschlossen, scharten sich die anderen um ihn. Er verteilte die Zigaretten. Und dann fuhren sie ab.

Ich ging zurück ins Hotel, um meinen Kram zu packen.

Wie ein paar Tage zuvor standen die Horden der Presseleute in panisch pulsierenden Grüppchen zusammen, nur dass sie diesmal nicht über Zimmer, sondern über Transportmöglichkeiten nach Paris verhandelten, die aber fast noch schwerer zu bekommen waren.

Einer der wenigen Radioreporter hatte sich mit der neuartigen Aufnahmetechnik eines transportablen Magnetbandrecorders direkt am Straßenrand aufgebaut. Eine Plane war zum Schutz vor dem Regen über seine Apparatur gespannt, mit der er versuchte, das Dröhnen der Panzer mit auf sein Tape zu bekommen, dazu sprach er eine pathetische Live Reportage über die Befreiung der französischen Hauptstadt. Ich blieb hinter ihm stehen und hörte zu. Laut seinen Worten war die Sache bereits in vollem Gange.

Als er fertig war und abzubauen begann, fragte ich ihn, wie er dazu komme, von der Befreiung zu berichten, wo sie doch noch gar nicht stattgefunden hätte?

«Was nützt es mir, wenn ich warte, bis wir wirklich in Paris sind? Hier kann ich die Dosen in Ruhe fertigmachen und gleich nach London schicken; in einer halben Stunde geht ein Transport, dem ich das Zeug mitgeben kann. Wer weiß schon, wie es in Paris damit aussieht? Sorry, Kumpel, aber das hier ist Radio. Wir bringen Live-Ereignisse und müssen ein bisschen schneller arbeiten als die Tippsen. *Network*, verstehst du?»

Über die spezielle Eigenheit eines solchen Netzwerkes, Ereignisse lieber zu fingieren, als zu spät dran zu sein, habe ich später immer wieder sinniert. Wir alle, ob wir OSS, Propaganda oder auch nur Rundfunkreporter waren, meinten es ehrlich damals und wollten der Welt das geben, was sie verdiente – ein sauberes, gestochen scharfes Bild der Ereignisse für alle jene, die selber nicht dabei waren. Eine spannende Reportage. Eine prestigeträchtige Geschichte. Auch wenn wir dazu ein wenig nachhelfen mussten. Das alles war aber doch gut gemeint.

Wer von uns, die wir uns mitten im Krieg befanden, hätte ahnen können, dass diese unsere Neigung, Bilder zu zeichnen, die mehr unseren Wünschen und Hoffnungen entsprachen als der Wirklichkeit, bald die Kontrolle übernehmen würde?

Hemingway und die Maquis hatten sich inzwischen, ihre Gewehre geschultert, vor dem Hotel versammelt. Die allerletzten Alkoholreserven wurden ausgetrunken. Währenddessen erläuterte Papa seinen Plan, auf Nebenrouten zu fahren und Leclercs Truppen zu überholen.

«Wir haben Rambouillet befreit und sieben Tage gehalten», kam er schließlich zum Ende seiner Ansprache. «Wir alle wissen, was zuvor an der verfickten Scheiß-Kreuzung geschehen ist. Jean-Louis und der Kleine, den sie Migmag genannt haben, sind draufgegangen. Wir haben alle zusammen gekämpft, aber die beiden sind auf der Strecke geblieben. Denken wir an sie!»

Seine letzten Worte gingen fast im Lärm der Panzer und

im Prasseln des Sturzregens unter. Er machte eine längere Pause und blickte zu Boden. Er kaute auf seinen Lippen, und man sah, wie schwer es für ihn tatsächlich gewesen war, über die beiden Gefallenen zu sprechen.

Dann schwang er sich noch einmal auf.

«Wir werden jede einzelne Patrone und jede Granate mitnehmen. Geht noch mal durch die Zimmer. Seht hinten in der Garage nach. In einer halben Stunde räumen wir die Stadt. Gebt Gas, Jungs. Paris erwartet uns!»

Hemingway hatte eine Art, seine Leute direkt und mit entschlossener Miene anzublicken, so als wüsste er exakt, was als Nächstes geschehen würde. Eine Form der Autorität, die man besitzt oder nicht. Vielleicht rührt sie daher, dass man in der Lage ist, einen zukünftigen Sachverhalt als Erster zur Sprache zu bringen, weil man ihn sich wirklich vorstellen kann.

Aber da war eben auch wieder jenes winzige, furchtsame Flackern in seinen Augenwinkeln, welches das genaue Gegenteil davon zu verraten schien. Es ließ mich an den Kampf im Speisesaal denken, jene Sekunden, in denen er und sein Gegner sich gegenüberstanden und in seinen Augen dieselbe panische Ungewissheit erschienen war: Würde er Matador oder Stier sein? Ich glaube, es war dieses physische Dilemma, das er eigentlich suchte, die existenzielle Qual, durch die er sich lebendig fühlte.

Aber irgendwo gab es da eben auch noch diesen anderen Zweifel, den ich nicht zu deuten wusste und erst später, vielleicht erst jetzt, verstehen lerne, da ich dies alles unter Mühen (und geschockt durch die Beschlagnahmung meines bisher Verfassten) aufzuschreiben versuche.

Schriftsteller werden von einem Über-Ich kontrolliert, das jedes Erlebnis beständig auf seine Verwertbarkeit hin prüft und fragt, ob es als Stoff dienen kann. Versöhnung mit der Wirklichkeit gibt es nur am Schreibtisch. Hemingway hatte zu viele Jahre in dieser Hinsicht unversöhnt hinter sich gebracht, sich abgelenkt und betäubt, aber nicht geschrieben, während paradoxerweise zugleich sein Ruhm ins Gigantueske gestiegen war. Da ich nun etwa in seinem Alter bin, ist es mir auch so wichtig, ihm Gerechtigkeit widerfahren zu lassen. Er befand sich in einer enormen Krise, aber er gab nicht auf: Er bewegte sich wie in einem Traum, den die anderen von ihm träumten, und es schien immer, als fürchtete er, sie könnten erwachen und begreifen, dass er kein Held, kein Genie, keine Ikone, sondern nur ein normaler Mensch war, der sich nach Anerkennung sehnte. Aber mehr noch sehnte er sich nach etwas anderem.

Bevor wir uns in den requirierten Mercedes zu Pelkey setzten, nahm er mich zur Seite, um vertraulich mit mir zu sprechen. Er legte mir seine schwere, väterliche Hand auf die Schulter, während der Regen auf uns fiel. Er sah mich mit seinen warmen, immer etwas traurigen Augen an. Es war ein Geständnis.

«Lucky. Bruce hat mir erzählt, dass du über mich schreiben willst. Nein, sag nichts, das ist in Ordnung. Mag dich. Aber versprich mir eines, Sohn …»

«Ja?»

«Versprich, dass du gnädig mit mir sein wirst, wenn ich draufgehe. Sag ihnen, dass ich wie ein Mann gekämpft habe.»

Er kam nie wieder darauf zurück, aber wir hatten jetzt einen Pakt. Gewissermaßen fühle ich mich ihm immer noch verpflichtet. Ich war Lucky, sein Glücksbringer. Und ich war Propaganda-Leutnant Glueck, sein möglicher, zukünftiger Nachrufschreiber.

Ihm selbst ging es im Grunde nur um seine Position und seinen Rang als Schriftsteller, deshalb suchte er wie verbissen nach dem wahren Stoff dieses Krieges. Er erzählte oft, dass er eine Trilogie über den Zweiten Weltkrieg schreiben wollte, aber das war immer nur fürs Schaufenster der jeweiligen Trinkgesellschaft. Weder seine Jagd nach deutschen U-Booten in der Karibik noch die Erlebnisse bei der Royal Air Force, wo er im Cockpit eines Spitfire-Jägers hatte sitzen dürfen, der V1-Raketen über dem Ärmelkanal abschoss, hatten ihn auf die Weise entscheidend berührt, wie er es gebraucht hätte, um darüber schreiben zu können. Das war seine wahre, geheime Tragik.

Wenn man ihn nur hier als paramilitärischen Anführer in Frankreich agieren sah, dann erlebte man einen Mann, der entweder absoluter Fatalist, ein furchtloser Comic-Held oder schlichtweg lebensmüde war. Aber sooft wir auch unter Beschuss gerieten und die Geschosse neben uns in die Erde spritzten, auf dem Rückzug befindliche deutsche Panzer auf uns feuerten oder Scharfschützen aus den Dachfenstern großbürgerlicher Pariser Häuser auf uns zielten – er blieb am Leben. Keine der Millionen von Kugeln, die im Sommer 1944 durch die Luft Frankreichs sirrten, war für ihn bestimmt. Hemingway schleppte sich mit beständigem Kopfweh, Sprachstörungen, Schlaflosigkeit und Dauerkater von Tag zu Tag, und dabei kochte er im Fegefeuer einer epochalen Midlife-Crisis. So schaurig es klingt: Er wollte tatsächlich lieber draufgehen und einen einwandfreien Heldennachruf ernten – oder in eine richtige, blutige Hölle kommen, über die er endlich hätte schreiben können.

Für mich war das alles nichtsdestoweniger aufregend. Ich erlebte jede Menge Postkartenmotive und Originalanekdoten und geradezu absurde Konstellationen. Pünktlich zur Befreiung von Paris hörte der Regen auf, und die herrlichste Augustsonne kam raus. Wir fuhren über Versailles und stiegen – wir waren die ersten seit Hitler im Jahr 1940 – auf den Arc de Triomphe. Der offizielle Historiker der US-Armee (ein eitler Geck namens Marshall, der immer schön in Deckung blieb und 1947 naserümpfend die These aufstellte, zwei Drittel unserer Soldaten hätten in die Luft geschossen, weil sie «zu weich für den Krieg» gewesen wären) warnte mich, ja nicht zu stolpern, damit ich nicht der erste *Gefallene* von Paris würde. Wir bezogen das Hotel Ritz, aus dem die letzten deutschen Gäste quasi durch die Hintertür hinausschlichen, während Hem Martinis für uns und seine sämtlichen Maquis bestellte. Was immer man jemals über sie gehört haben mag: Es waren siebenundsechzig!

Die hinreißende Mary Welsh kam aus London, Hems zukünftige Frau, und er schickte mich vor ihrem ersten Tête-à-Tête in ein gewisses Etablissement in der Rue de Provence, um ein Fläschchen Spanische Fliege zu besorgen. Wir tranken Kaffee und Likör mit Picasso, der die ganzen drei Stunden nichts anderes tat, als Marys Brüste anzustarren und sie mit eiskaltem Blick immer wieder zu fragen, wann er sie malen könnte. An Hemingways Seite lernte ich auch das am besten gehütete, erschütternde Geheimnis des Ruhms kennen: seine nervtötende Langeweile. Neunzig Prozent der Leute behandeln eine berühmte Person auf dieselbe Weise, nämlich bewundernd und anmaßend zugleich, keiner will richtig zuhören, da ja jeder schon alles zu wissen glaubt. Im Gegenteil: Je berühmter ein Mensch, desto mehr sind die Leute der Meinung, er sollte eigentlich ihnen zuhören. Das mag daran liegen, dass sie sich ja schon mit ihm beschäftigt, seinem Abbild, seiner Musik oder seinen Büchern Lebenszeit gewidmet haben und deshalb ein Anrecht zu besitzen glauben, dass die Berühmtheit nun ihnen Aufmerksamkeit schenkt, zumindest wenn es ein Amerikaner ist und damit eine demokratische Berühmtheit. Keine Substanz gast schneller aus als dieser seltsame, begehrte Stoff. Im Gefängnis pflegt man keine besonders zurückhaltende Sprache – hier würde man wohl irgendeinen Vergleich mit dem wählen, wofür sich Fliegen so lebhaft interessieren.

Auf welchen Wegen sich also auch immer das Gerücht von Hemingways Anwesenheit verbreitet hatte – es stand jedenfalls in keiner Zeitung, keinem Flugblatt und wurde nicht im Radio verkündet –, am Samstag, wir waren gerade mal einen Tag in Paris, betraten zwei hochgewachsene Sergeants das Foyer des Ritz, eine handgezeichnete Karte in der Hand, und versuchten, einen der Congierces für sich zu interessieren. Ich wartete gerade darauf, ein Telefongespräch mit Major Ganz in London führen zu können, und erkannte den größeren der beiden auf den ersten Blick. Er hatte einen etwas dichteren Schnurrbart als früher und war sichtlich älter geworden.

Auch er erkannte mich sofort.

«John?»

Tatsächlich – das war der Sohn des Käsehändlers Salinger aus Midtown. Jerry starrte mich ungläubig an. Erst mich, dann meine Uniform.

«Wie hast du bloß den Balken bekommen?»

«Präsident Roosevelt hat mein Patent unterschrieben.»

«Den Seinen gibt's der Herr, äh?»

«Ich war der Drittbeste in Ritchie.»

«Du warst im *Military Intelligence Training Center* in Maryland?»

«Kennst dich ja gut aus.»

«Hatte mich dafür beworben, bin aber nicht genommen worden. Ich denke, mein Deutsch war ihnen zu schlecht.»

Er klopfte sich eine Camel aus dem Softpack, bot mir eine an, ich lehnte ab, holte aber mein Zippo aus der Tasche und gab ihm Feuer. Er nahm einen tiefen Zug und kratzte sich dann mit der zigarettenhaltenden Hand an der Schläfe.

«Spezialausbildung also. Glückwunsch. Deine Einheit?»

«Sykewar. Und du?»

«Wir sind beim Divisionsnachrichtendienst der Vierten, zwölftes Regiment. Nicht ganz so edel wie du, aber immerhin. Kann nicht klagen.»

«Das zwölfte. Euer Colonel muss ein harter Knochen sein, was man so hört.»

«Reeder? Ein echter Sportler, allerdings. Wir haben ganz schön was einstecken müssen. Utah Beach. So an die zehn Freunde von mir sind draufgegangen.»

Er nahm sich noch eine Zigarette.

«Jetzt sind wir nördlich in so einer Vorstadtgegend stationiert und einfach losgefahren. Sollten wir eigentlich nicht, wegen der Franzosen, sollen denen ja nicht das Bild versauen. Werden uns schon nicht gleich in Arrest sperren. Übrigens, das ist Werner. Wir kennen uns seit England. Werner, das ist John. Ein Freund aus New York.»

Sein Kamerad und ich gaben uns die Hand. Er hatte einen dicken, deutschen (später wusste ich: fränkischen) Akzent. Ich verstand so viel, dass er ursprünglich aus Würzburg stammte und zurückgekommen sei, um den Nazis in seiner Heimatstadt in den Arsch zu treten.

«Und wo wollt ihr jetzt hin?»

«Ins Pressehauptquartier», sagte Jerry voller Überzeugung.

«Was genau meinst du?»

«Hör zu, John, das wird dir gefallen: Wir haben nämlich aus sicherer Quelle, dass Hemingway in der Stadt ist! Ich muss ihn unbedingt treffen. Angeblich hält er sich eben in diesem Pressehauptquartier auf, oder wie das heißt. Und das soll hier im Hotel Ritz sein.»

«Was willst du von ihm?», fragte ich, etwas verblüfft.

«Hier», sagte Jerry und zog eine Ausgabe der letzten *Saturday Evening Post* heraus. «Ich will ihm eine Geschichte von mir vorlesen.»

Für einen kurzen Moment überlegte ich, die strenge Miene eines humorlosen Second Lieutenant aufzusetzen und zu sagen: «Verpiss dich, Sergeant, aber schnell, sonst rufe ich die Feldjäger.» Stattdessen sagte ich: «Dann habe ich jetzt eine Überraschung für dich.»

Hem saß mit ein paar neuen Leuten an einem der großen Tische in der Bar. Noch war er beim Champagner. Als wir reinkamen, winkte er.

«Lucky, wir warten schon auf dich. Ich habe eine Überraschung: Das ist Major Kolony, im normalen Leben Lektor bei Random House. Ich habe ihm gesagt, dass du ein junger Schriftsteller bist.»

«Freut mich, Sir!», sagte ich, gab dem Major-Lektor die Hand, setzte aber gleich hinzu: «Papa, Major – ich möchte einen sehr guten Freund von mir vorstellen. Auch ein Schriftsteller. An der Columbia war er der Star in unserem Schreibseminar. Jerry Salinger.»

«Wie schön!»

Hem schüttelte Jerry die Hand, dann schüttelte Jerry dem Lektor die Hand.

«Er hat eine Geschichte dabei, die vor zwei Monaten in

der *Saturday Evening Post* erschienen ist. Er würde sie gerne vorlesen.»

«Salinger», sagte Hemingway, «den Namen hab ich schon mal gehört. Hatten Sie nicht auch schon mal was in *Collier's*?»

«Schon zweimal.»

Wir setzten uns. Jerry begann ohne große Umstände zu lesen. Er hatte sich, das wurde schnell klar, bei seinem Vortragsstil einiges von Whit Burnett abgeschaut. Schon der Titel war gut.

The Last Day Of The Last Furlough
Der letzte Tag des letzten Heimaturlaubs

Die Geschichte spielte Weihnachten 1943. Im Zentrum ein junger Kerl, kurz nach der Ausbildung, daheim bei der Familie. Bücher aller Art, Bestseller und Worstseller, liegen unter dem Weihnachtsbaum, und er ist vollkommen versunken in *Anna Karenina*. Die geliebte kleine Schwester, mit der man Schlitten fahren geht. Der beste Kumpel, ein gewisser Caulfield, kommt vorbei. Man redet über Mädchen.

Mit Jackie fühle ich mich nie unglücklich,
aber mit Jackie fühle ich eigentlich nie irgendwas.

Die Erzählstimme blieb ganz einfach und überirdisch zugleich, beschrieb Oberflächen, Gesichtsausdrücke, knapp, doch mit der Ruhe für Details, und drang kaum merklich in reine Gedankenwelten hinüber, wie ein Fisch in wechselnden Wassern. Wörtliche Rede und innerer Monolog flossen ineinander, und so entstand ein Bild des winterlichen New

York und das Leben einer amerikanischen Durchschnittsfamilie, von der sich der älteste Sohn verabschiedet, bevor er am nächsten Tag auf den Truppentransporter nach Europa steigt. Überwältigende Zärtlichkeit. Melancholie und Witz. Aber warum, fragen sich die Eltern, erzählt der Junge so wenig von der Ausbildung, warum ist er überhaupt so schweigsam? Der Vater sparte doch auch nicht mit Geschichten aus dem Krieg seiner Jugend, dem Großen Krieg. Bis es dem Sohn schließlich zu dumm wird. Die Geschichte endet mit seinen Worten:

> *Ich glaube an diesen Krieg. Täte ich das nicht, wäre ich in ein Lager für Kriegsdienstverweigerer gegangen und hätte, so lange es eben dauert, die Axt geschwungen. Ich glaube daran, Nazis zu töten, Faschisten und die Japse, weil es meines Wissens keinen andern Weg gibt. Allerdings glaube ich auch an die moralische Pflicht aller Männer, die gekämpft haben und noch kämpfen werden, unseren Mund zu halten, sobald es vorbei ist, und nie wieder ein Wort darüber zu verlieren.*

Der Random-House-Lektor brach das Schweigen, indem er in die Hände klatschte, das Glas erhob und Jerry dann seine Verlagsvisitenkarte gab. Er bat ihn dringlich, wenn das alles hier vorbei sei, solle sich Jerry doch dort melden, oder auch zwischendurch. Er werde ein Telegramm mit Jerrys Namen an den Cheflektor senden, damit man sich im Verlag seine bisherigen Veröffentlichungen mal genauer ansähe. Wo habe er denn noch etwas gehabt? Recht gelangweilt nannte Jerry ein paar der Zeitschriften, nur die besten Adressen versteht sich, in denen er schon publiziert hatte. Er schien nicht interessiert an Random House. Der Verlag von James Joyce war ihm wohl nicht populär genug.

Hemingway gab Jerry die Hand.

«Danke für die Lesung. Bewundere Ihren Stil», sagte er mit einer gewissen Mattigkeit in der Stimme. «Vielleicht haben Sie sogar recht.» Hem machte eine Pause, dann setzte er hinzu, langsam und so, als ob er jedes einzelne Wort erst suchen oder gar erfinden müsste: «Doch ich muss einen anderen Weg gehen.»

«Ich habe Ihnen gerne vorgelesen», sagte Jerry kühl und nahm sich eine Zigarette. «Weiß es zu schätzen, dass Sie nicht verlogen sind.»

Es war kein unfreundlicher Abschied, auch wenn nicht mehr viel gesprochen wurde.

Ich begleitete Jerry nach draußen. Jeeps und Halbkettentrucks kamen und fuhren ab. Von etwas weiter her hörte man auch das Rasseln von Panzerketten. Überall sah man die Bewohner der Stadt, die nun zum ersten Mal seit langer Zeit wagten, frei über die Plätze und Straßen zu laufen, weil sie keine Angst mehr vor deutschen Scharfschützen haben mussten. Nach all dem Regen war die warme Nachtluft frisch und voller verlockender Düfte. Es war eine Stimmung der Freude, des Aufatmens und der Erleichterung, wie ich sie nie wieder erlebt habe, nicht einmal am Kriegsende, denn da befanden wir uns mitten in den Ruinen der deutschen Städte. Da roch es nicht nach Freiheit, sondern nach Tod und Verwesung.

Paris aber, unzerstört, schien gleichsam aus einem bösen Traum zu erwachen.

«Hast du das eigentlich ernst gemeint, nicht über den Krieg schreiben zu wollen? Dass man nicht darüber schreiben dürfe? Oder ist das einfach nur die Haltung der Figur?», fragte ich Jerry.

«Das meine ich verdammt ernst.»

«Aber wie wird das sein, wenn wir aus dem Krieg zurückkommen und nicht darüber schreiben? Willst du alles der Propaganda überlassen?»

«Das sagst gerade du?»

«Ich bin aus absoluter Überzeugung bei Sykewar, weil psychologische Kriegsführung jetzt von zentraler Bedeutung ist. Wir müssen durch schwere Gefechte gehen, die Landung hat uns viel gekostet, ich weiß das – aber irgendwann werden wir Deutschland befreien und erst mal dort drüben im finsteren Osten bleiben müssen. Wir brauchen einen Draht zu den Deutschen. Ich hätte auch woandershin gehen können. Aber ich wollte zu Sykewar, und ja, ich wollte zu *Sternenbanner.* Ich schreibe an die Deutschen gerichtete Propaganda. Ich werbe dabei für Amerika – aus vollster Überzeugung. Aber das ändert nichts daran, dass ich über den wirklichen Krieg schreiben werde, wenn ich wieder zu Hause bin. Das wird unsere Pflicht sein, verdammt noch mal. Denk doch an deine Freunde, die gestorben sind. Die Wahrheit verpflichtet uns.»

«Die Wahrheit über den Krieg?» Er lachte spöttisch. «Na dann, viel Spaß damit und natürlich – einen Riesenerfolg.»

Ja, Erfolg. Nur darum ging es. An dieser Mauer endeten jede noch so buddhistische Poetik und alle literarische Moral. Über sie musste man springen, und es gab keinen Zweifel, dass Jerry trotz Einberufung und Krieg gerade den Anlauf dazu nahm. Wer sollte mit ihm schon mithalten?

Er sah mir wohl an, dass er mich jetzt ernsthaft gekränkt hatte.

«Sei nicht sauer, John. Kennst mich doch.» Er nahm sich eine Zigarette. Er hatte früher schon viel geraucht. Jetzt rauchte er Kette.

«Sag mal, als wir uns das letzte Mal gesehen haben, an der Columbia – in der Kneipe danach. War das nicht auch im August?»

«Henrys Geburtstag», sagte ich.

«Mal wieder was gehört? Von Henry, meine ich.»

«Du wirst es nicht glauben, aber das habe ich: eine Kurzgeschichte. Allerdings nennt er sich jetzt Charles.»

«Wo hat er was gehabt?»

«Sogar in *Story*, letztes Jahr. Scheint tatsächlich seine erste richtige Veröffentlichung gewesen zu sein. Liest du *Story* gar nicht mehr regelmäßig?»

«Nur, wenn ich selber was drin habe. Wird zu viel sonst, was man alles lesen müsste …»

Er hatte seine unnachahmlich arrogante Fassung wiedergewonnen.

«Wie war also die Geschichte des Mr. Charles Bukowski?»

«Mit Abstand das Beste, was ich von ihm kenne. Musste echt lachen. Psychopathische Künstler an der Westküste. Es wird von der ersten Zeile an gesoffen, und eine dressierte Katze kommt drin vor. Auch eine Absage von Whit Burnett. Wirklich sehr gelungen.»

«Werd ich mir besorgen.»

Ein Ruck ging durch ihn, und er gab mir die Hand.

«Werner und ich müssen zurück zur Division, sonst kriegen wir doch noch Ärger. Mach's gut, John.»

Sein Kumpel saß bereits treuherzig im Jeep, den sie direkt vor dem Hotel geparkt hatten, drückte den Zündknopf und winkte.

«Wir sehen uns in Würzburg!», rief ich auf Deutsch zu ihm hinüber, reckte den Daumen nach oben und gab Jerry noch einen Schlag auf die Schulter.

Ich sah ihnen nach, wie sie um die riesige Säule mit der

Statue des Kaisers Napoleon bretterten und davonfuhren. Und während Mr. Atomic Ehrgeiz meinen Augen entschwand, gab ich mir den heiligen Schwur, alles daranzusetzen, ihn dereinst nach Strich und Faden zu widerlegen, einen großartigen Roman über den Krieg zu schreiben, der die ganze Wahrheit erzählen würde.

Es war Samstag, der 25. August 1944. Ich war dreiundzwanzig Jahre alt, wohnte im Ritz und fühlte mich wie ein junger Römer, den Julius Cäsar persönlich gesandt hatte, um der Welt die Freiheit zu bringen. Es fällt bestimmt niemandem schwer zu glauben, dass es von nun an stetig bergab ging mit mir.

Als ich den todtraurigen, liebenswürdigen und maßlosen Papa Hemingway Mitte Oktober verließ, hatte ich eine niederschmetternd endende Liebesaffäre mit einem wunderschönen Mädchen hinter mir, die ich kennenlernte, als ich das Potenzmittel für ihn besorgt hatte. Gleich am nächsten Tag war ich wieder zu ihr gegangen, und bei ihr gewöhnte ich mir in der Folge den Konsum von Pervitin an, sodass es eigentlich richtig wäre, zu sagen, dass ich pervitinsüchtig war und mich zugleich in einer sexuellen Abhängigkeit von meiner Dealerin befand, die so süß wie ein kleiner Spatz und so raffiniert wie eine alte Ratte war. Pervitin – das war das Zeug, das sie im Kaiserreich Japan den Kamikazepiloten gaben. Die Wehrmacht hatte damit ihre Blitzkriege geführt. Überall, wo die Nazis geherrscht hatten, gab es Pervitin.

Wir haben es dann aus Europa mitgebracht. An der Westküste nennt man es *Ice* und in New York *Crystal*, aber hier im ländlichen Missouri, wo es sehr verbreitet ist, sagen sie *Moon Juice*, *Chunkeylove* oder *Dizzle* dazu. In Hannibal bekommt man es für zehn Dollar (oder drei *Koffer*) pro

Gramm von dem fetten rothaarigen Vollbartträger, dessen unter den Strampelanzugsärmeln hervorlugende germanisch-heraldische Tätowierungen ihn als Angehörigen einer rassistischen Biker-Gang ausweisen. Er ist ein Fan von Charles Manson, dem bösen Popstar unter Amerikas Sträflingen, zurzeit Folsom Prison, dem zu Ehren er sich erst jüngst eine Swastika auf die Stirn hat stechen lassen. Aber er hat auch anderes als *Crank* im Angebot. Neuankömmlingen pflegt er mit Hilfe seiner Lakaien in der Dusche erst einen kleinen Schuss H zu spritzen und sie danach zu vergewaltigen. Ein übler Bursche, den unschädlich zu machen ich unter den richtigen Umständen keinerlei Hemmungen hätte, auch wenn Hunerwadel dann wahrscheinlich ziemlich enttäuscht von mir wäre. Und sein Zeug würde ich das Klo runterspülen – es ist das pure Gift, das weiß ich aus eigener Erfahrung, auch wenn wir Pervitin damals nur in Tablettenform genommen haben. Vielleicht haben die Nazis auch für ihre anfangs so erfolgreiche pharmazeutische Wunderwaffe schließlich mit ihrer Niederlage bezahlt.

Aber es waren nicht nur die unglückliche Affäre mit der entzückenden Nina aus der Rue de Provence und die Wirkungen meines Konsums, die ich langsam auf unangenehme Weise zu spüren begann, weshalb ich das starke Bedürfnis hatte, mich aus der einen, sich hinziehenden Party zu befreien, die seit Wochen im Ritz gefeiert wurde. Das ganze Hemingway-Propaganda-Projekt und dieser selbst befanden sich gleichfalls in der Krise.

Am zweiten Oktober nämlich hatte ein schneidiger Bote aus dem obersten Hauptquartier in Versailles ein Schreiben vom Generalinspekteur der Dritten Armee gebracht, in welchem Hemingway mitgeteilt wurde, dass in zwei Tagen ein Regierungsfahrzeug am Ritz erscheinen würde, um ihn zu einer Befragung abzuholen. Am meisten schockierte Hem der letzte Absatz, in welchem ihn Commander Harry S. Butcher wissen ließ, dass sie ihn gerne am gleichen Tag wieder zurückbringen würden, falls das aber nicht möglich sei, dann keine Sorge, dann würde der Jeep auf jeden Fall bis zum nächsten Tag auf ihn warten.

Das Schreiben im Ganzen – das kein Brief, sondern ausdrücklich ein Befehl war –, speziell aber jene letzte Formulierung, löste frappierende Ängste in ihm aus. Ganz abgesehen davon, dass der Befehl völlig dunkel ließ, worüber ihn der oberste Vertreter der Militärgerichtsbarkeit befragen wollte, brachte ihn vor allem die Vorstellung, über Nacht dort festgehalten zu werden, fast um den Verstand. Er gestand mir irgendwann zu früher Stunde, weinend und bis zum Umkippen blau, dass er seit seiner frühesten Kindheit schreckliche Angst vor den Behörden habe. Schon eine normale Auseinandersetzung mit dem Finanzamt bereite ihm schlaflose Nächte. Einmal mit sieben oder acht Jahren habe er schwarzgefischt, danach lang ein schlechtes Gewissen gehabt und stets damit gerechnet, dass der Sheriff ihn holen würde. Alles, was nach Finanzamt, Polizei oder noch Schlimmerem rieche, bereite ihm geradezu körperliche Angstzustände.

Er habe in den letzten Jahren Zustände von richtiger Paranoia erlitten. Habe sich auf Kuba beobachtet und verfolgt gefühlt; sich immer wieder für diesen Verfolgungswahn selbst gehasst. Ich fühlte mich richtig mies, als er mir das erzählte: Ich hatte schließlich die Geheimakte studiert, die mir Major Ganz in London zum Studium überlassen hatte. Das, was er scheinbar am meisten fürchtete, war ihm tatsächlich ganz nah. Es bedrückte mich, das zu wissen und ihm nicht helfen zu können. Aber was hätte ich auch schon sagen können: Papa, hör zu, es ist noch viel schlimmer, als du denkst? Das FBI hat eine Akte über dich angelegt, und sie wissen alles über dich? Ich habe sie an einem Nachmittag in London gelesen, und deshalb kannte ich auch den Spitznamen deines Sohnes?

Alle jene Militärangehörigen, die mit ihm zu tun hatten, also auch ich, waren gleichfalls vorgeladen. Der Fall erwies sich als recht einfach. Irgendjemand, ich denke, es war der junge Hearst, der Verlegersohn, dem Hemingway in Rambouillet über den Mund gefahren war, hatte ihn denunziert. Er habe gegen sämtliche für einen US-Kriegsberichterstatter geltenden Regeln verstoßen, Waffen getragen, Waffen in seinem Hotelzimmer gehortet, sich als militärischer Anführer aufgespielt und einen Trupp von Résistance-Kämpfern befehligt.

Natürlich stritt Hem alles kategorisch ab. Wir anderen logen, dass sich die Balken bogen. An der Art, wie der Generalinspekteur die Befragung führte, wurde mir klar, dass die ganze Sache abgekartet war. Die Militärgerichtsbarkeit musste der Anzeige natürlich nachgehen, aber sie würden alles tun, um die Angelegenheit zu vertuschen, denn beim kleinsten nachgewiesenen Vergehen hätte Hemingway nicht nur mit einem Verfahren rechnen, sondern, schlimmer, seine Korrespondenten-Uniform ausziehen und zurück nach Amerika schippern müssen. Niemand wollte das. Eisenhower war schließlich ein Hemingway-Fan, auch wenn Hemingway kein Eisenhower-Fan war.

Er musste denn auch keineswegs über Nacht in Versailles bleiben, sondern war am Abend wieder in Zimmer 27 des Ritz. Dort telegraphierte er als Erstes hektisch nach New York an den Herausgeber von *Collier's*, dieser möge alle

Fotos, die er von ihm bekommen hatte, durchsehen und nötigenfalls retuschieren, wenn darauf irgendwelche Waffen oder vielleicht eine kleine Handgranate zu erkennen seien. Das Telegramm möge er nach dem Lesen verbrennen. Aber angesichts dieser Wirklichkeitsberichtigungen – die in den dreißiger und vierziger Jahren oft angewandt wurden (meistens freilich, um Köpfe und ganze Körper verschwinden zu lassen, die erst in Ungnade und meistens danach in Leblosigkeit gefallen waren) – stellte sich ihm das viel gewaltigere Problem, dass sein ganzes Material und sein schriftstellerischer Ansatz hinfällig geworden waren. Über den Krieg, den er bisher geführt hatte, würde er nicht mehr auf der Grundlage seiner eigenen, authentischen Erfahrung schreiben können. Die Missgunst seiner Kollegen und die Militärbürokratie hatten ihn seines Materials beraubt. Er war verzweifelt. Und er suchte nach einer neuen Perspektive.

Von nun an hängte er sich, so gut es ging, an Colonel Lanham, den Chef des 22. Infanterie-Regiments, das wie Jerrys 12. auch zur 4. Division gehörte. Er kannte Lanham, der sogar selber Gedichte schrieb, seit den ersten Tagen in der Normandie und hatte sich von Anfang an mit ihm verstanden.

Wir begannen also, zwischen den sich immer weiter nach Osten verschiebenden Kommandoposten Lanhams und dem Ritz hin- und herzupendeln. Irgendwann blieben wir auch tageweise von Paris weg. Lanham tat alles für Hemingway, aber es war offensichtlich, dass Papa seinen Fokus verloren hatte.

Die Tage wurden immer kürzer, das Wetter rauer. Die Fahrten mit dem Jeep härter. Aber nicht nur die äußeren Umstände wandelten sich ungemütlich. Wir alle, die wir mit Hem unterwegs waren, sein Fahrer, befreundete Autoren und Fotografen, die ihn begleiteten, begannen langsam durchzudrehen. Die einzelnen Stationen unserer Reise machten keinen großen Unterschied mehr. Die Abende wurden immer grotesker. Ich hielt inzwischen beim Trinken mit, warf meine Pervitin ein, dachte unentwegt an Nina und war eigentlich die ganze Zeit high.

Eines frühen Morgens Ende Oktober packte ich mein Zeug und verließ das luxemburgische Dorf, in dem wir untergebracht waren. Wir hatten das Pfarrhaus bekommen, einen adretten Fachwerkbau, intern *Schloss Hemingstein* genannt, mit einem gepflegten Vorgärtchen und gepflastertem Eingang, wo ich am Vorabend hatte dabei sein dürfen, wie Papa in leere Weinflaschen pisste, sie verkorkte, signierte, worauf wir sie zu später Stunde sorgsam in den Weinkeller des Pfarrhauses trugen, wo sie vielleicht noch immer liegen und vermutlich ein perverses kleines Vermögen einbringen würden, wenn jemand sie auf den Markt brächte.

Ich habe eine Flasche mit seinem noch warmen Urin in meinen bloßen Händen die gemauerte Kellertreppe hinuntergetragen und in das Regal zurückgelegt, wo wir sie zuvor, mit Wein gefüllt, herausgenommen hatten. Dann tranken wir weiter, während man das leise Artilleriefeuer der Deutschen hören konnte, die sich mittlerweile vollends hinter die Siegfriedlinie zurückgezogen hatten.

Es war am frühen Morgen nach jenem Abstieg, an dem ich nach sehr kurzem Schlaf erwachte, völlig verkatert und bis ins Mark erschüttert über meine Verfassung, sodass ich sofort daran dachte, als Erstes eine Pervitin zu nehmen, um mein Kopfweh zu vertreiben. Ich suchte mein letztes Röhrchen. Das Schnalzen, das der Verschluss von sich gab, wenn man ihn erbrach, war wie der glücksbringende Auftakt zu einer im Laufe der Zeit immer schneller verblassenden chemischen Ekstase. Bald würden wir das Pfarrhaus verlassen und wieder nach Paris zurückkehren, ins Ritz, und ich würde in die Rue de Provence gehen, zu Nina, und dort würde ich so lange bleiben, bis der letzte Dollar, den ich bei mir trug (und um den ich Papa anschnorren würde, wenn nötig), in Form zerbröselter Pervitin-Tabletten in meinen Nasenschleimhäuten verschwunden wäre.

Aber dann fiel mir ein, dass ich ja eben gerade nicht mehr zu Nina gehen konnte, weil sie mir das Herz gebrochen hatte, oder eigentlich hatte ich es mir selbst gebrochen, weil ich trotz der vollkommen eindeutigen Umstände, unter denen wir zusammenzutreffen pflegten, aus irgendwelchen Gründen angenommen hatte, dass wir eine Beziehung hätten. Aber das hatten wir nicht. Nicht wirklich. Es gab da noch einige andere junge amerikanische Offiziere.

Ich fing ein wenig zu schluchzen an, aber ich wusste, dass ich nicht mit zurück nach Paris gehen würde, sondern dass ich an die Front wollte. Und zwar an genau jenen Frontabschnitt, den S. H. A. E. F. *Hürtgenwald* getauft hatte.

Nach allem, was wir zuvor etwas weiter südlich in der Schneeeifel erlebt und was wir wiederum aus dem Hürtgenwald gehört hatten, waren Hemingway und die erfahrenen Kollegen in seiner Umgebung sich sicher, dass dort irgendetwas Unheimliches im Gange war. Der Krieg schien dort eine Dimension von Ressourcenverbrauch und Gefallenenzahlen angenommen zu haben, die an mechanische Schlachthäuser denken ließ. Daher kam später der Name, den die Pressevertreter dem Hürtgenwald gegeben hatten: *Death-Factory.*

«Denke, das wird das Passchendaele dieses Krieges», war Hemingways Kommentar gewesen. «Wer's schafft, darüber zu schreiben, wird vielleicht den großen amerikanischen Roman über den Krieg abliefern, den die ganze Welt nach dem Sieg wird haben wollen, Lucky!»

Das also war, wonach er bis zuletzt gesucht hatte. Der ganz große tödliche Fisch. Die tiefe See. Und jetzt hatte er plötzlich Angst, dort hineinzugehen.

Bislang hatte ich ihn für einen latenten Selbstmörder gehalten, auf den man schrecklich aufpassen musste. Jetzt begriff ich, dass er mit seinen Kräften am Ende war. Ihn plagten Fieber. Kopfwehattacken. Depressionen. Alles, was er sich vorgenommen hatte, war gescheitert. Jeden Tag gab es neue Ausreden, warum er noch nicht wegkönne. Aber ich musste weg, so gern ich ihn auch hatte. Vielleicht war der Hürtgenwald unsere letzte Chance zu einer großen, wahren Geschichte. Und wenn Hemingway sie nicht schreiben würde, dann eines Tages vielleicht ich. Absurd, denke ich heute, an so einem Ort des Todes nach einem Neuanfang suchen zu wollen.

Es war noch dunkel, als ich die Haustür hinter mir ins Schloss fallen hörte, schwer wie ein Kirchenportal, und wie um alles, was zuvor geschehen war, hinter mir wegzuschließen. Der Herbst in Mitteleuropa 1944 war besonders streng. Es winterte, wie man es im Deutschen altertümlich sagt, ungewöhnlich früh ein. Jener Morgen, an dem ich mich, in derselben dünnen Uniform, mit der ich im August auf dem Kontinent gelandet war, auf den Weg in den Hürtgenwald machte, war bitterkalt. Ich fror, aber an dem wie aus schwarzem Glas scheinenden Himmel standen verheißungsvoll funkelnd die Sterne und wiesen mir, meinen Seesack auf dem Rücken tragend wie ein echter Yankee, den Weg Richtung Nordosten. Also dorthin, wo ich den *Red Ball Express* wusste.

Ob jemals ein neuer Tolstoi erscheinen wird, um uns ein Meisterwerk wie *Krieg und Frieden* über den Zweiten Weltkrieg zu schenken, werden wir noch sehen. Der gute alte Hem hatte genau davon geträumt, aber schließlich den Roman *Über den Fluss und in die Wälder* veröffentlicht, ein herzergreifendes Dokument seines Scheiterns, sodass wir noch warten. Vielleicht aber warten wir vergeblich, weil man keinen Roman über einen Vorgang schreiben kann, der keinen Anfang und kein Ende hat. Irgendwann mag eine Schlacht beginnen. Der erste Schuss fällt. Die erste Granate explodiert. Aber zuvor wurde die Granate an die Front gebracht. Wurde hergestellt. Der Arbeiter in der Fabrik, der in ihre Produktion verwickelt war, hatte sich den Wecker gestellt, um pünktlich zur Schicht zu kommen. Ganz abgesehen davon, dass auch dieser Wecker eines Tages hergestellt worden war, um bei Miley & Sohns Gemischtwarenladen in Milwaukee verkauft zu werden. Wo also beginnt der Krieg? Kann er ein Ende haben, solange wir Waffen herstellen? Oder auch nur darüber nachdenken, wie wir an Waffen kommen können? Und an alles andere Material, das man benötigt, um überhaupt Krieg führen zu können? Wozu auch Lebensmittel gehören. Und Lastwagen, die sie transportieren.

Der an vorderster Front kämpfende Soldat, der Waffenträger, wurde von den meisten Geschichtsschreibern, Schlachtenmalern und schließlich unseren Kriegskorrespondenten und Fotografen immer wieder dargestellt – er ist das Gesicht des Krieges. Aber er ist nur die Spitze des

Eisbergs. Bis in unsere Zeit weithin unsichtbar und von daher auch unbeschrieben sind aber die Kräfte einer jeden Streitmacht, welche die gewaltigen Massen von Kriegsmaterial und Lebensmitteln für die kämpfenden Truppen heranzuschaffen haben. Was blieb von den Imperien der Römer und der Perser anderes übrig als die Straßen, die sie errichteten, um ihre Armeen marschieren zu lassen und sie versorgen zu können?

Wir nennen das heute Logistik. Aber schon in den frühesten Zeiten, nachdem der Krieg sich aus jenen vielleicht spontanen, dennoch tödlichen Konflikten unserer Vorfahren entwickelt hat, die mehr ein Hauen und Stechen waren, vielleicht ein Gottesdienst oder der magische Versuch, sich in eines der schrecklichen Raubtiere zu verwandeln, vor denen wir über Jahrhunderttausende geflohen waren – seitdem der Mensch also das mörderische Geschäft betreibt, das man Krieg nennt, seit er Truppen aufstellt und Strategien entwirft, sind viel mehr Soldaten durch schlechte Organisation des Nachschubs und mangelhafte Logistik, durch Kälte und Hunger umgekommen als durch tödliche Einwirkung des Feindes. Auf der anderen Seite waren und sind die grässlichsten kriegerischen Verheerungen einem Land und seinen Menschen oft gar nicht auf den Schlachtfeldern angetan worden, sondern geschahen, um die Mägen der Soldateska zu füllen. Denn früher ernährten sich die Truppen aus dem Land, von den Bauern, denen sie gnadenlos alles abnahmen, sodass zwischen Freund und Feind, zwischen eigenen und gegnerischen Truppen für die arme Bevölkerung kaum ein Unterschied zu spüren war. Noch bis Napoleon erfolgte die Ernährung der Truppen mehr oder weniger nach diesem Prinzip und war einer der Gründe, warum er im kargen Spanien verlor, was bekanntlich den Anfang vom Ende seiner Herrschaft einläutete.

Es war dann auch in dieser Hinsicht unserem amerikanischen Bürgerkrieg beschieden, wie es schon bei der Waffentechnik und den superschnell aufgestellten Massenheeren geschehen war, auf dem Gebiet der Logistik neue Maßstäbe zu setzen. Nicht nur wurden die Truppen zum ersten Mal im größten Stil mit der Eisenbahn bewegt, auch ihre Versorgung erfolgte nach modernen, industriellen, den Revolutionen des mechanischen Zeitalters entsprechenden Maßstäben. Der letzte große Soldat, den das Britische Empire hervorgebracht hat, T. E. Lawrence (ironischerweise, wenn man es genau nimmt, ein von seiner Regierung genau instruierter Terrorist!), traf die Feststellung, dass die Kriegsführung durch die Erfindung des Büchsenfleischs stärker beeinflusst wurde als durch die des Schießpulvers.

Der Zweite Weltkrieg wurde danach durch Lastwagen entschieden, auf die die Büchsen aufgeladen und direkt an die Front gebracht werden konnten.

Wenn der Erste Weltkrieg manchmal ein Krieg zwischen den industriellen Zentren der englischen Midlands und des Ruhrgebiets genannt wird, so hatte Hitlers Entscheidung, das schwerindustrielle Potenzial Deutschlands überwiegend für den Bau von Panzern und anderen rollenden Waffensystemen einzusetzen und das Essen für die Panzerfahrer mit Pferden zu transportieren, weitreichende Konsequenzen, die einen neuen Gegner ins Spiel brachten, gegen den weder sein persönlicher Wahnsinn noch die ganze Genialität seiner Panzerdivisionsgeneräle eine Chance hatte. Dieser Gegner hieß Detroit.

Hundertzweiunddreißig Lastwagenkompanien, annähernd sechstausend Fahrzeuge, waren nach Europa verschifft worden, und aus diesen hatte man den Red Ball Express geschaffen. Der Red Ball bezeichnete das Express-Frachtgut bei der Eisenbahn. Jetzt schmückte er unsere Lastwagen.

Wie in einem gewaltigen Kreislaufsystem – mit den eroberten Häfen der Normandie als pumpende Herzkammern – fuhren die Trucks des RBE auf einem Netz von Einbahnstraßen, Lastwagen hinter Lastwagen. Fünfzig Meter Abstand. Vierzig Stundenkilometer schnell. Tag und Nacht.

Das Wagenmaterial waren sechsrädrige CCKW:

C für Baujahr '41,

C für normales Chassis,

K für Allradantrieb,

W für doppelte Hinterachse, so erklärte mir Sergeant Moon Washington die Bedeutung des Kürzels, denn Moon – obwohl ein Musiker, ein Pianist, Komponist sogar – liebte seinen Truck, weil der ihn durch die Gegend kutschierte und seine Haut beschützte.

Moon Washington war der erste schwarze Soldat, mit dem ich seit meiner Ausbildung zusammengetroffen war und mehr als ein paar Worte ausgetauscht hatte. Das mag erstaunlich genug erscheinen. Aber er war überdies auch der erste erwachsene Schwarze, mit dem ich bis dahin überhaupt je gesprochen, das heißt ein richtiges Gespräch geführt hatte. Heute noch überkommt mich ein Gefühl der Scham, wenn ich darüber nachdenke. Aber die gesetzliche Rassentrennung damals war unüberwindlich. Gewiss, irgendwo wusste ich, dass die Tatsache, dass ich weder in der Grundschule und natürlich auch nicht später an der Uni jemals mit Schwarzen in Berührung gekommen war, keine Laune der Natur, sondern die Folge einer hartherzigen Gesetzgebung darstellte; mir war die Merkwürdigkeit bewusst, dass die einzige schwarze Familie, die ich kannte, die Familie unserer Haushaltshilfe war, Melda, gleichfalls eine Witwe mit zwei Söhnen, die von meiner Mutter, solange sie klein waren, zu Weihnachten und Ostern Kleidung und Süßigkeiten geschenkt bekommen hatten. Das waren die einzigen drei Schwarzen, die ich bis dahin mit Namen kannte und mit denen ich gesprochen hatte. Obwohl ich, als hingebungsvoller Leser von Faulkner und Thomas Wolfe, der sich gerne in den Nachtlokalen von Harlem herumgetrieben hatte, sehr genau wusste, dass ich nur ein paar Straßen weiter hätte gehen müssen, um Schwarze kennenzulernen. Ich war gegen die Unterdrückung der Schwarzen, aber ich selbst brachte nicht die Kraft oder den Mut oder das notwendige Irgendwas auf, um auch nur einmal in das andere Viertel hinüberzugehen und die Hand auszustrecken. Genau wegen Leuten wie mir funktionierte die Rassentrennung. Aber dann ließ mich Moon Washington in seinen Truck und brachte mir Erleuchtung.

Es gibt verschiedene Theorien über die Rassenpolitik der alliierten Streitkräfte während des Zweiten Weltkriegs, speziell auf dem europäischen Kriegsschauplatz. Die eine besagt, dass man einer über zwölf Jahre von brutalen weißen Rassisten beherrschten und indoktrinierten europäischen Bevölkerung keine schwarzen Soldaten zumuten wollte. Deshalb zum Beispiel durften die für de Gaulles Truppen so bedeutsamen Schwarzafrikaner, ohne die es das *Freie Frankreich* niemals gegeben hätte, nicht bei den Pariser Siegesparaden nach der Befreiung mitmarschieren. Man betrog sie nicht nur später um ihre Pensionen, sondern gleich von Anfang an, indem man sie aus dem Bild der Geschichte tilgte. Ihre Köpfe hinhalten durften sie, ihre Körper von deutschen Kugeln zerfetzen lassen, aber über die Champs-Élysées marschierten dann die Frogies alleine, und nur die kamen aufs Siegerfoto. Vive la France!

Bei uns sah es so aus, dass Generalstab und Politik mit der klaren Forderung vonseiten der Logistiker und Manpower-Strategen konfrontiert war, dass man auf Dauer ohne die Schwarzen nicht auskommen würde. Und es auch gar nicht wolle. Schließlich gebe es so viele kräftige Nigger – so sagte man das damals noch, ohne nachzudenken –, die ja auch in großer Hitze arbeiten könnten. Wie solle man je einen tropischen Dschungelkrieg durchhalten und gewinnen – und einen solchen führte man ja gegen Japan auf dem pazifischen Theater –, wenn man auf dieses exzellente Menschenmaterial verzichte? Und auch in Europa brauche man ihre Manpower dringend.

Eine andere Theorie besagte, dass weiße Rassisten nicht nur in Nazideutschland das Sagen hatten, sondern auch bei uns. Und weiße Rassisten geben den Schwarzen nur im äußersten Notfall dieselben Waffen wie sich selbst in die Hand.

Was also tun?

Man gab ihnen die Lastwagen.

Man versteckte ihre schwarzen Visagen in den Fahrerhäuschen.

Man übergab ihnen Zündschlüssel.

Schraubenschlüssel gab man ihnen.

Keine Haubitzen, keine Granaten, keine Handgranaten.

Jerrycans. Tankstellen, Zapfsäulen, Ölkännchen.

Und dann, nachdem man ihnen also die Lastwagen gegeben hatte, weil man ihnen keine Waffen hatte geben wollen, gab man ihnen doch Waffen, damit sie die Lastwagen gegen die Deutschen verteidigen konnten, denn die Lastwagen stellten einen großen Wert dar.

Einen riesigen Wert.

Der Schlüssel unseres Sieges.

Diese Armada von Lastwagen, würdig eines Hannibal, eine Transport-Streitmacht, Tag und Nacht auf der Straße, auf einem Netz von Einbahnstraßen, auf denen das gesamte Material für etwa dreißig kämpfende Divisionen transportiert wurde.

Das war die von seinen Chauffeuren insgeheim *Crazy Nigger Highway* genannte, auf dem General-Motors-Standard-Lastwagen aufgebaute Grundlogistik unseres Krieges gegen die Wehrmacht.

Crazy Nigger Highway?

Ja, klar.

Lauter durchgedrehte Nigger auf dieser Straße.

Die weißen Herren haben ihnen Fahrzeuge und sogar Waffen gegeben, aber die verdammten Nigger hauen nicht ab, sondern fahren schön in einer Reihe, Tag und Nacht, sie pissen und kacken sogar in den Fahrzeugen und waschen sich dort ihre schwarzen Ärsche, sie machen, wenn sie das Glück haben, zu zweit zu sein, Fahrerwechsel während der Fahrt, auch nachts, sie halten niemals an. Red Ball Express.

Die Fahrer spüren die Straßen, die französischen Straßen.

Auf denen zuvor die Deutschen geflohen waren.

Und das, obwohl kaum einer der schwarzen Chauffeure fahren konnte, bevor man ihn ans Lenkrad setzte.

Und ihm ein Rasierkit gab, mit dem er sich den jugendlichen Flaum von seiner schwarzen Haut schaben konnte.

Und eine Maschinenpistole, damit er den Lastwagen des weißen Mannes verteidigte.

Was er, wenn es drauf ankam, auch tat.

Lauter wahnsinnige Nigger auf dieser Straße.

Crazy Nigger Highway.

Meine zweite Nabelschnur.

Überhaupt in Moons Truck zu gelangen war ein akrobatischer Akt gewesen. Die Lastwagen des Red Ball Express fuhren zwar nicht besonders schnell, eben genau vierzig Stundenkilometer, aber anzuhalten war ihnen nicht erlaubt. Moon aber hatte von weitem gesehen, dass ich mit meinem Seesack auf dem Rücken und in meiner jämmerlichen Sommeruniform durch den spritzenden Dreck am Straßenrand hüpfte und keine Chance hatte, irgendwo aufspringen und mitfahren zu können, vielmehr in Gefahr schwebte, demnächst überfahren zu werden. Frühzeitig war Moon auf die Bremse getreten, sodass die hinter ihm kommenden Chauffeure reagieren konnten, er drosselte allmählich das Tempo, und als er mit seinem Laster schließlich bei mir angekommen und so etwas wie Schritttempo fuhr, beugte er sich mit der Elastizität eines Yogis weit nach rechts, öffnete die Beifahrertür und brüllte raus zu mir, ich solle den Seesack ins Fahrerhäuschen werfen und dann aufzuspringen versuchen. Ich brauchte ein paar Sekunden, bis ich begriffen hatte, wie er sich das vorstellte, aber dann ging es ganz schnell. Ich warf den Seesack voran, lief mit dem Lastwagen mit, Moon feuerte mich an, ich packte den Griff, setzte meinen Fuß auf das Trittbrett, wäre wegen des Schlamms fast abgeglitten, krallte mich am Türrahmen fest, und dann hielt mir Moon seine Hand hin – den Blick weiterhin auf die Straße gerichtet – seine weiche, geschmeidige, seine Pianistenhand, die man elegant und fast feminin hätte nennen können, wenn sie nicht so stark gewesen wäre.

«Schlagen Sie ein, Sir», rief er.

Seine Stimme war tief, warm und jauchzend, ein Tonfall, wie ich ihn noch von keinem Mitglied der Army gehört hatte, so, als hätte der Kerl Freude an seinem Job. Ich ergriff seine Hand, und Moon zog mich lachend mit einem Schwung an Bord. Ich hatte noch niemals zuvor einem Schwarzen die Hand gegeben.

Ehrlich betrachtet, bin ich trotz eines beruflichen Aufstiegs immer ein Propagandist geblieben. Genau wie Erich Kästners Fabian war ich stets einer, der tatsächlich an das glaubte, was er propagierte, oder nur das anpries, von dem er selber überzeugt war. So betrachtet, ist es eigentlich erstaunlich, dass es derart lange mit mir gutgegangen ist.

Im Falle des amerikanischen Rassismus und der praktizierten Rassentrennung begriff ich tatsächlich erst im CCKW von Technical Sergeant Moon Washington, wie wichtig es für uns war, diese abscheuliche Ideologie zu besiegen. Im Kampf gegen die Nazis, die immer noch die besten Soldaten der Welt hatten, brauchten wir jede Hand und jeden Kopf und auch jedes Herz.

Genau wie der von mir trotz allem, was ich über ihn erfahren habe, auch heute immer noch bewunderte John F. Kennedy, der zur selben Zeit damals als Leutnant im Pazifik kämpfte und ein Boot kommandierte, begriff ich, wie wichtig es für unsere Gesellschaft war. Die Aufhebung der Rassentrennung würde uns stärker machen. Moralisch. Aber damit auch faktisch. Denn eine gute Moral erhöht die Kampfkraft.

Es gab den Moment, in dem ich ahnte, dass ein Amerikaner zu sein auf der Welt eines Tages ebenso schmerzvoll und negativ konnotiert sein würde, wie ein Schwarzer in den USA der vierziger Jahre zu sein, der gegen alle Widrigkeiten versucht, sein Stipendium an der Juilliard School wahrzunehmen. Wir müssten beginnen, diese eigentliche *Rassenschande* zu überwinden, so wie wir heute die Schande des Vietnamkrieges überwinden müssen.

Die Rassenunruhen, die wie in einem Bürgerkrieg brennenden Innenstädte, die ganze Radikalisierung seit dem Mord an Martin Luther King, das alles tut mir weh. Damals vor fünfundzwanzig Jahren, im Krieg gegen die Nazis, haben wir zusammen geholfen, und wir, die Anhänger von Franklin und Eleanor Roosevelt, versprachen unseren schwarzen Kameraden die Gleichberechtigung. Und was man verspricht, muss man halten, sonst hat man jede moralische Macht verspielt. Der Baumeister des französischen Königs, L'Enfant, entwarf die Tempel unserer Republik in Washington für den Absolutismus, aber das Licht dort angezündet hat das Volk. Unser Land ist auf Wahrheit, Freiheit und Vertrauen gegründet. In dem Maße, in welchem wir weiterhin und zunehmend unsere moralischen Ideale verlieren, werden wir immer schwächer werden. Nennt mich einen alten Römer, aber das ist meine feste Überzeugung, und deshalb sitze ich hier im Gefängnis von Hannibal ein, harre der Dinge, die da kommen mögen, und erinnere mich derer, die geschehen sind, als ich ein junger Leutnant war.

Ich kann mich nicht entsinnen, mich je mit einem fremden Menschen auf Anhieb so gut verstanden zu haben wie mit Moon Washington. Er war besonders. Aufmerksam, gelassen. Groß wie ein Zehnkämpfer. Vielleicht lag's auch daran, dass ich in so miserabler Verfassung war und dringend jemanden zum Reden brauchte. Er hörte mir zu, stellte keine großen, aber ein paar kleine Fragen, sah mich an mit seinen hellwach blitzenden Augen von der Farbe weißen, rot geäderten Marmors, Fragen, die wie Nadelstiche waren und mich so aufwühlten, dass ich ihm – einem Fremden – alles erzählte, was zuletzt vorgefallen war. Er hörte mir zu, über das ganze Gesicht leise lachend, aber ohne auch nur im Geringsten den Eindruck zu erwecken, als würde er sich über mich lustig machen. Er war ein Beichtvater von der Kirche des normalen Menschen.

«Oh John», sagte er, «war aber eine leichtsinnige Geschichte von Ihnen, das Tagebuch von diesem Fräulein zu lesen, Ihrer Freundin da in Paris. Brauchen sich nicht zu wundern, wenn es Ihnen schlecht bekommen ist. Tagebücher sind nur für den, der sie geschrieben hat, nicht wahr?»

«Es lag da, ich hab ja nicht danach gesucht», sagte ich und spürte, wie mir trotz allem viel leichter ums Herz wurde.

Mittlerweile begann es zu dämmern.

Aus dem Grau des Morgens hob sich die in der Dunkelheit nur als rot lichternde Perlenkette zu erkennende, riesenhafte Ameisenstraße der Lastwagen.

Jetzt fielen mir die Augen zu.

Ich hörte auf das trommelnde Spiel von Moons Fingern auf dem Lenkrad. Jeder Finger schien einen anderen Takt zu schlagen, in seinem eigenen Rhythmus über den harten, schwarzen Kunststoff zu tanzen.

Moons Mutter war alleine als junge Frau aus dem Süden gekommen, ich glaube, er sagte Georgia, von einer Plantage, wo sie ihre Familie zurückgelassen habe, welche, wiewohl schon lange befreit, weiterhin in Unfreiheit verharrt habe. Den Entschluss zu gehen habe seine Mutter an einem Vollmondabend getroffen, und der Vollmond in Georgia sei mithin das Schönste dort, weil es auch den Schwarzen möglich war, ihn zu betrachten, und Weiße und Schwarze gleichermaßen weit entfernt von ihm waren. Den Mond habe sie mitgenommen in ihrem Herzen und ihn, ihren Sohn, unter ihrem Herzen. So seien sie in Harlem gelandet, und er habe seinen Namen gehabt.

«Erst war sie Putzfrau in einem Kaufhaus, aber später fing sie an, in einer Bar zu putzen, 210th West, einem jener Orte in Harlem, die verrufen und berühmt waren. Eine Bar, wo sich nachts alles an Gottlosem und an Gottvollstem herumgetrieben hat, was man sich nur denken konnte: echte Jazzmusiker. Da war ein Klavier, und während Mama sich abgeschuftet und sauber gemacht hat, hab ich gespielt. Mit jedem Finger einzeln», wie er interessanterweise hinzufügte. Er musste ziemlich plärren, weil es im Inneren der Fahrerkabine recht laut war, aber das schien ihn nicht zu stören. Er strahlte über das ganze Gesicht, während er weitererzählte.

«Je schmutziger, desto lieber war's mir, weil meine Mama dann länger gebraucht hat. So sind die Kinder, nicht wahr? Meine Mama konnte wunderbar singen, hat mir die schönsten Melodien vorgesungen während der Arbeit, und ich hab sie nachgespielt. Zu Hause dann habe ich weitergespielt, hab mir mit Kreide Tasten auf das Fensterbrett unseres Zimmers aufgemalt und sie nachgespielt. Konnte bald die Töne hören, obwohl es nur aufgemalte Tasten waren. Unsere Wohnung war so dicht an der auf einem Hochgleis geführten Subway, dass man den Leuten hätte ins Gesicht spucken können. Mama litt unter der schlechten Lage, aber mich hat die Hochbahn begeistert. Ich habe die alten Lieder meiner Mutter, die Mechanik des Klaviers mit den unaufhörlich vorbeirasenden Zügen und den Menschen samt ihren Gesichtern verbunden, die ein guter Gott des großen städtischen Theaters mir viertelstündlich neu geschickt hat, damit ich mich amüsieren konnte. Daraus ist meine Art Musik entstanden.»

«Ich kann mir da wenig vorstellen», bekannte ich. «Komponieren Sie also keinen Jazz?»

Moon erklärte mir, wie er komponierte, aber da ich nichts von Musik verstand (ebenso wenig wie heute), sie nur gerne hörte, konnte ich ihm kaum folgen. Er sprach von Tönen und Akkorden, als ob es Menschen wären, Chöre, Kolonnen, Sturmtrupps oder auch nur Wolken am Himmel, und zwischendurch hörte er sich an wie ein Mathematiker oder Stochastiker. Es war etwas verwirrend.

«Sie haben ja recht, John», sagte er lachend, «Musik muss man hören, nicht wahr? Ich höre sie, auch wenn ich nur drüber rede, das ist eben mein Vorteil.»

Der Wagen hielt nicht an, aber wir teilten das Essen, und Moon gab mir kalten Kaffee aus seiner Thermoskanne und trank selber in kleinen Schlucken, während der Lastwagen eine Steigung nahm, so wie der Lastwagen vor ihm und der Lastwagen hinter ihm, jeder einzelne gesteuert von einem schwarzen Soldaten. Schlaflosen, rastlosen Chauffeuren.

Als ich das letzte Röhrchen mit Pervitin-Tabletten unter seinem wohlwollenden Lächeln aus dem Fenster des CCKW leerte, liefen mir Tränen übers Gesicht, die sich im Fahrtwind wie aus Eis anfühlten.

«Wissen Sie, was, John? Ich glaub Ihnen, dass wir diesen Krieg führen, damit es besser wird für uns alle. Ich werd aus dieser guten alten Blechkiste aussteigen und mich an mein Klavier setzen und spielen und aufs Kons gehen und die exakte Notation lernen, wie Beethoven das gemacht hat, Ravel oder Arnold Schönberg. Für mich ist die Armee nichts, dieser Krieg. Muss wieder heim. Sobald es geht. Aber ein Stück werd ich drüber schreiben, und ich werd's *Crazy Nigger Highway* nennen, und es wird für sechs Klaviere sein, für jedes Rad von meinem CCKW eines. Aber Sie, John – ich find, solche Menschen wie Sie sollten hier die Führung übernehmen. Sie werden noch General, und ich werd in der Zeitung von Ihnen lesen. Dann werd ich dem Herrn danken und eine Hymne für Sie komponieren.»

Wir überschritten die belgisch-deutsche Grenze, um uns schon dichter Wald. Wir erreichten die Siegfriedlinie, und dann waren wir plötzlich da. Der Laster stand. Hier war die Pforte zur Hürtgenwaldfront.

Es waren so viele Männer, Lastwagen, Jeeps und Panzer an der Arbeit, als hätte ein Pharao sie zusammengerufen, um einen ganzen Berg oder noch besser ein Gebirge zu versetzen. Es war ein unglaublicher Betrieb. Eine Maschine, die alles um sich herum in halbgefrorenen Schlamm verwandelte.

Die Pioniere fällten mit ihren riesigen, nur von mehreren Männern gemeinsam zu führenden Kettensägen, die man genauso gut als Waffen im Kampf gegen die Jerrys hätte einsetzen können, Hunderte von Fichtenstämmen, entasteten sie halbwegs und versuchten, damit die Straßen und Waldwege zu befestigen, die den Belastungen durch unsere Lastwagen und Panzer in keiner Weise gewachsen waren und unter ihnen zerbröckelten. Es schneite leicht. Dann nieselte es wieder. Jeder stak buchstäblich bis zu den Knien im Dreck. Die Stiefel waren schnell durchgeweicht, die Uniformen nass und klamm.

Wir trugen alle nur Sommerware.

Technical Sergeant Washington war erst entsetzt und

schüttelte dann nur traurig den Kopf, als er begriff, dass ich nicht mit ihm fahren würde. Wir gaben uns die Hand. Er musste los. Zurück nach Cherbourg.

Ich blieb im Hürtgenwald.

Seit die fast babyspeckigen, aber doch so energischen Hände der obersten Strafverfolgungsinstanz des Staates Missouri nach dem ersten Teil meiner Aufzeichnungen gegriffen haben, ist eine knappe Woche vergangen.

Ich habe versucht, so weiterzumachen wie zuvor, denn natürlich dürfen die persönlichen Schwankungen im Befinden eines Autors nichts an seiner Schreibweise und dem Stil seiner Darstellung ändern. Cervantes hat im düstersten Kerker von Sevilla den Don Quijote geschrieben und seiner Phantasie so wenig Fesseln angelegt, dass er zu schildern vermochte, wie die Teufel in der Hölle mit seinem Buch vergnügt Federball spielen.

Es gäbe vermutlich nicht viele komische Romane, wenn ihre Autoren während der Niederschrift immer heiteren Sinns sein müssten. Wenn ich genauer darüber nachdenke, dann erkenne ich, dass es überhaupt nur sehr wenige komische Romane gibt, die wirklich gelungen sind. *Catch-22* ist sehr lustig – allein schon *Major Major Major* oder *Captain Scheißkopf* und seine Frau, die mit jedem im Regiment schläft, nur nicht mit ihm. Wenn ich daran denke, muss ich sogar jetzt lachen, so jämmerlich ich mich auch fühle.

Wenn aus dem, was ich hier jetzt erneut, zum zweiten Mal versuche, jemals ein Roman werden sollte, dann hoffe ich, dass seine Leserin hier und dort etwas findet, das sie zum Lachen reizt, auch wenn das Thema gar nicht unbedingt zum Lachen ist. Mir selbst war die letzten zehn Tage jedenfalls zum Heulen zumute, dazu kam eine wirklich ekelhafte Verschlechterung meines körperlichen Zustandes. Eine deprimierende Tiefphase. Ich leide, wenn ich denn schlafen kann, unter Albträumen, aus denen ich unter Fieberschüben, Schüttelfrost, verschwitzt und schuppig erwache. Es lösen sich klebrige Schuppenstücke, die so eigenartig und fremd aussehen, dass ich schluchzen könnte. Es ist nicht leicht, Snakeman zu sein.

Meine Haut an Hals und Nacken scheuert sich am Stoff der Anstaltskleidung wund, und manchmal bin ich fast so weit, nach Hunerwadels Wärtern zu schreien, damit sie mich in eine Zwangsjacke stecken, denn ich phantasiere den ganzen Tag, wie herrlich es sein müsste, so lange zu schaben, zu kratzen, bis die elende Schuppenhaut weggeschürft ist. Wozu hat mir der liebe Gott sonst diese zehn famosen Werkzeuge geschenkt, die wir Fingernägel nennen? Die ganze Zeit sehe ich diesen Aufkleber vor mir, den irgendjemand aus der Bibelgruppe in dem Kantine genannten Betonsaal auf dem Tresen angebracht hat:

Jahwe vs. Evolution
Mach keinen Affen aus dir!

Die Bibelgruppe besteht vor allem aus hartgesottenen Räubern, also Leuten, die bei ihrem Diebstahl bewaffnet waren, welche sich hier dann von einem charismatischen Mitgefangenen haben bekehren lassen, der rotes Schneckelhaar und eine mehrfach gebrochene und ganz schiefe Nase hat, die man (oder auch nur ich) immer grob anpacken will, um sie zurechtzurücken. Ich glaube gehört zu haben, dass er, bevor er zum Reverend der Erweckten von Sankt Hannibal geworden ist, als Trickbetrüger gearbeitet hat.

Wie gerne würde ich einen Affen aus mir machen und

kratzen. Oder mich kratzen lassen. Aber das geht nicht. Ich kann nicht liegen, ich kann nicht sitzen, ich kann nicht in den Hof hinaus, wo die Luft flüssig ist wie der Mississippi. Das Beste, was ich gerade habe, ist *ABC* von den *Jackson Five*, das leise von irgendeinem Transistorradio am Ende des Flurs herüberdringt:

A B C, easy as one, two, three

Doch dann, am Freitagnachmittag, erscheint Direktor Hunerwadel persönlich vor den Gitterstäben meiner Zelle, die betongrau gestrichen sind, um keine Kontraste hervorzurufen, die das Eingesperrtsein unnötig thematisieren würden.

«Major, ich habe gute Neuigkeiten für Sie.» Er trägt eine breite gelbe Krawatte mit rosa Punkten.

«Tatsächlich», sage ich und bin selber überrascht, wie leidend und schwach meine Stimme klingt.

Ein Wärter mit noch gewaltigeren Koteletten als der Direktor selbst erscheint und sperrt auf, Hunerwadel tritt ein. Der Mann, dem die Gesetze des Staates Missouri jeden Gefangenen von Hannibal in seine allmächtige Obhut geben, die er bei bösem Willen fast ebenso rücksichtslos ausüben könnte wie der Leiter eines sowjetischen Gulags, tritt höflich zu mir.

Ich stehe mit dem Rücken zur Wand.

«Wie geht es Ihnen? Wollen Sie nicht vielleicht doch auf die Krankenstation verlegt werden?»

«Es gibt kein Mittel gegen meine Erkrankung», sage ich und versuche, so viel Stärke und Stolz in meine Stimme zu legen wie nur möglich. Aber Herrgott, ich höre selbst, wie angestrengt ich klinge.

Innerlich beginne ich zu schluchzen, weil ich mir selbst

so leidtue. Ich bin vor kurzem fünfzig Jahre alt geworden, aber was ich seit einiger Zeit gefühlsmäßig durchmache, ist so, als wäre ich wieder sechzehn und hätte eine Art von Akne bekommen, wie man sie nicht einmal dem persönlichen Erzrivalen, der dir auf der Party deine Freundin weggeschnappt hat, an den Hals und ins Gesicht wünschen würde. Die Krankheit kostet mich einfach so viel Kraft, dass es mir aufs Gemüt schlägt.

«Sie haben Post von der Generalstaatsanwältin», sagt Hunerwadel geschäftsmäßig und munter, reicht mir ein schmales Paket und findet, scheint's, daran, zu einer Art von Postboten geworden zu sein, ein solch professionelles Vergnügen, dass er mich quittieren lässt und grinst, als erwarte er noch ein Trinkgeld.

«Brauchen Sie irgendwas, Major?»

«Wie meinen Sie?»

«Frau Caffery hat mir ausdrücklich mit auf den Weg gegeben, für Ihre Sicherheit und Ihr Wohlergehen zu sorgen. Nicht, dass sie mir das extra hätte sagen müssen, das versteht sich. Sie wissen, wie's in meinem Gefängnis läuft – jeder kriegt seinen kleinen Freiraum, wenn er sich an die Regeln hält. Aber Sie sind im Augenblick so etwas wie der wichtigste Gefangene des Staates von Missouri.»

«Ach so?»

«Hier, das sollten Sie auch noch sehen.» Er gibt mir eine zusammengefaltete Zeitung, die nicht die *New York Times* ist. Die *Washington Post* von gestern, dem 18. Juni 1971.

Ein Blick genügt, und ich begreife, dass es uns offensichtlich gelungen ist, *Plan B* zu aktivieren. Jetzt bringt die *Post* die *Pentagon Papers*, und vorne auf der ersten Seite erklärt die Herausgeberin, dass man den unfassbaren Angriff der

Bundesregierung auf die Pressefreiheit in den USA nicht hinnehmen wird. Man sei solidarisch mit den New Yorker Kollegen und werde ab nun die Berichterstattung übernehmen. Zugleich habe man zusammen mit der *New York Times* Klage beim Obersten Gerichtshof eingereicht.

Ich muss jetzt, obwohl total fertig, trotzdem grinsen.

Snakeman freut sich von ganzem, juckfreiem Herzen. Könnte sein, dass wir damit durch sind. Die freie amerikanische Presse hat sich als eine Hydra gezeigt, der man besser nicht das Haupt abzuschlagen versucht.

«Ich habe vorhin mit der Generalstaatsanwältin telefoniert. Wissen Sie, wie Henry Kissinger Sie und Ihre Gruppe angeblich bei einer Krisensitzung im Weißen Haus genannt hat?»

«Wie denn?»

«Die gefährlichsten Männer Amerikas.»

Ich muss mich ein wenig an der Wand stützen.

Die Haut am Rücken schreit: Reib dich, reib dich, reib dich!

Hunerwadel fährt fort:

«Wenn Sie wüssten, wie beliebt der Präsident und sein Mr. Alleskönner in Jefferson City sind, dann wäre Ihnen klar, dass Sie es nirgendwo hätten besser treffen können als bei uns.»

Er nickt mir leutselig zu.

Ich zwinkere. Guter Kerl. Ob er irgendwann begreifen wird, dass ein Weltkriegsveteran meines Schlages nichts dem Zufall überlässt?

«Eine Sache wäre da noch.»

«Ja?»

«Ihre jüngsten Aufzeichnungen. Wenn ich bitten dürfte. Ich muss sie weiterleiten. Frau Caffery hat explizit darum gebeten.»

Ohne dass ich mich von der Stelle rühre, sehe ich zu, wie Hunerwadel die paar Dutzend Seiten, die ich zuletzt geschrieben habe, an sich nimmt, ein kleines, mitfühlend bedauerndes Lächeln zeigend, das mich jetzt leider doch wieder mehr an einen Genossen Lagerleiter denken lässt als an einen netten Kerl aus Kansas City.

«Das wär's. Also, wenn Sie etwas brauchen – lassen Sie es mich wissen. Sie können ein Radio haben, wenn Sie wollen.»

Hunerwadel verlässt meine Zelle.

Ich setze mich. Meine Hände zittern leicht. Ich öffne das Paket. Vor Aufregung bemerke ich die drei fast fingernagelgroßen Hautschuppen nicht, die wie aus einer Art spontan-plastischer Produktivität heraus auf den Resopaltisch segeln, den die farbtherapeutische Ader Hunerwadels samtblau bestimmt hat. Ich lese den beigelegten, maschinengeschriebenen Brief:

Sehr geehrter Major Dr. Glueck,

Sie haben eine verwirrende Reihe von Titeln, wie ich feststellen konnte, und ganz bestimmt haben Sie auch eine verwirrende Art zu schreiben. Vögel schwirren gewissermaßen auf wie Funken von einem Feuerstein, wenn Sie loslegen, und das ist für jemandem aus dem Süden eine ziemlich zurückhaltende Formulierung. Hätte nie gedacht, dass ich hier so oft Grund finden würde, aus ganzem Herzen zu lachen. Und ich lache grundsätzlich nie unter meinem Niveau.

Wir haben uns auch Ihre Doktorarbeit über die Wehrmacht und dieses merkwürdige «Kriegsspiel» besorgt. Ich war beeindruckt zu sehen, dass das Buch von der Universität von Kalifornien herausgegeben worden ist, wo Sie im

Wintersemester 1962 ein Seminar zu diesem Thema gegeben haben, wie es im Vorwort steht. Sie sind recht cool und poppig, Mr. Glueck, zumindest in den blitzblanken Augen des Südens, wenn ich das so sagen darf.

Es kann keine Rede davon sein, dass ich auch nur ahne, wie Ihre Lebensgeschichte und Ihre Erlebnisse während des Zweiten Weltkriegs erklären könnten, warum Sie zu den Männern gehören, von denen der wichtigste Berater des Präsidenten behauptet, sie seien eine Gefahr für unsere nationale Sicherheit.

Mein Assistent, den ich mir frisch von der Uni geholt habe und der dennoch einen schon umfangreichen Schatz an Lebensweisheit sein eigen nennt, hat mir erzählt, dass Ihr Wagen aus der Polizeigarage gestohlen wurde und dass es da neue Erkenntnisse gibt, die mich wirklich wundern.

Ansonsten geht die Anklage, die der Staat Missouri gegen Sie erheben wird, ihren Gang. Mein Assistent ist sehr sorgfältig dabei, die Klageschrift zu verfassen. Das kann dauern. Sie haben ja eine pfiffige Anwältin, die ich auf dem Laufenden halten werde, damit sie Ihre Interessen vertritt.

Meine Interessen vertrete ich selbst.
Und die des Staates.

Hochachtungsvoll,
gez.
Diane Caffery
Generalstaatsanwältin des Staates von Missouri

PS: Meine Buchhändlerin hat mir das beigelegte Buch für Sie empfohlen. Ich habe es selbst noch nicht gelesen, könnte mir aber vorstellen, dass es Ihnen gefällt. Der Autor ist zwar recht unmoralisch, aber sein Held arbeitet als Schriftsetzer unter anderem für eine pennsylvanisch-deutsche Zeitung mit dem merkwürdigen Namen «Der Schockelschtuhl» – was Sie vielleicht amüsieren wird. Denn auch wenn Sie vermutlich nicht damit gerechnet haben, dass der Wunsch so schnell erfüllt wird, ist mir Ihr Schrei nach Lektüre durchaus aufgefallen. Sie sollen es gut haben bei mir – deshalb viel Spaß beim Lesen!

Zugegebenerweise sehr angenehm überrascht, finde ich also tatsächlich ein Buch in den Tiefen des Umschlags, mit Op-Art-Cover, leicht irisierend in den Farben der Niederlande:

Unter dem Astronautenmond
Ein Roman
von
John Updike

steht drauf. Der Klappentext klärt mich darüber auf, dass es sich um den zweiten Teil einer Serie handele, man aber auch ruhig mit diesem die Lektüre beginnen könne. Rabbit heißt der Held. Kaninchen. Ein Tier, das sich nicht so leicht fangen lässt.

Ich nehme diesen interessanten Hinweis als ein gutes Omen, dass ich nun, zum dritten Mal meinen Roman wiederaufnehmend, versuchen sollte, da weiterzumachen, wo ich aufgehört habe.

Die Haut wird danach auch etwas stabiler, und ich finde mich damit ab, dass der freiwillige Aufenthalt in einem Gefängnis auch Nachteile haben musste, weil es ja sonst die allgemein bevorzugte Lebensform wäre, was sie nachweislich nicht ist, oder?

Den Lastwagen von Technical Sergeant Washington und vor allem seinen Chauffeur habe ich gewiss auf der Hinfahrt gewürdigt. Aber das, was mir noch deutlicher in Erinnerung steht, ist der Zustand, in welchem er zurückfuhr: nämlich gleichfalls vollbeladen. Und zwar hauptsächlich mit Särgen und Toten in Tüchern. Auf dem Hinweg hatte er Pfirsiche, Ketchup und Büchsenfleisch für die Lebenden transportiert, auf dem Rückweg war er ein Leichenkutscher.

Ohne die Qualität meiner Ausbildung überstrapazieren zu wollen, denn Camp Ritchie war nicht die Kriegsakademie, aber ein wenig hatten sie uns dort denn doch über Gepflogenheiten bei der Armee beigebracht. Leichname von Männern, die auf dem Feld der Ehre ihr Leben für das Vaterland ließen, sollten sich eigentlich nicht berühren. Außer, notfalls, im Grab. Auf keinen Fall aber auf der Ladefläche eines Lastwagens. Aber es ging nicht anders, denn ganz offensichtlich hatte Eisenhower (seine feste Freundin vom Women's Army Corps war ein Model aus der Bierwerbung, *Miss Rheingold 1942*, deren Blowjobs unglaublich gewesen sein müssen …) oder diejenigen seiner Generäle, die für derartige Fragen zuständig waren, den Bedarf an Särgen völlig falsch kalkuliert und viel zu wenig an diesen Abschnitt der Front bestellt. Natürlich ist das eine Umschreibung. Nicht in erster Linie die Menge an Särgen war falsch geschätzt worden. Sondern die aus den Kampfhandlungen resultierenden Gefallenen.

Dass man deren Leichen dann mit Lastwagen wegkarrte, auf denen im Zyklus des Red Ball Express später wieder

Lebensmittel transportiert wurden, schien mir auf einen Missstand hinzuweisen, vor allem auf ein Bewusstseinsproblem, das es offensichtlich beim Top Brass gab: Merkte Versailles nicht, was hier an dieser Stelle der Front geschah? Wie absurd hoch die Verluste dieses ersten Angriffs waren, nämlich über fünftausend Mann, dafür, dass wir nichts erreicht hatten?

Was erzählte General Cota, der befehlshabende General, denn Eisenhower, wenn sie auf edlen Polstermöbeln saßen oder mit den anderen Chefs auf Cocktailempfängen herumstanden? «Ach übrigens, wisst ihr schon? Da unten im Hürtgenwald sind uns die Särge ausgegangen! Wir brauchen dringend Nachschub!»

Am meisten irritierte mich aber nicht der grouchomarxistische Zug, der über allem schwebte, was unsere Führung und ihr Privatleben anging, sondern die absolute Finsternis bezüglich unserer strategischen Ziele im Hürtgenwald. Sicher, es hieß, man brauchte den Hürtgenwald, um Aachens Südflanke zu sichern. Man brauchte ihn, um ins Rheinland und schließlich nach Köln zu gelangen.

Wir alle waren dafür, und ich besonders, dass wir an den Rhein gingen, und natürlich wollten wir Köln erobern. Wahnsinn, wenn ich daran dachte: die Stadt meines geliebten Großvaters von den Nazis befreien! Auf jeden Fall. So schnell wie möglich.

Aber wieso umgingen wir dann den Hürtgenwald nicht einfach, sondern wollten mitten durch ihn hindurch? Oder warum bombardierten wir ihn nicht? Die Antwort hieß: Wir gehen in einer geschlossenen Linie nach Osten und lassen nichts aus. Keine Lücken – denn Lücken bedeuten Nester und Flankenangriffe.

Darüber wurde allerdings nicht offen gesprochen. Selbst

Offiziere wie Captain Oleandro erhielten keine richtigen Informationen über unsere Strategie. Sie konnten ihren Leuten nur sagen, wohin sie gehen sollten, aber nicht genau, warum. Oder wofür zuvor so viele gestorben waren.

Klar, sie waren ganz grundsätzlich für Freiheit und Demokratie gestorben, das verstand sich, wir waren Amerikaner. Aber soldatisch gesprochen, erklärte man der kämpfenden Truppe nichts. Niemand hatte die geringste Ahnung, was hier strategisch so wichtig war, dass man eine mit toten jungen Männern gefüllte Lastwagenprozession dafür hinzunehmen bereit war.

Technical Sergeant Washington hatte sich für mich menschlich als eine Erleuchtung erwiesen, aber seinem Leichenlaster blickte ich fassungslos und auch zornig hinterher, während er sich in den Pulk frischbeladener Lastwagen einfädelte, die auf dem riesigen Verladeplatz vor der Ausfahrt rudelartig zusammengefahren waren, dichte Wolken von Abgas ausstoßend, das der Wind nach Norden am Wald entlang forttrieb. Ich versuchte Moon mit den Augen zu folgen, solange ich konnte, aber dann irgendwann war er aufgegangen zwischen den anderen von afroamerikanischen Chauffeuren gesteuerten Dreiachsern aus Detroit, mit denen wir Adolfs Tausendjähriges Arisches Lügenreich Note für Note und Ton für Ton vom Antlitz der Erde kratzen würden.

Vierter Teil

JULI 1971

Das Erste, was ich hier an der Front sah, waren die jungen Pennsylvanier, die sofort anfingen, mit ihren Spaten Löcher zu graben, Schützenlöcher, in denen sie auch schlafen würden. *Foxholes.* Das war das Erste, was sie taten. Tausende Männer gruben sich Löcher, Mann für Mann, weithin gestreut entlang der dunklen Linie des Waldes, den zu erobern sie geschickt worden waren. Und in dem die meisten von ihnen in den nächsten zehn Tagen sterben würden.

Sie holten ihre Spaten heraus, jeder sein eigener Gräber, und begannen zu arbeiten. Der steinige Boden war halb gefroren, und nach einer Weile, in der sie sich gegenseitig Flüche auf Englisch, Italienisch und Pennsilfaanisch Deitsch zuriefen, durchsetzt mit Gelächter und obszönen Anspielungen auf irgendwelche Ausbilder, begann es zu schneien. Halb Regen, aber doch Schnee genug, um auf den Männern bei ihrer gleichförmigen Tätigkeit liegen zu bleiben. Der Aushub, den sie mühsam neben ihren Löchern aufhäuften, zerbröckeltes Eifelgestein, Wurzeln und karge Erde, erinnerte mich irgendwie an Schriftzeichen – als schriebe jeder von ihnen Zeichen seiner Anwesenheit auf den Boden, und der weiße Schnee bedeckte sie wieder. Sie spannten Planen über ihre Löcher, manche waren dabei geschickter als andere, und so entstand bald der Anblick eines geduckten Zeltlagers. Sie bekamen Essen, das sie im Stehen schlürften, und kaum waren sie fertig, erfasste sie eine erstaunliche Umtriebigkeit; sie standen in kleinen Gruppen zusammen, unterhielten sich, lachten, rauchten. Sie froren, denn sie hatten keine Mäntel, und dann machten sie sich daran, den Wald zu erkunden, nur ein Stückchen hineinzugehen. Besser gleich, das war die vorherrschende Ansicht, bevor der Krawall losginge und sie keine Gelegenheit mehr dazu haben würden, nach dem zu suchen, wovon sie seit der Überfahrt, ja seit dem Trainingscamp, in dem sie zu Soldaten gemacht worden waren, geredet hatten: Hakenkreuze. Orden. Abzeichen. Aber vor allem: Hakenkreuze. Der Beweis, dass sie wirklich gegen Deutsche gekämpft hatten. Echte Nazis. Echte Wehrmachtsorden. Als Mitbringsel für ihre Lieben daheim.

Und hier waren wir. Tiefer im Wald, als wir gedacht hatten. Private Kirschfang schaute auf seine Uhr, die Zeit war um. Er steckte das Säckchen mit den gesammelten Trophäen ein. Wir blickten noch einmal auf den toten Landser, fühlten uns plötzlich rat- und hilflos.

«Sprech'ma a Gebetle», sagte ich auf Deitsch.

Vielleicht standen wir zu lange, oder die anderen waren vorher schon abgezogen. Es war jedenfalls nichts mehr von ihnen zu hören. Wir gingen eine Weile in eine Richtung, und keiner von uns wusste so genau, warum eigentlich in diese. Private Kirschfangs Taschenlampenlicht, das immer kärglicher wurde, verfing sich im Unterholz, wurde von den Hunderten dürren Ästen zerschnitten, die sich uns so dicht entgegenstellten, dass wir bald nicht weiterkonnten.

«Des war uns' Herweg ned», murmelte Kirschfang. Durch die Stille, die uns umgab, begriffen wir erst jetzt, wie laut wir uns bis dahin durch das Unterholz bewegt hatten.

Nun versuchte jeder, nicht mal mehr einen Zweig mit seinen mittlerweile durchnässten Stiefeln knacken zu lassen.

Ich hörte mit einem Mal ein Plätschern. Da wir zuvor an keinem Bach oder Rinnsal vorbeigekommen waren, war ziemlich klar, dass wir uns verlaufen hatten. Ich musste eine Entscheidung treffen, aber ich hörte nur dem Bächlein zu, als würde mir das Kleine Wasser (wie ich es für mich benannte) etwas davon flüstern, was wir tun sollten.

Ich lauschte dem Wasser, bis ich plötzlich die klare Empfindung hatte, dass wir nicht länger alleine waren. Und ich begann, mich zu fürchten. Ich dachte an die deutschen Minen. An die Männer, die die Minen vergraben hatten.

«Löschen Sie das Licht», sagte ich zu Kirschfang und übernahm damit entschieden die Führung, was die beiden Privates sehr zu freuen schien. Ich weiß nicht, ob es mir gelungen war, meine Furcht zu verbergen, jedenfalls brachten die beiden ihre Karabiner in Anschlag und folgten mir. Es war so dunkel, dass ich mit den Händen durch das verdorrte Astwerk greifen musste, um einen Weg zu bahnen. Ich wollte das Kleine Wasser in Hörweite behalten und bergab gehen, damit wir, so folgerte ich oder redete mir ein, ins Tal kommen und dort irgendwie auf unsere Leute stoßen würden. Immer wieder wischten mir bösartige Äste Kratzer ins Gesicht. Weil es so schwierig war, überhaupt durch das Unterholz durchzukommen, wichen wir immer wieder von unserer Richtung ab. Bald hörte ich das Kleine Wasser nicht mehr und hatte damit jeden Orientierungspunkt verloren. Es war jetzt tiefe Nacht.

Wir erreichten eine Lichtung, das Gelände wurde etwas flacher. Da ragten große Felsen hervor, hinter denen wir in die Hocke gingen. Dann erkannten wir den riesigen schwarzgrauen Schatten: einen Bunker. Es war nicht auszumachen, ob er besetzt war, aber der bloße Anblick, der in der Dunkelheit schimmernde Schemen seines mit Steinbrocken verstärkten Nazi-Betons, ließ uns alle drei erstarren. Die Privates hielten mit ihren Karabinern auf den Bunker, der inmitten des dunklen Waldes wie eine archaische Festung wirkte. Schnee schimmerte auf seinem Dach. Eine Weile verharrten wir so, vom schrecklichen Anblick fasziniert, dann tat sich etwas. Ein Schatten trat aus dem Bau, man hörte Stimmen im Inneren, die ihm etwas zuriefen. Gelächter.

Für einen Moment verlor ich mich ganz in der Betrachtung des Schattens. Alles, was ich sah, obwohl ich mich fürchtete, entsprach genau der Vorstellung, die ich hatte, wenn ich an der Schreibmaschine saß und Propaganda für Deutsche schrieb. Gut möglich, dass der Schatten schon einmal heimlich etwas von mir gelesen hat, dachte ich.

Es war viel zu dunkel, um Genaueres zu erkennen, aber der Schatten schien unbewaffnet. Er ging ein paar Schritte, blieb dann stehen, wandte sich, blickte sich offenbar um.

Die Privates keuchten, legten ihre Wangen an die Gewehre und versuchten zu zielen, wie man es ihnen beigebracht hatte.

«Auf keinen Fall schießen», flüsterte ich.

Sie folgten dem Schatten mit ihren Gewehrläufen. Ich hatte wirklich Angst, dass einer von beiden die Nerven verlieren und versuchen würde, sich seinen ersten deutschen Landser zu schießen. Dieser ging noch ein paar Schritte, leicht hustend, und verschwand dann hinter einem Felsen.

Ich glaubte zu hören, dass er sein Koppel löste. Vernahm ein schweres Seufzen, das mit einem Mal abbrach. Etwas fiel auf die Erde. Dann ganz leise, schabende Geräusche, die ich mir nicht erklären konnte, auch die beiden Privates sahen irritiert drein. Dann wieder Stille. Der hustende Schatten tauchte nicht mehr auf, was uns noch mehr verwirrte. Stattdessen und vollkommen überraschend erklang eine flüsternde amerikanische Stimme, die uns urplötzlich von hinten ansprach, etwas rau, aber ganz sanft. Ein Akzent, der unwillkürlich an einen Ivy-League-Absolventen denken ließ.

«Captain Oleandro schickt mich. Zeit, uns ins Lager zu begeben. Aber seien Sie bitte leise.»

Seiner Uniform nach war er ein First Sergeant. Er trug keinen Stahlhelm. Sein Schädel war bis auf einen schmalen Streifen in der Mitte kahl rasiert. Ein Irokese.

Es war dasselbe Waldstück, in dem wir uns verlaufen hatten, doch die Linie, die der Sergeant hindurchfand, war völlig anders, ganz klar, es schien, als würden die Bäume plötzlich mithelfen, Platz machen. Er flitzte voraus, sah oder ahnte trotz der Dunkelheit schon vorher, wo es nicht weiterging, änderte die Route. Er lief, wir drei stolperten hinterher. Sehr schwer, ihm zu folgen, er war schnell. Als ich ihm einmal kurz näher kam, erkannte ich, dass er keine Stiefel trug, sondern flache Schuhe, weich wie Pantoffeln, mit denen er lautlos über den halbgefrorenen Waldboden rannte. Er hatte einen Karabiner umgeschnallt, aber an seinem Gürtel hingen auch ein Beil und ein langes Bowiemesser, und neben dem Messer wippte etwas auf und ab, das wie ein kleines, graues Fell aussah. Ein Eichhörnchenfell vielleicht. Auch wenn die Farbe Grau bei einem europäischen Eichhörnchen ein Ausstattungsfehler gewesen wäre.

So lernte ich First Sergeant Van Seneca kennen. Er brachte uns zurück zum Zeltlager. Kirschfang und der andere Private setzten sich sofort glücklich zu ihren Kameraden an ein armseliges Lagerfeuer, das zwischen den planenüberspannten Löchern flackerte, wie Hunderte von Feuern in dieser Nacht an der Siegfriedline. Als Seneca und ich das Zelt des Captains betraten, hörte ich sie noch, wie sie mit ihrem meckernden Pennsilfaanierdeitsch von den Jerrys erzählten, die sie beinahe abgeknallt hätten, drei, vier Mann. Eine deutsche Patrouille. Nahkampfspangenträger. Tödlich. Und wie der Indianer sie rausgeholt hatte.

Auf dem wackligen Tisch im Zelt des Captains lag eine Karte dieses Waldes, die er vom Divisionshauptquartier bekommen hatte. Ich wusste ehrlich gesagt nicht, was mich in dem Moment mehr beschäftigte, die Tatsache, wie absolut dürftig die Karte aussah, wie die Phantasiekarte eines Kindes, oder dass Sergeant Seneca tatsächlich ein Indianer war.

«Wo liegt der neue Bunker?», fragte Captain Oleandro mürrisch und schmatzte einmal mit dem Mundwinkel. Er hielt Seneca den säuberlich gespitzten Bleistift hin, schien allerdings offenbar selbst nicht der Überzeugung zu sein, dass dieses Detail sie irgendwie weiterbrächte.

«Ich bin zunächst durch den Fluss gegangen und dann hier über diesen Bergrücken.» Seneca fuhr mit der Bleistiftspitze über das Papier und schraffierte ganz leicht. Weder gab es Höhenlinien noch andere Markierungen, die die Bergigkeit des Geländes angezeigt hätten. Alles, was man darauf sehen konnte, waren das Flüsschen Kall, eine größere Straße und die Lage von ein paar Dörfern. Schmidt hieß eines davon. Dazu kamen Bleistifteintragungen, die Seneca offensichtlich in den letzten Tagen gemacht hatte.

«Hier habe ich Minen gefunden, neue, da müssen die Deutschen in den letzten zwanzig Stunden aktiv gewesen sein. Ein vorzüglich angelegtes Minenfeld, wenn Sie mir die Bemerkung gestatten.» Er zeichnete Kreuzchen in einem schmalen Bogen.

«Dann fand ich die Spur des vermissten Leutnant Glueck und seiner Begleiter, die sich – aus welchen Gründen auch immer – hier rübergewandt hatten. Dort ist der neue Bunker. Ich denke, weiter westlich davon werden wir noch weitere finden.»

Er zeichnete ein kleines Rechteck in die Karte.

Ein halbes Dutzend solcher Rechtecke sah man da schon. Aber nach allem, was man von der Siegfriedlinie wusste, musste es Hunderte Bunker geben, systematisch-unsystematisch verstreut über den gesamten Wald.

«Sie vergessen den Wasserlauf», warf ich ein.

«Richtig, Sir», sagte Seneca, «ein kleiner Bach. Etwa hier. Schneidet weiter unten tief in den Fels, ein sehr schroffes kleines Tal. Eine Gegend, die ich als gefährlich einstufen würde.»

«Schon wieder einer von diesen Drecksbächen *di puta*, den sie nicht in der Karte haben, *cazzo.*» Der Captain schmatzte noch einmal, nahm Seneca den Bleistift aus der Hand und steckte ihn sich schnurstracks in den Mund, um ein wenig darauf herumzukauen. Zwei Tage später erzählte er mir, dass er wahrscheinlich der einzige Soldat in der Army war, der ausgerechnet hier und jetzt versuchte, sich das Rauchen abzugewöhnen. Wollte seine Frau zu Weihnachten damit überraschen.

«Sie können dem Sergeant danken, Leutnant Schriftsteller», sagte er grimmig zu mir, aber nicht wirklich böse. Der Captain war schwer in Ordnung.

«Jederzeit wieder», sagte Seneca. «Wenn Sie erlauben, Captain, dann werde ich mich jetzt zurückziehen. Da wäre nur noch eine Sache.» Lächelnd wies er auf das graue Eichhörnchenfell an seinem Gürtel.

«Ah, sicher», sagte der Captain, «kommt auf die Liste. Nummer neun, wenn ich nicht irre.»

«Korrekt.»

Seneca nickte mir noch einmal zu und verließ das Zelt.

«Was hat das zu bedeuten? Nummer neun?»

«Bedeutet, dass ich diesen Kerl nächste Woche für einen Silver-Star vorschlagen werde und er ihn auch bekommen wird. Neun in knapp einer Woche. Unglaublich.»

«Neun was?»

Der Captain sah mich an, als wäre ich der größte Idiot, der ihm je untergekommen war.

Als ich vor dem Zelt stand, in dem ich die Nacht verbringen würde, blickte ich noch einmal über das Lager vor mir hinweg. Wieder schneite es leicht. Die fackelnden, langsam erlöschenden Feuer verbreiteten kokeligen Geruch. Ein paar Wachen standen unter ihren aus rohen Baumstämmen gezimmerten Unterständen und blickten in den sich dunkel auftürmenden Wald, den wir irgendwann in den nächsten Tagen erobern würden. Ich hatte keinen Zweifel daran, dass das möglich wäre, auch wenn ich mir nicht vorstellen konnte, wie. Aber ich wusste, dass ich dabei wäre. Auch ich würde mir meine Trophäen holen.

In der Ferne dröhnte das flirrend-tieftönende Rumoren des *Red-Ball-Express*, die Ameisenstraße aus Tausenden von Lastwagen, die ununterbrochen Material heranbrachten: Waffen, Munition, Pressfleisch und Ananas in Dosen, für die gewaltige Maschinerie unserer Armee auf dem Vormarsch nach Osten, an den Rhein. Durch die Wälder und an den Fluss.

Durch meinen Pervitin-Konsum hatte ich generell Probleme mit dem Einschlafen, aber in dieser ersten Nacht im Hürtgenwald schlief ich besonders schlecht. Es war die erste Nacht ohne Pervitin. Eine endlose, kalte Nacht, ich lag auf meinem Feldbett, die unfasslich leere Landkarte, die ich im Zelt des Captains gesehen hatte, stand mir wie ein leuchtendes Nichts vor Augen, und immer wieder zeichnete ich mit einem gespitzten und etwas abgekauten Bleistift den deutschen Bunker ein, sah zugleich den Schatten des Landsers, der aus dem Bunker herauskam und nicht wieder zurück. Erinnerte mich, dass der Mann hustete, aber jetzt nicht mehr. Dieses Husten war die winzige menschliche Regung inmitten einer gewaltigen, unbeschreiblichen Leere. Nichts schien mit nichts verbunden. Alles offen. Eine einzige, ungeteilte Gegenwart. Eine dämonische Leere. Eine kalte Glatze mit einem schimmernden Hakenkreuz, auf das wir gebannt starrten. Hier waren wir.

Diese erste Schlacht im Hürtgenwald, die vor etwa zehn Tagen stattgefunden hatte und die die 9. Division mit einer Verlustrate von über fünfzig Prozent bezahlt hatte, war für uns ein gänzlich neuer Typ. Denn noch nie seit ihrer Gründung hatte die US-Armee einen Waldkrieg geführt, und es gab deshalb auch kein miltärisches Konzept und keine Ausbildung dafür. Aber nicht nur, dass wir zum ersten Mal im Wald kämpften – dieser ungemein dichte, ja undurchdringliche Forst befand sich auch noch auf einem Terrain, das uns nicht nur einfach so, sondern seinem ganzen Wesen nach unbekannt war. Ein niedriges, aber kolossal schroffes Mittelgebirge voller tückischer Wasserläufe, scharf eingeschnittener Täler und Senken. Der Red Ball Express mochte Tag und Nacht laufen und dafür sorgen, dass die Truppen nicht verhungerten, während sie sich von den Deutschen abschlachten ließen. Aber die steilen Hänge dieses Gebirges überwanden unsere Lastwagen niemals. Diesen Wald betrat man zu Fuß. Die Vorbereitungen für unseren zweiten – und diesmal hoffentlich entscheidenden – Angriff liefen auf Hochtouren.

Während meiner ersten Nacht im Hürtgenwald, nach dem Besuch am deutschen Bunker, schrieb ich seit langer Zeit endlich wieder einen Brief an meine Mutter.

Der richtig harte Pervitin-Entzug hatte eingesetzt, eine grausige Erfahrung, bei der ich mich fühlte, als wäre ich ein leeres Gespinst, als würde der kalte Wind eines ausglühenden Universums durch mich hindurchpfeifen. Ich hatte schrecklichen Durst, aber ich konnte nichts trinken, fühlte mich uralt und zerschlagen, todmüde, aber unfähig, auch nur eine Sekunde lang ein Auge zu schließen. Es war, als hätte ich mich in eine mythologische Figur verwandelt: der Sterbliche, dem die Götter einen ewigen Fluch für seinen Hochmut auferlegt hatten. Ewige Schlaflosigkeit bei äußerster Erschöpfung. Im Amerika dieser Tage nennt man solche Leute «Junkies».

Hatte ich bislang noch in jedem Brief genau das getan, wovon Jerry in Paris in seiner Story gesprochen hatte, nämlich darüber zu schweigen, was tatsächlich geschah, wie es mir ging oder was ich fühlte, um meine Mutter nicht zu beunruhigen, so schrieb ich jetzt das erste Mal offen alles hin, was mir in den Sinn kam. Es wärmte mich, ihr zu gestehen, dass ich mich in Paris unglücklich verliebt hatte und nun an die Front gegangen war, nicht zuletzt, um darüber hinwegzukommen. Ich wusste genau, wie man es formulieren musste, damit die Zensur den Brief durchließ. Ich schilderte ihr auch, wie es gewesen war, mit Hem unterwegs zu sein, ohne seinen Namen zu erwähnen.

Ich schrieb und schrieb, auch weil es so schön war, mir vorzustellen, wie es sein würde, wenn sie den Brief bekäme, wenn sie ihn öffnete, um ihn in der Küche oder im Sessel neben dem Radio zu lesen; und solange ich einfach weiterschrieb, sah ich die Morgensonne in unser Wohnzimmer fallen, hörte die Geräusche des alltäglichen Lebens draußen auf der Straße und war mit Mama daheim. Der Brief war wie ein flackerndes Lichtlein, das ich unbedingt so lange am Leben halten wollte wie möglich. Plötzlich aber stand mir vor dem geistigen Auge eine von *Burning Men* in Divisionsstärke gespeiste Fackel, den Opfern des lichterloh brennenden Hürtgenwalds. Darüber konnte ich nicht schreiben, das hätte die Zensur niemals durchgelassen, aber den Schrecken hat meine Mutter vielleicht trotzdem zwischen den Zeilen gespürt.

Diesen Brief habe ich natürlich nicht hier in meiner Zelle, hier habe ich gar nichts, aber ich sehe ihn vor mir, nachdem ich ihn, vor ein paar Jahren, den Nachlass meiner Mutter ordnend, wiedergefunden und sehr genau durchgelesen hatte. Briefpapier aus dem Ritz in Paris, eng beschrieben. Viele Durchstreichungen, sich ins Leere verlierende, neuen Anlauf nehmende Sätze. Es stehen seltsame Dinge drin. Als ich den Brief verfasste, hatte ich das Gefühl, ihr alles ganz genau zu berichten. Nun war ich überrascht, zu sehen, wie viel ich auch über Erinnerungen an meine Kindheit und auch speziell East Berlin geschrieben hatte. Ich berichtete meiner Mutter ausführlich, dass viele der Soldaten, mit denen ich jetzt an der Front stand, waschechte Pennsilfaanier-Deitsche waren – wenn's nicht ihre Aufgabe wäre, sich gegenseitig umzubringen, könnten sie sich mit den Deutschen direkt über das schlechte Wetter hier in *dies' finstern Gebirch* unterhalten.

Als der Morgen angebrochen war, ebenso grau wie der Tag zuvor, aber spürbar kälter, und ich es trotz unsäglicher Müdigkeit und Erschöpfung fertiggebracht hatte, wach zu bleiben, brachte ich den Brief zur Poststelle. Dann suchte ich nach dem besten Aufklärungsspezialisten, den ich je erlebt hatte, Sergeant Van Seneca, der uns am Tag zuvor gerettet hatte.

Wenn ich verstehen wollte, was hier tatsächlich gespielt wurde, brauchte ich seine Erfahrung sowie seine außerordentlichen Fähigkeiten, sich in diesem Wald zurechtzufinden. Umso mehr, um zu erreichen, was ich mir, dem Hemingway'schen Anspruch folgend, vorgenommen hatte: nämlich nicht nur hier unten auf einem Vorposten zu bleiben, sondern tiefer in den Wald und den Kampf einzudringen, um selbst zu verstehen, was der Krieg eigentlich war.

Sergeant Van Seneca hätte diese Frage wahrscheinlich geschmacklos gefunden, ich vermute das, denn direkt gestellt habe ich sie nicht. Dazu war seine ganze Erscheinung zu kriegerisch, ich wäre mir lächerlich vorgekommen. Als ich zu seinem Zelt kam, einem Standardzelt für Unteroffiziere, das er allerdings durch einen schmalen Teppich am Eingang geschmückt hatte, in welchem kunstvoll eine ganze Reihe von Federn steckten, war er gerade dabei, sich mit nacktem Oberkörper aus einer am Boden stehenden Schüssel zu waschen. Die Linie seiner Wirbel, die sich auf dem makellos muskulösen Rücken hinzogen, wurden von der scharf rasierten und prächtig wie der Helmschmuck eines römischen Zenturios aufgestellten Haartracht verlängert und ließen ihn für einen Moment übermenschlich erscheinen, als wäre er ein Fabelwesen, eine Mischung aus Mensch und Reptil, ein Drachenkrieger. Staunend sah ich zu, wie er sich seine mächtigen Achselhöhlen mit dem eiskalten Wasser aus der Schüssel wusch, um sie sodann mit einem blitzschnell aufgeklappten Messer zu rasieren. Er klappte es wieder ein, trocknete sich ab und drehte sich zu mir, das Handtuch über die massigen Schultern gelegt. Er lächelte, und so, wie er dastand, hätten wir uns auch irgendwo an einem sonnigen Strand befinden können.

«Sehr erfreut, Sie zu sehen, Leutnant. Ich hoffe, Sie hatten eine gute Nacht. Erfreulicherweise blieben wir heute ja von Beeinträchtigungen durch umfänglichere Kampfhandlungen verschont. Wenn die großdeutsche Wehrmacht aus allen Rohren feuert, wie das zuletzt hier der Fall war, kann es recht ungemütlich werden. An Schlaf ist dann nicht zu denken.»

«Wenn ich ehrlich bin, habe ich trotzdem die ganze Nacht kein Auge zugetan.»

«Dann wird Ihnen ein Frühstück sicherlich guttun», sagte er, hängte das Handtuch über eine Leine und zog sich an.

Ich sah ihm zu, wie er blitzschnell ein kleines Feuer vor dem Zelt entzündete und einen Topf mit Wasser daraufstellte. Er holte Vorräte, Kartoffeln, getrocknetes Rindfleisch und eine Dose Mais. Kochte die Kartoffeln, schälte sie, nahm eine Pfanne und briet alles zusammen an, wozu er ausgelassenes Fett aus einem Glas verwendete.

Dann setzten wir uns in sein Zelt. Wir hockten selbstredend auf dem Boden. Er reichte ein ziemlich komisch schmeckendes Wasser mit einem abgestandenen und leicht muffigen, aber auch irgendwie interessanten, waldartigen Geschmack. Ich finde kein anderes Wort dafür: Es schmeckte waldartig. Er nannte das Wasser Kräutersud und sah mir mit Zufriedenheit dabei zu, wie ich unerschrocken den Becher leerte.

Wir begannen zu essen. Es schmeckte vermutlich viel besser als alles, was man in der Regimentsküche bekommen konnte, aber mein Appetit war an dem Morgen nicht sonderlich ausgeprägt. Auch beschäftigte mich der Anblick seiner Trophäensammlung.

Sie bestand aus drei Abteilungen:

Absurd war der blutrot gestrichene Blecheimer, zu dreiviertel mit Orden, Spangen aller Art, Belobigungsansteckern und so weiter gefüllt. Vermutlich lag auch das eine oder andere Eiserne Kreuz dazwischen.

Dann eben die Waffen. Wehrmachtsdolche, Pistolen, eine Walther PPK und zwei Sauer. Drei Karabiner 98k. Aber am beeindruckendsten war zweifellos die MP-40, nach Ansicht von Waffenkundigen das beste Schnellfeuergewehr aller im Zweiten Weltkrieg kämpfenden Armeen und deshalb enorm populär. Der Name des Ingenieurs stand breit auf dem senkrecht nach unten ragenden Magazin, und so wie heute alle Kalaschnikow zur AK-47 sagen, hieß die MP-40 bei uns nur Schmeisser.

«Wo haben Sie die her? Sieht ja wirklich beeindruckend aus. Darf ich mal? Nehme an, ihr Vorbesitzer hat sie nicht gerade freiwillig hergegeben?» Ich strich über die legendäre Waffe und gab sie mit anerkennendem Blick zurück.

«Sie sind sehr gütig, mich mit diesem Lob zu bedenken», sagte Van Seneca, «und Sie haben korrekt gefolgert, dass diese Waffe ohne Einverständnis ihres Vorbesitzers zu mir gelangt ist. Aber dasselbe gilt auch für dieses imposante Stück.»

Ich kam zur dritten Abteilung seiner Trophäen. Unter diesen befand sich auch das graue Eichhörnchenfell, welches er von der Rettungsaktion im Wald mitgebracht hatte. Es hing zwischen etlichen anderen Fellen verschiedener Farben. Was für Tiere waren das nur?

Er zeigte auf einen pelzartigen, tiefschwarzen, von ganz dünnen grau-weißen Strähnen durchzogenen Haarschopf, der an dritter Stelle von oben in der Reihe hing. Tierhaar? Das war ... Menschenhaar. Skalpe. Ein schauerlicher Anblick. Nicht für Van allerdings.

«Hier, sehen Sie nur.» Lächelnd wies er auf einen Busch deutlich helleren, gekräuselten Haars, das an den Haupthaar-Skalp geknüpft war, und streichelte so zärtlich darüber, als liebkoste er ein Haustier.

«Das ist der Bart des Vorbesitzers der Schmeisser», er sprach es *Tschmeisskä* aus, «ich konnte einfach nicht widerstehen und habe mir etwas davon abgeschnitten. Es ist eigentlich unüblich.»

«Was bitte?»

«Bärte. Wir nehmen sonst nur Haupthaar, aber es wurde vonseiten meines Clans auch der Wunsch nach Bärten geäußert ...»

«Warum?»

«Wegen Hitler. Sie müssen wissen, sein indianischer Name lautet – *Der-Seinen-Eigenen-Bart-Beschnüffelt.*»

«Das habe ich noch nie gehört – aber das stimmt: Hitler bewegt oft die Nase so komisch, als ob er schnuppern würde.»

Van Senecas Miene erhellte sich. Bedacht erzählte er weiter.

«Da fällt mir etwas ein, vielleicht können Sie mir helfen: Der Mann, dem ich Skalp, Bartteil und Tschmeisskä abzunehmen die Freude hatte, war von seinen Kameraden, das konnte ich genau hören, mit einem gleichfalls interessanten deutschen Namen bedacht worden, der mir – ich vermag Deutsch zu lesen, aber ich spreche es leider nur bruchstückhaft – vorkam wie: DEA-WILT-CHUETTA. Was meinen Sie, Leutnant – was könnte das wohl sein?»

Ich ließ ihn den Namen noch ein paarmal wiederholen, etwas, was ihm Spaß zu machen schien, bat ihn, sich streng zu erinnern, fragte auch nach der Beschreibung des Mannes, seinem Aussehen. Er war riesig, noch größer als Van Seneca selbst gewesen. Der Skalp war enorm, wie ein seltsames Sofakissen, aber auch die Kleidung des Mannes sei ungewöhnlich gewesen, keine richtige Uniform, sondern kurze lederne Hosen habe der Mann getragen und seltsame aus Wolle gewobene Wärmer um seine Waden.

«Kurze Lederhosen? In New York kenne ich einen Emigranten aus München, ein fabelhafter Schriftsteller übrigens. Der war gleichfalls nur mit kurzen Lederhosen unterwegs, und solche wollenen Strümpfe trug er auch. Hatte etwas Gebirglerisches an sich.»

Plötzlich glaubte ich zu wissen, was das für ein Name gewesen war:

«Kann es sein, dass seine Kameraden ihn *der Wildhüter* genannt haben?»

«Ja, ja», rief Van Seneca begeistert, «genau, das war das Wort: DEA-WILT-CHUETTA.»

Er erhob die Hand, um mit mir einschlagen zu können.

«Wissen Sie, Leutnant, was es bedeutet?»

«Nun ja, gesetzt den Fall, dass ich recht verstanden habe, heißt es so viel wie Förster, Ranger oder so.»

«Ach ja, das ergibt Sinn», sagte Seneca. «Der Mann war ein Scharfschütze, den ich von seinem Hochsitz gepflückt habe. Er hatte neben der Schmeisser auch noch ein sehr schönes deutsches Snipergewehr stehen.»

«Ach», sagte ich lächelnd. «Und wo ist diese Präzisionswaffe jetzt? Sie wollen mir doch nicht sagen, dass Sie eine Maschinenpistole mitnehmen, aber ein Scharfschützengewehr liegen lassen?»

«Korrekt, Sir. Auf meiner Flucht, die etwas steinig war, habe ich sie verloren. Aber da – und hier bin ich mir bei der Aussprache ziemlich sicher – eine gewisse *Kampfgruppe Feuerlein* hinter mir her war und mich beinahe abgeknallt hätte, habe ich es drangegeben. Die Tschmeisskä hingegen hing sicher um meine Schultern.»

Er machte noch ein paar Bemerkungen zu einigen der anderen Skalpe. Sein Plauderton ließ es mit einem Mal richtig gemütlich werden. Dann räumte er das Geschirr beiseite und gab mir noch einen kleinen Schluck von dem erdig schmeckenden Kräutersud. Wir redeten. Und ich begriff, warum Van Seneca zwar ein reguläres Mitglied der US-Armee, aber zugleich ein Einzelkämpfer mit Sonderstatus war.

Aus heutiger Sicht mag man sich das kaum noch vorstellen können, aber die vierziger Jahre waren die letzte Epoche, in der die Indianer eine gewisse Eigenstaatlichkeit genossen – bei weitem nicht alle, aber die Sechs Nationen der Irokesen etwa waren damals noch souveräne Staaten. Und diese spürbare Souveränität klang in Van Senecas Worten mit.

«Nun», sagte er, «es ist ja evident, dass wir den Krieg der USA gegen die Achsenmächte voll und ganz unterstützen. Völkerrechtlich gesehen, befanden wir uns mit Deutschland übrigens schon die ganze Zeit im Kriegszustand. Seit fast dreißig Jahren.»

Van saß im Schneidersitz, seine muskulösen Arme hingen lässig über seinen Knien. Er genoss sichtlich meine Verblüffung.

«Wie kann das sein?»

«Auch die Sechs Nationen der Irokesen haben Deutschland 1917 den Krieg erklärt, wurden später aber nicht zu den Friedensverhandlungen in Versailles eingeladen. Wir haben niemals Frieden mit dem Deutschen Reich geschlossen und lagen deshalb auch mit seinem Rechtsnachfolger, der ersten deutschen, in Weimar gegründeten Republik, permanent im Krieg. Ich bin gespannt, ob wir diesmal die Gelegenheit haben werden, unseren kommenden Sieg mit einer anständigen Vertragsunterzeichnung zu krönen.»

«Werden wir denn siegen?»

«Leutnant, ich muss mich doch sehr wundern. Sie arbeiten für die Psychologische Kriegsführung. Sie sind Sykewar. Wie können Sie auch nur den leisesten Zweifel äußern?»

«Ich verstehe die Frage nicht. Die amerikanische Propaganda ist der Wahrheit verpflichtet. Und was ich hier bisher gesehen habe – ist einfach niederschmetternd. All die Toten.»

«Ach so. Sie wissen nicht, wie Sie die Toten des Hürtgenwaldes verkaufen sollen?»

«Ich sage, ich verstehe nicht, was hier geschieht.»

«Männer kämpfen gegeneinander, und viele sterben. Krieg. Die Amerikaner führen wieder einmal Krieg und werden ihn, wieder einmal, gewinnen. Egal wie viele amerikanische Soldaten sterben – sie werden niemals aufgeben. Glauben Sie mir.»

«Sie sprechen aus Erfahrung, scheint mir.»

«Ja, in der Tat. Wir haben die Amerikaner und ihre Kampfweise als Erste kennengelernt. Man könnte sogar sagen: Im Krieg gegen uns kam Amerika zu sich. Wir waren dabei, als diese Nation ihr Haupt erhob. Und ich kann Ihnen versichern: Auf den einzelnen Mann legen die keinen Wert. Fällt einer aus, kommt einfach der nächste. Die persönliche, individuelle Geschichte eines tapferen Mannes, der einen kleinen Handelsstützpunkt an einer dafür geeigneten Stelle an einem Fluss errichten möchte, spielt keine Rolle. Wer seine Eltern oder seine Ahnen waren – Schnee von gestern. Er ist nur ein Stellvertreter. Man kann die Hütte, die er gebaut hat, niederbrennen und ihn töten. Im nächsten Frühjahr, vorausgesetzt, die Stelle ist wirklich gut, kommt der nächste. Das sind die Amerikaner. Es ist der Hunger, der sie so hart gemacht hat. Erst kamen die sehr Frommen und die Freidenkenden, aber dann kamen schnell auch die Armen und Hungrigen Europas auf den Kontinent, der bis dahin von uns besiedelt und beherrscht wurde. Und dort haben sie eine eigene und uns fremde Nation errichtet. Eine Nation des permanenten Mangels, des Hungers nach Land, der Gier nach Fellen, nach Gold. Wir – und der britische König – waren die Ersten, die gegen diese Amerikaner verloren haben. Also glauben Sie mir – die USA werden siegen. Egal wie viele Menschenleben es kosten wird.»

Ich wusste, dass er hier eine tiefe, aber noch ganz dunkle Wahrheit aussprach. Sie betraf etwas, das allem widersprach, wofür ich stand und was für mich Amerika war, aber von dem ich wohl wusste, dass es irgendwo in der Tiefe existierte. Es tat weh, diesen Abgrund zu fühlen.

«Schauen Sie doch nicht so entsetzt, Leutnant! Ich weiß, der Tod ist – obwohl omnipräsent – in Ihrer Kultur ein heikles Thema. Für uns hingegen gilt es als Vorteil, im Krieg getötet zu werden. Alt und krank zu werden, nicht mehr richtig laufen zu können und seine Zähne zu verlieren – was soll daran erstrebenswert sein?»

Ich musste an Hemingway denken. Van Seneca hätte ihm wohl aus dem Herzen gesprochen.

«Wollen Sie damit sagen, dass Sie hier sind, um … zu sterben?»

«Aber nein.» Er lachte schallend.

«Im Krieg sterben, das ist eine Ehre. Aber man sollte sie natürlich höflich den Feinden überlassen. Ich bin sehr bestrebt, möglichst lange am Leben zu bleiben und den Müttern so viele deutsche Skalpe zu bringen wie nur möglich!»

«Den Müttern?»

Irgendwie wurde mir immer seltsamer zumute. Ich verstand jedes Wort und dann wieder doch nicht. Der Geschmack des Kräutertees geisterte mir seltsam durch die Sinne.

«Sie bringen die Skalpe … den Müttern?»

«Ja! Wir haben ein Matriarchat. Sogar der deutsche Aufklärer Herder hat darüber geschrieben. Nie gelesen?»

«Nein.»

«Der Rat der Frauen trifft die wesentlichen politischen Entscheidungen, und es ist die Entscheidung der Mütter, gegen wen wir Krieg führen. Die Männer müssen dann zeigen, was in ihnen steckt, und möglichst viele Feinde töten.»

«Dann sind Sie ja auf dem besten Weg, nicht nur von der US-Armee hoch dekoriert zu werden, sondern auch ihren … Müttern zu gefallen.»

«Ich weiß durchaus um meinen Wert für den Clan, der sich keineswegs auf meine physische Kampfkraft beschränkt. Ich habe eine sehr aufwendige und auch teure Ausbildung genossen.»

«Aha, welche denn?»

«Jura und Philosophie in Oxford. Und danach amerikanisches Staatsrecht in Harvard. Dies Letztere übrigens als erster Angehöriger einer indianischen Nation. Das war möglich, weil ich auch noch einen britischen Pass besitze.»

Ich kam aus dem Staunen nicht mehr heraus.

«Unser Clan hatte einen Wohltäter. Es war der Richter eines unserer Nachbarbezirke, die selbstverständlich zu den USA gehörten. Dieser Bezirksrichter spielte die tragikomische Rolle eines Mannes, dessen größte Leidenschaft seinen ansonsten reinen, puritanischen Geist immer wieder gefährdet hatte: Pokern. Nicht, dass es in den verschiedenen, zu den Vereinigten Staaten zählenden Ländern nicht schon vorgekommen wäre, dass ein Vertreter der Judikative hier und da Gesetze der Exekutive gebrochen hätte, aber dieser Fall verhielt sich doch sehr speziell: Der Richter jedenfalls liebte das Poker-Glücksspiel über alles. Da er als Jurist genauestens über den in seiner nächsten Nähe einzigartigen rechtlichen Status unseres, nun, an Qualität sowohl als an Ausdehnung eher jämmerlichen Territoriums Bescheid wusste, suchte er eines Tages Kontakt zu den Müttern. Er schlug ihnen vor, eine stabile Hütte in unserem Land und auf unserem Grund zu errichten, in der er sich mit ausgewählten Freunden regelmäßig treffen könnte, um Poker zu spielen. Um Geld. Es war ein ziemlich unwahrscheinliches Glück, dass diese Geschichte unserem Volk keine Nachteile bescherte, aber der Richter, ein durch Erbschaft reicher Mann, war grundehrlich. Vielleicht, weil seine Vorfahren schon genügend gestohlen und betrogen hatten. Wie Sie wissen, wurden die Indianer auf dem Schlachtfeld oft und bitter geschlagen. Aber endgültig besiegt wurden sie durch drei Dinge: die Grippe, den Alkohol und schließlich durch das, was die Amerikaner *Verträge* und *Gesetze* nannten. Jener Richter aber, der auf uns zugekommen war, war der erste Amerikaner, der sich an eine Vereinbarung mit uns zu halten verpflichtet fühlte.» Van Seneca lachte kurz auf, erhob die Hand und richtete die Augen zum Himmel, als grüßte er den Geist des Richters in den ewigen Jagdgründen.

«Keine Ahnung, wann sich diese Geschichte zugetragen hat», sagte ich, «aber wenn es so vor vierzig, fünfzig Jahren gewesen wäre, dann hätte gut mein Großvater bei eurem Richter aufgetaucht sein können.»

«War er ein Spieler?»

«Oh ja. Ein Berufsspieler. Ich habe immer ein Päckchen Karten dabei, zum Spaß, aber auch als Erinnerung an ihn.»

Ich holte mein Päckchen *Bicycle 808* hervor und zeigte ihm einen netten, kleinen Kartensprudel. Van musste lachen. Er hatte geschworen, niemals selbst eine Spielkarte anzufassen.

«Mein Großvater wurde engagiert, um mit den Gästen Karten zu spielen und eine Show abzuziehen. Zeitweise muss er ganz gut Geld verdient haben. Aber meistens waren seine Taschen leer, glaube ich. Berufsspieler haben es schwer. Betrug gehört zur Tagesordnung.»

«Er hätte sich bestimmt gut mit dem Richter verstanden. Der war, darauf bestehe ich, ein Ehrenmann. Er plante weder, als Veranstalter Gewinn zu machen, noch, seine Mitspieler später zu erpressen oder irgendetwas anderes Böses. Er war kein Gangster, sondern ein Connaisseur. Ein Fanatiker. Ein Gläubiger. Er lebte dafür, fünf Karten in der Hand zu halten und darauf zu wetten, dass gerade seine Karten innerhalb der Regeln des Spiels besser wären als die in der Hand seines Gegenspielers.

Für dieses Vergnügen war er bereit zu bezahlen – und zwar eine für unsere bisherigen Einkommensverhältnisse unvorstellbare Summe. Noch dazu bot er Umsatzbeteiligungen an. Allerdings würde der Deal, neben einer regelmäßigen Anwesenheit von Fremden, auch den Genuss von Alkohol und andere Unerfreulichkeiten mehr mit sich bringen. Deshalb waren die Mütter nur dazu bereit, wenn sieben von zehn Dollar in ihre, der Mütter eigene sowie den Kindern des Volkes gewidmete Kasse gehen würden. Die restlichen drei Dollar mochten die Männer haben, um sich Waffen und anderen Männerkram zu kaufen. Außer Schnaps natürlich.

Es war der Richter, der den Müttern den wahren Wert unserer Eigenstaatlichkeit erklärte und ihnen den Rat gab, die Gesetze der Vereinigten Staaten genauestens zu studieren, da sie ein überwältigend aktiver Nachbar waren. Übrigens wies er sie auch darauf hin, dass es eine starke politische Bewegung in den Staaten gab, deren Ziel eine Abschaffung unseres Souveränitätsstatus ist.»

«Ach so?»

«Es ist die sogenannte *Termination-Bewegung*», sagte er, «der Vertreter aus den beiden großen Parteien angehören. Genau deshalb ist sie eine ernsthafte Herausforderung für unsere Eigenstaatlichkeit. Die Mütter begriffen, dass wir unseren letzten Besitz nicht mit Waffen werden verteidigen können, sondern nur mit der Kenntnis der Gesetze. Wir brauchten eine neue Art von Krieger: eigene Juristen. Mit dem Geld aus dem Pokerbetrieb des Richters wurde ein britischer Privatlehrer verpflichtet, Professor Stitch. Ihm verdanke ich die zuweilen nicht zu leugnende Umständlichkeit meiner englischen Diktion. Und ja – ich vergaß zu erwähnen, dass der Professor uns formal adoptiert hat. Daher mein britischer Pass. Zusammen mit neun anderen ebenfalls für akademische Studien besonders geeigneten Kindern meines Clans wurde ich von ihm unterrichtet, unserem ‹neuen› Vater. Er hatte sich in England fürchterlich verkracht, war aber ein universell gebildeter Mann – er brachte uns sogar Altgriechisch und Latein bei. Der Stoizismus und das Denken unserer Völker sind sich recht verwandt, und es gibt sogar noch amüsante Ähnlichkeiten. Raten Sie mal, wer unser altrömischer Lieblingsautor war.»

«Keine Ahnung. Seneca?»

Der Sergeant hob an, freudig lächelnd zu rezitieren: *«Non mortem timemus, sed cogitationem mortis.»*

Da er nichts weiter sagte, sondern mich nur mit gespannten Augenbrauen erwartungsfroh anblickte, seufzte ich und kramte in der Schublade mit den letzten Resten meines Lateins.

«Was hieß noch mal *cogitatio*? *Non timemus*, das ist einfach. Wir fürchten nicht. Wen oder was fürchten wir nicht? *Mortem*, den Tod. *Mortis* ist dann Genitiv, also heißt der Satz:

Nicht den Tod fürchten wir, sondern ... die ... Vorstellung von ihm.»

Van nickte zufrieden.

«Seneca, Briefe an Lucilius. Ihr Latein ist passabel, Herr Leutnant.»

«Sie haben doch nicht auch noch Altphilologie studiert, oder?»

«Nein, nein. Nur Staatsrecht. Meine Abschlussarbeit beschäftigte sich mit den irokesischen Elementen, die die US-amerikanische Verfassung aus unserem sehr freiheitlich verfassten Grundgesetz übernommen hat.»

«Das wusste ich nicht», sagte ich. «Nie gehört.»

«Dass unser Totemtier, der Adler, das Staatswappen der Union schmückt, ist ja nur ein nettes Detail am Rande.»

Es war mir, als würde ich das, was ich hörte, mit einem Mal als eine Art von stehender Welle, wie etwas Stoffliches, heranbranden fühlen können. Auch hatte ich den Eindruck, ein wenig über dem Boden zu schweben. Senecas Gesicht war ganz nahe und doch weit weg, scharf umrissen und entfernt, wie unter einer umgedrehten Lupe. Wir sahen uns eine Weile an, er lächelnd und gelassen. Ich ganz damit beschäftigt, mit den merkwürdigen Sinneseindrücken klarzukommen. Ich ahnte, dass da noch irgendetwas mit im Spiel war.

«Wie geht es Ihnen?», fragte er nach einer kleinen Weile und sah mir fest, aber sehr freundlich in die Augen.

«Gut. Also, eigentlich immer noch so weit ganz gut. Was ist das für ein Tee?»

«Ein zwei Tage alter Kaltauszug sehr interessanter Pilze, die ich zu meiner großen Freude und Überraschung vor ein paar Tagen hier im Wald fand.»

«Ich habe das Gefühl zu schweben ... und als ob eine Art von Riss durch meine Wahrnehmung geht, als wäre ich zweigeteilt. Und um Ihren Kopf ist eine merkwürdige ... so etwas wie eine Aureole.»

«Ist Ihnen übel?»

«Nein, nicht direkt. Es ist eben ein sehr merkwürdiges Körpergefühl. Könnte einem Angst machen.»

«Ich weiß, es ist ein wenig unfair, dass ich es Ihnen nicht gesagt habe. Aber so konnte ich Sie genau prüfen. Schließlich wollen Sie mit mir kommen und lernen, wie man Landser tötet. Ich muss wissen, mit wem ich es zu tun habe.»

«Und – nehmen Sie mich mit?»

«Sir!» Der Ausruf war shakespearesk. «Ich habe mir eine ungefähre Vorstellung von Ihrem Platz in der Hierarchie der US-Armee gemacht und weiß, welche Einheit Sie geschickt hat. Es ist klar, dass Sie mir innerhalb der Befehlskette auch schlicht befehlen könnten, Sie in den Wald zu führen. Dass Sie darauf verzichtet haben, spricht mir sehr für Sie – wenn Sie mir diese Bemerkung gestatten. Sie sind sich der Risiken bewusst. Auch habe ich gesehen, dass Sie körperlich ausreichend fit sind. Sie haben zwar einiges hinter sich, das ist mir durchaus aufgefallen. Sind zurzeit etwas angeschlagen. Aber ich denke, Sie werden sich fangen. Sie sind diszipliniert. Ihre aktiven Deutschkenntnisse könnten von großem Nutzen sein. Es ist nämlich eine wirklich komplizierte Gefechtssituation, die wir hier vorfinden. Alles ist hier gefragt, nur kein Standard. Deshalb – zunächst einmal ja! Wir gehen zusammen in den Wald.»

Dann blickte er mir in die Augen, legte mir seinen Arm auf die Schultern und drückte mich ein wenig, als prüfe er, ob es Spaß machen könnte, mich in den Schwitzkasten zu nehmen.

Militärisch gesprochen, handelte es sich bei dem, was mir Van zeigte, um die Aufklärungsarbeit hinter den feindlichen Linien, die zu den grundsätzlichen Maßnahmen vor einem Angriff gehören. Sind Aufklärer unterwegs, so verzichtet die Artillerie darauf, das sonst übliche Zermürbungsfeuer abzugeben, man will die eigenen Scouts nicht gefährden. Wenn die Kanonen schweigen, weiß der Gegner deshalb aber auch, dass bald ein Angriff droht, weshalb er seinerseits eine bestimmte Art von Soldatentyp einsetzt, der mit der regulären Kriegsführung auf breiter Front nichts zu tun hat: den Scharfschützen. Je nach Kriegsschauplatz sucht der

Sniper sich unterschiedliche Positionen, Erdhöhlen, ausgebombte Gebäude oder Brückenköpfe. Im Hürtgenwald kletterten sie gerne auf Bäume.

Van Seneca erklärte mir, dass es keinen grundsätzlichen Schutz vor den Baumschützen gebe. Man müsse sich deshalb angewöhnen, im offeneren Gelände nicht nur möglichst leise zu sein, sondern vor allem stets in Bewegung zu bleiben, bis man wieder eine Deckung erreicht habe. Gewiss sei man in der Nacht etwas sicherer, aber die Dunkelheit bereite dem Aufklärungssoldaten auch Nachteile.

«Welche?», fragte ich.

«Man sieht nicht so gut», sagte Van Seneca und versetzte mir einen Schlag auf die Schulter, der fast schon ein Punch war.

Als wir uns bei Captain Oleandro abmeldeten, betrachtete dieser mich unverhohlen amüsiert.

«Hey, Sergeant», grinste er Van Seneca an, «wollen Sie dem Leutnant nicht noch ein wenig Kriegsbemalung auflegen?»

Er schüttelte den Kopf und begann leidenschaftlich wie ein Kleinkind, seinen Zigarettenersatz, den Bleistift, zu kauen.

«Also, ich erwarte, Leutnant Schreiber, dass Sie meinem Mann folgen. Bringen Sie ihn bloß nicht in irgendwelche Schwierigkeiten. Das von gestern hat mir gereicht.»

«Keine Sorge, Captain», sagte Van Seneca höflich, «Leutnant Glueck und ich haben uns eingehend beraten.»

«Wenn das Wetter weiter so beschissen bleibt, haben wir noch ein paar Tage bis zum Angriff», fuhr Oleandro fort. «Sie haben's schon zweimal verschoben.»

«Hofft die oberste Führung, dass hier noch einmal ein goldener Herbst anbricht? In wenigen Tagen ist November.»

«Indian Summer. Haha. Sehr gut.»

Angewidert, aber doch lachend, nahm Oleandro den Bleistift aus dem Mund und warf ihn auf den Tisch, wo er eine kleine Speichelspur hinterließ. Dann zeigte er auf die ungenaue, grobfasrige Karte des Frontabschnitts.

«Hier», sagte er und wies auf einen Höhenzug, «irgendwo hier liegt dieses Dorf namens Schmidt. Hab ich gestern schon nach gefragt.»

«Schmidt», sagte ich.

«Genau. Dieses Schmidt. Sie sprechen es bestimmt richtig aus. Das soll unsere Einheit demnächst erobern. Schauen Sie mal, Sergeant, ob Sie was drüber rausfinden.»

Seneca nickte frohgemut.

Oleandro seufzte und starrte weiter auf die phantomhafte Karte. Ich sah, wie er die Faust ballte.

«Verflucht noch mal, *cazzo*, wenn's nach mir ginge, würden wir diesen ganzen verdammten Wald wegbomben. Plattmachen, die ganze Scheiße. Das sollten wir tun und nichts anderes. Einfach abfackeln.»

Während der ersten ein, zwei Stunden, die wir in den dunklen Wald hineingingen, den Tannenforst, wie er im Märchen genannt worden wäre, lief ich hinter Van Seneca her, sorglos und fast heiter, da ich ja nichts anderes zu tun hatte, als den Schritten des Sergeants nachzufolgen, dicht hinter ihm bleibend, geduckt, auf seine weißlich schimmernden Mokassins schauend – und da spürte ich, wie die kalte, nächtliche Waldluft mit einem Mal eine ungeahnt wohltuende Wirkung auf mich auszuüben begann. Es war die zweite Nacht ohne Pervitin. Mit jedem Schritt fast, den wir tiefer in den Wald gerieten, löste ich mich von den Gedanken an seine Wirkung. Natürlich – der Entzug war körperlich unangenehm, schmerzhaft, aber ich begriff, dass ich mich vor allem von der Idee befreien musste, eine der glatten, nichtssagend weißen Tabletten schlucken zu wollen, auf denen die pharmazeutische Kunst des Dritten Reichs kleine Hakenkreuze einzuprägen verstanden hatte. Ich spürte, wie die Pilze (später habe ich gelernt, dass es Spitzkegelige Kahlköpfe waren), deren Kaltauszug Van Seneca mir zum Frühstück verabreicht hatte, mir dabei halfen: was gewesen war, zu vergessen, zu einem Teil des Waldes zu werden, mich dem Boden aus toten Fichtennadeln anzupassen, über den wir schlichen, und es zuzulassen, dass diese Perspektive und dieses gebückte Gehen mir zur Normalität werden konnte, sogar noch, als wir schon fast krochen. Der Wald, durch den wir uns langsam nach vorne arbeiteten, hatte mit den Wäldern des amerikanischen Kontinents nichts und schon gar nichts mit den herrlichen Landschaften in Yaphank, Long Island, New York zu tun. Der Hürtgenwald nämlich war eine Fichtenplantage von ungeheurem Ausmaß, ein Försterwald. Die Bäume standen stangengerade und ungeheuer gleichmäßig. Ihre abgestorbenen unteren Äste aber bildeten dafür ein dichtes, wirres, splitternd dürres Unterholz, das nur sehr schwer zu durchdringen war.

Van Seneca wollte unbedingt die Pfade meiden, die an den ohnedies spärlichen Waldarbeiterwegen, Schneisen und Lichtungen entlanggeführt hätten. So arbeiteten wir uns auf schmalsten eigenen Bahnen voran, langsam, aber beharrlich, zumeist steil bergauf.

Immerzu überstieg man im Hürtgenwald kleine Quellen und Wasserläufe, zuweilen nur winzige, der Schattenfurche einer Schlange gleichende Rinnsale. Im frostigen Spätherbst des Jahres 1944 waren diese Kleinen Wasser gerade in der Nacht eine nicht zu unterschätzende Gefahrenquelle. Aber sogar hier erwiesen sich Van Senecas Mokassins als vorteilhaft. Er spürte die Temperatur des Bodens durch seine Sohlen, und er konnte entscheidende Unterschiede in der Härte des Untergrunds erspüren. Wie auch manch andres in der Erde Verborgene.

«Halt.»

Er schnaubte richtiggehend. Ein Schnauben, das nichts mit Erschöpfung zu tun hatte, sein Atem ging währenddessen ganz ruhig weiter. Das Schnauben gehörte zu einer ganz eigenen Körperlichkeit, die ich zuvor noch nicht an ihm wahrgenommen hatte. Etwas wie der Atem eines wilden Stieres oder eines anderen ungezähmten Tieres. Als er da plötzlich schnaubend stehen blieb, erahnte ich zum ersten Mal seine wahre Stärke. Seine Kampfkraft, Waffenfertigkeit und Ausdauer mochten außergewöhnlich sein, aber was ihn vor allem auszeichnete, war seine Feinfühligkeit, die Fähigkeit eines Waldindianers, nahezu unsichtbare Spuren zu entdecken.

Er ging in die Knie, legte beide Hände auf den nebelfeuchten Waldboden, der sich gerade vor uns zu einer Lichtung weitete, auf der nur vereinzelt größere Bäume standen. Die Lichtung zog sich einen Hang hoch und weitete sich dann zu einer mächtigen Schneise – ein freies Feld.

«Wir dürfen nicht weitergehen», flüsterte Van Seneca und wies auf eine Unebenheit etwa einen halben Meter vor uns, die mir auch bei Tage niemals aufgefallen wäre. Doch da er schnell auf eine Stelle weiter vorne und eine ähnliche etwas oberhalb deutete, ahnte ich, warum unser Weg hier enden musste: Das war ein Minenfeld.

Später, als die Geschichtsschreiber sich mit dem Hürtgenwald beschäftigten, erfuhren sie, dass dieses Minenfeld bei den Deutschen den Namen *Wilde Sau* trug. Sie hatten es mit ihren verteufelten *Bouncing Bettys* gespickt – Splitterminen. Wurden sie ausgelöst, dann beförderte eine erste, kleinere Explosion den eigentlichen Sprengkörper etwa auf Brusthöhe, und erst dann zerriss es ihn in eine Million horizontal davonspritzende Metallsplitter, die im Umkreis von zwanzig Metern tödlich und bis zu hundert Metern enorm gefährlich waren. Neben einigen anderen Errungenschaften der deutschen Kriegstechnologie wird die Schrapnellmine seit dem Zweiten Weltkrieg nahezu überall verwendet, wo immer man ein anständiges und also möglichst für jeden, der es quert, tödliches Minenfeld anlegen will.

Wilde Sau war in dieser Hinsicht vorbildlich mörderisch, und es fehlten auch die raffiniert ausgelegten Stolperdrähte nicht, mit denen gleichfalls Minen ausgelöst werden können. Van Seneca hieß mich zu warten und kroch auf allen vieren über den halbgefrorenen Boden, bis er den ersten dieser teuflischen Drähte entdeckt hatte. Wie das Netz einer metallenen Spinne erahnten wir die kreuz und quer gespannten Drähte, die die gewaltige Schneise in einen unpassierbaren Todesacker verwandelten. Der Ort war gut gewählt. Bei einem Angriff würden unsere Soldaten von der Schneise aus und dann weiter über die breiten Felder angreifen müssen, nur um von Metallsplittern durchsiebt zu werden. Ich selber hatte noch keinen Lazarettbesuch hinter mir. Man erzählte sich, dass viele, die in den Wirkbereich einer *Betty* geraten waren, durchaus überlebt hätten, allerdings ohne Geschlechtsteile.

«Kommt mir alles ganz frisch vor», flüsterte Van Seneca. «Als könnte man die Mineure mit ihren Pulverfingern noch riechen, die das hier angelegt haben. Muss in dem halbgefrorenen Boden eine Heidenarbeit gewesen sein. Hier, sehen Sie nur.»

Er fand jetzt doch tatsächlich einen Stofffetzen, der als Taschentuch oder Lumpen gedient haben mochte. Seneca hob ihn auf und hielt ihn sich an die Nase.

«Eine Idee von gutem deutschen Schmieröl. Sehr weit können die eigentlich noch nicht sein.»

«Wollen Sie denen jetzt nachspüren?»

«Warum nicht? Hätte doch was.»

Das Anlegen eines Minenfelds erfordert von den Mineur-Pionieren größte Umsicht und eine an die Logik eines Brettspiels erinnernde Strategie, die vorgibt, wo der Pionier beginnt und wo er zu arbeiten aufhört – schließlich hat man zu allen Zeiten, seit es Mineure gibt, immer wieder davon gehört, dass sie sich versehentlich selbst in die Luft gesprengt haben. Man muss sich als Minenfeldleger immer einen sauberen, also unverminten Rückweg offen lassen. Bei der vertrackten Lage dieses Geländes auf zwei Bergrücken folgerte Van Seneca also, dass die Mineure, deren Verfolgung er aufnehmen wollte (ein Vorhaben, das ich zwar faszinierend, in der physischen Konsequenz für mich als seine Begleitung aber auch gleichermaßen erschreckend fand), sich wohl Richtung Osten verzogen hatten. Van Seneca schlich gebückt und immer wieder sogar mit seinen Händen am Boden entlangtastend, wie ein Tier, um auch der kleinsten Spur gewahr zu werden. Nach einer Weile gab er zu, dass wir die Fährte der Minenleger verloren hatten.

Wir kamen an ein Flüsschen, die Kall, und folgten ihrem Verlauf eine Weile. Am rechten Ufer lief ein befestigter Pfad, der sich ein Stück weiter den Berg hinaufwand. Das war der einzige Weg, der auszumachen war, und ohne jeden Zweifel würde er bei unserer bevorstehenden Offensive eine bedeutende Rolle einnehmen. Nur über ihn würden Panzer und andere Fahrzeuge fahren können. Der ganze Nachschub müsste über diesen Waldweg rollen. Eine sehr beunruhigende Aussicht. Wenn es einen Ort gab, den die deutsche Artillerie wohl schon genauestens eingemessen hatte, dann diesen Holzweg. Wir hielten uns ganz am äußersten Rand dieses Pfads, streiften die Äste beim Gehen, bis wir plötzlich – vielleicht zweihundert Meter oberhalb – eine Gruppe von vier Landsern sahen, die neben einem Kradwagen standen und dabei waren, eine kleine Stellung einzurichten, wahrscheinlich ein Maschinengewehrnest.

Van Seneca kauerte sich geschmeidig hin und betrachtete die Deutschen.

«Gehören bestimmt zur Kampfgruppe Feuerlein», flüsterte er mit Zuneigung in der Stimme. Er nahm sein Offiziersfernrohr zur Hand, ein exzellentes Fabrikat, in dem Gläser von Keuffel & Esser verbaut waren, und beobachtete sie eine Weile.

«Wir müssen von unten angreifen. Da haben wir leider den Berg gegen uns.»

Er ließ das Fernrohr wieder in einer Seitentasche verschwinden.

«Machbar», sagte er. «Aber es wird nicht ohne Ihre Hilfe gehen. Wir müssen den Gegner täuschen. Einverstanden?»

«Zwei gegen vier?»

«Lassen Sie sich von der Anzahl unserer Feinde nicht täuschen. Einer ist ein Alter, der scheint mir der Feldwebel. Es gibt einen erwachsenen und recht großen Mann, aber der hinkt ein wenig, erstaunlich, dass der überhaupt im Feld steht. Wirken beide recht besonnen. Der Hinkende wird wohl der Maschinist sein, der das Gewehr bedient. Die anderen beiden sind fast noch Kinder.»

«Kinder?»

«Nun ja. Dürften nicht älter als sechzehn oder siebzehn sein. Beide starke Akne. Dürr wie Zaunlatten.»

«Ja, und? Was wollen Sie tun?»

«Was für eine Frage. Die Mütter haben überhaupt nichts gegen jugendliches Haupthaar einzuwenden.»

«Das können wir nicht machen.»

«Natürlich können wir. Als Späher sehe ich mich nicht in der Lage, Gefangene zu machen und sie durch dieses mir immer noch unvertraute, feindliche Waldgebiet hinter unsere Linien abzuführen.»

«Dann lassen wir sie laufen.»

«Es sind Feinde. Wenn wir sie verschonen, dann werden sie in drei oder vier Tagen da oben an ihrem Maschinengewehr sitzen und versuchen, so viele unserer Kameraden zu töten wie nur möglich.»

«Ja, aber wenn sie doch noch so jung sind?» Ich fasste Seneca fest am Arm und erschrak, weil es sich anfühlte, als wäre er aus flüssigem Eisen.

«Wollen Sie, dass ich es doch noch bereue, Sie mitgenommen zu haben, Sir?»

Ich war zu vielem bereit, aber an dieser Stelle war ich der Offizier und unnachgiebig. Und so wurde eine neue Art von Kerbenbuchführung im Van Seneca'schen Kriegstagebuch eröffnet – ab jetzt wurden auch diejenigen gezählt, die er nur verwundet hatte. Im Falle der beiden in eine Wehrmachtsuniform gesteckten Hitlerjungen zertrümmerte er ihnen die Kniescheiben. Das mag sehr brutal klingen, nein, es war brutal, aber das war das Mildeste, wozu ich ihn bringen konnte, was ich herauszuholen vermocht hatte. Er hätte ihnen ja auch die Sehnen durchschneiden und sie zu lebenslangen Krüppeln machen können.

Ich hatte argumentiert, dass die Jungs bei einer schweren, aber nicht tödlichen Verwundung von der Front abgezogen und als Lazarettinsassen zur Last fallen würden. Das würde sogar doppelt dazu beitragen, die Kampfkraft des Feindes zu schwächen. Und das Maschinengewehr würden wir, wenn wir es nicht mitschleppen könnten, einfach unbenutzbar machen.

Dann erklärte mir Seneca seinen Plan, den wir später die *Kameradennummer* nannten. Diese bestand im Wesentlichen darin, dass ich einen verletzten deutschen Soldaten simulierte, der um Hilfe rief, damit die Aufmerksamkeit auf mich zog und Van Senecas Angriff aus dem Hinterhalt einen weiteren Vorteil verschaffte.

Ich blieb zunächst verborgen im Unterholz, den Revolver gezogen und durchgeladen, und gab Van Seneca genau fünf Minuten Zeit, um die Gruppe zu umschleichen. Ich war aufgeregt und deshalb ganz heiser, wie ich kurz darauf bemerkte. Nebenbei und fast erschrocken stellte ich fest, dass ich mit dem kölschen Akzent meines Großvaters sprach, was die Täuschung natürlich noch glaubhafter, wenn nicht sogar perfekt machte. Vermutlich wäre Opa Joe entsetzt gewesen, was sein Enkel, mit dem er so gerne zum Loreley-Brunnen in der Bronx spaziert war, hier tat.

«Kameraden», krächzte ich, «wat jet et mir schlecht. Helft mir doch! Helft mir!» Krampfhaft mit beiden Händen hielt ich die Pistole und betete, dass Van Seneca sie alle erwischen würde, bevor sie mir zu nahe kommen konnten. Nah – damit meine ich so nah, dass ich auf sie hätte schießen müssen.

Der hinkende Maschinist kam nicht in Frage, um Geländeerkundungen und Rettungsmanöver durchzuführen, das war klar, also schickte der Feldwebel die beiden Jungs vor, um zu sehen, wem die krächzende Stimme aus dem Unterholz wohl gehörte. Sie hielten ihre Gewehre im Anschlag, während sie auf mich zugingen, und sobald sie sich weit genug von den Älteren entfernt hatten, schlich sich Van von hinten an diese beiden heran. Wie er im Einzelnen vorging, konnte ich, im Unterholz kauernd und mit herzklopfend ängstlicher Erwartung, was wohl passieren würde, sobald sie bei mir wären, nicht genau sehen. Ich hörte einen aus dem Nichts kommenden, dumpfen Schlag, mit dem er den Feldwebel ausschaltete, dann griff er wohl den Maschinisten mit dem Messer an, der einen hilflos röchelnden Schrei von sich gab, die beiden Jungs fuhren mit ihren Gewehren herum, einer gab einen Schuss ab, aber Van war schon mit federnden Schritten herangekommen, entwand ihm das Gewehr und richtete es mit derselben Bewegung auf seinen Kameraden. Der nahm sofort die Hände hoch. Sie starrten Van Seneca an wie ein Ungeheuer.

Wir nahmen ihnen sämtliche Waffen ab.

Sie mussten sich mit dem Rücken auf den Boden legen, die Arme hinter dem Kopf verschränkt, und ich hielt sie mit der Pistole in Schach.

Sie zitterten vor Angst, einer flennte, dass ihm der Rotz übers ganze Gesicht lief. Sie taten mir schrecklich leid, und ich wünschte, wir hätten sie mit uns nehmen können. Es klingt vielleicht absurd, aber ich hatte Angst um sie.

Frei von solchen Skrupeln trat Van an den ersten der beiden heran, packte den linken Stiefel, hob das Bein an, als ob er es untersuchen wollte, und so schnell, dass man es gar nicht recht mitbekam, trat er mit seinem Fuß auf das Knie des Jungen, ich hörte, wie es knirschend brach. Der brüllte jämmerlich. Seinem Kameraden erging es ebenso.

Dann ließen wir sie laufen, oder besser humpeln. Bevor Van Seneca ansetzte, den beiden Toten den Skalp zu nehmen, zog er dem Feldwebel die Uniformjacke aus, mit der Absicht, den Vorteil unserer Täuschung auszubauen und mich beim nächsten Streifzug mit der Wehrmachtsuniform zu tarnen. Als ich sie später anprobierte, konnte ich feststellen, dass sie nicht nur kratzte, sondern auch vollkommen verlaust war. Selbstverständlich hatten wir auch Läuse, das war ganz normal. Aber bei diesem alten, jetzt toten Feldwebel war es extrem. Man sah auch jede Menge Flöhe herumspringen, es war eine miniatureske Mischung aus Totentanz und Zirkus. Die Uniformjacke, feuchtklamm und ununterbrochen getragen, war wie verwachsen mit dem Leichnam, als würde man eine filzig-wächserne Haut abziehen, die nur noch entfernt an ein in einer Fabrik gefertigtes Kleidungsstück erinnerte.

Wir kehrten zurück in die Stellung. Es mussten weiter unaufhörlich Truppen und Material angeliefert worden sein, sie war zu einer Monstrosität angeschwollen. Regen fiel beständig, es kokelten Lagerfeuer, deren Rauch in der Luft lag, und überall hörte man das Knattern der Kettensägen. Es lag eine ganz eigentümliche Spannung über dem Platz. Alle warteten auf den Angriff.

Captain Oleandro wurde über die Geschehnisse, in die unser Spähtrupp involviert gewesen war, informiert, nahm die beiden Kills in seine Buchführung auf und teilte Van mit, dass er den Silver-Star beantragt habe und Van ihn als erster Angehöriger der Love-Kompanie erhalten werde. Er zeigte ihm den Brief vom Divisionsstab.

Wir diskutierten unsere Erkenntnisse, der Captain ergänzte seine Karte und trug die ungefähren Ausmaße des Minenfeldes ein. Die Karte war immer noch furchterregend ungenau. Van übernahm das Reden. Ich war ziemlich verstört. Weder der Anblick der rotglänzenden, ihrer Kopfhaut beraubten Schädel noch die vor Todesangst bibbernden jungen Kerle gingen mir aus dem Sinn. War es wirklich das, wonach ich gesucht hatte?

Und doch wusste ich, dass ich wieder in diesen Wald und seine Wahrheit hineingehen wollte.

Mein Platz war inzwischen besetzt, und so lag es nahe, dass ich in Van Senecas Zelt übernachten würde. Während ich mich behelfsmäßig wusch, fügte Van zunächst die frischen Skalpe und die Gewehre der beiden Jungs seiner Sammlung hinzu, und an einem der beiden Gewehrschäfte machte er mit seinem Messer zwei Kerben. Nachdem er wie eine treusorgende Ehefrau für uns gekocht hatte, zogen wir uns aus bis auf die Unterwäsche und legten uns schlafen. Aber wir schliefen nicht.

Van fing an zu rauchen. Er war ein starker Raucher, qualmte viel mehr als ich, aber ein, zwei Züge nahm ich jetzt auch. Es war von seiner Mutter angebauter und fermentierter, ganz köstlicher aromatischer Tabak. Der immer wieder verblüffende, beglückende Drehschwindel des Gelegenheitsrauchers stellte sich bei mir ein. Das Licht funzelte bläuende Wolken herbei. Draußen hörte man den Regen auf die Zeltplane fallen. Über die Filzdecken hatten wir noch ein Bärenfell gebreitet, das der Sergeant von seinem Vater mitbekommen hatte. An diesem Abend war es an mir zu erzählen. Van war fasziniert von meinen Frauengeschichten, da er noch nie eine Freundin gehabt hatte, denn sein Clan achtete auf eine strenge Sexualmoral. Kurz wunderte ich mich, dass dieser Mordskerl immer noch Jungfrau zu sein schien, aber er war in diesem Punkt tatsächlich ganz unerfahren. Ich schilderte ihm die weibliche Mythologie meines bisherigen Sexlebens: Grete-Helen-Esther-Nina.

Van wollte alles ganz genau wissen, und so begann ich mit der Schilderung meiner ersten Liebe, Margarete. Dann überkam mich eine Welle aus Müdigkeit und Wärme und ließ mich für einen Moment einnicken. Auch Van gab ein kurzes Schnarchen von sich. Aber dann wachten wir beide wieder auf.

«Und wer war dann die Erste, mit der du …?»

«Das war ein paar Jahre später. Eine ältere Frau, die ich in einem Schreibseminar kennengelernt hatte. Helen. Sie hat mir gezeigt, worum es in der Liebe geht. Danach habe ich mich zur Armee gemeldet und kam in das Ausbildungslager, Camp Ritchie. Da war nichts mit Mädchen. Das kleine Kaff, das da in der Nähe lag, konnte den Zigtausenden von Kerlen, die wir da waren, wenig bieten.»

«Gab es kein Bordell?»

«Doch, schon. Aber das war nie meine Sache, wenn ich ehrlich bin.»

Meine Mutter hatte immer davon gesprochen, wie bedauernswert die gefallenen Mädchen waren, die doch einstmals Kinder und von daher unschuldig gewesen seien, und dass ein junger Mann, der ihre Notlage ausnutze und sie für ein paar lumpige Dollar dazu bringe, ihm zu Willen zu sein, einfach nur schändlich handele und damit nicht nur seine Familie, besonders seine Mutter, sondern auch seine zukünftige Ehefrau beschmutze, denen er, derart zum Hurenbock geworden, eigentlich gar nicht mehr unter die Augen treten, geschweige sie in die Arme schließen könne. Es gab sehr viel käufliche Liebe jeder Art fast überall in New York, sodass meine Mutter, etwa seit ich sechzehn geworden war, mit ernster Stimme auf die gesundheitlichen Gefahren und das Unglück hinwies, das mit der käuflichen Liebe notwendig einherging.

Mutter wäre zweifellos entsetzt gewesen, hätte sie einmal die Gelegenheit gehabt, sich in den frühen Abendstunden am Londoner Piccadilly Circus des Jahres 1944 umzusehen, wo sich Schülerinnen, Typistinnen, Universitätsdozentinnen, Hausfrauen und Witwen jeden Alters für die Angehörigen des US-Militärs prostituierten, um an ein paar Dollar oder an Naturalien zu gelangen, mit denen sie das Abendessen ihrer Familien aufzubessern versuchten. Es geschah derart unverblümt, dass tiefere Hauseingänge oder Tordurchfahrten schon als diskret galten. Manche entwickelten ein ziemlich widerwärtiges Verhältnis zu den *englischen Mösen*, wie sie sagten. Einige sahen sich im Wettbewerb mit ihren Kameraden und versuchten, sich durch das Ergattern sexueller Dienstleistungen zu Sonder- oder Rabattpreisen auszustechen. *Sie hat mir die Eierchen geleckt, 'ne halbe Schachtel Kippen! Ach wirklich? Ich bekam heute Nachmittag 'nen Arschfick für 30 Cent!*

Die oberen Dienstränge bis hin zu den höchsten Blechträgern bevorzugten Frauen des ganz neu geschaffenen WAC, des Women's Army Corps, allen voran Eisenhower, der sich in eine prominente Junior-Leader-Schönheit verliebt hatte, deren Befriedigung ihn später in seinem Hauptquartier im Trianon Palace Hotel in Versailles mindestens ebenso beschäftigte wie der aufwendige Briefverkehr mit seiner Ehefrau oder die Führung der alliierten Streitkräfte.

Ich leite für mich keinerlei moralische Suprematie daraus ab, dass ich, bis auf einmal ziemlich am Anfang meiner Stationierung in London, dem Treiben rund um Piccadilly ferngeblieben war. Dieses eine Mal aber blieb mir in deutlicher Erinnerung, und es kostete mich danach keinerlei Anstrengung, auf einen weiteren Geschlechtsverkehr im Stehen, den pfuhligen Geruch unregelmäßiger Hygiene, die traurigen Augen eines hübschen, aber sehr mageren Mädchens und das durchaus peinliche Ende nach fünf Minuten zu verzichten, denn danach wälzte ich schlaflos das nächtliche Handbuch der venerischen Infektionen, weil ich überzeugt war, dass ich mir den Tripper geholt hatte. Außerdem war da ja auch irgendwann Esther gewesen, die kluge, erwachsene, melancholische Freundin, die mich mit so viel lebendiger, warmer Weiblichkeit versorgte.

Als ich mit London geendet hatte, war Van wieder hellwach.

«Aber dann, in Paris, deine Freundin, das war doch dann eine Prostituierte?»

«Ja. Aber in die hatte ich mich richtig verliebt. Ich wollte sie beschützen. Eine ganz zarte Person. Und du kannst dir nicht vorstellen, wie ich sie kennengelernt habe. Ich musste eine Art Liebesmedizin besorgen, für einen Freund. Deshalb kam ich dann in das Bordell. Alle Mädchen dort waren völlig verstört.»

«Was war denn da passiert?»

«So ein paar Scheißkerle hatten den Laden überfallen und den Mädchen erst die Haare vom Schädel rasiert, um ihnen danach mit heißem Asphalt ein Hakenkreuz auf die Kopfhaut zu pinseln. Es muss schrecklich wehgetan haben.»

«Was für eine eigenartige Machination. Ein ganzes Freudenhaus derart zugerichteter Glatzenmädchen!»

«Seit die Rechte in Europa das Sagen hatte, seit dem Spanischen Bürgerkrieg, ist das üblich geworden. Den Frauen Glatzen rasieren! Das ist der Faschismus.»

«Aber wie war das, als du in diesem Bordell warst und zum ersten Mal all diesen … eigenartig … aussehenden Mädchen gegenüberstandst?»

«Sie trugen natürlich alle Perücken. Nachdem ich mit ihr einig geworden war, wegen der Arzneimittel, die ich für meinen … Klienten, äh, mein Objekt besorgen musste, gingen wir, *privat time*, auf ihr Zimmer. Sie hatte mich dazu überredet. Erst dachte ich, sie wäre ein wenig pummelig, aber das ist sie überhaupt nicht. Sie ist blond, wirkt verträumt, ist aber im richtigen Augenblick ganz wach, dann möchte man sie einfach anfassen, und dann spürt man, wie zart sich alles um ihre Knochen gefügt hat, das sind Pölsterchen, so fein, als würde man, wenn man sie berührt, ein wenig zu schweben anfangen oder … zu … schwimmen …»

Ich war eingeschlafen.

«Frauen zu berühren muss sehr schön sein», flüsterte mir Van ins Ohr, und das weckte mich wieder auf.

«Du musst bitte weitererzählen!»

Ich fügte mich.

«Nina und ich waren also auf dem Zimmer, und sie fing an, mit dem Mund, es war echt gut, und ich fasse so an ihre Haare und zieh ein wenig dran, und dann sind die Haare plötzlich in meiner Hand. Ich schau runter und sehe die schwarz lackierte Swastika auf der glänzenden, von leichten Schürfwunden entstellten Glatze. Es war August, später Nachmittag, die Sonne knallte durch einen Spalt der Jalousien ins Zimmer und schnitt über ihren Kopf und beleuchtete das schwarze asphaltierte Hakenkreuz.»

«Wer waren die Männer, die deiner Freundin und ihren Kolleginnen das angetan haben? Résistancekämpfer?»

«Résistance? Nein. Ganz und gar nicht. Das waren Kriminelle, mehr sogar, kriminelle Kollaborateure. Als ihnen klar war, dass es mit den Nazis aus ist, haben sie schnell die Seiten gewechselt. Zum Beweis, dass sie echte Antifaschisten waren, haben sie das Bordell überfallen, weil man allgemein wusste, dass dort viele Deutsche verkehrten, hohe Parteileute und dergleichen. Aber sie selber ja auch! Deshalb kannten sie die Örtlichkeit und wussten genau, wie sie bei ihrem Überfall vorgehen mussten.»

«Rache an Nazi-Nutten mit Asphaltfarbe ... Hat Hitler nicht die Autobahnen gebaut? Aus Asphalt?»

«Nein, die sind aus Betonplatten.»

«Aha, wusste ich nicht.»

Van führte sich eine frische Zigarette zum Mund, inhalierte und bot sie mir an, aber ich mochte nicht. Er blies den Rauch zärtlich über mich hinweg, machte sie irgendwann sorgsam aus, legte den Arm um mich, und wir schliefen endlich zusammen ein, wie ein altes Ehepaar in neuenglischer Walfängertradition.

Vielleicht wurde es uns trotz der beständig von Blutvergießen begleiteten Expeditionen auch zu gemütlich, eine Spur zu viel Trapp-Familie vielleicht – jedenfalls war es der eine gewisse Gleichförmigkeit und Unaufmerksamkeit fördernde Erfolg der ersten Tage, der dann zu unserem persönlichen Waterloo führte.

Es ist verrückt, dass ich das jetzt geschrieben habe – denn wenn ich es recht sehe, dann bedeutet Waterloo nichts anderes als *Wasserloch* –, und tatsächlich, der höhere Grund unseres Unglücks war ein sehr großes Wasserloch. Ein gewaltiger Stausee: die Rurtalsperre.

Das Irrste an ihr: Sie war nicht auf unseren Karten verzeichnet. Hundert Millionen Kubikmeter Wasser mit dem Potenzial, alles Land bis zum Westufer des Rheins zu fluten und jede angreifende Armee, die gerade dabei gewesen wäre, sich mit schwerem Gerät und Truppe auf den Weg nach Köln zu machen, wegzuspülen wie Ameisen mit einem Eimer Wasser – und keine Spur von diesem gewaltigen, taktisch entscheidenden Bauwerk in unseren Karten. Keine Erwähnung als strategisches Ziel. Das war wirklich erstaunlich. Man hatte sie 1938 erbaut, und neben den üblichen Zwecken regulatorischer Wasserwirtschaft war sie immer schon als Abwehrwaffe im Falle einer feindlichen Invasion geplant gewesen. Ihre Sprengung hätte den Marsch zum Rhein um Wochen verzögert und Tausenden das Leben gekostet. Das war auch einer der Gründe, warum die Wehrmacht das Dorf Schmidt mit allen Mitteln verteidigen würde. Wer Schmidt hatte, kontrollierte die Talsperre. Wie hatte das unseren Strategen und Plottern nur entgehen können? Warum hatten sie überhaupt Aufklärungsflüge unternommen, wenn sie nicht einmal so einen riesigen Stausee entdecken und benennen konnten?

Ich weiß es und weiß auch wieder nicht, wie es uns eigentlich gelungen war, überhaupt bis Schmidt vorzudringen, jenes sagenumwobene Schmidt, von dem das gesamte Regiment, Private Kirschfang inklusive, wie besessen war. Auch wenn weder die Chefs noch sonst jemand eine Ahnung hatte, was dahintersteckte. Das hatten die Generäle ihren Kommandeuren nicht gesagt.

«Schmidt, das ist das Endziel», erklärte also der Colonel.

«Wir müssen Schmidt erobern», sagte Captain Oleandro.

«Wir werden Schmidt erobern», sagten unsere Jungs.

«Wir holen uns das verdammte Schmidt!»

Sie sagten es auf Amerikanisch. Sie sprachen Italienisch, Armenisch, Arabisch und im Falle zweier Typen mit stutzerhaften Oberlippenbärtchen, die Filipinos aus Bethlehem waren, sprachen sie auch Tagalog:

«Sa sa Schmidt!»

«Auf nach Schmidt!»

Viele sagten es natürlich auch auf Pennsilfaanisch, denn es war eine wunderbar gemischtsprachige Truppe, diese 28. US-Division.

Als es ein paar Tage später losging mit dem Angriff auf Schmidt, wechselten viele von ihnen zur universellen Sprache der Toten. Dem Nichtsmehrsagen. Dem Niewiederetwassagen. Dem Ewigschweigen.

Ich aber, Leutnant John Glueck, Division of Psychological Warfare, beherrschte schön langsam echtes Landser-Deutsch. Ich lernte immer mehr, zu sprechen wie unsere Feinde, für die ich eine besondere Schwäche hatte, die eben auch eine Stärke war – sie waren das Volk meiner Vorfahren. Ich war ein Neu-Shoshone, der gegen Alt-Shoshonen kämpfte. Der wichtigste Faktor dabei: die Sprache. Das Sprechen. Nachsprechen. Der richtige Akzent macht vertrauenswürdiger als die beste Kurzwarenvertretervisage oder aber, anders gesagt: Über die Kleinanzeigen im Vermischten Bescheid zu wissen kommt meist besser, als den Leitartikel auswendig zu können.

Der Grund dafür waren die ersten drei Gefangenen, die Sergeant Seneca und ich machten, ja, nein, das stimmt nicht ganz, all die anderen, die letztendlich als Skalpe in seiner Trophäensammlung endeten, waren vorher, wenn auch nur für kurz, ebenfalls unsere Gefangenen gewesen. Diese drei aber brachten wir tatsächlich hinter unsere Linie, töteten sie nicht, sondern übergaben sie ganz so, wie Eleanor

Roosevelt das gewollt hätte, dem Regiment, und so kamen sie in ordentliche US-amerikanische Gefangenschaft. Doch zuvor befragten wir sie. Van lehnte mit seiner originalen Tschmeisskä an der Wand der Baracke, die uns Captain Oleandro mit größtem Vergnügen zur Verfügung gestellt hatte, da Van Senecas Aktivitäten – ob mit oder ohne meine Hilfe, das spielte für die Divisionsstatistiker keine Rolle – dazu führten, dass Oleandros Abschnitt einen Spitzenplatz in puncto effektiver Feindbekämpfung einnahm. Die Beförderung zum Major stand in Aussicht. Also unterstützte er uns dabei, ihn zu unterstützen.

Das Vernehmungszimmer war einer der wenigen geschlossenen Räume auf unserer Seite der Hürtgenwaldfront, den man heizen konnte. Eine Bretterbude nur, aber die drei Gefangenen, einer nach dem anderen, schmolzen hier förmlich dahin, nachdem sie zuvor in einem nur spärlich mit einer Plane überdachten Pferch gefangen gehalten worden waren.

Es waren zwei ältere Landser und ein junger Oberleutnant, die zu einer Fernmeldeeinheit gehörten. Sie hatten sich während ihres nächtlichen Einsatzes, bei dem sie Telefonleitungen zu reparieren versuchten, verirrt. Leichte Beute für uns.

Ich komme später auf das fabelhafte Kommunikationsnetz der Wehrmacht im Hürtgenwald zu sprechen, das bei der uns bevorstehenden Schlacht eine entscheidende Rolle spielte.

Zu der Vernehmung des Oberleutnants, der vielleicht zwei oder drei Jahre älter war als ich und mir von der Figur her ziemlich glich, werde ich nur so viel und so wenig sagen, dass er nicht identifiziert werden kann, denn er lebt vielleicht noch – und das, was ich ihm angetan habe, war alles andere als ehrenhaft: Ich stahl ihm seine Identität. Die Idee kam mir sofort, nachdem er sich auf den Stuhl in der Vernehmungsbaracke gesetzt hatte. Deshalb täuschte ich ihn über meine Deutschkenntnisse, sprach holprig und mit theatralisch amerikanischem Akzent und entlockte ihm wichtige Informationen über sich, wo er herkam und aufgewachsen war (in einer der größeren Städte am Rhein) und über sein Regiment. Ich konnte mir einige der von ihm gebrauchten Ausdrücke notieren, fragte sogar nach, wie bitte, so spricht also ein junger deutscher Offizier im Hürtgenwald, was ist denn die Krüppelgarde, aha, the Volkssturm, *understand*.

Er kam frisch von der Fernmeldeoffiziersschule, der Hürtgenwald war sein erstes Einsatzgebiet. Ganz vertrauensselig, da er ja nicht über irgendwelche militärischen Geheimnisse sprach, plauderte er mit dem freundlichen Ami, der sich zwar von einem zwei Meter großen, blutrünstigen Irokesen bewachen ließ, aber sonst ganz in Ordnung schien. Harmlose Fragen stellte. Eigentlich ein netter Kerl war.

Dieser Eindruck änderte sich wohl schlagartig, als ich von meinem brüchigen, vorgespielten Deutsch abließ und ihn akzentfrei aufforderte, seine Uniform auszuziehen. Er verstand erst nicht recht, gerade weil er glasklar verstand, was ich von ihm wollte.

«Sie haben schon richtig gehört», sagte ich. «Ausziehen. Sie bekommen Ersatzkleidung. In der Gefangenschaft brauchen Sie Ihre Uniform nicht zwingend.»

Er wusste überhaupt nicht, was los war, aber nachdem Van Seneca einen grimmigen Schritt auf ihn zugegangen war, begann er sich, völlig verwirrt, auszuziehen. Vielleicht dachte er, wir würden ihn vergewaltigen. Er verstand nicht, wieso ich auf einmal deutsch mit kölschem Einschlag sprach. Hatte gewiss Angst, einen großen Fehler gemacht zu haben, ohne zu wissen, worin dieser bestehen könnte. Er war ehrlich erleichtert, als wir ihm ein paar Klamotten zuwarfen, seine Uniform nahmen und ihn in Ruhe ließen.

Die ganze schlaflose Nacht lang phantasierte ich, wie es sein würde, er zu sein. Seine Formulierungen, seine paar sprachlichen Eigenheiten hallten in mir nach. Es war in der Tat eine Verwandlung. Der Kaltauszug der psilocybinhaltigen Pilze tat sein Übriges. Ich wurde er.

Danach brachte ich Van Seneca bei, akzentfrei und überzeugend «Jawoll» oder sogar «Jawoll, Herr Oberleutnant» zu sagen. Für den Fall, dass wir in Feindkontakt kämen. Das wie alles andere, von dem ich bislang erzählt habe und noch erzählen werde, tat ich, weil ich unbedingt wollte, dass wir den verdammten Krieg gegen die Nazis gewinnen würden.

An dem Tag, an dem wir die Rurtalsperre entdecken sollten, brachen wir sehr früh in den Wald auf. Ich hatte mich entschlossen, Captain Oleandro zu bitten, mir auch noch Private Kirschfang und seinen Kameraden Showalter mitzugeben. Denen trichterte ich für den Fall der Fälle die Legende ein, sie stammten aus der Heidelberger Gegend und vom Land, auch sollten sie dann ausschließlich Pennsilfaanisch sprechen, am besten nur übers Essen, Brot, Brezeln, Kraut und Wurst, und sich ansonsten dumm stellen. Sie bekamen die Uniformen der beiden anderen gefangenen Landser, Van die Uniformjacke des Maschinisten, ich die des Oberleutnants. Es überraschte mich übrigens, von wie viel besserer textiler Qualität die Offiziersuniform war. Das war bei uns anders. Alle, bis zum General, trugen dieselben Klamotten.

Wir kannten mittlerweile die besten Wege, und da sich Van immer sicherer geworden war, bestand er auf immer früheren Aufbruchszeiten – an jenem Tag also waren wir noch in der Nacht aufgebrochen, kurz nach halb vier. Bis zum Sonnenaufgang waren es gute drei Stunden. So früh waren wir noch niemals losgezogen. Aber da wir wussten, dass die Gelegenheiten seltener werden würden, denn der Beginn unseres Angriffs rückte immer näher, wollte Van im Schutz der Dunkelheit möglichst weit kommen. Und tatsächlich kamen wir sehr weit. Wir erreichten Schmidt.

Die Nordeifel ist eine äußerst dünn besiedelte Region. Wo kein Wald steht, sind die Äcker karg, die Ernten gering. Die wenigen Dörfer, von denen ich schon das eine oder andere genannt habe, sind unbedeutende Käffer, aber wie es in Gebirgen vorkommt, kontrollieren sie manchmal weite Bereiche. In armen Gegenden kann man es sich einfach nicht leisten, überflüssige Bauwerke zu errichten.

Wer das Dorf Schmidt heute besuchen würde, wird wohl kaum sofort begreifen, welch entscheidende Position es während der Kämpfe um den Hürtgenwald einnahm. Es ist wirklich nur ein Dorf – ein Kaff über einem gigantischen Meer der Gefahren –, aber im strategischen Gefüge war es wie ein kleines Troja, ein Bollwerk gegen jeden Angreifer, eine sichere Burg für den Verteidiger. Ich denke, dass die Wehrmacht Schmidt (und auch die anderen wichtigen Dörfer im Hürtgenwald) spätestens Ende September vollständig evakuiert gehabt hatte. Jedes Haus, die Kirche, alle noch existierenden Gebäude waren Gefechtsstationen, Feldküchen, Unterstände und Schlafsäle. Die zu Klump geschossenen Ruinen waren mit Maschinengewehrgruppen bestückt, die Zufahrtsstraßen waren dreifach gesichert. Ein weites Gebiet konnte von Schmidt aus kontrolliert werden, das unsere Truppen zunächst einmal durchqueren mussten. Doch was würde uns südöstlich hinter dem Ort erwarten?

Als wir, kurz vor Sonnenaufgang, Schmidt erreichten, hatten wir zuletzt, aus dem südlich gelegenen Tal aufsteigend, das vorgelagerte Örtchen Kommerscheid umgangen, dann ein nasskaltes Nebelfeld durchquert, das sich bis an die ersten Häuser zog und uns willkommene Deckung verschaffte. Soviel wir wussten, war das Hauptquartier der Kampfgruppe Feuerlein in Schmidt.

«Wir müssen auch Schmidt umgehen», sagte Van Seneca, «da kommen wir sonst nicht lebend wieder heraus. Schnell, solange es noch dunkel ist.» In der Ferne hörte man einen Kradwagen. Ansonsten herrschte eine entsetzliche Stille.

«Ma könnt den Schoos von ei alde Hutzl höan», flüsterte Private Kirschfang. Es schauderte uns.

Wir näherten uns mit Vorsicht, doch es kam der Moment, in dem wir eindeutig auf einen Posten zumarschierten. Umzudrehen oder auszuweichen hätte sicherlich verdächtig wirken müssen.

«Bleiben wir ruhig», sagte ich, während mir das Mark gefror. «Ich übernehme das Reden.»

Ich atmete tief ein, drückte das Kreuz durch, setzte einen entschlossenen Blick auf und sah den beiden Posten entgegen. Anstatt uns aufzuhalten, salutierte man uns, wie sich das gehörte. Wir waren so tief auf deutschem Terrain unterwegs, dass niemand auf den Gedanken kam, wir könnten unsere Wehrmachtsuniformen zu Unrecht tragen. Mein kölscher Akzent tat wohl das Übrige. Es war eigentlich kaum zu glauben. Wir vier schienen unter meiner Führung eine gute Truppe zu sein, zumindest solange Vans indianische Gesichtszüge im Dunkel nicht erkennbar waren. So wurden wir mutiger. Mich ergriff eine nie gekannte forschende Unruhe, die alle Furcht vertrieb.

Wir marschierten weiter, verließen die Straße und durchquerten die abseits der letzten Häuser Schmidts liegenden Gemüsegärten, auf denen der November wie der Bedarf der Feldküchen nichts übrig gelassen hatten. Keinen Kohlstrunk, keinen Krautkopf, keinen Lauch. Gefroren lagen die leeren Beete unter der dünnen, manchmal von kantigen Erdschollen durchbrochenen Schneedecke. Johannisbeersträucher und vertrocknete Himbeerruten an den Rändern.

Dürrästig auf den Wiesen die fast krüppelig gewachsenen Apfelbäume, deren schorfig-schwarze Rinden nun kaum merklich von noch kalten, sachlichen Lichtfingern aus der Nacht geholt wurden. Bald würde die Sonne aufgehen. Eigentlich hätten wir uns mit unseren bisherigen Beobachtungen und der taktisch höchst zufriedenstellenden Erkundung eines minenfreien Fußweges nach Schmidt zufriedengeben müssen, um wenigstens noch während der Morgendämmerung zurückzukommen. Aber sowohl der sonst so besonnene Van Seneca wie auch Kirschfang und Showalter hatten sich von meiner Unruhe anstecken lassen. Östlich hinter den Gärten befand sich wieder ein Wäldchen, und es war klar, dass irgendwo darin ein neues Tal liegen müsste. Der Drang dorthin war unwiderstehlich. Wir ließen Schmidt mit einiger Erleichterung hinter uns, auf dieser Seite von Wachposten unbehelligt. Dann kamen wir durch ein auch mit großen, düster in den feuchten Nachthimmel ragenden Laubbäumen durchsetztes Waldstück, dessen gewaltige Stämme wie Säulen anmuteten, deren Kapitelle im Dunst verborgen lagen. Bei der Durchquerung dieses uralten, ungeschlagenen Hags murmelte Van Seneca rätselnd, dass nicht einmal hier zwischen den alten Eichen Vögel zu entdecken seien.

«Krähen sind die stärksten Vögel von allen», sagte er, «aber nicht einmal die Krähen wollten hier bleiben. Nicht auszuschließen, dass es bald zur Schlacht kommt.»

«Wäre doch sehr merkwürdig, wenn die Vögel das vor unseren Kommandeuren wüssten, findest du nicht?»

«Krähen reden miteinander, immer», sagte Van, «sie wissen alles. Sieh mal da vorne.»

Am Ende dieses Waldstücks fanden wir uns unvermittelt auf einem kleinen Hochplateau wieder, das den Blick auf ein gewaltiges, noch in nächtlicher Finsternis liegendes Tal freigab, von dem man zunächst einmal nur ahnen konnte, dass es tief wie ein Canyon sein musste. Die Felsenklippe, auf der wir standen, musste schroff hinabführen.

Sollten wir dort hinunter? So dringend ich den Wald hinter Schmidt hatte erkunden wollen, nun war es mir hier nicht mehr geheuer. Was für ein Abgrund. Wie ein unermesslicher Krater auf der dunklen Seite des Mondes kam er mir vor.

«Wir müssen warten, bis die Sonne aufgegangen ist», sagte der Seneca-Irokese entschieden, und sogleich kauerten sich Kirschfang und Showalter hin wie zwei junge Wölfe, die voller Begeisterung den Alten hatten folgen wollen und nun erschöpft und verunsichert waren. Ich konnte spüren, dass sie sich fürchteten. Genauso wie ich. Womöglich waren wir zu weit gegangen. Wir bildeten, im Gebüsch verborgen, ein Viererenest, das es uns erlauben sollte, wenigstens ein paar Minuten abwechselnd einzunicken. Ich aber konnte, in der feuchtklammen Uniform eines anderen steckend, kein Auge zutun.

Kurz nach sieben ging die Sonne über unserer Klippe auf. Den Anblick des nun aus der Nacht auftauchenden, tiefschwarzen Gewässers inmitten des eingeschneiten, weithin gestreckten Tales werde ich niemals vergessen. In seiner Mitte ragte eine imposante, flachpyramidige Insel aus dem Wasser. Das Ganze erinnerte an einen schmalen Meeresarm oder einen Fjord.

Schnell suchte Van das Gewässer mit seinem Fernrohr ab.

«Erstaunlich», sagte er schließlich mit jenem Genuss, den einem Späher der Anblick einer einmaligen und wichtigen Entdeckung bereitet, ganz gleich, welche Gefahr womöglich für die eigene Seite oder einen selbst von dem Entdeckten ausgehen mochte. An einer Stelle verharrte sein Blick länger.

«Was siehst du?»

«Am Ufer unten rechts, fünf Uhr, da scheint es mir, als könne man halb eingestürzte Mauern eines in den See gebauten Hauses erkennen.» Er reichte mir das Fernrohr.

Ich bekam das Objekt rasch in den Fokus. Trotz des noch schwachen Lichts schien auch mir ziemlich sicher, dass es sich um die Überreste eines großen Hauses, einer Art Gehöft handelte, das zu zwei Dritteln unter Wasser stand. Da begriff ich.

«Ein Stausee», sagte ich stöhnend.

«Denke ich auch. Und dass wir diese Information so schnell wie möglich zum Captain bringen müssen. Ein Stausee ist etwas anderes als ein natürliches Gewässer.»

«Was meinst du?»

«Großes Wassertheater. Gewaltiger Abgang. Drei Vorhänge.»

«Du meinst, was man angestaut hat, kann man auch wieder ablassen? Aber das stimmt, Dschiesesmeriundtscho! Die Wehrmacht könnte die ganze Rheinebene unter Wasser setzen.»

«Die Tatsache, dass dieses riesige künstliche Gewässer

nicht in unseren Karten auftaucht, ist sehr beunruhigend, John.»

«Am beschde, mir gähed glei zrück, dass ma am Nammidaag wieda dahem senn, gelt, Herr Leutnant?», warf Kirschfang ein. Showalter stand hinter seinem Kameraden und nickte sehr engagiert. Sie schienen tatsächlich nicht im Geringsten zu ahnen, in welcher Gefahr wir schwebten. Drei Kilometer vor unseren Linien, mitten im Feindesland.

Diese beiden jungen Pennsylvanier – einer von beiden, fällt mir gerade ein, war ein Brezelbäcker aus einer Großbäckerei in Reading – in ihren schlechtsitzenden Wehrmachtsuniformen mitzunehmen und dann so weit vorzustoßen war ein großer Fehler gewesen. Mir drehte sich der Magen um.

«Hier», sagte Van, «nehmt mal einen Schluck Wasser. John.»

Ich trank, dann reichte er die Flasche an die Privates weiter, die wie junge Hunde daraus soffen.

«Was denkst du, Van? Wie lange brauchen wir zurück? Jetzt bei Tage?»

«Zu lange, für meinen Geschmack.»

Ich bemerkte seinen winzigen Seitenblick auf die beiden glücklich trinkenden Privates. Irgendetwas ging Van durch den Kopf. Sein Gesicht zeigte dabei aber kaum Regung, lächelte nur ein wenig. Es war mir, als würde ich ihn jetzt zum ersten Mal sehen, auf der Schieferklippe über der Talsperre stehend, wie aus einem härteren Material gemacht als der Felsvorsprung selbst. Doch auch wenn er dastand wie aus rotem Granit gemeißelt, zeigten die gleichmäßigen, aber doch raschen Atembewegungen seines Unterbauchs, dass die innere Vulkanität seines Organismus brodelte. Auch seine Beinstellung. Und wie seine Hände in feinen

Halbmonden aneinandergelegt waren, Fingerspitze an Fingerspitze. Er war offensichtlich kurz davor, zum Adler zu werden.

Ich sah das alles, wie man beim Boxen einen Gegner einzuschätzen beginnt, lange bevor der Kampfrichter den Ring freigibt. Gleichzeitig sah ich mich selbst, bemerkte, dass mein Herz hämmerte, irgendetwas in mir aber sorgte dafür, dass ich nicht in Panik geriet. An einer Sekunde während dieser ratlosen Minuten hatte ein Übergang stattgefunden. Wie beim Seilspringen vor dem Spiegel, wenn man sich plötzlich tatsächlich selbst zusehen kann, ohne aus dem Takt zu kommen oder sich selbst in dem Übenden dort zu sehen, man dann einfach nur einen Mann sieht, der trainiert.

Unmerklich war ich von einem fast passiven Beobachter, einem Schreiberling, wie Captain Oleandro mich nannte, zu einem Offizier geworden, der über eine äußerst wichtige Information verfügte, die er unbedingt ins Hauptquartier zu überbringen hatte. Cota, unser General, musste erfahren, dass hinter Schmidt als taktische Waffe ein Stausee verborgen lag, dessen Sprengung alle Invasionspläne für das Rheinland zunichtemachen konnte. Wir mussten, so schnell es ging, zurück, damit ich meinen Bericht schreiben konnte. Nur das zählte jetzt. Es war ein neuer Zustand.

«Die Information über den Stausee ist für unsere Führung sehr wichtig», sagte ich.

«Ich weiß. Wir haben keine Wahl», sagte Van.

Es traf mich wie ein Schlag, als er vollkommen unvermittelt seine Maschinenpistole und die anderen Waffen ablegte, sich die Wehrmachtsuniformjacke vom Leib riss, den deutschen Stahlhelm abnahm und sich schließlich noch mit sichtlichem Behagen die völlig durchweichten deutschen Stiefel von den Füßen strampelte. Dies Letztere von einer leise gemurmelten Verwünschung in seiner Muttersprache begleitet.

Er versteckte alles unter einem Gebüsch nahe der Klippe. Seinen muskelbepackten Körper bedeckten jetzt nur noch seine Hose und sein Unterhemd. Sein rot gefärbter Haarschnitt nach Irokesen-Art und Seneca-Style leuchtete sogar in dem gebrochenen Dunstlicht dieses nebelverhangenen Allerheiligentages 1944. Habe ich das noch gar nicht erwähnt? Ja, es war der 1. November.

Van holte seine Ledermokassins aus dem Rucksack und zog sie an. Dann trat er auf mich zu.

«Wir haben einen Denkfehler begangen, John.»

Er blickte mich lächelnd an, und mit einem Mal fühlte ich mich ein wenig benommen, so als wäre ich unversehens in einen abstoßend unverständlichen und von daher widerwärtigen Traum hinübergeglitten.

«Was war in dem Wasser?»

«Zauberwasser», sagte Van lächelnd.

Mir war nun ganz schwach zumute.

Van nahm den beiden Privates die Flasche ab, schraubte sie zu und verstaute sie. Auch bei ihnen hatte das Kleine Wasser seine Wirkung getan. Sie glotzten ihn an wie Lämmer. Er hob sein Messer auf, das er zuvor neben die Schmeisser gelegt hatte.

«Ein wirklicher Feind, das ist jemand, den man spürt, bevor man ihn sieht», sagte Van leise zu mir, dann tat er einen Schritt und zog mit einer einzigen Bewegung das Messer durch die Kehlen der beiden Privates. Seine Damaszenerklinge gab ein sensendes Geräusch von sich, dem sogleich der pumpende Schwall aus beider Halsschlagadern nachfolgte.

Aber das war meine Beobachtung. Van hielt sich damit nicht auf.

Er machte einen Satz auf mich zu. Ich erhob, so benommen ich auch war, die Fäuste, deckte mit der Linken, da er einen schweren rechten Haken andeutete. Dann schoss sein rotleuchtender Schädel auf mich zu und verpasste mir einen Kopfstoß, der es mir schwarz vor Augen werden ließ.

Irgendwie bekam er mich wieder wach.

Er hatte mir die Hände auf den Rücken gefesselt und einen Knebel in den Mund geschoben. Sein Knie presste meine Brust wie eine Eisenzwinge auf den Boden.

«Unsere Feinde werden gleich hier sein, John. Sie kommen aber nur für mich. Wenn wir uns nicht trennen, dann werden wir beide auch noch sterben.»

Er blickte auf, nahm sich die Schmeisser, feuerte zwei Salven in den Wald ab. Jetzt hörte ich von ferne scharfe, deutsche Kommandorufe. Sie kreisten die Klippe ein.

«Mach es gut, mein Freund. Denk immer daran: Du bist ein deutscher Oberleutnant. Wir sehen uns beim Capitano.»

Damit riss er mir meinen Helm herunter, packte meinen Haarschopf und schnitt mir mit dem Messer sichelförmig an meinem Haaransatz entlang in die Stirn, nicht sehr tief und nicht sehr weit, aber doch schlimm genug, dass ich aufstöhnte wie ein Tier beim Schlachter. Ich war immer noch wie betäubt und ganz matt.

Aber er setzte schnell wieder ab, steckte das Messer weg, ohne ein weiteres Wort zu sprechen. Während mir das Blut brennend in die Augen lief, sah ich, wie er auf die Klippe zurannte, die Arme ausbreitete und mit einem kraftvollen Satz hinabsprang. Einfach hinuntersprang.

Hinter ihm her pfiffen schon die Kugeln der Deutschen. MP-Salven zerfetzten das Gebüsch und ließen Rinde spritzen. Sie waren da. Stiefel um mich, die Erde aufwühlten. Man packte mich. Ich verlor das Bewusstsein.

Der Moment für eine kleine Auszeit ist gekommen. Hemingway, der seinen Vornamen Ernest nicht ausstehen konnte und deshalb ein Freund von Spitz- und Kosenamen war, sprach immer wieder von der einen alten, der Goldenen Regel, der zufolge die Qualität eines Buches erstens nach dem Menschen, der es schreibt, und zweitens nach der Güte des Materials, das er weglässt, zu beurteilen sei.

Zu meiner Person: ein Gefangener des Staates von Missouri. Ein Verschwörer gegen die Bundesregierung. Ein schwer hautkranker Mann von fünfzig Jahren, der nicht nur unter unerträglichem Juckreiz leidet, sondern zunehmend auch unter der Hitze. Der ganze Gefängnisbau glüht mittlerweile. Wir haben jetzt Juli. Die Luftfeuchtigkeit ist enorm. Die Kakerlaken fühlen sich als das auserwählte Volk und gründen neue Kolonien. Die Knastbrüder drehen langsam der Reihe nach durch. Bis spätnachts wird herumgebrüllt. Alle leiden unter der Hitze, sie betrinken sich nach Einschluss mit heimlich selbstangesetzter Fruchtbowle, obwohl man davon blind werden kann, und quieken und faseln in diversen Drogendelirien. Und ehrlich – ich würde mich am liebsten gleichfalls sinnlos betrinken oder mich zukoksen, denn es ist zwischendurch kaum mehr auszuhalten. Zur Hitze und dem ganzen Hannibal'schen Zirkus kommt noch hinzu, dass ich stündlich damit rechnen muss, alles Geschriebene kurzerhand wieder abgenommen zu bekommen. Bis jetzt habe ich noch nichts davon wiedergesehen, ich kann nichts nachschlagen und frage mich, ob meiner Geschichte überhaupt jemand wird folgen können. Dann komme ich mir vor wie ein Zwerglein, das fleißig die Erinnerungskörner in einer Sanduhr zählt, die doch bald wieder von fremder Hand umgedreht werden wird.

Und jetzt zu dieser Ohnmacht an einem eisigen 1. November im Hürtgenwald vor fünfundzwanzig Jahren. Es hat sich alles so ereignet, aber vielleicht hätte ich die Ohnmacht auch weglassen sollen. Ohnmachten sind so unamerikanisch, dergleichen kommen in galanten Werken des 18. Jahrhunderts vor, immerhin auch bei literarischen Größen wie Heinrich von Kleist, einem Meister der deutschen Novelle, so etwas wie eine Vorläuferin der amerikanischen Short Story. Kleist war selber Offizier und stammte auch aus einer alten preußischen Soldatenfamilie, wie überhaupt das Soldatische und die Novelle wie füreinander gemacht sind, denn an *unerhörten Begebenheiten* mangelt es im Krieg niemals. Dem klassischen Regelwerk des Schreibens nach hat eine Novelle eine Rahmenhandlung, schon seit Boccaccio, beim Roman dagegen darf es eine solche nicht geben – denn der Roman, meint Goethe, ist ein absolutes Kunstwerk, ohne Verpackung oder Ornament. Joseph Conrad hingegen zeigt uns, dass der Romancier des Industriezeitalters und der globalen Imperien den Rahmen manchmal durchaus braucht, damit er das Schauerliche und Großartige überhaupt darstellen kann. Er braucht die Einfassung, weil das zu Berichtende ansonsten ihn (und vielleicht auch den Leser) überwältigen würde. Ohnmächtig machen könnte. So wie ich ohnmächtig hinsank, nicht nur aus Schock und Schmerz, schließlich war ich verletzt, sondern weil Van Seneca mit dem Kleinen Wasser dafür gesorgt hatte. Diese Ohnmacht aber gibt mir die Gelegenheit, die Erzählung meines Lebens ausnahmsweise an einen Ort zu lenken, an dem ich tatsächlich nie selbst gewesen bin. Von dem ich aber erzählen muss.

Denn es war so: Während mein bewusstloser Körper, von einer Patrouille der Kampfgruppe Feuerlein aufgefunden und in ihr Hauptquartier verbracht wurde, befand sich ihr Chef, Oberst Franz Feuerlein, nicht etwa vor Ort, sondern auf dem Weg zu einer Zusammenkunft aller Kommandeure beim Oberkommandierenden, etwa fünfzig Kilometer hinter der Front. Dort sollte nämlich ein großes Kriegsspiel stattfinden. Dafür ausersehen war Schlossgestüt Schlenderhan in Quadrath-Ichendorf.

Ich weiß, diese deutschen Namen sind furchtbar und klingen, wenn man sie korrekt ausspricht, wie Scheppern und Kettengerassel. Und das passt hier auch. Ich will versuchen, das Ganze auszumalen wie ein Filmset.

Von Süden kommend, das Gebirge der Eifel hinter sich lassend, war Oberst Feuerlein an jenem frühen Allerseelentag, für einen Kommandeur keineswegs standesgemäß, mit einem Motorradgespann unterwegs, welches er selbst mit dem größten Vergnügen und ziemlich tollkühn steuerte, während sein Adjutant, der die schlechten Straßenverhältnisse fürchtete, beunruhigt im Seitenwagen saß. Kurz vor Sonnenaufgang fand der Scheinwerfer der schweren BMW die Auffahrt, eine imposante Allee von alten Linden. Am Ende linker Hand schließlich lag das Schloss selbst, ein zweigeschossiger Bau im rheinländisch-französischen Stil, in dessen großem Salon alles für das Kriegsspiel vorbereitet war. Einige Limousinen mit Generalswimpeln waren schon da, Fahrer standen rauchend zusammen und unterhielten sich, die Mantelkrägen gegen den Regen hochgezogen.

Oberst Feuerlein aber bog zunächst noch nicht zum Haupthaus ab, sondern hielt auf das direkt vor ihm liegende Gebäude zu, dessen Eleganz einen kaum hätte erahnen lassen, dass es sich hier um das Stutenhaus handelte, eine perfekt gebaute Stallung für die etwa zwanzig Tiere mit ihren Fohlen, die Schlenderhan in diesen schwierigen Zeiten immerhin noch hatte.

Feuerlein stieg vom Motorrad und nahm die Chauffeursbrille ab. Da er Pferde liebte, nehme ich an, dass ihm der warme Geruch der Stallungen sehr angenehm war, auch wenn gerade gemistet wurde.

Es waren nur wenige Stallburschen zugange, einer von ihnen so klein und mager, gerade mal so groß wie die Mistgabel, mit der er geschickt agierte, dass man ihm sofort den ehemaligen Jockey ansah.

Die beiden kannten sich von früher, da der Oberst, ein leidenschaftlicher Reiter, auch den Championatssport stets aufmerksam verfolgt hatte. Er war einer, mit dem man ausgiebig über den inwendigen Hinterfuß der Stute Alma philosophieren konnte.

«Na, wie ist es, Kudlich? Machen die Tierchen noch immer Mist?»

«Machen Sie, Herr Oberst. Donnerwetter. Waren aber eine ganze Zeit nicht mehr hier. Kann's kaum glauben, wie lange wir uns schon nicht mehr gesehen haben.»

«Einiges los gewesen. Hier bei euch auch, habe ich gehört.»

«Das können Sie laut sagen.»

«Mischen die sich viel ein?», fragte Feuerlein. Der Jockey verneinte.

«Selten, dass einer von denen mal auftaucht. Lassen sich immer nur blicken, wenn sie die Pferde zu den Rennen holen.»

Ein paar Jahre zuvor hatte sich die SS das berühmteste Gestüt Deutschlands angeeignet und seither etliche Siege bei den wichtigen Rennen gefeiert, die weiterhin stattfanden, denn es war die Auffassung des Führers, dass «die pferdezüchterische und wehrpolitische Bedeutung des Rennsports Anlass gibt, dass Leistungsprüfungen des Vollbluts auch in der totalen Kriegsführung fortgesetzt werden.»

Jetzt holte der Oberst einen schrumpeligen Apfel aus der Tasche seines Ledermantels und hielt ihn dem Jockey vergnügt vor die Augen.

«Wo steht sie denn?»

«Wo sie immer stand. Vorne links. Wird sich freuen, das arme Luder, dass es mal einen Leckerbissen abbekommt.»

Die Stute, die Oberst Feuerlein mit dem aus einem Schmidter Obstkeller stammenden Boskop verwöhnen wollte, trug den Namen *Schwarzgold* und war das erfolgreichste deutsche Rennpferd der letzten dreißig Jahre gewesen. Sie hatte die Konkurrenz regelmäßig auf fast karikierende Weise düpiert. *Schwarzgold mit Weile* – also mit Riesenvorsprung – hieß es so oft, dass sogar in britischen Zeitungen über dieses Rennwunder berichtet wurde, das die Kassen der Wettanbieter im Großdeutschen Reich klingeln ließ. Ganz abgesehen vom Ruhm des Gewinners.

Das hatte den Neid eines Münchner Nazi-Bonzen erregt, der das Pferd unbedingt für sich haben wollte. Da der Besitzer von Schlenderhan, Baron Waldemar von Oppenheim, ein Mann aus alter Kölner Bankiersfamilie, sich strikt weigerte, Schwarzgold zu verkaufen, begann der Münchner, seine Alte-Kämpfer-Verbindung in die Reichskanzlei spielen zu lassen. 1942 wurde Schlenderhan kurzerhand zum SS-Gestüt.

Dass der dem Regime gegenüber sehr kritisch eingestellte Oppenheim nach dem 20. Juli verhaftet, mehr aus Versehen wieder freigelassen worden und mit seiner Familie in Kölns Südstadt untergetaucht war, erfuhr Feuerlein allerdings erst, als er am Frühstücksbüfett stand. Die wichtigen drei B waren vorhanden: Bohnenkaffee, Brötchen und Butter. Und dazu noch Sahne, Schinken und Marmelade. Nicht schlecht. Und da war auch schon Generalleutnant von Gersdorff – sein alter reiterlicher Freund. Von Gersdorff war ein hochgewachsener Aristokrat, Sohn eines kaiserlichen Kavallerieoffiziers, der bei der neu aufgestellten Reichswehr angefangen hatte, der depolitisierten Elitetruppe der Weimarer Republik.

Der junge von Gersdorff war dabei gewesen, als sie 1927 den traurigen Abschied von der Lanze zelebrierten und in den dreißiger Jahren das Kavalleriepferd endgültig durch den Panzer abgelöst wurde, den General Guderian damit aus seiner bis dahin eher defensiven, festungsartigen Rolle befreite, um mit der Panzerdivision eine neue Kavallerie zu schaffen – die Voraussetzung für den sogenannten Blitzkrieg. Die Nazis und ihre Manieren waren diesen Offizieren unangenehm, aber immerhin waren mit den neuen Machthabern plötzlich alle bürokratischen und sonstigen Hemmnisse für das Militär verschwunden. Geld spielte keine Rolle mehr. Es wurde endlich richtig gerüstet. Die Revanche für Versailles konnte kommen.

Es war Rudolph Freiherr von Gersdorff selber, der mir das später in München durchaus reumütig erzählt hat – in verschiedenen Begegnungen – und auch die Geschichte des Kriegsspiels von Schlenderhan am Allerseelentag 1944. Von Gersdorff war zu diesem Zeitpunkt Generalstabschef der 7. Armee, Stratege ihres Ausbruchs aus dem Kessel von Falaise. Im März 1943 war Gersdorff dafür vorgesehen gewesen, Hitler in Berlin durch eine Beutewaffenausstellung von der Ostfront zu führen. Unter seiner Uniform trug er eine gigantische Sprengladung, die er mit einem Säurezünder zur Explosion bringen sollte. Aber wie schon ein paarmal zuvor war die vermaledeite Vorsehung auf Hitlers Seite, er verließ – zusammen mit Himmler, Göring und Dönitz, die auch mit draufgegangen wären – die Ausstellung nach kurzer Zeit, worauf es Gersdorff dann gerade noch gelang, den Zünder, der nach exakt zehn Minuten losgegangen wäre, auf der Toilette zu entschärfen. Deshalb weilte er immer noch unter den Lebenden und war an diesem Morgen in der Lage, seinen alten Freund Oberst Feuerlein dringlich zu warnen. Der Oberst hatte schon mehr als einmal wichtige Dienste erledigt. Der militärische Widerstand ging sehr kleinteilig und vorsichtig vor. Vermutlich zu vorsichtig – aber für solche Überlegungen war es nun zu spät.

«Sie haben deinen Namen», flüsterte er Feuerlein zu, während sie beide eine Tasse heißen Kaffees tranken.

«Wie das denn nun wieder?»

«Letzte Woche haben sie Major Gundelmann verhaftet und durch die Mangel gedreht.»

«Konnte sich der Major an alles genau erinnern, was?»

«Angeblich ist jemand vom Sicherheitsdienst auf dem Weg hierher, um dich vom Fleck weg zu verhaften, ein gewisser Oberscharführer Amann. Karrieremörder. Ganz scharfer Hund.»

«Der SD also … Danke, Rudolph.» Er strahlte von Gersdorff an, was wohl eine Eigenheit Feuerleins war. Je schlechter die Nachrichten, desto fröhlicher schien er.

«Aber sag mal. Ganz abgesehen davon – was macht der Ami denn bei euch so?»

«Schießt sich ein», antwortete von Gersdorff. «Denke, da kommt sehr bald was. Deutlich zu spüren.»

«Kann man bei uns auch sagen», erwiderte Feuerlein. «Stell dir vor, Rudolph, wir haben es in meinem Abschnitt sogar mit Indianern zu tun. Kurz bevor ich losgefahren bin, haben sie mir noch per Funk gemeldet, dass wieder ein Zwischenfall war. Zwei Tote, ein Verletzter. Ich sage dir, wenn alle Amis diese Kampfkraft hätten, dann könnten wir gleich einpacken.» Die nächsten Worte flüsterte er dem Freunde ins Ohr.

«Skalpiert? Nicht dein Ernst. Klingt, als hätte sich das Dr. Goebbels persönlich ausgedacht. Propagandamärchen.»

Feuerlein lachte.

«Ich schwör! Heiliges Indianerehrenwort!»

Dann tranken sie ihren Kaffee aus, denn das Fahrzeug mit den zwei gekreuzten roten Stäben auf dem Wimpel war vorgefahren. Wie man ihn kannte, hatte sein Insasse vermutlich schon gefrühstückt: Generalfeldmarschall Walter Model.

Man denke sich seinen Lieblingsschauspieler aus, den man für die Rolle eines gefühlskalten, aber hochbegabten Freaks mit Monokel besetzt. Ich würde Peter Sellers nehmen.

Model liebte das Wortspiel, er sei das *Vorzeige-Modell* eines nationalsozialistischen Soldaten, und tatsächlich war er einer der jungen Wehrmachtsgeneräle gewesen, die sogenannte Generation Blitzkrieg, deren neuartiger

Führungsstil Erfolge am laufenden Band produziert hatte. Ihre radikal neue Methode bestand darin, von vorne, von der Front aus zu führen. 1942 in Russland hatte Model ein paar Wochen im Lazarett verbracht, weil er ernsthaft verwundet worden war. Er war keiner aus der alten Reichswehr-Schule, sondern Hitler treu ergeben, hatte keinerlei Probleme mit seinem Selbstbewusstsein und in der ganzen Wehrmacht keinen einzigen Freund. Model war inzwischen, wen würde es wundern, zu einem absoluten Rückzugs- und Defensiv-Spezialisten geworden. Seiner Umsicht war es mit zu verdanken, dass die spätestens mit dem Scheitern vor Moskau im Niedergang befindliche Wehrmacht trotz der miserablen Versorgung immer noch erhebliche Kampfkraft hatte. Er galt als Frontenstabilisierer und war deshalb zum Oberbefehlshaber West ernannt worden.

Auf Fotos, die ihn mit streng rasiertem Undercut abbildeten, pflegte er diabolisch zu lächeln, ein Gesichtsausdruck, den er während seiner Tagesgeschäfte nicht zu zeigen pflegte. Er wurde zuletzt etwas füllig, leichte Birnenform.

Ohne das raffinierte, zweiflügelige Treppenhaus des Schlosses auch nur eines Blickes zu würdigen, betrat Model den Großen Salon und stiefelte stracks – und natürlich grußlos – an den gigantischen Kartentisch, auf welchem das Kriegsspiel stattfinden würde. Der Spielplan war schon aufgebaut. Umringt von seinen Kommandeuren in ihren maßgeschneiderten Generalsuniformen, all diesen Ritterkreuzträgern mit ihrem Eichenlaub und Schwertern, stand er also nun da, Hitlers letzter Generalfeldmarschall, nachdem Rommel sich umgebracht und von Manstein – der 1943 noch die auf den Dnepr zurollende russische Offensive durch Gegenangriff hatte aufhalten können – wegen des Untergangs der Südarmee schließlich doch entlassen worden war, und erklärte seinen Untergebenen den wahren und eigentlichen Grund, warum der Hürtgenwald unter allen Umständen gehalten werden musste.

Jeder hat schon einmal erlebt, wie es ist, wenn das Bewusstsein durch die ölig-schwarze Schicht von Schlaf oder Bewusstlosigkeit erst einmal träge an die Oberfläche dringen muss, wie ein Einzeller im Meer, der der aufgehenden Sonne zustrebt. Nur ganz langsam kommen wir überhaupt wieder zu uns, und dann begreifen wir, dass der vorherige, dumpfe Zustand eigentlich ein Glück war: die Abwesenheit von Sorge, Furcht und Schmerz.

Warum stehen die Insassen von Gefängnissen (und nicht nur die selbstverständlich) so sehr auf Betäubungsmittel? Weil sie unbedingt vergessen wollen. Nichts mehr wissen, in fühllosem tiefem Schlaf. Wie bewusstlos sein, und wenn's auch nur für ein paar Stunden ist. Danach sehnt man sich.

Früher oder später kommt dann der Zeitpunkt, an welchem der Körper anfängt, sich wieder zu regen und nach der mentalen Steuerungseinheit zu rufen. Das Ich muss her und wieder übernehmen. Mit dem Erwachen begreifen wir, wie schön sie eigentlich gewesen ist, die Bewusstlosigkeit.

Nun war ich also wieder da und wusste, wer ich war. Und das erfüllte mich mit Schrecken. Ich riss die Augen auf.

Eine gering temperierte, niedrige Kammer mit dreckigen Wänden, an denen jahrzehntelanges Kohlefeuer die Umrisse verschwundener Möbel abgepaust hatte. Ich lag auf einem Wehrmachtsfeldbett, komplett in Uniform, auch die Stiefel hatte ich noch an. Meine Uniformjacke war ein wenig aufgeknöpft.

Die Verletzung auf meiner Stirn war verbunden, und ich konnte fühlen, dass sie genäht worden war, ich spürte die

Fäden unter dem Verband. Dass man sich so konsequent um mich gekümmert hatte, erstaunte mich und machte mir Hoffnung. Ich hörte Stimmen von Männern, deren Gespräch durch die angelehnte Tür hereindrang. Plötzlich sagte eine laut:

«Ihr Vorschlag ist wie Maria Stuart. Schön, aber unglücklich.»

«Der Gefreite Heimbach», erwiderte jetzt eine andere Stimme, «hat uns das so aufgetragen.»

«Dann könnten wir den Sender ja gleich nach draußen in den Regen stellen», sagte die Stimme, die von Maria Stuart gesprochen hatte. «Nein, so wird das nichts. Es gibt die klare Anordnung, dass wir mit Schlenderhan in ständigem Funkkontakt stehen müssen, damit wir für den Chef erreichbar sind. Sehen Sie mal hierher, ich zeige Ihnen das nochmals, geben Sie mal den Plan rüber.»

Die Stimme wurde leiser.

Das Wichtigste für mich war zunächst, dass sie nicht über mich sprachen. Sie hatten also Besseres zu tun, als zu überlegen, wie sie den amerikanischen Spion im Nebenzimmer am besten foltern würden. Bei der Gelegenheit stellte ich allerdings fest, dass ich meine Pistole nicht mehr trug, das Holster war mir abgeschnallt worden. Gut, es war bei einem Ohnmächtigen gewiss üblich, ihm die Waffen abzunehmen, damit er sich nicht versehentlich selber verletzte. Schlichte Tatsache jedoch: Ich war unbewaffnet. Mein Herz schlug wie verrückt, aber ich sagte mir, dass ich genau für solche Situationen ausgebildet worden war. Auch wenn ich bislang nicht Identitäten, sondern nur Schreibmaschinenfarbbänder gewechselt hatte.

Doch jetzt war ich ein deutscher Oberleutnant.

Geboren 1922 in der Pfuhlgasse in Koblenz.

Vater selbständiger Tapezierer.
Abitur dort am Kaiserin-Augusta-Gymnasium.
Verlobt. Sabine.
Zuletzt Ausbildung in Speyer.
Seit ein paar Tagen erst im Hürtgenwald stationiert.

Für einen Moment dachte ich an den echten Oberleutnant, dessen Identität ich angenommen hatte. Der war jetzt vielleicht schon auf dem Schiff in die transatlantische Kriegsgefangenschaft, rauchte amerikanische Zigaretten und hätte womöglich laut gelacht, wenn er gesehen hätte, wie ungemütlich es für mich zum Dank dafür geworden war, dass ich mir seine Identität geschnappt hatte. Trotzdem, und auch wenn alles auf der Klippe Geschehene ungeheuer schmerzte: Ich würde hier rauskommen und wieder John Glueck sein. Ich würde Bericht erstatten. Der Stausee hinter Schmidt. Ich würde es schaffen.

Ich setzte mich auf. Kleiner Schwindel. Leicht stechendes Kopfweh, aber das war alles harmlos. Ich knöpfte mir die Uniformjacke zu. Natürlich hatte ich immer noch Angst, einen Fehler zu machen, fühlte mich körperlich aber stabil. Ich räusperte mich, erhob mich und trat in Richtung der offenen Tür. Klopfte an den Rahmen.

Wie ich vermutet hatte, standen da zwei Landser und ein Unteroffizier über einen Schaltplan gebeugt. Es drehte sich in der Tat um irgendeine Form von Funkverbindung.

Sofort verstummte die Besprechung, und der glatzköpfige, schon etwas ältere Unteroffizier mit dem im Knopfloch vernähten Ordensband des Eisernen Kreuzes trat auf mich zu. Er salutierte nicht, sondern machte den sogenannten deutschen Gruß.

«Heil Hitler, Herr Oberleutnant. Wachtmeister Geier.»

Es war der Mann, der vorhin den Scherz über die tragische schottische Königin gemacht hatte.

«Heil Hitler. Ich habe Ihnen wohl meine Rettung zu verdanken?», fragte ich so aufgeräumt wie möglich.

«Das können Sie mal sicher annehmen. Der hätte Ihnen auch gleich noch den Garaus gemacht, wenn unser Trupp nicht gekommen wäre, Herr Oberleutnant. Ihre beiden Kameraden sind tot. Arme Schweine.» Er blickte kurz zu Boden, dann pfiff er durch die Zähne.

«Also», sagte er dann zu den beiden Landsern, «ihr wisst, was ihr zu tun habt. Gebt mal ein bisschen Dampf dahinter. Ihr kennt den Chef. Wiedersehen.»

Als sie draußen waren, bat er mich, Platz zu nehmen.

«Pfefferminztee? Bisschen was hab ich grad noch da.»

«Vielen Dank.»

Wir befanden uns weit außerhalb von Schmidt in einem einsam liegenden Gehöft, in dessen guter Stube. Der Raum war nicht allzu groß. Von seiner Möblierung waren ein schwerer Esstisch aus Eiche, eine Bank und ein paar klobige Stühle übrig geblieben. Bilder, sakrale Gegenstände und Zierrat hatten die ausquartierten Bauersleute wohl mitgenommen. Die Wände waren nackt, und auch hier sah man überall vom Ruß gepauste Umrisse, so etwa von einem Kruzifix, das über der Eckbank gehangen hatte. Obwohl abgenommen, war seine Botschaft, das Kreuz, immer noch klar erkennbar.

Wachtmeister Geier nahm einen Kessel, der auf einem kleinen Öfchen stand, griff eine Blechtasse und schenkte mir ein. Der Tee dampfte kaum noch, aber immerhin, er roch tatsächlich nach Pfefferminze. Das Artilleriefeuer in der Ferne ging die ganze Zeit weiter.

«Entschuldigen Sie mal meine Direktheit, aber ich muss das in mein Wachbuch eintragen. Wie ist der Zwischenfall denn nun abgegangen, Herr Leutnant?» Er hatte diesen strengen rheinischen Tonfall.

Ich erklärte ihm, dass wir, die beiden Getöteten und ich, zu einer Nachrichteneinheit gehörten bzw. gehört hatten und uns ein Sonderauftrag in diesen Abschnitt geführt habe.

«Irgendwo bei Schmidt über dem … Stausee haben wir uns vergangen, und plötzlich war er da.» Mein Herz schlug mir an die Kehle. Verdammt! Da hatte ich schon meinen ersten dicken Wortfehler gemacht. Vergangen …

«Unser Indianer, kein Zweifel», sagte der Wachtmeister, betrachtete mich dabei aber einen Moment länger, als es normal gewesen wäre. Er lächelte milde. Sein Gesicht nahm den typischen Ausdruck eines Menschen mit psychologischer Schulung an, dem man beigebracht hatte, ein sogenanntes neutrales Gesicht aufzusetzen, eine Maske, hinter der er sich verbergen konnte, um das Gegenüber möglichst lange in Ruhe studieren zu können. Keine Ahnung, ob er mir ansah, dass ich ihn meinerseits zu analysieren versuchte.

«Warten Sie mal», sagte er dann, zog eine Mappe aus seinem Schreibtisch und reichte mir ein Blatt Künstlerpapier, auf dem sich ein mit Bleistift gezeichnetes Phantombild befand.

«Ich habe die Zeichnung nach den Angaben von zwei jungen Schützen angefertigt, denen der Kerl vor ein paar Tagen die Kniescheiben gebrochen hat. Ganz pfiffige Jungs die beiden. Flieger-HJ. Haben ihn mir genau beschrieben. Hier, sehen Sie mal, Herr Oberleutnant.»

Die Zeichnung war wirklich nicht ohne Geschick ausgeführt und recht treffend. Von einem so bodenständig, merkwürdig wurzelartig wirkenden Unteroffizier eine derart feinfühlige Arbeit zu sehen irritierte mich. Es lief mir eisig den Rücken hinunter, als ich auf das grimmige Porträt meines Gefährten blickte.

Es war zweifellos meiner damaligen Intervention geschuldet, dass wir die beiden jungen Deutschen nicht getötet, sondern nur verstümmelt hatten. Was für seltsame Spiegeleffekte das Leben (im Kriege) doch bereithielt.

Es spielte wohl keine Rolle, aber ich brachte es nicht über mich, Van zu identifizieren. Also schüttelte ich den Kopf.

«Kann mich nicht erinnern. Tut mir leid.»

Der Wachtmeister nahm das Blatt zurück, enttäuscht, aber nicht resigniert, und legte es mit Bedacht in die Mappe, die er auf dem Tisch liegen ließ. Jetzt fiel mein Blick auf den nagelneuen grünen Bleistift, der sorgsam gespitzt neben dem Block mit Zeichenpapier lag. Richtig gute, stabile Vorkriegsqualität. Ein Bleistift, der nicht so leicht splitterte oder abbrach.

Die Augen des Wachtmeisters lagen tief in ihren Höhlen, betrachteten mich nachdenklich. Eine wulstige Narbe verlief ihm vom Kinn über die linke untere Gesichtshälfte bis zu der Stelle, an der sich früher ein Ohr befunden haben musste, jetzt aber nur noch ein wulstiger Krater war. Das war auch wohl der Grund, warum er sich immer leicht mit der rechten Seite zu einem hindrehte, wenn man mit ihm sprach.

«Hinter dem sind wir schon eine ganze Weile her», sagte er schließlich. «Der Indianer hat gute Leute von uns auf dem Gewissen.»

«Woher wissen Sie eigentlich so genau, dass das ein Indianer ist?», fragte ich. Die Frage erschien mir klug.

«Was denken Sie, warum er Ihnen die Kopfhaut geritzt hat?»

«Wie bitte? Er wollte meinen … Skalp?»

Der Wachtmeister nickte.

«Aber wir kriegen den. Das haben wir uns geschworen.»

Das Wir, von dem der Wachtmeister sprach, war die *Kampfgruppe Feuerlein*, jene Formation, die Van Seneca zunächst alleine, dann mit meiner Unterstützung bis zur Weißglut gereizt hatte. Eine militärische Einheit kann man natürlich nicht wild machen wie einen Stier, das möge man bitte nicht falsch verstehen. Aber so, wie mir Wachtmeister Geier die Sache darstellte, war Van Seneca, spätestens seit er den Wildhüter getötet und skalpiert hatte und trotz wildester Verfolgung mit dessen Schmeisser entkommen war, bei den Angehörigen der Kampfgruppe zu so etwas wie einer zwittrigen Märchengestalt geworden – dem Indianer vom Hürtgenwald. Neben den militärischen Pflichten und Aufgaben in Erwartung des kommenden Angriffs war die Jagd auf den Indianer wie ein Fieber ausgebrochen, das sogar den ansonsten stets kühlen Kopf der Truppe, Oberst Franz Feuerlein, entzündet hatte.

Und da gab es vor allem eben den Wachtmeister Geier, der bei der ersten Verfolgung des Seneca-Irokesen dabei gewesen war und es sich seitdem in den Kopf gesetzt hatte, den Waldindianer zu fassen. Ganz abgesehen davon, dass man ja auch noch gegen die US-Armee kämpfen sollte. Dabei ging es ihnen, das glaube ich auch heute noch, keineswegs um Rache – dies hier war eher wie die Erfüllung einer geheimen Sehnsucht, gab es doch schon seit etwa dreißig Jahren einen originär deutschen Indianerkult, dem eine starke Identifikation mit dem edlen, aber dem Yankee unterlegenen roten

Mann zugrunde lag. Damals, in der zu einer Art Stabszimmer umgewandelten guten Stube eines Eifeler Bauernhofes, glaubte ich jedenfalls, keinen Hass, sondern Faszination zu spüren. Auch wenn es darum ging, das Objekt dieser Faszination in die ewigen Jagdgründe zu befördern.

«Da wir das nun geklärt haben», sagte ich dann schließlich zum Wachtmeister, «würde ich gerne zu meiner Einheit zurück. Und bitte geben Sie mir meine Pistole.»

«Oberst Feuerlein wurde über den Zwischenfall informiert und hat darum gebeten, dass Sie bitte hierbleiben möchten, bis er wieder eintrifft. Er wünscht Sie unbedingt zu sprechen.» Seine Stimme klang sehr entschieden. Zur Pistole sagte er nichts.

«Bin nicht sicher, wie Oberst Bellenhauer das findet, mein Kommandeur.»

«Wir werden Ihre Einheit darüber verständigen, dass Sie am Leben sind, Herr Oberleutnant. Oberst Feuerlein hat unbedingt darum gebeten.» Er lächelte mich an.

Er hatte meine Wunde versorgt, war ein hervorragender Zeichner, hatte aber auch eine fleischige Art, einen anzuschauen wie ein Metzger. Die quer verlaufende Narbe tat das Ihre dazu. Ich überlegte, ob ich jetzt noch einmal nach der Pistole fragen sollte, aber ich kam nicht mehr dazu, weil mit einem Mal fernes Trommelfeuer aus Hunderten Rohren gleichzeitig zu hämmern begann. Die wimmernden Alarmsirenen in den deutschen Stellungen gingen los, man hörte von ferne Trillerpfeifen aus allen möglichen Richtungen und konnte die grünen Leuchtsignale erahnen, die überall über dem Wald und den kahlen Höhen verschossen wurden. Der amerikanische Angriff hatte begonnen.

Die Erläuterungen, die Generalfeldmarschall Model währenddessen seinen versammelten Kommandeuren auf Schlenderhan gegeben hatte, hätten angesichts des komplexen Sachverhalts knapper kaum ausfallen können: Seit der Landung der Alliierten in der Normandie habe man systematisch kampferfahrene Truppen gesammelt, neue ausgehoben und verschiedene Reserven mobilisiert, und gerade sei man dabei, diese im Bereich Düren mit größter Sorgfalt und Tarnung zusammenzuziehen. Auch das für eine derart gewaltige Truppe notwendige Material, Munitionierung, Fahrzeuge und Panzer werde derzeit herangebracht. Alle Ressourcen flössen konsequent in diese neue Armee, die der Führer aufgestellt habe, um die Alliierten zu besiegen. Wie schon 1940 werde man, über die Ardennen kommend, einen Sichelschnitt zur belgischen Küste durchführen. Dadurch werde man die Amerikaner, die sich darauf eingelassen hätten, viel weiter vorzurücken, als in ihren Planungen vorgesehen, und die deshalb unter erheblichen Nachschubproblemen litten, abschneiden, einkesseln und dann vernichten. Diese Offensive werde die Wende im Westen sowie einen separaten Friedensschluss bringen – und damit die Kräfte freisetzen, die man gegen die immer weiter vordringende Rote Armee dringend brauche. Der Deckname dieser Großoperation sei *Wacht am Rhein*. Wir kennen sie heute als Ardennenoffensive.

Und deshalb müsse die Eifel westlich von Düren unbedingt gehalten werden, denn Düren, das sei das Aufmarschgebiet für die Gegenoffensive. Deshalb habe er das Kriegsspiel für alle Kommandeure angeordnet, denn damit ließe sich die anstehende Verteidigung des Hürtgenwaldes mit größtmöglicher Sorgfalt planen.

Nach diesen grundsätzlichen Worten folgte Model dem Geschehen zunächst als Zuschauer. General von Manteuffel, einem Panzergeneral, hatte er die Leitung des Kriegsspiels übertragen.

Wer sich nun fragt, ob man sich unter einem solchen *Kriegsspiel* so etwas Ähnliches wie dieses Würfelspiel «Risiko» der Parker Brothers vorstellen darf, das nicht nur unter College-Studenten, sondern auch im Staatsgefängnis von Hannibal recht beliebt ist, würde ich sagen, ja, durchaus, wenngleich die funktionelle Differenzierung und die Datenlage, mithin die Simulationstiefe, bei einem militärischen Kriegsspiel natürlich sehr viel größer ist. Jede Armee der Welt führt heutzutage Kriegsspiele durch, aber erfunden haben es einstmals die alten Preußen. Nach den napoleonischen Kriegen, etwa 1820, entwickelte der Hofkriegsrat Leopold von Reiswitz sein *taktisches Kriegsspiel*, das mit Karten und Figuren arbeitete. Landschaft und Topographie, die eigene Truppenstärke und die des Gegners konnte man da schon genau darstellen und simulieren, eine unverzichtbare Vorbereitung, um die Schwachstellen der eigenen Strategie oder unangenehme taktische Möglichkeiten des Gegners auszuleuchten. Als Hitler den Überfall auf die Sowjetunion vorbereiten ließ, der *Fall Barbarossa*, verbot er ausdrücklich ein vorheriges Kriegsspiel, weil er sich durch dessen möglichen schlechten Ausgang seine eigenen Planungen nicht durcheinanderbringen lassen wollte.

Nun aber stand der finale Akt an. Model hatte die Elite seiner Generäle versammelt. Alle hatten sich gründlichst vorbereitet, die genaue Lage, Stärke und Bewaffnung ihrer Verbände in das Spielszenario eingespeist, und alle, auch darauf hatte Model ausdrücklich bestanden, waren über eine große Funkanlage im Schlosshof in ständigem Kontakt mit ihren Gefechtsständen.

Der Spielleiter Manteuffel begann nun zunächst, über die Absichten des Gegners zu referieren. Es war die Meinung des deutschen Generalstabs, die Amerikaner würden die Kontrolle über die Rurtalsperre zu erringen versuchen und deshalb beim nächsten Angriff Schmidt in den Mittelpunkt stellen. Die Deutschen hatten also nicht die geringste Ahnung, dass wir (von Van Seneca und mir abgesehen) nicht die geringste Ahnung von der Existenz der Talsperre hatten.

Kaum aber hatte General Manteuffel diese Grundannahme aufgestellt und den ersten Spielzug auf den Weg gebracht, als der Nachrichtenoffizier, der die Funkanlage im Schlosshof betreute, in den Salon gestürmt kam und mit aufgeregter Stimme verkündete, dass der Angriff der Amerikaner im Hürtgenwald in diesen Minuten begonnen hatte. Sie hätten von allen Teilen der Front gleichlautende Nachrichten erhalten, es bestehe kein Zweifel. Wenn Wehrmachtsgeneräle in Panik ausgebrochen wären, dann wären sie jetzt in Panik ausgebrochen. Rufe nach dem sofortigen Abbruch des Kriegsspiels schallten durch den Raum: «Zurück zu den Truppen. Die sind führerlos!» Aber es war Model, der nun einschritt, eine Andeutung seines unheimlichen Lächelns zeigte und entschied, dass genau das Gegenteil richtig sei: Sie würden alle hierbleiben und gemeinsam den Ernstfall spielen.

Man würde die Truppen über Funk steuern.

«Dies ist unsere Chance, meine Herren», rief er mit ungewohntem Pathos. «Das Kriegsglück ist auf unserer Seite! Wir werden die Amerikaner zerquetschen!»

Okay, ich gebe zu – das mit dem Zerquetschen habe ich mir ausgedacht. Das hat mir Freiherr von Gersdorff weder erzählt noch in seiner Autobiographie geschrieben, und ich habe es auch von keinem anderen gehört oder gelesen. Es war von Peter Sellers inspiriert. Gestern gab es beim Fernsehen im Gemeinschaftsraum *Lolita* auf CBS, in welchem Sellers den ekelhaften (und, wie der Name andeutet, schuldigen) Quilty spielt. Ich habe mir dabei Sellers in Models Generalfeldmarschallsuniform vorgestellt, wie er teuflisch lächelnd die Hand hebt und sie als Faust zusammenquetscht. Der Film übrigens rief bei den meisten Insassen Enttäuschung hervor, weil er keine Sexszenen enthielt.

Es gibt keine Armee der Welt, die wir intensiver studiert haben als die Wehrmacht, und zwar nicht, weil es uns Freude bereitet oder unser schlechtes Gewissen beruhigt hätte, den Besiegten anständig zu sezieren, sondern weil wir von ihm lernen wollten. Und da war sehr viel zu lernen. Die Wehrmacht hatte es nämlich verstanden, während des Krieges die ganze kämpfende Armee auf eine gewisse Weise zu einer Akademie werden zu lassen, und hinauf bis zur Generalität lernte man Stunde für Stunde neu: Ganz zweifellos gab es niemals zuvor und danach eine Armee, die einen solchen Traditions- und Theorieschatz mit einer so spektakulären jüngeren Praxis verbinden konnte wie die Wehrmacht und die es zudem verstand, dies an alle Angehörigen durch eine perfekte Ausbildung weiterzugeben.

Die preußischen Heeresreformer des letzten Jahrhunderts, langsam aus der Schockstarre erwachend, in die die napoleonischen Volksheere das ganze feudale Europa versetzt hatten, folgerten schließlich klar, dass ein armes Land wie Preußen nur dann militärisch werde bestehen können, wenn es weite Teile der Bevölkerung mit dem Kriegshandwerk auf eine so profunde, aber auch anständige Weise vertraut machen würde, dass diese, wenn auch schon lange im zivilen Berufs- oder Ehrenstande, jederzeit in der Lage und auch willens sein würden, zurück zu den Waffen zu gehen, wenn der Staat sie riefe.

Es war ein klares Ziel unserer Nachkriegspropaganda, Preußen und seine Militärtradition, die die Wehrmacht fortgeführt hatte, mit dem Schlagwort *Kadavergehorsam* abzuqualifizieren. Im Stillen aber wussten wir sehr wohl, dass Preußen eine fortschrittliche Nation und der Taktgeber dieses Fortschritts eben das Militär gewesen war. Und es war deshalb stets so stark, weil auf die Ausbildung jedes einzelnen Soldaten großer Wert gelegt wurde.

Auch das deutsche Offizierskorps wurde in den Jahren zwischen der Vernichtung der Heeresgruppe Mitte und der Niederlage des völlig überschätzten Rommel in Tunesien auf einzigartige Weise geschult, nicht zuletzt dank der – bis dahin für den gesamten Kriegsverlauf desaströs agierenden – deutschen Luftwaffe. Die bewältigte am Ende fast nur noch Personalflüge, also Inreichsflüge. Kriegseinsätze außerhalb des Reichs waren nicht mehr möglich. Stattdessen wurden die Eliteoffiziere hin und her versetzt, kämpften in Russland, in der Wüste, auf dem Balkan oder in Italien, weil die kommandierenden Generäle ständig nach neuen personellen Lösungen suchten. Ein Wehrmachtsgeneral mit ein paar Jahren Erfahrung war wie ein tibetischer Lama – ein Ozean militärischer Weisheit.

Ebendies waren auch die Spitzenkräfte, die hier am Allerseelentag 1944 noch einmal zum letzten großen Kriegsspiel zusammengekommen waren: einer Form intellektuell-geistigen Herangehens an den Krieg, die bereits im ersten Paragraphen des berühmten *Handbuchs zur Truppenführung* aus dem Jahr 1936 umrissen ist, der da lautet:

Die Kriegsführung ist eine Kunst,
eine auf wissenschaftlicher Grundlage
beruhende freie, schöpferische Tätigkeit.

Ich gebe zu, dass mich diese Selbstbeschreibung schon faszinierte, als ich sie in Camp Ritchie zum ersten Mal gelesen hatte. Das *Handbuch zur Truppenführung* war natürlich Pflichtlektüre – so etwas wie Clausewitz, Sun Tzu und Trotzki in einem. In ihrem ersten Paragraphen kulminierte die gesamte preußisch-deutsche Tradition, nämlich Militär, Geist und Dichtung, Härte und höchste geistig-philosophische Freiheit und sogar Poesie miteinander zu verbinden. Das Kriegsspiel von Schlenderhan war – so behaupte ich – der letzte Höhepunkt dieser einzigartigen Tradition, die dadurch, dass die Wehrmacht den Krieg der hohlköpfigen Nazis unterstützt und mitgemacht hatte, ihrem Ende entgegenging. Aber wir waren da, um diesen Geist einzufangen, wie wir es mit dem Geist mancher Indianerstämme getan hatten.

Bevor er unser Mann wurde, baute Wernher von Braun Raketen, die irgendwann weit genug reichen sollten, um die USA zu treffen, und Norbert Wiener entwickelte die Grundlagen der Kybernetik, um ein automatisches Radarsystem zu schaffen, das diese Raketen abwehren sollte. Daraus entstand ein gigantisches elektronisches Netzwerk zur Informationsverarbeitung, um die Luftraumradarüberwachung und den Datenstrom aus dem riesigen Netz unserer weltweiten Militärbasen zentral zu sammeln und auszuwerten. Der Präsident kann dann mit dem Verteidigungsminister und den Generälen zusammensitzen und mehr oder weniger globale Echtzeit-Informationen erhalten.

Exakt das – aufgebaut auf Telefon- und Funkleitungen – war aber auch schon bei diesem letzten großen Kriegsspiel der deutschen Militärgeschichte geboten, und ich weiß das so genau, weil ich darüber später in Kalifornien promoviert habe. Anlässlich ihres bevorstehenden, unausweichlichen Untergangs gab die Wehrmacht auf Schloss Schlenderhan ein Stück aus der technologischen Zukunft, die unsere Gegenwart geworden ist.

Dieses futuristische Stück war es, das in der Nomenklatur der Kriegshistorie den Namen Allerseelenschlacht erhalten sollte. Es beinhaltet die vernichtende Niederlage der 28. US-Division im Hürtgenwald aufgrund überragender Taktik der Führung sowie der Kampfkraft der verteidigenden Wehrmachtsverbände.

Unsere 28. rühmte sich einer in die Gründerzeit zurückreichenden Geschichte. Ihr offizieller Beiname lautete *Key-Stone-Division*, weil Pennsylvania einer der Gründungsstaaten der Union ist. Ein roter Gründungspfeiler war deshalb auch im Wappen der Division. Nach der Allerseelenschlacht sah man darin einen Bluteimer. Und das wurde ihr neuer Spitzname: *Bloody Bucket.* Die Bluteimer-Division.

Dass es zu dieser schrecklichen Niederlage kam, hatte mit dem Echtzeit-Kriegsspiel von Schlenderhan zu tun. Es dauerte nicht lange, und die Boten zwischen der im Hof befindlichen Funkstation und dem Salon, wo die versammelte militärische Intelligenz der Westfront um eine detailgetreue Simulation des beginnenden Kampfgeschehens im Hürtgenwald stand, rasten hin und her. Sie überbrachten die Nachrichtenzettel mit den neuesten Entwicklungen dem Spielleiter, General von Manteuffel, der sie laut vorlas, worauf Manteuffels Stab dann die entsprechenden Verschiebungen des Spielmaterials, also der die verschiedenen Einheiten darstellenden Spielsteine, durchführte. Beunruhigend war, dass aus den im Minutentakt eintreffenden Nachrichten hervorging, dass man die Truppenstärke der Amerikaner viel zu gering eingeschätzt hatte.

Die Geschwindigkeit, mit der wir solch gewaltige Mengen an Nachschub heranbringen konnten, überstieg die Vorstellung der deutschen Logistiker. Deren wichtigstes Transportmittel war bis zuletzt der Pferdekarren. Drei-, vierhunderttausend Klepper mochten sie noch haben. Dagegen standen die neun Millionen Pferdestärken unseres Red Ball Express.

Bald war den Generälen klar, dass der Schwerpunkt des amerikanischen Angriffs tatsächlich Schmidt galt. Sie vermuteten: wegen der Talsperren. Die Amerikaner mussten dazu mit starken Panzerverbänden durch das Kalltal. Kommerscheidt wurde schon vorbereitend massiv von der feindlichen Artillerie beschossen. Was also tun? Manteuffel blickte erwartungsvoll zu Feuerlein. Der sah die neue Situation kritisch, erkannte aber auch Chancen. Einerseits beunruhigte ihn die Massivität des Angriffs.

«Andererseits können wir aber auch von Glück sprechen», sagte er, «dass das schlechte Wetter uns hilft und die Amis ihre Flugzeuge nicht einsetzen können. Der Regen ist überhaupt günstig für uns. Das größte Problem, mit dem der Ami es zu tun kriegen wird, ist der Weg über die Kall und dann durch ihr Tal. Die Panzer müssen da hoch, und ich kann Ihnen versichern, dass sie eine Art von Rasputiza im Wald erleben werden.»

Damit löste er allgemeines Schmunzeln aus. Die *Jahres-*

zeit des Schlamms bildete für jeden, der in Russland gewesen war, ein besonderes Kapitel seiner Kriegserinnerungen.

«Es wäre deshalb eigentlich sehr gut», fuhr Feuerlein fort, «wenn man an dieser Stelle bereitstünde, um den Amis bei ihrem Schlammbad ein wenig einzuheizen. Der Abzug der 89. Infanteriedivision ist umgehend rückgängig zu machen. Sie muss zurück nach Schmidt.»

«Aber wieso?», zweifelte von Manteuffel. «Dort haben wir ja Sie.»

«Ich würde gerne etwas anderes tun», erwiderte Feuerlein ungerührt.

Feuerleins Idee war, dass die Kampfgruppe Schmidt augenblicklich räumen sollte. Diejenigen amerikanischen Einheiten, die es durch das Kalltal schafften, sollten Schmidt einnehmen – und dann würde man sie dort zusammenschießen. Es stünden drei bis vier perfekte, fast uneinnehmbare Standorte für die Artillerie zur Verfügung, vor allem in Brandenberg.

Er zeigte es den Kollegen auf der Karte, die das Spielbrett war.

Jetzt meldete sich Model. Ohne auch nur im Geringsten belobigend auf Feuerleins brillante strategische Analyse einzugehen, stimmte er ihr zu und erklärte, dass man Verstärkung brauche, und zwar eine mit hoher operativer Qualität.

«Unsere 116. Panzerdivision steht am günstigsten», sagte Feuerleins Freund General von Gersdorff, dessen 7. Armee zu der 116. gehörte.

Model nickte. Das Problem war nur, dass die 116., die Windhunddivision, für die Ardennenoffensive vorgesehen war und Hitler den ausdrücklichen Befehl gegeben hatte, diese Truppen unter keinen Umständen irgendwo für das

Tagesgeschäft einzusetzen. Gegen einen direkten Führerbefehl zu verstoßen konnte leicht den Kopf kosten. Also zog Model die Generalfeldmarschallskarte und befahl, ihn augenblicklich mit der Wolfsschanze zu verbinden. Das konnte er, weil ein GFM das *Recht zum direkten Vortrag beim Führer* besaß.

Hitler, wie ein Junkie aus Missouri vollgepumpt mit Pervitin und auch mit Morphium, saß in der Wolfsschanze gleichsam auf gepackten Koffern. Als man ihm das Telefon brachte, an dessen anderem Ende Model war, sein Mustergeneral, der die Ardennenoffensive plante, brauchte dieser nicht lange zu bitten. Die Windhunddivision durfte eingesetzt werden. Eine der kampfstärksten Panzereinheiten in der Geschichte der Wehrmacht.

Ihre Aufgabe würde sein, der US-Armee ihren Weg über die Kall so teuer wie möglich zu machen. Dies würde der Kampfgruppe Feuerlein die Zeit geben, Schmidt zu räumen und dort die verbliebenen Reste der Angreifer später zu erwarten und zu vernichten.

Major Prinz Holstein, der Eins A der Division, also ihr wichtigster Offizier nach dem Kommandanten, und Oberst Feuerlein selber gingen nach unten, um per Funk die entsprechenden Anweisungen an ihre Einheiten zu übermitteln.

Eilig zurückkommend vom Funkkontakt mit seinem Gefechtsstand, nahm Feuerlein dann General von Gersdorff zur Seite, um sich dringlich und geheim mit ihm zu besprechen:

«Da kommt gerade ein schwarzer Opel die Einfahrt hochgeprescht, Rudolf, und ich denke mal, da sitzt vielleicht dieser Amann drin. Der SD hat es ja oft so eilig. Ich werd mich auf mein Motorrad schwingen und zu meinen Leuten fahren. Halt ihn doch vielleicht ein bisserl auf. Kannst ihm dann ja sagen, dass ich zu meinem Gefechtsstand unterwegs bin.»

Er entschuldigte sich, eilte die Treppe hinunter, setzte sich die Brille wieder auf und startete das Motorrad, dessen Beiwagen leer blieb, weil er seinen Eins A in Schlenderhan ließ, damit dieser weiter Kontakt hielt. Und damit enden seine Spuren in den Protokollen des Oberbefehlshabers West und beginnen die mythischen Dimensionen von Feuerleins Legende. Ich behaupte, einer der wenigen, vielleicht der einzige Zeuge zu sein, der Feuerlein lebend bei seiner Attacke sehen sollte. Aber so weit sind wir noch nicht.

Während der Kommandeur der Kampfgruppe, die seinen Namen trug, auf seiner Wehrmachts-BMW die Auffahrt des Schlossgestüts Schlenderhan hinabraste, befand ich mich in seinem Hauptquartier in der Obhut von Wachtmeister Geier.

Sicherlich – die Offiziere waren einzigartig gut ausgebildet. Aber der Schlüssel zur Kampfkraft der Wehrmacht waren die Unteroffiziere. Ich habe die merkwürdigsten Stunden unter Geier verbracht, mit ihm, unter seiner Fürsorge, auch unter seiner Bewachung.

Ich kann nicht sagen, ob oder wie sehr er mir nach unserem ersten Gespräch wirklich misstraute, denn dieses fand sein Ende durch den Beginn der Kampfhandlungen. Wir vereinbarten, dass ich auf Oberst Feuerlein warten würde, um danach so schnell wie möglich zurück zu meiner Einheit zu kommen. Der Wachtmeister ging hinaus, um eigenständig das schon lange vorher mit Feuerlein und Major Holstein besprochene Täuschungsmanöver einzuleiten und die Amerikaner – uns – in die Falle zu locken. Er stellte einen Posten vor die Tür, aber er ließ mich tatsächlich allein. Natürlich unbewaffnet.

Zunächst sah ich mir die Aquarelle an, die er in Russland gemalt hatte. Besonders die Winterlandschaften gefielen mir, mit ihren wie aus dem Nichts des weißen Untergrunds hervortretenden Birken, die der Wachtmeister-Künstler ebenso wie die Konturen schneebedeckter Hügel wirklich geschickt alleine durch Ausführung der Schatten und der dunklen Rinde hatte gestalten können. Unter jedem Bild hatte er sorgsam Ort und Datum notiert, in winziger, aber gestochen scharfer Schrift. Mit Bleistift. Er lag auch noch da, der mit einem feinen Messer angespitzte grüne Bleistift.

Die Aquarelle, es mochten gut achtzig sein, auf unterschiedlichstem Papier gemalt und teilweise nur halbfertig, was interessanterweise die handwerkliche Qualität des Künstlers besonders zum Vorschein brachte, hatten ihn seinen gesamten Feldzug über begleitet. Sewastopol, Kertsch. Er war, so schien es, bei den Sturmpionieren gewesen. Doch seit er im Hürtgenwald stand, der Wachtmeister, hatte er noch kein neues Bild angefertigt.

Durch das Fenster der Stube konnte ich die rechte Schulter des Postens sehen. Seine Bewegung würde mir verraten, wenn wieder jemand zu mir hereinkommen wollte. Ich öffnete die Schublade. Darin lag eine Volksausgabe *Schillers Balladen* mit vielen, teilweise vergilbten Einmerkern. Ich schlug das Buch auf. In altdeutscher Schrift stand auf dem Schmutztitel:

Für Helmut Geier – Herbst 1912 – Deine Eltern

Hatte er vielleicht zum Eintritt in eine höhere Schule bekommen. Ich fand ein paar Fotos, Familienkram, ein

Taschenmesser. Ein Diensthandbuch und schließlich ein Lederetui, das ganz hinten in der Schublade lag. Auf den ersten Blick schien es ein fünfkammriges Zigarrenetui zu sein. Ich nahm es zur Hand. Ich war nie ein großer Raucher, aber selbstverständlich würde ich einen Blick hineinwerfen. Und was fand ich?

Fünf Röhrchen Pervitin.

Eines davon war angebrochen. Ich öffnete es, es fehlten nur wenige Tabletten. Der Wachtmeister verspürte anscheinend nur selten das Bedürfnis nach der pharmazeutischen Wunderwaffe des Dritten Reichs, das Röhrchen datierte schon etliche Monate zurück. Ich nahm mir eine Tablette heraus, die von besserer Qualität schien als das Pervitin, das ich von Nina in Paris bekommen hatte. Viel reiner und höher dosiert. Ich zögerte nicht lange und schluckte sie. Dann nahm ich mir ein noch ungeöffnetes Röhrchen, steckte es mir in die Hosentasche, verschloss das Etui und legte alles wieder an seinen Platz.

Ich will nicht behaupten, dass ich gegenüber Wachtmeister Geier ähnliche Gefühle entwickelte wie gegenüber Nina. Ich werde auch nicht anfangen, ein Loblied auf Pervitin oder überhaupt auf Drogen anzustimmen. Jeden Tag sterben in Amerika mehr Kids an Drogen als in Vietnam. Und es ist immer der Krieg, der uns die Drogen bringt. Heute ist es Heroin, und es kommt aus Südostasien.

Es fliegen so viele Transportmaschinen zwischen Amerika und dieser Weltgegend hin und her. Jeder dritte in Vietnam kämpfende US-Soldat nimmt Drogen, es ist ein Riesengeschäft. Heroin ist überall, und unsere Geheimdienste haben operatives Interesse daran. Mitten in den ruinierten und von der Mittelschicht verlassenen zentralen

Vierteln unserer Großstädte, wo nachts die Läden brennen, ist nun das Zuhause für den wahren Vertreter unserer Zeit: den Junkie. Er ist zum Symbol unserer Gegenwart geworden – der Welt künstlicher Knappheit und maßloser Verschwendung. Der Welt des Hungers und der ewigen Gier nach noch mehr. Der Welt, die wir designt haben.

Geiers Pervitin – das zumindest muss ich objektiv sagen – schlug ein wie eine Bombe. Mein schon halb entwöhnter, wieder gekräftigter Organismus reagierte wie auf dem Beipackzettel angegeben. Das Zeug war besser als alles, was ich je genommen hatte. Mein Körper wurde zu einer gutgeölten Maschine, mein Geist – der endlich einen Weg sah, meine erbärmliche Angst, die mich die ganze Zeit umkrallt hatte, abzufackeln und loszuwerden – begann zu leuchten wie eine Glühbirne. Mein Herz aber wurde zu Stahl.

Während der wilden Anfangsstunden der Schlacht, die ich vergeblich auf das Eintreffen von Oberst Feuerlein wartete, bekam ich so einiges mit. Kostbare Erinnerungen, weil meine getarnte Beobachterposition und meine innerlich glasklare Feindseligkeit gegenüber allen um mich herum dennoch dazu führte, dass ich genauestens hinsah und mich deshalb an viele Dinge erinnern kann.

Besonders eindringlich ist mir eine Besprechung in Erinnerung, in welcher der Wachtmeister anderen Unteroffizieren, sogenannten Panzerjägern, eine neue Broschüre für das Anlernen von Hitlerjungs vorstellte. Ein ganzer Schwung von mageren, aber kampflustigen Sechzehnjährigen wartete vor der Stube, während der Wachtmeister den Unteroffizieren dicke Packen der Schrift aushändigte: *Der kleine Panzerknacker*

Ein Leitfaden, wie man die feindlichen Panzer mit Hilfe

des neuartigen *Panzerschrecks* als Einzelkämpfer vernichten konnte. Die *Raketenpanzerbüchse 54* (so die offizielle Bezeichnung) kam aus der Schuhfabrik Dassler in Herzogenaurach, die mit ihren Laufschuhen für Jesse Owens auch in den Staaten bekannt geworden war. Jetzt schweißten sie dort Tag und Nacht ein Gerät zusammen, das nichts weniger als eine Revolution in der Panzerabwehr war. Der Panzerschreck war unserer Bazooka nachempfunden und bestand eigentlich nur aus einem Rohr, auf dem Griff und Visier angeschweißt waren. Wenn er wusste, wie, vermochte so ein tapferer Einzelkämpfer von sechzehn Jahren damit ganz alleine einen Panzer zu knacken, vorausgesetzt, er wusste genau, was er tat, und konnte die feindlichen Tanks richtig identifizieren. Die neue Broschüre enthielt Merksätze wie:

Erst merke dir den eleganten
mit schrägen Flächen, runden Kanten
fünf Rollen, den studiere fleißig –
denn das ist der T-34

Wahrlich. Zwischen Schiller und *Der kleine Panzerknacker* changierte nicht nur mein kunstbegabter Wachtmeister, sondern die ganze Wehrmacht. Doch für mich in meiner stählernen Euphorie stand fest: Und wenn sie nicht nur alle Sechzehnjährigen, sondern auch noch alle Vierzehnjährigen gegen uns ins Feld schicken würden – wir würden gewinnen. Wir würden dem Gemetzel ein Ende machen. Egal um welchen Preis.

Der taktische Rückzug der Kampfgruppe Feuerlein – dessen Charakter und Sinn mir überhaupt nicht klar war – befand sich in vollem Gange. Wachtmeister Geier hatte zwischendurch die Zeit gefunden, mit der Einheit des Oberleutnants zu telefonieren, dessen Identität ich angenommen hatte. Er kam kurz zurück und erklärte mir, er wolle noch einmal versuchen, den Chef zu finden, der nach Auskunft aus Schlenderhan längst hätte zurück sein müsse. Es wurde bald Abend. Wenn der Chef nicht bald auftauche, dann sollte ich umgehend zu meiner Einheit zurückkehren. Er ließ mich wieder allein. Ich war nun doch sehr aufgeregt. Endlich diese bedrückende, halbe Gefangenschaft hinter mir zu lassen, was wäre das für ein Glück! Ich würde rennen und versuchen, mich mit meiner deutschen Uniform so schnell wie möglich von unseren Truppen gefangen nehmen zu lassen. Aufgeregt ging ich im Zimmer auf und ab, biss mir auf die Lippen. Blickte zu Boden. Zählte die Sekunden. Bald würde ich es geschafft haben.

Dann aber geschah etwas, womit ich nicht gerechnet hatte – Clausewitz nannte das *Friktion*, negativer Zufall. Ich blickte durchs Fenster der Wachtmeisterstube, vorbei an dem Posten, der immer noch dort stand, und sah, wie im trüben, schon dämmrigen Niesel des späten Nachmittags eine schwarze Zivillimousine vorfuhr. Zwei SS-Männer stiegen aus. Sie redeten mit den Posten vorne am Hoftor. Einer der Männer ging zurück zum Auto, der andere ließ sich zeigen, wo die Wachtmeisterstube war, das wurde mir klar, als er sogleich starken Schritts auf sie zumarschierte. Es war der SS-Mann und Oberscharführer des Sicherheitsdienstes, der nach Oberst Feuerlein suchte. Sein Name war Erik Amann.

Angesichts der Umstände wird man verstehen, wenn ich sage, dass dies eine Geschichte ist, wie sie ausschließlich unter Deutschamerikanern unserer Generation eben zu dieser

Zeit möglich war. Dennoch ist die Begegnung zweier – nun ja, mehr oder weniger – alter Freunde auf dem oder am Rande eines Schlachtfelds ein Motiv, das wir schon bei den Klassikern finden. Die Annalen des Tacitus. Arminius und Flavus, Brüder sogar, treffen sich an der Weser. Der eine kämpft für Rom. Der andere, später bekannt als Hermann der Cherusker, beschwört *Penetralis Germaniae Deos – Germaniens heimische Götter.*

Mich traf fast der Schlag, als ich Erik, Erik Amann, Margeretes großen Bruder, durchs Fenster erkannte, wie er eilig in Richtung der Stube schritt – zu mir her. Er trug die graue Uniform des Sicherheitsdienstes.

Sieben Jahre war es her, dass wir uns zuletzt gesehen hatten, in jenem fatalen, letzten Sommer 1937. Er war damals achtzehn Jahre alt gewesen, ein strahlend schöner junger Mann, ein halbbrüderlicher Freund, der Bruder des Mädchens, das ich liebte, ein schweigsamer, stets ernst blickender Athlet mit Seglerteint. In den wenigen Sekunden, die ich ihn auf die Tür zur Stube zugehen sah, lief in mir ein ganzer Film aus Erinnerungen und Bildern ab. Erik mit Badehose am Strand. Sein federnder Gang beim Geländespiel gegen Gruppe Blau. Das sehr komische Abscheugrinsen, wenn er etwas essen sollte, das ihm verboten war, also jede Form von Fleisch, Wurst oder Braten, denn die Amanns und vor allem ihre Mutter waren wie Richard Wagner oder Hitler strenge Vegetarier.

Ich setzte die Offiziersmütze auf und zog sie mir so tief ins Gesicht wie nur möglich. Schluckte schnell noch eine Pervitin, und dann griff ich den grünen Bleistift und schob ihn mir links in den Ärmel, sodass ich ihn leicht herausziehen könnte, wenn es nötig wäre. Ich trat in das dunkelste

Eck der Wachstube. Vielleicht würde er mich ja nicht erkennen.

Die Tür ging auf, er grüßte mit dem deutschen Gruß, sagte, dass er in höchstem Auftrag unterwegs sei, auf der Suche nach Hochverrätern.

Sofort begann Erik mich zu vernehmen. Wer ich sei. Meine Einheit. Dann aber vor allem meine Verbindung zu Feuerlein.

«Da gibt es keine Verbindung.»

«Aha. Keine Verbindung. Aber dennoch sind Sie hier und warten auf ihn.»

«Ja, aber nur auf Wunsch des Oberst. Ein reiner Zufall. Kenne den Herrn Oberst nicht. Habe ihn nie gesehen.»

Dem Oberscharführer gefiel das nicht. Er führte seine Zweifel kurz aus, aber dann hörte er plötzlich mitten im Satz zu sprechen auf und trat einen Schritt auf mich zu. Seine durchdringend blauen Augen leuchteten vor plötzlichem Erstaunen. Er war so braungebrannt, als komme er gerade von einem längeren Skiurlaub, er sah überhaupt ungewöhnlich gesund aus, wenn ich das so sagen darf. Er hatte sogar gute weiße Zähne (ganz anders als die Deutschen, die ich bisher gesehen hatte), die er jetzt entblößte. Sein ganzes Gesicht war ein Inbild der Überraschung.

«John.»

Ich tat so, als würde ich ihn nicht kennen, und versuchte ziemlich verzweifelt, meine Legende zu retten. Ich sagte irgendetwas wie, verstehe nicht, unerhört, was meinen Sie denn? Aber er schenkte mir nicht eine Sekunde lang Glauben.

Das Aufspüren, Verfolgen und Verhaften immer neuer Regimegegner, Verräter und Verschwörer musste für Erik inzwischen wie das Auswringen eines blutigen Lappens sein, mit dem man zuvor das Schlachthaus gewischt hatte. Er war stolz darauf, zur Exekutive des nationalsozialistischen Staats zu gehören, und dieser duldete keine Vergehen gegen die Volksgemeinschaft – wie es auch ein Angriff auf den Führer unbedingt und in höchster Stufe darstellte. Das wurde konsequent verfolgt und bestraft. Es wurde Ordnung gemacht. Der Lappen ausgewrungen. Bis zum letzten Tropfen.

Ich sah seine absolute Sicherheit, dass ich ein amerikanischer Spion war.

Ich lächelte und fragte so gefühlvoll und persönlich, wie ich konnte, nach Gretchen.

Er antwortete stumpf, Margarete, ihre zwei Kinder und seine Mutter seien beim alliierten Luftangriff auf Berlin im Frühjahr umgekommen. Sein Schwager sei in Russland geblieben. Der Vater als Hauptmann bei der Luftwaffe letztes Jahr abgeschossen über dem Ärmelkanal.

Er hatte keine Familie mehr in Berlin. Nur noch den Tod.

Ich sagte, dass es mir leidtäte. Aber das stimmte nicht. Jetzt tut es mir leid. Damals fühlte ich weniger als nichts. Mein Herz war ein in Pervitin eingemauerter Stahlsafe.

Sinngemäß entgegnete Erik, dass Amerika die Zerstörung der mitteleuropäischen Städte dereinst bezahlen werde, dass es zahlen werde für das, was wir dabei den Frauen und Kindern, den Alten und Kranken Deutschlands antaten.

«Unsere Städte brennen. Während wir als Einzige gegen die Kommunisten kämpfen, fallt ihr uns in den Rücken. Stätten der Weltkultur legt ihr in Schutt und Asche. Für den Profit eurer Kapitalisten.»

«Es war Hitler, der den Krieg erklärt hat, Erik.»

«Wie Brüder waren wir, du und ich. Grete hat dich geliebt.»

Ich forderte ihn auf, mit mir zu kommen. Er könne uns

helfen, den Krieg schneller zu beenden. Und damit auch die Bombardierungen. Die Zerstörungen. Und außerdem: Die Rote Armee würde im Augenblick mit sagenhafter Geschwindigkeit nach Westen streben. Wolle er, dass die Russen vor uns den Rhein erreichten und das Ruhrgebiet besetzten? So müsse er das sehen.

Er lachte auf.

«Also, wie hast du dir das gedacht, John? Dass ich mich mit dir über die Linien schleiche und mich Private First Class Joe Miller aus Hackensack ergebe?»

«Erik», beschwor ich ihn, «ich kann dir versichern, dass unsere Armeeführung äußerst großzügig mit allen Deutschen umgeht, die sich ergeben. Was immer du während des Krieges gemacht hast, als Oberscharführer beim SD bist du äußerst wertvoll für uns.»

«Wertvoll?»

«Ich bin bei der Propagandaabteilung und könnte dir sofort einen Kontakt zum OSS herstellen. Die lassen sich garantiert auf einen Deal ein.»

Seine stahlblauen Wolfsaugen sahen mich an, kalt wie skandinavische Seen. Schweres Wasser. Wie ein Bildmotiv großer, stammeshafter Ablehnung. Blautöpfe des Nein.

«Ein Deal? Meine Treue zum Führer ist meine Ehre. Was seid ihr Amerikaner doch für Krämerseelen, durch und durch. Ihr würdet noch eure Großmütter verkaufen.»

«Erik, denk doch nach. Denk an deine Zukunft. Wir können zusammen nach New York gehen. Du hast doch dort auch gelebt. Du bist doch ein halber Amerikaner, so wie ich ein halber Deutscher bin. Sieh das doch mal so!»

Er sah es nicht so. Er würde es nicht so sehen. Er würde es auch nicht versuchen. Meine ohnedies begrenzten Handlungsoptionen schwanden. Jetzt hieß es: er oder ich. Es kam der Augenblick, in dem ich irgendwo in meinem Inneren Abschied nahm von ihm, meinem alten Freund, und danach dachte ich nicht mehr wirklich an ihn, obwohl er atmend und lebend vor mir stand.

Der Mensch, der mir beigebracht hat, wie man mit einem Bleistift tötet, war ein Japaner. Nennen wir ihn der Einfachheit halber Mr. Terauchi, wie jenen unfasslichen japanischen Feldmarschall, der sich 1945 angeblich durch zen-meditative Willensanstrengung selber einen Hirnschlag zufügte, um die Kapitulation seiner Armee in Singapur nicht erleben zu müssen.

Unser Mr. Terauchi aus Camp Ritchie erfreut sich hoffentlich immer noch bester Gesundheit. Damals war er dafür bekannt, dass er keine Matratze, sondern nur eine Reismatte hatte, die auf dem Boden lag, und dass er jeden Tag zwei Stunden vor Sonnenaufgang aufstand und sie regungslos meditierend verbrachte. Er lächelte die ganze Zeit, was daran lag, wie er immer wieder erklärte, dass ihm seine Tätigkeit bei uns sehr große Freude bereitete. Er machte uns mit den Grundprinzipien asiatischen Kampfsports vertraut. So wie das Fertigen feiner, besonders durchdachter, also gut handhabbarer Werkzeuge etwas ist, das japanische Schmiede und Ingenieure mit besonderer Kunst vermögen, so arbeiten die Kampfkunstschulen des Ostens viel mehr mit dem Gegner als gegen ihn. Die Angriffskraft des Gegners kann dir helfen. Manchmal geht es auch nur darum, seine Aufmerksamkeit abzulenken.

«Mit Bleistift töten nicht so schwer», hatte uns Mr. Terauchi erklärt. «Menschliches Auge sehr verletzlich. Man bitte nur nicht zögern, wenn Moment da. Handballen entscheidend.»

Ich machte ein entsetztes Gesicht und eine schnelle Augenbewegung, die Erik suggerierte, irgendetwas Grauenvolles sei hinter ihm aufgetaucht. Dabei dachte ich an nichts anderes als an die Anatomie, wie Mr. Terauchi es empfohlen hatte. Den grünen Bleistift hatte ich unbemerkt hervorgezogen.

Es funktionierte. Es ging absurd schnell. Trotz der stählernen Kälte in meinem Herzen liefen mir die Tränen über die Wangen. Der Anblick seines zerstörten Gesichts war fürchterlich. Ich fing seinen fallenden Körper auf.

Doch ich musste mich beeilen. Ich legte ihn auf das Feldbett, drehte ihn mit dem Gesicht zur Wand, wobei ich den Posten draußen vor der Tür im Auge behielt. Seine Hände schob ich unter seine Wange, als habe er den Kopf zum Schlafen auf sie gebettet. Ich nahm mir seine Walther PPK und verließ den Raum. Dem Posten vor der Tür erklärte ich, dass der Oberscharführer sich für eine halbe Stunde hingelegt habe und nicht gestört werden wolle. Wo sich Wachtmeister Geier befände?

Dies mit einem Ton der Zugehörigkeit und Selbstverständlichkeit, als wäre ich längst Teil der Kampfgruppe geworden. Ich ließ Geier ausrichten, ich sei zurück zu meiner Einheit beordert worden und würde mich später melden.

Eilig durchquerte ich den Hof. Überall Landser, die mit Aufladen beschäftigt waren. Erinnerte trotz der Kälte an ein Hornissennest. Aus der Ferne hörte man das wechselseitige Geschützfeuer. Es klang weit weg, aber die Intensität war enorm. Deutsche und amerikanische Frequenzen verschwammen ineinander. Da wurden vielleicht noch keine Produktionspläne, aber doch schon Quoten abgearbeitet. Die zweidimensionale Spitzenartillerie während des Zweiten Weltkriegs war am ehesten vergleichbar mit den

Näh- und Webmaschinen. Wenn sie einmal richtig eingestellt waren, bearbeiteten sie ein Gebiet so präzise, als ob es darum ginge, einen Saum abzunähen. Ich kam an das Ende des Hofes. Da stand der andere Posten.

«Heil Hitler.»

Draußen.

Eriks Untergebener saß im Wagen. Ein schwarzer Opel. Ich klopfte ans Fenster. Beugte mich hinab. Sah, dass die Schlüssel steckten.

«Oberscharführer Amann möchte Sie sofort sprechen. Gehen Sie, schnell. Er fühlt sich nicht gut.»

Der SS-Mann war etwas älter als Erik, machte einen überraschten und besorgten Eindruck, stieg aus und wollte loslaufen. Ich zwinkerte ihm zu, er wandte sich um, und da schlug ich ihm Eriks Pistole mit aller Kraft ins Genick, fing seinen Körper auf und zog ihn neben die Straße. Es begann, stark zu regnen. Ich setzte mich in den Wagen und dankte einmal mehr meiner Ausbildung in Ritchie, denn dort hatten wir auch Fahrstunden mit den geläufigen deutschen Automodellen bekommen. Opel kannte ich. Startete den Wagen. Machte die Scheinwerfer an. Gab Gas. Fuhr los. Und auch wenn es sich seltsam anhört – irgendetwas fuhr mich. Ich war so wach wie nie und überhaupt nicht mehr bei mir. Ich kann mich erinnern, aber ich sehe alles ohne Emotion. Jetzt habe ich Gefühle. Damals wurde ich immer mehr zu einer Maschine.

Ich wusste nichts über die aktuelle militärische Lage. Ich hatte wohl irgendwie begriffen, dass ein taktisches Manöver zumindest der Kampfgruppe Feuerlein durchgeführt wurde, aber ich interpretierte das als geordneten Rückzug. Deshalb wollte ich so schnell wie möglich nach Schmidt. Das war der einzige Ort, den ich kannte. Früher oder später würden unsere Truppen Schmidt erobern. Also gab ich Gas. Auf nach Schmidt.

Zünder und Anordnung der Pedale bei einem Opel waren Teil unserer Ausbildung gewesen, aber nicht, wie man vollgepumpt mit Pervitin und mit der ersten Markierung auf seinem Kerbholz diesen Opel bei strömendem Regen sicher durch einen unbekannten finsteren Wald steuert. Die Wischer verschmierten die Scheibe mehr, als sie sie klar machten. Die Scheinwerfer rissen Baumstämme grell aus der Dunkelheit und warfen sie mir wie zum Spiel immer wieder vor den Kühler. Generell gilt ja für alles im Wald, dass man es erst auf kurze Distanz wahrnimmt.

Ich musste das Lenkrad ziemlich hektisch hin- und herreißen, war aber der Meinung, dass ich mich ganz gut schlug. Dann machte der Weg einen scharfen Knick, in der Kurve spritzte Wasser hoch, ein tiefes Schlagloch. Ich versuchte gegenzusteuern, meinte es etwas zu gut und setzte den Wagen in einen Graben. Ich gab Gas, der Motor heulte auf, aber die Räder drehten durch. Ich fand den Rückwärtsgang, der Wagen ruckelte einmal kurz, rührte sich aber nicht vom Fleck. Ich stieg aus, versuchte ihn rauszuschieben, was sich als unmöglich erwies. Damit war das kostbare Fahrzeug wegen eines einzigen Fahrfehlers binnen kürzester Zeit nutzlos geworden. Schnaufend sah ich ein paar Augenblicke zu, wie die Regentropfen aufglühend durch das Licht der Scheinwerfer fielen. Dann schaltete ich den Motor aus, die Wagenlichter erstarben. Ich hätte mir gewünscht, wenigstens eine Taschenlampe bei mir zu haben.

Man mag, wenn man an einen unheimlichen dunklen deutschen Wald denkt, ein urtümliches wucherndes Gehölz vor Augen haben, aber försterlich gepflanzter deutscher Plantagenwald im Alter von etwa hundert Jahren – ein Oberförsterwald sozusagen – wie der, durch den ich jetzt lief, kann noch viel schrecklicher sein. Wie oft war ich Van Senecas Spur gefolgt und hatte der Leichtigkeit vertraut, mit der er seinen Weg gefunden hatte. Nun war ich alleine, bald vom Waldweg abgekommen, und fand mich mitten im tiefsten Unterholz wieder, in dem verdammten, hundertjährigen Untergeäst, das durch die dichte Bepflanzung entsteht und einen panisch machen kann, wenn man sich, noch dazu in tiefer Dunkelheit, hindurchzukämpfen versucht. Bald hatte ich meine Wehrmachtsoffiziersmütze und den Verband verloren, und irgendwann bemerkte ich, dass die Naht meiner Stirnwunde aufgerissen war. Das warme Blut rann heraus und verschmierte mein vom Regen nasses Gesicht. Die Zweige zerrten an mir, als wollten sie mir erst die Augen und dann das Fleisch wegkratzen, um meinen Schädelknochen freizulegen. Aber das spielte alles keine Rolle, weil ich dorthin wollte, wo ich Schmidt vermutete.

Ich bin mir ziemlich sicher, dass ich mich zu diesem Zeitpunkt irgendwo zwischen Hasenfeld und Harscheidt durchs Holz hinaufquälte, in der Gegend südwestlich von Schmidt. Ich glaube das deshalb, weil es mir zwischendurch so vorkam, als könnte ich aus Richtung Westen leise Truppenbewegungen hören. Das wäre dann schon die von Model und den Kriegsspielern zurückgeschickte 89. Infanteriedivision der Wehrmacht gewesen, die langsam wieder einrückte, aber vielleicht habe ich mir das damals auch eingebildet. Das Zeug, Pervitin, ist perfekt, um dich gegen Kälte und Müdigkeit unempfindlich zu machen – aber es greift die Nerven an und kann auch Halluzinationen hervorrufen. Vielleicht gibt es deshalb auch so viele liebevolle andere Bezeichnungen für das Zeug – gerade hier in Missouri, wo sie besonders darauf abfahren. Man muss nur den hochsympathischen *Moon-Juice*-Konsumenten fragen, der fünf Zellen weiter eingesperrt ist und dessen ebenso nervöses wie nervtötendes Gefasel man die Nächte hindurch den Block rauf und runter hören kann. Halt's Maul, du Schwuchtel, schreit der Raubmörder von schräg gegenüber dann immer und droht Bill Chutnick, so heißt der *Nazi-Dope*-Fan, ihn bei nächster Gelegenheit am Türgriff aufzuhängen. Aber Chutnick – gerade wenn er einmal zu oft am Spooke-Pfeifchen gezogen hat – leidet an einer Art Alien-Theorie-Tourettesyndrom. *Sie kommen, sie werden kommen, sie sind schon da.* Er ist Anhänger eines Schweizer Hoteliers, der gerade ein Buch darüber geschrieben hat, dass die Pyramiden von Außerirdischen errichtet worden seien, als Markierungen für die nächste Landung. Er hat mir das Buch gezeigt, der Autor heißt Erich von Däniken, klingt wie ein Pseudonym, und es trägt den faszinierenden Titel *Erinnerungen an die Zukunft*, was auch sehr gut die traurige Existenz eines Junkies wie ihn beschreibt.

Ich muss damals bei meiner Flucht nach Schmidt ein paarmal im Kreis gegangen sein, denn erst in den frühen Morgenstunden kam ich endlich aus dem Wald heraus, stieß auf eine befestigte Straße (eben die nach Harscheidt), und so erreichte ich schließlich den Schmidter Ortsrand und traute erst meinen Augen nicht. Sodann aber sah ich, dass es wahr war und dass es sich da vor mir tatsächlich um ein paar Privates unter Anleitung eines Sergeants handelte, die offensichtlich gerade dabei waren, die Straße zu verminen. Ich begann vor Freude zu rennen, beide Arme hoch über den Kopf gehoben.

«Hallo», schrie ich, «nicht schießen, ich bin Amerikaner!»

Als ob sie nur darauf gewartet hätten, auf diese Weise hereingelegt zu werden, packten zwei der Privates sofort ihre Gewehre und legten auf mich an.

«Passwort?»

«Als wir vor zwei Tagen aufgebrochen sind, gab es noch keines.»

«Also kennen Sie es nicht, das Passwort? Haben Sie gehört, Sergeant, er kennt das Passwort nicht.»

Sie nahmen die Gewehre noch einmal höher.

«Ich bin Leutnant John Glueck, Abteilung für Psychologische Kriegsführung», rief ich mit brüchiger Stimme. Es war ganz offensichtlich, dass auch die Männer ziemlich durch den Wind waren, nicht weniger als ich. Wie absurd wäre es gewesen, nach allem, was ich hinter mir hatte, von irgendeinem Jungen aus Pennsylvania umgelegt zu werden, der die Nerven verlor.

«Ich war unterwegs mit einem Scoutteam aus der Love-Companie, 112. Regiment, vor unseren Linien. Ich geriet in deutsche Gefangenschaft und konnte fliehen», rief ich mit fester Stimme. Währenddessen ging ich weiter auf die Männer zu. Die Hände behielt ich oben.

«Trägt eine verfickte deutsche Uniform», sagte einer mit einem, wie mir schien, typischen Adams-County-Akzent.

Der Sergeant dachte kurz nach und griff sich dabei an sein beachtlich vorragendes Kinn. Ein wirklich amerikanisches Kinn.

«Wenn sie einen Spion schicken würden, dann wohl nicht in Wehrmachtsoutfit, oder? Denk mal nach, du Goofy!» Dann wandte er sich an mich.

«Wie heißt der Chef der Love-Kompanie?»

«Captain Oleandro.»

«Aus welcher Stadt ist der Captain gebürtig?»

«Philly.»

Der Sergeant überlegte noch einen Moment, kratzte sich wieder sein Kinn und sah mich durchdringend an.

«Lasst den Mann durch. Macht euch nicht gleich in die Hosen. Und Sie, Sir, halten bitte die Hände oben. Ich bringe Sie zum Captain. Ich weiß, wo die Love-Kompanie steht.»

Die Privates waren, nicht anders als ich, völlig durchnässt, verdreckt und angeschrammt. Zwischen ihnen standen ein paar Holzkisten voller Tellerminen, mit denen sie die Straße plombierten. Sie starrten mich mit einer Mischung aus Grauen und Faszination an. Meine Uniform und mein blutverschmiertes Gesicht taten ihr Bestes, um aus mir einen entsetzlichen Anblick zu machen, jetzt, nachdem sie zum ersten Mal und gleich zwanzig Stunden hintereinander mit der Wehrmacht gekämpft und Schreckliches mitgemacht hatten. Es erschien ihnen wohl höchst suspekt, dass da einer behauptete, den Deutschen entkommen zu sein. Wie der Sergeant es wollte, hielt ich die Hände oben, und er und zwei Privates brachten mich in die Mitte des Ortes.

Unsere Soldaten gruben sich wieder einmal Schützenlöcher, obwohl doch alle Häuser standen, in denen zuvor die Wehrmacht untergebracht war. Aber das gehörte einfach zu den ersten, unumgänglichen Tätigkeiten der US-Armee: Sobald es irgendwie möglich war, wurden Schützenlöcher gegraben. Da es die ganze Zeit regnete, sammelte sich darin das Wasser, das eiskalte, knöchelhoch mit Schlamm gefüllte Gruben aus ihnen machte. Nach kurzer Zeit, in der man, ohne die Stiefel oder die Socken zu wechseln oder sonst wie trocken zu kriegen, in dem kalten Wasser steht, beginnt sich die Haut am Fuß bläulich grau zu färben. Das nennt man Grabenfuß, und es hat im Großen Krieg an der

Westfront vielen Soldaten die Füße abfaulen lassen. Die amputierten Grabenfüße aus dem Hürtgenwald dürften zusammengenommen einen mannshohen Berg bilden.

Da war Captain Oleandro. Ich erkannte ihn schon von weitem, wie er an einer Hauswand stand, neben seiner Nachrichteneinheit, und fluchte. Offensichtlich war die Feldtelefonverbindung zum Hauptquartier gerade dabei zusammenzubrechen. In seinem halbverwüsteten, dreckigen Gesicht steckte eine Zigarette zwischen den Lippen.

«Leutnant Schreiberling», brüllte er, und seine Stimme klang ehrlich hocherfreut, «hat sich Ihr Ausflug gelohnt? Paar Anekdoten für Ihre Zeitung im Gepäck?» Er schlug mir auf die Schulter.

«Ist in Ordnung, Sergeant. Sieht aus wie ein Jerry, spricht wie ein Jerry, aber ich kenne den Mann. Ein echter Leutnant aus der Bronx. Gehen Sie zurück zu Ihren Minen.» Und dann, zu mir gewandt:

«Wo steckt Sergeant Seneca?»

«Wir wurden von einem deutschen Stoßtrupp überrascht und mussten uns trennen. Ich wurde gefangen genommen und kam gestern Nacht davon.»

«Sind die beiden Privates beim Sergeant, Kirschfang und Showalter?»

«Ich vermute mal», log ich. Ich hatte kurz daran gedacht – aber noch keine Ahnung, wie ich mit dem Vorgefallenen umgehen sollte. Damit, dass sie mit durchgeschnittener Kehle auf der Klippe oberhalb des Stausees lagen. Aber der war jetzt wichtiger. Schnell berichtete ich Oleandro von unserer Entdeckung des Großen Wassertheaters.

«Wie bitte? Ein Stausee, sagen Sie?»

«Ja, Captain. Von ganz enormen Ausmaßen.»

«Sobald die Telefonleitung rüber nach Kommerscheidt

zum Colonel steht, werde ich das durchgeben. Seltsam, dass wir noch nie etwas davon gehört haben. Dann wissen wir ja jetzt, wieso dieses elende Schmidt so wichtig ist. Komisch, dass die Deutschen es so schnell geräumt haben.» Er holte eine Packung Lucky Strike heraus und steckte sich eine an.

«Ich dachte, Sie wollten das Rauchen aufgeben, Captain?»

«Meine Frau wollte das. Aber nach dem, was wir auf dem Weg in dieses gottverdammte Krähennest mitgemacht haben, würde sie froh sein, dass überhaupt noch Lungenflügel da sind, in die ich den Rauch inhalieren kann.»

«So schlimm?»

«Schlimmer. Aber, was soll ich sagen: Bis gerade eben, als wir noch Funkverbindung hatten, habe ich mitbekommen, wie glücklich wir General Cota gemacht haben. Was die verdammten Weicheier von der 9. Division in zwei Wochen nicht geschafft haben, hat die 28. in zwei Tagen klargemacht. Unser Bataillon!»

Der Captain erzählte mir, wie das Ultimatum des Oberkommandierenden der ersten US-Armee, General Hodges, abgelaufen war – sein Hauptquartier befand sich übrigens im belgischen Kurort Spa –, und am 2. November, trotz fehlender Luftunterstützung wegen des dauerhaft schlechten Wetters, gab General Cota den Befehl zum Angriff an seine leitenden Kommandeure. Oleandro hatte den Befehl von seinem Colonel erhalten. Man nennt das Befehlskette. Der auf diese Weise weitergebene Befehl lautete: *Geht durch die Wälder*, gegen die drei, auf jeweils einem Höhenrücken liegenden Orte Vossenack, Kommerscheidt und Schmidt, welches das Endziel dieses Angriffs darstellte.

Natürlich war auch Oleandro verdreckt und durchnässt, hatte nicht geschlafen und war total fertig, aber das Flämmchen kommenden Ruhms flackerte in ihm und befeuerte seine Phantasie – sein Sarkasmus schwand, und er sah sich, ohne darüber nachzudenken, dass meine Arbeit ja darin bestand, für die Deutschen zu schreiben, schon als Helden einer modernen Saga – wie das Dritte Bataillon des 112. Regiments in nur zwei Tagen das sagenumwobene Schmidt eroberte und die Love-Kompanie als erste das Sternenbanner in den Eifelgrund gerammt hatte. Dafür waren viele Männer zuvor von Minen zerfetzt worden, im Stacheldraht hängen geblieben und Scharfschützen zum Opfer gefallen. Die Verluste waren entsetzlich. In etlichen Einheiten war die Disziplin zusammengebrochen, und die Offiziere hatten ihre Pistolen zücken müssen, um die Männer beieinanderzuhalten. Doch dann, nach einer schrecklichen, schlaflosen Nacht in den Wäldern um Vossenack, hatten sie sich durchgekämpft und Schmidt schließlich eingenommen. Dabei sei es fast zu leicht abgegangen. Plötzlich seien die Deutschen wie vom Erdboden verschluckt gewesen.

Ein wichtiger Unterschied zum ersten Angriff, so erzählte der Captain weiter und gab mir wieder einen Schlag, sei auch, dass man diesmal dank Van Senecas und meiner vorherigen Entdeckung des schmalen Holzarbeiterweges durch das Kalltal eine Route kannte, auf der die Panzerverstärkung nachrücken und nicht nur Feuerkraft, sondern auch dringend benötigte Munition und Verpflegung herbeischaffen konnte.

«Sie wissen doch, ein Mann an der Front, und fünf schleppen die Coca-Cola ran.»

Das waren so die Sprüche, die man zu hören bekam. Der Captain war ein feiner Kerl. Aber ich war mir nicht ganz sicher, ob er genau wusste, was für Konsequenzen das für ihn und seine Männer haben konnte.

«Soll das heißen, wir haben noch überhaupt keine Panzer hier?», fragte ich entsetzt.

«Was für eine Frage! Sehen Sie welche? Ein paar Wiesel-Transporter haben es hochgeschafft. Wir warten schon die ganze Nacht drauf, dass die Panzer endlich nachrücken. Weiß der Teufel, wo die bleiben.»

Ich erinnere mich, wie er sein Zippo-Feuerzeug klacken ließ, wie es aufflammte und Glut an der Spitze der Zigarette entzündete, ein kleines Leuchtfeuer der Zuversicht in der einsetzenden Morgendämmerung dieses 4. November 1944.

«Bis es ganz hell wird, werden die Panzer ja wohl hoffentlich da sein», sagte Oleandro fest überzeugt und sog den Rauch in seine kostbaren Lungenflügel.

«Sie werden kommen», bekräftigte er und inhalierte, so tief er konnte. «Bin ganz sicher, sie kommen bald.»

Ich weiß nicht, wie Kubrick es filmen würde, aber ich stelle mir vor, wie die Kamera während der letzten Worte des Captains dem aufsteigenden Rauch seiner Zigarette folgt, das morgendämmerige, von Foxholes grabenden, gleichfalls rauchenden oder ihre C-Rationen verzehrenden G. I.s besetzte Fachwerkdörfchen unter sich lässt, und nach den Sätzen des rückfällig gewordenen, gleichwohl zuversichtlichen Captains würde man unsere Pioniertruppen auf dem Kallpfad sehen, die die ganze Nacht daran gearbeitet hatten, den völlig aufgeweichten Waldarbeiterweg mit Baumstämmen zu befestigen, und dann arbeitet sich der erste Sherman den Berg an der eiskalt fließenden Kall hoch, fährt ziemlich bald auf eine deutsche Mine und bleibt dann liegen.

Es brauchte danach lange, um den zerstörten Sherman

aus dem Weg zu schaffen, und das schwere Bergungsgerät ruinierte den Kallpfad dabei fast vollends. Ein zweiter Panzer rutschte später im Schlamm ab und blieb als nächster liegen. Erst spät in der Nacht hatten drei Shermans den Kallpfad im Ganzen überwunden und machten sich auf den Weg nach Schmidt. Und bei diesen würde es bleiben, denn der Waldpfad war durch weitere Minenexplosionen, liegengebliebene Panzer und die Einwirkungen der deutschen Artillerie von Brandenberg aus nunmehr unpassierbar geworden, und es würde wieder viele Stunden dauern, bis die Pioniere den Weg geräumt hätten. Schmidt war von jeglichem Nachschub abgeschnitten. Der Captain und wir alle warteten vergeblich.

Zu sagen, dass die Sonne aufging, würde einen falschen Eindruck erwecken. Es war so diesig, neblig und trüb, dass man zwar irgendwie merkte, dass es heller wurde, mehr aber auch nicht. Das, was von Captain Oleandros Bataillon übrig geblieben war, legte entweder Minen oder kauerte zwischen den schweigenden Mauern der Fachwerkhäuschen von Schmidt und wartete, dass unsere Panzer kamen.

Ich sah mich um und entdeckte zwei Bomberpiloten der Royal Air Force, mit angezogenen Beinen an eine Hauswand gelehnt sitzend. Sie waren in der vorigen Nacht mit ihrem Geschwader ins Reichsgebiet geflogen, um Osnabrück zu zerstören, aber vorher über dem Hürtgenwald abgeschossen worden. Beide hatten es geschafft, ihren Fallschirm zu öffnen, und landeten unweit Kommerscheidt. Sie erzählten schmunzelnd, dass der Soldat, der sie zuerst entdeckt hätte, seinen Kameraden zugerufen habe, da seien zwei merkwürdige Typen, «können nich ma richtich Englisch, ma vasteht keen Wöadchen, müssen Deutsche sein».

Ihr gestochenes Upperclass-Englisch ließ mich an London und die liebe Esther denken, und wie gerne ich jetzt mit ihr in ihrem Bett im East End liegen würde. Aber natürlich dachte ich auch an Van Seneca. Der Vorfall an der Klippe schien mir unendlich lange her zu sein. Ich setzte mich neben die beiden. Schloss die Augen, zog die Knie an, legte meinen Kopf auf die verschränkten Arme. Für einen Moment überwältigte mich die Erinnerung an den Moment, als der grüne Bleistift Eriks Auge hatte zerplatzen lassen. Mit dem Handballen hatte ich brutal nachgedrückt, Augenflüssigkeit und Blut waren herausgespritzt. Sein Arm mit der aufgenähten SD-Raute hatte hilflos umhergerudert, aber nur kurz. Der grüne Bleistift verschwand in seinem Gehirn und löschte dort mich und Margarete, Yaphank, den Der-Seinen-Bart-Beschnüffelt und auch alles andere aus.

Wie mit hartem Griff packte mich nun etwas, das ich zu einem anderen Zeitpunkt Schlaf genannt hätte. Jetzt aber glich es einem Sturz in ein metallisches Gewässer, von dem mein Körper gierig trank, ohne seinen Durst wirklich löschen zu können.

Dann zerbarst alles in tausend Trümmer. Die Erde wurde als Planet erfahrbar und kippte aus der Bahn. Entsetzliches Getöse und Gebrüll weckten mich.

Ich riss die Augen auf und sah, dass weiter unten an der Straße eines der netten Fachwerkhäuser nur noch zur Hälfte stand und der Rest in Flammen aufging. Keine zwei Sekunden später schlug die nächste Granate ein. Unter den Privates brach Panik aus. Der von der kriegsspielenden Generalität unter Feldmarschall Model in Schlenderhan genauestens geplante Gegenangriff hatte begonnen. Eines der wichtigsten vorgegebenen Ziele: Die Kampfgruppe Feuerlein würde das von der deutschen Artillerie zunächst sturmreif geschossene Schmidt zurückerobern. Und dabei so viele Amerikaner töten wie möglich.

In jenen ersten Sekunden des Angriffs verstand ich plötzlich, warum es den strikten Befehl gab, dass sich jeder Private, sobald er irgendwo ankommt, wo er bleiben soll, als Erstes sein Loch gräbt. Denn so befände sich niemand in den plötzlich zusammenstürzenden Häusern. Alle kauerten in ihren mit Regenwasser vollgelaufenen Foxholes. Und das war ein Riesenglück oder ein Riesenunglück, je nachdem, wie man es sieht. Denn in so einem Erdloch hatte man zwar die größten Chancen, einen Beschuss zu überleben. Dafür drohte anderes.

Wo würdest du lieber draufgehen wollen? Unter den Trümmern eines Hauses? Durch eine ehrliche Ladung gleißender Metallsplitter? Oder durch den Bajonettstich eines hinter einer hundertzwanzig Jahre alten Plantagenfichte wartenden deutschen Russlandveteranen?

Der deutsche Angriff auf Schmidt verlief exemplarisch. Zunächst *walkte* die deutsche Artillerie durch den Ort. Das ist englisch und heißt *gehen*, aber es ist auch deutsch und bedeutet *heftig auswringen*. Aber ganz egal, wie man das Wort auffasst, es handelte sich um einen auf Präzision und tiefem Verständnis der Artilleriewaffe beruhenden, systematisch dichten Beschuss, und das aus knapp fünf Kilometern Luftlinie von Brandenberg aus!

Abschnitt für Abschnitt zerlegten die deutschen Spezialisten das Dorf, wie mit einer unsichtbaren Fräse zermalmten sie ein Haus nach dem anderen. Auch wenn die Schützenlöcher eine gewisse Deckung boten, starben augenblicklich die ersten unserer Soldaten, schnell, gleichgültig und wie nebenbei im prasselnden Hagel von Dreck und Splittern.

Der schützende Charakter des Dorfs, das Gefühl, von Mauern umgeben und geborgen zu sein, war der entsetzlichen Klarheit gewichen, in dem einem Adlernest gleichenden Ort in seiner weit über das Gebirge hinblickenden Lage dem Präzisionsbeschuss der deutschen Artillerie ausgesetzt zu sein, fast ohne irgendeine Möglichkeit der Gegenwehr. Ich erinnere mich auch an den äußerst bitteren Geschmack und die gnadenlose Überraschung, die mich überkam, als ich sah, wie die deutschen Häuser, die deutschen Straßen von der deutschen Artillerie zerstört wurden, als wären sie Pappbuden für ein Manöver. Man schonte das Eigene keineswegs. Das militärisch Notwendige wurde getan, ohne jede Rücksicht. Schmidt war in amerikanischer Hand. Also wurde es ausgelöscht.

Es kam mir ewig vor, auch wenn es vielleicht nur fünfzehn, zwanzig Minuten währte. Dann war Schmidt dem Lehrbuch nach ausreichend sturmreif geschossen, und das Artilleriefeuer endete mit einem Schlag. Offiziere brüllten Kommandos, um die Leute aus ihrer taumelnden Benommenheit zu reißen, die paar Sanitäter, die es hier hochgeschafft hatten, kümmerten sich, so gut es ging, um die Verletzten. Der Anblick der zahlreichen Getöteten war grauenvoll. Einer der beiden britischen Piloten lag tot in des anderen Armen, der sich verzweifelt umblickte und um Hilfe brüllte. Sein Kamerad war vergeblich abgesprungen.

Ich sah, wie Captain Oleandros linker Arm behandelt wurde, während er in ein nicht funktionierendes Telefon plärrte und nach nicht vorhandener Verstärkung und Artillerieunterstützung verlangte.

Dann warf er das tote Telefon den Nachrichtenleuten vor die Füße, fluchte ein paarmal und nahm sich eine Zigarette, an der er zog und ausstieß, als wolle er mit den Wölkchen

Rauchsignale an den Colonel in Kommerscheidt schicken. Kurz danach warf er sie in den Dreck und trat sie aus und drehte zugleich den Kopf, weil er etwas vernahm, das ihm nicht geheuer war und das sich aus westlicher Richtung näherte.

«Hört doch mal, verdammt», schrie er, «hört doch mal.» Es dauerte nur kurz, und dann hörten wir es auch. Das waren die Geräusche schwerer Panzer, die sich mit hoher Geschwindigkeit über die Straße von Harscheidt näherten, die ich eine Stunde zuvor passiert hatte. Der letzte Idiot begriff nun, dass der Artilleriebeschuss nur der Auftakt gewesen war. Der erste Panzer, der Schmidt erreichte, war ein Panther, ein schwerer, in den letzten Kriegsjahren nach sowjetischen Vorbildern entwickelter Typ, der als der beste deutsche Panzer während des gesamten Krieges galt. Er fuhr unbegreiflicherweise über die zuvor gelegten Minen, ohne Schaden zu nehmen.

«Beeilt euch», schrie Oleandro, «jetzt bringt endlich eine verdammte Bazooka her.» Ein Sergeant und zwei Privates taten wie befohlen, feuerten sie ab, und wir alle sahen mit Entsetzen, wie das Geschoss einfach an der genau deshalb stark abgeschrägten Panzerung des Panther abprallte, wie ein Bumerang in hohem Bogen zurückgeschleudert wurde und unter unseren Reihen explodierte. Es war dieser fast bösartige Zufall, der trotz der Umstände so slapstickartig wirkte, als hätten ihn teuflische Wiedergänger der Marx Brothers inszeniert, der die dem Bataillon verbliebenen Männer in absolute Panik versetzte. Oleandro brüllte wie ein Wahnsinniger, zog die Pistole und schoss auf den Panzer, was überhaupt keine Wirkung zeitigte, während der Panther anfing, mit seiner 7,5-cm-Kanone Sprenggranaten abzufeuern. Als Erstes schoss er drei Privates ab, die gerade dabei waren, eine weitere Bazooka herbeizuschleppen. Der Panther ruckelte nur ganz leicht, als seine Kanone losfeuerte und die drei Männer gleichsam in Fetzen riss.

An den anderen Ortseingängen erschienen weitere Panzer, etwa ein Dutzend. Sie nahmen unsere Männer ins Visier, sie feuerten mit Sprenggranaten und Maschinengewehrsalven. Jeder, der in Schmidt blieb, würde hier seinen Tod finden. Eine ungeordnete, massenhafte Flucht setzte ein. Manche warfen sogar ihre Gewehre weg, um besser rennen zu können. Doch außerhalb von Schmidt lauerte die Kampfgruppe Feuerlein.

Ich bilde mir ein, ihren Chef Oberst Feuerlein, auf den wir, ich, der Wachtmeister und auch der Oberscharführer Erik Amann, vergeblich im Hauptquartier gewartet hatten, auf einem der Panzer sitzen gesehen zu haben, als diese den Gegenangriff auf das sturmreif geschossene Schmidt eröffneten. Wie es sich für einen modernen deutschen Wehrmachtskommandeur gehörte, führte er von vorne, in Sichtung des Kampfgeschehens und der Front, wie es Guderian, Kleist und die anderen vorgemacht hatten.

Wie diese hatte auch Franz Feuerlein zu jenen weiten Teilen der Wehrmacht gehört, die 1941 mit größter Überzeugung in den Krieg gegen die Sowjetunion gezogen waren, um Russland von Stalin und die Welt vom Bolschewismus zu befreien. Durch die Rassenpolitik der Nazis, die sich bei der Behandlung der sowjetischen Kriegsgefangenen offenbarte, wurden sie allerdings bald eines Besseren belehrt. Als Erster protestierte Admiral Canaris in seiner Denkschrift vom September 1941. Viele wichtige Offiziere schlossen sich dieser Kritik an. Und dann gab es da einen jungen, aufstrebenden Major im Generalstab, der sich wie kein anderer darum bemühte, unter den sowjetischen Kriegsgefangenen Freiwilligenverbände aufzustellen, die mit den Deutschen zusammen gegen Stalin kämpfen sollten, die sogenannten Ostlegionen. Der Name dieses umtriebigen und sehr ehrgeizigen Majors war Claus von Stauffenberg. Wie auch der Panzergeneral Steiner, der Vater der Europäischen Waffen-SS, träumte Stauffenberg von einer großen eurasischen Armee unter deutscher Führung und erkannte, dass der Rassenwahn der Nazis alles zunichtemachen würde, insbesondere das, wofür Hunderttausende Nichtdeutsche zu kämpfen bereit waren: die gerechte Ordnung in einem freien (jedenfalls nichtkommunistischen) Europa, in dem Deutschland den Ton angab.

Von Stauffenberg und Feuerlein lernten sich bei der Neuaufstellung einer Infanteriedivision im ukrainischen Mirgorod kennen. Die ursprüngliche Divison war zuvor völlig aufgerieben worden, nur ihr Stab war noch übrig, dem Feuerlein angehörte. Stauffenberg hatte den von ihm durchgesetzten neuen Divisionskommandeur begleitet, einen gewissen Generalmajor Oskar Ritter von Niedermayer, der auch Geographie-Professor in Berlin und ein weltbekannter Orientkenner war. Nun agierte er als Chef einer Division, die den Beinamen *Turkestanische* erhielt, weil sie aus Turkmenen und Kaukasiern gebildet war, meistens Mohammedanern, neben einem georgischen Regiment.

Am Ende des Krieges war jeder dritte aufseiten Deutschlands kämpfende Soldat ein Nichtdeutscher (es gab sogar eine indische Waffen-SS-Einheit), und sie kamen nicht nur in Russland zum Einsatz, sondern auch im Westen, bei der Landung der Alliierten, weshalb die britische Presse entsetzt davon sprach, dass man nicht nur gegen Deutschland, sondern regelrecht gegen ganz Eurasien anzutreten habe.

George Orwell fand da den Namen für eines der Großreiche in seinem Roman *1984*. Die letzten, die ein halbes Jahr später, im Mai 45, die Berliner Reichskanzlei gegen die Rote Armee verteidigten, als Hitler schon tot und seine deutschen Untergebenen geflohen waren, waren aserbaidschanische Gebirgsjäger, die sich an ihren Eid gebunden fühlten.

Ich weiß das alles so genau, weil wir uns nach dem Krieg sehr für die deutschen Erfahrungen mit Eurasiern interessierten, die Lust hatten, gegen die Russen zu ziehen, und auch der Gedanke einer europäischen Armee und ihrer Organisationsstruktur beschäftigte uns. Wenn Oberst Franz Feuerlein nach der Allerseelenschlacht nicht spurlos verschollen wäre, wäre auch er für uns interessant gewesen. Seine Kampfgruppe war ein Musterbeispiel der Integrationskraft der deutschen Wehrmacht, denn die Kampfgruppen wurden in der Regel aus Resttruppen zusammengewürfelt und waren damit die wahrhaften Produkte des Hitler'schen Suppenkessels, in den hineingewurstet wurde, was noch da war – wie ein gelungenes Flugblatt aus unserer Produktion es darstellte, welches ich ein paar Tage zuvor neben unserem Zelt gefunden hatte.

Es handelte sich nicht nur um Überlebende von Panzerdivisionen, die mit Schützen- und Grenadierbataillonen zusammengemischt wurden, deren Einheiten sich in walhallische Luft aufgelöst hatten, es gab eben auch etliche – von den Landsern spöttisch *Beutegermanen* genannte – ausländische Hilfstruppen. Im Falle der KG Feuerlein waren es Krimtataren. Aber da waren auch Reste eines Sonderkommandos, des berüchtigten *Wilderer-Regiments*, zu welchem letztlich nicht nur tatsächlich durch Jagdfrevel straffällig gewordene, sondern auch richtige Gewaltverbrecher zwangsrekrutiert worden waren. Man pflegte sie mit der sprichwörtlichen Peitsche an die vorderste Front zu treiben, wo sie dann oft vorzüglich kämpften. Ihm hatte der Kerl angehört, den sie den Wildhüter nannten, derjenige, von dem Van, gegen die Regel der Seneca, auch noch ein Bartsouvenir mitgenommen hatte.

Dies waren also die Kämpfer, denen die fliehenden Männer des 3. Bataillons in die Arme liefen. Während der entsetzlichen ersten Minuten, in denen ich hinter der zerborstenen Front eines Fachwerkhauses, aus der uralte, zersplitterte Balken ragten, Schutz vor den Sprenggranaten der Panzerschützen suchte, konnte ich beobachten, wie sich das, was am Morgen des 2. November in Marsch gesetzt worden war, um endlich den von der Strategie von S. H. A. E. F. als notwendig vorgegebenen Durchbruch durch den Hürtgenwald zu schaffen, von seiner bisherigen Existenz als militärische Einheit verabschiedete. Was auch damit zu tun hatte, dass binnen weniger Augenblicke mehrere der Offiziere, über die das Bataillon noch verfügte, bei dem Versuch, die Flucht ihrer Männer aufzuhalten, starben. Captain Oleandro stand brüllend auf der Hauptstraße, dann wurde er zum Ziel eines Maschinengewehrschützen und verstummte. Es riss ihm die Arme zur Seite, was für einen Moment so aussah, als würde er sich an einer über ihm befindlichen Stange hochziehen oder festhalten wollen, sein Kopf kippte nach vorn, und er ging in die Knie. Ich behielt den Panzer, der ein Stück weitergefahren war, im Auge, und dann lief ich so tief und geduckt, wie ich nur konnte, zum Captain rüber. Aber der machte keinen Mucks mehr. Auf seiner Brust breitete sich ein gewaltiger Blutfleck aus. Ich rüttelte einmal an ihm. In seinen Gliedern steckte nur noch die anonyme Schwere des Todes. Neben dem Stahlhelm lag seine letzte, in den Matsch gefallene Zigarette. In der Mitte ihres Wattefilters eine bräunliche Spur. Daran kann ich mich absurderweise noch genau erinnern.

Schmidt bot einen grauenhaften Anblick und war übersät von toten Amerikanern, die meisten ganz junge Kerle. Viele lagen in den Schützenlöchern, aber auch auf der Straße waren überall Tote, dazwischen verlorene Helme, Rucksäcke, Gewehre und auch halbgeleerte Blechdosen mit Löffel drin. Die meisten Überlebenden, siebenhundert Mann etwa, waren schon weg aus Schmidt. Weiter vorne hatte sich der Sergeant, der mich bei meiner Ankunft in Schmidt in Empfang genommen hatte, mit fünf Männern verschanzt. Aber da sie über keine schweren Waffen mehr verfügten, war klar, dass sie rein gar nichts würden ausrichten können.

Ich ließ Oleandros Leiche liegen und rannte geduckt zu ihnen hinüber, während die deutschen Panzer die Ortseingänge überschritten und nun, mit ihren hin und her schwenkenden Kanonenrohren heranschleichenden Raubkatzen gleichend, die nach übriggebliebenen lebenden Zielen suchten. Zum letzten Mal sah ich den Panther, auf dem rittlings und todesmutig Oberst Feuerlein saß und mit dem Feldstecher die Ergebnisse seiner Panzerschützen kontrollierte. Dann rollte er in eine Seitenstraße. Ein zufriedener Feldherr.

«Wir müssen hier weg», erklärte ich den Männern. «Die deutsche Infanterie wird jeden Augenblick reinkommen. Ich war schon mal in der Gegend und denke, dass ich uns durch den Wald zurückführen kann. Die Straße müssen wir meiden.»

«Ein Glück, dass Sie gerade heute gekommen sind», sagte der Sergeant. «So wie es aussieht, sind Sie der letzte Offizier, der uns sagen kann, wo wir am besten zum Sterben hingehen sollen. Habt ihr gehört, ihr Deppen? Der Leutnant kennt sich hier aus. Er trägt eine deutsche Uniform, aber das ist nur so eine Angewohnheit von ihm. Alles hört auf sein Kommando, klar?»

Wir waren alle bis auf die Haut durchnässt, und abgesehen vom Sergeant, dessen energisches Kinn sich durch das leicht manische Bearbeiten eines Kaugummis auf und ab bewegte, strahlten die fünf Privates panische Angst aus. Einer von ihnen, ein völlig abgemagerter Kerl, war am Bein verletzt, notdürftig verbunden und hatte Angst, dass wir ihn zurücklassen würden. Sein Kamerad erklärte mir:

«Mike hier hat eine *One-Million-Dollar-Wunde.* Es wär doch zu schade, wenn er nicht von ihr profitieren könnte, stimmt's, Mike?»

One-Million-Dollar-Wunde nannte man eine Verletzung, die schwer genug war, um länger ins Lazarett zu kommen, aber keine bleibenden Schäden hinterließ.

Private Mike lächelte tapfer. Es war offensichtlich, dass er große Schmerzen hatte.

Ich holte das Röhrchen Pervitin aus meiner Tasche. Es waren noch vier Tabletten drin.

«Jeder nimmt sich ein halbe», sagte ich, One-Million-Dollar-Mike genehmigte ich eine ganze.

«Was is'n das für Zeug, Sir?», fragte der Sergeant skeptisch.

«Ein Nazi-Zaubermittel», sagte ich, während ich spürte, wie mein Magen sich unter der Wirkung der erneuten Pervitin-Gabe binnen weniger Sekunden zu verkrampfen begann. Aber da war auch sofort die Wirkung des Amphetamins, das mein Gehirn mit eisig klarer Energie versorgte. Alle schluckten ihre Hälfte. Dann waren wir bereit.

«Alles klar bei Ihnen, Private?»

Mike lächelte tapfer.

«Ja, Sir.»

«Also dann los», rief ich. «Los, los, los.»

Aus der Perspektive der Generalität verhielt ich mich natürlich falsch. Anstatt alles zu tun, um die letzten Soldaten des 3. Bataillons in Schmidt notfalls mit gezogener Pistole zum Halten zu zwingen, zeigte ich ihnen einen Weg zurück; übrigens nicht nur, um sie zu retten, sondern auch um meiner eigenen Haut willen. Glücklicherweise fanden wir die Route, auf der Van Seneca, die beiden bedauernswerten Privates Kirschfang und Showalter und ich vor wenigen, scheinbar unendlich weit zurückliegenden Tagen gekommen waren. One-Million-Dollar-Mike mussten wir abwechselnd stützen. Immer wieder stießen wir auf tote Soldaten, Amerikaner wie Deutsche, aber mehr von den Ersteren, die sich Gefechte Mann gegen Mann geliefert hatten.

Einmal kamen wir an einem trotz der Kälte pestilent riechenden Leichnam vorbei, dem irgendjemand vor nicht allzu langer Zeit den Unterleib aufgeschlitzt haben musste. Offensichtlich hatte er versucht, seine herausquellenden Gedärme wieder in seinen Körper zu stopfen, und war währenddessen gestorben.

«Das arme Schwein … das ist Spike Conally», stieß einer der Privates mit tränenerstickter Stimme hervor. Was von Spike übrig war, lag über einem am Boden liegenden Baumstamm, seine Innereien und seine Hände bestialisch stinkend ineinandergeknüllt. Einer der als Privates firmierenden Collegeboys übergab sich, sank danach halb apathisch nieder und wollte ein wenig ausruhen, aber der Sergeant und ich drängten voran. Wir erreichten – unseren

Verletzten, der weiter Blut verloren hatte, aber noch am Leben war, mittlerweile abwechselnd zu zweit tragend – Kommerscheidt, ohne noch auf Patrouillen von Deutschen zu stoßen, was ein glücklicher Zufall gewesen sein mochte, denn die ganze Zeit ertönten in den Wäldern Schüsse und Detonationen.

Kommerscheidt wurde noch immer vom 1. Bataillon gehalten. Alles, was vom 3. Bataillon Schmidt überlebt hatte und nicht später im Wald getötet worden war, hatte sich hier gesammelt. Die Ankömmlinge begannen auf der Stelle, sich einzugraben, sie taten das wie in Zeitlupe oder wie unter Wasser. Rasch hingegen fiel der Regen, der unablässig niederging.

Ich suchte nach dem Chef, diesem Colonel, der dem Regiment seit dem Jahr 1916 angehörte und der seither noch niemals solche bis ins Mark destabilisierten, verunsicherten und erschöpften Soldaten gesehen hatte. Und ich hatte noch niemals einen gleichermaßen derart verdreckten, erschöpften und leicht irren Colonel gesehen. Sein Gefechtsstand befand sich in einem leergeräumten Gemischtwarenladen. Die Regale standen großteils noch, nichts darin. Hier arbeitete der Stab.

Am Tresen stand der Colonel und sah mir entgegen wie die Karikatur eines Händlers, der nichts mehr anzubieten hatte und eigentlich glücklich sein sollte, weil er ausverkauft war. Er schien in eine Art von Selbstgespräch verfallen zu sein, in welches er mich ohne Zögern großzügig einband.

«Es ist der Wald, diese Drecksbäume, was die Leute verrückt macht. Nach ein paar Tagen drehen sie alle durch. Drehen alle durch. Und dann dieser verfluchte Regen und die Kälte. Und die Tatsache, dass wir hier in Sommerkleidung rumlaufen. Verdammt noch mal. Wenn man Überschuhe bekommen will, muss man sie einem Toten abnehmen, so sieht's aus. So sieht's aus …»

«Sir?», erlaubte ich mir nach einer Weile, sein Lamento zu unterbrechen. «Ich habe mit einer zur Love-Kompanie des 3. Bataillons gehörenden Patrouille hinter Schmidt aufgeklärt. Einen guten Kilometer südöstlich von Schmidt haben wir einen gewaltigen Stausee entdeckt, Sir, der auf keiner unserer Karten und auch in den Angriffsbefehlen bislang nicht vorkommt. Captain Oleandro hat versucht, diese Information zu übermitteln, aber es gab technische Schwierigkeiten.»

«Wo ist der Captain jetzt?»

«Er ist gefallen, Sir. Beim Gegenangriff der Deutschen auf Schmidt heute Morgen.»

«Mein Gott», sagte der Colonel. «War einer meiner besten Captains. Werde seiner Frau schreiben. Guter Mann. Guter Mann.»

Hektisch öffnete er sein Notizbuch, um sich das zu notieren. Er schien überhaupt nicht begriffen zu haben, was ich ihm mitgeteilt hatte.

«Wir sollten General Cota dringend darüber informieren, dass sich hinter Schmidt ein Stausee befindet, Sir.»

«Ach so. Natürlich. Ich warte sowieso schon, dass Cota sich meldet. Dass Cota sich meldet. Es wird neue Befehle geben, dann geht es weiter.»

Es war unheimlich mit diesem Regimentskommandeur. Gerade als ich ein weiteres Mal ansetzen wollte, um über den Stausee zu berichten, setzte ein naher Schusswechsel aus schweren Kanonen ein. Ein Sergeant stürmte zur Tür des Ladengeschäfts herein. Die Glocke, immer noch intakt, bimmelte fröhlich.

«Deutsche Panzer, Sir! Sie greifen an.»

Als wir nach draußen kamen, sahen wir, wie unsere Soldaten, die es zum großen Teil gerade erst von Schmidt hierhergeschafft hatten, zurückströmten und mit dieser Reaktion etliche Kameraden des 1. Bataillons ansteckten, sodass auch diese zu fliehen begannen. Die Offiziere schossen in die Luft und brüllten, konnten sich aber nicht durchsetzen. Es waren vielleicht gerade noch zweihundert Mann in der Linie, und ich begann, mir ernsthaft Sorgen zu machen, dass die Deutschen Kommerscheidt ebenso schnell zurückerobern könnten wie Schmidt.

Doch jetzt gab es ernsthafte Gegenwehr von unserer Seite, was an den drei Shermans lag, die den Kallpfad bewältigt hatten und hier in Kommerscheidt geblieben waren. Das Verhältnis war drei zu eins, aber der junge Leutnant, der unsere Panzer führte, landete einen schnellen Glückstreffer an einem der Panther. Dessen Motor explodierte, begann zu brennen, und daraufhin kletterte seine Besatzung panisch heraus und lief davon. Viele der Privates, die zitternd in ihren Schützenlöchern kauerten und dem Gefecht zusahen, konnten es nicht fassen und schrien vor Begeisterung, da sie hier im Hürtgenwald und vielleicht überhaupt noch nie deutsche Soldaten auf der Flucht gesehen hatten. Der junge Leutnant, Flake, glaube ich, war sein Name, schoss bei diesem wie ein tödliches Tennis hin- und hergehenden Gefecht von Kommerscheidt tatsächlich fünf Panzer ab. Die Deutschen verzogen sich, und die Leute fielen dem Leutnant um den Hals und nannten ihn General Flake. Er war ihr Held für eine Nacht. Doch mit dieser traf der neue Befehl von General Cota ein. Dieser Befehl besiegelte den Untergang der 28. Division.

Während sich Generalfeldmarschall Model von seinen Kommandeuren die genaue Situation vor Ort erklären ließ und diese dabei in Funkkontakt mit ihren Offizieren standen, um neueste Entwicklungen aufzunehmen, man also sagen kann, dass die Wehrmacht eine Armee mit Tausenden Augen und Ohren und einer Art von Kollektivverstand war, war es bei uns genau anders herum. Bei uns sagte nicht der Mann vor Ort, wie es aussah, und ließ den General dann seine Schlussfolgerungen ziehen. Bei uns war der oberste General ein einsamer Entscheider am Anfang der Befehlskette.

Ike Eisenhower – gerade heilfroh, weil sich Gott sei Dank herausgestellt hatte, dass seine vierundzwanzigjährige Freundin doch nicht schwanger war – saß im Trianon Palace Hotel in Versailles und bekam den massivsten Druck aus Washington, weil die Russen immer mehr Fahrt aufnahmen und die Amerikaner immer noch nicht am Rhein standen.

Neben dieser Hauptsorge hatte er Dutzende Einzelbaustellen. Der Hürtgenwald war nur eine. Und Ike wollte ihn jetzt erobert haben. Er gab General Hodges genaueste Anweisungen, was dessen Armee zu leisten habe. Hodges, der es überhaupt nicht schätzte, vom Oberbefehlshaber angeschissen zu werden, saß im belgischen Spa und schäumte vor Wut, weil General Cota, der in Rott, einem Dorf bei Aachen, hockte, es nicht fertigbrachte, plangemäß endlich dieses verfluchte Schmidt zu erobern. Er und Eisenhower, der derartige Besuche hasste, würden am nächsten Tag persönlich bei ihm vorbeischauen, und da sei es besser, wenn die 28. Division endlich ihre Aufgabe erfüllte.

Dutch Cota, sie nannten ihn *Dutch*, obwohl er gar kein Deutschstämmiger war, schickte eine Panzereinheit namens *Task Force Ripple* als Verstärkung auf den Weg nach Kommerscheidt, unter Leitung des sehr tüchtigen Colonel Ripple, der aber nur über fünf Panzer verfügte. Ansonsten feilte Cota eine gute Stunde an dem Befehl für den morgigen Tag, den Eisenhower gewiss als Erstes würde sehen wollen, wenn er mit Hodges in Rott eingetroffen wäre.

Cota überstellte den Befehl fernmündlich an seine Truppen. An seine markigsten Formulierungen kann ich mich genau erinnern, da sie uns der Colonel mit ungläubiger Stimme im leeren Gemischtwarenladen in Kommerscheidt vorlas:

Es ist zwingend notwendig, die Stadt Schmidt auf der Stelle zu sichern …
Es ist zwingend notwendig, keine weitere Zeit zu verlieren und sofort mit dem Angriff zu beginnen …
Ich ermahne erneut alle Männer, sich bei der Sicherung von Straßen oder strategischem Gelände einzugraben …
Man wird jede Vorsorge treffen, einen erneuten Vorfall wie den mit dem 3. Bataillon zu verhindern!

«Wie sollen wir Schmidt sichern, wenn wir es nicht haben? Es gar nicht haben?», fragte der Colonel. Natürlich gab ihm niemand eine Antwort.

«Ich werde General Cota anrufen und ihm deutlich machen, dass wir auf keinen Fall angreifen können.»

«Sie könnten darauf hinweisen, Sir», sagte ich, «dass der riesige Staudamm südöstlich von Schmidt noch nicht in die Planungen mit einbezogen wurde. Vielleicht könnte man das Hauptquartier dadurch umstimmen.»

«Sehr gute Idee, Leutnant», sagte der Colonel.

Als die Telefonleitung nach Rott stand, schickte er uns

alle nach draußen vor die Ladentür. Es dauerte nicht lange, bis seine immer lauter werdende Stimme auf die Straße drang. Er argumentierte gewiss ungeschickt, und zwischendurch geriet er vor Eifer ins Stocken, aber er brachte es doch auf den Punkt:

«Bei allem Respekt, Sir, zwei angeschlagene Bataillone und ein paar Panzer sind nicht genug! Sind nicht genug. Wir haben nicht mal Überschuhe. Die Leute sind durchnässt und erschöpft. Völlig durchnässt und erschöpft. Teilweise sind sie zu kaputt, um die Blechdosen ihrer C-Rationen aufmachen zu …»

Er verstummte. Man vernahm dann eine Weile nichts von ihm, aber es war uns, als könnten wir stattdessen General Cota durch das Telefon brüllen hören. Dann war das Gespräch zu Ende. Wir vernahmen den gepressten Abschiedsgruß des Colonels.

Wir gingen wieder in den Laden zurück, ahnend, was der Colonel uns zu sagen hatte. Er war niedergeschlagen und leicht irre zugleich. Es zwinkerte hektisch um seine Augen herum.

«Morgen früh greifen wir an. Greifen wir an.»

Ich besorgte mir eine passende amerikanische Uniform (dass sie feucht war, ist das Einzige, was ich über sie sagen werde) und reihte mich unter die Offiziere des Colonels, der mich dafür ohne große Umstände zum Oberleutnant beförderte.

Während der verbleibenden Stunden bis zum Sonnenaufgang standen wir um den Tresen herum und diskutierten über unserem Kartenmaterial, wie wir den nächsten Angriff angehen würden, sobald die Verstärkung da wäre. Der Colonel bemühte sich, so etwas wie Optimismus aufkommen zu lassen, aber wir ahnten alle, dass er sofort hätte abberufen werden müssen, weil er völlig ausgebrannt war. Vermutlich war es gefährlich, dass er weiterhin das Kommando führte, aber was sollten wir tun? Vermutlich hätte auch General Cota ausgetauscht gehört. Seine Erschöpfung war noch gefährlicher.

Kurz vor Sonnenaufgang verließen wir den Gemischtwarenladen. Ich suchte nach dem Sergeant, den ich in Schmidt als Erstes kennengelernt hatte, den Kerl mit dem eindrucksvollen Kinn. Die Leute, die von seinem Platoon übriggeblieben waren, standen um ihn herum. One-Million-Dollar-Mike war inzwischen abtransportiert worden. Irgendwo auf dem Kallpfad hatten sie wohl einen provisorischen Verbandsplatz eingerichtet.

Wir warteten also auf Verstärkung, saßen in unseren Foxholes (ich hatte mir ein verwaistes Loch gesucht), während die deutsche Artillerie Kommerscheidt immer leicht unter Feuer hielt, aber nur gerade so, dass wir nicht auf die Idee kamen, sie hätten uns vergessen.

Die amerikanische Armee pflegte folgende Vorgehensweise: Wenn ein in einem Befehl genanntes Ziel erreicht war, grub man sich ein Loch, denn um alles in der Welt sollte vermieden werden, dass man Terrain wieder aufgab, das man schon genommen hatte. War Blutzoll entrichtet worden, dann wussten alle Beteiligten, dass wir dieses Land nie wieder freiwillig hergeben würden. Wo immer auch nur ein amerikanischer Soldat im Feld gestorben war, betrachtete die US-Armee diesen Fleck potenziell als amerikanisches Territorium. Das ist die alte eiserne Regel, die die Gründungsväter der US-Armee aufgestellt hatten, jene Generäle also, die sich ihre Stäbe in den Indianerkriegen verdienten. Die Indianerkriege waren kommerziell gesteuerte und überdies ethnische Eroberungs-, Verdrängungs- und Vernichtungskriege. Die Indianerkriege prägten die US-Armee so sehr, dass viele Theoretiker der Meinung sind, sie sei eigentlich unter der Oberfläche selbst wie eine Indianerarmee, denn die Kämpfe hätten mit der Zeit abgefärbt. Wenn diese Logik stimmte, dann würde sich erklären, warum wir mittlerweile auch ein wenig wie die Wehrmacht sind, denn deren Geist haben wir erst inhaliert und sie danach besiegt. Bei der Allerseelenschlacht allerdings – da haben wir nur inhaliert.

Wir saßen also in Kommerscheidt. Jeder in seinem Loch. Alle wussten, dass diese Folge mehr oder weniger dicht neben und hintereinander befindlicher Foxholes die Frontlinie darstellte. Die Generäle hatten angekündigt, dass sie uns Panzer zur Verstärkung schicken würden und dann noch ein weiteres Infanterieregiment, das 12., ausgeliehen von der 4. Division, bei der Jerry Salinger und sein Freund Werner dienten. Sobald diese Verstärkung da wäre, würden wir ausrücken, um Schmidt zurückzuerobern. Bis dahin harrten wir aus.

Offensichtlich hatten die Deutschen ihre Strategie geändert und kümmerten sich jetzt wieder um unseren einzigen Nachschubweg, den mörderisch steilen Kallpfad, der in etwa zwei Kilometer Entfernung im Wald lag und offensichtlich gerade heftig beschossen wurde. Wir sprachen nicht darüber, aber der vom Generalstab versprochene Nachschub würde nicht kommen. Da jeder nur die C-Rationen bekommen hatte, die er selbst seit fünf Tagen mit sich trug, hatten die meisten schon mehr als ein, zwei Tage nichts mehr gegessen und getrunken, und das, obwohl unablässig der Regen auf sie fiel. Auf dem Meer Hunger und Durst zu haben muss schrecklich sein, aber in einer halb mit eisigem Wasser gefüllten Grube zu stehen und nichts zu trinken zu haben ist es mindestens ebenso. Nach knapp fünf Tagen litten die ersten Männer an Anzeichen von Grabenfuß und knieten deshalb in den Löchern, als würden sie zu den unbarmherzigen amerikanischen Göttern des Krieges beten, die sie hierhergestellt hatten, um ihr Opfer zu erwarten.

Während der Nacht, durch die von allen Seiten das Granatfeuer drang, hörte man die Männer leise miteinander flüstern. Manche weinten aus Erschöpfung wie Kinder. Die Wirkung des letzten Pervitins, das mich bislang munter gehalten hatte, ließ nach, und ich begann, fertig, wie ich war, unter einer entsetzlichen Erschöpfung zu leiden. Mein Hirn fühlte sich breiig an, und mich überkam eine Lust, einen scharfen Gegenstand zu nehmen, um zu versuchen, es auszuschaben. Dazu die nasse Uniform und die durchgeweichten Stiefel an den Füßen.

Zwei Privates in der Nähe unterhielten sich die ganze Zeit auf Pennsilfaanisch Deitsch übers Essen.

«Wie san bei eich de Semmeklöös?»

«D'Mudda schneit des Kneedelbrot am Daach vorher und gibt kochet Milich drieber und danach Eier nei.»

«Wie hees macht's se die Milich?»

«Meen, richtig hees, faschd koched, und ganz a feete Milich nimmdse und dann miasse se ziehen, auf der Kellertrepp.»

«Macht na dei Muadda a Grumbeerklöös?»

«Selte, aber wenn der Onkel an Hasch bringt, oder so. Mit Rotweisooß. Und enne Stück geröstet Speck inne drinne.»

«I moch kan Hasch. Überhaupt ka Wildfleesch. Seifleesch moch ich. Egal mit welche Klöös.»

«Oba Rossfleesch? Mochst du Rossfleesch?»
«Gschmokdi Rosswaascht, de moch i gern.»

Dann war Daghelling, wie es meine Großmutter gesagt hätte.

Dawn.

Der Morgen des 7. November. Kein Nachschub, kein Panzer und kein einziger Infanterist waren eingegangen.

Später setzte sich das Puzzle unseres Untergangs dann noch einmal anders zusammen. Die Deutschen hatten eben nicht nur den Kallpfad im Griff, sodass dort keine Panzer und Transporte durchkamen, überdies hatte sich das Bataillon der 109. Infanterie, 4. Division, das uns zu Hilfe hätte kommen sollen, unglücklicherweise im Wald südlich der Kall verirrt, war dann in Gefechte mit Bunkerbesatzungen verwickelt und aufgerieben worden.

Als es hell wurde, setzte schwerstes Granatfeuer vom Burgberg Brandenberg ein, wo nach wie vor der Großteil der deutschen Artillerie versammelt war. Der Beschuss verlief wieder in jener meisterhaften Gnadenlosigkeit und Systematik, die einen, wenn man ihr ausgesetzt war, überhaupt nicht an Menschen denken ließ, sondern an die gleichgültige und hocheffiziente Methode, mit der in einer Fabrik etwas zermahlen, zerstoßen oder zerhackt wird. Wenn es eine Pause gab, dann wohl nur, um Munition zu sparen.

Sie beschossen uns etwa eine Stunde lang, und das Einzige, was man tun konnte, war im Schützenloch kauern, den Stahlhelm möglichst tief über den Schädel ziehen und, so gut es dabei ging, nach vorne spähen. Wenn man Pech hatte und das Schützenloch direkt getroffen wurde, war es vorbei. Aber natürlich konnte man auch nur einen kleinen Splitter abbekommen, und dann war es vielleicht noch schlimmer. Man starrt durch den Schlitz, über das Loch hinweg, das man die ganze Nacht über gehasst hat und das man nun plötzlich zu lieben beginnt. Jeder Soldat der US-Armee hatte eine eigene Beziehung, ein eigenes Verhältnis zu ihm. Zu dem Loch, das ihn barg und beschützte, so gut es eine flache Erdmulde eben konnte.

Um mich herum Detonationen und Splitterregen. Alle paar Sekunden schrie irgendjemand in der Nähe so laut, dass ich ihn trotz des ohrenbetäubenden Lärms hören konnte. Wenn sie schrien, lebten sie wenigstens noch. Wenn sie noch lebten, schrien sie nach den Sanis. Es waren aber nur noch ein paar Sanis übrig, vielleicht fünf, für sechshundert Mann in unserer Lage nicht viel. Und Material hatten sie fast keines mehr. Es war ein vollkommenes Chaos mit Neuschnee. Sauberer weißer Neuschnee mit Löchern darin.

Wer wirklich tot war, erkannte man aber erst, als der Beschuss nach etwa einer Stunde realer und einem halben Tag gefühlter Zeit endete. Die letzte Granate schlug ein, die Ohren sangen mir wie stahlgedremmelt, dann hörte ich schon die Rufe.

«Die Jerrys kommen – es sind so viele. Sie kommen!»

Diesmal gingen die Wehrmachtsinfanteristen voran, ohne Panzer. Unsere Leute schossen aus den Löchern heraus, an zwei Stellen hatten wir auch Maschinengewehre und einige Shermans, die aber für einen kleinteiligen Kampf sehr unpraktisch waren, weil man sie schlecht dirigieren konnte. Trotzdem fielen reihenweise Deutsche um, klappten zusammen in ihren langen grauen Wehrmachtsmänteln, die Schmeisser-MP in den Händen, mit denen sie vor ein paar Jahren Eurasien erobert hatten, und fielen auf den Schnee. Aber weil es sehr viele Deutsche waren, die uns angriffen, und viele von ihnen nicht getroffen wurden, sondern ihrerseits trafen, dauerte es nicht lange, bis die Ersten von uns ihre Löcher an der Frontlinie verließen und in das Dorf rannten, um im Schutz der Ruinen einen neuen Stand zu finden. Schon wieder mussten die verbliebenen Offiziere mit ansehen, wie sich ganze Platoons selbständig machten.

Als es neben mir den Sergeant mit dem eindrucksvollen Kinn erwischte und er röchelnd nach hinten kippte, sprang ich aus dem Loch, brüllte seine Leute zusammen, und gemeinsam schleppten wir ihn hinter ein Wohnhaus, ein paar Ecken von dem Gemischtwarenladen entfernt, in dem sich der Gefechtsstand befand. Wir legten ihn auf den Boden, betteten seinen Kopf auf irgendeine Jacke. Die Einschüsse auf seiner Brust sahen wie absurde rote Knopflöcher aus. Wir brüllten nach einem Sanitäter, aber bis einer kam, ein großer, stiller Kerl, war er tot. Der Sani sagte kein Wort, schüttelte nur hastig und traurig zugleich den Kopf, und dann rannte er mit seinem scheppernden Medikamentengepäck weiter. Daran hörte man immer schon, wenn ein Sanitäter vorbeikam.

Es gelang uns, unter weiteren Verlusten den Westteil Kommerscheidts rund um den Gefechtsstand bis zum Nachmittag zu halten. An einigen Stellen war es zu Nahkämpfen gekommen, Mann gegen Mann, aber die letzte Linie hatten die Deutschen nicht durchbrechen können, dann hatten sie sich zurückgezogen. Ohne jeden Zweifel waren wir morgen fällig, außer es kämen Superman und Captain America gemeinsam vorbei und würden uns beim Kämpfen helfen.

Irgendwie gelang es dem Colonel, mit dem Divisionshauptquartier in Kontakt zu treten und General Cota die Lage zu schildern. Der telefonierte verzweifelt die Befehlskette hinauf, und schließlich erhielten wir von General Hodges, dem Armeechef, über dem dann nur noch Eisenhower stand, die Erlaubnis zum Rückzug. Aber nur aus Kommerscheidt. Vossenack musste weiterhin gehalten werden. Von dort, Vossenack, hörte man unheimliche Geschichten über die dortige Kirche, wo sich ein riesenhafter Wilder Mann gezeigt habe.

Während wir auf den Einbruch der Dunkelheit warteten und uns, so gut es ging, gegen den Wind schützten, der eingesetzt hatte, machte die Nachricht die Runde, dass Roosevelt just heute, Mittwoch, den 7. November, gegen Dewey, den Gouverneur von New York, gewonnen hatte und das vierte Mal zum Präsidenten der Vereinigten Staaten gewählt worden war. Tatsächlich, ich erinnerte mich jetzt wieder daran, dass zu Hause Wahlkampf gewesen war, meine Mutter hatte das in einem ihrer Briefe erwähnt, nicht ohne anzumerken, dass sie FDR selbstverständlich, allein schon meinetwegen, wählen werde. *Frieden und Sicherheit* war der Slogan der Roosevelt-Truman-Kampagne gewesen. Niemand wusste übrigens, wer Truman war, außer eben: ein *echter Mann.*

Ich stellte mir vor, wie erschüttert Präsident Roosevelt (und noch mehr seine Frau Eleanor!) wohl gewesen wäre, wenn sie uns hier hätten so sehen können, diesen zusammengeschmolzenen Rest von dem, was einmal zwei Bataillone einer stolzen Division mit Wurzeln bis zum Unabhängigkeitskrieg gewesen waren, und diese Vorstellung half mir irgendwie. Es war ein Schneesturm aufgekommen, ich spürte, wie meine Füße langsam gefühllos wurden, auch wenn das vielleicht seltsam klingt: Aber so ein unheimliches Gefühl war das – ein Gefühl wachsender Gefühllosigkeit, das von meinen Füßen ausging und das deshalb so bedrohlich war, weil ich mir unausweichlich vorstellen musste, wie es langsam meinen ganzen Körper erfassen würde. Ein miserabler und jämmerlicher Zustand. Aber mit einem Mal tagträumte ich und sah mich, wie ich dem Präsidenten im Oval Office wahrheitsgetreuen Bericht erstattete und wie er schmerzlich gerührt nach seinen Zigaretten griff, mir eine anbot, die ich höflich ablehnen würde, und dann – Napoleon zitierend – würde er sagen, ach, lieber junger Freund, wissen Sie: Es gibt keine schlechten Soldaten, nur schlechte Offiziere.

Keines Menschen Stimme, außer der meiner Mutter natürlich, habe ich öfter gehört als seine. Denn ich bin ein Kind des Radiozeitalters. Roosevelt war der Meister der vertraulichen und doch ganz sachlichen Radioansprache. *Kaminfeuergespräche* hieß sein Format, und natürlich glaubte ich lange, es würde tatsächlich mit dem Präsidenten in einem Sessel vor einem Kaminfeuer aufgezeichnet. Ich liebte es. Roosevelt war mein Radiovater.

Dann dachte ich an meine Mutter und wie traurig es für sie wäre, wenn ich nicht mehr nach Hause kommen würde. In diesem Moment wusste ich für mich ganz sicher, dass ich es schaffen werde. Ich stellte es einfach fest.

Weil ich überlebt habe, hat auch die Erinnerung an meine innere Gewissheit überlebt und es bis hierher geschafft, ins wunderbare Jahr 1971, an einen beinahe subtropischen Ort am Mississippi, der jede Woche äußerst fürsorglich mit den besten Insektiziden auf dem Markt von Ungeziefer freigehalten wird. Den Sporthof besprüht man mit Pestiziden, damit lästiges Unkraut nicht beim Seilspringen und stumpfsinnigen Herumwandern stört. Die Gänge, Flure, Arbeitsräume werden mit aggressiven Putzmitteln behandelt. Die

Toiletten und Duschräume werden gechlort, die Matratzen regelmäßig desinfiziert. Die fröhlich bunte Gefangenenkleidung wöchentlich ausgetauscht und mit scharfen Waschmitteln gekocht. Es gibt kein Eckchen, das Hunerwadel nicht akribisch desinfizieren und absprühen ließ. Für mich, der ich meine Hautkrankheit dem zwanzigstündigen Kontakt mit Agent Orange und anderem amerikanischem Giftzeug verdanke, war diese wie ein Chemielabor riechende Atmosphäre zuletzt sehr bedrückend.

Ich rede mit meinen Jungs von der Seilspringgruppe darüber, über meinen Unfall, erzähle aber auch, was ich vor einigen Jahren von einem Vertreter von Monsanto erfahren habe, der für das Vietnam-Geschäft der Zukunft zuständig war.

«Monsanto», sagt Michael und lacht, «die sind doch aus St. Louis und hier ganz ganz groß. Meine Großeltern haben in den zwanziger Jahren irgendwann einen Riesenschwung Aktien von Monsanto gekauft. Was meinen Sie, John, wie viel die heute wert sind? Mein Vater kann an nichts anderes denken, echt traurig.»

«Wasch war denn nun dasch mit dem Vietnam-Geschäft?», fragt Ron. Er hat bei einer Schlägerei letzte Woche – in die er unglücklich hineingeraten ist – drei Zähne im vorderen Bereich verloren und tut sich mit der richtigen Auschschprache noch etwas schwer. Ver-sch-t alles.

«Also, ihr wisst ja, dass wir systematisch den Dschungel in Vietnam entlauben?»

«Ja, sie sagen, wir müssen den Dschungel entlauben, damit sich die Kommunisten nicht mehr verstecken können», stellt Michael fest. Er ist von den Jungs der politisch versierteste.

«Genau. Leider kann man die Kommunisten von der Zivilbevölkerung, die man vor ihnen schützen will, kaum unterscheiden. Deshalb ist schon eine Menge Entlaubungsmittel auf den Dschungel herabgegangen. Aber jetzt planen sie noch etwas ganz anderes: die ‹Schneise›.»

Die Jungs glauben mir nicht, weil es sich anhört wie aus einem düsteren zeitgenössischen Science-Fiction-Roman. Die Schneise soll die große Grenzbefestigung zwischen dem bösen Nord- und unserem guten Südvietnam sein. Eine vollkommen entlaubte Zone von ein paar Kilometern Breite, knallhart an der Trennungslinie zwischen den beiden vietnamesischen Staaten. Damit könnte man das Eindringen nordvietnamesischer Terroristen und Guerilla effektiv bekämpfen. So erklärte es mir der Monsanto-Vertreter, der zu RAND gekommen war, um einen Vortrag vor ein paar Analysten darüber zu halten.

«Sobald sich jemand der Schneise nähert, können wir ihn orten und aufhalten. Dazu brauchen wir natürlich noch ein besseres Überwachungssystem, mit Computern. Der Terrorismus in Südvietnam wird aufhören, und wir können der parallelen und friedlichen Entwicklung der beiden vietnamesischen Staaten entgegensehen: einem friedlichen Wettbewerb zwischen unserem System, der Demokratie – und den Kommies. Mal sehen, wer gewinnen wird.»

Die Jungs können es nicht fassen. Es geht ihnen wie mir, als ich das erste Mal davon gehört hatte.

Der Vertreter vertraute uns an, natürlich nicht ohne Hintersinn, dass firmeninternen Schätzungen zufolge Monsanto bei Umsetzung der Schneise zum wertvollsten Agro-Chemie-Unternehmen Amerikas und der ganzen Welt aufsteigen würde. Neben dem gewaltigen Absatz von Spritzmitteln würde die Herstellung der Schneise nämlich auch ein einzigartiges Versuchsfeld darstellen. «Die Zukunft aller Landwirtschaft auf diesem Planeten», hatte uns der Vertreter erklärt, «wird von der Pestizid-Forschung geprägt sein. Unendliche Möglichkeiten. Nicht mehr ackern, nicht mehr jäten – wir werden große Flächen haben, die wir mit unseren Spritzmitteln zu beliebigen Kulturflächen designen werden. Oder eben die Urbarmachung unproduktiver Urwaldflächen. Erst die Entlaubung. Dann erntest du das Holz. Dann bepflanzt du ein Feld von der Größe von Rhode Island mit unserem Mais. Aus dem Mais machst du Stärke. Und aus der Stärke formst du Brote, Kuchen und Kekse, du gibst sie in Getränke, um sie nahrhaft zu machen. Das Ganze verkaufst du den Armen des Landes.»

Michael und die anderen sind völlig geplättet.

«Das nennt man Design», sage ich. «Abgesehen davon, dass es natürlich auch ein Riesengeschäft ist. Ganz Vietnam ist ein Riesengeschäft.»

Dass ich – den die einen *Snakeman*, die anderen aber weniger respektvoll *German Scabies*, die *Deutsche Krätze*, nennen, mit einer Verschwörung gegen den Vietnamkrieg zu tun habe, hat sich mittlerweile herumgesprochen. Weiß es einer im Gefängnis, wissen es alle – Gefangene sind schlimmer als Waschweiber, aber das in jeder Hinsicht.

«Hey, Krätze», brüllt es hinter uns. Da steht der von seiner Leibgarde umgebene fette *White-Pride*-Typ, der den *Nazi-Dope*-Handel hier in Hannibal kontrolliert. Er und seine Kumpane haben unserem Gespräch eine Weile zugehört, aber jetzt reicht es ihnen. Sie sind richtig sauer, und sie kommen herangewalzt, die Ärmel ihrer Strampelanzüge abgeschnitten, damit man sehen kann, was für dicke, von Muskeln und Fett strotzende Oberarme sie alle haben, auf denen Runen, nordische Drachen und Dolche, die in Totenkopfaugenhöhlen stecken, eintätowiert sind. Ich konnte diesen Typen vom ersten Moment an nicht ausstehen. Eine Antipathie, die beidseitig ist.

Meine Jungs, allesamt Kriegsdienstverweigerer und politische Pazifisten, scharen sich um mich. Sie sind eingesperrt, weil sie gegen die Anwendung von Gewalt sind, aber in einer Gesellschaft im Krieg kann man sich ihr nicht so einfach entziehen. Die Gewalt kommt zu dir.

Ich stoppe mein Springseil und rolle es auf wie die Peitsche in der Hand eines Cowboys.

Der fette, wutentbrannte Anführer der Truppe kommt so nah an mich heran, dass ich die Schweißströme sehen und riechen kann, die aus seiner haarigen Achsel laufen.

«Was gibt's denn?», frage ich. Der Kerl ist wirklich bedrohlich. Aus den Augenwinkeln versuche ich einzuschätzen, ob Tonis Leute irgendwo in der Nähe sind, die uns Schutz geben könnten, aber das ist nicht der Fall.

«Ich hab gehört, du bist so ein Reisfresserfreund, hä? Soll ich dir sagen, was ich denke, was man mit dir und den ganzen anderen Schlappschwänzen tun sollte – man sollte euch Scheißkommunisten alle runterschicken zu euren Gookfreunden und dann eine Atombombe drauf. Was soll die Scheiße eigentlich? Wozu haben wir den Dreck, wenn wir ihn nicht benutzen?»

Er holt aus, versucht, mich an der Schulter zu treffen, ich weiche aus, er will mir nach, ich lasse das Stahlseil kreisen, er schaut irritiert, ich treffe ihn mit dem blitzschnell rotierenden Seil an der Schulter, wo sich sofort ein Striemen bildet.

«Lass uns in Ruhe, wenn du deine Glupschaugen behalten willst», brülle ich und lasse das Seil weiter kreisen. Es ist auf diese Weise tatsächlich scharf wie ein Messer. Er brüllt zurück, doch bevor der Konflikt eskalieren kann, sind die Wachen da und trennen uns. Man nimmt mir das Seil ab, Mr. White Pride wird von zwei Wärtern gepackt, die er, sollte er das wollen, leicht abschütteln könnte. Abends dann erfahre ich, dass wohl ein Neffe von ihm, der bei der 9. Infanteriedivision diente, vor kurzem gefallen ist. Der Beiname dieser Division lautet *Flower Power.*

Selbst in jenem dunkelsten Moment meines damaligen Lebens, der Nacht in Kommerscheidt, kurz vor dem Rückzug, hätte ich mir nicht vorstellen können, dass ich einmal im Greisenalter von fünfzig Jahren in einem Missouri-Staats-Knast sitzen würde, noch dazu mit einer unfasslichen Hautkrankheit geschlagen, aber dennoch – von Phasen juckreizquälender, schuppenschorfender Zerknirschung abgesehen – hoffnungsfrohen Sinns. Und auch gespannt. Denn wichtig ist ja immer, wie eine Geschichte ausgeht, und sei sie mitunter auch noch so dunkel und heikel. Freilich muss ich mich vorsehen, dass mir in der Zeit, in der ich noch inhaftiert bin, nicht noch etwas zustößt, das der Gefängnisarzt dann als «unerklärlichen plötzlichen Todesfall» bezeichnet, die häufigste Todesursache in amerikanischen Gefängnissen.

Wir waren noch etwa dreihundert Mann, davon dreißig so schwer verletzt, dass sie getragen werden mussten, und etwa zwanzig weitere konnten nur mit Hilfe laufen. Die Toten konnten wir nicht mitnehmen. Als es Nacht geworden war, fingen wir an, Tragen zu bauen, aus Stangen, zwischen die wir Überhänge oder Planen spannten.

Der Colonel hielt seine letzte Ansprache im Gemischtwarenladen. Es war gerade noch ein dreckiges Dutzend seiner Offiziere übrig, mich mit eingerechnet. Er wirkte zwar immer noch ein wenig verwirrt, aber seit er die Erlaubnis zum Rückzug hatte, ging es ihm sichtlich besser. Er erklärte uns, wie es ablaufen würde. Am Schluss sagte er:

«Oberleutnant Glueck hier kennt die Gegend am besten. Er wird uns hier rausführen, auf den Pfad und zurück über den Fluss. Gott steh uns bei. Steh uns bei.»

Wir ließen alles zurück. Im Grunde hatte jeder nur noch seine Waffe und die Restmunition bei sich. Auch die paar Fahrzeuge und die Panzer ließen wir stehen. Ihre Besatzungen kamen mit uns. Wir schlichen aus Kommerscheidt hinaus, so leise wie möglich. Wie Diebe in der Nacht.

Ich ging voran, mit mir der Colonel, und ganz am Ende sollte Major Ripple marschieren, der vor ein paar Tagen mit seinen – jetzt hinter uns gelassenen – Panzern gekommen war, um die Wende zu bringen. Da wir kein Licht hatten und mitten durch den Wald gehen würden, denn die Deutschen hatten den Kalltrail ja infiltriert, sollten die Soldaten einander die Hände auf die Schulter legen oder sich am Gürtel ihres Vordermanns festhalten, damit keiner verloren ginge.

Der Colonel bestand darauf, mit mir gleichauf zu marschieren, aber er war so sehr damit beschäftigt, seinen Stahlhelm als Schild zum Schutz seiner Augen zu benutzen, dass er mich stark beeinträchtigte, um es mal so zu sagen. Außerdem bestand er darauf, den Kompass und die Taschenlampe in der Hand zu behalten, ziemlich albern, wenn ich es doch war, der führen sollte. An einer besonders steilen Stelle lag ein Baumstamm quer, der Colonel trat drauf, glitt aus, und dann segelte er erst mal drei Meter den Hang hinab, rutschte durch wie ein nasser Sack und tat sich gehörig am Rücken weh. Doch richtig dumm wurde es ein wenig später, als wir eine Lichtung erreichten, wo es hinter den Bäumen weißlich zu schimmern begann.

«Der Fluss», schrie der Colonel, «wir haben's geschafft. Der Fluss.» Trotz seines schmerzenden Rückens raffte er sich auf, zog den Helm in die Stirn und preschte, so gut es ging, durch das Unterholz, um als Erster in den Fluss zu steigen. Vielleicht, immerhin war er Amerikaner!, sah er schon ein Gemälde vor sich, das in Fort Indiantown im Vorzimmer des Chefs hängen würde. Oder in der Bibliothek. Oder vielleicht sogar im Kapitol in Harrisburg.

Die 28. Division überschreitet die Kall

Es handelte sich aber überhaupt nicht um die Kall, sondern um eine von jüngstem Beschuss entstandene Waldschneise, auf die es einfach nur geschneit hatte. Die Kall war noch mindestens einen Kilometer streng bergab entfernt. Aber das wusste nur ich, während sich die gute Nachricht vom Colonel schnell nach hinten durchsprach, worauf ein paar der armen Schweine zu jubeln anfingen. Dann hörte ich, vielleicht zweihundert Meter entfernt, die klar gebrüllte deutsche Ansage: «Da sind Amis auf zehn Uhr.»

Sogleich setzte Maschinengewehrfeuer ein und beschoss das Ende unserer Karawane. Privates wurden getroffen, schrien auf, fielen, die anderen begannen zu laufen. Es war entsetzlich, schon wieder die Schreie dieser jungen Kerle hören zu müssen, diesmal noch unterlegt von krachend splitterndem Holz. Das schwere Maschinengewehr, das aus einem Bunker in unserem Rücken kam, schnitt wie ein Brennen durch den Wald.

Das Schrecklichste war, dass viele jetzt nur noch daran dachten – wenn diese Panikreaktion überhaupt noch etwas mit Denken zu tun hatte –, so schnell wie möglich über die Schneise zu kommen und sich auf der anderen Seite im wieder tieferen Forst in Sicherheit zu bringen. Sie ließen die Verwundeten, die sie bislang gestützt hatten, einfach stehen, warfen die Tragen mit den Schwerverwundeten hin und rannten um ihr Leben, und natürlich stürzten manche dabei, blieben wimmernd liegen oder stießen sich Äste in die Augen. In der Panik bildeten sich drei Gruppen, die an drei Stellen über die Schneise fliehen wollten. Auch der Colonel war weg. Ich blieb mit etwa zehn Privates, den Sanitätern und den Verwundeten zurück. Schon hörten wir die deutschen Landser immer näher kommen. Als wäre das nicht genug, fing plötzlich weiter entfernt, aber gut hörbar, auch wieder ein heftiges Gefecht an. Es war dort, wo ich Vossenack vermutete.

Es gab nur einen Weg für uns.

«Sanitäter», schrie ich auf Deutsch und so laut ich konnte, «hierher, Sanitäter. Schickt uns Hilfe. Wir brauchen Sanitäter!»

Die Männer um mich herum erschraken.

«Was machen Sie, Sir?», fragte eine entsetzte Stimme.

«Ich sehe keine andere Möglichkeit, als die Deutschen um medizinische Hilfe zu bitten.»

«Wir sollen uns ergeben? Die Jerrys werden uns alle kaltmachen!»

«Wir haben keine Wahl. Ich bin genau dafür ausgebildet worden, vierzehn Monate im *Intelligence Training Center Maryland.*»

Als ich das mit der Ausbildung in vernünftigem Amerikanisch rüberbrachte, kam keine Frage mehr.

«Hilfe», schrie ich wieder mit aller Kraft auf Deutsch. «Hilfe, Sanitäter!»

«Waffen weg. Hände hoch!» Sie waren da.

«Händs ap!» Die deutschen Landser sprachen sogar schon ein wenig Amerikanisch.

Sie hatten uns umringt.

«Jur wäppen daun. Händs ap. Nau!»

«Wir ergeben uns jetzt», befahl ich den Männern.

Alle ließen ihre Gewehre fallen, hoben die Hände.

Ein kleiner Riese trat energisch vor, die Maschinenpistole auf mich gerichtet. Er hatte ein grobes Gesicht mit Narben, so dick, dass man sie sogar in der Dunkelheit gut sehen konnte.

«Eine falsche Bewegung, du Schwein, dann mach ich dich fertig», sagte er scharf und genüsslich zugleich.

Es war Wachtmeister Geier, der da auf mich zutrat.

«Du bist eine solche Dreckssau, wie es kaum eine zweite gibt», sagte er ganz ruhig. «Dich sollte man eigentlich gleich abknallen.»

«Wir haben die Waffen niedergelegt», sagte ich, so entschlossen ich konnte.

«Das soll mich daran hindern, euch alle kaltzumachen, gleich auf der Stelle? Da liegt ein Irrtum vor. Schert mich 'nen Dreck.»

Ich hörte, wie erst er seine MP packte und seine ganze hinter ihm stehende Mannschaft fast gleichzeitig dasselbe tat. Dieser Kerl war tatsächlich mächtig. Ein Leitwolf mit Zeichnertalent.

«Wir haben die ganzen Verletzten hier. Die müssen versorgt werden», sagte ich flehend und setzte nach, «das wissen Sie, Herr Wachtmeister! Das wissen Sie! Das sagt die Genfer Konvention!»

«So, sagt sie das?»

«Ja. Sie müssen uns helfen.»

«Sterben muss ich, sonst gar nix.»

«Die deutsche Heeresführung verlangt es. *Heeresdruckvorschrift* von 1936: *Verletzten feindlichen Kombattanten ist unter allen Umständen medizinische Hilfe zu leisten.*»

Die Arme hielt ich hinter dem Kopf verschränkt, aber wo ich zuvor gefleht hatte, erhob ich jetzt – das Grundgesetz der Landser zitierend – meine Stimme wie ein Ankläger. Ich presste die Worte heraus, gewiss krächzend und heiser, aber eben auch mit einer Entschlossenheit, wie man sie wohl nur angesichts des drohenden Todes aufbringen kann. Hinter mir lagen unsere Verletzten auf dem eisigen Grund und stöhnten, daneben unsere Sanitäter und die paar Privates, denen ich mehr oder weniger befohlen hatte, ihre Waffen niederzulegen. Von keinem wusste ich den Namen, nur die beiden jungen Typen, die die ganze Zeit übers Essen und die Kochgewohnheiten und Rezepte ihrer Mütter sprachen, kannte ich schon aus Kommerscheidt, und damit waren wir so etwas wie alte Freunde inmitten dieser mir ansonsten fremden Gruppe. So oder so fühlte ich Verantwortung. Ich spürte ihre Angst und wie sie mir auf das Genick starrten, hinter das ich meine Hände gelegt hatte. Wenn ich jemals gepokert hatte, dann jetzt.

Ich habe später niemals herauszufinden versucht, was der Wachtmeister Geier während des Russlandfeldzuges womöglich wirklich getan hatte oder welcher Verbrechen untätiger Zeuge er geworden war. Vielleicht war er sauber geblieben, dennoch muss auch ihm damals im Hürtgenwald zumindest geschwant haben, was im Kontrollbereich der Wehrmacht während der letzten Jahre alles passiert war – und noch passierte. Exekutionen von Zivilbevölkerung. Massengräber. Bruch der eigenen Regeln. Vielleicht, dachte ich, würde ihn mein Verweis auf diese besänftigen. Zur Einsicht bringen. Vielleicht aber gerade erst recht wütend machen.

Als ich also da auf dem gefrorenen Boden kniete und das Maul aufriss, und das nach alledem, was ich zuvor mit seinem Bleistift angestellt hatte, da musste ich hart mit mir ringen, um nicht in Tränen auszubrechen und den Wachtmeister einfach nur noch anzuflehen. Ich bilde mir ein, gehört zu haben, wie sein Finger am Abzug der MP spielte, der Finger der Hand, mit der er die eindrücklichen Winteraquarelle und Bleistiftzeichnungen anfertigte, wenn ihm der Krieg und seine Dienstpflicht die Zeit dazu ließen. Jetzt gerade beschäftigte ihn die Frage, ob er die Schmeisser sprechen lassen sollte, um den Spion zu töten, oder nicht. Er war jetzt Herr über Leben und Tod, umgeben von seinen Männern, die auf die Entscheidung des Anführers warteten. Sie würden ohne Zögern alles für ihn tun. Ich war, um eine typische altdeutsche, vielleicht sogar rheinländische Redensart zu gebrauchen, jedenfalls hat mein Opa sie oft benutzt, *mit meinem Latein am Ende.*

Wem die Stunde schlägt.

Ich schloss die Augen, weil ich den Anblick der stahlhelmtragenden deutschen Kämpfer in ihren schauerlichen Wehrmachtsmänteln nicht mehr ertragen konnte. Die Furcht war eine glühende Säule, die in meinem Rückgrat hochstieg, und mit einem Mal huschte mir das Bild einer vorüberzüngelnden Schlange durch den Sinn, einer metallischen Natter mit goldener Zeichnung, und diese Schlange war keineswegs gefährlich, keine Bedrohung. Sie bäumte sich auf in der Nacht unserer Angst, um uns zu helfen.

Ein leises Stöhnen entfuhr mir. Mein Oberkörper schwankte. Noch immer erfolgte die Salve aus der Schmeisser nicht. Stattdessen hörte ich das Näherkommen weiterer deutscher Soldaten, den Austausch der Parole. Es war sofort klar, dass ein neuer Offizier das Rund betreten hatte. Aber vielleicht bilde ich mir das auch nur ein, da ich, was sich anschließend ereignete, wie ein Wunder erlebt habe, und zwar nicht einfach nur mit Augen oder Ohren, die natürlich trotzdem beteiligt waren, ich wurde selber zu einem Sinnesorgan, nahm die Ereignisse mit jeder Faser meines Körpers wahr.

«Wir haben Hilferufe gehört», sagte eine klare, helle, ganz entschiedene Stimme mit rheinischem Akzent und militärischer Diktion. Sie gehörte dem Anführer eines Medizintrupps.

«Wo sind die Verletzten?»

«Es sind alles Amis, Herr Hauptmann», sagte der Wachtmeister Geier, einerseits diensteifrig gegenüber dem Offizier, zugleich mit eisiger Verachtung gegenüber uns in der Stimme.

«Bis gerade haben die auf uns gezielt. Wir konnten sie überwältigen.»

«Amerikaner?», fragte der Offizier überrascht, «die Hilferufe waren doch aber Deutsch?»

«Ich habe gerufen, Herr Hauptmann», brachte ich zitternd heraus. «Wir sind ein Sanitätstransport. Fünfzehn Schwerverletzte.»

«Sie sind Deutscher?»

«Deutschamerikaner, Herr Hauptmann. Oberleutnant John Glueck, 28. Division, 122. Regiment.»

«Ein gottverfluchter Spion ist das», widersprach der Wachtmeister. «Der hat mich schon mal hinters Licht geführt. Aber das passiert mir nicht mehr. Kurzen Prozess werd ich mit dem machen.»

«Überlegen Sie genau, was Sie tun, Herr Wachtmeister …»

«Geier, Herr Hauptmann», sagte Geier.

«Also: Herr Wachtmeister Geier, geben Sie acht! Sonst bringe ich Sie vors Kriegsgericht, schneller, als Sie schauen können», sagte der Hauptmann mit einer Selbstverständlichkeit, die Geier verstummen ließ. Feindselig glotzte er den anderen an.

«Hauptmann Dr. Stüttgen, Regiment 1056, 89. Division. Bin der leitende Arzt in diesem Abschnitt», sagte er zu Geier, aber auch zu mir. Dann: «Stehen Sie auf, Herr Oberleutnant, Sie müssen mir helfen. Der Himmel schickt Sie.»

Als ich herantrat, sah ich in der Nacht des Hürtgenwaldes die Armbinde mit dem Roten Kreuz des Sanitätsoffiziers an seiner Uniform. Ich glaube, ich habe nie etwas Schöneres gesehen.

Dr. Stüttgen gab Anweisung an die ihn begleitenden fünf Sanitäter, sich um unsere Verletzten zu kümmern. Geier befahl er, mit seinen Leuten dafür zu sorgen, dass alles regulär verlief und die Amerikaner, also wir, nicht auf die Idee kämen, irgendwelchen Unsinn zu machen. Er sollte sie bewachen. Sie waren wertvolle Geiseln.

Mit dieser Darstellung, psychologisch recht geschickt, fand sich der Wachtmeister schließlich klaglos ab.

«Und Sie, Herr Oberleutnant, kommen jetzt gleich mit mir.»

Ich gehorchte.

Der Hauptmann mochte nicht viel älter sein als ich, vielleicht ein, zwei Jahre, aber was für ein Autoritätsunterschied war da zwischen uns. Natürlich, er war Arzt, hatte also schon ein anspruchsvolles Studium hinter sich gebracht, Medizin, die Lehre vom menschlichen Körper, seiner Krankheiten und Verletzungen und wie man diese diagnostizierte, behandelte und womöglich heilte. Er war mit diesem Studium in den Krieg des Deutschen Reichs gegen nahezu alle seine Nachbarländer und noch darüber hinaus gezogen, gezogen worden, er war ein Mitglied der erst erobernden, dann dagegenhaltenden, schließlich – jetzt – mit letzter Kraft sich verteidigenden großen Armee, der in der Militärgeschichte einzigartigen Wehrmacht. Und er war ein Träger, das sah ich erst relativ spät, als wir schon fast am Ziel waren, des Eisernen Kreuzes, des Ordens, der seit den Zeiten der Hohenzoller'schen Kaiser verliehen wurde; ein Tapferkeitsorden, den nur bekam, wer wirklich im Feld gestanden hatte. Man trug ein Band im Knopfloch, das seinen Besitz anzeigte.

Was war ich schon mit meiner Geheimdienstausbildung und meiner Schreibtischerfahrung als Propaganda-Offizier gegen diesen räuberbärtigen, hochgewachsenen, bis zur Magerkeit schlanken Mann, der weder Stahlhelm noch Offiziersmütze, sondern die Schiebermütze der Sanitäter trug und der nun so schnell den enorm steilen Weg durch den Wald hinunter zur Kall nahm, dass ich kaum mithalten konnte?

«Unten bei der Mestrenger Mühle, sowohl am Pfad und in der Nähe des improvisierten US-Verbandsplatzes als auch auf unserer Seite des Tals, da haben wir die größten Schwierigkeiten, unsere Verletzten zu bergen. In den letzten Stunden haben wir es mehrfach versucht, aber die Amis, also Sie, 'tschuldigung, schießen ja wie wild.»

«Die haben bestimmt die Rotkreuzzeichen in der Dunkelheit nicht gesehen», sagte ich.

«Das denke ich auch. Die Leute sind alle mitgenommen, die Verluste waren sehr hoch. Es sieht ziemlich schlimm aus, da unten. Besonders für Ihre Männer. Es ist bis jetzt auch noch niemand vom US-Sanitätspersonal erschienen, der versucht hätte, sie zu bergen. Unsere Kräfte haben das Tal abgeriegelt.»

Der Geruch nach faulem Fleisch und verkokeltem Holz, verbrannter Erde, explodiertem Sprengstoff und verschossenem Pulver wehte uns schon längere Zeit entgegen. Der Wald war vollkommen zerschossen, in eine Milliarde tödlicher Splitter zerborsten, die Stümpfe ragten kohlschwarz und verbrannt in die Nacht, wie von gigantischen Insekten abgefressen.

Wir erreichten das Schlachtfeld, das sich über einen Teil des extrem steilen waldigen Abhangs und das schmale Tal der Kall erstreckte, nicht weit von der Stelle, wo Van Seneca und ich das erste Mal hochgelaufen waren. Am Rande blieben wir stehen, um nicht von der einen oder anderen Seite beschossen zu werden. Es war noch zu dunkel, um alles genau ausmachen zu können, aber das musste man auch nicht. Man hörte es.

Ich schwöre, niemals etwas Schaurigeres wahrgenommen zu haben als die Hunderte Stimmen der Verletzten, die zwischen den zerfetzten Baumstämmen lagen, in Granattrichtern oder auf dem verbrannten Erdboden und die um Hilfe flehten, winselten oder mit kaum verständlichen Worten wehklagten. Erst hörte es sich für mich an wie ein seltsames und unheimliches Windsäuseln, aber dann begriff ich, dass dieser Wind aus einem Chor des Leidens bestand, aus den Stimmen geschundener Körper, gequälter Seelen, die ein böses Geschick ins Inferno dieses Waldes geschickt hatte, junge Kerle und alte Haudegen, Deutsche und Amerikaner nebeneinander. Kopf an Kopf. Die Frontlinien hatten sich während des Gemetzels derart ineinandergefressen, sich ineinander verschlungen, dass etwas Drittes entstanden war, ein entsetzliches gemeinsames Leidensfeld, ein Bürger- und Bruderkrieg.

«Gott», sagte ich mit gebrochener Stimme zum Doktor, «was sollen wir bloß tun?»

«Ich kann leider nicht besonders gut Englisch», sagte er, «deswegen ist es auch so ein Glück, dass Sie da sind! Wir beide gehen jetzt dort weiter diesen Weg hinab an die Steinbrücke, über die Kall, mit dieser Rotkreuzfahne hier, auch wenn die wahrscheinlich keiner so richtig sieht. Aber Sie sprechen Englisch. Wir müssen einen Waffenstillstand erreichen. Kommen Sie, die Zeit drängt. Und passen Sie auf, dass Sie nicht aus Versehen auf eine Mine treten!»

Seine Sachlichkeit und sein Überblick mochten den Eindruck erwecken, als lasse ihn der Schrecken um uns herum fast kalt. Aber um die hier erst zu erahnenden Schrecken aushalten zu können, brauchte er jene Unberührbarkeit. Er ging mir voraus, schlüpfte zwischen den Bäumen und Stümpfen hindurch, bis wir nach dem letzten, sehr steilen Stück endlich an die Kallbrücke kamen.

«Hallo, Leute», rief ich, so laut und deutlich ich konnte, «nicht schießen, ich bin Amerikaner.»

Ich konnte sie kaum erkennen. Sie kauerten hinter ihren Gewehren und fragten mich mit zitternder Stimme nach dem Passwort. Diesmal wusste ich es: «Honeymoon.»

«Ich habe eine wichtige Botschaft von den Deutschen. Wegen der Verletzten. Ich muss den Colonel sprechen.»

«Es gibt im Augenblick nur einen Major. Der alte Colonel wurde abgelöst. Der neue ist noch nicht da.»

«Dann holt den Major, bitte.» Hätte man mit Kindern gesprochen, es wäre wohl nicht viel anders gewesen. Immerhin waren sie schnell. Keine zwanzig Minuten später standen wir vor dem Major.

«Wie kommen Sie dazu, für einen deutschen Offizier den Dolmetscher zu spielen, Oberleutnant?» war seine erste Frage.

«Das ist eine längere Geschichte, Sir. Ich war mit einem Sanitätstrupp von Kommerscheidt unterwegs, wir wurden von einer deutschen Patrouille gestellt …»

«Soll das heißen, Herr Oberleutnant, dass ich also gerade mit einem Gefangenen der Deutschen spreche?»

«Was sagt er denn genau? Hab ich da irgendwas von Gefängnis gehört?», schaltete sich nun Hauptmann Stüttgen ein. «Um was geht es denn jetzt hier?»

«Protokollfragen», seufzte ich.

«Sagen Sie dem Major bitte, dass uns die Zeit davonläuft. Solche Details sind nicht wichtig. Hier dürften so an die zwei- bis dreihundert Mann herumliegen, die ich nicht versorgen kann, solange geschossen wird. Mein Oberst gibt mir Rückendeckung für einen Waffenstillstand. Alles andere ist jetzt unwichtig.»

Ich übersetzte alles, mit so dringlichen Formulierungen wie nur möglich und so präzise ich konnte.

«Wieso ist sein Regimentskommandeur nicht erschienen, dieser Oberst Rösler?», ließ der Major mich übersetzen.

«Oberst Rösler ist eingeweiht und steht vollkommen hinter mir, ist aber an anderen Teilen unseres Frontabschnitts eingespannt», erwiderte Doktor Stüttgen. Er lernte gerade etwas kennen, das Ausländer immer nicht erwarten: den ausgeprägten amerikanischen Sinn für Bürokratie.

«Ich weiß nicht», sagte der Major schließlich leise zu mir, «keine Ahnung, was die eigentlich vorhaben. Was denken Sie, Oberleutnant?»

«Ich denke, wir haben keine Wahl, sondern müssen unbedingt in den Waffenstillstand einwilligen.»

«Das ist eine große Entscheidung für ein kleines Licht», murmelte der Major, Shakespeare oder irgendeinen anderen zitierend.

«Was soll ich ihm also sagen?»

«Er soll mir einen Grund nennen, warum ich ihm trauen soll. Waffenstillstand? Nach all dem, was die letzten Tage von deutscher Seite kam? Und jetzt will er unsere Verletzten retten? Glaube ich einfach nicht. Kaufe ich ihm nicht ab.»

Ich drehte mich zu Stüttgen. Ich war ratlos, und langsam wurde ich selber wütend.

«Er verlangt eine Garantie.»

Stüttgen überlegte einen Moment, dann packte er einfach die Hand des Majors und sagte mit einem mächtigen Jerry-Akzent:

«Täeick mei händ! Eimer Dockter.»

Er schüttelte ihm die Hand mit aller Kraft, und vielleicht murmelte er einen magischen Düsseldorfer Medizinmannspruch, jedenfalls geschah etwas, das dem amerikanischen Major eingab, dem deutschen Doktor von jetzt an zu vertrauen. Die verzweifelte Lage unserer eigenen Verletzten war ihm klar. Militärisch gesehen konnte er nichts anderes mehr erreichen als nur noch einen möglichst verlustfreien Rückzug aus dem Kalltall, der würde sich aber hinziehen.

«Sir», sagte ich, wie ein Collegestipendiat, der den Trainer seiner Mannschaft anfleht, ihm noch eine Chance zu geben. «Unversorgt sterben die Leute, jede Minute, jede Stunde.» Er dachte nach, ging in sich. Ich hörte, wie er tief aufseufzte und schließlich den Handschlag des Arztes erwiderte.

«Okay. Ei sawge yes, Hairdockter», gab sich der Major Mühe.

«Jessöä! Tänk ju somatsch.»

Dann hatten sie ihre Folklore ausgetauscht, und der Major wandte sich wieder auf Englisch zu mir:

«Also gut. Der Waffenstillstand gilt ab sofort, vierhundertfünfundzwanzig Uhr bis null Uhr. Dann sehen wir weiter. Sie, Herr Oberleutnant, bleiben beim Doktor und melden sich morgen früh bei mir, verstanden?»

«Ja, Sir. Danke.»

Was sich uns dann, als wir schließlich das Kampfgebiet der Schlacht um die Kallbrücke herum betreten konnten, langsam zeigte, war aufwühlend und todtraurig zugleich. Die schwere Artillerie beider Seiten hatte hineingeschossen, Panzer, Panzerabwehrkanonen, Panzerfäuste, Bazookas, Maschinengewehre, Handgranaten, Gewehre, Pistolen waren abgefeuert worden. Schließlich der Kampf Mann gegen Mann, mit dem Messer. Mit bloßen Händen. Jeder hatte gekämpft, umgeben von Nacht, Waldnebel, Ruß, Rauch, den dampfenden Gedärmen und abgerissenen Gliedmaßen gefallener Kameraden. Jeder für sich allein. Wurde verletzt, blieb liegen. Und begann, nach Hilfe zu rufen, so gut er noch konnte. *Help me!*, klagten die Bergarbeiter aus Centralia und *Hilfe, bitte*, die Grundschullehrer aus Düren. Als die Sonne aufging, zeigte sich das ganze Ausmaß des Schreckens, die unzähligen Verwundeten und Verletzten – jeder einzelne ein Bild des Jammers. Den Doktor schien das alles gar nicht zu berühren, er stürzte sich in die Arbeit, aber ich musste mich schwerst zusammenreißen, um nicht dauernd in Tränen auszubrechen oder mich zu übergeben. Oder einfach wegzurennen. Jedes denkbare Körperteil lag hier, von seinem Besitzer getrennt, zwischen Blechdosen und blutigen Helmen. Da war ein Arm in feldgrauer Wehrmachtsuniform, die Finger in den Erdboden gekrallt, als wollte er noch ein Stückchen weiterkriechen, aber der ansonsten unversehrte uniformierte Arm endete einfach dort, wo das Schultergelenk gewesen wäre. Und nirgendwo in der Nähe lag jemand, dem ein Arm abgerissen war. Jeder war auf spezielle Weise so verletzt, dass selbst ein loser Arm zu einer eigenen Persönlichkeit wurde – an die ich mich nach fünfundzwanzig Jahren plötzlich wieder erinnerte.

Ich war eigentlich ganz gut im Vergessen, oder vielleicht eher im Verdrängen. Aber dann hatte ich ein Erlebnis der besonderen Art im Urwald von Lai Khee, danach den Giftunfall, der mir die Haut ruinierte, und wurde zu Snakeman – und Snakeman hat sich schließlich wieder erinnert, an den Hürtgenwald, an die Schlacht um Schmidt, den abgerissenen Arm in grauem Stoff und an den *German Doctor*. So nannten unsere Sanitäter Hauptmann Stüttgen.

Wir bauten ihm aus losen Planen ein Behandlungszelt, auf das unentwegt der Regen fiel, und unsere wie die deutschen Sanis brachten ihm an Schwerverletzten, soviel sie nur schleppen konnten. Stüttgen führte eine Not-OP nach der anderen durch, holte Splitter aus Schädeln, stillte Blutungen, band Adern ab, nähte. Amputierte sogar. Desinfizierte. Er kümmerte sich um die Zuteilung von Morphium, und die Sanitäter schrieben die Dosis dem jeweiligen Verletzten auf die Stirn. Wenn sie versorgt waren, dann wurden die Verarzteten auf ihre Seite zurückgeschleppt, wurden wieder Deutsche und Amerikaner, nachdem sie gerade noch einfach nur die Patienten des German Doctor gewesen waren. Ich folgte ihm auf Schritt und Tritt, half, so gut ich konnte, und übersetzte den Amerikanern seine Trostworte, bevor es für sie wieder in den Regen hinausging.

«You will live! Don't worry! I promise you: Everything will be good!»

Schon recht bald, nachdem es hell geworden war, hatten andernorts, im Norden, wieder schwere Gefechte eingesetzt. Ich vermutete und hatte auch recht damit, dass sie vom Kampf um Vossenack herrührten. Der Armeechef in Spa hatte angeordnet, Vossenack dürfe auf keinen Fall aufgegeben werden, aber die Wehrmacht war gerade dabei, Vossenack zurückzuerobern. Vor allem die Kämpfe unmittelbar um und sogar in der Dorfkirche waren unvorstellbar und auch unheimlich. Seltsame Gerüchte kursierten darüber, bis heute.

Doch während an anderen Stellen im Hürtgenwald der Kampf tobte, wurden im improvisierten Lazarett des Dr. Stüttgen Innereien wieder in Bauchhöhlen zurückgedrückt, verletzte Augen verbunden, Brüche geschient und nebenher vom Chefarzt ein knappes Dutzend Sanis beider Armeen dirigiert. Die letzten Medikamente, Verbandszeug und Material gingen dabei drauf. Mitten in einer der schrecklichsten Schlachten gab es einen Raum der Menschlichkeit. Einen ganzen Tag und eine ganze Nacht lang. Und der German Doctor schaffte es, noch einen weiteren Tag herauszuhandeln.

Am Nachmittag fand ich, an einen angekokelten Baumstumpf gelehnt, etwas Schlaf. Kippte einfach weg, und als ich wieder aufwachte, war es schon wieder Nacht. Der Regen tropfte mir aufs Gesicht, aber irgendwer hatte eine filzige Wehrmachtsdecke über mich gelegt. Noch immer waren die fernen Kampfgeräusche aus Vossenack zu hören.

Als ich aufstand, fühlte ich zum ersten Mal seit einigen Tagen, dass die Entzugserscheinungen des Pervitin vergangen waren; die Anstrengungen hatten meine Qualen weggebrannt. Ein großes Gefühl erfüllte mich – von Heilung, von Gesundheit und Erleichterung. Der Chor der Leidenden war verstummt, ihr Tränenstrom war gestillt worden. Sanis brachten die letzten in Sicherheit.

Im Behandlungszelt brannte Licht. Dr. Stüttgen saß auf einer Art aufklappbarem Jägersitz, hatte sich offenbar gerade die Hände gewaschen und deshalb trotz der Kälte die Hemdsärmel noch aufgekrempelt. Er versuchte, ein klobiges, hölzernes Pfeifchen zu entzünden, aber die Streichhölzer waren feucht. Ich zog mein Zippo aus der Tasche, ließ es aufschnappen und reichte es ihm. Er hielt die Pfeife ganz schräg über die Flamme, was komisch aussah, produzierte ein paar angenehm duftende Wölkchen und strahlte über das ganze, bärtige Gesicht. Er schmauchte ein paar selige Züge. Ach, diese Tabakraucher … alles Romantiker.

«Oberleutnant Glueck», sagte er dann, «diese Schlacht ist geschlagen. Wird Zeit für Sie zu gehen, Sie alter Kölner. Ja, da staunen Sie, das höre ich hundert Meter gegen den Wind.»

«Meinen kölschen Akzent? Echt?»

«Ja, und wie.»

«Stammt von meinem Opa.»

Ich denke nicht, dass mir irgendjemand sonst, auch noch ohne es zu ahnen, jemals so ein schönes Kompliment gemacht hatte. Ich hätte ihn umarmen mögen. Aber das ging natürlich nicht.

«Überhaupt danke … was Sie hier getan haben, Herr Doktor. Großartig. Mit jemandem wie Ihnen kann man nicht untergehen. Ich verspreche Ihnen, bei allem, was ich habe und bin, was ich liebe und schätze, dass die Welt von Ihnen erfahren wird. Sie sind ein wahrer Held, Herr Hauptmann.»

«Ach was, ich tue nur meine Pflicht. Wie Sie auch. War mir eine Ehre, Herr Oberleutnant.»

Wir gaben uns die Hand.

Und dann machte ich mich auf den weiten Weg hinter die sichere amerikanische Linie.

Im Divisionshauptquartier lag ein Marschbefehl für mich. Ich war seit beinahe zwei Wochen vom Radar verschwunden und längst überfällig. Major Ganz wollte mich *sofort* sehen.

Die genauen Schilderungen meiner Rückreise erspare ich mir. Sagen wir einfach, ich trieb mit den vernichtend geschlagenen Truppen der 28. Division zurück. Gut sechzig Jahre nach ihrer Gründung hatte sie sich eingereiht in die Galerie der Besiegten, auf jene andere Seite der Militärgeschichte, über die man nicht so viel liest. Nun war sie in der Schlacht neu getauft worden: Bluteimer-Division.

Jeder, der noch lebte, hatte Freunde verloren, deren Leichname steifgefroren in den zerstörten Wäldern der Nordeifel lagen. Aber dennoch war er selbst noch da. Horror, Dankbarkeit und Scham erfüllte die meisten gleichermaßen, Schmerz und doch auch leise, bittere Freude, überlebt zu haben. So hockten wir auf den Lastwagen, die uns zurückbrachten. Mir selbst ging es noch gut im Vergleich zu vielen anderen, ich war, bis auf die Verletzung an der Stirn, körperlich so weit unbeschädigt geblieben. Und mir half, dass ich ein klares Ziel vor Augen hatte: meinen Schreibtisch in London.

In Luxemburg bekam ich ein Flugzeug nach Paris und dort bald das nächste, so dauerte es nur zwei Tage, bis ich wieder in London war, und ich musste nicht mal mit dem Fallschirm abspringen. Ich suchte mir am Flughafen ein

Taxi, eine Rostlaube mit einem uralten, einäugigen Fahrer. Ich wollte direkt zum Grosvenor Square.

«Can you Adam and Eve it, dass Garden Gate die Großkitsch geschlossen hat?», sagte er beim Losfahren und fluchte noch unverständlicher hinterher. Ich lehnte mich zurück und schlief sofort ein. Ein einäugiger Cockneysprecher, der so alt geworden war, würde mich gewiss sicher durch die von den Bombardierungen verwüsteten Straßen Londons und seinen Nebel bringen.

Eine Stunde später stand ich tatsächlich am alten Eingang von Sykewar. Drinnen herrschte die für die Propagandazentrale der US-Armee typische Hektik. Es war wie ein Wiedereintritt in eine andere, strahlend weiße Welt der Moderne. Ein Raumschiff.

Max Feigenmann vom gegenüberliegenden Schreibtisch hockte da wie eh und je, tippte versessen an einer Meldung über ein Yehudi-Menuhin-Konzert, winkte mir zu und versenkte sich dann sofort wieder hinter seiner Tastatur. Er schien gar nicht bemerkt zu haben, dass ich weg gewesen war.

Ich hob die Abdeckung von meiner Schreibmaschine und formulierte einen kurzen Brief und ein Telegramm an meine Mutter, sie solle sich keine Sorgen machen. Das zu schreiben tat wirklich gut. Ich verfasste dann einen kurzen Bericht über die Entdeckung der Talsperren hinter Schmidt, den ich mit Spezialbeförderung an das Hauptquartier von General Cota gehen ließ. An das Divisionshauptquartier der 28. Division schrieb ich eine Vermissten- und Suchanzeige für Van Seneca und bat um Auskunft über seinen Verbleib, in einer dienstlichen Angelegenheit. Ich schrieb an Nina in Paris, nur kurz und ziemlich unsicher, ob sie der Brief unter der Adresse *Etablissement Madame Helene*, Rue de Provence, wirklich erreichen würde. Und dann rief ich Esther in der

BBC an, die aus allen Wolken fiel, sich als anständiges London-Girl aber bereit erklärte, am nächsten Abend mit mir auf ein – rein freundschaftliches – Bier zu gehen.

«Ich hab dir frische Zwiebeln aus Paris mitgebracht», verriet ich ihr am Telefon ganz stolz, auch ein wenig, um sicherzugehen, dass sie wirklich kam.

Während all dessen versuchte ich unablässig, Kontakt mit Hemingway aufzunehmen, der jetzt, so schien es, zwischen Zweifall und dem belgischen Buchet pendelte und schon längere Zeit nicht mehr im Ritz abgestiegen war.

Ich war als Korrespondent, als News-Agent, als Scout in den Hürtgenwald gegangen, weil wir nach einem geeigneten Stoff für ihn gesucht hatten, den Stoff, der den Meister aus seiner Krise bringen würde, aber für mich war daraus bitterer Ernst geworden. Ein höherer Auftrag. Denn wenn es jemanden gab, der die Hölle im Hürtgenwald hätte beschreiben können, dann er. Wenn Hemingway darüber berichten würde, vielleicht in der *New York Times*, würde die amerikanische Öffentlichkeit diesem Desaster schnell ein Ende machen.

Die Art und Weise, wie wir dort unsere eigenen Leute verheizten, war höchst fragwürdig, einer demokratischen Armee unwürdig. Unterschieden wir uns hier denn noch so sehr von den Nazis? Waren wir nicht schon genauso zynisch wie die Stalinisten in Spanien, über die Hem geschrieben hatte?

Die Jugend Amerikas brachte eine enorme Opferbereitschaft auf, um die Welt vom Faschismus zu befreien. Das vor allem anderen hätte die Generäle äußerst skrupulös im Umgang mit deren Leben handeln lassen müssen. Aber soviel man hörte, zogen unsere Generäle nach dem Desaster der Allerseelenschlacht schon wieder frische Truppen am Hürtgenwald zusammen, darunter diesmal auch die komplette 4. Division, zu der das Regiment von Hemingways Freund Colonel Lanham gehörte, und ja auch Salinger und sein Freund Werner. Hemingway wäre hautnah dabei, wie auch die 4. Division untergehen würde, wenn er nichts unternähme.

Das alles schilderte ich ihm bei einem etwa fünfminütigen Telefonat so eindrücklich, wie ich konnte. Im Hintergrund hörte ich die Stimmen gutgelaunter Männer. Er war im Regimentshauptquartier bei seinem Kumpel Lanham.

«Werde Buck nachher sofort fragen, wann es losgeht», sagte Papa mit entschlossenem Tonfall und zugleich mit einer Harmlosigkeit, als ob man morgen früh zur Entenjagd aufbrechen würde. Dabei hätten wir ihn so dringend gebraucht!

«Buck hat sogar schon erwähnt, dass die Division bald in den Hürtgenwald verlegt wird.»

«Ich kann dir leider dort niemanden nennen, der dir helfen könnte, Papa. Alle, die ich kannte, sind tot.»

Er machte eine kurze Pause, und in diesem – von den Stimmen dort und den bei mir aus dem Redaktionsbüro in die Telefonzelle drängenden Geräuschen angefüllten – Moment glaubte ich zu spüren, wie ein Funke der Inspiration auf den Meister übersprang, es war wie ein stummes Gebet an einen hilfswilligen Dämon, einen katholischen Heiligen oder antiken Halbgott, die Botschaft zu überbringen. Aber ich hatte mich getäuscht.

«Das ist alles sehr ernst. Eine große Aufgabe, zweifellos. Freue mich, wenn wir uns wiedersehen, Lucky. Werde dir schreiben. Meld dich, Junge.»

Das Gespräch schmerzte mich nicht wenig, denn ich spürte, dass Hems Kräfte in der Zeit meines Recherchetrips nicht stärker, sondern eher schwächer geworden waren. Doch ich konnte ihm nicht helfen. So setzte ich mich schließlich an meinen Schreibtisch, krempelte die Ärmel hoch, legte mein Kriegstagebuch neben mich und verabschiedete mich von den Kollegen, die nach Hause gingen und mir viel Glück wünschten.

Ich hatte eine Kanne dünnen schwarzen Tees neben mir stehen, schlug das Tagebuch auf, las die ersten Zeilen, die ich vor drei Monaten im *Großen Jäger* in Rambouillet geschrieben hatte, blätterte darin herum. Mein erster Fallschirmsprung. Verschlammte französische Straßen. Weißwein zum Frühstück. Die Befreiung von Paris …

Dann klappte ich meine Aufzeichnungen zu. Ich würde für *Sternenbanner* ja keinen Roman schreiben, sondern eine mitreißende Reportage. Major Ganz hatte sich eine positive Story über Hemingway an der Front gewünscht. Das würde es nun nicht werden. Aber entscheidend war doch, dass ich eine große Geschichte mit Sinn und Tiefe schrieb, über einen wahren Helden, der die deutsche Jugend und alle anderen von den Nazis verführten Deutschen aufbauen würde. Eine Vorbildgeschichte, die die Leser bestärkte und ermutigte, während des unvermeidlichen Untergangs des Hitler-Regimes nach Kategorien des Völkerrechts und der Menschlichkeit zu handeln. Seid gut zu verletzten Amerikanern. Und ja, auch eine Geschichte, die Hoffnung machen sollte auf ein gutes zukünftiges Miteinander.

Der Arzt vom Hürtgenwald

So hieß sie in meinem Kopf schon die ganze Zeit, und mit diesem Titel gab ich sie ab, nachdem ich sie auf die passende Länge gekürzt, mehrfach korrigiert und dann noch einmal sauber neu getippt hatte. Major Ganz persönlich würde sie lesen. Ich fand sie perfekt für die Seite drei, ganzseitig, vor allem jetzt, wo es auf Weihnachten zuging. Ein richtiges Meisterwerk.

Nachdem ich die Story abgegeben hatte, bat ich Max Feigenmann, mich rechtzeitig zu wecken, und schlief ein paar Stunden mit dem Kopf auf den Armen an meinem Schreibtisch. Nichts gleicht dem Redaktionsschlaf, wenn es einem gelungen ist, einen Artikel entgegen allen Erwartungen rechtzeitig und zur eigenen Zufriedenheit fertigzubekommen. Dieses Gefühl, etwas Gutes geschaffen zu haben, was es vorher einfach nicht gegeben hat, ist beim Schreiben das Schönste. Und der Schlaf danach so unschuldig und rein wie kein anderer.

Ich träumte wirr und verwinkelt, ging den Formulierungen meiner Reportage nach, sah mich zwischen Erinnerungen aus der Schlacht, steilen Eifelhängen, die zu Wörtern und Sätzen wurden. Eine ganze Weile träumte ich wie besessen von meinem Zippo, das ich Hauptmann Stüttgen gelassen hatte. Immer wieder ließ er es grinsend aufschnappen und sagte dazu: «Ich tue hier nur meine Pflicht. So wie Sie!»

Kurz nach elf weckte mich Max mit einem entschiedenen Rütteln an meiner Schulter.

«John», sagte er ungeduldig und immer wieder, «John, wach auf, mein Lieber», und als ich die Augen blinzelnd öffnete, drückte er mir einen Becher heißen Ersatzkaffees ohne Milch in die Hand und fing sofort an:

«Kennst du den: Ruben und Schlomo sitzen im Restaurant und bestellen eine sehr teure Ananas. Schlomo teilt sie, es kommen zwei recht ungleiche Stücke heraus, und Schlomo nimmt sich sofort das größere. ‹Pfui›, sagt Ruben, ‹wenn ich zwei so ungleiche Stücke gemacht hätte, hätte ich mir das kleinere genommen.› – ‹Nun also, was willst du denn?›, meint Schlomo achselzuckend. ‹Das hast du jetzt ja auch.›»

Max ließ keine Pause zum Lachen nach dem Witz und setzte sofort nach: «Komm schon, John. Die Konferenz. Es ist so weit. *Wem die Stunde schlägt*, oder?»

Ich spritzte mir am Waschbecken Wasser ins Gesicht, und dann gingen wir zusammen in die Konferenz, dem täglichen Großereignis jeder Zeitungsredaktion. Vielleicht kam es mir auch nur so vor, dass ich von meinen Kollegen mit anerkennenden Blicken bedacht wurde. Korrespondenten und Leute, die draußen und auch an der Front unterwegs waren, gab es bei Sykewar einige; aber es hatte sich rumgesprochen, dass ich monatelang mit Papa Hemingway an der Siegfriedlinie gewesen und nun zurückgekehrt war, die ganze Nacht geschrieben und meine Geschichte heute Morgen abgeliefert hatte. Alle schienen sich Großes zu erwarten. Ich fühlte mich wie ein Boxer, der selbstgewiss die Halle betritt und dem sie auf die Schulter klopfen, während er auf den Ring zutänzelt, weil sie alle einmal den zukünftigen Sieger berühren wollen.

Während der Konferenz verlor Major Ganz kein Wort über meine Reportage und kündigte sie auch nicht an. Tausend Sachen wurden angesprochen. Aber nicht mein *Arzt vom Hürtgenwald*. Nach der Konferenz hieß der Major mich zu bleiben und legte, als wir alleine waren, die säuberlich getippten Blätter mit meiner Geschichte vor sich hin. Es gab Anstreichungen, er hatte sie also doch gelesen. Er stellte zwei Gläser auf den Tisch und schenkte uns beiden einen Brandy ein.

«Was haben Sie denn da für eine fürchterliche Narbe an der Stirn, John? Leicht entzündet, würd ich sagen. Wie ist das passiert?», fragte er in fast großväterlichem Tonfall.

«Zweikampf mit einem Landser, Sir.»

«Unfasslich. Ich werde Sie für einen Bronze-Star vorschlagen. Besser noch Silber.»

«Danke, aber darf ich fragen, Sir: Wann bringt *Sternenbanner* meine Geschichte?»

«John.» Major Ganz nippte am Whisky und bleckte sein gelbliches Gebiss mit den ungewöhnlich langen Zähnen, «Ihr Text ist wirklich fabelhaft, sehr gut geschrieben. Das Beste, was ich seit langem gelesen habe …»

«Aber …?», meine Enttäuschung sickerte durch meine Stimme wie Hochwasser durch einen brüchigen Damm.

«Sehen Sie, John: Sie stehen stark unter den Eindrücken Ihrer Fronterfahrung. Eine wirklich harte Story. Sehr kritisch.»

«Mit keinem Wort kritisiere ich unsere Führung!»

«Natürlich, nicht direkt. Aber diese Szene da mit den randvoll mit Särgen beladenen Lastwagen zum Beispiel. Sie beklagen den Mangel an Information. Sie beschreiben das alles so, als hätten sich unsere Soldaten dort, allein gelassen von der Führung, in einer Art von Märchen-Horrorwald voller Ungeheuer verlaufen.»

«Aber genau so war es auch.»

«Oh ja, sicher. Und zum Glück gab es dann den deutschen Arzt, der alle gerettet hat.»

«Den Mann habe ich mir nicht ausgedacht. Er hat Hunderten von Männern das Leben gerettet.»

«Ich verstehe Sie vollkommen, John. Und mein Lob für

Ihren Text ist ehrlich gemeint. Eine sehr spannende, bewegende Reportage. Aber Sie lassen uns echt schlecht aussehen, John, das geht doch nicht. Und es ist jetzt einfach nicht die Zeit für deutsche Helden, glauben Sie mir.»

Er leerte sein Glas und beugte sich zu mir her. Er sprach in seiner seriösesten, sanftesten, gleichzeitig autoritärsten Stimme weiter. Psychoanalytische Dominanz.

«Ich weiß, wie sehr Sie die Deutschen und die deutsche Kultur lieben, John. Mir geht es doch genauso. Sie wissen, ich bin in Österreich aufgewachsen, und meine Mutter stammte aus Wiesbaden. Über die Handlungen des großdeutschen Staates wird aber bald noch Einiges ans Licht kommen. Einiges, mit dem wir uns beschäftigen werden müssen, John.»

Seine Stimme war mit einem Mal ganz niedergeschlagen und bleischwer.

«Ich habe oben bei mir ein geheimes Dossier, darf nicht aus meinem Büro. Ein Bericht über deutsche Vernichtungslager, vor allem in Osteuropa. Ja, Sie haben richtig gehört: Vernichtung. Lesen Sie sich das durch, und dann werden Sie sehen, dass ich recht habe. Da oben bei mir liegt übrigens auch Ihre Beförderung zum Captain, die Sie mir bitte gegenzeichnen. Und dann gibt es da auch noch ein neues Projekt, über das ich gerne mit Ihnen sprechen möchte. Es gibt so viel zu tun. Unser Krieg für die Freiheit hat doch gerade erst begonnen.»

Fünfter Teil

AUGUST 1971

Der Prozess gegen mich wird in gut zwei Wochen eröffnet, direkt nach der Sommerpause. Der ehrenwerte Richter heißt MacMillan. Bei der Gelegenheit dieser Mitteilung nahm mir Direktor Hunerwadel die letzten Seiten meines Manuskripts ab, um sie augenblicklich nach Jefferson City zu schicken. Die Staatsanwältin will weiterlesen.

Es war dies das vierte Mal, dass mich das geltende Recht des missourischen Strafvollzugs enteignet hat, und ich fühle mich wegen dieser Wiederholung keineswegs besser. An Vergewaltigung kann man sich nicht gewöhnen und an Entmündigung auch nicht. Man kann vielleicht lernen, seine Gefühle dabei zu verbergen, das ist aber auch schon alles.

Ich frage mich, ob ich mein Manuskript jemals wiedersehen werde, und der Gedanke daran, dass vielleicht alles verloren ist, löst eine meteoritenregenartige Empfindungspanik in mir aus. Verzweiflung, Wut und physische Energie kommen wie in einem Strudel chaotischer Kräfte zusammen. Und es beginnt zu jucken. Ich möchte mich vor Wut und Selbsthass zerreißen. Bei den Grimms hatte eine ganz schreckliche Figur genau diese Eigenschaften: das Rumpelstilzchen. Ein böser Zwerg, der der Müllerstochter verrät, wie man Stroh zu Gold spinnt, aber dafür ihr Kind will. Doch als sie seinen Namen ausspricht, zerreißt er sich selbst in der Luft. Zugleich fühle ich mich ausgelaugt und erschöpft, was einem Zornesausbruch entgegensteht. Ich heiß eben nicht R.

Vor zwei Tagen, als ich gerade beim Trainieren war, kam ein Wärter in den Hof. Die Generalstaatsanwältin wolle mich sprechen. Am Telefon in Hunerwadels Büro. Sofort. Aber so schnell geht es dann doch nicht. Ich muss dort warten. Allzu oft werde ich nicht mehr die Gelegenheit haben, mich hier umzusehen, denn nach dem Prozess bin ich entweder ein freier Mann oder werde, vermutlich, in ein Bundesgefängnis überstellt.

Direktor Hunerwadels Schaltzentrale: senfgelb gestrichene Wände, der Teppichboden in verschiedenen Rottönen, ein Muster sich überschneidender Kreise. Auf einem Sideboard steht eine nagelneue Musikanlage mit Tonband von Bang & Olufsen, an die ich mich von meinem letzten Besuch nicht erinnern kann. Eine große Schrankwand erfreut das Auge mit rötlich gebeiztem und hochglänzend lackiertem Furnierholz, das der Wille des Designers eigenwillig rund geformt hat. Nach einer kurzen Betrachtung glaubt man, dass die Regalbretter sich bewegen wie Wellen am Strand. Dahingegen wirkt Hunerwadels ausladender, runder Schreibtisch wie ein Fels in der psychedelischen Brandung.

Weit vorne, ganz rechts, steht *The Muse* auf dem Schreibtisch, jener nervtötende Musikcomputer, der per Reglereinstellungen unterschiedlichste, immer eiskalte Sinustonkompositionen von sich gibt, die man manchmal abends, wenn Hunerwadel länger bleibt, um Akten abzuarbeiten, wie zuletzt, als mehrere Insassen ohne erkennbare Ursachen gestorben sind, ganz leise hören kann. Angeblich, so hatte er mir das erklärt, beeinflusse das steril-synthetische Sinustongejaule die Hirnströme positiv. Dabei klingt es wie aus einem Horrorfilm mit Vincent Price. Diese B-Movies haben ja tatsächlich auch eine entspannende Wirkung.

Dann kommt Hunerwadel schließlich herein, ohne ein Wort zu meiner Warterei. Das ist das Angenehme beim Umgang mit Gefangenen: Verspätungen zählen für sie nichts, man kann sie ruhig warten lassen. Das wichtigste Merkmal ihrer Existenz ist das Ausgeschlossensein vom normalen Leben der Industriegesellschaft, in welchem Zeit eine bedeutende Rolle spielt. Von dieser Bedeutung nichts mehr abzubekommen, das ist die Strafe.

Hunerwadel gibt mir ohne Zögern die Hand, hebt den Hörer ab, sagt: «Durchstellen, bitte», und reicht ihn mir, seine Sekretärin verbindet, und dann fragt mich die Generalstaatsanwältin Caffery, ob ich Lust hätte, ein wenig mit ihr zu plaudern.

«Sie haben es wohl schon mitbekommen, Major: Nicht mehr lange, dann sehen wir uns in des ehrenwerten Richter Macmillans Gerichtssaal.»

«Und was werden Sie da tun? Mein Manuskript vorlesen?»

«Sind Sie etwa sauer auf mich, Major?»

«Sie behandeln mich wie ein Schulkind, das Strafaufsätze schreiben muss. Aber kaum macht es einen Fehler, kommt die böse Lehrerin, zerreißt den Aufsatz und lässt das Kind wieder von vorne anfangen. Warum sollte ich also sauer sein?«

«Ich muss doch wissen, mit wem ich es zu tun habe. Ihre Kriegsgeschichten lesen sich übrigens recht flott. Wie ein Roman über den Zweiten Weltkrieg.»

«Haben Sie mich also angerufen, um mir zu meinem Schreibstil zu gratulieren?»

«Durchaus nicht. Wir hier in der Stadt von Thomas Jefferson sind anständige Pokerer. Ich möchte Ihnen meine Hand entgegenstrecken und einen ehrlichen Deal vorschlagen. Ich will endlich wissen, was Sie noch in petto haben. Dann lasse ich mit mir reden. Aber Sie müssen mir was zeigen. Wir sind hier in Missouri: *You've got to show me.*»

«Meine Anwältin hat mich aber strengstens davor gewarnt, mich mit Ihnen zu unterhalten. Noch dazu über so etwas. Reden Sie mit ihr.»

«Wir sprechen immer noch von Kaetlin Lambert?», fragt die Generalstaatsanwältin, die nachfolgende Pause zu einem schnell heruntergeschlungenen Bissen nutzend.

«Ja, natürlich.»

«Hätte nicht gedacht, dass Sie bei Kat bleiben würden ...» Sie spült mit einem Schluck ihres Getränks nach, wahrscheinlich eiskalte Coca-Cola. Ich kann ihr Wohlbehagen durch das Telefon spüren.

«Hätte gedacht, Sie lassen sich von Ihren Freunden irgendeinen Superanwalt aus Washington einfliegen. Freut mich, wenn wir Südstaatengirls das unter uns ausmachen. Super! Hat Kat mir gar nicht erzählt.»

Ich bin etwas verwirrt.

«Kennen Sie Miss Lambert so gut?»

«Sie ist meine ehemalige Assistentin, früher an der Uni. Gehe bald mal wieder auf 'nen Eistee mit ihr.»

«Das überrascht mich.»

«Oh, ich wollte da keine Zwietracht säen oder irgendwelches Misstrauen schüren. Wir sind ein kleiner Staat. Hier kennt man sich.»

«Natürlich.» Ich bin sehr irritiert.

«Also gut, Major, kein Problem. Ich kontaktiere Anwältin Lambert, und sie wird Ihnen die Problemlage schildern und mein Angebot übermitteln. Und dann können Sie beide zusammen überlegen, ob überhaupt und was Sie darauf antworten wollen. Bitte geben Sie mir jetzt das Direktorchen.»

Hunerwadel nimmt den Telefonhörer entgegen und lauscht ihr ein paar Minuten, sagt zwischendurch nur mal: «Hmja» oder «Sehr gut», dann legt er mit zufriedenem Ausdruck auf. Manchmal macht er auf mich den Eindruck eines Menschen, der sich selbst in einer autarken Beobachterposition sieht, als wäre sein Gefängnis nicht Teil des Systems, sondern ein Orbit der Neutralität. Schade, dass immer wieder ein paar der Insassen draufgehen, aber das lässt sich halt nicht vermeiden.

«Ich habe noch etwas für Sie, Major», sagt er abschließend und schiebt mir eine mindestens zweifingerdicke Ausgabe des *Playboy*-Magazins zu.

«Habe ich Ihnen mitgebracht. Da ist ein sehr langes Interview mit Albert Speer drin.»

«Der *schöne Albert*? Der Rüstungsminister Hitlers?»

«Ja. War das nicht der sogenannte *gute Nazi*?»

«Seit er in Nürnberg behauptet hat, dass er Hitler am liebsten umgebracht hätte, ja.»

«Ich dachte, das würde Sie vielleicht interessieren.»

Das tut es tatsächlich. Sehr sogar. Ich blättere durch das mit schlüpfrigen Cartoons, einer großen Fotostrecke der *Playmates of the Year* der letzten zwölf Jahre (ausschließlich Blondinen, nordisch-skandinavischer Typ) und daneben vor allem Werbeanzeigen für Hi-Fi-Anlagensysteme, Autos, Zigaretten (Menthol-Zigaretten sind scheinbar die Rettung der Tabakindustrie, gesunde Kippen!) und Alkohol gefüllte Heft. Nach einer *Johnny-Walker*-Anzeige steht das Interview:

Albert Speer
Ein erhellendes Gespräch mit dem Nummer-eins-Bestsellerautor, Hitlers engstem Vertrauten und Stellvertreter

«Danke», sage ich, «ich hatte zuletzt tatsächlich nichts mehr zu lesen. Sehr aufmerksam.»

Ich bekomme die Handschellen angelegt, und dann geht es in meine Zelle zurück, wo sie mir wieder abgenommen werden. Ich lege mich aufs Bett und beginne zu lesen. Durchaus neidisch, ich gebe es zu. Speer ist einer von den drei übriggebliebenen Großnazis: *Crazy Heß* sitzt noch in Berlin-Spandau ein, *Baby Doll Schirach* war mit Speer 1966 entlassen worden und fristet irgendwo in der deutschen Provinz sein Leben. Aber der *schöne Albert* hat es jetzt noch zu etwas gebracht. *Nummer-eins-Bestseller-Autor* in den USA!

PLAYBOY:
Nicht alle Kritiker waren von Ihnen und Ihren Erinnerungen begeistert. Gudrun Temple etwa nannte Sie «ebenso brutal, skrupellos und geisteskrank wie Hitler selbst». Was würden Sie solchen Kritikern antworten?

SPEER:
Vielleicht haben diese Kritiker ja recht. Nach allem, was ich getan habe, steht es mir wohl kaum zu, ihnen zu widersprechen.

Rechts eine ganzseitige Remington-Werbung für einen neuen elektrischen Rasierer mit austauschbarem Scherkopf. Das Kabel des Geräts ist so drapiert, dass der Rasierapparat wie ein kleiner Roboter aussieht:

Wenn Sie einen Rasierer haben, dessen Klingen man nicht wechseln kann, sollten Sie vielleicht den Rasierer wechseln.

Ich blättere um, lese das über dreißig Seiten lange, als Bleiwüste gesetzte Speer-Interview – *«das umfangreichste in der Geschichte des Playboy-Magazins!»* – in einem Zug und bin danach so aufgeputscht, dass ich auch noch eine Science-Fiction-Story mit dem Titel *Graue Materie* über irgendwelche von einer großen Maschine in eine Art Fruchtblase gesteckten, körperlosen Seelen in mich hineinfresse. Danach finde ich es sehr schwer einzuschlafen. Der Gefängnisbeton glüht. Ich hätte mir, so aufgewühlt, wie ich bin, ein Schlafmittel besorgen sollen. Später in meinen Träumen geht alles wild durcheinander. Speer und die wunderschönen Mädchen. Meine Aufzeichnungen. Der Prozess. Ich habe Sehnsucht. Keine Ahnung, was ich die nächsten Tage tun soll, bis Kat mich endlich besuchen kommt

Doing Time.

Ich lese den *Playboy* komplett von vorne bis hinten und sehe mir jede Anzeige dreimal an. Nachdenklich stimmt mich die für *Jim Beam*, die mit Orson Welles und seiner Tochter wirbt. Im Sinne von: Trinken bringt die Generationen zusammen. Genau dieses Argument findet sich auch in einem Leserbrief:

Der Hasch rauchende Colonel

Colonel Gerald V. Kehrli (sechsundvierzig Jahre alt, seit siebenundzwanzig Jahren bei der Luftwaffe) wurde für den Gebrauch, Besitz und die Weitergabe von Marihuana zu drei Jahren Gefängnis und 15 000 Dollar Strafe verurteilt. Nach Angaben des Anklägers sagte Colonel Kehrli, er hätte gedacht, Kiffen wäre eine gute Sache, weil es ihm hilft, die Generationenkluft zwischen ihm und seinen Männern zu überbrücken.

Dann rufen die Autoren des Leserbriefs, zwei Sergeants aus San Francisco, die einer Bewegung namens «Proposition of Today» angehören, dazu auf, Unterstützerbriefe an die Luftwaffe zu schreiben, denn für seine Haltung gegenüber der jüngeren Generation verdiene er unbedingt Begnadigung.

Andere Themen der Leserbriefe: Heroin-Legalisierung, mehrere Stimmen zum Thema Ökologie, und schließlich stellt N. B. aus Seattle die vertrauliche Frage: *Stimmt es, dass es nun auch Silikonimplantate für die Vergrößerung des männlichen Penis gibt?* Leserbriefe sind für mich immer das Letzte, was ich in einer Zeitschrift lese.

Ich sehe viel fern im Gemeinschaftsraum: *Apollo 15* startet und landet plangemäß. Es ist die erste Mission mit einem Kunstwerk an Bord, welches anschließend auf dem Mond zurückgelassen wird. Die Aluminium-Skulptur *Der gefallene Astronaut*. Zum Andenken an alle bislang umgekommenen Raumfahrer beider raumfahrenden Nationen: *The Lost Fourteen*.

Ich frage mich, wie lange es dauern wird, bis man Nachbildungen dieser hübschen Arbeit eines belgischen Documenta-Künstlers wird kaufen können. Wäre etwas für Hunerwadels Schreibtisch.

Andere Nachrichten, die das Fernsehen dominieren: die schweren Unruhen in Nordirland und der Beschluss der Regierung in Belfast, Internierungslager einzurichten. Wenn Nordirland so weitermacht, wird es dort bald so zugehen wie in New York. Keine fünf Straßen entfernt von unserem alten Haus in der Bronx brannten Barrikaden, und es gab fünf Tote und viele Schwerverletzte bei einem Straßenkrieg zwischen Schwarzengangs und Latinos. Amerika ist völlig am Ende. Pleite sowieso.

Hauptthema der Nachrichten war genau das. Zahlungsbilanz und Außenhandelsdefizit haben solche Ausmaße angenommen, dass Nixon deshalb gestern den nationalen Notstand ausgerufen hat. Erst wenn «die Ungerechtigkeiten gegenüber Amerika» aufhören, werden die jetzigen Maßnahmen zurückgenommen, als da sind:

1.) zehnprozentige Strafzölle auf Importe

2.) Aufhebung der Golddeckung des Dollar. Amerika wird kein Gold mehr ein- und verkaufen, um das internationale Handelsgeschehen abzusichern. Der Marshallplan und dann auch noch die Rechnungen für die Raumfahrt und für Vietnam zusammen, das war zu viel.

Ich muss daran denken, dass die Preisentwicklung es wollte, dass der *Playboy* genau einen Dollar kostet, und der Dollar von jetzt an selbst nur noch ein Stück Papier ist und nicht länger von Gold, sondern vom Glauben an die unbezwingbare Stärke Amerikas sowie seiner Fähigkeit gedeckt wird, seine Interessen durchzusetzen. Ein Dollar. Ein *Playboy*. Der Präsident betont, dass die USA, um den großen Industriestaaten in Europa und Asien nach Ende des Zweiten Weltkriegs wieder auf die Beine zu helfen und ihre Freiheit zu schützen, hundertdreiundfünfzig Milliarden Dollar Auslandshilfe gewährt haben. Hundertdreiundfünzig Milliarden *Playboy*-Magazine, ein Stapel von eintausendachthundert Kilometern Dicke, denke ich mir. Nun sei der Zeitpunkt gekommen, dass sie ihren fairen Anteil an der Verteidigung der Freiheit überall in der Welt übernähmen.

«Ich bin entschlossen, dafür zu sorgen, dass der amerikanische Dollar nie wieder ein Spielball in den Händen internationaler Spekulanten wird», verkündete Tricky Dick schließlich, das Blatt seiner Rede zitterte leicht in seinen

Händen, weil es ja im Fernsehen war und alle wissen, wie schlecht er im Fernsehen rüberkommt.

Ansonsten gehe ich zweimal am Tag seilspringen, mache hundertzwanzig Liegestütze und verzichte sechsunddreißig Stunden auf feste Nahrung, um abzumagern.

Aber jetzt ist es endlich so weit, die wöchentliche Besuchszeit beginnt, und Kat ist die Erste, die hereinkommt. Dieser bullige Aufseher mit Redneck-Haarschnitt, der stets ein zu kleines Hemd trägt, um noch kräftiger zu wirken, macht ihr die Tür auf, grinst sie schleimig an, geht hinter ihr her und stellt sich in unserer Nähe mit dem Rücken zur Wand. Anmaßend baumeln seine ungewaschenen Schwielenhände auf Höhe seines Geschlechts.

Kat balanciert ein Tablett mit zwei Bechern Kaffee. Der nur dem Nichtraucher vertraute Stinkgeruch einer frisch gerauchten Zigarette umgibt sie deutlich. An ihr rieche ich es sogar gern. Es zeigt ihre Schwäche. Das macht sie – an die ich sinnloserweise so oft denke – menschlich. Sie grüßt fröhlich, und ich spüre, wie mir die Gesichtszüge entgleisen, vor Glück, weil sie eben der einzige Lichtblick ist, der sich mir in den Monaten in Hannibal immer wieder gezeigt hat. Sie war meine Sonne. Das ganze Außerhalb.

Wegen der Hitze trage ich nur ein frisches weißes T-Shirt. Meine von der Hautkrankheit gezeichneten Arme, die besonders um die Ellbogen herum erbärmlich aussehen, sind unbedeckt, aber da sie mich ja schon einige Male besucht hat, scheint sie nicht besonders geschockt zu sein.

Wir trinken beide kleine Schlucke von dem brühheißen Kaffee und machen ein bisschen Smalltalk. Natürlich über das Wetter. Missouri im August ist einfach kaum auszuhalten. Die nächsten Tage seien ja glücklicherweise Gewitter angesagt, da werde es vielleicht ein wenig abkühlen.

«Aber dann», sagt sie und lächelt mich aufmunternd an, «kommen die Mücken. Im September spätestens. Vielleicht haben wir Glück, Major, und Sie sind dann ja schon gar nicht mehr hier», eine knappere Überleitung zu unserem Fall hätte ich mir kaum ausdenken können.

Kat ist heute recht quirlig, holt Notizblock und Schreibzeug heraus, will loslegen. Ich habe überhaupt keine Lust, unser Gespräch damit zu beginnen, sie einer Unaufrichtigkeit zu bezichtigen.

«Okay, John, ich habe einige Fragen. Können wir?»

Die Luft in der Besuchshalle ist zum Schneiden. Wie in einem Gebetsraum hört man von überall die murmelnden, leisen Gespräche der anderen, die mit ihren Frauen, Geliebten, Kindern sprechen und sich die intimsten Dinge zuzuflüstern versuchen, ohne dass jemand mithört.

«Haben Sie die Staatsanwältin getroffen?»

«Ja», sagt Kat, streicht sich ihr Haar hinters Ohr und versucht, es dort irgendwie festzuklemmen, «und es ist ziemlich unglaublich, was sich alles tut.»

«Ach, tatsächlich?»

«Ja, stellen Sie sich vor: Ich durfte endlich Ihre beschlagnahmten Aufzeichnungen einsehen.»

«Was?»

«Ihre Lebenserinnerungen an den Zweiten Weltkrieg, oder wie Sie das nennen wollen. Ich habe sie gelesen. Vollständig. Im Büro der Staatsanwältin.»

Eine schrecklichere Nachricht hätte sie mir gar nicht bringen können. Alle meine Zurüstungen, mein Training, das Abmagern und mein offensiver Stil verpuffen in zwei Sekunden, und ich fühle mich so jämmerlich wie ein Kaninchen vor der Schlange. Oder eine Maus vor der Katze. Lächerlich.

Wie kann ich es vermeiden, ihr die einzige Frage zu stellen, die mich jetzt tatsächlich noch interessiert? Ich blicke entsetzt auf die Tischplatte. Autoren sind so. Wittern überall Verrat, wenn es um ihr Werk geht. Fürchten sich vor der Wahrheit – sie könnte ja unvorteilhaft ausfallen.

«Und?», frage ich nach einem Moment. Sie weiß sofort, was ich meine.

«Nun ja», beginnt sie munter, «ich bin keine Literaturkritikerin. Das erwarten Sie doch nicht, oder?»

Wie schrecklich war es für sie nur, mein Zeug zu lesen?, denke ich.

«Man sieht Sie als jungen Mann, stellvertretend für Ihre Generation, wenn Sie so wollen. Im Kampf gegen die Nazis. Sehr beeindruckend. Aber … was wir, die Generalstaatsanwältin und ich, beide nicht nachvollziehen können: Sie haben uns gesagt, diese Aufzeichnungen seien wichtig, um zu verstehen, warum Sie sich an einer Verschwörung gegen die Bundesregierung beteiligt haben.»

«Sie sehen den Zusammenhang nicht?»

«Ehrlich gesagt, noch nicht.»

«Friedrich Nietzsche hat mal gesagt: ‹Wer mit Ungeheuern kämpft, mag zusehen, dass er nicht dabei zum Ungeheuer wird.›»

Vielleicht ist dieses Zitat aus meinem Munde eine noch größere Zumutung, während feuchtschimmernde Hautschuppen zu Boden rieseln. Ich lehne mich in den unbequemen Plastikstuhl zurück und verschränke meine Arme, Verteidigungsbereitschaft und Skepsis gleichermaßen signalisierend. Eine Sekunde lang erschrecke ich mich, als ich mich von außen sehe und mir klar wird, dass ich vollends die Körpersprache des Gefängnisses angenommen habe. Ich löse meine Arme wieder, komme nach vorne, lege meine Hände auf den Tisch und lächle.

Auch sie beugt sich vor, mit ihrem Bleistift wie mit einem kleinen grünen Marschallsstab auf den Tisch klopfend.

«Lassen Sie uns dann wenigstens über den Prozess sprechen. Die Staatsanwältin hat mich darüber informiert, dass …», sie senkt ihre Stimme, «dass es gute Gründe und angeblich sogar Beweise gibt, dass das Weiße Haus hinter dem Diebstahl Ihres Wagens aus der Garage der Highway-Police steckt.»

«Ich habe nie etwas anderes angenommen. Nur dass es Beweise geben soll, kann ich nicht glauben. Diese beiden Batista-Kubaner sind keine Leuchten, klar. Aber solche Amateure? Ist ja fast schon eine Beleidigung.»

«Die Staatsanwältin ist davon überzeugt. Einer der Männer konnte ermittelt werden, er hatte sein Portemonnaie verloren. Vor ein paar Tagen wurde er in einer Verkehrskontrolle gestoppt. Er hatte neue Papiere auf einen anderen Namen bei sich.»

«Nicht möglich.»

«Man fragt sich, was die eigentlich weiterhin suchen. Die Dokumente sind ja schon publiziert. Also, was wollen diese Typen immer noch hier bei uns? Was ist in dem Schließfach, John? Denn darum geht es doch, oder?»

Mein Gefühl sagt mir, dass sich unser Verhältnis seit letztem Mal ein wenig verändert hat. Ich weiß nicht, ob zu meinen Ungunsten, aber irgendetwas ist anders. Ist es mein Misstrauen, das unabhängig von meiner Sympathie ihr gegenüber gewachsen ist?

«Über das Schließfach können wir gleich noch sprechen», wehre ich ab. «Wie geht es denn jetzt konkret weiter?»

«Die Staatsanwältin möchte einen großen Fall gegen die Bundesregierung daraus machen. Bei dem Prozess wegen der Geschwindigkeitsüberschreitung und Widerstand gegen die Staatsgewalt sollen Sie genau darlegen, was in dem gestohlenen Wagen war. Damit das ins Protokoll kommt.»

«Ich soll zu Protokoll geben, dass ich geheime Unterlagen aus dem Pentagon geschmuggelt habe?»

«Ja, und welche Unterlagen das genau waren.»

«Und was hat sie mir dafür zu bieten?»

«Mit den bald fünf Monaten, die Sie hier in Hannibal verbracht haben, wäre die Sache erledigt. Sie würden sofort entlassen und wären wieder ein freier Mann, John.»

«Und danach klagt mich die Bundesregierung wegen Hochverrats an?»

«Das wird ja vielleicht sowieso passieren.» An der furchtlosen Sachlichkeit einer Anwältin kann man erkennen, wie ernst es steht.

«Aber es könnte natürlich auch sein, dass man Sie in Ruhe lässt. Wenn die Staatsanwältin zum Beispiel Anklage gegen Washington erhebt.»

«Das ist sehr ambitioniert von Mrs. Caffery, finden Sie nicht?»

«Natürlich. Die Generalstaatsanwältin ist ehrgeizig. Aber dazu braucht sie Gewissheit, was Sie da alles mit sich genommen hatten, John.»

Eine kleine Pause. Studiert sie, ob dies Wirkung auf mich hatte?

«Und ich wüsste ehrlich gesagt auch gerne mehr. Wie lief das ab? Und vor allem, Sie kennen die Frage: Was haben Sie noch in der Hinterhand?»

Sie faltet beide Hände zusammen. Mir gefällt, wie ihre wohlproportionierten Finger ineinandergreifen. Schöne Hände sind etwas Wunderbares. Ich seufze, denn was ich jetzt fragen muss, fällt mir nicht leicht.

«In welchem Verhältnis stehen Sie zur Staatsanwältin, Kat?»

«Ich hatte mit ihr an der Uni zu tun. Hab früher für sie gearbeitet.»

«Früher. Und jetzt? Sie haben oft Kontakt mit ihr?»

«Was? Nein. Wir telefonieren ab und zu. Unser Verhältnis war auch früher schon ziemlich … spannungsreich.»

«Und worin besteht diese Spannung?»

«Was sollen diese ganzen Fragen, John? Vertrauen Sie mir nicht mehr?»

«Ich weiß es gerade nicht genau. Wie heißt es: Missouri, der Show-me-State, oder? Also zeigen Sie mir, wo Sie stehen.»

«Auf Ihrer Seite, ganz sicher.»

«Dann erklären Sie mir, worin die Spannung zwischen Ihnen und Diane Caffery besteht.»

«Als Diane zur Generalstaatsanwältin gewählt wurde, als erste Frau auf diesem Posten, da hätte sie mich sehr, sehr gerne mitgenommen. Aber ich bin eben nicht für den Staatsdienst geeignet. Dazu sind die Zeiten noch zu schwierig.»

«Was genau spricht denn dagegen?»

«Wie kann ich Ankläger für den Staat werden, wenn es doch der Staat ist, der auf die Anklagebank gehört?»

«Das ist Unsinn. Die Politik gehört auf die Anklagebank. Nicht unser Staat.»

«Wenn Sie sicher sind, dass man da so genau trennen kann …»

«Na ja, ich glaube, schon. Deswegen sitze ich hier. Die Tatsache, dass es uns gelungen ist, die Geheimdokumente mit Hilfe der freien Presse in die Öffentlichkeit zu bringen, zeigt doch, dass unser System funktioniert. Dass wir in der Lage sind einzugreifen. Den Kurs zu korrigieren.»

«Danke fürs Stichwort: Wie genau haben Sie eingegriffen? Was haben Sie außer den Pentagon Papers noch? Was ist in dem Schließfach?»

Kann es sein, dass sie gleich die Geduld mit mir verliert?

«Also gut», sage ich, nachdem ich beschlossen habe, ihr weiterhin zu vertrauen. Selbst wenn sie längst auf die Seite der Staatsanwältin gewechselt ist. Ich habe keine große Wahl. Und ich mag sie.

«Die Ladung des Zephyr bestand aus zwei Gruppen von Dokumenten. Das eine waren jene fünfzig Aktenordner aus dem Pentagon, deren Inhalt zu großen Teilen in den letzten Monaten von *New York Times* und *Washington Post* veröffentlicht wurde: Jetzt nennt man sie die Pentagon-Papers, wir nannten sie die McNamara-Studie, weil sie von McNamara in Auftrag gegeben worden war, Kennedys Verteidigungsminister.»

«Bob McNamara. Der jetzige Präsident der Weltbank.»

«Genau. Er wollte detaillierte Argumente für den Ausstieg aus dem Krieg.»

«Und die RAND Corporation wurde mit der Studie beauftragt?»

«Ja, die Leitung saß im Pentagon, aber die meisten Mitarbeiter der Studie waren von RAND. Es gehörte dazu, dass niemand über seine jeweilige Arbeit mit einem Kollegen sprechen durfte, nicht einmal mit seinem Vorgesetzten.»

«Die Staatsanwältin hat mir gesagt, dass einer ihrer Mitarbeiter einen Aufruf zur sofortigen Beendigung des Krieges in Vietnam gefunden hat, einen offenen Brief. Den hat eine Gruppe von RAND-Mitarbeitern vor zwei Jahren in der *Washington Post* veröffentlicht. Sie gehören zu den Unterzeichnern dieses Briefes, John.»

«Stimmt.»

«Sind diese neun Leute Ihre Gruppe von Verschwörern?»

«Ich werde keine Namen nennen. Aber ich kann Ihnen ein Geheimnis verraten.»

«Ich bitte darum.» Sie streckt ihren Kopf leicht schüttelnd noch ein wenig mehr nach vorne und blickt mich halb von unten herauf an. Es ist einfach so schön, Kats ungeteilte Aufmerksamkeit zu haben, dass ich mir einen Moment Zeit lasse. Ihr Haar verströmt jenen eigentümlichen Duft von Haarspray, Kaffee und Zigaretten.

«Die Ordner im Kofferraum waren leer. Meine Flucht war ein Bluff, ein Ablenkungsmanöver, das dem hohen Beamten aus dem Pentagon, den ich unterstütze, die Zeit gab, sich mit der Presse zu treffen und die Dokumente zu übergeben. Die Kubaner waren ihm schon länger auf der Spur, wollten die Übergabe unbedingt verhindern, also haben wir ihre Aufmerksamkeit auf mich gelenkt.»

«Jetzt verstehe ich das endlich», sagt sie, spürbar erleichtert. Gleich verdüstert sich ihr Gesicht aber wieder.

«Sie haben also die Aktenordner, in denen die in der *New York Times* abgedruckten Dokumente waren, nie gehabt?»

«Wie ich schon sagte, meine Aufgabe war es nur, die Verfolger auf meine Fährte zu lenken, um den anderen den nötigen Spielraum zu geben.»

«Wie viele sind denn nun an dieser Verschwörung beteiligt?»

«Das Zentrum ist der Mann aus dem Pentagon. Wir anderen haben ihm nur geholfen. Aber warum nennen Sie unsere Aktion immer Verschwörung? Es ist doch eine Öffnung. Wir haben der Öffentlichkeit Informationen zugänglich gemacht, die zeigen, dass wir den Krieg aus den falschen Gründen führen. Und vor allem, dass wir ihn nicht gewinnen können.»

«Okay. Angenommen, das alles stimmt, ist es also so: Die Agenten haben den Wagen gestohlen. Fanden die leeren Aktenordner. Wussten, dass Sie sie reingelegt haben. Aber die Kerle sind ja noch da. Oder wieder. Also geht es jetzt um das Schließfach, dessen Schlüssel Sie mir anvertraut haben. Was genau befindet sich da drin? Sie sprachen einmal von Ihrer Lebensversicherung. Worin besteht diese? Ich will das jetzt wissen.»

Noch einmal überlege ich, Ausflüchte zu machen. Aber die Besuchszeit ist gleich zu Ende.

«In dem Schließfach befinden sich die aktuellen Pläne der Bundesregierung für den Einsatz von Atomwaffen in Vietnam. Es wäre der erste strategische Atomschlag. Die Falken wollen der Welt endlich zeigen, wozu Amerika fähig ist. Es steht kurz bevor.»

Sie starrt mich mit entsetzensgeweiteten Augen an, und im gleichen Moment bereue ich, ihr das Geheimnis anvertraut zu haben.

«Als ich Ihnen sagte, dass es sich dabei um meine Lebensversicherung handelte, habe ich das ernst gemeint. Ich habe vielleicht nicht erwähnt, dass sie mich auch das Leben kosten könnte. Aber das ist bei Kontrakten solcher Kategorie selbstverständlich.»

«Ich weiß gar nicht, was ich sagen soll.»

«Der Schlüssel ist sicher verwahrt?»

«Ja.»

Wir blicken beide auf die große Uhr.

Sie steckt Schreibblock und Kugelschreiber in ihre Handtasche. Unser Date ist zu Ende. Gleich wird sie gehen. Ich wüsste zu gerne, wie es da aussieht, wohin sie geht. Aber es verbietet sich, sie danach zu fragen. Noch mehr würde mich interessieren – und zwar besonders nachts, wenn ich einsam bin und nicht schlafen kann –, ob sie einen Freund hat. Ob es vielleicht der Typ mit der dunklen Stimme ist, der bei ihr im Büro ans Telefon gegangen war.

Es ist ganz normal, dass man über die atomare Vernichtung eines sympathischen und unschuldigen Dritte-Welt-Landes nachdenkt und gleichzeitig daran, ob die hinreißende junge Frau, mit der man gerade eine Stunde seiner Lebenszeit verbringen durfte (wenn auch unter Aufsicht), einen Freund hat. Die Gedanken sind eben frei, und sie sind aberwitzig.

Ich nehme mir vor, mich beim Abschied so tadellos zu halten, als wäre sie meine Professorin an der UCLA. An einer bestimmten Stelle meines Körpers beginnt es besonders zu jucken. Mir ist, als wäre ich ein Planet und hätte aktive Vulkane. Der Minutenzeiger macht die Stunde voll. Was gäbe ich dafür, sie nur einmal in die Arme nehmen zu können.

«Okey dokey, Leute», ruft nun der Oberwärter, «Zeit zu gehen, gebt euch die Patschehändchen und sagt tschüs. Die Herren Insassen müssen nun wieder ihren häuslichen Pflichten nachgehen. Also macht schon, Ladys. Auf geht's.» Er hat eine fürchterliche Art, der Zeremonienmeister dieser absurden Massenaudienz.

Kat hängt sich die Tasche über die Schulter und gibt mir die Hand, die weich wie Seide, kühl und auch ein wenig schwitzig ist. Kann es sein, dass sie jetzt doch so etwas wie Angst um mich empfindet?

«Also, was werden Sie tun?»

«Ich bereite etwas vor. Ich setze mich noch einmal hin

und schreibe es auf, und dann werde ich es vorlesen. Und Sie machen den Rest.»

«Vielen Dank, John, dass Sie mir so viel Vertrauen schenken. Das tun Sie doch, oder?»

«Yes, Ma'am. Und ich muss unbedingt mein Manuskript von der Staatsanwältin zurückbekommen.»

«Wir werden alles probieren. Ich werde Sie nicht enttäuschen. Wir kriegen Sie da raus. Mit Manuskript. Haben Sie einen guten Anzug?»

«Ich werde Uniform tragen.»

«Natürlich.»

«Direktor Hunerwadel hat sie reinigen und aufbügeln lassen.»

Sie schüttelt den Kopf. Männer und ihre seltsamen Formen von Zärtlichkeit.

«Wir sehen uns vor Gericht», sagt die Dame Kaetlin Lambert, nickt mir aufmunternd zu und verlässt den Besuchersaal des Hannibal Correction Centre.

Das Augustlicht zaubert eine Art von abstraktem Gobelin in Cremeweiß und Rosa in den Dunst der Besuchshalle, und Kat geht mit ihrem sonnengelb leuchtenden Haar unter ihm hindurch wie ein weiblicher Ritter aus einer verschollenen Artussage. Sie hat einen tollen Gang. Für einen Moment fühle ich mich wie von tausend Stricken an den von Hunerwadel eingerichteten Platz, den Besuchersaal und das Gefängnis selbst gefesselt, schmerzhaft gefesselt, weil es so schmerzhaft schön ist, ihr nachzublicken, und weil ich nie etwas anderes tun werde, als ihr nachblicken. Wir sind so weit voneinander entfernt.

Wie sollte man einem jungen Menschen je erklären können, wie sich das anfühlt? Dass man auch einmal jung gewesen ist, die ganze Zeit unterwegs war, nach vorne preschte, sich angestrengt hat – und auf einmal bleibst du stehen und blickst zurück und erkennst, dass du so weit gegangen bist, dass du niemals mehr dorthin zurückkehren wirst, von wo du einst gekommen bist. Angesichts des weiten Weges fühlst du dich plötzlich müde, aber du kannst nicht wieder nach Hause. Nie wieder.

Ich bin nicht so vermessen zu glauben, dass Kat mich jemals attraktiv finden könnte. Aber wenigstens verstehen soll sie mich.

Gerade eben geht es mir ganz besonders elend. Wegen der schwülen Hitze überfällt mich ein neuerlicher Juckreiz, der mir das Äußerste an Disziplin abfordert, um nicht zu kratzen.

Ich fühle mein Schicksal, an das ich gekettet bin, wissend, dass die Kette selbst das Schicksal ist. Dieses Gefühl umschlingt mich wie eine weitere entsetzliche Haut, die ich neben dem Grauen meines revoltierenden Organs mit mir herumschleppe. Ich möchte endlich wieder frei sein. Ich muss hier raus.

Ein paar Tage sind vergangen, an denen ich in der Zelle meine Rede für den Prozess geschrieben habe. Die Hitze dauerte an, doch dann, wie Kat das vorhergesagt hatte, kamen Unwetter. Schwerste Gewitter sind über den Show-me-State hereingebrochen, reißen die Schwüle der letzten Wochen heraus, wie man wucherndes Unkraut zieht, und schleudern sie in hohem Bogen in den Mississippi, wo der Strom sie nach Süden trägt, immer weiter, bis zum Delta. In den Betonmauern Hannibals hallen die Donner wider, gewaltig und vielstimmig rollen sie über uns hinweg, fangen sich auf den grauen Fluren. Blaues Licht zerreißt die

Dunkelheit der Zelle. Als Gefangener ohne Verfügung über das Licht fühlt es sich an, als wären Blitz und Donner Verbündete aus alter Zeit. Ich liege auf meiner Pritsche und erfreue mich an der Gewitterrede, wie ich es schon als Kind getan habe. Was sagt der letzte, gewaltige Donnerschlag?

Babadakgrrktakrraktrakkliklakthingcrookdoerenbothhall-krrisch

Ein Wärter bringt mir am Morgen meine in der Gefängniswäscherei gereinigte und aufgebügelte Uniform, das Hemd ist sauber, Kragen und Manschetten sind gestärkt, was fast zu viel des Guten ist, da sie mit ihrer Steifigkeit meine Haut reizen könnten. Aber davon lasse ich mich jetzt nicht irritieren. Auch meine Sonnenbrille liegt bereit. Dann kommt Hunerwadel, um mich abzuholen und mich zum Fahrzeug der State Police zu begleiten. Er gibt mir die Hand.

«Machen Sie es gut, Major. Ich hoffe, Sie kommen frei», sagt er, zwinkert mir zu, wobei die dicke Warze auf seiner Wange munter auf und ab tanzt, als würde sie mir gleichfalls zuwinken wollen. «Und wenn nicht», er grinst mich von unten herauf an, «haben wir für Sie immer ein Bett.»

Ich bekomme die Handschellen angelegt, nehme auf dem Rücksitz Platz, und dann öffnen sich, nach immerhin fünf Monaten, zum ersten Mal die Tore zur Außenwelt für mich. Während der Fahrt aus dem offenen Fenster zu schauen überwältigt mich. Der Fahrtwind fühlt sich herrlich an. Die unspektakuläre Landschaft, der der Regen gutgetan hat, das satte, spätsommerliche Grün, das mein Auge erfreut. Jeder Baum fasziniert mich. Autos, die uns entgegenkommen, bringen mich zum Staunen. Bei einer Pinkelpause an einer

Tankstelle in Kingdom City kommen mir die Tränen, als die blümchenbeschürzte Chefin des familiengeführten Restaurants Kaffee einschenkt. Der ist siedend heiß, und ich halte die Tasse mit beiden, gefesselten Händen. Ich sehe, wie die paar anderen Gäste tuschelnd die Köpfe zusammenstecken, da ihnen mein Anblick unheimlich ist.

Das zumindest war das Angenehme in Hannibal: dass ich ein Freak unter anderen war und jeder mich kannte. Jetzt aber komme ich – zumindest zeitweise – zurück in die Welt der normalen Menschen, und da könnten Mütter mit ihren Kindern sein, die mich mit offenen, erschreckten Mündern anstarren und mit ihren Fingern auf mich deuten – *Mama, was hat der Mann?* Und die Mütter kennen keine andere Antwort, als sie schnell weiterzuziehen und zu sagen: Man starrt nicht auf andere Leute. Ich fürchte mich jetzt tatsächlich vor der Gerichtsverhandlung – da sie mich alle ansehen werden.

Sie setzen mich zurück ins Auto, wir fahren weiter Richtung Süden auf dem Highway 64. Nach einer kurzen, nervösen Panikattacke nicke ich ein, und als ich erwache, sind wir fast am Missouri River, der nach den jüngsten Regenfällen blau-bräunlich in der Sonne schillert. Wir fahren über die stählerne Brücke, die aussieht, als ob ein Riese mit ihr Harfe spielen könnte. Gleich nach dem Fluss erkennt man schon von weitem das Kapitol, das dem in Washington ähnelt. Das Kapitol von Missouri ist wie ein antiker Tempel aus blendend weißem Marmor, mit einem vorspringenden Portal und zwei Flügeln, alles von korinthischen Säulen umgeben. Und darüber eine Kuppel, die eine Kopie der des Petersdoms in Rom ist. Der Bau steht mächtig herausragend zwischen Landhäusern und ihren Gärten. Jefferson City ist eine freundliche Kleinstadt mit megalomanen Monumenten.

Das oberste Gericht liegt dem Kapitol genau gegenüber und ist dagegen eher ein kleines Schulhaus. Rote Fassade, sieben sich über die gesamte Höhe erstreckende Fensterbänder. Eine Menge Leute stehen unten an der Treppe und schauen, was passiert. Kat ist zwischen ihnen. Sie trägt einen schicken weißen Hosenanzug mit gelber Bluse und wirkt erleichtert, als sie mich aus dem Polizeiwagen steigen sieht.

«Sie sehen gut aus», sage ich zur Begrüßung und lächle ihr zu. Aber sie hat keine Zeit für Komplimente.

«Nehmen Sie meinem Mandanten bitte die Handschellen ab», fordert sie die Polizisten auf.

«Erst im Gerichtssaal, und nur wenn der Richter es erlaubt, Ma'am», sagt der Officer, fasst sich an seinen buschigen Schnauzer und zwirbelt ihn.

Kat starrt ihn böse an, lässt sich aber nicht weiter irritieren, hakt sich an meinem Arm unter, um mir ins Ohr zu flüstern. So nah ist sie mir noch nie gekommen.

«Bitte erschrecken Sie nicht, wenn wir jetzt gleich in den Gerichtssaal kommen. Aber das öffentliche Interesse ist enorm. Viele Leute haben keinen Platz mehr gefunden. Die Generalstaatsanwältin hat mir vorhin gesagt, dass wohl auch ein Korrespondent der *New York Times* da ist. Der ehrenwerte Richter ist sehr schlechter Laune.»

Überall auf den Fluren sind Leute, die mich höchst interessiert und im nächsten Augenblick mit überraschtem Widerwillen betrachten. Ungläubiges Kopfschütteln. Alles noch schlimmer, als ich gedacht habe.

Der Gerichtssaal ist tatsächlich überfüllt. Die Journalisten der Lokalzeitungen erkennt man an ihren Notizblöcken und der überlegenen Art, wie sie sich in kurzen, leisen Sätzen miteinander unterhalten. Könnte sein, dass dieser eine aufgeweckte junge Kerl mit Riesenkoteletten, Sonnenbrille und Notizbuch, der für sich allein sitzt, der von der *New York Times* ist.

Der schmerbäuchige Gerichtsdiener lässt alle Anwesenden aufstehen, dann tritt der ehrenwerte Richter herein, kleine runde Buchhalterbrille auf der Nase, Halbglatze, dazu ein abstehender weißer Haarkranz und mächtiger Backenbart. Die Verfassung des Staates Missouri trägt er unter dem Arm, wie es sich für einen Richter geziemt. Er setzt sich, und während er mir einen ersten, eisigen Blick zuwirft, schlägt er mit seinem Hammer und eröffnet die Verhandlung.

Der Assistenzstaatsanwalt verliest die Anklage. Es geht zunächst um das Verkehrsdelikt. Dann meldet sich die Staatsanwältin selbst zu Wort. Ungewöhnlich ist, wie sich alle Augen, besonders die der Journalisten, auf sie richten und sie beinahe jedes ihrer Worte mitschreiben. Offenbar wissen alle, dass die ehrgeizige Diane Caffery mit meinem Fall etwas vorhat.

Sie sagt, es gäbe den begründeten Verdacht, dass es gezielte und koordinierte Manipulationen von einer dritten Seite gegeben habe, um Beweismittel zu vernichten. Das Fahrzeug des Angeklagten sei aus der Garage der Highway Police gestohlen worden, das möge ins Protokoll. Was den Richter nicht gerade begeistert. Aber er lässt es zu.

Dann ist es so weit. Der Richter will, dass der Angeklagte sich zu seiner Person und den ihm zur Last gelegten Vergehen äußert. Wie mit Kat besprochen, nehme ich die in den letzten Tagen geschriebenen Seiten zur Hand und trete nach vorne. Es ist ganz still im Gerichtssaal. Mir schlottern die Knie. Ich habe mein ganzes Leben im Verborgenen gewirkt und gearbeitet. Ich stand noch nie selbst so im Mittelpunkt. Der Typ mit den Koteletten beugt sich nach vorne, nimmt seine Sonnenbrille ab und sieht mich gespannt an. Das ist, was er zu hören bekommt:

«Mein Name ist John Glueck, geboren am 13. Juni 1921 in der Bronx, New York. Man kann mich getrost als Deutschamerikaner bezeichnen: Ich bin zweisprachig aufgewachsen. Im Januar 1942 wurde ich Mitglied der US-Army, wo ich in der Psychologischen Kriegsführung eingesetzt war: Propaganda.

Ich war Zeuge der Befreiung Europas von den Nazis und danach Mitglied der Militärregierung von Bayern. Bayern ist ein Staat im Süden von Deutschland, Hauptstadt München, bekannt für sein Oktoberfest. In München arbeitete ich für eine von Geldern des Marshallplans finanzierte Tageszeitung. Ich habe die Nürnberger Kriegsverbrecherprozesse verfolgt und war dort teilweise Dolmetscher. Später wirkte ich in der allgemeinen Kulturförderung in Deutschland, West-Berlin und Europa.

Nach meinem Abschied aus Europa promovierte ich an der Universität von Los Angeles in Militärgeschichte und verfasste einige Aufsätze zu einem bestimmten Aspekt der Spieltheorie, einer Denkschule, die sich mit dem Wesen des Konflikts beschäftigt. Seitdem bin ich Angestellter der RAND Corporation, Santa Monica. Ich bin dort ein sogenannter Analyst.

Zuletzt arbeitete ich für das Pentagon an einem Gutachten über die Erfolge eines unserer großen Pazifizierungsprogramme in Vietnam. Nach einem schweren Unfall mit Entlaubungsmitteln in der Nähe von Saigon erkrankte ich an einer radikalen Form von neuartiger Psoriasis und bin seitdem krankgeschrieben. Das heißt allerdings nicht, dass ich im Bett lag. Im Gegenteil, mich erfasste mit meiner Krankheit eher eine tiefgehende Ruhelosigkeit. Natürlich war ich bei Ärzten, Dermatologen, chinesischen Medizinern, indianischen Heilern und skandinavischen Schamanen, aber daneben auch bei unzähligen Teach-ins und an Konferenzen beteiligt oder als Zuhörer anwesend, die sich mit dem Vietnamkrieg beschäftigten. Übrigens nennen die Vietnamesen ihn anders. Dort ist es der *Amerikanische Krieg*.

Seit einem Jahr vielleicht muss ich unaufhörlich über das Deutschland in der Nazizeit nachdenken, weil ich das Gefühl habe, dass das, was wir hier gerade in Amerika erleben, dem ganz ähnlich ist. Den Ausschlag gab für mich eine von zehn Kongressabgeordneten veranstaltete Konferenz mit dem Thema *‹Kriegsverbrechen und das amerikanische Gewissen›*. Am zweiten Tag, als ich in die Runde um einen großen Seminartisch blickte, an dem etwa vierzig herausragende Intellektuelle und ein wichtiger Pentagon-Beamter versammelt waren, wurde mir plötzlich bewusst, dass ich jemand war, der in einem Kriegsverbrecherprozess auch selbst hätte angeklagt werden können. Das hatte mit Erkenntnissen zu tun, die ich bei und nach meinem letzten Aufenthalt in Vietnam gewonnen hatte. Die Deutschen mochten vor der Frage stehen: ‹Wie konnten wir es zulassen, von einer solchen Verbrecherbande regiert zu werden?› Und sie konnten sich mit Albert Speer vielleicht eine Antwort geben. Ich zitiere hier aus einem langen Interview, das Speer vor kurzem gegeben hat: *‹Dem gewöhnlichen NSDAP-Mitglied wurde gesagt, die große Politik wäre zu kompliziert, als dass er sich ein Urteil darüber erlauben könnte. Folgerichtig hatte man das Gefühl, von niemand zur Rechenschaft gezogen werden zu können. Das ganze System war darauf abgestellt, Gewissenskonflikte zu verhindern.›* Aber als Amerikaner ...» Hier stockt meine Stimme, und ich muss kurz ein wenig innehalten. Ich trinke einen kleinen Schluck. Der Gerichtssaal ist stickig. Der Richter ist bis jetzt kein großer Fan von mir, das kann ich sehen.

«Anders als die Deutschen während des Dritten Reichs können wir Amerikaner uns nicht auf diese Weise herausreden. Es gibt keine Nazipartei, die uns beherrscht. Die Präsidenten Kennedy und Johnson, unter denen der Vietnamkrieg diese entsetzliche Wendung genommen hat, wurden auch nicht von Massenmördern und Verbrechern beraten, sondern von liberal und humanistisch denkenden Männern, die man die Besten und Klügsten nannte. Wahre Amerikaner, denen man vertrauen konnte. Auch Menschen wie ich, untergeordnete Mitarbeiter, Experten und Analytiker vertrauten ihnen.

Aber wenn man heute nach Vietnam blickt, stellt sich die entsetzliche Frage: Wie konnten so respektable Menschen – und damit wir alle – es zulassen, dass Tausende Dörfer unschuldiger Bauernfamilien niedergebrannt wurden und auch noch jetzt, in diesem Augenblick, in Flammen stehen? Dass unsere agrochemische Industrie Hunderte Millionen Dollar an der Entlaubung des Dschungels verdient, an diesem verbrecherischen Krieg gegen die Ökologie des Mekongdeltas? Dass unsere Geheimdienste zu einem Heer von Folterknechten geworden sind? Dass wir planvoll die kostbare Infrastruktur zerstören und Millionen von Menschen zu Flüchtlingen machen? Dass wir es sind, wir, die freiheitsliebenden, demokratischen Amerikaner, die ein paar Millionen Tonnen Bomben und viele Millionen Artilleriegranaten auf die Menschen von Vietnam abgeworfen haben, jetzt schon mehr als im gesamten Zweiten Weltkrieg?

Die meisten Amerikaner tun im Augenblick so, als ob sie diese Fragen und der Krieg in Vietnam nichts angingen, sondern nur ein Ereignis für die Fernsehnachrichten wären. Aber das ist falsch. Wir müssen uns unserer Schuld stellen.

Ich, John Glueck, der ich ein Veteran des Kriegs gegen die Nazis bin, möchte deshalb schildern, wieso es so lange gedauert hat, bis ich das Unrecht unseres Tuns nicht nur eingesehen habe, sondern bis ich die Kraft und die Entschlossenheit fand, etwas dagegen zu unternehmen, nun, da ich fünfzig Jahre alt geworden bin.

Es ist einfach, die Zeit zu benennen, in welcher mir und vielen anderen meiner Generation die Veränderung, die unser Land während der vier Kriegsjahre gegen die Achsenmächte durchgemacht hatte, auf eine dramatische Weise bewusst wurde: Das war im August 1945. Die Vereinigten Staaten beendeten den Zweiten Weltkrieg, indem sie die erste Atombombe der Geschichte auf Hiroshima fallen ließen. Hitler träumte davon, die Atombombe auf London zu werfen. Aber wir waren es, die sie tatsächlich zündeten.

Ich befand mich zu diesem Zeitpunkt, wie ich vorhin schon gesagt habe, in Süddeutschland, arbeitete immer noch für die Propaganda, nur dass wir uns jetzt die *Information Control Division* nannten. Wir sollten den Übergang von der Propaganda hin zu einer bloßen Medienkontrolle entwickeln. Die Inhalte sollten also ab jetzt wieder von den Deutschen kommen. Ich zum Beispiel war zunächst für den Kulturteil einer in München erscheinenden Zeitung zuständig. Da schrieben die besten deutschen Schriftsteller und Journalisten überhaupt. Erich Kästner war der Kulturchef, ein berühmter Autor, der die Nazizeit in der inneren Emigration überstanden hatte, den ich sehr bewunderte. Ich habe damals alles darangesetzt, ihn zu engagieren und nach München zu holen. Die verbliebenen freien Geister der deutschen Kultur flogen einem nur so zu. Mit ihnen zusammen steckten wir alle persönliche Leidenschaft, Engagement und amerikanisches Steuergeld in den Aufbau einer Musterdemokratie, die man leicht als eine Art besserer USA hätte auffassen können. Es war eine Freude, damals in einer solchen Position zu sein.

Doch diese Freude wurde nicht nur durch den Atombombenabwurf getrübt, sondern auch stark durch die Rede, mit der Truman dieses Ereignis kommentierte. Roosevelts Tod im April 45 war ein Schock. Er war unser Cäsar gewesen. Aber war Truman ein Augustus? Daran bestanden Zweifel. In völlig unangebrachtem, fast euphorischem Tonfall schilderte der neue Präsident die technischen Errungenschaften, mit denen die USA amerikanisches Leben retten und den Krieg beenden konnten. Er schien nicht die geringste Bedrückung angesichts seiner Entscheidung zum Einsatz der Atombombe zu fühlen. Das war unheimlich. Gerade weil es nur eine Konsequenz aus dem zu sein schien, was wir seit 1941 gelernt hatten: Wegen Hitler ist alles erlaubt.

Lügen gegenüber der Öffentlichkeit, Vertuschung von Inkompetenz, Mobilisierung aller Ressourcen, der Gebrauch von Gewalt: Das war alles in Ordnung, wenn es gegen so einen fürchterlichen Gegner ging. Wer gegen den Teufel kämpft, braucht sich keine Schranken aufzuerlegen. Und auch ich, wenngleich stets nur ein kleiner Propagandist, habe meinen Anteil daran gehabt. Auch ich habe damals, um der gerechten und notwendigen Sache willen, die Lüge in Kauf genommen.»

Ich trinke einen Schluck Wasser. Die Luft im Gerichtssaal pappt förmlich am Körper, aber der Richter würde während der Verhandlung niemals die Fenster öffnen lassen. Als ich schweige, beginnen die Besucher zu murmeln. Die Staatsanwältin, die mit ihrem umfangreichen Leib ein wenig schräg von der Tischplatte weggedreht sitzt, stützt ihren massigen Kopf auf eine Hand (eine Pose, die durch die frühe Stalinpropaganda populär wurde) und sieht mich an wie eine Dompteurin irgendein Tierchen, bei dem sie sich nicht mehr sicher ist, ob es das mühsam angelernte Kunststück tatsächlich schaffen wird. Kat aber nickt mir lächelnd zu.

«Ich habe den Zweiten Weltkrieg im Hürtgenwald mitgemacht, November 1944, was für uns ungeheuer verlustreich war. Die Schlachten dort zeichneten sich durch eine in der amerikanischen Geschichte beispiellose Inkompetenz unserer Führung bei gleichzeitiger Bereitschaft zum Opfern ganzer Divisionen aus. Aber das ging durch, weil wir ja gegen Hitler kämpften. So lernten wir, also das Militär, die Exekutive, die politischen Beamten, die Generäle, wie befreiend es in einem gewissen Sinne ist, einem Feind wie Hitler gegenüberzustehen, ja überhaupt einen Feind zu haben.

Und an Feinden fehlte es uns wahrlich nicht. Die Nazis waren erledigt, aber es gab ja noch Stalin. Und Mao. Mao setzte sich gegen den von uns unterstützten Chiang Kaishek durch und übernahm 1949 China. *‹Wir haben China verloren›*, hieß es plötzlich – als hätten wir China je besessen. Anstatt unseren eigenen, antikolonialen Weg weiterzuverfolgen, das verkommene Erbe der Briten auszuschlagen und uns treu zu bleiben, ließen wir uns weismachen, es gäbe so etwas wie ein US-amerikanisches Imperium, das man verteidigen müsste. Noch in der Suezkrise ließ Eisenhower, das muss man ihm zugutehalten, die Europäer auflaufen, wir hielten zu den Arabern. Denn wie sollte ein freies Volk über andere Völker herrschen können oder dies auch nur wollen? Aber das spielte bald alles keine Rolle mehr, denn das wahre Ziel war, uns alle in einer Art von Dauerkriegszustand zu halten. Der war so wertvoll für das Weiße Haus und das Pentagon. Krieg stärkt immer die Regierung und schwächt das Parlament, die Justiz und auch die vierte Gewalt, die Medien.»

Ich hatte mir an diesem Punkt meiner Verteidigungsrede eigentlich gar nicht viel gedacht. Wie bei einer Kanufahrt, die neben den mühsamen Abschnitten auch leichtes Dahingleiten kennt, war diese Stelle eine der letzteren Sorte – das hatte ich einfach so geschrieben. Ich hatte nicht gewusst, dass ich es in einem ganzen Saal voller Journalisten vortragen würde.

Richter MacMillan, der bis dahin statuarisch, streng und unparteilich stumm dagesessen hatte, gibt einen unerwarteten Röchler von sich. Überraschend lebendig. Und schlechtgelaunt. Ich spüre förmlich, wie schwer seine Blicke auf mir ruhen, und wage es nicht, den Kopf zu drehen, um zurückzublicken. Ich atme tief durch, nehme die Seiten wieder auf. Räuspere mich und lese weiter.

«Der Fall Chinas und Maos Triumph Ende der vierziger Jahre zogen bei uns geradezu karmisch den Aufstieg eines Mannes nach sich, der wie ein böser Zauberer die Politik vergiftete und vollständig umpolte. Joe McCarthy. Seine Arbeitshypothese war, dass das Außenministerium bis in seine höchsten Ränge von Linken durchsetzt sei, die mitgeholfen hätten, China den Kommunisten zuzuspielen. Und die Demokraten, die Anhänger von Roosevelt, die man auch New Dealer nannte, hätten dabei zugesehen und sich die Hände gerieben. So fing das an, und es wurde immer schlimmer. Die großartigen Asienspezialisten in der Regierung wurden alle ausgetauscht. Das State Department hatte bald niemanden mehr, der sich mit Asien wirklich auskannte. Auch das würde sich später rächen.

1953 schickte Washington uns Listen mit Büchern nach Deutschland, die wegen linker Propaganda aus unseren öffentlichen Bibliotheken und Lesesälen zu entfernen seien, darunter Dashiell Hammett, W. E. B. Du Bois und Thomas Mann; Einsteins *Relativitätstheorie* und Thoreaus *Über zivilen Ungehorsam*. Es ging so weit, dass wir sogar *Moby Dick* zu entfernen hatten, weil Herman Melville im Verdacht stand, ein Sympathisant des Kommunismus gewesen zu sein. Als ich diese Liste sah und später auch noch dabei war, wie unser Bibliothekar in München die von McCarthy inkriminierten Bücher tatsächlich aussortierte und wegschaffte, da brach eine Welt für mich zusammen. Oder besser – da wurde mir klar, dass die USA dabei waren, zu einer dunklen, bösartigen und gefährlichen Macht zu werden. Es war unfasslich. Viele meiner Kollegen, die sich wie ich für den Aufbau eines demokratischen Deutschland in einem vereinigten Westeuropa eingesetzt hatten, strichen nach und nach die Segel und hörten auf, für die Regierung zu arbeiten. Es gab aber auch einige, darunter mich, die die gegenteilige Entwicklung durchmachten.»

Der Richter, dem auch schon der Schweiß auf seiner unparteilichen Stirn steht, gibt ein langgezogenes Röcheln von sich, zieht eine Schnupftabaksdose hervor und verteilt eine Prise ihres Inhalts nach Art eines braven missourischen Farmers auf seinem Handrücken. Dabei betrachtet er mich nachdenklich, mit gerümpfter Nase, durch seine Mäusebrillengläser. Was ich hier ausführe, passt ihm nicht. Er wirft der Staatsanwältin einen Blick zu, aber die scheint mit ihren Gedanken woanders zu sein. Ihr Assistent sieht die grimmige Miene des Richters und tippt ihr an den Arm. Kat, die den gesamten Gerichtssaal überblickt, macht dezente Gesten in meine Richtung wie der Maat auf einem Harpunierboot, im Sinne von: Wenn wir so weitermachen, verlieren wir das Ziel aus dem Blick. Ich stelle mein Wasserglas wieder hin. Weiter.

«Je beunruhigender die Politik wurde, desto mehr versuchten wir, mit den von uns geförderten Künstlern, Schriftstellern und Denkern ein Gegenprogramm zu entwickeln – keineswegs nur gegen die Russen, deren Politik in Berlin, der Tschechoslowakei, Ungarn, der arabischen Welt und Kuba durchaus Anlass zur Sorge gab, auch wenn bald klar war, dass Chruschtschow kein Hitler und auch kein Stalin war –, sondern ebenso gegen die hasserfüllten Rechten, die mit einem Mal das Land übernahmen; das war Hoovers Rache dafür, dass man ihm eine angemessene Auslandsentwicklung verwehrt hatte. Gegen Dulles, der die stählernen Fäden in der CIA zog und seinen ersten Coup plante: den Regimewechsel im Iran.

Die BRD bekam die vermutlich fortschrittlichste demokratische Verfassung der Welt, aber die herausragenden Nazi-Wissenschaftler, Forscher und Spione, die wir gebrauchen konnten, wurden Amerikaner.

Wir jenseits des Atlantiks tätigen Ex-Propaganda-Kulturleute waren alle über den europäischen *Kongress für Kulturelle Freiheit* verbunden und sahen diese Entwicklungen mit größtem Unbehagen. Dafür konzentrierten wir uns in unserer Arbeit auf die sehr kreative Gruppe europäischer Intellektueller und Künstler, die wir die Antistalinistische Linke nannten. Männer wie den heutigen Bundeskanzler Willy Brandt oder Olof Palme in Schweden, die versuchten, die Spannungen mit dem Ostblock durch Annäherung abzubauen, nicht durch Drohungen. Das waren unsere Leute. Nicht nur gegen die Stalinisten, sondern eben auch gegen das reaktionäre Amerika bauten wir in Europa eine progressive Gegenöffentlichkeit. Wir betrieben Radio Free Europe, das in allen Sprachen des Sowjetimperiums sendete, förderten kritische Zeitschriften, Buchverlage und gründeten literarische Institutionen in ganz Deutschland. Organisierten Festivals für neue Musik. Unterstützten die moderne Kunst. Wir machten Ausstellungen und Kongresse und schmissen nebenher eine Party nach der anderen. Das Geld dafür kam in einer ganz bestimmten Art von Aktenkoffern. Marshall-Koffer nannten wir die. Sahen ganz normal aus, hatten aber einen doppelten Boden, in welchem Bündel von Dollarscheinen lagen.

McCarthys Hexenjagd drängte uns weltkriegserfahrene New Dealer, die wir bislang so etwas wie nette demokratische Sozialisten gewesen waren, immer weiter nach links. Dabei war klar, dass wir informell vorgehen mussten. Wir schrieben keine Manifeste, Programme oder Erklärungen, das wäre viel zu gefährlich gewesen. Aber gerade wir jungen Kriegsveteranen diskutierten unter uns leidenschaftlich, wie wir mit dem McCarthy-Schock verfahren sollten. Es war klar, dass es so nicht einfach weitergehen konnte. Was würde passieren, wenn jemand wie McCarthy – ein paranoider, psychopathischer, Lügen verbreitender Mensch – eines Tages Präsident und damit der Herr unseres Atomarsenals würde?»

Hier geht ein Ruck durch die versammelten Zuhörer, und speziell die Journalisten horchen auf – wie immer, wenn eines der beiden großen technologischen Schreckgespenster unserer Zeit genannt wird: Computer und Atombombe. Beide haben sich zusammen entwickelt, unmittelbare Produkte des Zweiten Weltkriegs, Technologien, die ein völlig neues Denken forderten, ein neues Verständnis für soziale Kommunikation und Willensbildung.

«Jedem hier im Saal, hohes Gericht, wurde vermutlich irgendwann einmal klar, was es eigentlich bedeutete, ein Amerikaner zu sein. Zum ersten Mal in der Geschichte war ein Land in der Lage, jedes andere Land oder sogar weite Teile der Welt auszulöschen. Diese Macht konnte man niemals mehr einem Einzelnen überlassen. Wir brauchten eine viel komplexere Steuerung, über die es gründlich nachzudenken galt. Die Logik des frühen zwanzigsten Jahrhunderts, aus dem wir kamen, galt nicht mehr. Es musste ein neues Denken her, und das schnell. Es war die eigentliche Aufgabe für meine Generation.

Aber ich spürte auch selber eine wachsende Unzufriedenheit mit meinem Leben. Der Auslöser war ausgerechnet die Lesung eines deutschamerikanischen Schriftstellers, Oskar Maria Graf mit Namen. Der war vor zwanzig Jahren als Emigrant nach New York gekommen, ich hatte ihn bei einer Veranstaltung der *German-American Writers Association* kennengelernt, deren Präsident er war. Er selbst sprach kein Wort Englisch, aber sein Roman *The Life of my Mother* war ein großer Erfolg in den USA gewesen. Es hatte mich sehr viel Mühe gekostet, von München aus dafür zu kämpfen, dass Graf endlich US-Bürger werden konnte. Das handhabten die Behörden nach dem Krieg rigoros, weil viele einen

Pass des Siegers in der Tasche haben wollten. Und Graf war zudem ein bekennender Sozialist und Pazifist.

Als der Antrag bewilligt war, sagte Graf zu, nach München zu einer Lesung zu kommen. Im Juni 1958 war es so weit. In dem wiederhergestellten Cuvilliés-Theater in der Münchner Residenz war die Lesung angesetzt. Graf kam so, wie er die letzten zwanzig Jahre in New York herumgelaufen war, ohne dass ihm das dort jemals jemand übelgenommen hätte: in kurzen Lederhosen. Das zauberhafte Theater war vollbesetzt. Alles mit Rang und Namen war da. Doch schon als er die Bühne betrat, begannen sie zu tuscheln. Graf runzelte die Stirn, sagte «Servus», blickte ins Publikum, setzte sich, zündete sich eine Zigarette an und begann zu lesen. Nach zwanzig Jahren Exil erklang diese kluge, melodiöse Stimme wieder, aber es dauerte nicht lange, und die Honoratioren, der Kulturreferent, die Bildungsbürger und auch die Akademiemitglieder im Publikum zischten und klopften, und nach kaum fünf Minuten riefen die ersten: ‹Zieht ihm doch die Lederhose aus! Frechheit! Was denkt er sich! Hier an diesem Ort!›

Da zeigten sie ihr wahres Gesicht – das von sich selbst und seiner außerordentlichen Kultiviertheit durchdrungene feine München war eine Jauchegrube des Spießbürgertums. Diesen Leuten hatte ich meine letzten Jahre gewidmet? Ich schämte mich in Grund und Boden. Nach diesem Vorfall war mein Verhältnis zu vielen meiner Autoren und Mitarbeiter, zur sogenannten Kulturelite, zerrüttet, allen voran den selbstgefälligen Schriftstellern einer Akademie, die es nicht einmal fertigbrachten, sich mit Thomas Mann, Lion Feuchtwanger oder eben Graf zu versöhnen, die sie einst, um den Nazis zu gefallen, aus der Stadt gejagt hatten. Ich war fertig mit München.»

Ich trinke einen Schluck. Der prall in den Gerichtssaal drückende Sonnenschein wird von schweren Wolkenmassen ausgeknipst. Zurück bleibt die drückende Luft. Sosehr auch stimmt, was ich über das offizielle München mit seinen Spießbürgern und Altnazis gesagt habe, gab es da ja auch noch das andere München, das wunderbare, das der Jugend und dem Neuanfang gehörte. Wenn auch einem, an dem ich nicht mehr beteiligt war. Blitzartig geht mir durch den Kopf, wie die Zeit in München damals endete.

Eines Morgens kurz nach der Graf-Geschichte kam ich, ein Mädchen im Arm, aus dem Offiziersclub in der Prinzregentenstraße, den wir nur P1 nannten. Im P1 lernte man immer jemanden kennen. Das Mädchen war vom Dorf nach München gekommen, um Schauspielerin zu werden, und sprach mit einem entzückenden bayerischen Akzent. Sie erzählte, dass sie einen Abschnitt aus *Grieche sucht Griechin* von Friedrich Dürrenmatt einstudiert habe und damit zu einem Vorsprechen am Residenztheater eingeladen sei. Sie hatte rotes, gelocktes Haar, das sie knabenhaft kurz trug, und nachdem wir eine Weile am Kiesstrand der Isar gesessen hatten, lud sie mich zu sich auf ihr Zimmer ein, irgendwo im Schlachthofviertel. Wir schlenderten am Ufer entlang. Sie hatte ihre schönen Tanzschuhe ausgezogen und lief barfuß. Der größte Teil des Weges war einigermaßen gepflastert. Das Panorama hier in der Nähe des Deutschen Museums war schön, weite Kiesbänke und viel Grün, überspannt von eleganten alten Brücken, die den Krieg überstanden hatten. Dazwischen eine große Kirche mit Doppelturm. Die Sonne ging gerade auf. Die Hähne (überall in der Stadt hielt man Hühner) krähten wie verrückt, und Schwärme von Schwalben zogen ihre ersten Bahnen durch die milde Luft. Kaum jemand sonst war unterwegs an diesem strahlenden Julimorgen, nur in den Bäckereien hörte man es scheppern, und der Duft frischgebackenen Brotes erfüllte manche Straße – in dieser Zeit war Brot noch richtig kostbar. Es ist dreizehn Jahre her, aber an diesen Morgen mit all seinen Freuden kann ich mich genau erinnern. Ich begleitete das Mädchen zu ihrer Wohnung. Ihr Haus war als einziges Gebäude einer Straßenreihe stehen geblieben, es sah aus wie ein Wackelzahn in einem Ruinengebiss. Die junge Schauspielerin war wirklich ganz bezaubernd, aber ich hatte meinen Entschluss schon gefasst. Ich würde hier keine weitere Runde mehr mit den blasierten Besatzungsgewinnlern drehen. Wir gaben uns einen Kuss, und ich marschierte zurück ins P1, rasierte mich, zog ein frisches Hemd an, und dann ging ich hoch ins Hauptquartier und reichte mein Gesuch um Abberufung ein.

Ich fahre mir etwas erschöpft und ohne dabei die Kopfhaut zu berühren, durchs mittlerweile wie ein skythisch-antiker Panzer aufgewölbte Haar. Schüttele den Kopf und sehe, wie ein paar schillernde Hautschuppen von mir abfallen.

Eigentlich möchte ich jetzt mein Manuskript zur Hand nehmen und weitersprechen, aber bevor ich dazu komme, gibt Richter MacMillan einen seiner röchelnden Grunzer von sich, und dann schlägt der bis dahin mit düsterer, zuweilen sarkastisch-amüsierter Miene auf seinem Stuhl sitzende ehrenwerte Richter mit dem Hammer auf den Richtertisch, dass es kracht und die Bleistifte auf der Tischplatte hüpfen. Sowohl wütend wie auch leicht angeödet lässt er verlauten, dass er seinen Gerichtssaal nicht zu einer Bühne für politische Propaganda irgendwelcher Art machen lasse, auch nicht für rührselige Besatzungszeitanekdoten.

«Frau Anwältin, ich habe des Angeklagten Ausführungen zugelassen, ohne ersehen zu können, was sie mit diesem

Prozess zu tun haben könnten. Offensichtlich hat er bis zum jetzigen Zeitpunkt nicht begriffen, was die Staatsanwaltschaft ihm eigentlich zur Last legt.»

Der Richter schnaubt verächtlich, räuspert sich mit einem Ton langsam nachlassender Wut, und sein Backenbart, in gründerväterlicher Manier in die Breite gebürstet, sträubt sich voller Widerwillen.

«Euer Ehren», ruft Kat augenblicklich und bittet ums Wort.

Es wird ihr erteilt.

«Euer Ehren, mein Mandant ist sich der gegen ihn erhobenen Anklage sehr wohl bewusst. Er muss aber Verständnis für seine persönliche Situation schaffen, aus der heraus sein Verhalten erst erklärlich wird.»

«Daran könnte man seinen ehrlichen Zweifel haben, Frau Anwältin. Der vom Staat Missouri vertretene Vorwurf gegen ihn lautet auf massive Geschwindigkeitsüberschreitung und bewaffneten Widerstand gegen die Staatsgewalt. So einfach. Wir verstehen nicht, worüber uns der Angeklagte hier berichtet. Geheimdienstliche Praktiken, doppelbödige Geldkoffer, mit denen Lesungen dubioser europäischer Literaten finanziert werden? Solch abschweifende Frechheiten haben wir nicht einmal erlebt, als jene Betrüger, die man als die Goldsmith-Brüder kennt, den Bauern in den vierziger Jahren ihr Land abschwatzten und glaubten, damit vor uns durchzukommen, indem sie es göttliches Heilswerk nannten.»

Nun meldet sich die Generalstaatsanwältin Caffery, bittet, nach vorne an den Richtertisch treten zu dürfen, was ihr gestattet wird. Kat kommt hinzu, und dann führt die Staatsanwältin irgendetwas aus, für die Öffentlichkeit im Gerichtssaal unhörbar, das dazu führt, dass Richter MacMillan, dessen Gesichtsfarbe hinter seinen schlohweißen Backenbärten während der vorherigen Ausführungen so tief tomatenrot wurde, dass man sich um sein Wohlergehen Sorgen machte, die beiden Anwältinnen entlässt, auf den Tisch hämmert und die Sitzung mit Fortsetzung meiner Aussage auf den nächsten Tag verschiebt. Dem alten Mann würde man kaum zutrauen, wie gewandt er sich nun von seinem Sitz erhebt und nach hinten verschwindet. Keine Ahnung, was die Generalstaatsanwältin ihm zugeflüstert hat, aber es war gewiss wohlüberlegt. Während sich die Ordnung des Gerichtssaals auflöst, sehe ich Kat und Caffery zu, wie sie vertraulich mehr als ein paar Worte wechseln. Ich bin mir sicher: Die beiden stecken längst unter einer Decke.

Mir ist die Unterbrechung des Prozesses nicht unrecht, auch wenn das bedeutet, dass ich in der Arrestzelle des Gerichts werde übernachten müssen. Kat begleitet mich, sie ist aufgeräumt und bemüht, mich aufzuheitern. Dabei bin ich nicht so sehr deprimiert als vielmehr erschöpft. Es laugt mich aus, auf diese Weise im Mittelpunkt der Aufmerksamkeit von Dutzenden von Leuten zu stehen. Dazu ein alter Richter, der schon Generationen Angeklagter vor sich hatte, Betrüger, Lumpen, Mörder – sein eisig-steinerner Blick durch die Krämerbrille ist fürchterlich, gewiss werde ich von ihm träumen.

«Machen Sie morgen ruhig so weiter, John», sagt Kat, um dann doch einzuschränken: «Aber vielleicht müssen wir nicht jede Wendung Ihres Privatlebens erfahren, um Ihre Motivation zu verstehen. Wichtig ist, dass klar wird, was es mit den *Pentagon Papers* auf sich hat.»

«Sie klingen wie ein Trainer, der seinem Nachwuchsboxer erklärt, dass er die Hände hochnehmen soll.»

«Ich verstehe, was das alles für Sie bedeutet, Major.»

«Ich würde es mir auch lieber einfacher machen. Aber ich muss versuchen, die Zusammenhänge herzustellen, ich muss das große Bild vermitteln. Sonst sieht man gar nichts.»

«Sie waren schon zu lange in Hannibal.»

«Ja, ich weiß. Aber eines noch, Kat.»

«Ja?»

«Was ist das für eine Statue, die da oben auf der Kuppel des Kapitols zu sehen ist?»

«Die Figur auf der Kuppel? Warten Sie … Ich glaube, das ist Ceres. Die Göttin der Landwirtschaft, aus der Römerzeit. Wieso?»

«Hat mich an etwas erinnert. Gute Nacht, Kat.»

Sie verlässt mich, wieder einmal. Natürlich. Bleibt aber gleichfalls über Nacht in Jefferson City, weil es zu weit ist, um nach Hannibal zurückzufahren. Will im Hotel noch, sagt sie, über ihre Akten schauen, weil zuletzt so viel liegengeblieben ist. Ich würde gerne, aber ich frage natürlich nicht nach dem Namen des Hotels.

Ich bekomme ein lauwarmes Abendessen serviert, aus einem Diner in der Nähe. Kein gutes Essen, aber im Vergleich mit dem in Hannibal ein Festmahl. Trotzdem vermisse ich Burg Hunerwadel und den nächtlichen Chor aus den manischen Rufen der missourischen Moonjuicejunkies und all der anderen Freaks, Drafties, Hippies und schweren Jungs. Wie heißt es bei Tacitus: Früher litten wir unter den Verbrechen, heute unter den Gesetzen.

Nach dem Essen putze ich mir notdürftig mit dem Finger die Zähne, ziehe die Uniform aus und hänge sie über den Stuhl. Bügel gibt es keine. Natürlich nicht, damit könnte ein Angeklagter sich ja etwas antun. Ich lege mich auf die Pritsche und sehe das Manuskript meiner Rede durch, lese für mich, wo es nach München weitergeht. Schade, dass ich das alles morgen auslassen werde.

Der mittlerweile zum Colonel aufgestiegene Ludwig von Ganzersstamy hatte sich damals sogar erfreut über meinen Entschluss gezeigt, München zu verlassen. Von meinem Abschied aus der Army wollte er allerdings nichts wissen. Wer würde denn so dumm sein, kurz vor seiner Beförderung zum Major den Dienst zu quittieren? Abgesehen davon gäbe es mittlerweile ein neues, ganz anderes Betätigungsumfeld für Leute wie mich. Kalifornien rufe! Wie immer, wenn mein Chef mich überzeugen wollte, hatte er ein fabelhaftes Angebot in petto: ein Promotionsstipendium der Ford Foundation, für drei Jahre. Die Promotion würde über die Universität von Kalifornien laufen, aber mein Büro wäre in Santa Monica, bei der RAND Corporation. Ich überlegte ein paar Tage. Dachte auch darüber nach, meinen Jugendtraum zu verwirklichen und endlich einen Roman zu schreiben. Allerdings, schreiben konnte ich ja auch noch nach dem Stipendium. Ich sagte also zu.

Doch bevor das losging, genehmigte mir Colonel Ganz drei Monate Sonderurlaub. Und das war wirklich eine gute Erfahrung nach all den Jahren im Dienst, so weit weg von Amerika. Und von zu Hause.

1952 war ich zuletzt für vier Wochen über Weihnachten und Neujahr in New York gewesen. Seitdem hatte ich meiner Mutter Briefe geschrieben, auch dies im Laufe der Jahre immer seltener. Wie das so geht, wenn man älter wird und es zu wenig im eigenen Leben gibt, das einen daran erinnert, wie kostbar die Zeit ist, da jeder Tag immer nur die glorreiche Wiederholung des vorherigen zu sein scheint.

Meine Mutter, irgendwie geschrumpft und komplett ergraut, ohne ihre lebenstüchtige Art verloren zu haben, teilte mir mit, dass sie unser Backsteinhäuschen in der Bronx verkaufen wolle, um zu ihrer Schwester nach Pennsylvania zu ziehen. Das Haus hatten wir damals, nach dem tragischen Tod meines Vaters, mit dem Geld aus seiner Lebensversicherung abbezahlen können, die er glücklicherweise kurz vor seinem Unfall abgeschlossen hatte. Aber jetzt litt Mutter unter den Veränderungen in der Nachbarschaft unseres Viertels.

«Wie früher ist es nicht mehr», erzählte sie. «Familien mit Kindern, die es sich leisten können, ziehen weg. Wer irgendwie kann, baut sich ein nettes Häuschen Upstate oder in New Jersey und fährt mit dem Auto zum Arbeiten in die Stadt. Ich fühle mich nicht mehr wohl hier. Dreimal haben sie in der letzten Woche eingebrochen. Ich weiß nicht, was los ist, aber das ist keine Gegend mehr für eine alte Frau. Und du, mein lieber Junge? Ich habe immer gedacht, du würdest hier irgendwann mit deiner Familie einziehen, wenn du endlich aus dem Krieg kämst. Aber eine Frau hast du noch nicht gefunden und bist nur zurückgekehrt, um mir zu sagen, dass du nach Kalifornien gehst. Was soll ich also noch hier?»

So verbrachte ich die Zeit in New York damit, ihr beim Umzug zu helfen, das, was sie an persönlichen Gegenständen mit sich nehmen wollte, einzupacken und den Rest unseres Besitzes an einen Trödler zu verkaufen, der binnen eines halben Tages und mit drei Hilfsarbeitern alles in seinen Lieferwagen trug und fortbrachte. Als das Haus schließlich leer war, an das ich so oft gedacht hatte, da war es mir seltsam zumute.

«Sieh mal her», sagte meine Mutter und reichte mir ein zerschlissenes Kartonschächtelchen in den Farben des Sternenbanners, «das habe ich noch gefunden. Von Opa Joe. Möchtest du es mitnehmen?»

Und so endete die Geschichte der Familie Glueck in New York nach drei knappen Generationen, und ich hielt das letzte Päckchen Karten in Händen, das meinem Großvater gehört hatte. *Bicycle 808*, selbstverständlich.

Damit brach ich auf. Ich würde häufig Gelegenheit haben, es hervorzuholen, da ich auf die uramerikanische Weise nach Westen reiste: als Anhalter, mit dem Bus und in der Eisenbahn. Die drei Monate meiner Reise von Ost nach West schluckten mich, verdauten mich und warfen mich – gereinigt wie eine dieser exquisiten Kaffeebohnen – wieder aus. Mein Trip zeigte mir weniger das brutale und chaotische Antlitz Amerikas, sondern die unter allen modernen Nationen einzigartige Ungebundenheit seiner Bewohner. Das war das Amerika der einfachen Leute, die nicht aufhörten, ihr Glück zu suchen. Ich traf sie unterwegs, beim Umherziehen von einem Ort zum nächsten. Die meisten besaßen nicht viel mehr als ihr Gepäck und vielleicht ihren Wagen. Viele hatten gerade mal einen Koffer. Wieder und wieder waren sie enttäuscht worden, Stadt um Stadt hatte ihnen Niederlagen zugefügt, und so zogen sie immer weiter, verliebten sich, verließen sich, bevölkerten die billigen Motels, in denen sie sich betranken, zur Musik aus dem Radio tanzten und die Laken blutig machten, um irgendwann wieder in einer neuen Stadt anzukommen, in der sie zu bleiben beschlossen, mit der Gewissheit, dass ihnen demnächst die Mainstreet gehören würde. Es tat so gut, mich für eine Weile unter ihnen zu bewegen, als einer von ihnen, und ihren Geist zu atmen. Meine Liebe zu unserem Land und seinen Menschen zu spüren. Aber ich sah auch die entsetzliche Armut überall in Amerika und begriff, dass wir noch lange nicht am

Ende unseres Wegs waren. Das waren auch harte Wochen. Die letzten tausend Kilometer bis Los Angeles brachte ich mit dem Bus hinter mich. Übernachtete in Kleinstädten, an deren Namen ich mich schon beim Abendessen im nächsten Ort nicht mehr erinnern konnte.

Ich war schließlich zehn Kilo leichter und brannte für meine neue Aufgabe. Fühlte mich nicht mehr so naiv wie früher, sondern verschlagen, erfahren und entschlossen, die Politik unseres Landes zu ändern, wenigstens zu beeinflussen. Und wenn es einen Ort gab, an dem man das Gefühl hatte, dass das möglich war, dann war es definitiv die RAND Corporation, die große Denkfabrik der Armee.

Das Licht geht aus. Ein peitschengleicher Juckreiz auf meiner Kopfhaut beginnt mich zu quälen, so stark, dass ich mir am liebsten die Haare ausreißen möchte.

Ich lege die Fingerspitzen zusammen, versuche, jedes verfügbare Quäntchen positiver Energie zu sammeln, atme so tief in meinen Unterbauch ein, wie das nur Leute mit jahrzehntelanger Yoga- oder Seilspringerfahrung vermögen, schließe die Augen und bete in der Dunkelheit meiner Zelle zu den Hilfsgeistern und Heiligen der Krätzen und Schwären. Von der Hässlichkeit, dem Schmerz abgesehen – die Haut ist unser größtes Organ, und wenn sie umfassend juckt, dann ist unsere Existenz nur noch eine Qual. Wird das jemals besser?, frage ich mich.

Wieder und wieder gehe ich in Gedanken den Weg, der mich in diese Situation gebracht hat, und komme zu keinem anderen Schluss, als dass ich ihn wieder gehen würde, bis hin zu jenem späten Nachmittag im November 1968, als ich in der Nähe von Saigon im Delta des Mekong unterwegs war, am Abend meines Unfalls.

Nach den Jahren in München und der beständigen Anstrengung, im Land unserer ehemaligen Feinde etwas aufzubauen, das den amerikanischen Idealen gerecht wurde, nach den Jahren mit Redaktionskonferenzen, Festivals und Geldkoffern, hatte ich es ungeheuer genossen, in die Welt der Universität zurückzukehren und mich zunächst wieder mit der Vergangenheit zu beschäftigen, zumal einer, die ich selbst erlebt hatte. Noch in München hatte ich den alten Wehrmachtsgeneral von Gersdorff kennengelernt, der damals beim Kriegsspiel von Schlenderhan dabei gewesen war, und bald schon, während meines ersten kalifornischen Winters, versank ich tief in die Militärgeschichtsschreibung. Ich studierte den offiziellen Historiker der US-Armee, den ich während der Befreiung von Paris bei der Arbeit beobachten konnte und dessen Arroganz mir bis heute fast körperlich fühlbar ist. Ich flog ein paarmal zurück nach Deutschland, um in Militärarchiven zu recherchieren, und so nahm meine Arbeit ihren Lauf. Die Kommunikationsstruktur des Kriegsspiels war außergewöhnlich – es war den Deutschen dadurch möglich gewesen, fast in Echtzeit die Schlacht zu steuern, und das noch ohne Computer. Das wollte ich erforschen, auch im Sinne einer massiven Kritik an unserer Art der Führung.

Als meine Promotion nach zwei Jahren erschien, interessierten sich erstaunlich viele Kollegen der unterschiedlichsten Richtungen für meine Arbeit. Es gab da eine Menge Aspekte, die mir gar nicht bewusst gewesen waren. Woher auch? Mein Ausgangspunkt war der militärhistorische. Aber man konnte diese letzte Sternstunde preußischer Generalstabskunst auch ganz anders betrachten: etwa aus dem Blickwinkel der neuartigen, von Norbert Wiener beim Nachdenken über ballistische Probleme entstandenen Kybernetik, dem großen Modethema bei RAND oder am MIT; so gesehen war Schlenderhan im Grunde schon die Simulation eines intelligenten Netzwerkes, gebaut aus Telefon- und Funkleitungen. Einer meiner Kollegen meinte einmal, dass damit eine Art von Umgebungsintelligenz geschaffen worden sei, die es nun nachzubauen gelte. Vernetzte Computer. Im Grunde sollte für uns überall auf der Welt dieselbe gleichzeitig abrufbare Informationsdichte vorliegen wie damals beim Kriegsspiel von Schlenderhan. Im Lichte Kaliforniens beflügelte es plötzlich sogar den Geist der Kybernetik, um Instrumente zu erschaffen, mit denen wir auch die Gesellschaft weiterentwickeln und sogar vor sich selbst beschützen konnten. Das, was einstmals Propaganda geheißen hatte, erschien uns nun als das legitime Mittel, unsere demokratische Gesellschaft zu steuern. Aber es musste viel subtiler vor sich gehen.

Wir wollten damit ein anderes Gesellschaftsmodell als die Kommunisten realisieren, ein demokratisches und eines, das besser wäre als deren Einparteiendiktatur, besser nicht nur in einem moralischen Sinne, sondern auch in seiner Effizienz, Produktivität und Kreativität. Ist die Herrschaft eines freien Volkes über sich selbst möglich? Noch dazu in Kriegszeiten? Das waren die Fragen. Das sind sie noch. Denn es gab nicht wenige eingefleischte konservative Intellektuelle und Berater, die bei dem Gedanken an das Zentralkomitee der KPdSU nur ein Gefühl kannten: Neid.

Neid auf die totale Herrschaft einer kleinen Elite. Offene Gespräche der Experten unter Ausschluss der Öffentlichkeit, die keine Rücksicht nehmen mussten auf Befindlichkeiten einer zurückgebliebenen Bevölkerung. Wenn man einen Staudamm braucht, wird eben einer gebaut. Wenn Stadt X einer Uranmine im Weg ist, wird sie kurzerhand umgesiedelt. In den Zeitungen steht nicht die Wahrheit, sondern nur, was die Partei für ihre Ziele benötigt, und auch das Fernsehen lässt alles gut aussehen. Da kann man die Dinge anders vorantreiben. Ganz abgesehen davon, dass es dort – den elenden Antisemitismus ausgenommen – kaum Rassenprobleme gab und die Frauenemanzipation viel weiter war als bei uns. Gesundheitsversorgung für alle. Die Sowjetgesellschaft war so gesehen viel fortschrittlicher. Es war kein Zufall, dass die Russen den ersten Menschen im All hatten. Wir fühlten uns in der Pflicht. Und hatten auch mit einem Mal wieder einen Anführer: John F. Kennedy.

Wir hatten die Depression hinter uns gebracht. Im Krieg gekämpft und McCarthy überstanden. Wir wollten endlich, dass Intelligenz, Analyse und Vernunft unser Handeln bestimmten. Dafür stand Kennedy, nein, das war Kennedy, unser Mann. Seine Tragik bestand darin, dass er so großen Wert darauf legte, gut auszusehen, und dass ihm das auch gelang, selbst wenn es gerade nicht gut lief. *Anmut unter Druck* nannten wir seinen Stil.

Den Zweiten Weltkrieg hat Detroit für uns gewonnen, aber die Atombombe hatte die Welt danach für immer verändert. Doch ebenso wie die Existenz von thermonuklearen Waffen hat eine andere Technik die Welt verändert: das Fernsehen. Kennedy begriff als Erster, was es bedeutete.

Vor gut zehn Jahren fand das erste Präsidentschafts-TV-Duell der Geschichte statt, und Kennedy ließ Nixon keine Chance. Das Fernsehen brachte ihn an die Macht. Es hatte die Politik unwiderruflich verändert, und Kennedy wusste das. Doch das Fernsehen lähmte ihn auch und begann sein Handeln zu bestimmen: *Es muss verdammt noch mal gut aussehen.* Also fingen wir an, es gut aussehen zu lassen.

Das Kubafiasko lag gerade hinter uns, da beschloss Kennedy, dass wir den Mond erobern sollten. Er war überzeugt, dass das exzellente Bilder geben würde. Im Hintergrund arbeiteten seine Leute daran, die Eisenhower-Doktrin des *massiven Gegenschlags* zu verabschieden. Kleine Kriege mussten wieder möglich sein.

Kurz vor Kennedys Reise nach Berlin 1963 habe ich ihn in D. C. kennengelernt. Einer seiner Berater war ein früherer Kollege. Wir trafen uns zufällig in einem einschlägigen französischen Restaurant, einen Tisch weiter saß Kennedy und sprach mit anderen Mitarbeitern. Mein Bekannter sagte: «Hey, John, wir fliegen in drei Stunden nach Deutschland, der Chef wird eine Rede in Berlin halten. Das Skript ist fertig, aber es fehlt noch ein Slogan. Du kennst doch die Deutschen. Was, glaubst du, kommt da drüben an?»

«Hm», sagte ich, «was ankommt?»

«Ja, bei den Deutschen. Du warst doch lange da drüben und kennst dich aus. Bist doch ein alter Propaganda-Mann, hab ich recht?»

«Tja.»

«Hör zu, John: Ich denke, er sollte den Leuten sagen, dass sie zu Amerika gehören, egal was da kommen mag. *This is American soil*, irgendwie so was.»

«Er soll sie zu Amerikanern erklären? Weiß nicht. Die Rechten werden durchdrehen. Das ist doch genau das, was die Russen machen. Imperialistisch.»

«Okay, aber was dann? Wir brauchen einen Slogan, den der Chef bringen kann. Du weißt, wie wichtig es ihm ist, gut rüberzukommen.»

«Drehen wir deinen Satz eben um!»

«Wie meinst du das?»

«Hier», sagte ich und schrieb ein paar Blockbuchstaben auf einen Zettel. Ich benutzte dabei jene für einen amerikanischen, des Deutschen komplett unkundigen Leser gedachte phonetische Notationstechnik, die ich zwanzig Jahre zuvor für das *Handbuch für amerikanische Soldaten in Deutschland* entwickelt hatte:

ISH-Pin-ain-BurleenAh

«Was soll das bedeuten, John?»

«Das ist Deutsch. Dieser Satz sagt, dass er sich als einer von ihnen fühlt. Die Deutschen fühlen sich oft ausgegrenzt. Und gerade die Berliner leiden furchtbar. Zu sagen, dass er einer von ihnen ist, könnte ihnen gefallen.»

«Hm, na ja, ich weiß nicht. Ich gebe dem Chef den Zettel nachher im Flugzeug. Mal sehen, was er denkt. Pass auf, komm doch schnell mit rüber, die stehen gerade auf. Du kannst ihm die Hand schütteln, und ich besorge dir ein Autogramm!»

Ein halbes Jahr nach Berlin war JFK tot, Johnson übernahm, und der Vietnamkrieg – der lange Jahre eigentlich nur nebenbei gelaufen war – begann, zum Problem zu werden. Beim Wahlkampf 1964 konzentrierten wir uns nur darauf, Goldwater zu verhindern, denn der sagte offen, dass er Atomwaffen gegen Nordkorea, Kuba oder Vietnam einsetzen würde – wozu hatten wir sie schließlich? Um Goldwater keine Chance zu lassen, waren die Maßstäbe für unsere Politik in Vietnam und den Einsatz von Gewalt gelockert. Johnson musste wie ein Macher rüberkommen, der alles im Griff hatte. Aber der ganze Optimismus der Regierung bezüglich Vietnams hatte auf Falschmeldungen beruht. Das weiß ich aber erst heute. Ohne jemals dort gewesen zu sein, stand ich zu der Zeit hinter unserer Vietnampolitik. Verteidigungsminister McNamara war ein beeindruckender

Mann. Während einer Sitzung bei ihm sah ich, dass Camus' *Der Mensch in der Revolte* auf seinem Schreibtisch lag, mitten in der Lektüre offen umgedreht, um die Stelle zu markieren, wo er aufgehört hatte zu lesen.

Ich stand hinter der Vietnampolitik der Regierung, denn es war irgendwie der Eindruck entstanden, Südvietnam wäre ein regulärer, selbständiger, demokratischer Staat, so etwas wie Westdeutschland, nur eben ohne Industrie und in den Tropen. Würden wir denn zulassen, dass Guerillatruppen aus der DDR Bombenanschläge in Frankfurt am Main verübten? Geheime Terroristenausbildungslager im Bayerischen Wald unterhielten? Sollten wir Südvietnam also den Kommunisten überlassen? Niemals. Deshalb unterstützten wir es immer intensiver und wurden unversehens abhängig von unserem Ziehkind. Wir fingen an, unserer eigenen Propaganda zu glauben. Jetzt regiert die Lüge. Die Politik ist am Ende. Die Generäle entscheiden über die Kriegsziele. Unsere Propaganda interpretiert nicht mehr unsere Wirklichkeit in einem bestimmten Licht. Sie schafft sie.

Kat kommt am Morgen zu mir in die Arrestzelle, sie hat Frühstück dabei, Donuts und Kaffee. Der schmerbäuchige Gerichtsdiener, der sichtlich froh sein wird, wenn ich endlich abgeurteilt und verschwunden bin, lässt sie zu mir in die Zelle, bleibt aber in der Nähe. Ein weiterer Sicherheitsbeamter, der auf mich aufpasst. Wie satt ich den Anblick dieser Typen habe, den Gesichtsausdruck von Wärtern, die immer gleichen Gesten, wenn sie ihren Schlüsselbund rausholen, dich einsperren, rauslassen, dir Handschellen anlegen, sie wieder abnehmen.

«Guten Morgen, Major. Geht es Ihnen gut?»

«Eine kleine wunde Stelle am Hals, nicht tragisch, aber

ich habe deshalb nicht besonders gut geschlafen. Sonst ist alles einigermaßen in Ordnung. Hoffe, dass ich den Hemdkragen nicht blutig mache.»

«Okay.»

«Kat, ich habe über alles nachgedacht.»

«Ja?»

«Wir machen den Deal mit der Staatsanwältin. Sie wissen alles, Sie sprechen für mich. Aber ich will das letzte Wort haben.»

«Der Angeklagte hat immer das letzte Wort – vor dem Richter, versteht sich.»

«Dann wäre das also klar.»

«John, ich bin froh über Ihre Entscheidung. Lassen Sie mich sehen, ob ich die Staatsanwältin vor der Verhandlung noch telefonisch erreichen kann.»

Der Gerichtssaal scheint noch voller als gestern. Die Staatsanwältin ist schon da, Kat gibt ihr ein Zeichen, ein Nicken. Sie haben miteinander gesprochen. Wir setzen uns, der Richter erscheint, altväterlich zerzaust wie gestern. Über die Gläser seiner Nickelbrille hinwegblickend, zeigt er heute aber einen ganz anderen Gesichtsausdruck. Vielleicht nimmt er irgendein Medikament und kam gestern Nachmittag wegen der Aufregung in einen Unterspiegel. Jetzt ist er, scheint's, wieder richtig eingestellt. Er eröffnet die Sitzung, und dann geht es ganz schnell. Kat meldet sich zu Wort und legt dar, Schritt für Schritt, was ich getan habe. Dass das Verkehrsdelikt der Schlüssel war, um ein paar Monate in Sicherheit zu sein. Sie erklärt, was sich im Wagen befand und warum ich mich inhaftieren ließ: um die *Pentagon Papers* der Presse zuzuspielen. Dass es weitere brisante Dokumente gibt. Sie braucht nicht lange, und das Gebäude unserer Verschwörung mit meinem Anteil daran steht jedem Zuhörer deutlich vor Augen. Die *Pentagon Papers* sind schließlich das Medienereignis des Jahres.

Die Staatsanwältin hört zu und genießt. Als Kat die Rede auf die Exilkubaner bringt, geht ein Raunen durch die Reihen der Zuhörer. Der Richter ruft zur Ordnung. Als Kat fertig ist, hält die Staatsanwältin ihr Plädoyer, das sehr kurz ausfällt. Sie fordert, mich auf der Stelle auf freien Fuß zu setzen, da meine Strafe für das Verkehrsdelikt mit den Monaten im Staatsgefängnis von Hannibal abgegolten sei. Danach kündigt sie an, der Staat Missouri werde wegen des Einbruchs in die Polizeigarage umgehend eine Klage gegen die Bundesregierung auf den Weg bringen. Gouverneur Hearnes sei bereits informiert und habe seine volle Unterstützung zugesagt.

Der Richter schlägt ein paarmal mit seinem Hammer in den Tumult, aber es braucht eine Minute, bis sich die Beobachter des Prozesses beruhigen können. Das *ist* eine Sensation, weit über die Grenzen des Show-me-States hinaus. Wenn der Richter Diane Caffery folgt, werde ich frei sein, zumindest vorerst. Doch ehe sich das entscheidet, so erklärt der ehrenwerte Richter MacMillan, habe das letzte Wort: der Angeklagte.

Ich stehe auf, ohne mein Redemanuskript zur Hand zu nehmen, denn für das, was ich erzählen will, brauche ich keinen Text, nur das Päckchen Spielkarten, das ich immer bei mir trage: *Bicycle 808*. Mit ihm in der Hand trete ich nun also zum zweiten Mal in die Schranken des Gerichts. Der Richter wirft einen zweifelnden Blick auf die Karten, und wieder läuft sein Gesicht bedenklich rot an.

«Er hört nicht auf, das Gericht zu provozieren, bis zum

letzten Augenblick. Seine Dreistigkeit übertrifft noch diejenige der in den Fünfzigern in St. Louis ihr Unwesen treibenden Heiratsschwindlerin Pauline Hobbes, die es gewagt hat, während ihres eigenen Prozesses mit dem Staatsanwalt anzubandeln. Lege er die Spielkarten aus der Hand, Angeklagter, wenn er in meinem Gerichtssaal das Wort erheben will, aber schnell.»

«Euer Ehren, ich bitte um die Erlaubnis, eine Karte heraussuchen und dem Gericht zeigen zu dürfen.»

Jetzt bleibt sogar Diane Caffery der Mund offen stehen. Der Richter ist fassungslos, er blickt zu meiner Anwältin. Kat zuckt ratlos mit den Schultern. Die Augenbrauen bis fast unter ihren Haaransatz gezogen. Im Saal ist es so leise, dass man den Schnauber, mit dem der Richter seine Wut ablässt, gut hören kann.

«Ich hoffe für ihn, dass ich es nicht bereue, sonst bekommt er eine Strafe für die Verhöhnung des Gerichts. Wir haben auch in Jefferson City ein sehr gut funktionierendes Gefängnis. Dann zeig er also schon seine Karte.»

«Hier», ich halte die Karte hoch, «das Pik-Ass.»

Einige der Journalisten hören auf zu schreiben und glotzen wie Schafsböcke.

«Das ist das Pik-Ass aus einem typisch amerikanischen Kartenblatt, mit welchem ich seit meiner Kindheit vertraut bin. Mein Großvater hat mit diesen Karten oft mit mir gespielt. Am liebsten Poker.»

Niemand hat eine Ahnung, was das soll, aber einige lachen trotzdem. Offensichtlich ist der hautkranke Major, der die *Pentagon Papers* herausgeschmuggelt hat, ein totaler Spinner.

Der Richter zischt um sofortige Ruhe. Ihm ist es wohl auch nicht wenig unbehaglich.

«Wenn ich aus diesem Gerichtssaal zum Fenster hinausblicke, sehe ich das Kapitol von Missouri. Jeder hier in diesem Saal kennt es. Ich habe es gestern zum ersten Mal gesehen. Ganz unbekannt kommt es mir natürlich nicht vor, denn es ist ja dem Kapitol von Washington nachempfunden. Und ganz wie in D.C. steht auf der Spitze der Kuppel eine Statue. Ich habe mich bei meiner Anwältin erkundigt: Hier in Missouri ist es eine Statue von Ceres, der römischen Göttin des Landbaus. In Washington ist es die Statue of Freedom, und ich erinnere mich, dass wir in der Schule gelernt haben, dass man sie auch *Armed Freedom* nennt, die Bewaffnete Freiheit, denn sie trägt in der rechten Hand ein Schwert.

Und damit kommen wir jetzt zu dieser Karte – denn die Statue of Freedom ist das Motiv dieses Pik-Ass. Der ganze Enthusiasmus eines mittellosen deutschen Einwanderers, der im freien Amerika sein bescheidenes Glück gesucht und auch gefunden hatte, steckte für mich in dieser Karte. Denn mein Großvater hatte mir das so erklärt – die Statue of Liberty in New York lässt die Menschen freimütig nach Amerika hinein, und die Statue of Freedom bewacht dann mit dem Schwert ihre Freiheit. Deshalb ist sie auf dem schönen Pik-Ass drauf.»

«Frau Anwältin», knurrt der Richter, «ich sage es das letzte Mal: Eine derartige zeitvernichtende Ausschweifung wie am gestrigen Verhandlungstage werde ich nicht mehr dulden. Machen Sie sich Ihrem Mandanten verständlich.»

«Ich denke, das hat er verstanden», sagt sie und sieht mir, so streng sie kann, in die Augen. Der Richter lässt seinen Blick durch den Saal schweifen, über die bis auf den letzten Platz gefüllte Besuchertribüne. Er runzelt die Stirn wie ein

Bauer, der sich über den Charakter einer noch weit entfernten Wolkenformation klarzuwerden versucht.

«Fahr er also fort.»

Ich halte das Pik-Ass hoch wie ein Zauberkünstler in einem wandernden Vaudeville, der die Aufmerksamkeit seines Publikums fesseln will. Niemand weiß, worauf der Trick hinausläuft, weshalb ihm sogar die Skeptiker folgen.

«Ich erzähle Ihnen die Geschichte dieser Karte, die auch meine Geschichte ist, da sie mich mein Leben lang begleitet hat. Nach den Nachmittagen mit Großvater in der Bronx, den ersten Pokerpartien mit meinen Kumpels im New York der Depression, wo wir Gangster spielten, die um märchenhafte, aus einzelnen Centstücken bestehende Jackpots rangen und versuchten, uns gegenseitig durch die Kunst des Bluffs zu täuschen, bis hin zu den Pokerabenden in Camp Ritchie, wo sie uns die soldatische Spezialausbildung verpassten, die mich nach London, Frankreich, in den Hürtgenwald und schließlich in die Bundesrepublik Deutschland, in das Land unserer vormaligen Feinde, brachte – *Bicycle 808* war immer bei mir gewesen. Und das Pik-Ass mit seiner Darstellung der Statue of Freedom, der Freiheitsgöttin, erinnerte mich stets daran, wo ich herkam und was ich war: ein für die Freiheit aller Menschen kämpfender Amerikaner. Die Posten wechselten, die Bedrohungen änderten sich, doch immer war klar, dass ein Amerikaner zu sein hieß, auf der richtigen Seite der Geschichte zu stehen. Auch das bedeutete diese Karte.»

Ich trinke einen Schluck Wasser, halte die Karte dabei mit der linken Hand gut sichtbar nach oben, blicke um mich, erkenne, dass mir nicht nur die Zuschauer auf der Tribüne folgen, sondern auch der Richter unvermutet geduldig blickt. Es ist eine der geheimnisvollen Eigenschaften der Karten, dass die Leute sie einfach gern ansehen.

«Vor gut drei Jahren übernahm ich einen jener Regierungsaufträge, die für RAND-Mitarbeiter meines Schlages so typisch sind. Es ging um die Bewertung eines wichtigen Pazifizierungsprogrammes, das in den verschiedenen Provinzen Südvietnams tätig war. Der Auftrag kam vom Pentagon. Auffällig war, dass ich ganz alleine agieren sollte und dass ich mit niemandem außer dem Vertreter des Auftraggebers – den ich noch nicht kannte – über meine Arbeit sprechen durfte. Ich durfte nicht mal mit meinem Chef bei RAND darüber sprechen!

Zunächst einmal war es Computerarbeit. Ich hatte Zahlen in unser System einzugeben. Das war das Langwierigste. Der Computer selbst brauchte kaum einen Tag, um alles durchzurechnen und das Ergebnis zu präsentieren. Als ich mir einen Überblick über die vom Rechner zu übersichtlichen Statistiken verarbeiteten Daten verschafft hatte, wurde mir unheimlich zumute. Ein seltsames Gefühl, das einem tatsächlich nur der Computer vermitteln kann. Ich sage das im Wissen, dass die meisten von diesem Thema total genervt sind: Computer! Sind doch überbewertet. Man kann ja keine Zeitung mehr aufschlagen, abgesehen vielleicht vom *Playboy*, ohne mit diesem Thema konfrontiert zu werden, hab ich recht?»

Okay, das war billig. Mein Effekt, kurz mal das Herrenmagazin Nummer eins zu erwähnen, lässt Richter MacMillan aufzucken. Aber da ich den Kopf senke und das wohltuend heitere Gemurmel auf der Besucherbank ganz gesittet bleibt, schnaubt er nur kurz und lässt mich fortfahren. Und da wird allen im Saal schnell bewusst, dass zu Heiterkeit kein Grund besteht.

«Mich überkam ein Schauder, als ich diese Computerstatistiken durchlas und sah, dass das sündteure Pazifizierungsprogramm und die damit verbundenen Erwartungen des Pentagons vergleichbar waren mit sogenannten ‹Säuberungsaktionen› der SS in Osteuropa während des Zweiten Weltkriegs. Es gab genaue Schätzungen über nordvietnamesische Geburtenzahlen und die entsprechenden finanziellen Mittel, die man werde bereitstellen müssen, um diese fürderhin auf die Welt kommenden Nordvietnamesen zuverlässig und zeitnah zu beseitigen. Das war einfach unfasslich. Ich fühlte mich wie ein sich unschuldig wähnender, buchhalterischer deutscher Offizier im Jahre, sagen wir, 1943, der gerade zum ersten Mal den Zusammenhang zwischen mehr Zugfahrten in die Lager, zugleich steigenden Kosten für Zyklon B und Gaslieferungen für die Krematorien zu verstehen begann. Hier nur dank des Computers. Aber gut, hatte ich mir gesagt, der Computer und die Statistik sind das eine. Entscheidend ist doch die Wirklichkeit.

Als ich alle Daten zusammenhatte, trat ich meine Reise an. First Class. Die Ankunft in Saigon war dann recht aufwühlend. Keine Ahnung, wie die Stadt früher war, aber heute dürfte es der Ort mit der höchsten Luftverschmutzung der Welt sein. Unsere Lastwagen, Transporter, Hubschrauber und so weiter verursachen schon wahnsinnig viel Dreck, und dann kommen die Pkw und die Honda-Motorräder der Bewohner hinzu. Seit der amerikanischen Intervention hat sich deren Zahl vervielfacht. Die Stadt schwimmt im Geld und versinkt im Smog.

Deshalb war ich sehr froh, dass es gleich nach meiner Ankunft in Saigon weiterging nach Lai Khe, in das Hauptquartier der Big Red One, das ist der Beiname der berühmten 1. Division, einer der ältesten, durchweg im Einsatz befindlichen Einheiten unserer Armee. Die 1. Division wurde 1917 aufgestellt und hatte als erste Männer auf europäischem Boden. 1944 war sie an der Landung in der Normandie beteiligt, ist durch Frankreich mitgegangen, kämpfte auch kurz im Hürtgenwald und half danach mit, Hitlers Ardennenoffensive zu stoppen. Nach dem Krieg übernahm sie den Wachdienst bei den Nürnberger Kriegsverbrecherprozessen. Ich kann mich gut an einige der jungen Offiziere erinnern, die damals der Stolz verband, in der Big Red One zu dienen.

Nun holte mich ein Cobra-Kampfhubschrauber ab, um mich in das Hauptquartier der BRO zu bringen. Generalmajor Lentil, der aktuelle Kommandeur, erwartete mich.

Am Flughafen war mir schon die so ganz andere Luft aufgefallen, eine mit unendlich vielen Aromen angereicherte Luft, die sich anfühlte, als könne man sie schlürfen wie eine lauwarme Suppe. Insektenleben. Vitalität. Vogelstimmen. Das Grün des Dschungels, über das wir flogen. Der Pilot war ein muskelbepackter Captain, ein Schwarzer, der bei der Army auch sein Flugzeugbaustudium abgeschlossen hatte. Er erzählte mir über Kopfhörer ein paar technische Einzelheiten der Maschine, die von zwei weiteren Kampfhubschraubern begleitet wurde. Erklärte mir, was ein Turboshaft-Motor war. In diesem nagelneuen Modell von Bell Industries war einer verbaut, der 1100 PS hatte. Der Zweite Weltkrieg war von Lastwagen entschieden worden. Der Dschungelkrieg in Vietnam wird von unserer Luftwaffe und ihren Transportmaschinen, Bombern, den Magic Dragons und dem Riesenschwarm von Iroquois- und eben den neuen, heißen Cobra-Hubschraubern bestimmt. Logistik in der nächsten Dimension.

‹Liegt perfekt in der Luft, kann aber richtig, richtig giftig werden›, erklärte mir der Pilot. ‹Werden Sie morgen ja sehen, wenn Sie mit dem General eine Runde drehen.›

Schon in Amerika hatte ich von Generalmajor Lentil gehört. Er war berühmt dafür, in seinem Hubschrauber zu sitzen und das Kampfgebiet seiner Division im Tiefflug durchzuackern. Mit seinem Kaliber-50-Bordmaschinengewehr stocherte er von oben Gegenden durch, in denen der Vietcong Ausbildungsplätze und Unterkünfte hatte. Der General war sein eigener Scout. ‹Lentil mit seinem Hubschrauber ist wie Jimi Hendrix, der ein routiniertes und doch absolut inspiriertes Solo spielt›, hatte mal irgendjemand über ihn gesagt. Bei dem späten Barbecue, das Lentil für mich gab, sprach er einen Toast:

‹Gentlemen, wir haben heute Abend einen Ehrengast. Auf Major John Glueck! Ich bewundere Ihre Arbeit, John!›

Ich wusste erst nicht, was ich sagen sollte, und der General fuhr fort:

‹Ich habe Ihre Doktorarbeit gelesen, über die Wehrmacht. Die Führungsgeschichte. War auch im Hürtgenwald, als Leutnant, nach Ihnen. Habe gut verstanden, was Sie beschrieben haben. Hab mir immer vorgenommen, es genau anders zu machen.›

Er zeigte sein perfektes Sportlerlächeln und ließ mir drei riesige Spareribs auflegen.

‹Genau die richtige Portion für Dr. Glueck›, sagte er und sah mir vergnügt zu, wie ich anfing, sie zu verspeisen. Sie waren gut. Süß-scharf mariniert.

‹Sie essen nichts?›, fragte ich ihn.

‹Niemals nach 18 Uhr.›

In der Nacht – erfüllt von Maschinenlärm und dem unablässigen Vibrieren der Zikaden – knallten riesige Käfer an meine Zeltwand. Es hörte sich an, als ob ein spielendes

Kind sie schleuderte wie Dreckbatzen. Von weit her vernahm ich die Ankunft großer Flugzeuge auf dem Rollfeld, das sich weiter östlich über zwei Meilen hinzog. Gigantische Stromgeneratoren, die Wolkenberge von Abgas produzierten, liefen Tag und Nacht und ließen die Airbase in gleißendem Licht erstrahlen. Einmal stand ich auf, trat im Unterhemd aus dem Zelt und sah der Ankunft eines Geschwaders von Douglas-AC-47-Kampfbombern zu, den Magic Dragons, die sich mit gewaltigem Dröhnen angekündigt hatten. Hier im Dschungel hatten wir mit unserer Luftwaffe die gigantische Maschine eines industrialisierten Krieges errichtet.

Es war kaum abgekühlt, die Luft war klebrig heiß und dazu der Lärm von Maschinen und Insekten. Ich konnte nicht schlafen und war froh, als mich der General noch vor Sonnenaufgang weckte.

Beim Frühstück – Pfannkuchen aus Buchweizenmehl, das sich der General eigens einfliegen ließ, da er, genau wie Hemingway übrigens, normales Weizenmehl als ungesund ablehnte – erklärte er mir, wie der Krieg laufen sollte.

‹Die Lösung in Vietnam ist ganz einfach und heißt: mehr Bomben, mehr Granaten, mehr Napalm. Wir machen dem Vietcong das Leben zur Hölle. Wir geben keine Ruhe. Wir hören nicht auf. Wir legen noch eins drauf. Schließlich werden sie sagen, Scheiße, der verdammte Ami ist uns einfach überlegen …›, hier beugte sich der General nach vorne und grinste, ‹ich meine, John, überlegen nicht an Hirnschmalz, sondern an Feuerkraft. Ich bin überhaupt kein Rassist. Seien wir ehrlich. Charlie ist nicht blöd. Deshalb geht es hier auch nicht um Ideologie. Wir müssen einfach nur die Bombenlast steigern, dann wird er eines baldigen Tages sagen, Freunde, unsere Sache ist zwar gerecht, doch jetzt reicht's.

Spielen wir den Amerikanern ein paar Jahre was vor und lassen sie nach Hause gehen. Glauben Sie mir, das Ganze ist eine Frage der Quantität. Mehr Bomben. Mehr tote Feinde. Ganz einfach.›

Dann waren wir mit dem Frühstück fertig, die Sonne ging auf; und der General lud mich ein, mit ihm in seinen Kommando-Hubschrauber zu steigen. Er machte sich an sein Tagwerk wie ein Produktionsleiter, nicht abgehoben, sondern als Führer seiner Crew. Das Funkgerät bediente er selber. Er flog direkt ins Kampfgeschehen, denn bevor er irgendwo Truppen hinschickte, besah er sich alles genauestens. Wenn er etwas entdeckt hatte, bestellte er per Funk eine Vorabbombardierung. Erst dann schickte er seine Männer rein und versorgte sie aus der Luft, so gut es ging, mit Information.

‹Wir haben gelernt, unter einer Höhe von fünfzig Fuß zu fliegen›, brüllte er mir grinsend entgegen, als wir gerade abgehoben waren, ‹erschrecken Sie also nicht, wenn Sie manchmal das Gefühl haben, dass wir gleich in die Bäume rasen, John. Wir wissen, was wir tun!›

Als ehemaliger Offizier mit Kriegserfahrung im ersten Waldkampf unserer Armee war dieser Flug für mich eine bemerkenswerte Erfahrung. Lentil war wie eine von uns Militärhistorikern und Strategen erschaffene Inkorporation des neuen amerikanischen Offiziers – das pure Gegenteil unserer Weltkriegsgeneräle, die in Paris auf Polstern herumhockten, während wir an der Front in Eifelschiefer bissen. Lentil war wie die computergestützte neueste Version eines deutschen Wehrmachtsgenerals, nur dass er nicht in einem Panzer fuhr, sondern einen Hubschrauber hatte. Er dirigierte seine Division von vorderster Front. Ein Ausbund an Mut und Aggressivität. Ein knallharter Offizier, der an nichts als den Auftrag und seine Jungs dachte und sich über jeden getöteten Vietcong freute: *Victory Charlie.*

‹Wie oft hat VC Ihren Hubschrauber schon getroffen?›, fragte ich ihn.

‹Vierzig- bis fünfzigmal›, meinte Lentil trocken, ‹aber wir müssen so tief fliegen, auf tausendfünfhundert Metern sieht man einfach nichts.›

Danach verbrachte ich eine weitere, sehr unruhige Nacht in meinem Zelt. Da waren wieder die Käfer, die unentwegt singenden Insektenchöre, aber vor allem diese Beklemmung in mir. Lentil war ein Mustergeneral, wie aus einer Fernsehdokumentation, und gerade deshalb so unheimlich. Doch das wahrhaft Unheimliche sollte erst noch kommen. Am nächsten Tag. Feldeinsatz.

Ich folgte einer kleinen Einheit, die noch einmal ein Dorf durchkämmen sollte, das kurz zuvor *gesäubert* worden war. Der Dschungel war unheimlich. Im Hürtgenwald konnte man zumindest ein paar Meter durch das Unterholz sehen. Im Dschungel sehen Sie gar nichts. Es ist sehr beängstigend. Wir liefen durch meterhohes Elefantengras, streng hintereinander und darauf bedacht, unsere Schritte in die Fußstapfen des Vordermannes zu setzen, um das Risiko zu mindern, auf Granaten zu treten. Aber es gab auch diese speziellen, vom Vietcong angelegten Gruben, auf deren Grund messerscharfe geschnitzte Bambuspflöcke warteten, deren Spitzen mit Leichengift präpariert waren. Wir durchquerten Reisfelder und Gräben, in denen das Wasser kniehoch stand.

Dann erreichten wir das Dorf, das ganz verlassen schien. Einige der Hütten waren zerschossen und abgebrannt. Ein toter Büffel lag in einem Graben, mit seinem Blut einen

Fliegenschwarm nährend, groß wie die Faust eines Gottes, welche ihn zerschmettert hatte. Der Verwesungsgestank war bestialisch.

‹Was machen Sie da?›, fragte ich schließlich den Sergeant des kleinen Trupps, dem ich in eine der Hütten gefolgt war. Nachdem er mit seinem Gewehr voraus sichergestellt hatte, dass sich tatsächlich niemand mehr dort befand, zog er ein Stück Karton aus seiner Tasche und legte es auf das Tischchen der ärmlichen Hütte. Als würde er eine kleine Bombe mit Zeitzünder platzieren. Aber es war eine Spielkarte, eine, die ich sehr gut kannte. Es war genau dasjenige Pik-Ass aus dem *Bicycle-808*-Kartensatz, mit der Großvater Joe immer mit mir gespielt hatte. Die ich hier in der Hand halte.»

Ich halte die Karte noch einmal hoch über meinen Kopf, und die Überraschung aller Zuhörer, inklusive der Anwälte und des Richters, erfüllt den Gerichtssaal wie eine Substanz. Den Grizzlys im Staatswappen von Missouri hoch über dem Richtertisch scheint sich das Fell zu sträuben, und wie auf Bestellung hören wir ein fernes Donnergrollen. Für den Nachmittag sind wieder Gewitter angesagt.

«Der Sergeant, ein Collegeboy von vielleicht dreiundzwanzig, vierundzwanzig Jahren und einem vollständig von Camouflage-Bemalung bedeckten Gesicht, bemerkte meine Verwirrung nicht. Er benahm sich so unschuldig wie ein Voodoo-Adept, der einen Standardzauber ausführt.

‹Wir hinterlassen überall diese Karte›, sagte er mit bedeutungsvoller Stimme, ‹weil die Gooks denken, dass es die Todesgöttin ist.›

Er grinste und machte mit dem Zeigefinger der rechten Hand eine Schraubbewegung wie Harpo Marx. Die Geste für: plemplem.

‹Dann fürchten sie sich nämlich noch mehr vor uns.›

‹Die Todesgöttin? Welche Todesgöttin?›, fragte ich und nahm die Karte in die Hand. ‹Sie meinen doch nicht etwa die Statue of Freedom?› Ich deutete auf die Abbildung.

‹So ungefähr, Sir. Wichtig ist für uns, dass die Vietnamesen denken, dass es eben die Todesgöttin ist. So ein Dämon, der sich mit den USA verbündet hat, um alle auszulöschen. Wir kriegen jeden Monat ganze Kisten davon›, sagte der Sergeant mit weiterhin bedeutungsvoller Stimme, ‹die Kartenfirma druckt sie extra. Damit wir Charlie richtig Angst machen können.›

‹Kisten nur mit diesem einzelnen Pik-Ass mit der Statue of Freedom?›

‹Ja, Sir. Sehen Sie nur› – er zeigte mir seinen Vorrat von etwa dreißig Karten in der Außentasche seines Ärmels. Dreißigmal das Pik-Ass. Mein Pik-Ass.

‹Unsere Visitenkarte, Sir. Die gehen uns nicht aus. Uns nicht. Das nennt man psychologische Kriegsführung.› Er lachte, gab mir ein Exemplar in die Hand, legte ein anderes auf den Tisch und ging in die nächste Hütte, um auch dort einen Gruß der amerikanischen Todesgöttin zu hinterlassen.

Ich bin kein Anhänger der Esoterik, dafür bin ich viel zu sehr Verstandesmensch. Denn nur mit Analyse, Rationalität und Vernunft hatte ich mein Leben mit seinen schwierigen Umständen und gegen alle Widrigkeiten im Griff behalten können. Karten waren für mich einfach nur ein Spiel gewesen. Eine spannende Partie Poker mag ein Tropensturm an Emotion und Irrationalität sein, aber begrenzt auf den Spieltisch, die Kartenrunde. Doch jetzt war etwas Seltsames passiert. In der Kartomantie, der Wahrsagerei mit Karten, würde man sagen, dass ich tatsächlich eine sehr problematische Karte bekommen hatte: Dieses Pik-Ass war das Symbol für die Umwertung all meiner Werte. Die Freiheitsgöttin war zur Todesgöttin geworden. Ich kehrte verstört in das Hauptquartier der Big Red One zurück, einer weiteren schlaflosen Nacht in meinem Zelt entgegensehend. Und ich beschloss, wie schon einmal in meinem Leben, Protokoll und Vorschriften zu ignorieren und auf eigene Faust zu verschwinden. Ich packte meine Sachen, sagte niemandem Bescheid und lief in das durch unseren Truppenstandort zu einer Kleinstadt angeschwollene Dorf in der Nähe. Es war kein Problem, eine Motorrad-Rikscha zu finden, eine selbstgebaute Honda-Konstruktion mitsamt Fahrer, der bereit war, mich nach Saigon zu bringen. Weg von Häuptling Lentil und seinen Voodoo-Soldaten.

Kurz nach Aufgang der Sonne fuhren wir los. Zehn Stunden lang ging alles gut. Mein Fahrer, viel jünger als ich, erkennbar ein Routinier, war auf der relativ guten Schotter-Sand-Straße, auf der einem manchmal Kolonnen von zwanzig, dreißig amerikanischen Militärfahrzeugen entgegenkamen, ohne einen einzigen Fehler gefahren. Am frühen Abend, eine halbe Stunde nach einer Rast in einem Dorf, hatten wir den Unfall. Nach der Rast? Ja. Denn dort genehmigten wir uns Bier und Schnaps. Kein Besäufnis, aber ich brauchte nach den Erlebnissen bei Lentil einen Schluck. Mein Fahrer, der kein Kommunist, kein Buddhist, kein Diem-Anhänger, sondern einfach nur ein normaler Vietnamese war, nahm auch ein Bier. Aus dem einzigen Kühlschrank im Umkreis von fünfzig Kilometern. Coca-Cola stand darauf. Wir fuhren weiter, kamen an eine Engstelle, wichen einem Schlagloch aus, die Straße machte eine Kurve und führte dann über einen breiten Graben, der zu einem militärischen Komplex mitten im Dschungel gehörte. Dann kann ich mich nicht mehr erinnern. Als ich erwachte, war es schon fast dunkel. Ich blinzelte, stellte fest, dass ich mich kaum bewegen konnte, hatte das Gefühl, gelähmt zu sein, blickte mich um. Dämmerung. Die Motorradrikscha lag im Graben. Die selbstgeschweißte, nun zerbrochene Verbindungsstange zwischen Honda und Anhänger hatte sich durch den Unterleib des Fahrers gebohrt. Ich lag da, und es dauerte über zwanzig Stunden, bis ich gefunden wurde. Anfangs schrie ich, wie verrückt, aber niemand hörte mich. Am nächsten Tag fanden sie mich dann. Halbtot, die Haut in Fetzen. Denn dieser Graben war eine Entsorgungsstelle für Chemikalien aller Art. Entlaubungsmittel und Pestizide. Ein richtiger All-American-Giftsumpf. Die gibt es zu Dutzenden im ganzen Land.

Nach drei Wochen hielten die Ärzte im Militärhospital von Saigon mich für transportfähig. Ich kam nach L. A. zurück, natürlich krankgeschrieben. Die Krankheit warf mich völlig aus der Bahn. Mein Evaluierungsprogramm wurde von jemand anderem übernommen. Es ging über Monate nur um die Krankheit. Keine Hautarztpraxis in ganz Kalifornien oder New York, bei der ich nicht gewesen wäre. Ich war verzweifelt. Es ist gewiss keine Überraschung, dass ich plötzlich nicht mehr Lieblingsgast auf jeder Party war, die die aufregende intellektuelle Swingerszene von Santa Monica gab. Ich begriff, dass ich allein war. Nie hatte eine Beziehung länger als ein paar Monate gedauert, bis auf meine Ehe, aber die war ein völliges Desaster. Jetzt saß ich plötzlich in Gesprächsrunden anderer von schweren, rätselhaften Hautkrankheiten Befallener. Ich besuchte Tagungen. Wurde vollends ruhelos. Ich war aus ganzem Herzen gegen den Krieg, ich verfolgte alles, so gut ich konnte. Aber ich fühlte mich unfähig, etwas zu tun. Ich war aus dem Spiel. Dachte nur noch an mich, an meine Haut. Ich hatte die Welt verloren und verkam vollends.»

Ich halte inne, blicke in den Saal. So hatte ich eigentlich nicht enden wollen. Solche Dinge öffentlich zu sagen ist sehr schwer. Krank zu sein kommt dir wie ein Fluch vor, den du persönlich zu verantworten hast. Warum ich?, fragst du dich. Warum nur?

Warum nicht du?, antwortet das Leben. Wieso denkst du, etwas Besseres verdient zu haben? Warum sollte ein anderer dir deinen Scheiß abnehmen?

Ja, denke ich plötzlich, warum eigentlich?

Der ganze Gerichtssaal sieht mich fragend an. Niemand weiß, was in meinen Gedanken vor sich geht. Alle sind einfach nur gespannt. Wollen wissen, wie des Angeklagten John Gluecks Geschichte endet.

Und so gebe ich mir einen Ruck und erzähle von meinem Hautarzt in Beverly Hills, einem exzellenten Mediziner. Im Wartezimmer seiner wie ein Schweizer Chalet eingerichteten Praxis hing ein Zitat des französischen Urvaters der Dermatologie: *Es gibt nichts Anmutigeres als eine seltene Hautkrankheit.*

Mein Arzt tat alles, was in seiner Macht stand, um mir bei dieser monströsen Aberration zu helfen, was bislang nichts gebracht hatte, es war deprimierenderweise schlimmer geworden …

«Mein Hautarzt also zeigte mir vor etwa einem Jahr einen Artikel aus einer internationalen Dermatologen-Zeitschrift. Der Beitrag beschäftigte sich mit dem aufgehenden Star der dermatologischen Welt, dem neuen Lehrstuhlinhaber an der Virchow-Klinik und Präsidenten der Europäischen Dermatologenvereinigung. Ein herausragender Wissenschaftler: Prof. Dr. Günter Stüttgen.

Das Verrückte war, dass ich ihn aus dem Zweiten Weltkrieg kannte. Aus dem Hürtgenwald. Stüttgen war damals Sanitätsoffizier aufseiten der Wehrmacht gewesen und hat buchstäblich Hunderten amerikanischer Soldaten das Leben gerettet. Mein Arzt wollte mich unbedingt zu ihm schicken, denn dort an der Freien Universität Berlin experimentiere man mit einem neuen Wirkstoff, der mir vielleicht helfen könnte. Das war wirklich ein Schock. Ein weiterer. Wieder einer. Ich war zunächst wie vor den Kopf gestoßen, weil mir eigentlich erst in diesem Moment, in dem ich das Foto des deutschen Arztes in der Zeitschrift sah, alles wieder einfiel. Woran ich so lange nicht gedacht hatte. In einer unfasslich grausamen Kriegssituation hatte dieser Mann die Kraft und den Mut aufgebracht, sich auf die Gesetze der Menschlichkeit zu berufen, und sich dadurch als ein wirklicher Held erwiesen. Er hatte nicht nur mir das Leben gerettet, sondern noch viel mehr getan. Er hat ein Prinzip verteidigt. Er würde Verletzten und Kranken immer und unter allen Umständen beistehen. Vielleicht konnte er mir auch jetzt wieder helfen. Mich sogar heilen. Aber vorher musste ich meine Pflicht tun, wie er damals seine getan hatte. Als wir uns kennenlernten, Angehörige zweier feindlicher Armeen, hatte ich für ein Amerika geworben, dass das Land der Freien war. Heute aber führt Amerika einen Krieg, der uns alle nicht nur zu kranken, schäbigen, zwiespältig anzusehenden Leuten, sondern zu wahren Ungeheuern machen wird, wenn wir ihn nicht beenden. Das Volk muss es diesmal tun, denn die Lenker des Staates haben sich in einer regelrecht labyrinthischen Sackgasse verirrt. Ich muss dazu beitragen, das Volk von Amerika zu informieren, damit dieser falsche Krieg, den die Armee von Thomas Jefferson nicht gewinnen kann, beendet wird. Das ist meine Pflicht, und die muss ich erfüllen, sonst könnte ich dem deutschen Arzt nicht unter die Augen treten. Das ist die Wahrheit. Und damit endet meine Geschichte.»

Epilog

LÖSCHBLATT

27. November 1971, John F. Kennedy International Airport,
New York, Gate 5, 16 Uhr 20

Ein Blick auf meine Uhr. Noch knapp zwei Stunden bis zum Abflug. Bin etwas nervös. Fixiere den Eingangsbereich, den man von der Filiale dieser neuen texanischen Kette aus am besten kontrollieren kann. Einen Marshall-Koffer erkennt man nur, wenn man weiß, worauf man achten muss. Sein Format, etwa dreißig auf siebzig Zentimeter, ist so gewählt, dass man exakt vierzig Dollarbündel im Geheimfach unterbringen kann, jedes Bündel zu hundert Scheinen. Damals, als das Geld aus dem Marshall Fund sprudelte, erblickte man beim Öffnen des Geldfachs in der Regel Präsident Grants ehrfurchtgebietendes Antlitz, nicht zu reden von der das *Kapitol* zeigenden Rückseite: zweihunderttausend. Äußerlich aber unterscheidet sich das Gepäckstück in nichts von einem normalen Aktenkoffer. Meiner, denn jetzt glaube ich, ihn durch eine der riesigen Drehtüren zu erkennen, ist mit weinrotem Leder überzogen. Die Drehtür spuckt zuerst ein Ehepaar aus, vielleicht wohlhabende Schweizer, mit voluminösen Wolfspelzmützen auf dem Kopf. Er schleppt beide Koffer, schnauft. Seine Frau versucht, nicht hinzusehen. Da kommt mein Koffer. Bleibt kurz nach dem Hereinkommen stehen, unschlüssig, wohin er sich wenden soll.

Ich sitze etwas abseits an einem Tisch von *Schlotzky's Deli*, stehe auf und winke. Meine Hände stecken in dünnen, beigefarbenen Wildlederhandschuhen. Ich trage eine getönte Brille, die Gläser groß wie Handteller, und einen das Kinn verbergenden Rollkragenpullover.

Generalmajor Ganz sieht mich endlich, rückt mit der linken Hand seinen Jägerhut zurecht, in dessen Band eine rote Feder steckt, klopft ein paar Schneeflocken von seinem Lodenmantel und kommt rasch an meinen Tisch. Er dürfte auf die siebzig zugehen, bleckt seine langen, whiskyfarbenen Zähne und grinst mich an. Nimmt den Hut ab, wackelt ein wenig mit dem Kopf, setzt sich und stellt den Koffer deutlich hörbar auf dem Granitboden ab. Früher kam er mir immer alt vor. Jetzt ist er wirklich alt. Aber mittlerweile sieht er besser aus als ich.

«Ich bin erleichtert, dass Sie sich die Haare haben schneiden lassen, John. Ich mein das jetzt nicht so, wie Sie vielleicht denken, wissen Sie, in den Zwanzigern in Baden und Ascona waren wir mehr hippie als die Hippies heute, können Sie mir glauben. Ich meine, wegen des Fotos.»

Mit diesen Worten zieht er einen Reisepass und ein dickes TWA-Flugticket aus seinem Mantel. Das Ticket behält er in der Hand. Den Pass schiebt er mir über den Tisch.

Ich blättere ihn durch. Makellos. Das ist der Vorteil, wenn man für jemand wie Ganz gearbeitet hat: Die Fälschungen, die man von ihm erhält, sind Originale.

Ich nehme einen kleinen Schluck Espresso. Dann sehe ich mir die Details an: Größe, Augenfarbe, Geburtsdatum. Alles perfekt. Aber – der Name!

«Das kann nicht Ihr Ernst sein, General! Mit diesem Namen soll ich in Zukunft rumlaufen? Was soll das denn?»

«Ich habe lange über die verschiedenen Vorschläge unserer Copywriter nachgedacht. Das war der beste. Weit weg. Trotzdem nah.»

«Aber ich habe *deutsche* Wurzeln …»

«Ein kleiner Kulturwechsel hat noch niemandem geschadet. Sie sind ja vor allem schon immer Amerikaner.» Er klang ein bisschen wie ein Reiseführer.

«Wir haben hier auch noch eine neue Sozialversicherung, Auslandskrankenversicherung und ein Girokonto bei der Deutschen Bank am Kurfürstendamm angelegt. Alles auf den neuen Namen. Heben Sie ein paar Tausender ab. Dann werden Sie sich schon an ihn gewöhnen.»

Das Mädchen steht am Tisch, den Bestellblock in der Hand.

«Die Herren?»

General Ganz wirbelt herum, lacht freundlich, greift sich eine Speisekarte.

«Schlotzky's», liest er laut vor, zwinkert ein paarmal und strahlt die Bedienung an.

«Was für ein Restaurant ist das?»

«Wir sind aus Austin. Schlotzky's Diner am John F. Kennedy International Airport Terminal 5 ist die erste Filiale nördlich des fünfunddreißigsten Breitengrads.»

«Großartig», sagt Ganzersstamy, «ganz enorm. Was ist Ihre Spezialität, Honey?»

«Der Schlotzky-Burger.»

«Sehr gut. Zweimal, bitte. Und einen Bourbon für mich. John?»

«Zum Essen eine Coke.»

«Wir haben nur Dr. Pepper.»

«Ist mir recht.»

Das Schlotzky-Mädchen geht Richtung Küche und gibt die Bestellung auf. Menschen mit Mänteln, Hüten, Kopftüchern und Regenschirmen kommen unablässig durch die Drehtür und gehen an uns vorüber.

«Na gut», sage ich, «was soll's, ein Name ist schließlich nicht die Welt, sondern nur ein Name. Was ist mit meinem Manuskript?»

«Oh ja, gut, dass Sie es ansprechen, John. Ich habe alles erledigt, wie es ausgemacht war. Ich habe den Koffer aus dem Schließfach geholt, die Unterlagen der Staatsanwältin bzw. ihrer Assistentin übergeben.»

«Assistentin?»

«Ja, diese blitzgescheite Miss Lambert, Ihre Anwältin, von der ich den Schließfachschlüssel bekommen habe.»

«Hab mir schon so was gedacht. Hoffentlich wird sie da glücklich.»

«Davon bin ich überzeugt. Ich habe aus glaubwürdiger Quelle, dass die Staatsanwältin sich darauf vorbereitet, für einen der beiden Senatorenposten von Missouri zu kandidieren. Miss Lambert wird sich um ihre Kampagne kümmern.»

«Besser könnte es dann ja wohl kaum für sie laufen. Werden sie denn Anklage gegen die Bundesregierung erheben?»

«Es ist noch nicht klar, ob die Klage zugelassen werden kann, aber den Wind hat sie schon mal gesät. Ganz unabhängig davon ist Nixon stark unter Druck. Er und Kissinger haben begriffen, dass ihre Klempner Mist gebaut haben. Rumsfeld hat es mir gegenüber zugegeben. Die werden Sie in Ruhe lassen, John, zumindest Sie. Und wegen des Präsidenten: Wenn es Nixon jetzt nicht erwischt – irgendwann werden er und seine Leute über ihre Schmutzeleien stolpern. Nur eine Frage der Zeit.»

«Stolpern ist nicht stürzen. Auch der Krieg ist noch nicht vorbei.»

«Was haben Sie erwartet, John? Alles, was Sie geplant haben, hat funktioniert. Ellsberg ist der Star, und Sie haben die Auflage der *New York Times* ordentlich in die Höhe getrieben. Punch Sulzberger gäbe Ihnen sofort einen Orden, wenn er könnte …», er kichert, als ob er sich an eine alte Geschichte erinnern würde. Wird dann aber wieder ernst.

«Glauben Sie mir, John – die Stimmung in der Bevölkerung kippt. Die *Pentagon Papers* sind ein Teil dieses Wandels. Der Krieg wird enden. Sie und Ihre Leute haben hart dafür gekämpft.»

«Tja, stimmt schon.»

«Als ich gehört habe, dass dieser MacMillan Sie wegen Missachtung der Gerichtsbarkeit von Missouri noch mal für vier Wochen in den Bau gesteckt hat, war ich entsetzt. Frechheit.»

«Ach, das ging schon. Habe ich das Jefferson City Correction Center eben auch noch kennengelernt. Da gab es eine große Gruppe recht netter Black Muslims von der *Nation of Islam*.»

«Haben Sie das Springseil mit dem Gebetsteppich getauscht, wie Cassius Clay?»

«Warum nicht? Allah ist auch mit den Hautkranken. Und Muhammad Ali ist der Größte.» Ich muss lachen.

Das Schlotzky-Mädchen kommt mit ihrem Tablett. Ihre rötlich blonden Locken haben so einen Schwung …

«Nanu, worauf liegen denn die Burger?»

«Schlotzky's serviert auf Frisbeescheiben – denn bei uns in Austin zählt nur die Frische, und wir servieren wie im Fluge.»

«Ich staune, Honey. Das ist smart.»

Als das Schlotzky-Mädchen gegangen ist, beißt er herzhaft in den Burger, kaut und nippt an seinem Drink.

«Essen Sie gar nicht, John?», fragt er.

«Doch. Aber ich würde gerne wissen, was mit meinem Manuskript ist.»

«Das liegt hier bei mir in Ihrem Koffer. Ich habe mir erlaubt, es zu lesen. Insofern ich ja selbst drin vorkomme, durfte ich mir dieses Recht wohl herausnehmen, oder? Lustig, wie Sie mich genannt haben.»

«Wie fanden Sie es sonst?»

«Ausgezeichnet, wirklich ausgezeichnet. Mit das Beste, was ich je über den Zweiten Weltkrieg gelesen habe – *Der Deutsche Doktor*, sehr imposant. Ich kann mich noch gut an Ihre Kurzversion erinnern, damals in London. Wirklich gut, was Sie jetzt draus gemacht haben … Fast ein Hemingway, oder?» Er kichert und nippt an seinem Glas.

«Aber eines hätte ich doch noch gern gewusst.»

«Ja?»

«Was ist mit diesem Irokesen geschehen, Van Seneca? Sie haben nur geschrieben, dass Sie eine Vermisstenanzeige aufgegeben hatten. Aber man erfährt dann nichts mehr.»

«Das Ende, das er gefunden hat, war mir einfach zu grausam. Das wollte ich nicht aufschreiben.»

«Er ist also auch umgekommen?»

«Dass er tot ist, das ist sicher, ja. In Vossenack. St. Josef.»

«Wie meinen?»

«St. Josef heißt die Kirche. Während der Ereignisse unten am Fluss hörten wir die ganze Zeit den Schlachtenlärm aus Vossenack. Am Ende verlagerten sich die Kämpfe in die Kirche des Dorfs. Es ging hin und her. Doch plötzlich tauchte – so stand es in den Berichten von Soldaten, die dabei waren – ein Krieger auf, wie ihn noch keiner jemals gesehen hatte, ohne Helm und Uniform, mit Irokesenschnitt. Er trieb die Deutschen wieder aus der Kirche hinaus, verschanzte sich zunächst im Chorgestühl und hielt St. Josef alleine, für Stunden. Aber irgendwann hatten sie ihn. Angeblich haben sie ihn …»

«Na, kommen Sie schon.»

«Sie wussten wohl, dass die Indianer sich zwar nicht vor dem Tod fürchten, aber sehr davor, nicht mit vollständigem Körper zu sterben, denn dann können sie nicht in die ewigen Jagdgründe eingehen. Steht irgendwo bei Karl May.»

Ich trinke einen Schluck Dr. Pepper. General Ganz blickt mich neugierig an, er will es genauer wissen.

«Sie haben ihn … zerhackt.»

Wir schweigen, der General verspeist nachdenklich seinen Schlotzky-Burger und spült mit dem Whisky nach. Er tupft sich die Lippen ab, zerknüllt die Serviette und betrachtet die Tischplatte.

«Was war das mit diesem merkwürdigen Wasser, von dem er sprach? Ist mir aufgefallen.»

«Van Seneca gehörte der *Wassergesellschaft* an. Eine der wichtigen magischen Geheimgesellschaften. Er hat mir ein paar Dinge erzählt, aber viel weiß ich nicht drüber.»

«Das ist der große Vorteil, wenn man den Autor einer Geschichte persönlich kennt. Kann man nachfragen. Respekt, wirklich.»

Er lächelt mich an. Aber was soll mir dieser Blick sagen? Da stimmt was nicht.

«Nun, John, es ist mir ein bisschen peinlich, aber … Sie haben doch nicht wirklich daran gedacht, das zu veröffentlichen, oder?»

Habe ich daran gedacht? Doch, eigentlich schon. Aber General Ganz erklärt mir nun, wieso ich trotz meines Unfalls in Vietnam, meiner Opposition zum Krieg, der Beihilfe zur Verschwörung und meines Gefängnisaufenthalts keineswegs vogelfrei, sondern immer noch sein Mann bin. Propaganda bleibt Propaganda.

«Glauben Sie mir, John, die Publikation dieses Buches, auch anonym oder unter Ihrem alten Namen, würde Ihnen mehr Ärger als Freude bereiten. Setzen Sie lieber auf einen Neuanfang. Lassen Sie den alten Kram hinter sich – schauen Sie nach vorne.»

«Ich habe fünf Monate daran gearbeitet.»

«Was sind schon fünf Monate? Ich bitte Sie. Hier habe ich die Tickets. Boeing 747! Soll ein unglaubliches Fluggefühl sein. Sie fliegen zunächst nach Frankfurt und dann weiter nach Berlin-Tempelhof. Der neue Flughafen von Berlin ist ja noch nicht fertig. Nächste Woche haben Sie Ihren ersten Termin bei Professor Stüttgen. Konzentrieren Sie sich auf Ihre Therapie, John. Das wird schon! Und dann, wenn es Ihnen bessergeht, habe ich etwas vor mit Ihnen. Dafür sind Sie genau der Richtige. Mein bester Mann.»

Das Schlotzky-Mädchen kommt.

«Soll ich Ihnen den Burger vielleicht einpacken, Sir?», fragt sie mich mit bezauberndem Lächeln.

«Nein danke.»

«Etwas nicht in Ordnung? Möchten Sie mit dem Manager sprechen? Vielleicht wollen Sie etwas anderes? Wir von Schlotzky's Diner …»

«Das ist lieb von Ihnen, aber mir ist einfach nur der Appetit vergangen.»

Sie räumt ab. Die Frisbeescheiben fliegen zurück in die Küche. Als das Mädchen weg ist, erklärt mir General Ganz, dass er mich gerne bei einer privaten Beraterfirma unterbringen möchte.

«McKinsey? Das sind doch diese Bilanzprüfer aus Manhattan, oder?», frage ich entsetzt. Ist Ganz noch bei Trost?

«Waren sie, John. Waren sie. Seit dem Krieg haben sie ein neues Geschäftsmodell. Internationalisiert. Wir arbeiten in letzter Zeit eng mit denen zusammen. Ein Mann mit Ihrem Hintergrund wäre ideal für sie.»

«Aha, und worin besteht das neue Geschäftsmodell?»

«Na ja, normalerweise Firmenberatung. Aber jetzt ist ein neuer Kunde auf den Plan getreten. Ganz geheim übrigens.» Er macht das typische, erstaunte, hocherfreute Ganz-Gesicht und zieht die weißen Augenbrauen hoch.

«Na sagen Sie schon.»

«Die Kommunistische Partei von China. Gewisse aufstrebende, junge Politiker – Yang, Wang und Deng – wollen das Chaos, das Mao angerichtet hat, endlich hinter sich lassen. Sie möchten vom amerikanischen Modell lernen. Zeit für Pingpong! Entwicklung ist das Zauberwort.»

«In der Volksrepublik geht es gerade doch drunter und drüber.»

«Nichts, was uns abhalten sollte, unsere Arbeit zu tun. Zunächst ist erst mal eine behutsame Annäherung geplant. Überlegen Sie es sich, John. Mein Angebot steht. Ich hätte Sie sehr gerne dabei. Was mit den Deutschen geklappt hat, kann mit den Chinesen auch funktionieren. Und Sie sind genau der Richtige. Wir sind noch lange nicht fertig mit unserem Kampf für die Freiheit.»

«Das ist alles nicht Ihr Ernst!»

«Wie hat der gute Hemingway gesagt: ‹Wenn es zum Krieg kommt, gibt es nur eine Regel …›»

«Du darfst nicht verlieren. Ich weiß.» Ich sehe ihn an, den alten Mann. Welche Art von Triumph bräuchte er, damit er endlich zufrieden wäre?

«Ich denke drüber nach. Aber jetzt sollte ich los. Mein Flug geht in fünfzig Minuten.»

Generalmajor Ganz stellt den Koffer auf den Tisch, und wir öffnen ihn. Da liegt mein Manuskript. *Der Deutsche Doktor* steht auf der obersten Seite und darunter *Roman von John Glueck*. Ich werfe einen letzten Blick darauf, und dann sehe ich zu, wie General Ganz die Seiten herausnimmt und sie sich unter den Arm klemmt. Im Austausch gibt er mir die Tickets und zeigt mir meine im Koffer liegende Ausstattung an diversen neuen Dokumenten.

«Sie sind eingeladen.»

«Danke.»

Er zählt ein paar Scheine auf den Tisch, lässt ein gutes Trinkgeld liegen.

«Viel Glück auf Ihren Wegen. Melden Sie sich, wenn Sie es sich überlegt haben», sagt er auf Deutsch, mit seinem altertümlichen österreichischen Akzent. Wir geben uns die Hand, er setzt den Jägerhut auf und geht durch die Drehtür, durch die unaufhörlich Menschen hereinkommen.

Als ich sehe, wie er draußen ins Taxi steigt und mit meinem Roman davonfährt, öffne ich den Koffer und nehme meine Unterlagen heraus. Wenn man nicht weiß, wo man drücken muss, findet man keinen Hinweis auf den doppelten Boden. Ich lasse es klicken, hebe den Geheimdeckel an. Die fünfzig großen Bögen Löschblatt sind, wo sie immer waren. Es dürften so an die hunderttausend Trips sein – der gesamte Vorrat an hochwertigem LSD, mit denen die Batista-Kubaner und deren Chefs, die Klempner vom Weißen Haus, ihre dreckigen kleinen Spielchen treiben wollten. Deshalb wollten die Penner unbedingt an mein Schließfach. War ganz richtig, dass ich mit niemandem darüber gesprochen habe. Ein letztes Geheimnis sollte man immer noch haben – das gibt einem Stärke. Ich hab es den Kubanern weggenommen, um ihnen noch eins draufzugeben; es war auch ein bisschen Glück dabei. Keine Ahnung, was ich in Berlin damit machen werde. Vielleicht kann ich es gegen was anderes eintauschen.

Ich packe alles wieder zusammen, nehme den Marshall-Koffer in die linke und meinen Kleiderkoffer in die rechte Hand, winke dem Schlotzky-Mädchen, eine letzte hornige Schuppe fällt auf amerikanischen Boden. Auf dem Weg zum Check-in komme ich an einer Parfümerie und einem Hudson-News-Buchladen vorbei. Literatur kann einem Niederlagen und Enttäuschungen bereiten, neugierig bin ich doch. Im Schaufenster sind Neuerscheinungen und Debüts ausgestellt. Mein Blick fällt auf einen schmalen Band, dessen Titel wie ein hellblauer Briefumschlag mit Marke und Stempel gestaltet ist. Das kann nicht wahr sein!

Der Mann mit der Ledertasche

heißt der Roman. Die Zeit drängt, aber den muss ich haben.

«Oh», sagt die Buchhändlerin an der Kasse erfreut. «Sie sind der Erste, der den kauft. Das freut mich. Tolles Buch. Der Autor ist ein Underground-Lyriker aus Kalifornien.»

«Ich weiß», sage ich, «ich kannte ihn, als wir jung waren.»

«Na so was. Soll ich es einpacken?»

«Nein, vielen Dank. Ich lese es gleich auf dem Flug.»

Ich eile quer durch die gewaltige Plaza des Terminals zum Schalter und reiche dem TWA-Mitarbeiter meinen in jeder Hinsicht nagelneuen Ausweis.

«Fenster oder Gang?»

«Was Sie gerade haben. Ach, gern Fenster.»

Ich gebe den großen Koffer auf und sehe zu, wie er in

das neue, computergesteuerte Gepäcksystem eingeschleust wird.

«Viel Spaß in der Boeing 747 und guten Flug», wünscht mir der TWA-Steward.

Und dann betritt der Mann, der John Glueck war, die Gangway für den Flug nach Frankfurt am Main.

DANK

Kurz vor der Veröffentlichung der von ihm der New York Times übergebenen *Pentagon Papers*, nämlich am 23. Mai 1971, hielt der damalige Pentagon-Beamte Daniel Ellsberg (geboren 1931 in Detroit, er lebt heute, bis zum jetzigen Tage aktiv, in Kalifornien) einen Vortrag vor der Community Church in Boston, den man in seinem Buch *Ich erkläre den Krieg* (1973) nachlesen kann. Die luziden Überlegungen Ellsbergs und die kompromisslose, anklagende Haltung gegenüber einem schuldig gewordenen Amerika waren mir Grund genug, einige zentrale Argumente und Formulierungen in den fünften Teil dieses Romans zu integrieren. Ich hätte mich vielleicht nicht getraut, diese Gedanken so zu formulieren, deshalb danke ich Daniel Ellsberg hiermit ausdrücklich und verweise voller Hochachtung auf ihn.

Ich danke des Weiteren:

Christoph Breinl, ehemaliger Hauptmann der Bundeswehr und Afghanistan-Veteran. Ohne ihn gäbe es dieses Buch wahrscheinlich nicht, denn er erzählte mir zum ersten Mal von den Hürtgenwaldschlachten.

Großer Dank geht an Pit Riegler. Niemand ahnt, welche Wonnen einem an seinem Manuskript arbeitenden Schriftsteller aus der Freundschaft mit einem Fine Art Printer erwachsen können.

Dank an Reinhold Koller, er war mein Vertrauensmann, wenn es um Lateinisches und Antikes ging, und an Hermann Neumann, seit vielen Jahren ein Berater. Von ihm stammt die Übersetzung des Versleins auf dem Kennedy-Autograph.

Ich danke Joachim und Tobi, mal wieder. Die beiden sind für mich wirklich Castor & Pollux in den Schlussakten meiner Romanprojekte. Lutz Volke, der auch hier wieder mitgeholfen hat. Bias, Meinrad, Gerhard & Leni. Edgar, diesem besonders für Kaffeebombe und Koffer!

Dank an Antonie – ein Kompliment von ihr, und ich war wieder munter bei der Arbeit. Ich danke meiner Mama und meinen Kindern für ihre Unterstützung und ihre Geduld mit mir. Sandro Ulrici danke ich für seine Beratung in Fragen einer möglichen missourischen Rechtspraxis. Ich danke Ocka Caremi! So schön, dass du da bist.

Auch an Franz von Sales, den Schutzheiligen der Schriftsteller, sei hier gedacht. Womit ich zu der Freude komme, meinem Verlag Rowohlt · Berlin zu danken, der mich auf großartige Weise aufgenommen hat. Als ich meinem Verleger Gunnar Schmidt schilderte, dass ich über *The Battle for Schmidt* schreiben wollte, wusste er nicht, ob das ein Scherz sein sollte, aber er ließ mich zuversichtlich gewähren. Wilhelm Trapp, meinem Lektor, danke ich dafür, dass er von der ersten Stunde unserer Zusammenarbeit an immer für mich da war und mir mit größter Liebenswürdigkeit und Präzision geholfen hat.

Am Morgen ohne Schmerz aufzuwachen, so ein gängiger Scherz, heißt für Männer um die fünfzig, dass sie tot sind. Ich bin mehr als drei Jahre lang jeden Morgen aufgewacht, und trotz Tausender Stunden in merkwürdiger Haltung am Computer sind wir auch diesmal wieder ohne (größere) Schäden und Schmerzen davongekommen. Das verdanke ich auch Hermann Gürtner, bei dem ich stets in besten Händen bin! Und Seilspringen hilft wirklich!

Dorle Kopetzky, dir danke ich am meisten. Diesmal war es wieder anders und dennoch so anstrengend wie immer, wenn ich ein Buch schreibe, ich weiß. Ich danke dir für das Lagerfeuer in Bielefeld, wo dieser Roman zu leben anfing.

Ansonsten möchte ich, was manche der besonders wichtigen literarischen Werke angeht, die ich für *Propaganda* gelesen habe, einen Gedanken aus Henry Millers *Wendekreis des Krebses* (1934) paraphrasieren:

Hier bist du also, liest all diese großartigen Bücher noch einmal, die du mit fünfzehn gelesen hast, und stellst fest: Sie hatten recht!

Pfaffenhofen an der Ilm, 18. März 2019